Corina Bomann

DIE FRAUEN VOM ROSENHAG

TRAUM VOM NEUBEGINN

ROMAN

PENGUIN VERLAG

MIX
Papier | Fördert gute Waldnutzung
FSC® C083411

Penguin Random House Verlagsgruppe FSC® N001967

1. Auflage

in der Penguin Random House Verlagsgruppe GmbH,
Neumarkter Straße 28, 81673 München
produktsicherheit@penguinrandomhouse.de
(Vorstehende Angaben sind zugleich
Pflichtinformationen nach GPSR)

www.penguin-verlag.de
Redaktion: Carlos Westerkamp
Umschlaggestaltung: bürosüd
Umschlagabbildung[en]: Arcangel (Jacinta Bernard), www.buerosued.de
Satz: GGP Media GmbH, Pößneck
Druck und Bindung: CPI books GmbH, Leck
Printed in the EU
ISBN 978-3-328-60348-1
www.penguin-verlag.de

Karlskrona, 2. März 1907

Ich richtete mich im Bett auf und blickte zum Fenster. Das erste Morgenlicht fiel in die Schlafkammer und ließ das Meer und den Himmel in einem stechenden Blau erstrahlen.

Auf einem in Ufernähe vertäuten Fischerboot hockten die Möwen, müde und klamm von der nächtlichen Kälte. Sie warteten auf die vier Männer, die jeden Tag gegen acht Uhr hinausfuhren.

In einem großen Schwarm folgten die Vögel dem Boot, sobald es sich in Bewegung setzte. Sie umkreisten es in dem Wissen, dass etwas vom Fang für sie abfallen würde. Durch sie wusste man immer, wo die Fischer waren.

Der Gedanke an das Boot und die Möwen verschwand, als ich Bjarnes Hände an meinen Hüften spürte. Warm waren sie und rau von der langen Zeit auf See, aber dennoch imstande, leicht und zärtlich wie eine Feder über meine Haut zu gleiten.

In der vergangenen Nacht hatten wir kaum Schlaf gefunden. Obwohl wir einen ganzen gemeinsamen Monat gehabt und diese Zeit auch gut genutzt hatten, dürsteten unsere Körper nach einander, als wäre es das erste Mal nach langer Zeit. Das war immer so, wenn Bjarne wegmusste. Ich würde genug Zeit haben, mich auszuruhen, wenn er fort war.

»Noch einmal?«, fragte er neckend, und der Klang seiner dunklen, warmen Stimme durchlief meine Seele wie Feuer. In den kommenden Wochen würde ich sie schmerzlich vermissen.

Ich streckte die Hand nach seinem Gesicht aus, streichelte seine

Wangen, fühlte die ersten Bartstoppeln darauf, die weiche Kurve seiner Lippen. Er hatte es sich zur Angewohnheit gemacht, sich einen Bart stehen zu lassen, während er auf See war. Zum einen, weil es schwierig war, sich bei Seegang zu rasieren, ohne sich dabei zu schneiden. Zum anderen, weil es Glück bringen sollte.

Ich glaubte nicht daran, aber die Bräuche der Seeleute waren ohnehin ein Buch mit sieben Siegeln für jene, die an Land zurückblieben.

Ich lächelte ihn an, dann setzte ich mich rittlings auf ihn. Die Bettdecke glitt von meinen Schultern, und in der kühlen Luft versteiften sich meine Brustwarzen sofort.

Ich hörte ihn aufseufzen, spürte, wie sein hartes Glied gegen meinen Unterleib drückte. Wie jedes Mal, wenn ich mit ihm schlief, fragte ich mich, wann es so weit sein würde. Wann ich endlich ein Kind von ihm bekam. Vielleicht diesmal? Wenn er zurückkehrte, könnte ich schon einen runden Bauch haben …

Er glitt in mich, während seine Hände mich sanft dazu aufforderten, ihn zu reiten. Doch ich wollte es noch ein wenig hinauszögern, so als könnte ich ihn auf diese Weise festhalten.

»Wirst du mich vermissen, da draußen auf See?«, fragte ich, während ich ganz ruhig auf ihm verharrte.

»Ja!«, stöhnte er und bewegte sich drängend gegen mich. »Und wie, mein Engel!«

Mein Schoß pulsierte. Obwohl wir unsere Lust in der vergangenen Nacht wieder und wieder gestillt hatten, erwachte derselbe Hunger aufs Neue.

»Und wirst du dir kein anderes Mädchen in irgendeinem Hafen suchen?«, fuhr ich fort.

»Wie sollte ich?«, fragte er, während seine Hände an meinen Hüften hinaufglitten, sie streichelten und dann an der schmalen Beuge meiner Taille verharrten. »Ich werde nur von Männern umgeben sein! Männern, die nach Erdöl stinken und Flüche in vier verschiedenen Sprachen kennen.«

»Und wie sieht es bei Unwetter aus?« Das Verlangen wurde beinahe übermächtig, doch noch immer zügelte ich mich.

»Selbst wenn wir in einen Hafen einlaufen müssen, wird es keine andere für mich geben!« Er richtete sich auf, umschlang meine schmale Gestalt mit seinen starken Armen, senkte sein Gesicht auf meine Brüste. Er wusste genau, dass es mich wild machte, wenn seine stoppeligen Wangen meine Haut rieben. »Komm«, raunte er leise.

Diesmal gab ich ihm nach. Im Gleichtakt bewegten wir uns, wie ein Schiff auf den Wellen.

Bjarne barg seinen Kopf an meinem Hals und fand zielsicher die Stelle, an der ich am empfindlichsten war. Ich konnte den Höhepunkt genauso wenig zurückhalten wie den Abschied. Aufstöhnend ließ ich mich ganz in seine Arme sinken.

Und obwohl er noch bei mir war, vermisste ich ihn schon jetzt.

I

Marlene

Ein Geräusch schreckte mich aus dem Schlaf. Das wohlige Gefühl, das der Traum in mir hinterlassen hatte, verschwand so schnell, als hätte man mich mit einem Eimer Wasser übergossen. Überlaut drang es an mein Ohr: Ein seltsames Bimmeln, gefolgt von einem *Tapp, Tapp, Tapp,* das wie blecherne Schritte klang.

Es kam mir bekannt vor, doch ich war zu schläfrig, um es benennen zu können. Ich öffnete meine bleiernen Lider. Das erste Morgenlicht fiel durch das Fenster und zeichnete die Konturen der Möbel nach. Ein Kleiderschrank mit Rattantüren stand an der Wand gegenüber, ein Waschtisch mit weißem Emaillekrug und einer etwas angeschlagenen Schüssel neben der Tür. Das Bett, in dem ich lag, war ein einfaches Metallbett, über dem Stuhl, der vor dem Schreibtisch am Fenster stand, hingen noch meine Kleider vom Vortag.

Der Raum bot wesentlich weniger Platz als das kleine Haus, in dem wir zuvor gelebt hatten. Ich war froh gewesen, dass Ove Malmström über seinem Lebensmittelladen noch ein Zimmer frei und nichts dagegen gehabt hatte, es mir zu überlassen. Trotz allem, was vorgefallen war.

Wie spät mochte es sein? Drei Uhr? Vier? Meine Taschenuhr lag auf dem Schreibtisch vor dem Fenster, aber ich hatte keine Lust, aufzustehen und nachzusehen.

Im Zimmer nebenan setzten sich die Geräusche fort und schienen noch lauter zu werden. *Tapp, tapp, tapp, tapp, tapp – kling!*

Genervt seufzte ich auf.

Der Sonntag war nach einer langen Woche in der Fabrik der Tag, an dem ich ausschlafen konnte. Die Glocken der Admiralitätskirche von Karlskrona riefen die Gläubigen erst spät zum Gottesdienst. Die verlängerte Schlafenszeit reichte meist aus, um die Schmerzen in meinen Gliedern zu lindern. In der Fabrik stand man sich entweder den Rücken krumm oder zerrte sich Hände und Arme beim Zusammenschrauben der Metallteile.

Mein Nachbar schien die Nacht nicht zum Ausruhen nutzen zu wollen. Warum um alles in der Welt saß er um diese Zeit an seiner … Schreibmaschine? Ja, genau, das war es! Ich hörte diese Geräusche jeden Morgen, wenn ich am Verwaltungsgebäude vorbeiging.

Eigentlich interessierte ich mich nicht sonderlich für meinen jeweiligen Mitbewohner. Wenn ich ihm zufällig begegnete, grüßte ich, und das war's. Ohnehin hatte ich nicht viel freie Zeit. Wenn ich nach einem langen Tag in der Montage heimkehrte, blieb mir gerade noch Zeit, etwas zu essen und meine Nase in ein Buch zu stecken. Manchmal nicht mal das, weil meine Augen vom genauen Hinsehen brannten.

Aber die Lampenfabrik sicherte mein Einkommen und bewahrte mich einen Großteil der Zeit davor, an Bjarne zu denken. Manchmal lenkte mich die Arbeit so sehr ab, dass ich vergaß, was geschehen war, und den Weg zu meinem alten Zuhause einschlug. Oder mich dabei ertappte, mir vorzumachen, dass er vielleicht doch wieder durch die Türe treten würde.

Das Klappern ging weiter, und wieder und wieder klingelte es. Ich verdrehte schnaufend die Augen.

Die Frau, die zuvor nebenan gewohnt hatte, war in der Nacht nicht laut gewesen. Sie war Krankenschwester und hatte, wie Oves Frau Siri berichtete, eine private Pflegestelle angenommen. Die wenigen Male, die sie mir über den Weg gelaufen war, hatte sie immer eine Schwesterntracht getragen.

Offenbar war ihr Dienst im Hospital nun beendet. Durch die Extraschichten in dieser Woche hatte ich ihren Auszug nicht mitbekommen.

Sollte ich vielleicht doch klopfen? Dem Störenfried meine Meinung sagen?

Ich ließ mich wieder auf die Kissen sinken. Sie rochen nach der Seife, mit der ich mich jeden Abend wusch. Ich konnte es nicht ausstehen, schmutzig ins Bett zu gehen, besonders dann nicht, wenn meine Hände nach Schmieröl stanken.

Auch Bjarne hatte es so gehalten. Bevor er mir nach seiner Heimkehr nahekam, hatte er erst einmal ein Bad genommen. Manchmal hatten wir uns gleich geliebt, nachdem er aus der Wanne gekommen war, im Stehen, er noch feucht vom Wasser.

Ich weiß nicht, wieso, doch plötzlich hatte ich diesen einen Morgen vor drei Jahren wieder vor mir, den letzten, an dem ich Bjarne lebendig gesehen hatte …

Die frostige Märzluft drang rasch unter mein dunkelblaues Wollkleid und den Mantel, während wir zum Kai schritten. Erschaudernd zog ich das dicke, ockerfarbene Tuch, das Bjarne mir aus Russland mitgebracht hatte, um die Schultern zusammen.

Mein Mann schien von der Kälte nichts zu spüren. Er trug seine dunkelblaue Wolljacke, dunkle Hosen und die Kapitänsmütze auf dem Kopf, die er manchmal schelmisch seine »Krone« nannte. Trotz seiner vierzig Lebensjahre scherzte er gelegentlich wie ein junger Bursche.

Doch jetzt schien ihm dazu ebenso wenig zumute zu sein wie mir.

Unter einem tief hängenden, grauen Wolkendach schwappte das Meer dunkel und gischtgekrönt gegen die Hafenanlagen von Karlskrona, während im Hintergrund die Glocke der Admiralitätskirche acht Uhr läutete.

Bjarnes Schiff, die *Solveig*, ein Schoner, der inmitten moderner

Dampfschiffe altmodisch wirkte, erhob sich majestätisch an seinem Liegeplatz. Es war früher auf hoher See gefahren, hatte sogar die Passage um Kap Hoorn geschafft, doch nun wurde es als Transportschiff für Petroleum genutzt. Eines der letzten, die noch unter Segeln fuhren.

Petroleum war das schwarze Blut des Fortschritts, wie Bjarne es nannte. Es wurde für die Lampenfabrik gebraucht, aber auch die Königliche Admiralität wurde beliefert. Seit dem Jahr 1901 förderte Schweden selbst Erdöl, doch es reichte nicht aus, den gestiegenen Bedarf des ganzen Landes zu decken.

»Weißt du, wie gern ich dich hierbehalten würde?«, fragte ich. »Ich wünschte so sehr, dass du nicht mehr rausfahren müsstest.«

Bjarne küsste mich und zog mich an seine Brust.

In seinem Alter hätte er gut einen Posten an Land bekleiden können. Doch ich wusste, wie sehr er das Meer liebte. Wenn es etwas gab, auf das ich eifersüchtig war, dann die unergründlichen Wogen, die ihn immer wieder von mir wegtrugen.

»Wird es nicht langsam Zeit, dass die *Solveig* außer Dienst gestellt wird?«, fragte ich, während ich mich an ihn schmiegte.

Bjarne hatte mir erzählt, dass anlässlich des Inhaberwechsels ein Mann erschienen war, der sich sämtliche Schiffe, die für die Reederei fuhren, angeschaut hatte.

»Sie wird es schon noch eine Weile machen«, raunte er in mein Haar, das ich zu einem Zopf geflochten um meinen Kopf geschlungen hatte. »Aber vielleicht heuere ich nächstes Jahr auf einem Dampfschiff an.«

»Das würde dich nur noch länger von mir wegführen.« Ich blickte seufzend zu ihm auf und versuchte jeden Zug seines Gesichts in mich einzusaugen: seine eisblauen Augen, die kleine Narbe, die er an der Augenbraue hatte, den Schwung seines Kinns, die kleinen Grübchen in seinen Wangen.

»Es tut mir leid, dass ich dich verführt habe, mich zu heiraten«, sagte er lachend und küsste mich.

»Mir nicht«, gab ich zurück. »Doch es ist deine Schuld, dass ich nicht genug von dir bekommen kann.«

»Eines Tages werde ich immer bei dir sein, versprochen.« Er küsste mich noch einmal leidenschaftlich, und in mir stieg die alte Angst auf. Das Meer hatte keine Balken, und auch wenn Bjarne Walsted ein erfahrener Kapitän war, so war sein Schiff doch alt und die Fracht, die er über die Ostsee fuhr, gefährlich.

»Pass gut auf dich auf«, sagte er, als er sich aus meiner Umarmung löste. »Ich werde dir telegrafieren, sobald ich in Riga angekommen bin. Und ich werde dafür sorgen, dass wir uns nicht länger als nötig dort aufhalten.«

Ich nickte und versuchte die Tränen, die in mir aufstiegen, zu unterdrücken. Er sollte mich nicht weinen sehen, sollte keinen bedrückten Ausdruck auf meinem Gesicht mit sich nehmen auf die wochenlange Reise.

Bjarne wandte sich um. Als ich den Kopf zur Seite drehte, um mir rasch eine Träne aus dem Augenwinkel zu wischen, sah ich noch andere Frauen, die ihre Männer verabschiedeten. Sie alle würden bleiben, bis das Schiff hinter dem Horizont verschwunden war. Sie alle würden wie ich in den folgenden Wochen Angst um ihre Männer haben.

»Kommen Sie mir ja heil wieder, Kapitän Walsted!«, rief ich ihm nach, worauf er noch einmal stehen blieb und sich herumdrehte.

Jetzt gab es für mich kein Halten mehr. Es war egal, ob die anderen Frauen zuschauten. Ich rannte zu meinem Mann, schlang die Arme um seinen Hals und küsste ihn ein letztes Mal mit voller Inbrunst.

Hinter uns ertönte die Schiffsglocke. Wir würden die Zeit nicht betrügen können. Doch diesen einen Moment wollte ich behalten.

Für immer …

Nein, sagte ich mir, während ich spürte, dass Tränen in meine Augen schossen. Nicht jetzt. Der Schmerz durfte mich nicht schon wieder überwältigen.

Wütend warf ich mich auf die Matratze. Das Gestell darunter knarzte protestierend. Noch immer klapperte es nebenan. »Geh schlafen!«, flüsterte ich dem Störenfried mürrisch zu, obgleich er mich nicht hören konnte.

Dann drehte ich mich um, zog mir die Decke über die Ohren und schwor mir, ihm die Leviten zu lesen, wenn ich ihm am nächsten Tag begegnete.

2

Liv

»Fester!«, hallte meine Stimme durch das Ankleidezimmer.

Astrid kam meiner Aufforderung nach und zog die Korsettschnüre noch ein bisschen mehr an. Der mit Fischbein verstärkte, cremefarbene Stoff legte sich eng um meine Taille, wie die Umarmung eines Liebhabers, der geschworen hatte, mich nie mehr loszulassen.

Astrid schnaufte hinter mir. Im Gegensatz zu Svenja, meinem vorherigen Dienstmädchen, hatte sie nicht besonders viel Kraft in den Armen. Leider hatte Svenja vor zwei Wochen das Haus verlassen, um zu heiraten.

Ich betrachtete mich in dem hohen Spiegel, der schon so manche Generation Frauen dieser Familie bei der Morgentoilette beobachtet hatte. Das Glas war an den Rändern etwas angelaufen, und die kleinen Putten, die an den Ecken des Rahmens kauerten, waren an einigen Stellen verblichen.

Da ich recht zierlich war, stellte es keine so große Anstrengung dar, das gerade moderne Taillenmaß zu bekommen. Doch um wie eine Sanduhr auszusehen, würde ich nicht nur mein Hinterteil polstern müssen, auch für die Bluse hatte ich gefütterte Einlagen, um die unliebsamen Dellen zwischen Schultern und Brust auszugleichen und die Taubenbrust zu formen, die das derzeitige Ideal der Weiblichkeit darstellte.

Ein weiterer Ruck an den Schnüren presste mir die Luft aus der Lunge. Offenbar hatte Astrid doch noch irgendwelche Kraftreserven.

»Es reicht!«, rief ich schärfer, als ich beabsichtigt hatte. Ich griff nach hinten und versuchte, die Schnüre wieder ein wenig zu lockern. Wenigstens um die Brust herum, dass ich besser atmen konnte.

»Verzeihen Sie, gnädige Frau.« Astrid wich zurück und senkte den Kopf. Im Spiegel sah ich, dass sie rot wurde.

»Schon gut«, sagte ich und griff nach den Bändern. Ich führte sie um meine Taille herum, band eine Schleife und ließ die überhängenden Fäden unter dem Rand des Korsetts verschwinden. »Bring mir die Polster und den Unterrock.«

Astrid nickte und huschte zur Kommode.

Eine halbe Stunde später fühlte ich mich präsentabel. Mein braunes Haar hatte ich zu einem eleganten Knoten geschlungen und mit silbernen Nadeln festgesteckt. Auf meinem Gesicht lagen eine Schicht Puder, etwas Röte auf den Wangen und etwas Grau auf meinen Lidern, das ich mit einem angebrannten Hölzchen auftrug. Über meiner Unterwäsche trug ich eine reich mit Spitze verzierte weiße Bluse und einen dunkelgrauen Rock, der die Farbe meiner Augen zur Geltung brachte. Komplettiert wurde mein Aufzug durch braune Schuhe mit kleinem Absatz und einer Brosche am Kragen. Der blaue Stein funkelte in einem Strahl Morgensonne.

Es war das einzige Erbstück meiner Mutter. Sie selbst hatte die Brosche von ihrer Großmutter bekommen. Liebevoll zog ich mit dem Finger die Konturen der geschwungenen Fassung nach, die an einen Blütenkelch erinnerte. Bilder tauchten vor meinem geistigen Auge auf, Erinnerungen an die Zeit, in der meine Mutter das Zentrum meines Lebens war. Bis dieser eine Sommertag alles in die Brüche gehen ließ …

»Benötigen Sie noch etwas, gnädige Frau?«, riss mich Astrid aus meinen Gedanken. Ich hatte sie beinahe vergessen.

»Nein. Du kannst gehen«, sagte ich und drängte die Erinnerungen zurück. »Ich komme allein zurecht.«

Als sie fort war, wandte ich mich um. Durch die weißen Gardinen war das satte Grün des Parks zu erahnen. Ein wunderschöner Tag. Pfingsten. Normalerweise war das die Zeit, in der man sich zusammenfand, die Kirche besuchte und anschließend spazieren ging. Doch Sten hatte mir nicht den Auftrag gegeben, für diesen Tag etwas vorzubereiten.

Da ich nicht wusste, ob mein Mann bereits auf den Beinen war, beeilte ich mich, denn er hasste es, beim Frühstück auf mich zu warten.

Ich schritt über die weichen, prachtvoll gemusterten Teppiche des Flurs zur Treppe, die in einem eleganten Schwung in die untere Etage führte. Unser Haus war recht groß, neben dieser Treppe gab es im hinteren Teil noch einmal eine für die Dienstboten. Diese war steiler und weniger prächtig, während man auf den Stufen, die ich nun betrat, nur so dahinzufliegen schien.

An der Treppe blieb ich einen Moment lang stehen. Der schwere Kristalllüster, der wie eine große Traube von der Decke hing, glitzerte noch im Schein der Lampen, obwohl durch die hohen Fenster bereits Sonnenlicht hereinströmte. Die Portraits zwischen den Landschaftsbildern an den mit beige-goldener Tapete versehenen Wänden blickten mich wie immer kühl und ein wenig entrückt an.

Stens Eltern waren schon vor einigen Jahren von uns gegangen. Olivia, seine Mutter, war eine zarte Person gewesen, die schwer unter Migräne gelitten hatte. Ich konnte mich kaum noch an sie erinnern. Sie starb mit nicht mal fünfzig Jahren. Ihr Herz hatte einfach aufgehört zu schlagen.

Mein Schwiegervater Arnulf überlebte sie bloß um vier Jahre. Er war nur wenig älter gewesen als sie, ein rotgesichtiger Mann voller Vitalität. Auch seine Zeit wäre noch nicht gekommen gewesen.

Doch es hatte einen Unfall am Hafen gegeben. Ein Kran hatte plötzlich herumgeschwenkt und ihn getroffen. Obwohl ein Arzt schnell zur Stelle war, hatte er ihn nicht mehr retten können.

Die Portraits meiner Schwiegereltern waren vor zwei Jahren an dieser Wand angebracht worden. Sie waren die einzigen vertrauten Gesichter für mich. Bei den anderen handelte es sich um entfernte Ahnen, Frauen und Männer in altmodischen Kleidern und mit teilweise seltsam anmutenden Frisuren.

Doch wenn mich wie heute die Schwermut überkam, glaubte ich in allen Augenpaaren einen Vorwurf zu erkennen. Den, nicht für den Fortbestand dieser Familie zu sorgen.

Das Esszimmer war einer der schönsten Räume dieses Hauses. Das in einem warmen Braunton gehaltene Parkett wurde von den Dienstmädchen blitzblank gehalten. Die Wände waren nicht mit Tapeten geschmückt, sondern mit echten Wandmalereien, die Szenen aus dem ländlichen Leben zeigten. Sie mussten mittlerweile schon an die hundert Jahre alt sein.

Sten sprach immer mal wieder davon, den Raum umgestalten zu lassen. Zu modernisieren. Doch er war dermaßen beschäftigt, dass er nicht dazu kam. Ich war froh darüber, denn ich liebte die alte Villa in der Ronnebygatan. Wie durch ein Wunder hatte sie den großen Stadtbrand im Jahr 1790 unbeschadet überstanden. Mit ihrem weitläufigen Garten und den weißen Säulen kam sie meiner kindlichen Vorstellung eines Schlosses ziemlich nahe. Sogar Hugo Skantze, der Besitzer der Lampenfabrik, der ein paar Häuser weiter in der Nummer 5 wohnte, beneidete uns darum.

Hier unten war außer mir noch niemand. Ich hörte Astrid gedämpft mit dem Geschirr klappern. Von draußen tönte Vogelzwitschern durch die Fenster.

Ich trat an den langen Esstisch, der Platz für acht Personen bot. Auf Wunsch von Sten wurden unsere Gedecke an den Kopfenden ausgelegt, weit voneinander entfernt. Das Blumenbouquet dazwischen wurde jeden zweiten Tag erneuert. Momentan bestand es aus rosafarbenen Rosen, weißem Schleierkraut, weißen Margeriten und dunkelroten Ranunkeln. Besonders im Winter kosteten diese Arrangements ein Vermögen, und meist waren die Dienstmädchen und ich die Einzigen, die sie sahen. Selbst wenn Sten hier war, wirkte es nicht so, als würde er sie wahrnehmen.

Schritte ertönten, und wenig später kam Sten durch die Tür. Er trug einen sandfarbenen Anzug und ein Hemd mit Vatermörderkragen. Sein blondes Haar war ordentlich gescheitelt.

»Guten Morgen, Liv.«

»Guten Morgen«, erwiderte ich und trat zu ihm. Er küsste mich auf die Wange. »Hattest du eine gute Nacht?«

»Es ging so«, antwortete er knapp und begab sich an seine Seite des Tisches.

Seine Berührung hallte in mir nach. Ich roch sein Rasierwasser, und eine alte Sehnsucht kroch in mir hoch. Wenn er mich doch nur in seine Arme ziehen und wieder so leidenschaftlich küssen würde, wie er es damals getan hatte! Unsere Ehe war vielleicht arrangiert gewesen, dennoch hatten wir eine gewisse Leidenschaft füreinander entwickelt.

Doch damals hatte er noch die Hoffnung gehabt, dass ich Kinder bekommen würde.

Jetzt, sieben Jahre nach unserer Hochzeit, schliefen wir in getrennten Betten. »Damit ich dich nicht störe, wenn ich spät zurückkehre«, war Stens Erklärung dafür gewesen.

Ich setzte mich auf meinen Platz und spürte dabei die Enge des Korsetts noch mehr als sonst. Früher hatte Sten mich dafür bewundert, dass meine Taille schmal wie die eines jungen Mädchens war. Es wäre ihm aufgefallen, dass ich mich besonders hübsch gemacht hatte.

Jetzt richtete er den Blick sofort auf die Abendzeitung, die gebügelt neben seinem Teller lag. Er war vergangene Nacht so spät heimgekommen, dass er sie nicht mehr hatte lesen können. Überhaupt sah ich ihn in letzter Zeit nur zum Frühstück.

Astrid trug das Essen auf. Angesichts des Geruchs der frischen Erdbeermarmelade lief mir das Wasser im Mund zusammen. Ruth, unsere Köchin, hatte ein ganz spezielles Rezept dafür, das sie niemandem verriet – auch mir nicht. Doch warum sollte eine Fabrikantengattin wie ich auch Marmelade kochen?

Ich räusperte mich. »Musst du denn den ganzen Tag im Büro bleiben?«, wagte ich einen Vorstoß. Sten arbeitete weiß Gott genug, und dass er sich nicht einmal am Sonntag ein wenig Ruhe und Zerstreuung gönnen wollte, besorgte mich ein wenig.

»Ich habe doch gesagt, dass ich viel zu tun habe«, gab Sten zurück, während er die Kaffeetasse an den Mund führte. »Wir haben einen Großauftrag aus Deutschland bekommen. In diesen Zeiten ist das fast ein Wunder!«

»Aber selbst in Deutschland feiert man Pfingsten!«

Der Blick, den er mir daraufhin zuwarf, ließ mich wünschen, meinen Mund gehalten zu haben.

Sten schnaufte und stelle die Kaffeetasse ab. »Liv«, begann er, und etwas in mir krampfte sich zusammen. Ich mochte seine Ansprachen nicht. Und ich verstand auch nicht, warum er sie mir gegenüber hielt wie vor einem seiner Mitarbeiter. »Du weißt, wie viel von meinem Erfolg abhängt. Das alles hier«, er machte eine ausladende Handbewegung, »kommt nicht von nichts. Als Besitzer muss ich alle Aspekte überwachen. Natürlich sind das Dinge, von denen du keine Ahnung hast.«

Die Worte schnitten in meine Seele wie die Stäbe des Korsetts in meine Rippen. Wenn ihm meine Fragen oder Forderungen unangenehm wurden, reagierte er in letzter Zeit häufiger damit, mich als unwissend hinzustellen.

Ein Geräusch ließ mich zur Tür blicken. Astrid hatte den Kopf hereingesteckt, wahrscheinlich, um noch einmal nach unseren Wünschen zu fragen. Als sie meinen Blick auffing, zog sie sich schnell zurück.

Sten schien sie nicht bemerkt zu haben. Während sich sein

Gesicht mehr und mehr rötete, holte er weiter aus. »Das Geschäft mit den Deutschen ist wichtig, denn es könnte dazu führen, dass wir Folgeaufträge in der Größenordnung bekommen. Du als meine Ehefrau hast die Pflicht, mich dabei zu unterstützen, und das tust du am besten, indem du mich gewähren lässt und mir nicht ständig widersprichst.«

Ich spürte deutlich, dass er sich in Rage reden wollte. Meine Frage war harmlos gewesen, doch sie wirkte nun wie ein Funke an einem Dynamitfass. Ich hatte ihm nicht widersprochen und auch nichts gefordert. Ich hatte ihn nicht darum gebeten, mehr Zeit mit mir zu verbringen. Doch genau so schien er es aufgefasst zu haben, und das war anscheinend das Letzte, was er wollte.

»Du solltest dir mehr Freundinnen suchen«, fuhr er in scharfem Ton fort. »Eine Aufgabe. Oder einen guten Zweck. Schau dir Nanna Skantze an! Sie hat drei Kinder und noch Zeit für Wohltätigkeit! Wenn du schon keine Kinder hast, könntest du der Gesellschaft auf andere Weise nützlich sein!«

Mit unwirschen Bewegungen faltete er die Zeitung zusammen, nahm noch einen Schluck aus seiner Tasse und sagte dann steif: »Entschuldige mich.« Damit kehrte er mir den Rücken zu und marschierte zur Tür.

Ich fühlte mich, als hätte ich einen Schlag ins Gesicht bekommen.

Was war geschehen? Warum dieser plötzliche Ausbruch? Ich hatte doch nur angemerkt, dass Pfingsten war … Selbst wenn Sten kein eifriger Kirchengänger war, musste er doch anerkennen, dass dies ein besonderer Tag war. Ein Tag, wenn nicht mit Gästen, dann für uns.

Stattdessen hatte er mir vorgeworfen, ihn von seinen Geschäften abzuhalten. Er hatte mir unsere Kinderlosigkeit vorgehalten, mich nutzlos genannt …

Schwere Ziegelsteine türmten sich auf meiner Brust. Ich fühlte mich schwach und machtlos, und vor allem war es … ungerecht.

Wir hatten so oft versucht, Kinder zu bekommen. Ärzte hatten mich untersucht und nichts Krankhaftes gefunden. Und der Vergleich mit Nanna … Sie und ihr Hugo wirkten noch immer so verliebt wie am Tag ihrer Hochzeit. War es da ein Wunder, dass sie so viele Kinder hatten?

Zitternd griff ich nach meiner Kaffeetasse. Die heiße Flüssigkeit schwappte mir über die Hand und auf die Tischdecke. Der körperliche Schmerz war mir willkommen, betäubte er doch den in meiner Seele.

3

Marlene

Mit einem kraftvollen Ruck öffnete ich die Tür des kleinen Verschlags. Ove bewahrte hier nicht nur seine Kisten und Fässer auf, er erlaubte mir auch, mein Fahrrad hier unterzustellen. An einen Pfosten gekettet, sicher vor Dieben, wartete es auf meine sonntäglichen Ausflüge.

Es war einer der wenigen Schätze, die ich aus meinem früheren Leben behalten hatte. Ein kleines Stück Freiheit.

Ich erinnerte mich noch genau an den Tag, als Bjarne mich mit zugehaltenen Augen aus dem Haus geführt hatte. Für einen Moment hatte ich geglaubt, er wolle mir einen Hund schenken. Als er meine Augen wieder freigegeben hatte, sah ich es: schwarz lackiert, mit blitzblank polierten Speichen und einer silbrig glänzenden Klingel.

Ich fiel ihm um den Hals, küsste ihn und fragte dann: »Woher hast du das? Und wie hast du das vor mir verstecken können?« Ich war jeden Tag in den Holzschuppen gegangen, dort hätte ich es sicher entdeckt.

»Aus Stockholm«, hatte er geantwortet. »Peer hat es für mich aufbewahrt.« Peer Martens war sein Maat, mit dem er viele Jahre auf See gewesen war. »So kannst du immer zum Hafen fahren, anstatt dir deine hübschen Füße plattzutreten.«

»Eigentlich habe ich nichts dagegen zu laufen«, hatte ich lachend geantwortet, ihn erneut geküsst und mich dann in den Sattel geschwungen.

Eine Ewigkeit schien seitdem vergangen zu sein …

Den Weg zur Lampenfabrik legte ich meist zu Fuß zurück, doch an den freien Sonntagen fuhr ich durch die Stadt oder ins Hinterland hinaus und ließ mir den Wind um die Nase wehen. Der heutige Maitag war wie geschaffen dafür.

Die Luft an diesem Pfingstsonntag 1910 war mild und die Sonne schon so kräftig, dass ich sie durch meine Jacke fühlen konnte.

Nachdem ich das Fahrrad aus dem Verschlag geholt hatte, öffnete ich die Frontklappe meines schwarzen Laufrocks und verwandelte ihn damit in Windeseile in eine Hose mit weiten Beinen.

Ein Kribbeln durchzog meinen Körper. Obwohl einige adelige Damen diese Art Beinkleid offen zur Schau stellten, war es in einer Stadt wie Karlskrona noch immer verpönt. Doch ich fühlte mich damit frei wie nie. Außerdem, was hätte meinen Ruf denn noch schlechter machen können?

Wenig später fuhr ich die Straße hinunter, allerdings nicht zum Hafen, sondern in Richtung Bahnhof. Ich wollte zunächst über die Brücke nach Pantarholmen, einer zu Karlskrona gehörenden Insel im Norden, und dann an Blå Port vorbei in Richtung Wald.

Im Wald gab es zu dieser Jahreszeit schon einiges, was man gebrauchen konnte: Waldmeister in Hülle und Fülle, Löwenzahn für einen Salat, und Gundermann, den ich für Suppe verwenden konnte. Wenn ich Glück hatte, würde ich vielleicht noch ein paar Nüsse vom vorherigen Winter aufstöbern. Eichhörnchen legten große Lager an, waren aber vergesslich, sodass man auch im Frühjahr noch Waloder Haselnüsse finden könnte.

Doch zuvor musste ich noch etwas erledigen.

Am nördlichen Stadtrand erhob sich eine Reihe von Mietskasernen, in denen nicht nur Arbeiter untergebracht waren. Auch lebten hier Leute, die es nicht ganz so gut getroffen hatten. Sie hangelten sich mit Gelegenheitsarbeiten von einem Tag zum nächsten, konnten immer nur gerade so die Miete für den Monat aufbringen.

Die kleine Gestalt, die ich wenig später auf einem Treppenabsatz zu Gesicht bekam, gehörte zu ihnen.

Ingrid Lasebrö war mir vor einem Jahr begegnet. Sie war um die fünfzig, ihre Kleider wirkten zerschlissen, das ergrauende Haar hatte sie unter einem Kopftuch versteckt. In einem Hinterhof hatte sie den Abfall durchsucht und war von einem Mann mit groben Händen und brutalem Gesicht angegangen worden.

Ich hatte den Kerl in die Schranken gewiesen und brachte sie unter einem Schwall Beschimpfungen fort.

»Sie hätten sich nicht einmischen sollen«, sagte Ingrid. »Ich bin es gewöhnt, dass man mich nirgendwo haben will.«

Ich schüttelte den Kopf. »Ist schon gut. Es sind nur Worte, nicht wahr?« Sie hatte mich angesehen, und ich hatte erkannt, was sie dazu getrieben hatte, den Müll zu durchwühlen. Hunger.

Auch wenn sie durchaus ein Dach über dem Kopf hatte – eine kleine, von Schimmel durchzogene Wohnung in einem unserer ärmsten Viertel –, reichte das Geld, das sie verdiente, manchmal nicht, um sich im Laden Brot zu kaufen.

Der Teil von meinem Proviant, den ich ihr damals zusteckte, war zwar nur ein Tropfen auf den heißen Stein, aber Ingrid hatte sich mit leuchtenden Augen bedankt.

»Frohe Pfingsten, Ingrid!«, rief ich und hielt vor ihr an. »Hast du Lust auf einen Ausflug?«

Ich wusste, dass sie nicht mitkommen würde, schon gar nicht auf dem Gepäckträger des Fahrrades.

Ingrid lachte auf. Wie immer trug sie einen abgewetzten dunkelgrünen Mantel, fingerlose braune Handschuhe und Schuhe, die etwas zu groß an ihren Füßen wirkten.

Die Sonnenstrahlen schienen ihr gutzutun. Ihr Gesicht wirkte gesünder als sonst.

»Frohe Pfingsten dir auch! Aber du machst wohl Witze, Marlene!« Ein breites Lächeln erschien auf ihrem Gesicht, das voller Falten und Runzeln war, Spuren eines Lebens, das nur selten gut zu ihr gewesen war. »Wir kippen mit deinem Fahrrad in den Graben!«

»Nicht, wenn ich fahre!«

Sie schüttelte den Kopf. »Du weißt, was meine Knochen dazu sagen würden. – Komm, setz dich doch einen Moment. Oder hast du es eilig?«

Ich verneinte, lehnte das Fahrrad an die Hauswand und ließ mich auf der Treppe nieder. Die Häuser ringsherum wirkten einfach, beinahe ärmlich. Viele von ihnen hatten Risse in der Fassade. Von manchen blätterte die Farbe herunter. An einigen Stellen war das Pflaster schadhaft. Ein muffiger Geruch strömte aus offen stehenden Fenstern.

»Ich habe hier etwas für dich.« Ich nahm zwei Äpfel und ein in Papier eingewickeltes Butterbrot aus meiner Tasche. »Mit besten Grüßen von Siri Malmström.«

»Hat sie das so gesagt?« Ingrid zog zweifelnd die Augenbrauen hoch. Sie wusste natürlich, dass sich niemand von den Leuten in der Stadt für sie interessierte.

»Nein«, gab ich zu. »Aber ich habe schon gefrühstückt.«

»Und was isst du da draußen im Wald?« Ingrid klang fast schon peinlich berührt.

»Kräuter, Beeren … Irgendwas finde ich immer.« Ich stieß sie an. »Ich kann dir gern etwas mitbringen.«

»Ich hätte nichts gegen Nüsse einzuwenden.«

»Die bekommst du«, versprach ich ihr.

Ingrid ließ die Äpfel und das Brot in ihren Manteltaschen verschwinden. »Weißt du eigentlich, dass ich dich beneide?«, fragte sie.

Ich wagte nicht, nach dem Warum zu fragen, denn es war ja offensichtlich. Ich hatte einen vollen Magen und Arbeit, ich musste nicht darum bangen, dass ich mein Dach über dem Kopf verlor.

Ingrid dagegen war davon abhängig, dass man sie gewähren ließ, wenn sie sich einen Apfel von einem Baum zupfte oder im Abfall von Krämerläden nachsah. Dass man sie in der Wäscherei zum Arbeiten einließ, auch wenn sie zuvor tagelang gefehlt hatte.

»Du bist noch jung«, sagte sie, »und hast es trotz allem, was geschehen ist, geschafft, auf die Füße zu fallen. Wie eine Katze.« Sie gab mir einen kleinen Knuff.

Ich versuchte zu lächeln, trotz des Steins, der auf meiner Seele lag. Es waren harte Jahre gewesen, Jahre voller Schmerz und dunklen Stunden. Ich war zu einer Ausgestoßenen geworden, obwohl ich mit dem, was auf Bjarnes Schiff passiert war, nichts zu tun hatte.

Aber Ingrid hatte recht, ich hatte mich wieder gefangen.

Und auch wenn ich mich mit meinen achtundzwanzig Jahren manchmal alt fühlte, lagen noch viele Jahre vor mir.

»Ich hatte Glück«, entgegnete ich.

»Nein, nicht nur Glück«, entgegnete Ingrid, griff nach meiner Hand und drückte sie. »Du bist stark und kannst arbeiten. Ich wünschte, meine Hände wären besser, damit ich nicht nur für die Miete in diesem Loch arbeiten könnte.«

Ich blickte auf Ingrids Finger, die geschwollen waren vom Rheuma. An manchen Tagen konnte sie sie recht gut bewegen, doch die Schufterei in der Wäscherei verschlimmerte die Schmerzen. Wenn sie versuchte, sie zu ignorieren, führte das oft dazu, dass sie die Hände gar nicht mehr bewegen und nicht zur Arbeit antreten konnte. Das waren dann die Hungertage, an denen sie sich auf die Suche nach Essbarem machen musste.

»Ich habe mal davon geträumt, Köchin zu werden«, fuhr sie fort. »Wenn Ulf noch hier wäre …« Ihre Stimme stockte, und in ihre Augen schlich ein trauriger Ausdruck.

Ich schlang meinen Arm mitfühlend um ihre Schulter, und mir wurde klar, dass ich ganz leicht an Ingrids Stelle hätte sein können. Was, wenn alles viel später passiert wäre? Wenn ich nicht mehr die Möglichkeit gehabt hätte, selbst arbeiten zu gehen?

»Aber es hilft nichts, nicht wahr?«, riss mich Ingrids Stimme aus den Gedanken. »Was geschehen ist, kann nicht ungeschehen gemacht werden. Der Tod ist kein Händler, mit dem man feilschen kann.«

Plötzlich klebte ein dicker Kloß in meinem Hals.

»Ich habe ja dich, damit du nach mir siehst«, fügte Ingrid hinzu. »Das ist viel mehr, als andere in der Stadt tun.«

»Ich wünschte, ich könnte dich noch besser unterstützen.« Es war nicht das erste Mal, dass ich daran dachte, sie mit in die Lampenfabrik zu nehmen. Da viele junge weibliche Angestellte heirateten und deswegen kündigten, gab es immer leere Plätze an den Werkbänken, die besetzt werden mussten.

Ingrid schien meinen Gedanken zu erraten, denn sie sagte plötzlich: »Für die Lampen sind meine Finger zu steif. Und niemand wird mich dort als Küchenfrau anstellen.« Sie deutete auf ihre Kleider, dann schüttelte sie den Kopf. »Nein, lass nur. Was du tust, ist genug. Wir kennen uns ja kaum.«

Das stimmte nicht, und Ingrid wusste das. Wir kannten einander mittlerweile gut genug.

Die Kirchenglocke läutete. Ingrid mühte sich von ihrer Treppenstufe hoch. Es wurde Zeit für den Pfingstgottesdienst. Früher wäre ich auch gegangen, allein schon um zu beten, dass der liebe Gott Bjarne behütete, aber ich wusste mittlerweile, dass die anderen Seemannsfrauen diesen Besuch für mich zur Hölle machen würden.

4

Liv

Der Schimmel trabte ruhig vor der einspännigen Kutsche, deren metallene Beschläge blankgeputzt in der Sonne glitzerten.

Jetzt, da der Frühling sich unaufhaltsam ausbreitete, wirkte alles viel freundlicher und sanfter. Die Bäume und Wiesen begrünten sich, auch wenn man hier nur wenig davon sah.

Ursprünglich war Karlskrona ein reiner Marinestandort gewesen, doch dann hatten sich mehr und mehr Menschen auf den umliegenden Inseln angesiedelt und die Stadt zu dem gemacht, was sie heute war. Viele Brände hatten das Gesicht der Stadt verändert. Mittlerweile fand man nur noch vereinzelt Häuser, die älter als zweihundert Jahre waren. Die große Festung vor der Stadt gehörte genauso dazu wie die alten Kirchen.

Um diese Uhrzeit waren viele Kirchgänger unterwegs, aber die würdigten mich kaum eines Blickes. Ich hielt die Zügel fest in der Hand, wie damals, als ich für einen der Pastoren, bei denen ich gewohnt hatte, mit dem Wagen in die Stadt fahren musste, und fühlte mich zum ersten Mal seit Langem frei.

Wie Kohlensäurebläschen in einem Sodaglas stieg die Freude in mir auf, und der Gedanke, dass Sten nicht wusste, was ich tat, ließ mich leise auflachen. Wenn er es gewusst hätte, wäre er sicher in die Luft gegangen! Es gehörte sich nicht für die Frau eines Stadtrates, selbst eine Kutsche zu lenken. Doch genau darauf hatte ich nach dem Gespräch heute Morgen Lust bekommen.

Seine Worte hatten noch lange in mir gewütet. Normalerweise hätten sie mich dazu gebracht, weinend in meinem Salon zu sitzen. Mich zu fragen, was ich falsch machte. Warum Sten nicht mehr glücklich mit mir war.

Das hatte ich zunächst auch getan. Aber dann … Ich weiß nicht, was über mich gekommen war.

Ich hatte wieder meine Mutter vor mir, die über Jahre vergeblich darauf gewartet hatte, dass der Mann, dessen Kind sie geboren hatte, endlich zu ihr stehen würde. Sie hatte ihr Glück vollkommen davon abhängig gemacht, wie er sich ihr gegenüber verhielt. Und war an seiner Ablehnung zerbrochen.

Mir wurde klar, dass ich im Grunde genommen nicht viel anders war als sie. Ich kleidete mich für Sten, frisierte mein Haar für ihn, versuchte, ihm zu gefallen. Und alles, was er sah, war eine Frau, die ihm keinen Erben bescherte.

Die Wut, die mich daraufhin gepackt hatte, war anders gewesen als alle Male zuvor. Anstatt weiterhin in Selbstmitleid zu versinken, lief ich in mein Zimmer, holte einen meiner braunen Straßenröcke hervor, dazu eine kurze braune Jacke mit breitem Revers und Keulenärmeln, in der ich mich gut bewegen konnte.

Wenn Sten keinen Pfingstausflug wollte, fuhr ich eben allein!

Astrid, die gerade dabei war, die Tischdecke mit dem Kaffeefleck fortzuschaffen, schaute mich erstaunt an, als ich die Treppe hinunterkam und sie aufforderte, dem Stallburschen Bescheid zu geben, das Pferd vor den Surrey zu spannen.

»Soll er Sie fahren?«, fragte sie. »Der gnädige Herr hat dem Kutscher Bescheid gegeben …«

»Nicht nötig, ich fahre selbst.«

Astrid war die Kinnlade heruntergeklappt.

»Du kannst außerdem heute schon etwas früher gehen«, hatte ich hinzugefügt. »Ich werde den Tag über auswärts sein.«

Das Mädchen bedankte sich und eilte davon. Wenig später stand die Kutsche bereit, und Martin, der Bursche, der unsere Pferde versorgte, staunte nicht schlecht, dass ich auf den Kutschbock stieg, die Zügel ergriff und die Pferde angehen ließ.

Kurz durchzuckte es mich, dass er meinem Mann erzählen könnte, was ich getan hatte. Doch war es denn falsch? Sten hatte mich aufgefordert, mir eine Aufgabe zu suchen. Mit der Kutsche zu fahren war eine.

Als ich den Surrey durch das Tor lenkte, bemerkte ich Nanna Skantze, die ihre drei Kinder vor sich her scheuchte, gefolgt von ihrem Ehemann. Offenbar waren sie auf dem Weg zum Pfingstgottesdienst in der Fredrikskyrkan.

Die beiden waren ein hübsches Paar. Nanna war einen Kopf größer als er, hatte rotes Haar und die schlanke Figur einer griechischen Göttin. Hugo war dunkelhaarig, bärtig und etwas gedrungen, hatte aber einen energischen Schritt.

Sten und Hugo waren beide erfolgreiche Geschäftsleute, deren Freundschaft hauptsächlich auf Petroleum gründete. Der eine lieferte, was der andere brauchte, und umgekehrt.

Aber die Zeiten waren im Wandel begriffen.

Schon seit einiger Zeit setzte sich Hugo Skantze dafür ein, dass die Stadt mehr und mehr elektrifiziert wurde. Zwar würde er dadurch weniger Petroleumlampen verkaufen, aber wie ich von Nanna wusste, war er dabei, die Produktion auf elektrische Lampen umzustellen.

Stens Freundschaft mit Hugo brachte es mit sich, dass ich mich auch mit Nanna anfreundete. Wir trafen uns zum Tee und hin und wieder zum Abendessen. Ich beneidete sie um ihre Kinder und um ihr Verhältnis zu ihrem Mann. Jeder sah, dass Hugo ganz vernarrt in sie war. Insgeheim wünschte ich mir, dass Sten und ich auch wieder so sein könnten.

Als sie auf meiner Höhe waren, winkte ich Nanna zu, die mich ein wenig erstaunt ansah. Ich grüßte Hugo und wünschte ihnen allen einen schönen Sonntag. Dann trieb ich, ungeachtet dessen, was sie wohl dazu sagen würden, den Schimmel an.

Ich kam nun in einen Teil der Stadt, in dem die moderne Zeit nicht mehr zu übersehen war. Obwohl es Sonntag war, rauchten einige Fabrikschornsteine, und Kähne mit Kohle fuhren den Sund hinauf. Auch Kirchenglocken und Feiertage konnten die Industrie nicht zum Stillstand bringen.

Ich fuhr weiter, immer weiter, dem Grün entgegen, das hinter Pantarholmen wartete. Fast konnte ich schon das Gras riechen, das mittlerweile lang genug war, um geschnitten zu werden. Ich würde einen ganzen Tag lang herumfahren und mich frei fühlen wie damals, als ich mit meiner Mutter von Pfarrhaus zu Pfarrhaus zog. Damals hatte niemand auf mich geachtet, niemand gefragt, wohin ich ging. Ich war einfach nur ein Mädchen, das in seiner Phantasie leben durfte.

Da schoss plötzlich etwas aus dem Gestrüpp. Ich konnte nicht einmal sagen, was es war, sah für einen Moment nur braunes Fell aufblitzen.

Der alte Schimmel, der sonst immer so friedlich war und nicht einmal zusammenzuckte, wenn es irgendwo knallte, wieherte auf, stieg, so weit es das Geschirr erlaubte, in die Höhe, dann rannte er los.

Ich wurde zurückgeworfen und wäre beinahe vom Sitz gefallen, doch ich konnte mich fangen und wieder hochziehen. Panisch griff ich nach den Zügeln, während der Wagen dahinraste, als gelte es, vor einer Gefahr zu flüchten.

»Ho!«, rief ich dem Schimmel zu, doch er hörte nicht. Was auch immer ihm über den Weg gelaufen war, hatte ihn dermaßen erschreckt, dass er gegenüber allen Rufen taub war. Während Angst durch meinen Körper peitschte, versuchte ich, das Pferd wieder unter Kontrolle zu bringen. Doch meine Kraft reichte nicht aus.

5

Marlene

Ich trat in die Pedale, als wäre der Teufel hinter mir her. Meine Lunge schmerzte, und meine Beine protestierten, doch ich versuchte es zu ignorieren.

Die Straßen füllten sich zusehends, und meine Angst vor einer unangenehmen Begegnung wuchs mit jedem Meter. Meine Hände, die den Lenker umklammerten, wurden eiskalt und feucht.

Es reichte zuweilen schon aus, dass die Frauen, deren Männer mit Bjarne in den Tod gefahren waren, mich sahen, um wieder den ganzen Hass in ihnen hochkochen zu lassen.

Vergangenes Weihnachten hatte ich den Fehler begangen, zum Gottesdienst in die Admiralitätskirche zu gehen. Ich hatte mich nach Gesellschaft gesehnt und geglaubt, dass sie es mittlerweile überwunden hätten. Als ich aus der Kirche kam, hatte mich die Spucke von Nella Holm direkt ins Auge getroffen.

»Miststück«, hatte sie mir zugeraunt, und die anderen, die sich hinter ihr zusammenrotteten, hatten ihr zugestimmt.

»Dass du die Nerven hast herzukommen!«

»Dein Mann soll in der Hölle schmoren!«

»Du bringst uns nur noch mehr Unglück.«

Dabei vergaßen sie alle, dass nicht ich das Schiff gesteuert hatte. Und dass auch ich das Liebste in meinem Leben verloren hatte.

Von der Nächstenliebe, die der Pastor zuvor noch verkündet hatte, war nichts zu spüren. Trotzdem hatte ich es nur dem Geistlichen zu verdanken, dass ich heil nach Hause gekommen war. Er hatte die Frauen zurückgedrängt und zur Ordnung gerufen.

Die Erinnerung ließ die Wut von damals in mir hochschießen. Ich biss die Zähne zusammen und trat noch fester. Dabei fühlte ich mich beinahe wie an jenem 27. März 1907, als ich zum Kontor am Borgmästarekajen gefahren war.

An diesem Tag hatten wir Bescheid bekommen, dass wir uns im Kontor einfinden sollten. Leider war der Botenjunge zu schnell weg, als dass ich ihn hätte ausfragen können. Die Angst, die während Bjarnes Abwesenheit immer in mir schwelte, brannte auf einmal lichterloh in mir.

Er hatte mir versprochen, aus Riga zu telegrafieren. Doch mittlerweile war er schon weit über der Zeit. Normalerweise dauerte die gesamte Fahrt nicht mehr als einen Monat. Aber im März war die See noch immer stürmisch und das Wetter unberechenbar.

Hatte es eine Havarie gegeben? Saß die Besatzung wegen eines Unwetters in Russland fest? Bjarne hatte mir haarsträubende Geschichten über russische Häfen erzählt …

Im Kontor warteten bereits andere Frauen. Gudrun, Anna, Mara und wie sie alle hießen. Jede von ihnen blickte sich mit großen, angstgeweiteten Augen um, aber kaum eine wagte, etwas zu sagen oder Fragen zu stellen.

Nach einer Weile gesellten sich auch Männer hinzu, Väter oder Brüder der Seeleute. Ihnen sah man die Angst weniger deutlich an, aber ich wusste, dass sie in ihnen tobte.

Schließlich war Sten Boregard vor uns getreten, begleitet von seinem etwas blass wirkenden Sekretär Rudolph Ekström.

Keine von uns Frauen hatte je zuvor mit dem Reeder gesprochen, der das Geschäft ein Jahr zuvor von seinem verstorbenen Vater übernommen hatte. Man sah ihn und seine schöne Ehefrau hin und wieder auf der Straße oder beim Gottesdienst, aber das war es auch schon. Auch sein Vater hatte nie mit Seemannsfrauen geredet.

Jetzt stand er da, mit Leichenbittermiene und im schwarzen Anzug. In seinen Händen hielt er einen Zettel.

»Meine Damen und Herren«, begann er in getragenem Ton, als wollte er ein Gedicht zum Besten geben. Aber es folgten keine Worte der Erbauung. »Mich erreichte soeben die Nachricht, dass unser Schoner *Solveig* vor einigen Tagen auf offener See in ein Unwetter geraten ist.« Ein schmerzvoller Ausruf ertönte hinter mir. »Zu Hilfe geeilte Schiffe kamen zu spät. Das Schiff war da bereits gesunken. Leider wurde die gesamte Besatzung ein Opfer der See.«

Die Worte landeten wie Felsbrocken auf mir. Mein Verstand weigerte sich, ihren Sinn aufzunehmen. Ein Unwetter. Das Schiff gesunken. Die Mannschaft …

»Sie sind alle tot?«, platzten die Worte aus mir heraus. Sie klangen überlaut durch die ungläubige Stille, die sich über die Anwesenden gelegt hatte. Wahrscheinlich glaubte in diesem Augenblick keiner, was Boregard gesagt hatte.

Er senkte den Kopf. »Ja. Sie sind alle tot.«

Für einen Moment wurde es so leise ringsherum, als hätte man uns eine große Glasglocke übergestülpt. Mein Verstand wehrte sich gegen die Worte, meine Finger gruben sich tief in meinen Arm, doch ich spürte keinen Schmerz. In meinen Ohren rauschte es, als wäre ich unter Wasser. Als ich nach unten blickte, sah ich das Blut an meinen Fingernägeln.

Dann brach der Sturm los.

»Das ist die Schuld deines Mannes!«, fauchte plötzlich eine der Frauen neben mir. Ich kannte sie nur flüchtig, wusste nicht einmal, wer ihr Gatte war.

»Ja«, pflichtete eine andere ihr bei, die ich nur als Beate kannte. »Er war der Kapitän!«

»Wie könnt ihr das sagen?« Ich sah mich hilflos um, doch es gab niemanden, der mich verteidigte. Ringsherum blickte ich nur in tränen- und hasserfüllte Augen. »Mein Mann hat sicher nichts damit zu tun! Ich kenne ihn! Er würde seinen Leuten niemals schaden!«

Aber meine Worte verloren sich in dem Zorn der anderen. Vorwürfe und Beschimpfungen folgten. Sie nannten Bjarne einen Säufer und verantwortungslos, einen Hallodri, einen Mistkerl.

Nichts von alledem war er.

»Meine Herrschaften!«, rief Boregard und hob beschwichtigend die Hände. »Wir wissen nicht, was der Grund für diese Katastrophe ist! Wir werden natürlich Ermittlungen anstellen. Doch bevor diese abgeschlossen sind, bitte ich Sie, keine Mutmaßungen zu unternehmen.«

Aber es klang halbherzig.

Frauen stürmten vor, um mich zu packen, ihre Wut und ihre Trauer an mir auszulassen. Einige Männer versuchten sie zu halten, doch sie konnten nicht verhindern, dass die Hände mich erreichten. Sie zerrten an meinem Haar, versetzten mir Schläge.

Mir blieb schließlich nichts anderes übrig, als davonzulaufen. Ich schwang mich auf mein Fahrrad und fuhr blindlings durch die Stadt. Bis heute konnte ich nicht sagen, welchen Weg ich eingeschlagen hatte. Mein Herz raste, und mein Verstand weigerte sich noch immer, die Worte des Reeders aufzunehmen. Bjarne sollte tot sein? Das war nicht möglich! Er sollte für den Tod seiner Mannschaft verantwortlich sein? Das konnte ebenfalls nicht sein!

Ein Fuhrwerk geriet mir in den Weg, und das Fluchen des Mannes auf dem Kutschbock klärte meinen Verstand. Erst jetzt bemerkte ich, welche Distanz ich bereits hinter mich gebracht hatte. Vor mir erstreckte sich der Kai, und die Festung erhob sich fast schon drohend in den Himmel.

Bjarne war tot!

Diese Erkenntnis riss mich auseinander. Ich begann zu schreien, als hätte ich den Verstand verloren.

Irgendwann erreichte ich unser Haus und fiel ins Bett. Ich verschloss nicht einmal die Tür. Das hätte leicht gefährlich werden können, aber die Frauen kamen nicht zu mir.

Am Morgen erwachte ich in dem Glauben, alles nur geträumt zu haben. Für einen Moment war ich davon überzeugt, dass Bjarnes Telegramm jeden Augenblick kommen und mir erklären würde, dass er sich hatte retten können.

Mochten mich die anderen auch hassen, mochte er vielleicht wirklich schuld sein, ich wollte nur, dass er zurückkehrte. Alles andere würden wir schon durchstehen.

Doch das Telegramm kam nicht. Er kam nicht.

Ich verdrängte die Erinnerung. Mittlerweile lagen die Wohnhäuser hinter mir, und ich näherte mich Pantarholmen. Meine Angst zog sich zurück, und ich trat jetzt etwas ruhiger in die Pedale.

Hier draußen begegnete man bestenfalls Arbeitern aus der Gießerei oder Reisenden. Denen war ich egal.

Für gewöhnlich war es hier sonntags recht still, auch wenn es sich um die offizielle Landstraße nach Karlskrona handelte.

Frischer Wind trug einen grünen Geruch nach Gras und Kräutern zu mir. Dazu gesellte sich die Seebrise.

Mochte die Sonne scheinen oder Regen fallen, in dieser Gegend war es immer windig. So windig, dass man auch dann auf dem Fahrrad treten musste, wenn man bergab fuhr. Bereits jetzt spürte ich die Böen, die an mir zerrten. Dennoch gönnte ich es mir, ein wenig langsamer zu werden, denn der Schweiß klebte die Unterwäsche an mir fest.

Auf der Pantarholmen-Insel drängte sich die Industrie: hohe, rußgeschwärzte Ziegelgebäude, deren Schornsteine dicken schwarzen Rauch in die Luft bliesen.

Auch die Gießerei der Lampenfabrik lag hier, deren Schornstein schon von Weitem zu sehen war. Ursprünglich war sie ein eigenständiger Betrieb, der aufgrund von Platzmangel hier errichtet wurde. Als ihr die Pleite drohte, kaufte Hugo Skantze sie und machte sie zu einem Teil seines Unternehmens.

Als ich näher kam, strömte mir ein scharfer, metallischer Geruch in die Nase. Ich war froh, dass ich nicht hier arbeiten musste. In der Lampenfabrik roch es den lieben langen Tag nach Schmieröl, aber das hier war schlimmer. Überhaupt lag über Karlskrona ständig der Geruch nach Rauch und Maschinenöl. Wenn man nicht gerade am Hafen war, konnte man kaum glauben, dass sich die Stadt an der Ostsee befand.

Nachdem ich die Gießerei passiert hatte, stutzte ich.

Ich kniff die Augen zusammen, ließ das Rad rollen und wurde sofort durch den Wind gestoppt. Als ich erkannte, was geschehen sein musste, fuhr mir ein heißer Schreck durch die Glieder, und ich begann erneut in die Pedale zu treten.

6

Oskar

Als ich die Augen öffnete, wunderte ich mich über die plötzliche Enge der Wände um mich herum. Dann erkannte ich das kleine Pensionszimmer, und mir wurde klar, dass ich mich nicht mehr in Stockholm befand.

In der vergangenen Nacht war ich eindeutig zu lange auf den Beinen gewesen. Das sollte ich mir abgewöhnen. Doch die Unterlagen, die ich erhalten hatte, waren wichtig. Und mir blieb nicht viel Zeit, sie zu kopieren.

Heute Abend, hatte mein Informant gemeint, *spätestens* heute Abend wollte er sie wiederhaben. *Die Katze wird nicht ewig außer Hauses sein, wenn Sie wissen, was ich meine.*

Ich hatte ihm zugesichert, dass ich ihm die Unterlagen rechtzeitig zurückbringen würde, auch wenn ich nicht glaubte, dass der Chef an Pfingsten in der Firma war.

Meinen Eifer, den Termin einzuhalten, bezahlte ich nun mit einem grausigen Stechen hinter den Augen, als ich mich erhob und mit dem Gesicht in den Lichtstrahl geriet, der durchs Fenster fiel. Verdammt, ich hatte nicht einmal die Vorhänge zugezogen, bevor ich mich schlafen legte!

Während ich zwinkernd versuchte, die grünen Flecken vor meinen Augen loszuwerden, ging ich zur Waschschüssel.

Glockenläuten drang an mein Ohr. Oder vielmehr versuchte es mein Gehör zu zerreißen. Dabei hatte ich gestern nur ein einziges Glas von diesem Teufelszeug getrunken, das mir mein Verleger zum Einstand vermacht hatte!

Das kalte Wasser, das ich mir ins Gesicht spritzte, verschaffte mir immerhin ein wenig Linderung.

Ich schlüpfte in saubere Kleidung: eine braune Hose, ein weißes Hemd, eine schwarze Weste mit einer kleinen Tasche für meine Uhr. Auf die Krawatte, die ich sonst trug, verzichtete ich vorerst, denn ich würde ja momentan nicht das Haus verlassen. Dieser Sonntag, Pfingstsonntag genau genommen, war leider kein Feiertag für mich.

Drei Tage waren seit meiner Ankunft in Karlskrona vergangen. Wie abgesprochen, hatte ich mich sofort bei meinem Zeitungsverleger Ron Lundström gemeldet.

Die *Blekinge Läns Tidning* war keine große Zeitung, deckte jedoch einen weiten Teil des Landstrichs um Karlskrona ab. Der Mann, der sie leitete, war etwas kleiner als ich, blond und um die vierzig. Sein sehniger Körper und seine hohe Stirn verrieten Entschlossenheit und Klugheit.

Schon als ich ihn zum ersten Mal sah, wusste ich, dass es keinen Sinn machte, ihn in irgendeiner Weise zu täuschen, also trat ich ihm so offen wie möglich entgegen. Mit Erfolg. Er bot mir seine volle Unterstützung an.

Nachdem ich die Knöpfe der Weste geschlossen hatte, überprüfte ich mein Aussehen im Spiegel. Mein Bart und mein Haar hatten dringend einen Besuch beim Barbier nötig. Meine Abreise war so schnell angeordnet worden, dass ich vorher nicht die Zeit dazu gehabt hatte. Wenn ich noch ein paar Tage länger wartete, würde ich wie ein *Snapphanar* aussehen, einer der legendären Räuber, die die Provinz Blekinge im 17. Jahrhundert heimgesucht hatten.

Doch für heute musste es gehen.

Ich verließ mein Zimmer und begab mich nach unten. Die Zimmerwirtin hatte mir angeboten, für ein paar Öre extra ein Frühstück zu bereiten. Es war nichts Besonderes, aber solide und sättigend. Und es war vor allem besser als das Essen, das ich in manchen Unterkünften vorgesetzt bekam.

Als ich die Küche betrat, die auch als Speisezimmer diente, kam mir meine Wohltäterin mit einem Stapel Teller entgegen.

»Guten Morgen, Herr Andersson«, grüßte sie mich mit einem freudigen Lächeln. Siri Malmström war eine zierliche, etwa sechzigjährige Frau mit weißblondem Haar und strahlend blauen Augen. In ihrer Jugend musste sie umwerfend ausgesehen haben.

Ihr Mann Ove war das ganze Gegenteil. Von seiner brünetten Haarpracht war nur noch ein ergrauter Kranz am Hinterkopf geblieben. Er trug einen Schnurrbart, seine Augen wirkten schlickgrau wie das Meer nach einem Sturm. Er war ein wortkarger Bursche, der sich meist hinter seiner Zeitung versteckte.

»Wie schade, dass Sie Ihre Nachbarin verpasst haben!«, sagte Frau Malmström, während sie das Gedeck vor mir auf den Tisch stellte. Der Duft des Rollmopses ließ mir das Wasser im Mund zusammenlaufen. »Sie ist eine sehr nette Frau. Und hübsch obendrein.«

Ihre Worte und das vielsagende Lächeln, mit dem sie mich bedachte, bestätigten nur, was ich mir schon gedacht hatte, als ich sie zum ersten Mal sah: Sie interessierte sich brennend für das Leben ihrer Gäste.

Ich fragte mich plötzlich, ob es klug gewesen wäre zu behaupten, dass ich verheiratet war.

»Ich fürchte, ich habe leider zu viel zu tun, um mich um die Damenwelt zu kümmern«, gab ich zurück.

Der alte Mann neben mir lachte auf und senkte seine Zeitung. »Da hörst du es!«, sagte er zu seiner Frau. »Ich habe dir gleich gesagt, dass er davon nichts hören will.«

»Aber die beiden würden so gut zueinander passen!«

Dass sie sich über mich unterhielten, obwohl ich mit ihnen im Raum war, fand ich höchst seltsam und auch unangenehm.

Doch der Rollmops, der wenig später in meinen Mund wanderte, vertrieb das Gefühl schnell. Nach einigen Schlucken von dem starken Kaffee zogen sich auch die Kopfschmerzen zurück.

Dreißig Seiten hatte ich noch abzutippen. Eigentlich war das nicht viel, aber die Handschrift, in der die Dokumente verfasst waren, konnte einfach nur als schrecklich bezeichnet werden.

Als ich mit meiner Mahlzeit fertig war, erhob ich mich und bedankte mich.

»Kommen Sie doch heute Abend auch zum Abendessen«, sagte Siri Malmström freundlich. »Möglicherweise ist Ihre Nachbarin auch da.«

»Ich fürchte, da bin ich schon verabredet«, erwiderte ich und beeilte mich, die Stufen hinaufzukommen.

7

Marlene

Die kleine Kutsche lag auf der Seite im Graben, das linke Hinterrad zeigte nach oben. Das dazugehörige Pferd, ein Schimmel, stand daneben und steckte den Kopf ins Gras. Schmutz und Grashalme hingen in seinem Fell. Wahrscheinlich war er von der umstürzenden Kutsche mitgerissen worden, konnte sich dann aber aus eigener Kraft wieder aufrichten.

Ich sprang ab, legte mein Fahrrad hin und lief um die Kutsche herum. Dann sah ich sie. Eine Frau in braunem Kostüm lag bäuchlings auf dem Boden. Ihr Haar zwar zerzaust und voller Grashalme, so als hätte sie sich auf der Wiese gewälzt.

»O mein Gott!«, entfuhr es mir, dann hockte ich mich neben sie. »Hallo? Können Sie mich hören?« Ich berührte sie vorsichtig. Wie war sie vom Wagen gestürzt? Wer war sie? Was sollte ich jetzt tun?

Ich beugte mich über sie, drückte mein Ohr an ihren Rücken. Ihr Atem war schwach, und ihren Herzschlag konnte ich kaum spüren.

»Hallo?«, fragte ich erneut.

Aber die Frau regte sich nicht. Panik erfasste mich. Wir waren hier ein ganzes Stück weit von einem Krankenhaus oder einer Arztpraxis entfernt. Und ich war keine Krankenschwester, die wusste, was jetzt zu tun war!

Ich blickte an ihr hinab, und dabei fiel mir auf, wie eng ihr Korsett geschnürt war. War sie deswegen ohnmächtig geworden und hatte die Kontrolle über das Gefährt verloren?

Korsetts gaben uns Halt, jede Frau trug eines. Doch nicht jede von uns war darauf aus, mit einer Wespentaille eine gute Partie zu machen.

Ich überlegte nicht lange, zog ihr die Jacke aus und zerrte die Bluse aus dem Rockbund. Dann löste ich langsam die Schnürung. Somit würde sie immerhin besser Luft bekommen. Schließlich drehte ich die Frau vorsichtig herum, und mein Schrecken verdoppelte sich. Nicht nur, weil sie eine klaffende Platzwunde an der Stirn hatte, aus der ihr das Blut ins Gesicht lief.

»Frau Boregard!«, rief ich aus.

Was war nur passiert? Und wo war der Wagenlenker? Normalerweise ließen sich die Boregards von einem jungen Mann durch die Stadt kutschieren. Hatte er das Weite gesucht? Holte er bereits Hilfe?

Ich beugte mich über sie und versuchte, das Blut mit einem Taschentuch vom Gesicht zu wischen.

»Frau Boregard?«, fragte ich erneut und tätschelte leicht ihre Wangen. Dabei fragte ich mich, ob ihr Mann mir ebenfalls die Schuld geben würde, wenn seine Frau starb … »Können Sie mich hören?«

Aber es war, als würde ich eine Wachsfigur berühren.

Glühende Wellen der Angst schossen durch meinen Körper. Ich blickte mich um in der Hoffnung, dass jemand hinter mir auftauchen würde. Doch ich sah nur ein paar Vögel, die in Richtung Meer flogen.

In meiner Ratlosigkeit tätschelte ich sie etwas kräftiger und begann schließlich, die Bewusstlose zu rütteln. Wenn das nicht half, was sollte ich dann tun? Zur Gießerei fahren?

Erneut schaute ich mich um, da hörte ich einen lauten, schnappenden Atemzug. Ich wirbelte herum, und ein Schrei der Erleichterung brach aus mir hervor. »Frau Boregard!«

»Was ist los?«, fragte sie benommen und wollte sich aufrichten. In der halben Bewegung sank sie jedoch wieder nach hinten.

»Bleiben Sie liegen«, sagte ich, während ich meinen Rucksack von den Schultern nahm und ihren Kopf darauf bettete.

Sie gehorchte und murmelte: »Wo bin ich?«

»In der Nähe der Gießerei«, antwortete ich. »Können Sie sich erinnern, was passiert ist?«

Liv Boregard runzelte die Stirn. »Nein, ich …« Sie stockte, dann spürte ich ihre Hand auf meinem Arm. »Warten Sie … die Kutsche!« Ein Ruck ging durch ihren Körper.

»Die Kutsche liegt neben Ihnen. Aber das Pferd scheint in Ordnung zu sein.« Ich wartete auf eine Reaktion, doch die kam zunächst nicht. Stattdessen wirkte sie, als würde sie mir wieder entgleiten. »Hatten Sie einen Unfall? Ist das Pferd durchgegangen?«, fragte ich schnell.

Frau Boregard schaute mich an. »Da war irgendwas«, sagte sie schließlich. »Ein Tier. Ich weiß nicht, ob es ein Marder war oder ein Hase … Irgendwas Braunes … Es hat das Pferd erschreckt.«

Ich blickte zu dem Schimmel, der uns beide beobachtete und träge vor sich hin kaute.

»Haben Sie Schmerzen?«, fragte ich weiter. »Spüren Sie Ihre Beine?« Ich hatte davon gehört, dass man, wenn man sich den Rücken brach, vollkommen taub da unten war.

Als Antwort stellte sie die Beine auf.

»Mein Handgelenk fühlt sich seltsam an«, sagte sie leise.

Ich betrachtete es. Das Gelenk sah auf den ersten Blick normal aus, doch als ich die Hand berührte, wirkte sie kühl und schlaff. So als würde das Blut nicht gut hindurchfließen.

»Wir werden einen Arzt aufsuchen müssen.«

»Kein Arzt!« Sie fuhr auf. Noch war sie etwas wacklig, aber der Schreck schien sie wieder stabiler zu machen, denn nun blieb sie stocksteif sitzen. »Ich kann nicht zu einem Arzt.«

»Warum nicht?«, fragte ich. Sie musste doch das Geld haben, einen Mediziner zu bezahlen.

»Weil … mein Mann«, druckste sie. »Er … weiß nicht, dass ich …«

»Dass Sie ausgefahren sind?«

Liv Boregard senkte den Kopf. »Er wird wütend sein, wenn er es erfährt.«

Wieso? Sie hatte einen Ausflug gemacht. Das war doch nichts Besonderes an einem Sonntag. Zumal viele Leute an Pfingsten aufs Land fuhren. Es sei denn …

Nein, es ging mich nichts an.

»Sie sollten sich dennoch untersuchen lassen«, beharrte ich. »Ihr Handgelenk … es sieht aus, als wäre es gebrochen.«

Sie versuchte, die Hand zu bewegen, verzog dann aber schmerzhaft das Gesicht.

Wunderbar! Und wie sollten wir die Kutsche wieder auf die Räder bekommen? Auf meinem Fahrrad konnte ich sie wohl kaum mitnehmen …

»Wo ist eigentlich Ihr Kutscher?«, fragte ich und blickte mich um. Irgendwer würde uns helfen müssen, den Wagen umzudrehen.

»Das ist es ja«, antwortete sie mit Tränen in den Augen. »Ich bin allein losgefahren. Ohne Kutscher. Mein Mann wird außer sich sein, wenn er das erfährt …«

Ich schnaufte. »Nun, er wird noch wütender werden, wenn er erfährt, dass Sie keinen Arzt aufgesucht haben.« Eine Idee kam mir. »Fühlen Sie sich gut genug, dass ich Sie für einen Moment allein lassen kann?«

»Wo wollen Sie denn hin?« Ihre Augen weiteten sich angsterfüllt. »Lassen Sie mich nicht im Stich, bitte!«

Ich hockte mich vor sie und sah ihr in die Augen. »Ich werde Hilfe holen, damit wir den Wagen wieder auf die Räder stellen können. Das Pferd scheint in Ordnung zu sein. Dann kann ich Sie zu einem Arzt fahren – oder ins Lunds-Lazarett. Nach einem Sturz wie diesem müssen Sie sich anschauen lassen. Sie wollen doch nicht vor Schmerzen vergehen, wenn Sie zu Hause sind.«

»Aber mein Mann …«, protestierte sie erneut, allerdings nur noch schwach.

»Wir lassen uns schon etwas einfallen, ja?« Ich erhob mich und ging zu meinem Fahrrad. »Ich bin gleich wieder da, versprochen.«

8

Liv

Das Lunds-Lazarett war in einer alten Backsteinvilla untergebracht, die von einer weitläufigen Parkanlage umgeben wurde. Auf den Wegen sah man Krankenschwestern, die Patienten in Rollstühlen schoben oder sie beim Gehen stützten. Sonntags herrschte draußen besonders viel Betrieb, während es im Innern des Hauses eher still war.

Es war ein Ort der Heilung, und so, wie sich mein Kopf und mein Arm jetzt anfühlten, hatte ich diese dringend nötig.

Dennoch überlief es mich bei seinem Anblick kalt. Das letzte Mal war ich hier gewesen, um meine Mutter zu besuchen. Fünf Jahre waren seitdem vergangen. Janna war gestorben, bevor ich noch einmal mit ihr sprechen konnte, und ich hatte danach tagelang Albträume von diesem Ort gehabt, der nach Karbol und etwas anderem roch, das schwer zu greifen war. Krankheit vielleicht. Tod.

Ich schob den Gedanken beiseite und blickte zu meiner Retterin, die souverän den Wagen lenkte.

Sie hatte sich mir als Marlene vorgestellt und erzählt, dass sie in der Lampenfabrik von Karlskrona arbeitete. Als ich darüber staunte, wie gut sie mit dem Pferd umging, offenbarte sie mir, dass sie dies von ihrem Vater gelernt hatte.

Es war mir beinahe wie ein Wunder erschienen, dass sie am Sonntag Leute auftreiben konnte, die uns halfen. Die drei Männer aus der

Gießerei hatten trotz des Feiertages Dienst, weil jemand die Maschinen überwachen musste. In Windeseile hatten sie den Surrey wieder umgedreht.

Marlene brachte den Schimmel auf dem Abstellplatz für Kutschen hinter dem Haus zum Stehen und schaute sich nach ihrem Fahrrad um, das hinten in der Kutsche lag. Wollte sie los? Der Gedanke, allein ins Hospital zu gehen, machte mir Angst.

»Kommen Sie mit rein?«, fragte ich. »Ich würde mich sehr freuen, wenn Sie noch ein Weilchen bei mir blieben.«

Einen Moment rang sie mit sich, dann nickte sie. »Ich schließe nur noch mein Fahrrad an.«

Zu meinem Erstaunen zog sie eine Kette aus dem Rucksack, zusammen mit einem Schloss, dessen Schlüssel sie in ihrer Tasche verschwinden ließ, als sie fertig war.

Erst jetzt fiel mir auf, dass sie Hosen trug.

Als sie meinen Blick bemerkte, knöpfte sie die Vorderklappe des Kleidungsstücks rasch zur anderen Seite und machte daraus wieder einen Rock. Dann sprang sie vom Wagen und reichte mir die Hand.

Da ich während der Fahrt nur auf meine Hand geachtet hatte, spürte ich erst jetzt, wie zittrig ich auf den Beinen stand.

Marlene führte mich durch die Krankenhauspforte zum Empfang, wo eine rotgesichtige Schwester mit weißer Haube und gestärktem blau-weißem Kleid saß.

»Na, wen haben wir denn da?«, fragte sie mit einem Lächeln, das einige Fältchen auf ihre Nase zauberte.

»Liv Boregard«, antwortete ich. »Ich … ich hatte einen Unfall.«

Mein Name wischte das Lächeln von dem Gesicht der Schwester. »Boregard?«, wiederholte sie mit einem Ausdruck des Erstaunens. »Von der Reederei?«

»Ich bin die Frau von Sten Boregard.«

Die Schwester schoss in die Höhe. »Ich werde dem diensthabenden Arzt gleich Bescheid geben. Wenn Sie solange Platz nehmen wollen?« Sie deutete auf die Sitzbänke unter einem Steinrelief, das Vögel und Rosen zeigte. Dann lief sie los.

Marlene, die die Szene stumm beobachtet hatte, stützte mich auf dem Weg dorthin. Sie stellte keine Fragen, doch ich fühlte mich verpflichtet, das Verhalten der Schwester zu erklären. »Unsere Familie unterstützt das Krankenhaus finanziell. Der Arzt wird mich in Windeseile ins Sprechzimmer rufen lassen. Sie werden sehen.«

Wenige Augenblicke später geschah es genau so. Der Arzt erschien zwar nicht selbst, dafür kehrte aber die Empfangsschwester zurück, die eine Kollegin mitbrachte. Diese wirkte immerhin nicht so befangen.

»Guten Tag, Frau Boregard«, sagte sie. »Doktor Sömmarland erwartet Sie. Möchten Sie laufen, oder soll ich lieber einen Rollstuhl holen?«

»Ich denke, den Weg bis zum Sprechzimmer schaffe ich.« Ich blickte zu Marlene. Es wäre nur richtig gewesen, sie jetzt zu entlassen. Immerhin stahl ich ihr ihre kostbare Zeit. Doch ihre Gegenwart gab mir Sicherheit. Also fragte ich: »Sehen wir uns nachher noch? Ich würde Ihnen gern etwas für Ihre Mühe geben.«

»Oh, das ist nicht nötig!«, wehrte Marlene ab.

»Dann würde ich Sie lediglich bitten, auf mich zu warten. Falls ich hierbleiben muss, wäre es gut, wenn Sie bei mir zu Hause Bescheid sagen würden.«

Etwas schien ihr auf der Zunge zu liegen, doch sie sprach es nicht aus. Stattdessen nickte sie. Ich hakte mich bei der Schwester unter, die mich in einen langen Gang führte, der so dunkel war wie der Schlund eines Ungeheuers.

9

Marlene

Die Minuten zogen sich dahin. Wieder und wieder blickte ich zu der Krankenhausuhr, die über der Tür hing, hinter der Liv Boregard mit den Schwestern verschwunden war. Doch es schien, als würde eine unsichtbare Macht die Zeiger am Weiterrücken hindern.

Es gefiel mir gar nicht, dass ich meine Zeit hier absitzen musste. Dieser Ort weckte Erinnerungen, an die ich nicht gern zurückdachte. Als würden Geister in den Schatten lauern und darauf warten, mich anzuspringen. Mit jeder Minute, die verging, wurde der Knoten in meinem Bauch größer, wurden meine Hände zittriger.

Ich richtete meinen Blick auf die Wartenden auf der gegenüberliegenden Bank.

Erst vor wenigen Minuten waren sie eingetroffen: erst ein gebeugt gehender Mann mit schmerzverzerrtem Gesicht, kurz darauf eine Frau, deren blutender Fuß notdürftig verbunden worden war. Ich hatte mit angehört, wie sie der Schwester erklärt hatte, dass ihr ein Messer vom Küchentisch gefallen sei.

Dies ließ mich erschaudern, und ich empfand große Achtung vor den Leuten, die sich entschieden, hier zu arbeiten. Ich wusste nicht, ob ich dazu in der Lage gewesen wäre.

Lampen zusammenzuschrauben, war manchmal ein wenig eintönig, doch ich hatte es nicht mit Menschen zu tun, die alle Hoffnungen in mich setzten, was ihr Leben oder das eines Angehörigen anging, und die ich dann zuweilen doch enttäuschen musste.

Ich atmete tief durch und blickte wieder zu der Tür. Wie lange mochte es dauern, bis ein Handgelenk eingegipst war? Würde man sie hierbehalten?

Unruhe packte mich. Ich hatte Ingrid doch versprochen, ein paar Sachen aus dem Wald zu holen. Vielleicht hätte ich eher losfahren sollen, dann wäre ich gar nicht erst in die Verlegenheit gekommen …

Stimmen brachten mich dazu, zur Seite zu schauen. Eine junge Frau mit stark gerundetem Bauch stand nun an der Anmeldung. Offenbar war sie kurz davor, ihr Kind zu bekommen. Ein großer dunkler Fleck breitete sich auf ihrem Rock aus. Sogleich fühlte ich ein Stechen in meinem eigenen Bauch – und dann erwischte es mich.

Panik schoss durch meinen Körper. Ich blickte auf meine Handflächen und ballte sie zusammen, während mein Herz wild zu klopfen begann und ich die Augen zusammenkniff, ohne die Bilder ausblenden zu können. Blitzartig zuckten sie an mir vorbei: Wie ich durch diese Pforte getreten war. Wie sich das Blut auf meinem Rock ausgebreitet hatte. Die kalte Stimme des Arztes, der nicht in der Lage gewesen war, mir zu helfen …

Mein gequälter Schrei, als ich die unumstößliche Wahrheit erfuhr.

Auf einmal fühlte sich meine Kehle wie zugeschnürt an. Kalter Schweiß trat auf meinen Rücken. Obwohl ich mich mit aller Kraft, die ich aufbringen konnte, gegen diese furchtbare Erinnerung stemmte, spürte ich, dass ich verlieren würde, wenn ich nicht gleich von hier verschwand.

Dem Ort, der das Unglück noch schlimmer gemacht hatte.

Was tat ich überhaupt hier? Ich sollte auf dem Weg in den Wald sein! Und nicht auf diese Frau warten, die so weit über mir stand. Für deren Mann mein Bjarne gefahren war.

Ich blickte mich um, während es in meinen Ohren rauschte und pulsierte.

Luft! Ich brauchte Luft!

Ohne noch lange zu überlegen, stürmte ich auf zitternden Beinen an der Empfangsschwester vorbei, hinaus ins Freie. Nur ein paar Meter hinter der großen Treppe sank ich auf die Knie und krallte meine Hände ins Gras. Sie dürfen mich nicht so sehen, echote es durch meinen Verstand. Sie dürfen nicht glauben, dass es mir schlecht geht, sonst bringen sie mich wieder zu einem dieser Ärzte …

10

Liv

»Sie hatten Glück«, sagte Dr. Sömmarland, während er auf den Wandschirm deutete, an dem mein Röntgenbild hing. »Keine Gehirnerschütterung, keine inneren Verletzungen. Der Sturz hätte wesentlich schlimmer ausgehen können.«

Mir fiel ein, dass unsere Familie es dem Krankenhaus im Jahr 1908 ermöglicht hatte, ein hochmodernes Röntgengerät aus Amerika anzuschaffen, das anstatt der üblichen Glasplatten Filmkassetten verwendete, die wesentlich haltbarer waren.

Es war merkwürdig, meine Knochen zu sehen, und ich hatte keine Ahnung, was der Arzt mit Glück meinte, weil meine Hand pochte, als würde sie jeden Augenblick explodieren.

Ich senkte bedrückt den Kopf. Ich wollte gar nicht daran denken, was Sten sagen würde, wenn er es erfuhr.

»Und was ist mit meiner Hand?«, fragte ich.

»Sie haben sich einen Haarriss am Handgelenk zugezogen.« Er erhob sich und deutete auf eine beinahe unsichtbare Linie über dem betreffenden Knochen. »Ich werde Ihnen einen Gips anlegen, den Sie drei Wochen lang tragen müssen. Danach kommen Sie wieder her, um ihn entfernen zu lassen.«

Der Arzt machte sich sofort ans Werk. Während ihm eine junge Schwester zureichte, ließ er meinen Arm unter mehreren Lagen

Verband und weißer Gipsmasse verschwinden, die zusehends warm wurde.

»Ich verschreibe Ihnen noch ein Schmerzmittel, das Sie sich in unserer Apotheke abholen können. Nehmen Sie davon aber nur, wenn Sie es wirklich nicht mehr aushalten.«

Ich nickte gehorsam. Mittlerweile schien jeder Knochen in meinem Körper zu schmerzen. Was hatte ich mir nur dabei gedacht, einfach so loszufahren …

Die Schwester begleitete mich zur Apotheke, hinter deren Tresen eine schon etwas ältere Schwester stand. Ihre junge Kollegin schilderte ihr, was sie mir bringen sollte, dann wünschte sie mir gute Besserung und verabschiedete sich.

Mit dem Tütchen Schmerzpulver, dessen Namen ich nicht aussprechen konnte, strebte ich schließlich der Wartehalle am Eingang zu. Ich war froh, dass Marlene versprochen hatte, auf mich zu warten. Mit nur einem Arm und dem Gefühl, dass ich gleich in tausend Teile zerbrechen würde, würde ich wahrscheinlich nicht weit kommen.

Ich trat durch die Tür, blickte auf – doch ich sah Marlene nirgendwo.

War es ihr doch zu lang geworden? Hatte sie begonnen, das Krankenhaus zu erkunden? Oder war sie tatsächlich fort? Während ich meinen Arm mit dem Gips und das Tütchen gleichzeitig festhielt, eilte ich hastig die Treppe hinunter. Enttäuschung machte mir die Kehle eng. Sie hatte mir doch versprochen zu warten!

Meine Schritte knirschten auf dem Schotterweg, als ich die Klinik umrundete. Zwischendurch reckte ich den Hals in der Hoffnung, dass ich sie irgendwo im Park entdeckte. Ich selbst hätte es wahrscheinlich auch nicht in dem dunklen Warteraum ausgehalten, wo doch ständig irgendwelche neuen Kranken hereinkamen. Aber mit jedem Schritt, den ich zurücklegte, sank mir der Mut. Hatte sie mich wirklich im Stich gelassen?

Meine letzte Hoffnung war die Kutsche selbst. Wenn ihr Fahrrad noch da war, würde sie vielleicht noch in der Nähe sein.

Ein Schwindel erfasste mich. Ich stützte mich an der Wand neben mir ab, atmete kurz durch und versuchte, mich wieder zu fassen. All die Aufregung, die Schmerzen und das Pochen in meinem Arm wurden zu viel für mich, sodass ich die Tränen in mir aufsteigen spürte.

Dann blickte ich zur Kutsche.

Marlene stand auf dem Wagen und beugte sich über das Fahrrad. Etwas schien daran nicht in Ordnung zu sein, denn sie zerrte an der Kette, mit der sie es festgeschlossen hatte.

»Ich dachte schon, Sie wären gegangen!«, rief ich erleichtert und löste mich von der Wand.

Marlene wirkte beinahe erschrocken, als sie sich umsah. Ihre Wangen begannen zu glühen. »Ich … es tut mir leid, aber … das Krankenhaus ist nichts für mich«, sagte sie, während sie sich aufrichtete und vom Wagen herunterstieg.

»Ich fürchte, für mich auch nicht«, gab ich zurück und setzte ein schiefes Lächeln auf, als ich meinen Arm hob.

»Was hat der Doktor gesagt?«, fragte sie und deutete auf den Gips.

»Dass ich einen Haarriss im Handgelenk habe und das gute Stück hier drei Wochen lang tragen muss.« Ich seufzte schwer. »Es tut mir sehr leid, dass ich Sie so lange aufgehalten habe.«

Marlene presste die Lippen zusammen und wich meinem Blick aus. Es schien in ihr zu arbeiten. Hatte sie tatsächlich gehen wollen? Schlechtes Gewissen überkam mich.

»Ich kann versuchen, allein zurückzufahren«, sagte ich schnell, doch sie schüttelte den Kopf.

»Nein, nein … ich … ich kann die Kutsche lenken.«

»Wirklich?«, fragte ich.

Sie nickte und kletterte auf den Kutschbock. »Den Ausflug in den Wald kann ich nachher noch immer machen.«

II

Marlene

Verdammtes Schloss!, ging es mir durch den Sinn, als ich die Zügel wieder in die Hand nahm. Ich wusste nicht, wie lange ich versucht hatte, es zu öffnen, aber es war genug Zeit vergangen, dass Liv Boregard mich einholen konnte.

Eigentlich hatte ich längst weg sein wollen. Eine Frau wie sie konnte sich doch unmöglich mit einer wie mir abgeben wollen!

Jetzt biss mich jedoch das schlechte Gewissen. Ich hatte es ihr versprochen! Und wie hätte sie ohne mich nach Hause kommen sollen?

»Gehen Sie sonntags immer in den Wald?«, fragte sie, kaum dass wir das Hospital hinter uns gelassen hatten. Ihre Stimme klang so freundlich, dass ich gar nicht anders konnte, als zu antworten.

»Ja«, sagte ich. »Ich wollte schauen, ob ich ein bisschen was für meine Küche finden kann. Waldmeister vielleicht oder Löwenzahn.«

»Sie kennen sich also damit aus?« Sie lachte ein wenig unsicher.

»Mein Vater ist Wildhüter«, erklärte ich und versuchte, es mir nicht anmerken zu lassen, dass es mir einen Stich versetzte, von ihm zu sprechen. »Er hat mir gezeigt, was man essen kann und was nicht. Zwischen Frühling und Herbst hole ich mir hin und wieder etwas aus dem Wald.«

Frau Boregard wirkte überrascht. »Und das dürfen Sie einfach so?«, fragte sie. »Ich meine, ist das nicht Wilderei, wenn man sich etwas von den Waldfrüchten mitnimmt?«

»Wenn ich Tiere schießen oder mit Fallen fangen würde sicher. Aber die Früchte des Waldes gehören allen. Ich sammle Nüsse vom Weg und manchmal auch Pilze im Herbst.«

Ich merkte, wie ihre Augen interessiert aufleuchteten. Sie war eine Frau, die augenscheinlich alles hatte, und doch schien ihr der Gedanke zu gefallen, Waldschätze zu sammeln. Reiche Leute waren schon seltsam.

»Ich wünschte, ich würde mich so gut auskennen«, sagte sie, und ein Hauch Traurigkeit schlich sich in ihre Stimme. »Ich schaffe es nicht einmal mehr, mit einem Wagen aus der Stadt zu fahren, ohne einen Unfall zu haben.«

»Warum waren Sie eigentlich allein unterwegs?«, fragte ich.

»Mein Mann hatte keine Zeit für mich«, erklärte sie. »Ich wollte … nachdenken.« Sie legte den Kopf schräg, dann fügte sie hinzu: »Und ihm in gewisser Weise eins auswischen. Normalerweise haben wir zu Pfingsten immer einen Ausflug gemacht oder Gäste eingeladen. Diesmal schien es, als wüsste er gar nicht, welcher Tag ist.«

Ich wollte nicht nachfragen, nicht neugierig erscheinen, doch sie fuhr von ganz allein fort: »Wissen Sie, in der ersten Zeit unserer Ehe hat er sehr viel mit mir unternommen. Aber in letzter Zeit arbeitet er nur noch. Er bemerkt es nicht einmal mehr, wenn ich mich für ihn hübsch mache.« Sie blickte mich an. »Haben Sie einen Mann, Marlene?«

»Ich hatte einen«, gab ich zu, auch wenn es mir nicht angenehm war, ihn ihr gegenüber zu erwähnen. Deshalb hatte ich ihr auch nicht meinen vollen Namen genannt. »Aber das ist schon eine Ewigkeit her, wie mir scheint.« Ich blickte sie an. »Er ist vor drei Jahren gestorben.«

»Oh«, machte sie. »Das tut mir leid.«

»Danke.« Das Wort schwebte eine Weile in der Luft, dann fühlte ich mich gezwungen, noch etwas dazu zu sagen. »Er war ein guter Mann. Wenigstens für die sieben Jahre, die wir verheiratet waren.«

Wäre Bjarne mir gegenüber auch irgendwann gleichgültig geworden? Wahrscheinlich nicht. Er wusste zu gut, dass die Zeit, die wir zwischen seinen Fahrten füreinander hatten, zu kostbar war.

»Sie sollten mit Ihrem Mann reden«, schlug ich vor, um von Bjarne abzulenken.

»Das habe ich versucht.« Sie presste die Lippen zusammen. »Sagen wir es so, es war nicht erfolgreich.«

»Und meinen Sie, dass es sich je wieder ändern kann?«

Ihr Blick wanderte zu dem Gips an ihrem Arm. Sie strich mit der freien Hand darüber, als wollte sie seine Festigkeit prüfen. »Ich weiß es nicht. Aber die Hoffnung stirbt zuletzt, nicht wahr?«

Die Villa der Boregards hatte ich auf dem Weg zur Lampenfabrik schon oft gesehen, doch nie war ich hinter das große eiserne Tor getreten. Heute stand es offen und erwartete die Rückkehr der Hausherrin.

Das Haus wirkte im hellen Sonnenschein sehr freundlich, und der aufblühende Garten erweckte in mir den Wunsch, an den Blumenrabatten vorbeizuspazieren.

Dass ich die Kutsche durch das Tor lenken sollte, machte mich ein wenig nervös. Doch das Pferd kannte den Weg und schritt gleichmütig voran, ohne dass der Surrey den Pfosten auch nur nahe kam.

Bjarne hätte mir nie geglaubt, dass ich für Liv Boregard die Kutscherin gespielt hatte und jetzt hier war. Er selbst war von seinem Dienstherrn nie in dessen Haus eingeladen worden. Sten Boregard hatte er nur in seinem Kontor gegenübergestanden – wenn überhaupt. Der Reeder beschäftigte ein Heer von Angestellten, die die Angelegenheiten mit den Kapitänen ihrer Schiffe klärten.

Auf der Rotunde vor dem Haus machten wir Halt. Ein kleiner Springbrunnen in der Mitte sprudelte lustig vor sich hin. Gern hätte ich für eine Weile in die glitzernden Wasserstrahlen geschaut und vielleicht meine Finger in das kühle Nass gesteckt. Ich stellte die Bremse fest und stieg ab.

Als ich mein Fahrrad abladen wollte, ergriff Frau Boregard meine Hand. »Kommen Sie doch noch einen Moment mit rein. Auf einen Tee vielleicht. Oder mögen Sie lieber Kaffee?«

Ich schaute sie unschlüssig an.

»Ruth, unsere Köchin, hat gebacken, und wie man Kaffee oder Tee zubereitet, habe ich nicht vergessen«, fügte sie hinzu, sichtlich bestrebt, mich umzustimmen. »Und ich kriege das auch noch mit einer Hand hin.«

»Liv!«, donnerte da eine Stimme hinter uns. Im nächsten Augenblick stürmte Sten Boregard auf uns zu. »Wo warst du?«

»Ich … hatte einen Unfall«, entgegnete Liv, die jetzt noch bleicher war als kurz nach ihrem Sturz. »Diese Dame hier hat mir geholfen.«

»Guten Tag, Herr Boregard«, grüßte ich ihn und spürte, wie sich etwas in mir zusammenzog. Meine Haut begann unangenehm zu kribbeln, als würde mich mein Körper vor Gefahr warnen.

Noch nie war ich dem Reeder so nahe gekommen. Sein Rasierwasser roch scharf und alkoholisch, seine Muskeln spannten sich unter seinem Anzug, und seine Kiefermuskeln zuckten.

»Dann können Sie jetzt wieder gehen«, sagte er zu mir. »Ich kümmere mich um meine Frau.«

»Aber Sten, ich …« Sein Blick brachte Frau Boregard zum Schweigen. Ich spürte deutlich seinen Ärger und hatte das Gefühl, einem Wolf gegenüberzustehen, der jeden Augenblick zuschnappen wollte.

Mir klopfte das Herz bis zum Hals. Es war ein großer Fehler herzukommen!

»Schon gut«, sagte ich. »Ich muss nur noch mein Fahrrad vom Wagen heben.«

Boregard erwiderte nichts, doch aus dem Augenwinkel heraus bemerkte ich, dass er die Fäuste ballte.

Ich kletterte hinauf, schob den Schlüssel ins Schloss und zog daran. Das Ergebnis war dasselbe wie beim Hospital. Schweiß überzog meinen Körper.

»Ich glaube, Martin sollte ihr helfen«, sagte Liv. »Die Kette ließ sich vorhin schon nicht lösen.«

Ich spürte Boregards Blick, dann hörte ich ihn nach seinem Angestellten rufen.

Mein Kopf glühte. Also hatte sie mitbekommen, dass ich verschwinden wollte …

Wenig später erschien ein junger Bursche. Er kletterte ebenfalls auf den Wagen, und mit einem kräftigen Ruck gelang ihm, was ich nicht vollbracht hatte. Das Schloss öffnete sich.

»Sie sollten es ölen«, sagte er, als er es mir reichte. Ich wäre vor Scham am liebsten im Boden versunken.

Immerhin half mir der Bursche, mein Fahrrad von der Kutsche herunterzuheben. Ich bedankte mich und schaute mich dann noch einmal zu Liv um. »Gute Besserung für Ihren Arm.«

»Danke«, sagte sie. »Für alles!«

Ich schwang mich auf den Sattel und fuhr zum Tor. Als ich auf die Straße einbog, warf ich einen Blick zur Seite und sah, dass Boregard Liv grob zum Haus zerrte.

12

Liv

»Was sollte das?«, fauchte Sten, nachdem die Hintertür ins Schloss gefallen war. Seine Hand schloss sich wie eine Schraubzwinge um meinen Arm. »Wieso hast du sie mitgebracht?«

Mein Herz raste. Ich roch Alkohol in seinem Atem und wusste instinktiv, dass ich meine Worte jetzt gut wählen musste.

»Ich … ich habe nur …«

Meine Stimme versagte, als Sten mich schüttelte. Der Ruck ging auch durch meinen vergipsten Arm und ließ mich leise aufwimmern. Die Wunde an meiner Stirn pochte heftig.

»Ist dir überhaupt klar, wer das war?«, fragte er, die Augen vor Zorn beinahe schwarz. Ich wusste nicht, was mich mehr erschreckte, dieser kalte Haifischblick oder die Tatsache, dass sich seine Finger tief in mein Fleisch gruben. Bislang hatte Sten mich lediglich mit Worten verletzt. Das hier war etwas anderes. Angst schoss durch meine Adern.

»Ihr Name ist Marlene«, sagte ich. »Sie hat mir geholfen, als ich … gestürzt bin.«

Sein Gesicht schwoll hochrot an.

»Was hattest du eigentlich draußen zu suchen?«, blaffte er. »Die Kutsche ist vollkommen verdreckt!«

Ich wollte mich losmachen, doch sein Griff war zu fest. »Ich wollte nur eine kleine Spazierfahrt unternehmen«, erklärte ich. »Du hattest doch gesagt, dass ich mir eine Beschäftigung suchen soll, während du weg bist.«

Sofort wusste ich, dass ich einen Fehler gemacht hatte.

»Aber ich sagte nicht, dass du in der Gegend herumfahren sollst!« Seine Augen funkelten. »Erst recht nicht allein! Martin meinte, dass du darauf bestanden hättest, allein zu fahren. Wie eine Bäuerin!«

Seine Finger drückten noch weiter zu. Mein Herz raste. Ich erkannte meinen Ehemann nicht mehr wieder. Was war nur los? Welche Wut ließ er an mir aus? War das angestrebte Geschäft mit den Deutschen geplatzt?

»Du tust mir weh!«, rief ich.

»Was ist passiert?«, fragte er. »Wo warst du?«

»Das Pferd ist durchgegangen, als ich auf dem Weg nach Pantarholmen war … Der Wagen ist umgestürzt … Ich habe mir das Handgelenk gebrochen, und Marlene hat mich ins Krankenhaus gefahren.«

Sogleich ließ er mich los. »Du setzt unseren Ruf aufs Spiel!«, schrie er mich plötzlich an. »Für die Frau eines bedeutenden Mannes wie mich gehört es sich nicht, allein in der Gegend herumzufahren. Du siehst, was dabei herauskommt! Du hättest das mit dem Leben bezahlen können! Ganz zu schweigen davon, was die Leute über uns reden werden!«

»Ich hatte nicht vor, einen Unfall zu haben«, verteidigte ich mich. Mehr als der Griff um meinen Arm tat es mir weh, zu sehen, dass er kein Mitleid zeigte. »Das Pferd hat sich erschreckt, und ich konnte den Wagen nicht halten. Es war Glück, dass Marlene vorbeigekommen ist und Hilfe geholt hat. Sie hat mich dann auch ins Krankenhaus gefahren.«

Stens Hand flog an seine Stirn und strich über sein Haar. Er schien eine Weile zu brauchen, um zu realisieren, was meine Worte bedeuteten. »Wer hat euch geholfen?«

»Ein paar Männer aus der Gießerei«, gestand ich. Meine Bauchdecke flatterte vor Angst. Wann würde dieses Verhör endlich vorbei sein?

»Skantzes Gießerei?«

Ja gab es denn eine andere in Karlskrona? Doch die Worte blieben mir in der Kehle stecken.

»Du bist wirklich zu nichts zu gebrauchen!«, brach es aus ihm heraus, ein Satz wie eine Ohrfeige. »Und dann lässt du dich von dieser Person kutschieren!«

»Ich hätte den Wagen nicht lenken können!«, wehrte ich mich, während ich gegen die Tränen ankämpfte. »Was … was ist denn an ihr so schlimm?«

»Sie ist die Frau von Bjarne Walsted!«

Die Erwähnung des Namens brachte etwas in mir zum Klingen. Wo hatte ich ihn schon einmal gehört?

Sten war schneller, denn er fügte hinzu: »Es reicht schon, dass er unsere *Solveig* auf Grund gesetzt hat! Da muss seine Frau nicht auch noch dafür sorgen, dass ich in Misskredit bei den Leuten komme!«

13

Marlene

Der Abend senkte sich mit roten Schleiern über die Stadt und tauchte alles in ein goldenes Licht. Nach der Runde durch den Wald fühlten sich meine Glieder schwer an. Müde schob ich mein Fahrrad in Richtung Borgmästarekajen, wo man einen guten Blick aufs abendliche Meer hatte.

Die Begegnung mit Sten Boregard ging mir noch immer nicht aus dem Sinn. Wie mühsam er seine Wut mir gegenüber unterdrückt hatte! Im Gegensatz zu seiner Frau musste er mich sofort erkannt haben.

Arme Frau Boregard! Sie war so freundlich gewesen …

An der lang gestreckten Uferstraße angekommen, setzte ich mich auf eine Bank an einem leeren Bootsanlegeplatz.

Hier fühlte ich mich Bjarne nahe wie sonst nirgends. Auch wenn ich wusste, dass es vergeblich war, auf seine Rückkehr zu hoffen, spürte ich eine gewisse Erwartung. Vielleicht gab er mir irgendwann ein Zeichen vom Himmel aus …

»Haben Sie etwas dagegen, dass ich mich zu Ihnen setze?«

Der sanfte Klang einer Männerstimme brachte mich dazu, zur Seite zu schauen. Der Mann war schlank und hochgewachsen, trug einen dunklen Bart und hatte lockiges, dunkles Haar. Er wirkte in seiner braunen Hose, dem blütenweißen Hemd und der dunklen

Weste nicht wie jemand, der am Hafen arbeitete. Unter seinem Arm trug er ein in Segeltuch gewickeltes Bündel.

»Ich … ich habe eigentlich um neun Uhr eine Verabredung«, erklärte der Fremde mit einem kleinen Lächeln, als ich nicht reagierte. »Allerdings ist die Person, mit der ich mich treffen will, noch nicht da.« Er zog seine Uhr aus der Westentasche. »Kein Wunder, ein paar Minuten sind es noch.«

Mir war nicht nach Gesellschaft zumute, doch der Mann wirkte nett, also nickte ich.

In respektvollem Abstand ließ er sich neben mich auf die Bank sinken.

Ich richtete den Blick wieder auf das Wasser. Aus irgendeinem Grund konnte ich jetzt nicht mehr an Bjarne denken. Stattdessen nahm ich die Wärme des Mannes wahr und roch sein würziges Rasierwasser.

»Ein wunderschöner Ausblick, nicht wahr?«, sagte er. »Man kann sein ganzes Leben am Wasser verbringen, wird sich aber nie daran sattsehen.«

»Glauben Sie das wirklich?« Es war eigentlich nicht meine Art, ohne einen Grund mit Fremden zu reden. Doch mein Mund reagierte schneller, als ich wollte.

»Ich bin sogar davon überzeugt!«, gab er zurück. »Ich bin in einer Stadt am Meer geboren worden. Aber jedes Mal, wenn ich aufs Wasser hinausschaue, spüre ich … diese Sehnsucht.«

»Sehnsucht?« Ich hielt für einen Augenblick die Luft an. Etwas Ähnliches hatte Bjarne damals auch zu mir gesagt, als er mir erklärte, dass man aus einem Seemann keinen Landmann machen könnte.

»Ja«, sagte er. »Sehnsucht. Man fragt sich unweigerlich, was da draußen ist. Obwohl so viele Schiffe das Meer überqueren, wirkt es wie ein unbekanntes Land voller Mysterien.«

»Ein Land, aus dem man nicht zurückkehrt, wenn man Pech hat.«

Wieder war mein Mund schneller gewesen als mein Verstand. Am liebsten hätte ich diese Worte sofort zurückgezogen. Doch das war unmöglich.

Der Mann neigte den Kopf ein wenig und schaute mich mit seinen dunklen Augen fragend an. »Sie sagen das, als hätten Sie schlechte Erfahrungen gemacht.«

»Ich selbst nicht, aber …« Ich schüttelte den Kopf.

»Einer Ihrer Angehörigen?«, fragte er.

Ich schwieg darauf. Ich wollte nicht von Bjarne sprechen. Wollte einem Wildfremden nicht davon erzählen, dass ich die Sehnsucht nach meinem Mann einfach nicht loswurde.

»Ich … ich muss aufbrechen«, sagte ich und erhob mich.

»Verzeihen Sie, ich wollte Sie nicht verärgern.«

Ich schüttelte den Kopf. »Das haben Sie nicht. Aber ich bin keine Frau, die mit ihrem Schicksal hausieren geht.«

Damit stieg ich auf mein Fahrrad und fuhr, ohne ihn noch einmal anzusehen, los. Seinen Blick spürte ich allerdings, bis ich um die nächste Hausecke bog.

Nach und nach flammte Gaslicht unter den Händen des Laternenanzünders auf und warf lange Schatten auf die Pflastersteine. So geschäftig der Tag auf den Straßen der Stadt war, so still war der Abend am Sonntag. Die Familien saßen in ihren Stuben und nahmen ihr Abendessen zu sich, die Arbeiter gingen früher zu Bett, damit sie am nächsten Morgen ausgeschlafen waren.

Hier und da erhaschte ich einen Blick durch die Fenster. Auf Frauen, die Kochtöpfe vom Herd hoben, und Männer, die gebeugt über einem Buch oder der Zeitung vom Vortag saßen. Aus einigen Fenstern ertönte das Lachen von Kindern.

Ich staunte immer wieder darüber, dass ich früher einmal auch zu diesen Leuten gehört hatte. Mit einem Haus voller Wärme, wenn Bjarne da war. Und einem Haus voller Sehnsucht, wenn er fort war.

Das Läuten der Fredrikskyrkan, der größten und ältesten Kirche Karlskronas, tönte an mein Ohr. Neun Schläge. Ob Ingrid noch wach war?

Der Fremde kam mir wieder in den Sinn. Vielleicht hätte ich nicht flüchten sollen? Es war doch klar, dass er nachfragen würde, wenn ich ihm so eine Antwort gab.

Das kleine Fenster von Ingrids Behausung wirkte zunächst dunkel. Aber dann entdeckte ich den schwachen Schein ihrer Petroleumlampe, tief im Innern des Raumes.

Ich warf ein Steinchen an ihr Fenster und wartete.

Ingrids Gesicht erschien zunächst vor dem Fenster, dann verschwand es wieder, und wenig später öffnete sich die Haustür.

»Das ist ja eine Überraschung«, rief sie aus. »Ich dachte, ich sehe dich erst morgen.«

Ich klopfte auf meine Tasche. »Ich habe dir etwas aus dem Wald mitgebracht.«

»Na dann komm mal rein.«

Die Stube war recht kühl, und sofort schlug mir der Geruch nach gekochtem Kohl entgegen, der die Wände nie ganz verließ.

Der Kontrast zwischen dem Haus der Boregards und Ingrids Wohnung hätte nicht größer sein können.

Als Ulf noch lebte, hatte Ingrid auch besser gewohnt. Nun waren von der damaligen Zeit nur noch ein verschlissenes blaues Sofa, ein Tisch und ein Stuhl übrig geblieben. Bei der Truhe, die unter dem Fenster stand, handelte es sich um die Seemannskiste ihres Mannes. Bevor sich die Lampenfabrik hier angesiedelt hatte, waren die Männer ausschließlich auf See, bei der Marine oder am Hafen beschäftigt gewesen.

Ich breitete meine Mitbringsel auf dem Tisch aus.

»Ich habe noch ein paar Minzblätter«, berichtete Ingrid, während sie zu dem kleinen Herd eilte.

»Wegen mir musst du kein Feuer machen, Ingrid«, sagte ich schnell, denn Heizmaterial war teuer. Ich brachte ihr hin und wieder etwas Bruchholz aus dem Wald mit, aber das brauchte sie für eine warme Mahlzeit am Tag.

»Ich möchte es aber«, gab sie zurück. »Wo du wieder so gut für mich gesorgt hast.«

Dagegen konnte ich nichts sagen und ließ mich auf das Sofa sinken.

»Weißt du eigentlich etwas über die Boregards?«, fragte ich, während ich mich zurücklehnte. Das Sofa mochte schon bessere Tage gesehen haben, aber bequem war es immer noch.

Ingrid stockte kurz, dann fragte sie: »Wie kommst du denn darauf?«

»Ich habe seine Frau getroffen. Sie wirkte ziemlich nett.«

Ingrid prustete los. »Nett?«

»Ja, ob man es glaubt oder nicht«, erwiderte ich.

Ingrid schwieg einen Moment lang, dann sagte sie: »Die Boregards sind eine alte Familie in Karlskrona. Sie waren einmal mit dem Militär verbandelt, bis sie sich der Handelsschifffahrt zuwandten. Viele von ihnen waren Stadträte oder andere einflussreiche Männer.« Sie blickte mich an. »Es ist besser, wenn du vorsichtig bist. Besonders wegen deines Mannes.«

Sofort erwachte der Drang in mir, ihn zu verteidigen. »Sie haben Bjarne zum Sündenbock gemacht, aber es gibt keinen Beweis dafür, dass er wirklich die Schuld am Untergang des Schiffes trug!«

»Der Kapitän ist immer der Verantwortliche«, sagte Ingrid. »Immer. Egal, was passiert. Selbst Meutereien werden ihm zugeschrieben. Dann heißt es, der Kapitän hätte keinen guten Führungsstil gehabt.« Sie blickte mich an und schien zu merken, was ihre Worte mit mir anstellten. »Tut mir leid, Marlene. Ich hätte das nicht sagen sollen.«

Wir schwiegen eine Weile, und ich spürte, wie sich die alte Beklommenheit in meine Brust schlich.

»Mein Mann ist für seinen Vater gefahren«, sagte Ingrid schließlich, als sie mit den Teebechern zu mir kam. »Ein komischer Kauz war dieser Arnulf! Wir haben nicht viel mit ihm zu tun gehabt, aber schon mein Mann riet mir, ihm gegenüber vorsichtig zu sein. Wusstest du, dass es heißt, der alte Boregard wäre absichtlich vor den Ladekran gesprungen?«

»Das höre ich zum ersten Mal!«, gab ich zurück. Natürlich war mir die offizielle Version des Unfalls bekannt. Bei einem Inspektionsgang wurde er von einem großen Stück Ladung, die gerade von einem der Schiffe gelöscht wurde, am Kopf getroffen. Der Führer des Krans hatte ihn übersehen und musste sich später vor Gericht dafür verantworten.

»Manche meinten, er hätte es getan, weil er über den Tod seiner Ehefrau nicht hinweggekommen sei, andere sagen, dass er irgendwas angestellt habe, das nicht ans Licht kommen sollte«, fuhr Ingrid fort. »Sein Sohn … Nun ja, sagen wir mal, es ist besser, wenn man sich nicht mit ihm anlegt. Er soll hin und wieder jähzornig sein, und was seine Frau angeht …«

Ein Schauer überlief mich. Den Zorn in seinen Augen hatte ich selbst gesehen. »Was ist denn mit seiner Frau?«, hakte ich nach, doch Ingrid goss zunächst die Pfefferminzblätter auf, bevor sie mir antwortete.

»Die Leute meinen, dass es in ihrer Herkunft einen dunklen Fleck geben müsse. Keiner weiß genau, was es ist, denn auch ihre Mutter hat geschwiegen wie ein Grab und sich kaum mit anderen hier abgegeben. Dafür, dass diese Frau in so einfachen Verhältnissen gelebt hatte, hat es ihre Tochter weit gebracht.«

Ich nahm den Becher in beide Hände. Er war noch heiß, aber meine Hände waren bei Ingrids Worten schlagartig eiskalt geworden. Also zerrissen sich diese Weiber das Maul auch über Liv? Das machte sie mir gleich noch sympathischer.

»Dir ist klar, dass die Leute auch über mich viel reden, nicht wahr?«, sagte ich.

Ingrid nickte. »An deinen Mann kommen sie nicht mehr heran, also tragen sie es an dir aus. Dich in Gesellschaft der Boregard zu sehen, dürfte Wasser auf ihre Mühlen sein.«

»Ich habe nicht vor, mich mit ihr anzufreunden«, sagte ich, um das Thema zu beenden, und nahm einen Schluck Tee. Die Pfefferminze war wie ein frischer Windstoß. »Wahrscheinlich sehe ich sie ohnehin nie wieder.«

14

Oskar

Der Tag steckte mir in den Knochen, obwohl ich kaum etwas anderes getan hatte, als am Schreibtisch zu sitzen. Und das an einem Pfingstsonntag! Was meine Mutter dazu wohl sagen würde … Sie war eine sehr gottesfürchtige Frau, doch dieser Teil ihrer Erziehung hatte keinen großen Eindruck bei mir hinterlassen.

Die Unterlagen durchzusehen war eine Herausforderung geblieben. Nicht nur, dass die Handschrift immer wüster wurde, ich konnte darin auch nicht viel finden, das mir nützen würde.

»Sie sollten sich vielleicht ein wenig bei den Leuten umhören«, hatte mir der Mann ans Herz gelegt. »So mancher hier weiß etwas über die Angelegenheit zu erzählen. Möglicherweise finden Sie jemanden, der Ihnen mehr Informationen bieten kann.«

»Aber Sie sind meine Hauptquelle«, hatte ich entgegnet. »Nur Sie haben Zugriff zu den Unterlagen.«

Mein Informant hatte erleichtert gewirkt, als ich ihm das Aktenbündel reichte.

»Ich kann versuchen, mehr zu finden«, sagte er. »Allerdings wird es dauern. Und Sie sollten sehen, dass Sie sich nicht erwischen lassen. Wer weiß, wen man ihnen dann auf den Hals hetzt. Der Arm solcher Leute reicht weiter, als man denkt.«

Ich hatte keine Angst vor körperlichen Konfrontationen und

wusste nur zu gut, was sich im Hintergrund abspielen konnte. Stockholm war ein raues Pflaster. Wenn man in die falsche Ecke geriet, hatte man schneller eine Faust im Gesicht, als man bis drei zählen konnte. Meine Zeit in der Armee war hilfreich gewesen, auch wenn wir nie in einem Krieg gekämpft hatten. Obwohl es verboten war, hatten wir uns miteinander gemessen und Boxkämpfe ausgetragen. Ich fühlte mich durchaus in der Lage, mich zu verteidigen.

Aber natürlich hatte der Mann recht: Unvorsichtig zu sein könnte in meinem Fall Folgen haben. Folgen, die meinen Auftrag gefährdeten.

Immerhin hatte mein Informant mir noch weitere Unterlagen bringen können: ein schmales Heft, das ich noch schneller abtippen musste als die vorherigen Papiere. Ob ich darin finden würde, was ich suchte, war fraglich. Aber jedes bisschen konnte helfen und mich voranbringen.

Ich hatte gerade den Satz beendet, als es heftig an meiner Tür klopfte.

Nächtlichen Besuchen gegenüber war ich immer ein wenig skeptisch. Hin und wieder kam es in meinem Metier vor, dass man kurz nach dem Öffnen der Tür eine Faust ins Gesicht bekam. Aber hier, in einer kleinen Pension, war es wohl nur die Hauswirtin, die mich sprechen wollte. Ich erhob mich also und ging zur Tür.

»Was fällt Ihnen eigentlich ein, mir ständig mit Ihrem Geklapper auf die Nerven zu gehen?«, fuhr mich eine Stimme an, kaum, dass ich den Kopf nach draußen gesteckt hatte. Es war, als sei eine Furie aus den Schatten geschossen. »Wissen Sie eigentlich, wie spät es ist?«

»Wie bitte?«, fragte ich.

»Ihr Klapperkasten! Hören Sie auf, Krach damit zu machen! Ich kann nicht schlafen!«

Im nächsten Augenblick fiel Licht auf das Gesicht der Frau, und ich erstarrte. Ihr schien es ähnlich zu gehen, denn auch sie stockte für einen Moment.

»Sie?«, fragte sie verwundert. Ihre Augen funkelten auch jetzt noch aufgebracht, doch die Überraschung überwog auf ihrem Gesicht.

»Sieht ganz so aus.« Ein Lächeln schlich sich auf mein Gesicht. Vielleicht war das nicht angebracht, aber ich konnte nicht anders. Diese am Hafen noch etwas scheu wirkende Frau konnte also auch anders! Und wie es aussah, war sie meine Zimmernachbarin!

Innerhalb weniger Sekunden nahm ich ihre gesamte Gestalt in mich auf. Ihr schlichtes Nachthemd, das Tuch über den Schultern und das blonde Haar, das ihr in langen Strähnen über die Schultern fiel. Im Abendlicht hatte ich nicht gesehen, dass ihre Augen blau wie das Meer waren.

»Klapperkasten hat meine Schreibmaschine noch niemand genannt«, sagte ich. »Wie können Sie das denn überhaupt hören?«

»Ich habe gute Ohren«, antwortete sie. Sie wollte weiterhin wütend aussehen, aber ich spürte, die Wucht ihres Zorns verrauchte zusehends und wich einer Verwirrung, die sie noch reizvoller machte. »Außerdem ist sonst alles still hier!«

»Hören Sie, es tut mir leid«, sagte ich. »Es handelt sich um eine außerordentlich wichtige Sache, die ich erledigen muss. Aber ich werde versuchen, es anders zu machen.« Ich reichte ihr die Hand. »Oskar Andersson. Ich arbeite bei der *Blekinge Läns Tidning*.«

»Sie sind also ein Reporter.« Sie musterte mich von oben bis unten, als wollte sie prüfen, ob ich die Wahrheit sagte.

»Ja, das bin ich. Und wenn ich gewusst hätte, dass Sie meine Zimmernachbarin sind …«

Sie presste die Lippen zusammen. »Ich sollte gehen«, sagte sie plötzlich.

»Warten Sie doch!«, sagte ich.

»Warum?«, fragte sie.

»Weil Sie mir Ihren Namen noch nicht gesagt haben.«

»Marlene Walsted«, antwortete sie. Der Blick ihrer Augen bohrte sich in meine, dann verschwand sie hinter ihrer Tür.

15

Liv

Ich erhob mich und blickte zu dem Lichtstrahl, der durch die Vorhänge fiel. Ich ließ sie nie ganz schließen, damit ich mich nicht wie in einer Gruft fühlte.

Die Nacht war sehr unruhig gewesen, einerseits, weil ich nicht wusste, wohin ich meinen eingegipsten Arm legen sollte, andererseits, weil mein Verstand wieder und wieder die Erlebnisse des zurückliegenden Tages abspulte.

Es war mir nicht schwergefallen, eine Begegnung mit Sten zu vermeiden, er hatte sich sein Abendessen ins Arbeitszimmer bringen lassen. Nach dem Essen hatte ich mich hierher zurückgezogen und vor mich hin gegrübelt. Hätte ich mich bei ihm entschuldigen sollen?

Wenn das Pferd nicht durchgegangen wäre, hätte Sten wahrscheinlich nichts bemerkt … Trotz des Ärgers hatte sich der Ausflug wie ein Abenteuer angefühlt, nachdem ich Wochen und Monate nur im Haus verbracht hatte. Und Marlene Walsted war so freundlich zu mir gewesen. Es tat mir leid, dass ich mich nicht so bei ihr hatte bedanken können, wie ich eigentlich wollte …

Ich trat ins Licht und zog die Vorhänge ganz auf.

Nicht nur mein gebrochenes Handgelenk pochte dabei. Vorsichtig schob ich den Ärmel meines Nachthemdes hoch. Dort, wo Stens Finger zugedrückt hatten, prangten dunkelblaue Flecke.

Mein Magen krampfte sich zusammen, und etwas Bitteres schoss in meinen Mund. Es war das erste Mal, dass er mir körperliche Schmerzen zugefügt hatte.

Ein Klopfen riss mich aus den Gedanken.

»Frau Boregard?«

Ich blickte zur Uhr auf dem Kaminsims. Es war erst kurz nach sechs. Das Dienstmädchen war zu früh.

»Frau Boregard?«, wiederholte Astrid.

Ich setzte mich in Bewegung. Was konnte sie wollen? Um diese Uhrzeit war noch nicht einmal Sten auf den Beinen. Oder vielleicht doch, und er hatte Astrid nach oben geschickt, um mich zu wecken? Warum kam er nicht selbst zu mir? Einen Moment verharrte ich vor der Tür, meine Brust fühlte sich auf einmal eng an. Dann fasste ich mich wieder und drückte die Klinke herunter.

Astrid trug noch ihre Jacke und den blumengeschmückten Hut, mit dem sie morgens immer ins Haus kam. »Entschuldigen Sie bitte, gnädige Frau, aber das hier wurde soeben für Sie abgegeben. Der Mann sagte, dass ich es Ihnen sofort aushändigen soll.«

Sie reichte mir einen kleinen Umschlag mit dem Stempel der königlichen Post. Es handelte sich um ein Telegramm.

»Danke, Astrid«, sagte ich und bemerkte den fragenden Blick des Mädchens.

»Soll ich Ihnen beim Ankleiden helfen?«

»Jetzt noch nicht«, sagte ich, worauf sie einen Knicks machte und sich umdrehte.

Ich schloss die Tür und trug den Umschlag zum Fenster. Meine Hände begannen zu zittern. Ein Telegramm bedeutete etwas Ernstes, Dringendes. Ich hatte es noch nie anders erlebt. Woher mochte es kommen?

Ich öffnete den Umschlag, zog das Blatt hervor. Einen Absender gab es nicht. Nur die Worte:

CLAUDIUS VON WIK GESTORBEN. TRAUERFEIER KOMMENDEN SAMSTAG UM EIN UHR NACHMITTAGS.

Ungläubig starrte ich auf die Worte.

Dabei wirbelten Bilder durch meinen Kopf: Ein Haus inmitten eines Waldes. Üppige Rosenbüsche an den Wänden. Ein Sonnenstrahl, der durch ein kleines Fenster fiel … Der unsinnige Impuls, zu meiner Mutter zu laufen, überkam mich plötzlich.

Ich zog mich vom Fenster zurück, ließ mich auf der kleinen Bank vor meinem Bett nieder. Dort saß ich eine Weile und versuchte mir darüber klar zu werden, was die Nachricht für mich bedeutete.

Schließlich erhob ich mich und verrichtete meine Morgentoilette, so gut es mit nur einem Arm ging. Von Astrid waschen lassen wollte ich mich auf keinen Fall!

Dann läutete ich nach dem Mädchen.

Astrid erschien, knickste und half mir in meine Kleider. Dies gestaltete sich durch den Gipsarm schwieriger als sonst, und ich hatte nur ein älteres, dunkles Kleid, dessen Ärmel weit genug waren, dass ich mit dem Gips hindurchkam. Es wurde Zeit, dass ich wieder bei der Schneiderin hereinschaute, damit sie mir Kleider änderte oder neue anfertigte.

Immerhin betäubte der Schock meine Sinne ein wenig und ließ mich die Schmerzen in meinem Handgelenk nicht so sehr wahrnehmen.

Als ich während des Ankleidens im Spiegel auf Astrids Gesicht schaute, bemerkte ich ihren fragenden Blick.

Das Kuvert eines Telegramms war nie verschlossen. Hatte die Neugier sie dazu verleitet nachzuschauen? Oder hatte sie die blauen Flecken an meinem gesunden Arm gesehen? Sie würde es nicht wagen, mich direkt zu fragen, und ich selbst würde darauf nicht eingehen. Dennoch überkam mich so etwas wie Scham.

Als ich fertig war, schickte ich Astrid fort und betrachtete mich. Es geschah selten, dass ich mich dunkel kleidete. Ich liebte Weiß, Blau und Zartrosa über alles. Doch nun musste ich zugeben, dass mir auch Dunkelblau hervorragend stand. Es verlieh meinem Teint eine edle Blässe. Vielleicht sollte ich öfter Dunkelblau tragen.

Noch einmal fiel mein Blick auf das Telegramm. War es wirklich möglich? Die Nachricht erschien mir so irreal. So unpassend zu der sonnigen Jahreszeit.

Ich nahm den Umschlag an mich, dann verließ ich mein Zimmer.

Diesmal schaute ich nicht auf die alten Bilder, sondern auf meine Füße, als ich die Treppe hinabstieg. Mit der vergipsten Hand konnte ich mich nicht am Geländer festhalten.

Unten angekommen hörte ich, wie Sten dem Dienstmädchen eine Anweisung gab. Astrid huschte in die Küche. Ich presste den Umschlag gegen meine Brust. So barsch, wie er das Mädchen angesprochen hatte, schien er alles andere als gute Laune zu haben.

Ich atmete tief durch und öffnete die Esszimmertür. Sogleich sah ich, dass Astrid nur ein Gedeck ausgelegt hatte. Offenbar rechnete er zu dieser frühen Stunde noch nicht mit mir. Oder er wollte fort sein, bevor ich erwachte.

»Guten Morgen«, grüßte ich ihn und trat ein.

Er hatte offenbar einen Schluck aus seiner Kaffeetasse trinken wollen, hielt aber augenblicklich inne und setzte sie wieder ab.

»Du bist schon auf?«, fragte er, ohne meinen Gruß zu erwidern. »Ich dachte, du wolltest dich vielleicht ausruhen nach deinem … Unfall.«

Sein bissiger Unterton ließ mein Herz sinken. Eigentlich hätte er mich fragen sollen, wie es mir ging.

»Astrid hat mir ein Telegramm gebracht«, sagte ich.

»So?«, fragte er gereizt. »Und was stand drin?«

Etwas Kaltes zog durch meine Brust, als würde ich Eiswasser trinken. Der Umschlag in meiner Hand zitterte. Allein schon Stens Stimme zu hören schnürte mir die Kehle zu.

Doch ich musste es hinter mich bringen.

»Mein Vater … Er ist gestorben.«

16

Marlene

Wie jeden Arbeitstag erhob ich mich auch heute gegen sechs Uhr. Bjarne hatte mir mal erzählt, dass der Montag nach dem Pfingstsonntag in anderen Ländern ein Tag wäre, an dem die Leute frei hatten. In Schweden verhielt es sich allerdings anders. Doch das machte mir nichts aus. Auf der Arbeit würde ich keine Gelegenheit haben, zu viel zu grübeln.

Die gestrige nächtliche Begegnung mit meinem Nachbarn kam mir wieder in den Sinn. Hatte ich sie vielleicht nur geträumt? Ich konnte noch immer nicht glauben, dass ich wirklich den Mut aufgebracht hatte, an seine Tür zu klopfen. Nach allem, was gestern geschehen war, hatte ich einfach nur meine Ruhe haben wollen, aber dann, pünktlich gegen Mitternacht, war das Geklapper wieder losgegangen.

Normalerweise hätte ich mir die Decke übers Ohr gezogen und wäre irgendwann in den Schlaf gefallen, doch der Tag hatte etwas in mir verändert. Die Wut schoss in mir hoch wie eine Stichflamme, dann sprang ich aus dem Bett.

Nie hätte ich mir träumen lassen, *ihn* dort zu sehen. Den Mann vom Hafen. Wie war das möglich? Eigentlich hätte ich ihm anständig die Leviten lesen wollen, aber das konnte ich plötzlich nicht mehr. Jedenfalls nicht so, wie ich es wollte.

Schon am Hafen war er nett gewesen, und auch jetzt zeigte er sich sofort einsichtig. Wäre er mehr wie Sten Boregard gewesen, hätte ich ihm wirklich böse sein können, aber so …

Wie schon in dem Moment, bevor ich aus seinem Zimmer geflohen war, überkam mich diese Mischung aus Scham und … ich wusste es nicht zu benennen. Immerhin hatte er seine Schreibmaschine tatsächlich die ganze Nacht über in Ruhe gelassen.

Nach einer kurzen Morgentoilette schlüpfte ich zunächst in meine Unterwäsche, dann in die Stiefeletten. Diese würde ich nicht mehr anbekommen, wenn ich erst mal das Korsett trug. Als ich die Schnürung der Stiefeletten geschlossen hatte, legte ich es an. Es war ein hübsches Stück. Eine Schneiderin in Kristianstad hatte es angefertigt, ich selbst hatte einige kleine Stickereien angebracht.

Trotzdem war es für mich Fluch und Segen zugleich. Beim gestrigen Radfahren hatte ich es nicht gebrauchen können, doch während der Arbeit stützte es meinen Rücken und bewahrte mich davor, allzu krumm zu sitzen.

Über das Korsett zog ich die übliche schwarze Bluse, einen Unterrock, dann den schwarzen Straßenrock. Mit dem Hosenrock wagte ich mich nicht in die Fabrik. Wenn die Männer es mitbekamen, würden sie mich mit ihren Frotzeleien nicht mehr in Ruhe lassen.

Zum Schluss schlang ich mein Haar zu einem Knoten und steckte ihn fest.

Mein Magen knurrte. Siri Malmström hatte mir vom Abendessen etwas übrig gelassen, ich brauchte es mir nur aus der Küche zu holen.

Aus irgendeinem Grund fiel mir wieder ein, dass Liv Boregard davon gesprochen hatte, dass ihre Köchin gebacken hätte … Aber wie sagte meine Mutter immer? Es lohnt nicht, über vergossene Milch zu jammern.

Ich packte die Blechdose für das Frühstück in meine Umhängetasche und schlüpfte in die Jacke. Zum Abend hin würde es mir sicher zu warm damit werden, doch der Seewind war morgens noch kühl.

Als ich mein Zimmer verließ, lauschte ich, doch hinter der Tür nebenan war noch alles still. Sollte ich mich vielleicht bei meinem Nachbarn entschuldigen? Er hatte meine Ruhe gestört, aber …

Nein, ich hatte keine Zeit für ein Gespräch. Außerdem würde es vielleicht unpassend wirken, wenn ich erneut bei ihm auftauchte.

Eine halbe Stunde später erreichte ich das weiß gestrichene Kontor der Lampenfabrik und schloss mich den Arbeitern an, die durch das hohe eiserne Werkstor auf den Fabrikhof strömten.

Die meisten Männer arbeiteten in der Stanzerei. Uns allen gemein war, dass wir das Öl, mit dem wir die Bauteile versahen, nie wirklich aus unseren Poren und den Fingernägeln bekamen.

»Guten Morgen, Marlene!«, grüßte Brekke, der Pförtner, aus seinem kleinen Häuschen neben dem Werkstor. Er war ein alter, grauhaariger Mann, dessen Aufgabe darin bestand, Unbefugte aufzuhalten und Besucher zu Herrn Skantze ins Kontor zu geleiten. »Du warst gestern ziemlich schnell unterwegs auf deinem Fahrrad!«

»Morgen, Brekke!«, sagte ich. »Sag bloß, du hast mich gesehen!«

»Ja, auch wenn du gerast bist, als sei der Leibhaftige hinter dir her.«

»Ich habe eine Runde durch den Wald gedreht«, erklärte ich. Glücklicherweise hatten die Fabrikarbeiter sehr wenig mit denen in der Gießerei zu tun, also würde es noch eine Weile dauern, bis sich der Unfall von Frau Boregard herumsprach. »Hier sitze ich ohnehin viel zu viel.«

»Ist recht«, gab er zurück. »Ich wünschte, ich hätte auch so eines von diesen neumodischen Dingern.«

»Fahrräder sind schon lange nicht mehr neu«, erwiderte ich lachend.

»Mag sein, aber ich hatte nie eines.«

»Ich kann dir ja das Fahren beibringen.«

»Dann wird mir meine Wilma aber eins auf den Deckel geben, wenn ich mich mit einem Mädchen vergnüge, das meine Enkelin sein könnte!« Jetzt lachte er auch auf. Ich winkte ihm und schlüpfte in die Vorhalle der Fabrik.

Es gab nicht viele Frauen in der Lampenfabrik. Mit mir arbeiteten noch fünf weitere in der Montage, die anderen vier machten sauber und sorgten dafür, dass die Arbeiter ihren Kaffee für die *Fika* bekamen, die Kaffeepause, die zweimal täglich abgehalten wurde.

Vor den Spinden, in denen wir unsere Taschen aufbewahrten, erblickte ich eine meiner Kolleginnen, die sich gerade die Haare mit einem bunten Tuch zusammenband. Abgesehen von Ingrid hatte ich nicht wirklich Freundinnen, aber diese Frau kam dem nahe. Sie war stets freundlich zu mir, und so tat es mir immer sehr leid, wenn sie so vor mir stand wie jetzt.

Die blauen Flecke an ihrer Wange waren kaum noch zu sehen. Vor einer Woche war sie damit erschienen und hatte behauptet, gestürzt zu sein. Dabei war es ein offenes Geheimnis, dass Sigruns Ehemann Torben, der ebenfalls in der Lampenfabrik arbeitete und gerade Lehrgänge für Elektrotechnik belegte, hin und wieder seine Wut an ihr ausließ. Sie darauf anzusprechen, führte meist dazu, dass sie rasch das Thema wechselte.

»Hej Sigrun«, rief ich.

Sie schreckte kurz zusammen, lächelte dann aber, als sie mich ansah. »Hej! Wie war dein Sonntag?«

»Gut«, antwortete ich. Die Wahrheit hatte ich nicht einmal Ingrid erzählt. »Ich war viel unterwegs.«

Sigrun seufzte sehnsüchtig. »Ich wäre auch gern irgendwohin gefahren. Das Wetter war traumhaft! Aber Torben …« Sie presste die Lippen zusammen. Auch wenn er seine Frau prügelte, wollte Torben sie immer möglichst dicht bei sich behalten. So als wäre sie ein Besitz, der ihm gestohlen werden könnte. Deshalb arbeiteten sie auch beide in der Lampenfabrik.

Ich hätte ihr gern gesagt, dass sie eines Tages reisen würde, wohin sie wollte. Doch das konnte ich nicht. Das Geld fehlte uns allen, und was sollte sie gegen das Versprechen tun, das sie vor dem Altar abgelegt hatte?

Die Fabriksirene beendete unser Gespräch. Gemeinsam begaben wir uns an die Werkbänke. Unter der Aufsicht von Herrn Jorum, unserem Werkstattmeister, würden wir nicht viel Gelegenheit zum Reden haben.

17

Oskar

Der Morgen war erfüllt von einer frischen Seebrise. Ich schloss kurz die Augen und ließ die Luft in meine Lunge strömen. Mein Verleger erwartete mich um acht. Viel Zeit hatte ich nicht mehr, dennoch ließ ich es mir nicht nehmen, diesen friedlichen Moment auszukosten.

Ich hatte beim Frühstück darauf gehofft, Marlene Walsted wiederzusehen. Ich wollte mit ihr sprechen, versuchen, ihr Vertrauen zu gewinnen. Doch sie war nicht da gewesen.

Frau Malmström hatte hingegen bedauert, dass ich gestern nicht beim Abendessen war. Ich erkundigte mich, ob meine Nachbarin denn regelmäßig hier aß. Obwohl das eigentlich eine ganz unverfängliche Frage war, bemerkte ich ein hoffnungsvolles Leuchten in den Augen meiner Zimmerwirtin.

»Sie kommt leider nur selten zum Abendessen. Aber vielleicht kann ich sie mal dazu bewegen.«

Ich sagte ihr, dass sie dies meinetwegen nicht zu tun brauche, aber ich spürte, dass sie ihren eigenen Kopf hatte.

Oben legte ich mein Ohr an ihre Tür. Alles wirkte still. War sie schon weg? Ich klopfte, doch ich erhielt keine Antwort.

Was sollte ich nun tun?, grübelte ich jetzt, während ich durch die Straßen schritt. Auf einen weiteren Zufall hoffen? Mir war es lieber, die Dinge aktiv in die Hand zu nehmen.

Als ein Fahrrad an mir vorbeiklapperte, schaute ich mich um. Aber es war nicht Marlene. Ich verdrängte den Gedanken an sie, denn jetzt lag eine Menge Arbeit vor mir.

Aus der Ferne hörte ich Lärm von einer Baustelle. Die Straßenbahnlinie durch die Stadt stand kurz vor ihrer Fertigstellung. Soweit ich gehört hatte, sollte sie um Weihnachten herum eröffnet werden. Sie würde dafür sorgen, dass die Leute noch schneller an ihr Ziel kamen. Ein großer Fortschritt für Karlskrona!

Die Redaktion der *Blekinge Läns Tidning* war glücklicherweise ein ganzes Stück von dem Baulärm entfernt. Sie lag in einem kleinen, blau gestrichenen Haus, das sich hervorragend in diesen farbenfrohen Straßenzug einreihte.

Überhaupt schienen die Bewohner von Karlskrona Farben zu lieben. Es gab zahlreiche strahlend rot und gelb gestrichene Bauwerke, dazwischen sah man immer wieder Tupfen helles Blau oder sogar Flieder. Sogar die Kirchen der Stadt waren bunt.

»Guten Morgen, Erik!«, grüßte ich einen meiner Kollegen, der mir an der Tür begegnete.

»Morgen, Oskar«, rief er. »Der Chef will dich vor der Versammlung sehen.«

»Hat er gesagt, warum?«

»Nein, nur dass du hochkommen sollst, sobald du zur Tür herein bist.«

Ich bedankte mich und ging weiter.

Der Redaktionsraum unterschied sich von denen in Stockholm am meisten durch seine Größe. In Stockholm saß man mit fünfzehn oder zwanzig Leuten in einem Raum, jeder hinter seinem Schreibtisch, bestenfalls abgetrennt durch ein Paravent. Hier gab es genau vier Redakteure, jeder von ihnen war für einen bestimmten Bereich zuständig. Dazu kam noch eine Handvoll Korrespondenten, die den ganzen Tag unterwegs waren und ihre Artikel ablieferten, wenn sie fertig waren.

Der Verleger, der gleichzeitig der Inhaber war, hatte ebenso wie seine Kollegen in Stockholm sein eigenes Reich, das in der ersten Etage lag.

Was wollte Lundström? Ging es um unsere Vereinbarung?

Im Vorbeigehen winkte ich meinen beiden anderen Kollegen zu und lief dann die Treppe hinauf. Der Geruch von starkem Kaffee strömte mir entgegen, dazwischen hing Zigarrenrauch. Mein Verleger betrachtete dies als Frühstück, wie ich mittlerweile wusste. Bereits am ersten Tag hatte er mir erklärt, dass seine Gattin ihn auch nach zwanzig Jahren Ehe frühmorgens immer noch zum Essen nötigen wollte, doch vor zwölf bekam er nichts herunter.

Seine Bürotür stand einen Spalt breit offen, das Zeichen, dass er zu sprechen war. Wahrscheinlich wartete er bereits auf mich. Dennoch klopfte ich.

»Guten Morgen, Herr Lundström«, sagte ich und schloss die Tür hinter mir.

»Ah, Andersson!«, rief er aus und winkte mich zu sich. »Kommen Sie, nehmen Sie Platz. Ich wollte mit Ihnen reden, ehe ich mir wieder die mittelmäßigen Vorschläge Ihrer Kollegen anhören muss.«

Ich tat wie geheißen und ließ mich auf einem der lederbespannten Stühle nieder.

»Der Artikel über die Neuerungen in der Admiralität hat mir wirklich gut gefallen«, begann er. »Man merkt, dass Sie aus der Hauptstadt kommen. Allein schon, wie Sie dieses Thema angehen … Ich wünschte, ich könnte Sie für immer hierbehalten.«

»Und das schon nach einem Artikel?«, fragte ich mit einem Lächeln. Es schmeichelte mir, dass ihm mein Gekritzel gefallen hatte. Und es zeigte mir auch, dass ich es immer noch konnte.

»Ich habe ein Auge für so etwas«, gab Lundström zurück. »Wie sieht es eigentlich bei Ihrem Vorhaben aus? Tut sich in der Angelegenheit schon etwas?«

»Ich habe einen Informanten an der Hand«, sagte ich. »Allerdings müssen wir vorsichtig sein. Der Mann, den ich im Blick habe, hat großen Einfluss.«

»Nun, wenn Sie tatsächlich etwas zu der Sache herausfinden können, wird man Ihnen hier einen Orden verleihen.«

»Oder mich aus der Stadt jagen.«

Lundström wollte etwas dazu sagen, doch ein Klopfen unterbrach ihn.

»Was?«, fragte er unwirsch. Wenig später schaute einer der Botenjungen herein. »Ein Telegramm ist eingegangen. Für Herrn Andersson. Man sagte mir, dass ich ihn hier oben finde.«

Mein Verleger nickte und ließ ihn eintreten. Wenig später drückte er mir einen Umschlag in die Hand.

Ich spürte Lundströms Neugierde beinahe schon körperlich, als ich den Zettel herauszog.

Viel stand nicht darauf. Wir hatten vereinbart, die Anweisungen so knapp wie möglich zu halten, für den Fall, dass jemand draufschaute, für den es nicht bestimmt war.

Ich las die Zeile zweimal, dann blickte ich auf.

»Hätten Sie etwas dagegen, wenn ich am Freitag nach Stockholm fahre? Es gibt eine neue Entwicklung in unserem Fall.«

Lundström hob interessiert die Augenbrauen. »Hoffentlich eine gute.«

»Das weiß ich noch nicht. Aber es bleibt bei meinem Versprechen. Sobald es etwas gibt, das an die Öffentlichkeit gebracht werden kann, wird es in Ihrer Zeitung stehen.«

18

Liv

»Ach, Liebes, das tut mir so leid«, sagte Nanna mit traurigem Blick, während sie mir eine Tasse Tee reichte. Sie hatte die junge Buchhalterin fortgeschickt, damit wir allein reden konnten. »Erst dieser furchtbare Unfall und dann die Sache mit deinem Vater.«

Ich war nicht umhingekommen, ihr von der Ursache des Gipses, den ich trug, zu erzählen. Da Hugo von Sten sowieso die Wahrheit erfahren würde, brachte es nichts, sie anzulügen. Ich hatte ihr also von meinem Ausflug und dem durchgegangenen Pferd erzählt, allerdings ohne Marlene Walsted zu erwähnen.

»Seinen Vater zu verlieren ist für jede Tochter ein schlimmer Schlag«, sagte ich und nahm einen Schluck. Der Tee war wunderbar, mit einem leichten Rosinenaroma. Nanna hatte mir erzählt, dass sie ihn bei einem englischen Teekontor geordert hatte.

»Und ob es das ist! Ich möchte gar nicht dran denken, wie es wäre, meine Eltern zu verlieren!«

Ich betrachtete sie einen Moment lang. Wahrscheinlich würde ihr Hugo nicht so reagieren, wie Sten es getan hatte.

»Werdet ihr zu der Beisetzung kommen?«, fragte ich.

»Ich weiß nicht«, antwortete sie. »Es ist sehr lange her, dass wir ihn getroffen haben. Ich muss abwarten, was Hugo dazu sagt. Am Wochenende arbeitet er jetzt meist.«

Ich musste wieder daran denken, dass Hugos Vater sich glänzend mit Claudius verstanden hatte, ebenso wie Stens Vater. Aber seit Arnulf tot war, war mein Vater bei uns von der Bildfläche verschwunden. Angesichts des schwierigen Verhältnisses, das mich mit ihm verband, war ich nicht sehr traurig darüber gewesen. Umso mehr wunderte es mich, dass ich tatsächlich Trauer über seinen Tod empfand.

»Auf jeden Fall werden wir ein Gebinde schicken«, setzte Nanna hinzu.

Ich nickte, und seltsamerweise fühlte ich ein wenig Enttäuschung. Hugo hatte meinem Vater viel zu verdanken. Vielleicht noch mehr als Sten. Der Anstand hätte ein Erscheinen auf der Trauerfeier geboten.

»Was sagt denn Sten dazu?«, fragte sie nach einer kurzen Pause.

Ich biss mir auf die Lippe. Seine Wut über meinen Alleingang war keineswegs verflogen und seine Reaktion entsprechend ausgefallen.

»Er ist … natürlich erschüttert.« Ich wusste genau, worauf sie anspielte. Da Hugo Stens bester Freund war, wussten die Skantzes über vieles Bescheid, das mir selbst zu unangenehm war, es irgendwem zu erzählen.

Ich stockte. Eigentlich hätte ich nicht zu Nanna gehen müssen, denn so nahe, dass wir alle Gedanken und Sorgen miteinander teilten, waren wir uns nicht. Aber Sten hatte gefordert, dass ich mir für die Beisetzung eine Begleitung suchte, damit nicht wieder *so etwas* geschah wie am Tag zuvor.

»Nanna, ich weiß, dass du viel mit den Kindern zu tun hast«, begann ich also. »Aber würdest du mich vielleicht kommenden Samstag nach Nättraby begleiten?«

Ihre Augen weiteten sich überrascht, und ich wusste, dass ich ihr eine Erklärung geben musste.

»Sten hat am Wochenende zu tun und kann bei der Trauerfeier nicht zugegen sein«, sagte ich. Ich konnte ihr unmöglich erzählen, dass er nicht kam, weil er wegen meiner Pfingsteskapade böse auf mich war.

»Er wird dir nicht beistehen?«

Ich schüttelte den Kopf. Nanna seufzte. Ich nahm das zunächst als ein Zeichen von Mitgefühl, doch dann sagte sie: »Es tut mir sehr leid, aber ich kann dich nicht begleiten. Ich habe am Samstag einen Arzttermin, der sehr wichtig ist.«

Ein Arzttermin? Sie wirkte nicht krank auf mich.

Plötzlich war es, als würde sich die Ausrede wie eine unsichtbare Mauer zwischen uns schieben.

»Ich verstehe«, sagte ich und spürte, wie sich in meiner Brust etwas zusammenzog. Eine Einladung zu einem Fest hätte sie ganz sicher angenommen.

»Wie wäre es, wenn du mit deinem Dienstmädchen dorthin fährst?«, schlug sie vor. »Sie könnte dir zumindest bei deinen Verrichtungen helfen. Es muss mit diesem Arm schwierig sein, sich anzukleiden.«

Es brachte nichts, ihr zu sagen, dass ich weniger Hilfe bei meinen Verrichtungen brauchte, sondern jemanden, mit dem ich mich ablenken konnte. Mit dem ich mich über andere Dinge unterhalten konnte.

»Danke für deine Zeit«, sagte ich steif und erhob mich dann.

Möglicherweise hatte sie recht. Mir würde nichts anderes übrig bleiben, als Astrid mitzunehmen. Denn Freundinnen hatte ich keine einzige.

19

Marlene

Als die Mittagsstunde nahte, schmerzten mir die Hände vom Zusammenschrauben der Metallringe, die zum Lampenkorpus gehörten. Meine Finger fühlten sich geschwollen an, und die Wärme in der Werkshalle lag drückend auf meiner Brust. Wenn die Sonne durch die hohen Fabrikfenster fiel, wurde es immer sehr unangenehm. Ich wusste nicht, wie es den anderen ging, aber mir klebte das Unterhemd bereits am Leib fest.

Ich sehnte mich nach dem Wald, nach den Blättern und dem Gras, das so viel sanfter war, aber heute standen den ganzen Tag Rundbrenner auf unserem Plan. Die verschiedenen Einzelteile, darunter Brandrohre, Luftrohre, Zylindergalerien, Triebwerke, Glasrohre und Sicherheitsventile, stapelten sich in viereckigen Kisten. Teilweise kamen sie aus der Gießerei vor der Stadt, teilweise wurden sie von anderen Firmen angekauft.

Eine dieser einfachen Lampen stand auch auf meinem Nachttisch, denn sie war günstig und spendete viele Stunden Licht mit einer einzelnen Petroleumfüllung.

»Marlene«, hörte ich die Stimme des Werkstattmeisters. »Kannst du schnell loslaufen und neue Dochte holen?«

»Ja, Herr Jorum!«

Froh darüber, meine Hände ein wenig ausruhen und meine Beine bewegen zu können, wischte ich mir das Schmierfett von den Fingern und verließ die Montagehalle.

Auf dem Werkhof stapelten sich große Paletten mit Ware, die darauf wartete, abgeholt zu werden. Die Lampen aus Karlskrona waren im ganzen Land beliebt, und seit mehr und mehr Haushalte mit elektrischem Strom versorgt wurden, änderte sich nach und nach auch unsere Produktion. Einige unserer Arbeiter schimpften auf den »neumodischen Kram«, aber die meisten fanden es besser, dass man Lampen einfach mit einem Knopfdruck anschalten konnte, als erst mal in der Dunkelheit umständlich nach Streichhölzern zu suchen.

Viele der Lampen, die sich dort in den Kisten und Schachteln stapelten, hatte ich zusammengebaut. Dass sie schon bald Häuser oder Wohnungen erhellen würden, erfüllte mich mit Stolz.

Das Lager lag auf der anderen Seite des Hofes, in einem schmucklosen Backsteingebäude, dessen Wände beinahe schwarz waren. Peer, der Laufbursche, war eigentlich für Botengänge zuständig, aber er war schon seit einer Weile krank. Nun musste reihum einer von uns ins Lager laufen.

Ich hatte Glück, denn die Kisten mit den Dochten waren nicht besonders schwer, da es sich ja eigentlich nur um grob gewebte Stoffstreifen handelte.

Ich ließ mir für einen Augenblick die Sonne auf das Gesicht scheinen und atmete tief durch, dann verschwand ich in dem düsteren Gebäude. Kühle Luft schlug mir entgegen. Selbst im wärmsten Sommer brauchte man hier eine Jacke.

Richard, der Lagermeister, ein Mann mit breiten Schultern und kräftigen Armen, brachte mehrere Kartons und stapelte diese auf einen kleinen Handwagen.

»Ich will ja nicht, dass du dich verhebst, Mädchen«, sagte er mit einem breiten Lächeln unter seinem Schnauzbart.

»Danke«, sagte ich und zog den Wagen nach draußen. Glücklicherweise war der Boden trocken und der Weg nicht weit.

»Marlene!«, rief es da plötzlich hinter mir. Überrascht drehte ich mich um.

Liv Boregard stand nur ein paar Schritte hinter mir und wirkte, als hätte sie auf mich gewartet.

»Frau Boregard!«

Auf dem Hof der Lampenfabrik hätte ich sie nicht vermutet.

Mit der gesunden Hand den eingegipsten Arm stützend, kam sie näher. Sie wirkte ein wenig müde, ihre Haut war blass, und unter den Augen hatte sie dunkle Ringe.

»Wie geht es Ihnen?«, fragte ich.

Liv zuckte mit den Schultern. »Das Gelenk schmerzt, aber das war wohl nicht anders zu erwarten.« Sie lächelte mich scheu an. »Es tut mir leid, dass unser kleines Abenteuer so geendet ist.«

Ich schüttelte den Kopf. »Mir tut es leid, dass ich Ihnen nicht gesagt habe, wer ich bin. Jedenfalls nicht meinen vollen Namen.« Ich senkte den Blick. »Sicher hat Ihr Mann es Ihnen erzählt.«

»Ja, das hat er.« Liv musterte mich eindringlich. »Aber ich hätte dennoch gern mit Ihnen Kaffee getrunken.«

Diese Worte machten mich für einen Moment sprachlos und auch ein bisschen verlegen. Es war das erste Mal, dass jemand so etwas zu mir sagte. Normalerweise mieden mich die Leute, sobald sie hörten, dass mein Mann der »Unglückskapitän« war.

»Ich würde das gern nachholen«, sagte sie. »Leider werde ich am Wochenende wohl nicht in der Stadt sein.« Sie überlegte kurz, dann fügte sie hinzu: »Ich fahre nach Nättraby zur Beerdigung meines Vaters.«

Diese Worte trafen mich wie ein Schlag.

»Ihr Vater ist … gestorben?« Die Worte blieben mir in der Kehle stecken.

»Wir hatten kein besonders gutes Verhältnis zueinander.« Sie senkte den Kopf. »Aber er war mein Vater, nicht wahr? Ich möchte ihm die letzte Ehre erweisen.« Jetzt sah sie mich wieder an und hob den Arm. »Mein Mann wünscht sich allerdings, dass ich nicht allein fahre.«

»Begleitet er Sie denn nicht?«, fragte ich. Eigentlich stand es doch außer Frage, dass man seinem Schwiegervater das letzte Geleit gab.

»Er hat Wichtigeres zu tun.« Sie senkte den Kopf, und ich spürte plötzlich etwas an ihr, das ich bei einer so reichen Frau nie vermutet hätte: Einsamkeit. »Wenn ich niemanden finde, werde ich wohl hierbleiben müssen.«

»Haben Sie denn keine Freundin, die Sie begleiten kann?«, fragte ich und warf einen Blick über die Schulter. Bekam Jorum mit, dass ich hier stand und mich unterhielt? Als ich ihn nicht am Fenster entdeckte, wandte ich mich wieder Liv zu.

»Nanna hat zu tun«, seufzte sie. »So ist es eben, die meisten Freunde hat man bei Sonnenschein.«

Diese Worte trafen mich ins Herz. Ähnlich hatte ich es nach Bjarnes Tod empfunden. Die Freundinnen, die ich zu haben glaubte, hatten sich alle zurückgezogen. Niemand wollte mit der Ehefrau eines Kapitäns befreundet sein, der vermeintlich zwanzig Männer auf dem Gewissen hatte.

Ich rang mit mir. Eigentlich stand mir nicht der Sinn danach, an einer Beerdigung teilzunehmen. Doch ich spürte, dass Liv die Gelegenheit brauchte, sich zu verabschieden. Was hätte ich dafür gegeben, Bjarne Lebewohl sagen zu können …

Der einzige Haken war, dass ich nicht wusste, ob ich am Samstag freibekommen konnte. Derzeit war so viel zu tun, dass wir hin und wieder sogar Nachtschichten einschieben mussten.

»Ich weiß nicht, ob es angebracht ist, das zu fragen«, begann ich.

Liv schaute mich an. »Was denn?«

»Möchten Sie, dass ich Sie begleite?«

Im nächsten Augenblick biss ich mir auf die Lippe. Bestimmt würde sie ablehnen. Wir kamen aus vollkommen verschiedenen Welten, außerdem war ihr Mann nicht gut auf mich zu sprechen.

»Es ist in Ordnung, wenn Sie Nein sagen«, fügte ich schnell hinzu, denn sie starrte mich verwundert an. »Ich will mich Ihnen nicht aufdrängen.«

»Das würde mich sehr freuen.« Tränen glitzerten in ihren Augen. »Nur, warum wollen Sie das tun? Sie kennen mich doch gar nicht.«

Ich blickte sie an, und obwohl mein Herz schwer war, lächelte ich. »Weil jeder Mensch die Möglichkeit haben sollte, Abschied von einem Familienmitglied zu nehmen.«

20

Liv

Als ich die Lampenfabrik wieder verlassen hatte, nahm ich mir eine Droschke und ließ mich zum Norra kyrkogården bringen. Der Friedhof war einer der jüngeren in Karlskrona, auf dem die normalen Bürger der Stadt lagen, die kein Erbbegräbnis auf den älteren Plätzen besaßen.

Die Begegnung mit Marlene war wie eine frische Brise gewesen, die einen wolkenbezogenen Himmel klärte. Ihr freundliches Angebot hatte mich überrascht, und auch, wenn noch nicht klar war, ob sie es schaffen würde, für den Samstag freizubekommen, hatte sie schon mehr getan als Nanna oder Sten. Ihm würde ich einen anderen Namen nennen müssen, aber was machte das schon? Er interessierte sich nicht für die Frauen, mit denen ich mich umgab.

Auch wenn mein Handgelenk jetzt wieder stärker schmerzte – die Wirkung des Schmerzmittels ließ rasch nach –, war ich entschlossen, das Grab meiner Mutter zu besuchen.

Erinnerungsfetzen blitzten vor mir auf.

Janna Leikander war eine sehr schöne Frau gewesen. Schlank, zierlich, mit kastanienbraunem Haar und blauen Augen. Sie hätte kein Problem gehabt, die Aufmerksamkeit eines Bauernjungen oder sogar eines Handwerkersohns auf sich zu ziehen und ihn zu heiraten. Doch sie hatte sich für einen Mann entschieden, den sie nicht haben konnte.

Kurz vor ihrem achtundvierzigsten Geburtstag war sie gestorben. Die Nachbarn erzählten mir später, dass sie bereits einige Tage vor ihrer Einlieferung ins Lunds-Lazarett Schwierigkeiten gehabt hatte, längere Strecken zu gehen oder den Haushalt zu versorgen.

Ich hatte mir Vorwürfe gemacht, nicht schon vorher bei ihr gewesen zu sein. Das letzte Mal, als wir uns in ihrer Wohnung gesehen hatten, hatten wir uns gestritten, weil sie von mir keine Hilfe annehmen wollte. Sten hätte sie in einer viel besseren Gegend unterbringen können. Aber sie hatte es abgelehnt und dann so vor sich hin gelebt.

Normalerweise wäre es Brauch gewesen, sie in unserem Wohnzimmer aufzubahren, schließlich war ich die Tochter und Sten ihr Schwiegersohn. Aber er hätte dem nie zugestimmt. Und sie hätte es auch nicht gewollt. Also bewahrte man ihren Leichnam bis zur Trauerfeier in der kleinen Friedhofskapelle auf, wie jemanden, der nie eine Familie besessen hatte.

Auch am Begräbnis meiner Mutter hatte Sten nicht teilgenommen. Sie war für ihn noch mehr eine Fremde gewesen als mein Vater. Das hatte mich damals traurig gemacht. Heute war ich froh, dass er nicht dabei war.

Marlene würde nach allem, was ich von ihr gesehen hatte, bestimmt eine angenehme Begleitung sein. Sie würde nicht nach meinem Arm fragen, und sie würde auch nicht erwarten, dass ich meinen Vater aus ganzem Herzen geliebt hatte. Sie würde alles so nehmen, wie es kam, und es war eine große Erleichterung, sich bei ihr nicht verstellen zu müssen.

Auf dem Friedhof waren um diese Zeit nur ein paar Frauen, die nach den Gräbern ihrer Ehemänner schauten. In Karlskrona starben die Männer entweder sehr früh durch Unfälle auf See, oder sie wurden steinalt. Die Frauen starben entweder jung im Wochenbett oder überlebten ihre Männer sogar noch.

Da das Wochenbett für mich wohl nicht mehr infrage kam, würde ich wahrscheinlich zu den alten Frauen hier gehören, die die Gräber pflegten.

Als ich ihr Grab erreichte, blickte ich auf zu dem Engel, der schützend seine Hände über sie hielt.

Meine Mutter war in der Nähe der steinernen Gruften bestattet worden, ein Bereich, der nur gut betuchten Familien vorbehalten war. Ich hatte dafür gesorgt und auch den großen Steinengel setzen lassen. Was sie dazu gesagt hätte, konnte ich mir vorstellen. Doch die Rosen, die ich auf ihr Grab hatte pflanzen lassen, hätte sie geliebt.

Sie war ein seltsamer Mensch gewesen. Wir beide mochten in meiner Kinderzeit gut miteinander ausgekommen sein, aber seit dem Vorfall war es sehr schwierig geworden. Selbst Jahre später hatte sie mir das, was ich getan hatte, nicht verziehen. Ein kleiner Stich durchzog mein Herz. Ich würde nie die Gelegenheit haben, unser Verhältnis wieder zu verbessern. Sie noch einmal um Vergebung zu bitten.

Aber vielleicht konnte ich jetzt endgültig vergessen, was im Rosenhag, wie meine Mutter das Haus genannt hatte, geschehen war.

Ich blieb also noch eine Weile schweigend vor dem Grab stehen, dann gab ich mir einen Ruck und sagte: »Nun brauchst du nicht mehr auf ihn zu warten.«

21

Marlene

Freitagabend fühlte ich mich an meiner Werkbank, als würde ich auf glühenden Kohlen sitzen. Die Schicht war wegen der hohen Nachfrage verlängert worden, und die Zeiger der Uhr hatten die Sechs bereits um eine Dreiviertelstunde überschritten. Ich wusste, dass der Abendzug, den Liv nehmen wollte, um 19.30 Uhr ging und nicht auf mich warten würde.

Herr Jorum hatte mir den freien Samstag zugestanden, allerdings nur unter der Bedingung, dass ich in der kommenden Woche eine Nachtschicht übernahm.

Während meine Hände einen Dichtungsring einlegten, schaute ich wieder zur Uhr. Hatte der Vorarbeiter denn kein Erbarmen? Wenn die Schicht nicht verlängert worden wäre, wäre ich jetzt bereits auf dem Weg nach Hause gewesen, hätte mich umgezogen und mich dann auf den Weg zum Bahnhof gemacht.

Doch auch, als ich meine Lampe fertig hatte, wirkte Jorum nicht so, als wollte er uns gehen lassen. Ich unterdrückte einen Fluch. Was sollte Liv von mir denken? Immerhin war ich es doch gewesen, die sich ihr als Reisebegleitung angeboten hatte …

Punkt sieben ertönte endlich die Werkssirene. Für einen Moment durchflutete mich Erleichterung, dann jedoch wurde mir klar, dass es bis zum Bahnhof noch ein ganzes Stück Weg war.

Außerdem konnte ich es vergessen, mich vorher noch einmal umzuziehen.

Ich beeilte mich, meinen Arbeitsplatz aufzuräumen, und huschte dann zu den Spinden.

»Was ist denn mit dir los?«, fragte Sigrun, der meine Eile natürlich auffiel. »Hast du heute noch eine Verabredung?«

»Wie man es nimmt …«, antwortete ich ausweichend, denn ich konnte ihr unmöglich erzählen, dass ich mit Liv Boregard unterwegs sein würde. Allerdings bereute ich es, als ich das Leuchten in Sigrids Augen sah.

»Wer ist er denn?«, fragte sie neugierig.

»Niemand«, gab ich zurück. »Ich meine, ich treffe mich nicht mit einem Mann.«

»Wie schade«, sagte Sigrun. »Ich würde es dir so sehr wünschen, dass du wieder heiraten kannst.«

Ich blickte sie an. Wer sollte mich schon wollen? Höchstens Männer wie der prügelnde Torben. Davon gab es in der Stadt etliche, und ich machte stets einen großen Bogen um sie.

Im nächsten Augenblick schämte ich mich dieses Gedankens und antwortete: »Das ist lieb von dir. Und wenn die Zeit kommt, wer weiß …«

Ich wusste genau, dass die Zeit nicht kommen würde. Einen Mann wie Bjarne würde ich nie wieder finden. Er hatte mein Herz mit auf die See genommen und war in ihr versunken. Und ein anderer Mann …

Seltsamerweise fiel mir wieder dieser Journalist ein. Die ganze Woche hatte ich nichts von ihm gesehen und gehört. War er unterwegs? Oder hielt er lediglich sein Versprechen und bemühte sich, leise zu sein?

Ich hatte mich in den vergangenen Tagen immer wieder dabei ertappt, an ihn zu denken. Doch eine neue Beziehung beginnen? Das konnte ich mir nicht vorstellen.

»Sigrun!«, peitschte Torbens Stimme. »Was trödelst du herum, wir müssen nach Hause!«

»Sie ist ja gleich fertig«, schnappte ich und beobachtete aus dem Augenwinkel, dass meine Kollegin den Kopf einzog.

»Also, wir sehen uns nächste Woche«, sagte ich rasch.

»Nächste Woche?«, wunderte sich Sigrun.

»Ich habe morgen frei. Ich fahre zu einer …«

Doch ich brauchte nicht zu erklären, wohin ich fuhr, denn Torben packte ihren Arm und zerrte sie mit sich.

Ich schaute den beiden kurz nach, erinnerte mich dann aber, dass ich nun nur knapp eine halbe Stunde hatte, um zum Bahnhof zu kommen.

»Marlene?«, ertönte da die Stimme des Werkstattmeisters. Ich verdrehte die Augen. Was wollte er? Dann fiel mir ein, dass ich ihm nicht gesagt hatte, dass ich zum Bahnhof musste.

»Bevor du gehst, bring das hier bitte noch schnell in die Verwaltung.« Er reichte mir eine Schachtel, in denen einige Bauteile für die neuen elektronischen Lampen lagen. »Torben hätte die mitnehmen sollen, aber er ist ja schon weg.«

Kann das nicht ein anderer tun?, lag es mir auf der Zunge, doch Jorums strenger Blick ließ mich meine Worte schnell runterschlucken.

Ebenso, wie er mir den freien Tag gegeben hatte, konnte er ihn mir wieder wegnehmen. Also nickte ich und griff nach der Schachtel.

»Viel Kraft für morgen«, rief er mir nach.

»Danke«, sagte ich und zügelte meinen Schritt noch bis zur Hallentür. Aus dem Augenwinkel heraus sah ich, dass die Werksuhr fünf nach sieben anzeigte.

Dann begann ich zu rennen.

22

Liv

Unruhig trat ich von einem Bein aufs andere. Jetzt war es schon kurz vor halb acht, und noch immer war nichts von Marlene zu sehen. Ob sie es sich anders überlegt hatte? Oder hatte sie morgen doch keinen freien Tag bekommen?

Sten wäre außer sich, wenn er wüsste, dass ausgerechnet sie mir das Angebot gemacht hatte, mich zu begleiten. Aber heute Morgen schien er vergessen zu haben, dass er mir eine Begleitung ans Herz gelegt hatte. Sein Groll auf mich hing ihm noch immer dermaßen an, dass er kaum mit mir sprach. Als es Zeit zum Aufbrechen wurde, war er noch nicht zu Hause gewesen, also war ich einfach zum Bahnhof gefahren.

Der Kutscher hatte mir freundlicherweise die Tasche bis ins Bahnhofsgebäude getragen, doch ich hatte leicht genug gepackt, damit ich auch später im Zug mit ihr fertigwurde.

Ich reckte den Hals, konnte Marlene aber nirgendwo entdecken.

Seufzend zog ich ein Tuch aus meiner Rocktasche. Die Wärme hatte über den Tag zugenommen, und die Schmerzen im Arm wurden nicht weniger. Schweißperlen standen auf meiner Stirn, und ich sehnte mich nach den Seen, in die ich in meiner Jugendzeit bei Hitze gesprungen war.

Eine Durchsage ertönte. Unser Zug wurde aufgerufen! Niedergeschlagenheit senkte sich auf mich, während ich mit meiner gesunden Hand nach dem Koffer griff. Musste ich wirklich allein fahren?

Das Pfeifen des Zuges erklang. Wenig später drängte sich weißer Rauch durch die Tür zum Gleis. Der schwarze Leib der Lokomotive zog mehrere Waggons verschiedener Sitzklassen hinter sich her. Die Menge der Wartenden setzte sich in Bewegung. Ich wusste, dass ich mit ihnen gehen sollte, aber ein Teil von mir hoffte, dass sie noch auftauchen würde.

Doch ich sah sie noch immer nicht.

Meine Enttäuschung herunterschluckend, schloss ich mich den letzten Wartenden an, die zum Gleis stürmten. Ein seltsames Prickeln fuhr durch meine Glieder. Wie lange mochte es her sein, dass ich allein auf Reisen gegangen war? Dann dachte ich wieder daran, wie mein letzter Ausflug geendet hatte. Vielleicht war ich gar nicht mehr dazu in der Lage, selbstständig zu sein?

Und auch sonst wäre es besser gewesen, eine freundliche Stimme bei mir zu haben. Jemanden, der mich ein wenig ablenkte von dem, was vor mir lag …

»Frau Boregard!«

Die Stimme ließ mich herumwirbeln. Gleich darauf erblickte ich sie. Geschickt wie eine Katze drängte sie sich zwischen den Angekommenen, die ihr entgegenströmten, hindurch.

Auf dem Rücken trug sie den Rucksack vom vergangenen Sonntag. Ihre Kleidung wirkte ein wenig derangiert, und aus ihrer Frisur hatten sich einige Strähnen gelöst, die im Gegenlicht der Bahnhofsfenster wie eine Gloriole wirkten. Ihre Wangen glühten hochrot. Offenbar war sie den Weg von der Fabrik hierher gerannt.

Eine Welle der Erleichterung durchzog mich. Sie hatte Wort gehalten!

»Entschuldigen Sie bitte«, keuchte sie, als sie mich erreichte. »Unsere Schicht wurde um eine Stunde verlängert.«

»Kommen Sie, wir müssen uns beeilen!«, sagte ich und wandte

mich um. Mit langen Schritten eilten wir einem Schaffner entgegen, der Ausschau nach Nachzüglern hielt.

»Wo sind die Waggons der ersten Klasse?«, fragte ich den Mann.

»Ganz vorn, Wagen eins«, sagte er und deutete dorthin.

Ich bedankte mich, dann liefen wir weiter. An der Tür von Waggon eins trat uns ein Kontrolleur entgegen. Ich zeigte ihm unsere Fahrkarten, und er ließ uns durch. Wenig später ertönte ein schriller Pfiff.

Kaum hatten wir uns auf die weichen Polster unserer Sitze fallen lassen, ruckte der Zug an.

Marlene blickte sich staunend um. Als sie bemerkte, dass ich sie beobachtete, sagte sie ein wenig verlegen: »Ich bin noch nie in der ersten Klasse gefahren. Ich kenne nur die Waggons mit den Holzbänken.«

Dabei war dieser Waggon noch nicht einmal besonders luxuriös eingerichtet. Die Sitze waren mit rotem Stoff bespannt, nicht einmal mit Samt, wie ich es bei unserer Hochzeitsreise nach Paris erlebt hatte. Es gab kleine Lampen, und zwischen uns befand sich ein fest an der Wand verschraubtes Tischchen.

»Die dritte Klasse ist zudem fast immer überfüllt«, fügte Marlene hinzu, nachdem sie bemerkt hatte, dass sich außer uns kaum jemand in dem Waggon aufhielt. »Wenn man Pech hat, sitzt man auf dem Boden.«

»Da ist es fast schon schade, dass wir nicht weiter fahren, was?« Ich lachte auf, und dabei ging es mir durch den Sinn, dass ich darüber, dass für Sten nur das Beste gut genug war, vielleicht den Blick für die schönen Dinge und einfacheren Luxus verloren hatte.

»Reisen Sie viel mit dem Zug?«, fragte ich weiter.

Marlene schüttelte den Kopf. »Nein, mittlerweile nicht mehr.« Sie presste die Lippen zusammen. »Früher haben wir hin und wieder meine Schwiegereltern besucht. Aber seit dem Tod meines Mannes …« Sie machte eine Pause und fuhr fort: »Unser Kontakt ist abgerissen. Verständlicherweise.«

»Und was ist mit Ihren eigenen Eltern?« Die Frage tat mir leid, als ich ihren Blick sah. Ohne dass sie etwas sagte, verstand ich, dass auch sie wusste, wie sich familiäre Unstimmigkeiten anfühlten.

»Es ist … kompliziert«, gab sie zurück, und ein grimmiger Ausdruck erschien auf ihrem Gesicht. »Sie haben es nicht gut verkraftet, dass ich mich für einen Kapitän entschieden habe.«

Dann hatten wir anscheinend mehr gemeinsam, als ich dachte.

»Was ist mit Ihnen?«, fragte sie. »Sie sagten, dass die Beziehung zu Ihrem Vater schwierig gewesen sei.«

Ich redete normalerweise nicht über das Verhältnis meines Vaters zu meiner Mutter. Letztere war vor fünf Jahren gestorben. Mein Vater hatte eine Kondolenzkarte an mich geschickt, doch an ihrem Grab war er meines Wissens nach nie gewesen.

»Ich habe mit meiner Mutter in verschiedenen Pfarrhäusern gelebt und, als ich alt genug war, dort auch gearbeitet.«

»Und wo war Ihr Vater da?«, fragte sie verwundert.

Ich spürte, dass mein Lächeln traurig wurde. »Mein Vater war Gutsherr von Nättraby. Er hatte Wichtigeres zu tun, als sich um uns zu kümmern.«

23

Oskar

Auf dem Bahnhof herrschte dichtes Gewimmel, und ich war nur froh, dass ich den Morgenzug genommen hatte. Zu meinem Glück machte sich Lundström angesichts des Telegramms mehr Hoffnungen als ich selbst, und so hatte er mir den Tag freigegeben. Eigentlich sollte ich erst morgen früh mit dem Absender der Nachricht zusammentreffen, aber so würde ich die Gelegenheit haben, mich von einem Barbier in Ordnung bringen zu lassen.

Vom Bahnhof aus hatte ich es nicht weit bis zu dem Haus, in dem meine Mutter wohnte. Es war ein gediegenes weißes Jugendstilgebäude mit kleinen Stuckornamenten an den Fenstern. Die Miete war enorm, aber mein Vater hatte ihr eine recht gute Pension hinterlassen. Und sie liebte die Gegend einfach, das Pulsieren des Verkehrs, die Menschen, die unter ihren Fenstern entlangflanierten.

Wenig später trat ich durch die leicht offen stehende Tür und erklomm die Treppe zum ersten Stockwerk. Oben angekommen, klopfte ich. Es gab seit Neuestem eine Klingelanlage, aber meine Mutter behauptete, dass sie ihr Kopfschmerzen bereiten würde.

Kurz darauf erschien sie. Meine Bemühungen, ihr eine Haushälterin anzustellen, hatte sie bislang immer abgeschmettert. Und auch als sie jetzt durch die Tür trat, wirkte Liana Andersson nicht wie eine Frau, die Hilfe brauchte. Sie trug eine etwas altmodisch anmutende

Spitzenbluse, und das mittlerweile ergraute Haar steckte sie immer noch so, wie es in ihrer Jugend Mode war.

»Mein Junge!«, rief sie freudig und streckte die Arme nach mir aus. »Wie schön, dass du wieder nach deiner alten Mutter siehst!«

»Du bist gerade mal sechzig«, erwiderte ich und drückte ihr einen Kuss auf die Wange.

»Und du solltest dich dringend rasieren!«

»Genau das habe ich vor«, sagte ich und schloss die Tür hinter mir. Es war praktisch, dass meine Mutter immer noch Platz für mich hatte. So sparte ich einiges an Spesen.

»Was führt dich nach Stockholm zurück?«, fragte sie, während sie voran durch den lang gestreckten Flur ging.

Seit mein Vater gestorben war, hatte sich in der Wohnung nicht viel verändert. Meine Mutter war keine traurige Witwe, aber sie bewahrte ihre Erinnerungen sehr sorgfältig. Mein Vater war keine Liebe auf den ersten Blick gewesen, doch wie sie betonte, war er mit der Zeit ihre große Liebe geworden. Vor drei Jahren ging er von ihr.

Mich verband ein gutes Verhältnis mit ihm, allerdings erstickte mich sein strenges Regiment in der Jugend ziemlich, sodass ich es gar nicht hatte erwarten können, mich auf eigene Füße zu stellen.

»Du hättest mir ein Telegramm schicken sollen«, klagte sie. »Ich habe nichts vorbereitet.«

»Alles, was ich brauche, ist ein Bett und eine Waschschüssel«, sagte ich. Ich wusste, dass sie immer ein Zimmer für Gäste bereithielt. Auch wenn außer mir und einigen Freundinnen niemand sie besuchte.

Ich trug meine Sachen in den Raum, und als ich ihn wieder verließ, wartete meine Mutter mit Kaffee und Gebäck. Dieses bewahrte sie immer in einer kleinen Blechdose auf, die mit Rosen bemalt war.

»Wie geht es dir denn so in der Provinz?«, fragte sie, als sie sich zu mir setzte.

»Karlskrona ist eine sehr nette Stadt«, antwortete ich und schob mir einen der Kekse in den Mund. Sie buk sie nicht selbst, sondern holte sie vom Bäcker am Ende der Straße.

»Nett und voller Militär«, sagte sie. Mein Vater hatte früher einmal geschäftlich mit der Marine zu tun. Sein Traum, selbst Seefahrer zu werden, hatte sich allerdings nicht erfüllt.

»Das mehr an Land übt als auf der See«, gab ich zurück.

»Und was macht deine Arbeit?«

»Du weißt, dass ich dir davon nicht allzu viel erzählen kann.«

»Hmm«, machte meine Mutter. »Bist du sicher, dass das eine gute Arbeit ist? In den Angelegenheiten anderer Leute herumzuschnüffeln? Deinem Vater hätte das nicht gefallen.«

»Ich schnüffele nicht«, erwiderte ich. »Ich recherchiere. Und tue damit etwas Gutes.«

Meine Mutter nahm die Worte in sich auf, dann fragte sie: »Ist es dir dann erlaubt, über die Frauen in deinem Leben zu sprechen?«

Liana zog die fein gezupften Augenbrauen nach oben. Seit ich mich von Lisbeth getrennt hatte, kam sie immer wieder auf das Thema Frauen. Wenn der Aufenthalt bei ihr einen Nachteil hatte, dann diesen.

»Nun, alles beim Alten, würde ich sagen.« Ich leerte meine Kaffeetasse in der Hoffnung, dass sie dann von mir ablassen würde. Doch meine Mutter ließ nicht locker.

»Ich kann dir ansehen, dass es da jemanden gibt«, fuhr sie fort, und ich fühlte mich plötzlich wie bei einem Verhör.

»Da ist niemand«, erwiderte ich.

»Es war so schade, dass du dich von Lisbeth getrennt hast.«

Vielleicht hätte ich doch ein Hotel nehmen sollen. An die Frau, die es beinahe geschafft hätte, mich zu zerstören, wollte ich nicht denken.

»Wir waren nicht gut füreinander, und das weißt du auch.« Ich erhob mich. »Sei mir nicht böse, ich muss jetzt zum Barbier. Du willst doch sicher nicht, dass mein Kontaktmann von mir glaubt, ich sei ein Landstreicher.«

24

Marlene

Ich war froh, dass Frau Boregard zwei Zimmer für uns gebucht hatte. Auch wenn sie mir sympathisch war, schätzte ich es sehr, einen Raum für mich allein zu haben.

Ich hatte erwartet, dass die Reedersgattin aus einer guten Familie kam. Kein Mann mit Geld heiratete eine mittellose Frau. Dass sie die Tochter des Gutsherrn war, hatte mich jedoch überrascht.

Und noch eine größere Überraschung war, dass sie offenbar den Großteil ihrer Jugend nicht bei ihm verbracht hatte. Was wohl der »dunkle Fleck« war, von dem Ingrid gesprochen hatte?

Ich begann, meinen Rucksack auszupacken. Viel hatte ich nicht dabei, denn ich hatte ja damit gerechnet, noch einmal nach Hause laufen zu können. Immerhin hatte ich wichtige Dinge darin, die ich nie herausnahm: ein Stück Seife und einen Kamm, ein Tuch zum Abtrocknen, eine Zahnbürste aus Holz und Schweineborsten und ein Paar Schnürsenkel.

Letztere mochten auf den ersten Blick überflüssig erscheinen, doch ich trug sie immer bei mir für den Fall, dass mir einer zerriss. Bei einer Wanderung war genau das passiert, und die Blasen, die ich mir in den schlecht sitzenden Stiefeletten gelaufen hatte, hatten mich tagelang gequält.

Als ich fertig war, klopfte es.

»Ja!«, rief ich und legte den Rucksack auf dem Kofferständer ab.

Frau Boregard erschien im Türspalt. »Wollen wir etwas essen gehen?«

»Ähm …« Ich hatte eigentlich geplant, mir auf dem Weg zum Bahnhof etwas zu essen zu kaufen. In meiner Brotdose lag wenigstens noch ein Rest des Pausenbrotes, den ich von der Fika übrig hatte. Ich verdiente nicht genug Geld, um es für eine Mahlzeit im Gasthaus aufzuwenden.

»Ich lade Sie ein«, sagte Frau Boregard, als sie mein Zögern bemerkte. Ich wurde rot. »Immerhin bin ich Ihnen noch etwas wegen meiner Rettung schuldig.«

Sie sind mir gar nichts schuldig, wollte ich gerade sagen. Es war selbstverständlich gewesen, ihr zu helfen. Doch der Duft, der hinter ihr ins Zimmer strömte, ließ mich schwach werden, und so folgte ich Frau Boregard nach unten in die Gaststube, die klein und schlicht eingerichtet war.

Über den Tischen und Stühlen hingen von langen Ketten kleine Gaslampen, von denen ich wetten konnte, dass sie in früheren Zeiten in unserer Lampenfabrik gefertigt worden waren.

Das Gasthaus verfügte obendrein über einen kleinen Laden. Beim Herunterkommen hatte ich einen Nebenraum gesehen, dessen Regale mit Kerzen, Kaffee, Tee, Blechdosen mit Haferkeksen und anderen Dingen des täglichen Bedarfs gefüllt waren.

Viele Gäste hatte die Gaststube nicht. In Karlskrona waren die Kneipen voll, doch hier draußen galten wohl andere Gesetze. Im vergehenden Tageslicht machte ich lediglich zwei Tische aus, an denen Leute saßen. Ihre Gesichter wirkten gelb im Schein der Petroleumlampen.

Wir setzten uns in die Nähe der Fenster, wo wir von den anderen weitgehend unbeobachtet waren. Der Wirt erschien wenig später und fragte nach unseren Wünschen. Eine Speisekarte gab es nicht, also nahmen wir beide die *Köttbullar*, Fleischbällchen mit Preiselbeersoße, die er uns empfahl.

Als er fort war, lehnte ich mich ein wenig vor und fragte leise: »Wie ist es gelaufen? Ich meine, Sie …« Ich stockte. Kurz vor unserem Eintreffen im Gasthaus hatte sie mir erzählt, dass sie zum Gut gehen wollte.

Frau Boregards Wangen röteten sich, und sie seufzte. »Oh, ich bin nur wenige Meter weit gekommen, dann hat mich der Mut verlassen.«

»Warum das denn?«

Sie zuckte mit den Schultern. »Womöglich hat mich die Furcht vor meinem Vater überkommen. Vor seinem Geist.«

»Es gibt keine Geister«, sagte ich, denn davon war ich überzeugt. Wenn Bjarne ein Geist geworden wäre, wäre er dann nicht zu mir zurückgekehrt? Hätte mich besucht und mir zu verstehen gegeben, dass es noch eine andere Welt gab? Eine Welt, in der ich darauf hoffen konnte, ihn wiederzusehen …

»Glauben Sie das wirklich?«, fragte Frau Boregard.

Ich nickte, worauf sie eine ernste Miene zog. »Ich könnte immer noch schwören, dass es in den Pfarrhäusern gespukt hat. In einem lebte ein Geist, der immer zu der Ecke geschwebt ist, wo der Pfarrer früher seine Branntweinflaschen versteckt hat.«

Ich konnte mir ein Grinsen nicht verkneifen. »Sie nehmen mich doch auf den Arm, nicht wahr?«

Eine Weile behielt sie noch ihren ernsten Gesichtsausdruck, dann begannen ihre Mundwinkel verräterisch zu zucken, bevor sie in lautes Gelächter ausbrach.

»Es ist eine alte Geschichte, die die Vorgängerin meiner Mutter erzählt hatte. Als Kind bin ich einmal bis spät in die Nacht aufgeblieben und habe aufgepasst, ob er tatsächlich kommt. Als es in der Speisekammer gerumpelt hat, bin ich schreiend die Treppe hinaufgelaufen. Meine Mutter hat nachgesehen, aber keinen Geist gefunden. Lediglich einen Marder, der sich dort hineinverirrt hatte.«

Die Kindheitserinnerung ließ ihr Gesicht strahlen. Doch dann trat ein Schatten in ihren Blick. »Damals dachte ich noch, dass ich keinen Vater hätte …«

Ich spürte, dass sie mir etwas erzählen wollte, aber ich wagte nicht, zu fragen.

»Liv!«, rief da eine Stimme, und wenig später stürmte eine Frau zu uns. »Du meine Güte, bist du das wirklich?«

Meine Begleiterin runzelte die Stirn, aber schließlich schien sie die Fremde, die einen grünen Lodenmantel trug, wiederzuerkennen.

»Bente!«, brachte sie hervor und erhob sich.

»Ich dachte schon, ich hätte es an den Augen, als ich durchs Fenster geschaut habe«, rief die Angesprochene und schloss Liv in ihre Arme wie eine alte Freundin. Nur dass Livs Miene deutlich verriet, dass sie das nicht war. »Es tut mir so leid wegen deines Vaters. Deine Mutter muss vor Kummer außer sich sein! Ist sie hier?«

Liv presste die Lippen zusammen. Ich merkte, dass sie dieses Gespräch nicht wollte. Ich blickte zu den anderen Gästen. Diese interessierten sich auf einmal brennend für unseren Tisch.

»Meine Mutter ist vor fünf Jahren gestorben«, brachte sie leise hervor und wurde rot.

»Oh, das tut mir leid«, gab Bente fast schon übertrieben zurück. »Aber dann hat sie wenigstens diesen Kummer nicht! Und du kannst froh sein, dass sie den Gutsherrn nicht geheiratet hat, sonst müsstest du jetzt alles organisieren und hättest eine Menge Scherereien.«

Liv starrte sie an, als hätte sie sie geohrfeigt. Ihre Miene wurde wächsern, und kaum verhohlene Wut trat in ihren Blick.

Ich betrachtete die Frau. Wie kam sie überhaupt dazu, über Liv herzufallen wie eine Krähe? Auch wenn sie sie im Fenster gesehen hatte, war das noch lange kein Grund, hier hereinzustürmen.

»Ich bin Marlene Walsted.« Ich erhob mich und streckte ihr meine Hand entgegen. Das schien der Fremden Einhalt zu gebieten. Sie musterte mich mit großen Augen, als würde sie mich erst jetzt bemerken.

»Ähm«, machte sie und reichte mir zaghaft die Hand. »Bente Nielsen.«

»Freut mich, Ihre Bekanntschaft zu machen«, erwiderte ich süßlich und musterte sie eindringlich. Am liebsten hätte ich ihr ans Herz gelegt zu verschwinden, aber die Leute an den anderen Tischen schauten noch immer und fragten sich wohl, was das hier werden sollte.

»Sind Sie Livs Kammerzofe?«, fragte Bente, die sich überraschend rasch erholte.

»Nein«, sagte ich ruhig und startete dann einen Gegenangriff. »Werden Sie auch zu der Beerdigung gehen?«

»Nein, ich … Wir …« Sie stockte, suchte sichtlich nach einer Begründung. Schließlich sagte sie mit einem unsicheren Lächeln: »Ich … muss wirklich los. War schön, dich wiederzusehen, Liv!«

Damit wandte sie sich um und rauschte zur Tür hinaus.

Wir beide ließen uns wieder auf unsere Stühle sinken.

Liv war kreidebleich. Ich wusste nicht, was ich sagen sollte. Die Frau war einfach furchtbar gewesen! So etwas zu sagen! Als wäre es unmöglich, dass Liv ihren Vater geliebt hatte!

»Ich muss mich für Bente entschuldigen«, sagte Liv nach einer Weile und blickte zu den Leuten an den anderen Tischen. Diese hatten sich jetzt wieder über ihre Teller gebeugt, doch ihr Getuschel war unüberhörbar. »Sie war schon immer so …«

»Taktlos?« Ich zog fragend die Augenbrauen hoch.

Liv nickte. »Genau! Taktlos. Ihr hatte ich es zu verdanken, dass ich erfuhr, wer mein Vater war.«

»Ihre Mutter hat es Ihnen nicht gesagt?«

Sie schüttelte den Kopf. »Sie hat mich in dem Glauben gelassen, dass mein Vater gestorben sei. Als ich beim Spielen einmal einen Ball sehr hoch warf und zu den anderen Kindern sagte, dass mein Vater im Himmel ihn sehen könne, platzte Bente heraus, dass ich dazu gar nicht so weit werfen müsse. Sie deutete auf das Gutshaus, und offenbar wussten alle Bescheid, denn sie brachen in Gelächter aus.«

Liv zupfte an dem kleinen Deckchen in der Mitte des Tisches. »Ich habe damals nichts erwähnt, doch meine Mutter muss es von anderen gesagt bekommen haben. Kurz darauf hörte sie auf, ins Gutshaus zu gehen. Ich hatte immer gedacht, dass sie dort arbeiten würde …« Sie presste die Lippen zusammen.

Ich legte meine Hand auf ihren Arm. »Sie müssen nicht alles erzählen, wenn es Ihnen unangenehm ist. Es geht mich doch eigentlich auch gar nichts an, nicht wahr?«

Sie blickte mich an. »Ich möchte nur, dass Sie einordnen können, was sie gesagt hat. Es muss Ihnen alles sehr seltsam vorkommen.«

»Schon«, gab ich zu. »Aber auch ich weiß, was Geschwätz anrichten kann. Und wie unangenehm es ist, Menschen zu begegnen, die glauben, all deine Geheimnisse zu kennen und damit Macht über dich zu haben. Sie kennen meist nicht die ganze Geschichte, maßen sich aber ein Urteil an.«

Das war es, was mir so oft nach Bjarnes Tod begegnet war. Und was hin und wieder noch passierte, wenn ich den falschen Leuten über den Weg lief.

Liv lächelte mich an.

»Hätten Sie etwas dagegen, wenn wir Du zueinander sagen?«, fragte sie dann.

Die Frau hatte mir eben einen peinlichen Aspekt ihres Privatlebens offenbart. Da konnte ich sie nicht abweisen. »Gern«, sagte ich und reichte ihr die Hand.

Sie ergriff sie mit einem Lächeln, dann sagte sie: »Danke, dass du dich eingemischt hast, Marlene.«

Mit einem breiten Grinsen winkte ich ab. »Das ist doch das Mindeste, was man für eine Freundin tun kann.«

25

Oskar

Es überraschte mich, dass der Mann, mit dem ich mich treffen sollte, gerade diese Gegend anstelle seines Büros als Treffpunkt vorgeschlagen hatte. Die Malmskillnadsgatan lag in einem Teil Stockholms, in dem man sich nachts besser nicht allein blicken lassen sollte. Es gab hier viele Etablissements, aber auch recht schäbige Häuser. Obwohl derzeit gebaut wurde – die Stadt wollte die Höhenunterschiede zu den anderen Straßen ausgleichen –, blühte das Geschäft mit Unterhaltung und Prostitution.

Auf dem Weg hierher wurde ich allein von drei Frauen angesprochen, die derartige Dienstleistungen anboten. Ich lehnte ab, wenn auch vorsichtig, denn man wusste nie, ob sich der Zuhälter in der Nähe befand und auf Streit aus war.

Das Hotel, in dessen Lobby wir uns treffen wollten, lag in dem Teil der Straße, in dem die Bauarbeiten bereits beendet waren. Das vorwiegend männliche Klientel kam her, um Bekanntschaften zu machen – und um bei Gesprächen wie unserem nicht auffallen zu wollen.

Meinen Gesprächspartner hätte ich wahrscheinlich nicht so schnell wahrgenommen, wenn wir nicht vereinbart hätten, dass er eine Zeitung bei sich hatte. Von den Männern, die hier zu Gast waren, las niemand um diese Uhrzeit in einer Zeitung.

Ich ging also auf den einzigen Mann zu, der die Nase ins Stockholmer Abendblatt steckte, und räusperte mich.

»Sie!«, sagte er und legte die Zeitung beiseite. An einem Ort wie diesem sprach man keine Namen allzu laut aus. Seine buschigen Augenbrauen hoben sich überrascht, als er mich ansah. »Das letzte Mal, als wir uns begegnet sind, hatten Sie noch einen Vollbart. Ich hätte Sie beinahe nicht erkannt.« Er reichte mir die Hand.

»Es wurde Zeit für eine kleine Veränderung«, sagte ich und strich mir übers Kinn. Es fühlte sich nackt an, doch daran würde ich mich schon gewöhnen.

»Haben Sie die Schreibmaschine erhalten?«, fragte er, als wir uns wieder setzten.

»Den Klapperkasten? Ja, der ist heil bei mir angekommen.« Ich dachte wieder an meine Zimmernachbarin und ihren Auftritt vor meiner Tür. Ein Lächeln huschte über mein Gesicht.

»Wie bitte?«, wunderte sich der Mann, doch ich winkte ab und lachte.

»Ich habe nur meine Nachbarin in der Pension verärgert.«

»Ist sie denn wenigstens hübsch?«

»Ja, sehr sogar. Und äußerst … interessant.« In welcher Weise sie wirklich interessant war, wollte ich ihm jetzt noch nicht offenbaren. Er hatte mich gerufen, um mir etwas mitzuteilen, also wollte ich erst einmal zuhören.

»Wie geht es mit Ihren Ermittlungen voran?«, fragte er, nachdem er zwei Männern nachgesehen hatte, die eine Frau in etwas ärmlichen Kleidern begleiteten. Ich wollte mir nicht ausmalen, was sie mit ihr anstellen würden.

»Schleppend«, antwortete ich. »Aber ich bin ja auch erst knapp zwei Wochen dort.« Ich zog das Bündel meiner Abschriften hervor. Mein Gesprächspartner wog es in der Hand, dann schob er es in seine Tasche. Es war nicht seine Art, sie gleich anzuschauen. Später, wenn er allein war, würde er sie Wort für Wort lesen.

»Ich habe einen Mann an der Hand, der mir die Unterlagen zukommen lässt«, fuhr ich fort. »Allerdings müssen wir auf der Hut sein.«

Mein Gesprächspartner nickte, dann zog er seinerseits einen Umschlag aus der Innentasche seines Jacketts.

»Was halten Sie hiervon?«, fragte er, nachdem er es mir gereicht hatte.

Der Brief war in deutscher Sprache verfasst und kurz und allgemein gehalten. Aber er beinhaltete etwas, das wie eine Bombe wirken konnte. Wenn Lundström das erfuhr, würde er vor Freude in die Luft springen.

Doch ich war vorsichtig. Manche Dinge, die sich zu gut anhörten, um wahr zu sein, waren es manchmal nicht. Deshalb würde mein Verleger erst dann etwas erfahren, wenn wir uns absolut sicher waren.

»Das Schriftstück könnte genauso gut echt wie eine Fälschung sein«, sagte ich. »Oder der Versuch von jemandem, Geld mit dieser Sache zu machen.«

»Unser Mann in Königsberg hält es für echt. Jedenfalls nach einem kurzen Blick darauf. Um das wirklich einschätzen zu können, brauchen wir es hier, damit wir es uns anschauen können.«

»Das klingt, als gäbe es Schwierigkeiten, es zu bekommen.«

»Nun, rein rechtlich gesehen gehört Strandgut immer demjenigen, der es findet. In diesem Fall war es ein Russe.«

»Stehen wir schon in Verhandlungen mit den russischen Behörden?«

»Ja, und Sie werden sich denken können, dass diese neugierig sind.«

»Warum sagen wir ihnen denn nicht, worum es geht?«

»Weil es den falschen Leuten zu Ohren kommen könnte. Wir wissen nicht, wie weit der Arm bestimmter Leute reicht.« Mein Kontaktmann schaute sich um. »Es gibt zahlreiche Verbindungen zu den Deutschen. Wir wollen nicht, dass sie erfahren, was hinter ihrem Rücken vorgeht.«

Dafür war ich ihm dankbar. Wenn mein Ziel Lunte roch, würde es alles tun, um mir die Arbeit so schwer wie möglich zu machen. Oder vielleicht dafür sorgen, dass ich mich nicht mehr in Karlskrona aufhalten konnte.

»Es heißt, dass es jemanden gibt, der uns die Echtheit bestätigen könnte«, sagte der Mann. »Meinen Sie, dass Sie diese Person ausfindig machen können?«

Ich blickte erneut auf das Schreiben. Der Name, der darauf erwähnt wurde, war mir vertraut. Nein, er brannte regelrecht vor meinen Augen. Ich sah meinen Gesprächspartner an und antwortete: »Ich glaube, das habe ich bereits.«

26

Liv

Ich hatte keine Ahnung, wie lange ich schon auf der Brücke stand, die die beiden Teile des Ortes verband. Von hier aus konnte man sowohl auf das Gutshaus als auch zur Kirche schauen. Ich hielt meinen Blick jedoch auf den Fluss gerichtet, der rauschend unter mir in Richtung Meer strömte.

Das Frühstück lag mir schwer im Magen, und mein Unterhemd klebte bereits jetzt an meiner Haut. Die Totenmesse würde in Kürze beginnen.

Ich hatte nur beiläufig verfolgt, wie die Trauergäste an mir vorbeigezogen waren. Die meisten Bewohner würden mich nicht mehr erkennen. Sicher vor irgendwelchen Äußerungen war ich allerdings nicht. Bente hatte den Vormittag bestimmt schon reichlich genutzt, um die Neuigkeit unter die Leute zu bringen. Vielleicht kamen einige nur, um mich unter den Gästen zu entdecken.

Das Zusammentreffen mit Bente Nielsen hatte mich noch lange beschäftigt. Für sie mochte es nur eine Bemerkung gewesen sein, ein Spaß zwischen alten Bekannten. Doch ihre Worte hatten mir die Bilder von früher zurückgebracht. Den schlimmsten Moment meiner Kindheit. Das Zerbrechen meiner Welt. Damals hatte ich mich wieder und wieder gefragt, warum uns mein Vater, wenn es denn stimmte, was Bente gesagt hatte, nicht in das schöne Gutshaus holte.

Was hätte Claudius wohl gesagt, wenn er mich hier sehen könnte?

Ich fragte mich immer noch, wem ich das Telegramm mit der Nachricht seines Todes zu verdanken hatte. Meinem mir fremden Onkel vielleicht? Das erschien mir unwahrscheinlich. Aber wer konnte schon wissen, welche Instruktionen mein Vater vor seinem Tod hinterlassen hatte …

Die Glocke der Kirchturmuhr schlug neun. Ich wandte mich um. Von hier aus sah man nicht nur das Gutshaus, man sah auch die Kirche. Sie war ein wuchtiger Bau mit einem runden Chorgebäude und einem dunkelbraunen Dach. Sämtliche Wände waren weiß gestrichen. Dahinter befand sich der Friedhof. Dort sammelten sich bereits die Trauergäste.

Ich zog mir den kleinen Schleier an meinem Hut übers Gesicht, dann machte ich mich auf den Weg.

Als ich den Gasthof verlassen hatte, war in Marlenes Zimmer noch alles ruhig gewesen. Wir hatten gestern Abend vereinbart, dass wir uns nach dem Gottesdienst auf dieser Brücke treffen wollten. Es gab also keinen Grund, sie zu wecken.

Ich schritt an der niedrigen Steinmauer vorbei, die das Gotteshaus umgab, dann durchquerte ich die kleine Holzpforte. Mein Blick fiel auf die Steinkreuze, die sich auf dem Gottesacker aufreihten. Unter einem von ihnen lag meine Großmutter. Sie hatte so große Hoffnungen für ihre Tochter, für mich, gehabt. Ich wünschte manchmal, dass sie sehen könnte, was aus mir geworden war, nachdem sie die Augen mit dem Wissen, dass meine Mutter die Mätresse des Gutsherrn war, für immer geschlossen hatte.

Stimmen wehten mir aus der Kirche entgegen. Sie war verhältnismäßig groß für diesen Ort. Claudius von Wiks Familie hatte viel für ihren Glanz getan, und dementsprechend wurde sie von der Geistlichkeit selbst hofiert.

Ich schlüpfte so unauffällig wie möglich durch die Tür.

Der Großteil der Trauernden war bereits im Gotteshaus. Es erstaunte mich nicht, dass es so viele waren. Mein Vater war nicht nur in Nättraby bekannt.

Die Anwesenden waren in leise Gespräche vertieft. Ich war froh, dass niemand Notiz von mir nahm, als ich im Mittelgang stehen blieb. Der massive, aus Eichenholz gefertigte Sarg war von Blumen umringt. Sträuße, Kränze, einzelne Rosen. Ich versuchte, mir vorzustellen, wie mein Vater auf den Satinkissen lag, in einem respektablen dunklen Anzug, die Haut bleich, der vormals massive Körper reglos.

Doch dann schob sich das Bild des lebenden Claudius von Wik in meine Erinnerung, so, wie ich ihn damals in dem kleinen Wildhüterhaus gesehen hatte.

Ich drängte es rasch beiseite, wandte mich um und nahm auf einer der hinteren Bänke Platz. Einige der Trauergäste drehten sich jetzt doch nach mir um, aber den Gesichtern konnte ich keine Namen zuordnen. Ihnen schien es genauso zu ergehen, denn ihr Interesse an mir ebbte sogleich wieder ab.

Ich reckte meinen Hals ein wenig und versuchte zu erkennen, wer auf der vorderen Bank saß, die für die Angehörigen reserviert war.

Zum ersten Mal sah ich meinen Onkel, von dem ich nur wusste, dass sein Vorname Carl lautete. Es war erschreckend, wie sehr er seinem Bruder ähnelte. Sie hatten die gleiche lange Nase, das gleiche breite Kinn, und auch der Haaransatz mit den Geheimratsecken war ähnlich – nur dass Carls Haar noch immer dunkel war.

Neben meinem Onkel saßen seine Frau und neben seiner eigenen Gattin mein Cousin. Letzterer hatte selbst schon Kinder, zwei Mädchen und einen Jungen. Unruhig schlenkerten sie mit den bestrumpften Beinen.

Wussten sie von mir?

Ich spürte, wie meine Hände klamm wurden. Auf einmal kam mir die Kirche noch kälter vor, die Mauern bedrohlich.

Da erklang die riesige Orgel auf ihrer Empore, und der Pastor erschien in seinem dunklen Ornat.

Doch anstatt nach vorn zu schauen, wandte sich Carl von Wik plötzlich um. Und auch wenn wir uns nie gegenübergestanden hatten, fand sein Blick zielsicher mein Gesicht. Nicht nur, dass er meinem Vater sehr ähnlich sah – ich meinte auch, Abscheu in seinen dunklen Augen zu erkennen.

27

Marlene

Ich beugte mich über einen Himbeerbusch und betrachtete die kleinen Früchte unter den gezackten Blättern. Sie waren schön geformt, sogar schon etwas rot, aber es würde noch eine Weile dauern, bis man sie pflücken konnte. Dennoch wusste ich genau, wie sie schmecken würden, wenn sie erst einmal genug Sonne bekommen hatten.

Noch nie zuvor hatte ich solch eine Ansammlung von Himbeersträuchern gesehen. Das Gelände war sehr weitläufig und würde genug Ertrag bringen, um Dutzende Gläser Marmelade einzukochen.

Vielleicht würde es sich lohnen, im Hochsommer frühmorgens an einem Sonntag mit dem Zug hierher zu fahren und zu ernten. Ingrid würde mich für ein paar Gläser der Marmelade sicher ihren Herd benutzen lassen.

Ich richtete mich wieder auf und setzte meinen Weg fort.

Die Ländereien des Guts erstreckten sich über eine große Fläche, die aus Feldern und aus Wald bestand. Es war ein Wunder, dass Claudius von Wik keinen Grafentitel getragen hatte.

Ich schaute mich um, betrachtete das leuchtende Frühlingsgrün an den Birken und Erlen. Ich hatte den Waldweg verlassen, und das Moos unter meinen Schuhen war weich wie ein Polster. In etwas mehr als einem Monat würden wir *Midsommar* feiern …

Plötzlich erschauderte ich.

Midsommar. Mein Vater.

Dem Gutsherrn von Wik mochten die Felder und Wälder gehören, aber die Königliche Forstbehörde, für die auch mein Vater arbeitete, sorgte dafür, dass dort alles gesund blieb. Bäume wurden inspiziert, Wild gezählt, Flächen vermessen.

Richard Dahl hatte mich mit der Welt der Wälder bekannt gemacht. Von ihm lernte ich, wie ich in der Wildnis an Wasser kam. Mit ihm hatte ich provisorische Zelte und Unterstände gebaut. Er hatte mir gezeigt, was im Wald essbar war und wovon ich besser die Finger lassen sollte. Er hatte mir auch beigebracht, wie man den Naturgewalten trotzte. Wie man ruhig blieb bei einem Unwetter und sich eine Unterkunft suchte, in der man nicht vom Blitz getroffen wurde.

Wir waren ein Herz und eine Seele, mein Vater und ich.

Doch dann kam Midsommar 1899.

Wir waren von Vaters Kollegen zu einer großen Feier eingeladen worden. Henrik Sonderlund war der stellvertretende Leiter der Behörde und hatte einiges Gewicht. Von ihm eingeladen zu werden glich einem Adelsschlag.

Ich war damals siebzehn, beinahe alt genug, um zu heiraten. Doch daran dachte ich noch nicht. Hin und wieder pfiff ein Junge hinter mir her, aber daraus machte ich mir nichts. Ich putzte mich nicht heraus wie andere Mädchen meines Alters, ich war lieber im Wald.

Zum Midsommarfest bei den Sonderlunds lieh mir meine Mutter ein herrliches weißes Spitzenkleid mit roten Bändern.

»Du bist wunderschön!«, sagte sie begeistert, während ich mich vor dem Spiegel drehte. Ich ahnte ihren Hintergedanken.

Sonderlunds Sohn war drei Jahre älter als ich und hatte sich gerade an der Universität in Stockholm eingeschrieben. Anwalt wolle er werden, hatte Vater einige Wochen zuvor berichtet, als er von der Arbeit kam. Und gleichzeitig hatte er betont, dass er sich vielleicht bald eine Frau suchen würde.

Den Bauch voller Schmetterlinge vor lauter Aufregung, stieg ich wenige Stunden später in unsere kleine Kutsche. Die Luft war warm, und überall duftete es nach den Blumen am Wegrand. Nach Karlskrona war es ein gutes Stück Weg, doch wir erreichten das Anwesen des Herrn Sonderlund pünktlich. Der Staub hatte sich in meinen Haaren festgesetzt, und auch auf meinen Kleidern lag etwas davon. Dennoch fühlte ich mich wie eine Gräfin, als ich vom Wagen herunterkletterte.

Der Abend war geprägt von Begrüßungen und Gesprächen. Schnell merkte ich, dass mein Vater nur ein kleines Rad im Uhrwerk des Königlichen Domänenamts war. Es gab so viele bedeutende Männer und aufgeputzte Frauen. Ich hatte geglaubt, dass man auf diesem Midsommarfest tanzen würde, aber meist standen die Leute nur herum und bedienten sich hin und wieder an den Getränken und Speisen, die von Dienern und Hausmädchen auf kleinen Tabletts herumgetragen wurden.

Meine Mutter machte alle möglichen Anstrengungen, mich in die Nähe des jungen Sonderlund zu bringen. Doch es war jemand anderes, dessen Augen mir sofort auffielen.

Der hochgewachsene, kräftige Mann, der wesentlich älter war als ich, wirkte unter den anderen Herren mehr als deplatziert. Er trug ein einfaches Hemd zu seiner dunklen Hose, darüber Hosenträger. Kein Cutaway, keine andere Jacke. Seine Arme waren stark, sein Brustkorb breit und sein Gesicht bärtig. Sein dunkles Haar lag in etwas unordentlichen Wellen auf seinem Kopf. Auf den ersten Blick wirkte er wie der Lenker eines Fuhrwerks, der nur kurz von seinem Wagen gestiegen war, um ein Bier zu trinken.

Die Augen jedoch hypnotisierten mich, und ich fragte mich, welche Farbe sie wirklich hatten. Silber wie der Nebel oder doch eisblau? Ich wusste, dass ich ihn nicht hätte anstarren sollen, doch ich konnte nicht anders. Und als ob er meinen Blick gespürt hätte, blickte er sich um.

Mein ganzer Leib stand augenblicklich in Flammen.

Niemand sah es, aber ich spürte es deutlich. Noch nie hatte mich ein Mann so angesehen! Als könnte er innerhalb eines Augenblicks meine gesamte Seele erfassen und tief in meine Gedanken schauen.

Meine Mutter schien zu merken, dass etwas vor sich ging, und legte mir die Hand auf den Arm. Sie versuchte, mich weiterzuziehen, doch ich war wie versteinert.

»Wir sollten uns den Lindströms vorstellen«, sagte sie, doch ich wollte nur einen Menschen kennenlernen. Diesen Mann, der etwa fünfzehn Jahre älter war als ich und der alles verkörperte, was ich heimlich ersehnte. Aber mir blieb nichts anderes übrig, als meiner Mutter zu folgen. Als ich mich nach einer Weile nach ihm umblickte, war er verschwunden.

Es dauerte den gesamten Abend, bis ich ihn wiedersah. Fast hatte ich die Hoffnung aufgegeben, und aus irgendeinem Grund war mir deshalb das Herz so schwer wie nie zuvor.

Doch da trat er zu uns, verneigte sich galant und fragte meinen Vater: »Erlauben Sie mir, dass ich mit Ihrer Tochter tanze?«

Ich hatte an diesem Abend schon einige Tänze hinter mir, auch mit dem Sohn von Herrn Sonderlund. Vielleicht wäre ich tatsächlich seine Frau geworden, wenn der Fremde nicht gewesen wäre.

Doch als er vor mir stand, sah ich nur ihn.

Wie sich herausstellte, kannte mein Vater ihn.

»Kapitän Walsted«, sagte er und reichte ihm die Hand. »Es überrascht mich, dass Sie hier sind.«

»Ich habe für einige Wochen Landgang«, erklärte er. »Mein alter Freund hat mich eingeladen, ihn zu begleiten, was bleibt mir also übrig, als zu kommen?« Sein Blick fiel auf mich, dann fügte er hinzu: »Dieses Sommerfest ist stets ein Erlebnis.«

Mein Gesicht begann zu glühen, denn etwas sagte mir, dass ich eines dieser Erlebnisse sein musste, von denen er sprach. Vater erlaubte ihm, mit mir zu tanzen, und ich ging wie auf Wolken. Die Feiergesellschaft rückte in weite Ferne, während ich dem Mann zur Tanzfläche folgte.

Kapitän Walsted, wie das klang!

Mein Herz raste, und meine Wangen glühten, als er seine Hand sanft zwischen meine Schulterblätter legte. Für einen Moment fürchtete ich, alle Tanzschritte vergessen zu haben. Ich fühlte mich unsagbar kindlich und ungenügend und hatte Angst mich beim Tanzen zu blamieren. Doch dann setzten wir uns in Bewegung, und wie von allein folgte ich seinen Schritten. Er führte mich bestimmt, aber sanft zu den Klängen eines Walzers. Und schon bald gab es nur noch ihn und mich.

Eine kleine Stimme in meinem Hinterkopf sagte mir, dass er zu alt für mich wäre. Dass er in mir nur ein albernes Kind sehen würde.

Doch sein Blick sagte mir etwas anderes. Für ihn schien ich erwachsen und schön zu sein. Und vor allen Dingen hatte ich das Gefühl, ihm ebenbürtig zu sein.

»Bjarne«, sagte er leise in mein Haar, als die letzten Takte Musik erklangen. »Mein Name ist Bjarne. Und Ihrer?«

Mein Mund fühlte sich auf einmal trocken an, so als hätte es all die Limonade und all das Sodawasser vom Buffet nicht gegeben.

»Marlene Dahl«, antwortete ich, und mein Herz pochte.

Unglücklicherweise verklang die Musik dann tatsächlich, die Kapelle machte eine Pause, und wir blieben stehen. Ein Schwindel erfasste mich, so als wäre ich abrupt von einem fahrenden Karussell abgesprungen.

»Marlene Dahl«, wiederholte er sanft, dann verneigte er sich. »Diesen Namen werde ich mir merken.«

28

Liv

Bedächtig und würdevoll trugen die schwarz gekleideten Männer den Sarg aus dem Kirchenschiff. Claudius von Wik würde nicht wie die anderen Dorfbewohner der Erde übergeben werden. Wie es sich für den Kirchenpatron gehörte, stand ihm ein Platz in der Familiengruft zu.

Ich war nie dort gewesen, doch ich kannte andere Ruhestätten dieser Art aus meiner Zeit in den Pfarrhäusern. Hin und wieder hatte man mich in die Gruften geschickt, um vor einer weiteren Bestattung Ordnung zu schaffen. Ich hatte mich stets gefürchtet vor den Särgen und Katafalken, den Spinnweben, dem seltsamen Geruch und den verblühten Blumen, die zu Staub zerfielen, sobald man sie berührte.

Doch jetzt war das Gebäude das kleinere Übel. Der Blick meines Onkels brannte noch immer auf mir. Ich hatte keine Ahnung, woher er wusste, wie ich aussah. Aber ich spürte, dass es kein Zufall gewesen war, dass sich seine Augen in meine bohrten. Als der Pastor zu sprechen begonnen hatte, hatte er sich rasch abgewandt, und bis jetzt hatte er mich nicht wieder angesehen. Doch ich war sicher, dass er das Telegramm geschickt hatte. Plötzlich überkam mich die Angst, dass er mich nach der Trauerfeier aufsuchen könnte, um mit mir zu reden.

Pastor Wandt, ein junger Mann mit etwas eckigem Kopf und breiten Händen, hatte während des Gottesdienstes über Claudius von Wik berichtet, was die Familie hören wollte: vom Tod seiner ersten Ehefrau Elsa und davon, dass er sich danach nicht wieder für eine Gemahlin entschieden hatte. Davon, dass seine Ehe durch Gottes Willen kinderlos geblieben war.

Jeder hier hätte ihm etwas anderes erzählen können …

Er würdigte die Verdienste des Gutsherrn um den Ort, für die Kirche und die Finanzierung der Lampenfabrik in Karlskrona, die »unserem Landstrich viel Segen« gebracht habe. Er erzählte nicht, dass sich Claudius nach dem Tod seiner Ehefrau mit meiner Mutter tröstete und dass er mit ihr ein Kind hatte. Nicht, dass er uns beide fortschickte.

Zusammen mit dem Pastor sprachen wir ein Gebet für die Seele des Gutsherrn, dann begannen die Trauergäste am Sarg vorbeizuziehen. Die Stille, die über dem Friedhof lag, wurde nur vom Scharren der Schuhe auf den Kieseln und einem gelegentlichen Hüsteln unterbrochen. Ein Trauergast nach dem anderen verabschiedete sich, reichte meinem Onkel und seiner Familie die Hand.

Wer Carl von Wik nicht kannte, zog sich respektvoll zurück. Ich gesellte mich zu diesen Leuten, denn ich kannte ihn auch nicht und wollte mich ihm nicht aufdrängen.

Der Zug der Trauernden ebbte schließlich ab, und die Familie begab sich samt Freunden zum Gutshaus, wo sie die hochrangigen Trauergäste empfangen würden.

Ich blickte ihnen nach. Dabei tönten Bentes respektlose Worte durch meinen Verstand. War ich froh, dass ich mich um all das nicht kümmern musste? Ich konnte es nicht sagen. Aber ich war schon froh, dieses große, kalte Gebäude nicht mehr betreten zu müssen.

»Frau Boregard?«, fragte da eine Männerstimme.

Ich zuckte zusammen und wandte mich um. Für einen Moment fürchtete ich, dass es mein Onkel sein würde.

Doch ich blickte einem Mann ins Gesicht, der etwa Mitte fünfzig sein musste. Er war nicht größer als ich, hatte einen ergrauenden Backenbart und schütter werdendes Haar. Sein dunkler Anzug saß tadellos, und er machte den Eindruck eines Herrn, der es gewohnt war, wichtige Geschäfte abzuschließen.

Ich unterdrückte ein erleichtertes Aufatmen und fragte mich, was er wollte.

»Mein Name ist Marten Hangren«, stellte er sich vor, zog ein silbernes Etui aus der Jackentasche und reichte mir seine Visitenkarte. *Notar und Rechtsanwalt,* stand unter seinem Namen. Seine Kanzlei befand sich in Kristianstad.

Ich hob die Augenbrauen. Was brachte einen Notar aus Kristianstad nach Nättraby? Und woher kannte er meinen Namen?

Ich musste verwirrt dreingeschaut haben, denn er fügte hinzu: »Sie fragen sich sicher, woher ich Sie kenne und warum ich Sie anspreche.«

»Allerdings«, entgegnete ich.

»Ihr Vater hat mir das hier gegeben, damit ich Sie wiedererkenne.«

Er zog eine Fotografie aus der Tasche. Wieder wusste ich nicht, was ich sagen sollte. Das Bild zeigte mich, kurz vor meiner Hochzeit mit Sten. Ich erinnerte mich noch genau daran, wie ich in dem Fotostudio gesessen hatte, eingeschüchtert von der riesigen Kamera, den beißenden Gerüchen und der Präsenz des Fotografen, der mich wie einen Gegenstand hin und her rückte, bis ich endlich richtig saß.

Allerdings hätte ich nicht erwartet, dass mein Vater einen Abzug davon besaß. Meiner Mutter hatte ich einen gegeben. Es war einer der wenigen Momente, in denen sie stolz auf mich war.

»Ich war es auch, der Ihnen das Telegramm geschickt hat.«

Während ich noch rätselte, wie mein Vater in den Besitz des Bildes gelangt war, sagte Marten Hangren: »Ich würde gern einen kleinen Spaziergang mit Ihnen machen, wenn Sie nichts dagegen haben.«

»Warum?«, fragte ich, worauf der Mann ein Lächeln aufsetzte.

»Weil ich mit Ihnen Ihr Erbe besprechen möchte.«

29

Marlene

Da die Beerdigung sicher noch eine Weile dauern würde, ließ ich mir Zeit, aus dem Wald zurückzukehren. Die Sonne schien, und auch wenn meine Kindheit mir hier wieder ein wenig präsenter war, fühlte ich mich so entspannt wie lange nicht. Das warme Sonnenlicht durchdrang mühelos den Stoff auf meiner Haut, der Wind streichelte meine Wangen. Es war der ideale Ort für einen freien Samstag. Dafür würde sich die zusätzliche Nachtschicht lohnen.

An der Brücke nahe der Kirche machte ich Halt. Neben mir floss der Nättrabyån, der Fluss, der dem Ort seinen Namen gegeben hatte.

Ich klaubte einen flachen Stein vom Boden auf und ließ ihn über die glatte Wasseroberfläche springen. Sieben Mal berührte er die Wellen, dann verschwand er in der Tiefe.

Darin war ich schon immer besser gewesen als mein Vater und auch Bjarne. Er, der einen Großteil seines Lebens auf dem nassen Element verbracht hatte, hatte nie begriffen, wie es funktionierte.

Während ich hier saß, schien er mir auf einmal so nahe wie nie. Lag es daran, dass der Wald mir die schicksalhafte Begegnung von uns beiden wieder vor Augen geführt hatte?

Ich hatte damals noch nicht gewusst, was daraus werden würde. Ich war nur ein verwirrtes Mädchen mit glühenden Wangen, das wochenlang davon träumte, diesen Mann, der eigentlich zu alt für mich war, wiederzusehen. Es sollten viele Monate vergehen, bis sich mein Wunsch erfüllte …

Ein Geräusch brachte mich dazu, zur Kirche zu schauen. Ein Mann, möglicherweise der Küster, schloss gerade das eiserne Tor. Von den Trauergästen war nichts mehr zu sehen. Auch von Liv fehlte jede Spur.

War sie mit zum Gutshaus gegangen? Sicher hatte man dort eine große Trauerfeier für den Gutsherrn ausgerichtet.

Schwer wie ein Feldstein legte sich der Wunsch auf meine Brust, auch für Bjarne ein Grab zu haben. Einen Ort, an dem ich ihn besuchen und um ihn trauern konnte. Einen Ort, an dem ich ihm erzählen konnte, was mich bewegte, auch wenn ich wusste, dass er es nicht hören konnte …

»Da bist du ja«, hörte ich eine Stimme hinter mir. Liv zog die Nase hoch, und als ich mich umsah, bemerkte ich, dass sie geweint hatte.

»Was ist geschehen?«, fragte ich erschrocken, denn ich spürte, dass es nicht nur die Trauer war, die sie zum Weinen gebracht hatte. Sie wirkte erschüttert, so als hätte sie etwas Furchtbares erfahren.

»Mein Vater … er hat mir etwas vererbt.« Sie wischte sich übers Gesicht. Nach Freudentränen sah es allerdings nicht aus.

»Ist es etwas … Schlimmes?« Ich fragte mich, was man erben konnte, das einem die Tränen in die Augen trieb. Einen bissigen Hund vielleicht?

»Wie man es nimmt.« Sie machte eine Pause und überlegte. »Ich würde es dir gern zeigen, wenn du nichts dagegen hast.«

Auf schnellstem Wege liefen wir zum Gasthaus zurück. Es vermietete Fuhrwerke, und Liv hatte Geld. So saßen wir wenig später auf einem Wagen, vor dem ein starkes braunes Pferd ging. Da der Wirt uns keinen Kutscher hatte stellen können, übernahm ich diese Aufgabe, sehr zum Erstaunen des Mannes. Während wir vom Hof des Wirtshauses ruckelten, musste ich wieder an das letzte Mal denken, als ich auf einem Kutschbock gesessen hatte. Glücklicherweise würde uns kein wutschnaubender Sten Boregard am Ende dieser Fahrt erwarten.

Wir fuhren die Dorfstraße entlang, bogen an deren Ende in einen Waldweg östlich des Ortes ab. Kurz erhaschte ich einen Blick auf die Felder, dann ging es in den Wald hinein. Das Blätterdach über uns wurde immer dichter und der Waldweg immer unebener.

»Wie war die Trauerfeier?«, fragte ich vorsichtig, denn die Stille lastete drückend auf uns, und ich hatte das Gefühl, dass Liv erzählen wollte.

»Würdevoll«, antwortete sie. »Wie eine Beerdigung sein sollte. Es waren viele Gäste da.«

»Hatte dein Vater noch Familie?«

»Einen Bruder. Mein Onkel, wenn man das so nennen kann«, antwortete sie. »Und einen Neffen, der wiederum Kinder hat.«

»Habt ihr … geredet?«

Sie schüttelte den Kopf. »Ich bin ihm nie offiziell vorgestellt worden.«

Die Bitterkeit in ihrer Stimme schnitt mir ins Herz. Familien konnten manchmal grausam sein. Da kamen Kinder zu Welt, und obwohl sie von ihrem Blut waren, wollten ihre Eltern sie nicht.

»Nach der Beerdigung sprach mich ein Mann an, ein Notar aus Kristianstad«, fuhr Liv fort. »Er bat mich zu einem Spaziergang. Ich war erstaunt, denn ich rechnete nicht damit, dass ich etwas erben würde. Er machte mir zunächst klar, dass ich aufgrund der fehlenden Legitimierung natürlich nicht berechtigt sei, Ansprüche auf das Gut zu erheben. Per Testament hatte mein Vater dieses seinem Bruder vermacht. Dennoch …« Sie brach ab und schüttelte leise den Kopf. »Wahrscheinlich war dies der Grund, dass man mich von seinem Tod überhaupt in Kenntnis gesetzt hat.«

»Vielleicht lag deinem Vater doch etwas an dir«, sagte ich.

Liv stieß ein spöttisches Lachen aus. »Wenn dem so gewesen wäre, hätte er mir das selbst gesagt. Mein ganzes Leben schon hatte ich auf diesen Moment gewartet. Aber nein, Claudius von Wik ging es nur um meine Mutter. Er wollte sie besitzen. Mit ihr machen, was ihm beliebte. Er wollte, dass ihr ganzes Leben nur ihm gewidmet war. Ich störte dabei.«

Sie hielt inne, versank in Gedanken. Mich machte ihre Bemerkung sehr traurig. Mein Vater mochte sich nach Bjarnes Tod auch nicht richtig verhalten haben, aber als Kind hatte ich nie das Gefühl gehabt, dass ich ihm im Weg war.

»Ich habe ihn gefragt, weißt du?«, fuhr sie schließlich fort. »Den Notar. Ob er wüsste, was meinen Vater dazu bewogen hätte.«

»Und was hat er gesagt?«

»Es sei eine Entscheidung im letzten Augenblick gewesen. Mein Vater war offenbar schon seit einer ganzen Weile krank. Als sich herausstellte, dass er nur noch wenige Monate zu leben hatte, suchte er Herrn Hangren auf, gab ihm die nötigen Instruktionen und ein Bild von mir. Und er änderte sein Testament.« Sie lächelte traurig. »Als letzte Rache an mir.«

Ich schüttelte den Kopf. »Das kannst du nicht wissen. Möglicherweise wollte er dir einen Gefallen tun. Vielleicht hat er auch eingesehen, dass …«

»Halte bitte an!«, sagte Liv plötzlich, als wir an einem dichten Gestrüpp aus wilden Rosen angekommen waren. Was dahinter lag, war nicht zu erkennen, und im ersten Moment glaubte ich fast schon, dass sie zum Pinkeln in die Büsche müsste.

Doch dann sagte sie: »Hier ist es.«

30

Marlene

Das Fachwerk des eingeschossigen Hauses, das sich hinter dem Rosengebüsch verbarg, war alt, das Satteldach von Moos überwachsen, aber dennoch solide. Von den grün gestrichenen Fensterläden blätterte ein wenig Farbe ab. Die Tür war schon lange nicht mehr geölt worden. Protestierend knarrte sie, als Liv sie aufzog.

Auch die Luft roch, wie man es von einem alten Haus erwarten konnte, das schon lange nicht mehr geöffnet worden war: etwas muffig, etwas schal und nach Mauerwerk und Holzrauch.

Sogleich umfing uns Kühle. Selbst bei heißen Temperaturen draußen würden die dicken Lehmwände kaum etwas hindurchlassen.

Direkt hinter der Eingangstür lag die Küche. Einen Flur oder Vorraum gab es nicht.

Ich ging zu einem der Fenster, öffnete es und entriegelte den Fensterladen davor. Licht strömte in den Raum, doch es war noch nicht genug.

Liv öffnete auch die anderen drei Fenster, worauf wir plötzlich in grellem Sonnenschein standen.

Der gusseiserne Herd war von einer dicken Staubschicht überzogen, genauso der Küchentisch. Kleine Füße waren durch die graue Schicht gelaufen. Wahrscheinlich gab es hier Mäuse oder gar Ratten. Der Gedanke ließ mich schauern.

»Was meinst du?«, fragte Liv. Ich bemerkte, dass ihr Blick an dem alten Küchenschrank mit den gläsernen Türen hängen geblieben war. Die auf das Holz gemalten Rosen waren ein wenig verblasst, aber immer noch wunderschön. Die Scheibe bestand aus feinem Bleiglas.

»Es sieht hübsch aus«, sagte ich. »Ich hätte damals, als mein Mann noch lebte, viel darum gegeben, solch eine Küche zu haben.«

Sie trat an den Herd und öffnete die kleine rußgeschwärzte Tür. Tatsächlich befand sich darin noch etwas Asche.

Livs Worte über ihren Vater hatten mich erschüttert, aber das Haus strahlte trotz des Staubes etwas Freundliches aus. Jedenfalls empfand ich das so. »Wir sollten uns auch die anderen Räume ansehen«, sagte Liv und ging voran.

Es gab außer der Küche noch drei weitere Zimmer unten und zwei oben unter dem Dach.

Die Stube, in die wir als Erstes gingen, war, wie wir nach dem Öffnen der Fenster feststellten, bis auf ein altes Sofa mit einem leicht verblichenen dunkelgrünen Samtbezug und einen etwas schiefen Tisch komplett leergeräumt. Die Fenster gewährten einen Blick auf den Gemüsegarten, der jetzt eher wie ein Urwald wirkte. Unter dem Gestrüpp schien sich ein Brunnen zu verbergen.

Die Besonderheit dieses Raumes war ein hübscher kleiner Kamin. Irgendwann musste mal etwas Kohle auf die Dielen gefallen sein, denn es gab einige angesengte Stellen vor dem Kaminloch.

»Was ist das für ein Haus?«, fragte ich.

»Mein Vater hat hier seinen Wildhüter untergebracht. Jedenfalls zu der Zeit, als noch nicht die Königliche Forstbehörde dafür zuständig war.«

»Die Wildhüter müssen bei den hiesigen Gutsherren viel Ansehen genossen haben«, stellte ich fest. »Meine Eltern hätten sich über solch ein Haus gefreut.«

»Arbeitet dein Vater noch?«

»Ich weiß es nicht«, sagte ich. »Wir haben schon lange nicht mehr miteinander gesprochen.«

Ein Knoten zog sich in meinem Bauch zusammen. Solange keiner von beiden starb, würde ich wohl keine Nachricht von ihnen bekommen. Zu groß war der Streit gewesen, zu tief die Gräben zwischen uns, die er hinterlassen hatte.

Wir gingen durch einen Flur an einem weiteren leeren Zimmer vorbei. Es gab dort eine Leiter, die man mit einer Kette nach unten ziehen und über die man auf den Dachboden gelangen konnte.

»Was ist dort?«, fragte ich und deutete auf die Tür, die mit grünen Blattranken bemalt war. »Die Malerei ist ja wunderschön!«

Liv zögerte. »Das Schlafzimmer.«

Auf einmal wirkte sie unruhig. Ihre Hand schwebte über der Türklinke, so als wüsste sie nicht, ob sie sie herunterdrücken sollte. Was war los?

Bevor ich fragen konnte, schien sie sich einen Ruck zu geben und öffnete die Tür.

Auch hier war es dunkel, denn die Fensterläden waren geschlossen. Es roch nach Staub und Holz, aber auch nach etwas anderem. Pferdehaar, ging es mir durch den Sinn. Waren die Betten noch da?

Liv strebte einem der Fenster zu, öffnete es und stieß dann den Fensterladen auf. Im hereinströmenden Licht erkannte ich, dass es einem Rosenzweig gelungen war, durch ein Loch in der Scheibe zu wachsen. Jetzt lag er auf dem Fensterbrett, gekrönt von einer einzelnen rosafarbenen Knospe.

Nur ein Stück entfernt stand das Bett. Ebenso wie die Tür war es mit Rosen bemalt. Der Geruch, den ich wahrgenommen hatte, stammte von den Matratzen.

»Was für ein schönes …«, begann ich, doch bevor ich den Satz vollenden konnte, presste sich Liv plötzlich mit einem würgenden Geräusch die Hand vor den Mund und rannte nach draußen.

31

Liv

Ich stürmte hinaus und würgte über dem flachen Gebüsch neben dem Gartentor. Blitzartig erschienen die Bilder vor mir. Ich hatte geglaubt, dass ich sie erfolgreich verdrängt hätte, doch jetzt brachen sie aus mir hervor wie ein Wolfsrudel durch ein Gatter.

»Liv!«, hörte ich Marlene hinter mir rufen. Ihre Stimme klang weit entfernt durch das Pulsen in meinen Ohren.

Für einen Moment machte mein Verstand daraus die Stimme meiner Mutter. Erst als ich Marlenes Hand auf meinem Rücken spürte, kam ich wieder ein wenig zu mir.

»Liv, was ist los?«, fragte sie.

Ich stützte die Hände auf den Knien ab, während weiterhin Wellen der Übelkeit durch mich hindurchzogen.

Erst nach einer ganzen Weile, in der ich lediglich Speichel in den Sand gespuckt hatte, fand ich die Kraft, mich wieder aufzurichten.

Marlene blickte mich besorgt an. »Etwas stimmt nicht mit diesem Haus, nicht wahr?«, fragte sie.

Ich nickte. Es stimmte so einiges nicht mit diesem *Erbe*.

Marlene stützte mich und führte mich weg vom Haus. Sie setzte mich auf einen Stein weitab vom Grundstück und nahm dann den Schlüssel an sich. Damit verschwand sie im Haus, und wenig später beobachtete ich, wie ein Fensterladen nach dem anderen zuging. Als würde das Haus die Augen schließen.

Was sollte ich nun tun? Ich fühlte mich so durcheinander. Das Gefühl, Marlene eine Erklärung zu schulden, überkam mich.

Wenn es Claudius von Wik darum gegangen wäre, mir ein letztes Geschenk zu machen, hätte er mir viele andere Dinge vererben können: die Möbel aus Mahagoni, den Sekretär mit den Perlmuttintarsien … Das alte Wildhüterhaus hingegen war ein Schlag ins Gesicht.

Nach einer Weile kehrte Marlene zu mir zurück und reichte mir den Schlüssel. »Wie geht es dir?«

»Besser«, antwortete ich, machte aber keine Anstalten, mich zu erheben. Stattdessen klopfte ich auf den Platz neben mir.

Marlene setzte sich. Stille hüllte uns ein.

Erst nach einer ganzen Weile brach ich das Schweigen.

»Das Haus … Es wäre das Letzte gewesen, das ich von meinem Vater hätte haben wollen. Als ich dieses Bett gesehen habe, stand mir alles wieder vor Augen.«

Marlene blickte mich fragend an. Doch sie sagte nichts.

»Erinnerst du dich an Bente?«, fuhr ich fort. »Die schreckliche Frau von gestern Abend.«

»Wie könnte ich sie vergessen?«, erwiderte Marlene mit einem schiefen Lächeln.

»Ich habe dir ja davon erzählt, dass sie diejenige war, die mir den Glauben daran genommen hatte, dass mein Vater tot sei«, fuhr ich fort und wappnete mich gegen die Bilder, die ich unweigerlich damit heraufbeschwor. Ich wandte mich Marlene zu und nahm ihre Hände in meine. Sie fühlten sich rau und warm an, wie Hände, die einen aus jedem Abgrund ziehen konnten. »Schwörst du mir, dass du diese Geschichte niemandem erzählen wirst?«

Marlene sah mich ein wenig erschrocken an, dann nickte sie. »Ich schwöre es.«

Wir blickten einander in die Augen, und ich hatte das Gefühl, dass ich ihr glauben konnte.

»Nach Bentes Bemerkung zogen meine Mutter und ich von Pfarrhaus zu Pfarrhaus, wo sie als Haushälterin arbeitete«, begann ich also. »Vier oder fünf waren es. Immer, wenn sie von einer Stelle genug hatte oder die Gerüchte sie einholten, zog sie weiter. Manchmal rief uns der Gutsherr zu sich …«

Ich machte eine Pause, und ein kalter Schauer zog über meinen Rücken. »Nicht offiziell natürlich und schon gar nicht ins große Haus, wo die Bediensteten uns hätten sehen können. Er quartierte meine Mutter und auch mich hier ein. Es wundert mich, dass er es nicht abgerissen hat.«

Ich betrachtete die Rosenranken, die mit den Jahren immer dichter geworden waren. Die rosafarbenen und weißen Knospen waren prall und brachen gerade auf. Ein betörender Duft hing in der Luft, der sämtliche Bienen aus der Gegend anlockte.

»Meine Mutter liebte diese Rosen«, fuhr ich fort. »Sie nannte das Haus Rosenhag.«

»Ein schöner Name«, sagte Marlene.

Ich nickte. »Und ich fand es hier auch nicht übel. Ich hinterfragte nicht, warum wir hierherfuhren. Doch nach Bentes Bemerkung wurde ich misstrauisch. Immer, wenn der Gutsherr auftauchte, wurde ich aus dem Haus geschickt. Vergeblich hoffte ich, dass die beiden mir die Wahrheit sagen würden. Dass er sie zu seiner Frau machte und mich zu seiner richtigen Tochter.« Ich hatte ihn wieder vor mir: groß, gut aussehend mit dunklen Augen und schwarzem Haar. »Jahre später, ich war dreizehn, hatte ich mich nicht vom Haus entfernt, wie Mutter es mir befohlen hatte. Ich war geblieben, wild entschlossen, die beiden zu konfrontieren. Dabei habe ich dann gesehen, was der Grund unseres Aufenthaltes hier war.«

Mir versagte die Stimme. Ich war kein kleines Mädchen mehr, dennoch spürte ich wie damals den Knoten in meiner Brust.

»Er hat mit ihr …«, begann Marlene vorsichtig.

»Gevögelt«, beendete ich den Satz, worauf mich Marlene überrascht ansah. Offenbar hatte sie solch ein vulgäres Wort nicht aus meinem Mund erwartet.

Ich sah es vor mir, wie er mit Janna in dem Bett hockte, sie grob am Nacken gepackt hielt, während er sie von hinten stieß.

»In meiner Naivität dachte ich, er würde sie umbringen«, fügte ich hinzu. »Ihr Stöhnen und ihre Schreie hatte ich für Schmerzensschreie gehalten. Ich stürmte in den Raum, forderte, dass er sie in Ruhe lassen sollte, schlug ihm auf den Rücken. Sie konnten sich gar nicht so schnell bedecken … Meine Mutter starrte mich mit hochrotem Gesicht an, sichtlich wütend über mein Auftauchen. Auch der Gutsherr blickte mich an, voller Scham, aber auch voller Zorn. ›Was suchst du hier?‹, fuhr sie mich an. ›Ich habe dir doch gesagt, dass du zum See gehen sollst!‹ Ich hatte nicht gewusst, wohin ich schauen sollte, schockiert über ihre Blöße, schockiert über ihren Zorn.«

Ich senkte den Kopf. Es war mir unangenehm, daran zu denken, aber gleichzeitig spürte ich, wie mit jedem Wort ein Gewicht von meiner Brust abfiel. All die Jahre hatte ich diese Geschichte niemandem erzählt. Auch wenn ich Marlene erst kurz kannte, spürte ich, dass sie sie für sich behalten würde.

»Was ist danach passiert?«, fragte sie sanft.

»Der Gutsherr stellte mich zur Rede, und ich habe ihn mit dem konfrontiert, was meine Spielkameradin vor so vielen Jahren gesagt hatte. Später habe ich gehört, wie er meine Mutter angeschrien hat. Etwas flog gegen die Scheibe, zerbrach sie dabei. Ich wusste nicht, wer von beiden etwas nach dem jeweils anderen geworfen hatte.« Ich schüttelte den Kopf. »Das muss man sich mal vorstellen. Ein Mann zeugt ein Kind mit einer Frau, die er sich wieder und wieder ins Bett holt. Und dann ist es ihm nicht recht, dass dieses Kind weiß, wer sein Vater ist.«

Ich sah, dass Marlene die Lippen zusammenpresste. Ihre Augen funkelten wütend.

»Am nächsten Tag mussten wir gehen«, fuhr ich fort. »Meine Mutter würdigte mich während der Rückfahrt keines Blickes, und wir redeten auch nicht über das, was geschehen war. Einige Tage, nachdem wir wieder am Pfarrhaus angekommen waren, eröffnete sie mir, dass sie nach Karlskrona gehen würde. Der Pfarrer hätte sich bereit erklärt, mich zu behalten und weiter zur Schule zu schicken, wenn ich als Küchenmädchen bei ihm arbeitete. Sie verschwand nur einen Tag später.«

»Hat sie den Gutsherrn wiedergesehen?«

Ich zuckte mit den Schultern. »Ich weiß es nicht. Möglicherweise ist er in die Stadt gefahren, um mit ihr zu schlafen. Doch mir gegenüber schwieg sie und blieb abwesend in meinem Leben.« Ich dachte an all die Wochen und Monate, in denen ich mir die Schuld dafür gab. Wenn ich damals wie befohlen zum See gegangen wäre, hätte er dann eines Tages doch zu seiner Vaterschaft gestanden? Hätte er Mutter geheiratet?

Eine Weile schwiegen wir. Der Wind raschelte in den Obstbäumen, die zu dem Grundstück gehörten. Sie waren knorrig und verwachsen.

»Hast du deine Mutter wiedergesehen?«

»Erst, als ich nach Karlskrona kam, um Sten zu heiraten.« Ich zog das Foto hervor, das mir der Notar freundlicherweise überlassen hatte. »Das war ich damals«, sagte ich. »Ich wusste gar nicht, dass er ein Exemplar davon besaß. Möglicherweise hat sie es ihm geschickt.« Das würde bedeuten, dass sie sich wiedergesehen hatten, dass sie doch irgendwie Kontakt gehalten hatten.

»Hast du jemals wieder mit ihm gesprochen?«, fragte Marlene.

»Ja«, gab ich zu. »Als ich zwanzig war, ließ er mich zu sich rufen. Ich hoffte, wir würden endlich Frieden schließen. Aber er hatte etwas anderes vor. Er wollte mich gewinnbringend verheiraten.«

»Mit Sten Boregard?«

Ich nickte und hatte wieder vor mir, wie er mir die Einladung zum Ball reichte.

»Mein Vater hatte in die Lampenfabrik investiert und wollte natürlich Gewinne sehen. Dazu brauchten Hermann Skantze und sein

Geschäftspartner Carl Swahn Petroleum für die Lampen. Dieses ließ Olof Boregard mit seinen Schiffen zu günstigen Preisen aus Russland importieren. Um sich die Dienste des Reeders zu sichern, benötigten sie ein Band, am besten ein eheliches. Swahns Tochter war bereits versprochen, Skantze hatte nur Söhne. Also warf mein Vater mich in den Ring. Er war sich darüber im Klaren, dass meine uneheliche Herkunft nicht gerade zu meinem Vorteil war, doch er wusste auch, welche Macht Liebe und Begehren über einen Mann haben konnten. Deshalb verlangte er von mir, Sten dazu zu bringen, sich Hals über Kopf in mich zu verlieben und mich zu seiner Ehefrau zu machen.«

Scham kroch in mir hoch, wenn ich an diesen Tag dachte. Und an alles, was dann folgte. »Ich war zunächst erschrocken darüber und wollte ablehnen, aber mein Vater drohte mir, dass er dafür sorgen würde, dass ich im Elend versank, wenn ich nicht gehorchte. Also setzte ich alles auf eine Karte, tanzte auf dem Ball mit Sten, nahm seine Komplimente an und seine Küsse. Ich spürte schnell, dass er mehr wollte, aber ich schlief nicht mit ihm. Ich machte es zur Bedingung, dass er mich heiratete, bevor ich ihn in mein Bett ließ. Ein halbes Jahr später traten wir vor den Altar.«

32

Marlene

Der Bahnhof lag ein wenig vom Ort entfernt, aber die frische Luft und der Duft nach grünen Blättern taten mir gut, also sog ich ihn tief in meine Lunge. Schon bald würde ich wieder nur Schmierfett und Petroleum in der Nase haben.

Den ganzen Weg über redeten wir nur sehr wenig. Liv wirkte angeschlagen. Kein Wunder nach solch einer Geschichte. Ich wusste nicht mal so recht, was ich sagen sollte.

Dass sie sich mir offenbart hatte, wärmte mir das Herz. So unterschiedlich unsere Welten jetzt waren: Wir kamen beide aus Verhältnissen jenseits von Glanz und Reichtum. Ich spürte, dass uns das verband.

Kurz nach unserer Ankunft an der Bahnstation, die aus einem roten Ziegelgebäude mit weißem Vorbau bestand, traf auch schon der Zug ein. Wir stiegen ein und ließen uns auf unsere Plätze sinken. Ich genoss es erneut sehr, nicht auf einer Holzbank sitzen zu müssen.

Liv spielte mit ihren Ärmelmanschetten und brütete über ihren Gedanken. Der Notar hatte sie vor die Wahl gestellt: Sie konnte das Erbe ausschlagen und das Haus und die damit verbundenen Erinnerungen hinter sich lassen. Ich nahm an, dass sie genau das tun würde.

»Etwas Gutes hat der Tag immerhin gebracht«, brach ich schließlich das Schweigen.

Liv schaute mich überrascht an.

»Ich habe ein riesiges Gestrüpp wilder Himbeeren gefunden«, fuhr ich fort. »Wenn die reif sind, werde ich hinfahren und sie pflücken.«

»Etwa mit dem Fahrrad?« Livs Schwermut schien sich jetzt ein wenig von ihr zu lösen.

Ich lachte auf. »Nein, da könnte ich nicht genug von den Himbeeren mitnehmen. Ich dachte an den Zug. Mit zwei großen Eimern und Behältern, die ich im Rucksack tragen kann, sollte ich einen Gutteil transportieren können.«

»Meinst du nicht, dass du da Konkurrenz hättest?«

Ich zuckte mit den Schultern. »Kommt darauf an. So unberührt, wie es aussah, sind dort nicht viele Leute unterwegs. Aber natürlich könnte es Tiere geben, die die Beeren abfressen. Vielleicht sollte ich ein Netz auslegen.«

»Darf man das denn so einfach?«

Ich zuckte mit den Schultern. »Ich weiß nicht. Aber vielleicht erwischt man mich nicht. Und wenn ein Wildhüter das Netz findet … Nun ja, dann habe ich Pech.«

Liv überlegte einen Moment lang, dann fragte sie: »Und was willst du mit den ganzen Himbeeren anfangen?«

»Marmelade kochen«, antwortete ich. »Ich habe eine Freundin mit einem Herd. Und von meiner Mutter ein ziemlich gutes Rezept.«

Ein sehnsüchtiger Ausdruck trat in ihren Blick. »Weißt du, dass ich mich manchmal nach der Zeit im Pfarrhaus sehne? Einer Zeit ohne Dienstmädchen und ohne Langeweile.«

»Hast du denn so viel davon?«, fragte ich. »Ich meine, Langeweile. Hochgestellte Damen haben doch viele gesellschaftliche Verpflichtungen, müssen Bälle ausrichten und ihren Mann unterstützen …«

»Das stimmt schon, aber es ist nicht dasselbe«, antwortete sie. »Wenn ich Marmelade haben will, sage ich der Köchin Bescheid. Ich gebe ihr eine Einkaufsliste, und zu dem Tag, den ich festlege, ist sie fertig, hübsch beschriftet in schönen Gläsern.« Sie verstummte einen Moment. »In den Pfarrhäusern haben wir alte Gläser immer wieder verwendet. Wir haben sie ausgewaschen und gesammelt. Dann haben wir Obst gepflückt und eingekocht. Es hat mehr Spaß gemacht.«

»Jede Frau würde sich freuen, wenn sie Dienstmädchen hätte«, gab ich zu bedenken.

»Und wenn es so weit ist, wünscht sie sie wieder weg. Man ist nie einen Moment allein …« Sie senkte den Kopf. »Ich dachte immer, dass ich viele Kinder haben würde, die Hilfe nötig machten. Aber es sollte nicht sein.«

Ich betrachtete sie. Sie wirkte gesund, hatte einen reichen Mann und genug Geld. Aber keine Kinder. Offenbar war auch das Leben wohlhabender Frauen nicht perfekt.

Sie schüttelte den Kopf, als wollte sie einen Gedanken vertreiben. »Es ist schon gut. Ich bin undankbar. Ich habe sonst alles.«

Jetzt schaute sie mir in die Augen. »Was würdest du dir wünschen? Ich meine, wenn du alles auf der Welt haben könntest …«

Diese Frage brachte mich zum Nachdenken. Ich lebte nicht schlecht, auch wenn ich mir manchmal wünschte, leichter an mein Geld zu kommen. Und dieser eine Wunsch …

»Wenn es wirklich alles ist, das ich haben kann, dann … dann würde ich meinen Mann wiederhaben wollen.«

»Das …« Liv räusperte sich. »Das ist verständlich …« Sie wusste sichtlich nicht, was sie sagen sollte. »Es muss schwer für dich sein.«

»Manchmal, ja«, gab ich zu. »Aber Bjarne würde wollen, dass ich mich nicht unterkriegen lasse. Dass ich im Leben zurechtkomme. Und so stehe ich jeden Morgen auf und versuche, das Beste aus dem Tag zu machen.«

»Vielleicht sollte ich mir das merken«, sagte Liv, und jetzt trat ein Lächeln auf ihr Gesicht.

Angesichts der Kutsche vor dem Bahnhof in Karlskrona blieb ich zurück, denn der Bursche auf dem Kutschbock war derselbe, der mir geholfen hatte, das Fahrradschloss aufzubekommen. Er reichte Liv die Hand, um ihr auf den Wagen zu helfen. Nachdem er ihre Tasche verstaut hatte, stieg er selbst auf den Kutschbock.

Da Liv wusste, dass er kommen würde, um sie abzuholen, hatten wir uns noch auf dem Bahnsteig voneinander verabschiedet und verabredet, uns Sonntag kommender Woche im Hoglands-Park zu treffen. Ihr Mann konnte nun wirklich nichts dagegen haben, wenn wir uns zufällig über den Weg liefen. Und falls er sie doch begleitete, würde ich mich einfach fernhalten und auf eine neue Gelegenheit warten.

Als die Kutsche fort war, schulterte ich meinen Rucksack und strebte dem Ausgang zu. Der Bahnhof füllte sich zusehends, der Zug nach Kristianstad würde bald kommen.

Ich hatte die Bahnhofstür gerade durchschritten, als ich jemanden hinter mir spürte. Zunächst glaubte ich, dass er sich an meinem Rucksack zu schaffen machen würde.

Als ich herumwirbelte, hörte ich die Stimme.

»Was für ein Zufall, Sie hier zu treffen, Frau Walsted!«

33

Oskar

Der Zug von Stockholm nach Karlskrona war voller gewesen, als ich es erwartet hatte. Mit der stillen Anweisung an mich selbst, mir nächstes Mal eine Platzkarte zu kaufen, ließ ich mich in der zweiten Klasse neben einem Mann nieder, der einen Korb mit frisch geräucherten Schinken neben sich stehen hatte. Von einem der Stücke schnitt er sich immer wieder etwas ab und kaute mit offenem Mund darauf herum. Aber auch diese Fahrt ging zu Ende, und als ich aus dem Zug stieg, nahm ich sofort wieder die typische Luft Karlskronas wahr. Rauch und Seeluft. Es ähnelte Stockholm, aber es war doch ganz anders.

Ich drängte mich durch die Menge der Passagiere. Die Unterredung mit meinem Mittelsmann hatte mir neue Energie gegeben. Wenn es stimmte, was aus Königsberg gesendet wurde, dann waren wir ein gutes Stück weiter. Jetzt musste dieses Schriftstück nur noch in unsere Hände gelangen.

Meine Gedanken wanderten zu meiner Nachbarin. Morgen war Sonntag, sie hatte sicher frei, wo auch immer sie arbeitete. Ich hatte es bislang vermieden, Frau Malmström nach ihr zu fragen. Vielleicht sollte ich es nachholen. Erfahren, wo sie arbeitete, was sie interessierte … Ich hatte den Ausgang beinahe erreicht, als ich stockte. Ich wusste nicht, was es war, doch etwas zog meinen Blick an. Ein dunkles Kleid, blondes Haar.

Kein Zweifel, da stand sie, einen Rucksack auf dem schmalen Rücken, aus ihrer Steckfrisur hatten sich ein paar Strähnen gelöst, die bei jedem Windzug in Bewegung gerieten.

Sie auf dem Bahnhof zu sehen überraschte mich ein wenig. Aber möglicherweise war es auch ein Wink des Schicksals.

»Was für ein Zufall, Sie hier zu treffen, Frau Walsted!«

Sie wirbelte herum, beinahe feindselig, dann weiteten sich ihre Augen, und eine Frage erschien darin.

»Sie erkennen mich sicher nicht ohne Bart«, sagte ich lachend und trat näher. »Oskar Andersson. Ihr Nachbar aus der Pension.«

Ihre Augenbrauen schnellten kurz in die Höhe. »Ah, der Mann mit dem Klapperkasten«, gab sie zurück, dann lächelte sie verschmitzt, und ein Strahlen trat in ihre blauen Augen.

Ich konnte nicht anders, als sie für einen Moment zu betrachten. Ihre Wangen hatten noch immer eine jugendliche Rundung, obwohl sie bereits Ende zwanzig sein musste, und ihre Lippen waren sinnlich aufgeworfen. Ihre Augen leuchteten wie der Mittagshimmel an einem klaren Sommertag. In Stockholm hätten sich die Maler darum gerissen, sie zu portraitieren.

Mein Herz begann zu klopfen, und ein warmer Schauer durchzog mich. Ihre Schönheit ließ sogar mich für einen Moment sprachlos werden. Doch ich drängte meine plötzlich aufkommenden Gefühle zurück.

»Das werden Sie mir wohl ewig vorhalten, wie?«, fragte ich mit einem verlegenen Lachen.

»Natürlich«, erwiderte sie, machte eine Pause, dann fügte sie hinzu: »Ich … ich wollte sagen … Es tut mir leid, dass ich so bei Ihnen reingeschneit bin.«

»Das muss es nicht«, sagte ich. »Sie hatten jedes Recht dazu. Ich hätte bedenken sollen, dass Sie Ihre Ruhe brauchen. Dass die Wände der Pension so hellhörig sind …«

Sie betrachtete mich einen Moment lang, dann erschien etwas auf ihrem Gesicht, was ich als Neugierde interpretierte.

»Sie waren unterwegs?«, fragte sie.

Ich überlegte, wie ich es anstellen konnte, dass sie nicht gleich wieder entschwand. Wenn sie erst einmal hinter den Wänden der Pension war, würde es mir schwerfallen, einen Vorwand zu finden, mit ihr zu sprechen.

»Ja, ich … Wie es aussieht, haben wir denselben Zug genommen …« Ich verfluchte, dass ich nicht in ihrem Waggon gesessen hatte. »Hören Sie, ich weiß nicht, wie lange Sie schon auf Reisen sind, aber ich komme aus Stockholm und bin ausgehungert wie ein Wolf«, sagte ich. Noch immer spürte ich ein wenig das Frühstück meiner Mutter, aber dies war meine einzige Chance. »Wie wäre es, wenn ich Sie zum Essen einlade?«

»Ich … ich weiß nicht«, sagte sie zögernd und schaute sich um. Erwartete sie jemanden? Möglicherweise einen Mann?

»Wenn es jemanden gibt, dem Sie verpflichtet sind …«, begann ich.

Sie schüttelte den Kopf. »Es gibt niemanden. Aber ich bin es nicht gewohnt, dass man mich einlädt.«

»Dann würde ich das gern ändern. Als Entschädigung für all den Ärger, den ich Ihnen bereitet habe.«

Sie rang noch eine Weile mit sich. Ich hätte gern gewusst, was sie jetzt dachte. Vielleicht hielt sie mich für aufdringlich …

Ich setzte mein gewinnendstes Lächeln auf und reichte ihr die Hand. »Es ist nur ein Essen. Und vielleicht erzählen Sie mir ein wenig über sich. Damit ich weiß, worauf ich achten muss, um Ihnen ein guter Nachbar zu sein.«

34

Marlene

Als die Droschke vor dem Gasthaus Gyllene Kronar Halt machte, bereute ich fast, Anderssons Einladung angenommen zu haben. Der Geruch, der uns aus den geöffneten Fenstern entgegenwehte, war himmlisch, allerdings hatte er auch viel mehr Gäste als üblich angelockt.

Meine Hände wurden schlagartig kalt. Ich kannte das Gasthaus nur zu gut. Mit Bjarne war ich öfter hier gewesen. Doch seit seinem Tod hatte ich mich nicht mehr blicken lassen.

Einige der Seemannswitwen gingen nach wie vor hierher. Als ich noch keine Ausgestoßene war, hatten wir uns manchmal getroffen, wenn unsere Männer auf See waren. Wir hatten gegessen, getrunken und uns Geschichten über unsere Männer erzählt. Damit war es vorbei, als die *Solveig* gesunken war.

Jedenfalls für mich.

Andersson war schon bei der Tür, als er merkte, dass ich mich zurückfallen ließ. »Ist etwas nicht in Ordnung?«, fragte er.

Stimmen und Gelächter drangen an mein Ohr, und meine Glieder fühlten sich plötzlich bleischwer an.

»Nein, es ist …« Mein Herz raste wie verrückt.

»Wir können auch woandershin gehen«, sagte er, als spürte er mein Zögern.

Ich schüttelte den Kopf. Ich wollte nicht, dass er von all meinen Ängsten erfuhr. Also erklomm ich die Treppe.

Es war nicht so, dass die Gespräche bei meinem Auftauchen in der Gaststube plötzlich abbrachen. Tatsächlich kannte ich viele der Gäste nicht, offenbar waren etliche Ausflügler und Reisende hier eingekehrt.

Doch dann traf es mich wie ein Schlag! Ein eisiger Schauer lief mir den Rücken herunter, als ich Mara Sandberg erkannte, die Witwe von Ulf Sandberg, der mit Bjarne gefahren und gestorben war. Sie hatte mittlerweile einen neuen Mann, einen Arbeiter aus der Kleiderfabrik, wie man hörte. Dennoch hegte sie immer noch einen Groll gegen mich.

Ich vermied es, sie beim Vorbeigehen anzusehen, doch ich spürte, dass sich ihr Blick an meinen Rücken heftete. Und damit war sie nicht die Einzige. Je weiter wir auf der Suche nach einem freien Tisch gingen, desto mehr Augen folgten uns. Einige der Gäste machten keinen Hehl aus ihrer Neugier, ihrem Erstaunen. Sie blickten auf, wandten die Köpfe, starrten uns an.

Ich war froh, als wir endlich den Tisch erreichten. Er stand in der hinterletzten Ecke, dennoch spürte ich weiterhin die Blicke der Anwesenden wie Nadeln in meinem Rücken.

»Setzen Sie sich schon mal, ich werde dem Wirt die Bestellung durchgeben«, sagte Andersson.

»Aber Sie wissen doch nicht …«, protestierte ich.

»Vertrauen Sie mir!«, gab er zurück und verschwand. Ich ließ mich zögernd auf dem Stuhl nieder, auf dem ich den anderen Gästen den Rücken zuwandte. Wenigstens sahen sie nicht, wie unangenehm es mir war, von ihnen beobachtet zu werden.

Endlich kehrte Andersson zurück. Mittlerweile war mein gesamter Körper bis zum Zerreißen angespannt.

»Sie scheinen eine örtliche Berühmtheit zu sein«, begann er, als er sich auf dem Stuhl gegenüber niederließ.

»Wie kommen Sie darauf?«, fragte ich beklommen. Hatte ihm der Wirt erzählt, wer seine Begleiterin war?

»Die Leute schauen Sie an, als wären Sie die Kronprinzessin.«

Ich wurde rot. »Oh, das kommt ganz gewiss nicht davon, dass ich berühmt bin. Jedenfalls nicht in dem Sinne, den Sie vermuten würden.«

Ich zog mein Tuch von den Schultern. Die Luft im Wirtshaus war trotz der offenen Fenster stickig. Am liebsten hätte ich auch den Kragen meines Kleides geöffnet, doch das wagte ich nicht.

»Die Leute verrenken sich geradezu den Hals, wie man sieht.« Andersson blickte über meine Schulter hinweg. »Was haben Sie angestellt?«

»Dann haben Sie also noch keine Geschichten über mich gehört?«, fragte ich ausweichend und wunderte mich darüber, dass nicht mal Siri über mich gesprochen hatte.

Andersson lachte. »Ich bin ja noch neu hier, lassen Sie mir ein wenig Zeit!« Ernster fügte er hinzu: »Aber als Journalist gebe ich ohnehin nicht viel auf Informationen aus zweiter Hand. Besonders dann nicht, wenn ich die Person, von der diese Geschichten handeln, vor mir habe …«

Während seine Augen auf meinem Gesicht verharrten, spürte ich ein seltsames Kribbeln in meinem Bauch. War es Angst? Noch immer wollte ich von hier weg – aber seine Gegenwart fühlte sich nicht schlecht an. Ja, ich fühlte mich mit ihm sicherer als noch vorhin.

»Sie meinen, ich soll Ihnen meine Version der Geschichte erzählen, bevor die anderen es tun?«

Der Wirt erschien und unterbrach uns. Zu meiner Überraschung reichte er Andersson zwei randvoll gefüllte Biergläser.

»Wollen Sie mich betrunken machen?«, fragte ich.

»Keineswegs«, sagte Andersson. Er stellte den Krug vor mir ab. »Sie sehen aus wie eine Frau, die etwas vertragen kann.«

»So ein Kompliment hat mir noch keiner gemacht«, erwiderte ich trocken, doch als wir uns anschauten, lachten wir beide.

»Was sind nun diese Geschichten über Sie?«, fragte Andersson und nahm einen Schluck.

Ich blickte in den Bierkrug. Bier gehörte nicht zu dem, was ich gern trank, aber es wäre unhöflich gewesen, es abzulehnen.

Ich nahm einen Schluck und wusste sofort wieder, warum ich es nicht mochte. Aber es dauerte nicht lange, bis mir davon warm wurde.

»Ich bin die Witwe von Bjarne Walsted, dem Kapitän der *Solveig*«, fügte ich hinzu und bemerkte einen seltsamen Ausdruck in seinen Augen. Hatte er vielleicht doch schon davon gehört? »Sagt Ihnen die *Solveig* etwas?«, fragte ich nach.

Andersson schob die Unterlippe vor. »Nein. Was ist denn passiert?« Erneut hob er sein Glas und nahm einen Zug.

Ich trank diesmal einen größeren Schluck, dann antwortete ich: »Die *Solveig* war ein alter Schoner. Als er das letzte Mal mit ihr in See stach, sprach mein Mann davon, dass er vielleicht auf einem Dampfschiff anheuern wollte … Als ob er das einfach so gekonnt hätte, so wie er das Schiff geliebt hat …« Mein Herz schnürte sich zusammen bei der Erinnerung an den letzten Moment vor seiner Abreise. »Die *Solveig* sollte Petroleum holen. Doch bevor sie es abliefern konnte, ist sie im Meer versunken. Niemand weiß, was wirklich geschehen ist.« Ich stockte, und Tränen stiegen mir in die Augen. »Man gab meinem Mann die Schuld daran, dass zwanzig Menschen starben.«

Stille umfing mich – wenn man das so nennen konnte in einem vollen Gastraum voller Gespräche. Doch es erschien mir plötzlich so.

»Das tut mir sehr leid«, sagte Andersson nach einer Weile. Bekümmert blickte er mich an. »Die nachfolgenden Monate müssen die Hölle für Sie gewesen sein.«

Ich nickte. Ein wenig wartete ich darauf, dass der Alkohol mich in Nebel hüllte, aber das geschah nicht. Vielleicht hätte ich noch einen Schnaps zum Bier trinken sollen.

»In vielerlei Hinsicht«, antwortete ich.

»Man machte Sie mit verantwortlich, nicht wahr?«, fragte er, als könnte er in diesem Augenblick in meine Seele schauen.

»Ja.« Ich wischte mir die Tränen von den Wangen. »An ihn kamen sie nicht mehr heran, also haben sie es an mir ausgelassen.«

Andersson ließ dies eine Weile sacken.

»Dennoch sind Sie in Karlskrona geblieben«, stellte er schließlich fest.

»Wo hätte ich denn auch hinsollen?« Ich zog die Nase hoch. »Ich hatte meine Arbeit hier. Von irgendwas musste ich leben, nach Bjarnes Tod mehr denn je. Und selbst Monate später hatte ich noch die Hoffnung, dass er eines Tages zurückkehren würde. Dass er es irgendwie an Land geschafft hat …« Ich blickte Andersson in die Augen und ignorierte, dass die Bedienung mit unserem Essen auf unseren Tisch zusteuerte. Ich spürte einfach nur, wie mein Herz von Neuem barst. »Wissen Sie, wenn man keinen Grabstein hat, keinen Ort, an dem man den Toten weiß, hört man nie auf zu hoffen.«

35

Oskar

Nach diesem ereignisreichen Tag ging ich schon früh zu Bett. Allerdings nicht, ohne noch einmal auf den Flur zu horchen. Ich lauschte, ob Frau Walsted – Marlene, wie ich sie still nannte – vielleicht weinte, aber alles war still. Wahrscheinlich schlief sie schon.

Doch in dem Augenblick, als ich mich auf der Matratze langmachte, wusste ich, dass ich so bald kein Auge zutun würde. Wie traurig hatte sie gewirkt, als sie von ihrem Mann erzählte! Die Worte über die Hoffnung, wenn man keinen Grabstein hatte, unter dem man den Toten wusste, waren mir sehr zu Herzen gegangen.

Sie hatte recht. Viel zu oft nahm man Friedhöfe als etwas Lästiges, Störendes wahr. Man mied diese Orte, denn man wollte nicht daran erinnert werden, dass man selbst irgendwann sterben musste. Jetzt lag ich wach und versuchte, mir vorzustellen, wie ihr Leben sein musste. Gräber waren Orte des Gebets, des Andenkens, aber sie hatte nur das Meer. Mir wurde klar, warum sie bei unserem Zusammentreffen am Kai so sehnsüchtig auf die Wellen geschaut hatte.

Ich hatte sie gefragt, ob sie etwas von ihrem Mann zurückbehalten hätte, Haarlocken, vielleicht eine Pfeife. Sie hatte mich mit einer Mischung aus Sehnsucht und Trauer angesehen und gesagt: »Bjarne war der Meinung, dass es Unglück bringen würde, wenn ich ihn bei der Abreise um ein Andenken gebeten hätte. So als rechnete man schon mit dem Untergang des Schiffes, bevor es überhaupt ausgelaufen ist. Also sind nur ein paar seiner Kleider und Gegenstände, die wir gemeinsam benutzt hatten, zurückgeblieben. Ich habe alles weggegeben, denn es schmerzte mich zu sehr, es anzuschauen.«

Das verstand ich. Nach meiner Trennung von Lisbeth hatte ich auch nichts von ihr behalten wollen. Allerdings aus anderen Gründen. Ich war furchtbar wütend auf sie, wollte sie wegen dem, was sie getan hatte, aus meinem Leben tilgen. Als ich nach Monaten noch ein Tuch von ihr fand, warf ich es wutentbrannt ins Feuer. Mir tat es nicht leid, dass mir nichts als Erinnerungen von ihr geblieben sind.

Marlene konnte ich jedoch ansehen, dass sie es nun bedauerte, nichts mehr von ihrem Mann zu besitzen.

Noch mehr erschütterte mich allerdings die kollektive Schuldzuweisung der anderen Witwen. Dass man sie ausstieß, wo sie doch die Gemeinschaft so dringend gebrauchen konnte.

Ich musste zugeben, dass mein Anliegen, sie in ein Gespräch zu verwickeln, von Selbstsucht geprägt war. Nun allerdings spürte ich in mir den Wunsch, ihr Gerechtigkeit zu verschaffen. Sie von der Schuld zu befreien, die so erdrückend auf ihr lag, ohne dass sie etwas dafür konnte. Die Stadt wieder zu einem richtigen Zuhause für sie zu machen.

Nach einer Weile hielt ich es im Bett nicht mehr aus. Ich warf den Morgenmantel über und ging zu meiner Tasche. Mein Mittelsmann hatte mir eine Abschrift des Schreibens überlassen, dessen Original sich noch immer in Russland befand. Außerdem hatte ich mir ein neues Notizbuch zugelegt. Wenn ich die Abschriften des Nachts nicht mit der Schreibmaschine vornehmen konnte, so konnte ich wenigstens handschriftlich vorarbeiten.

Ich entzündete die Lampe auf dem Schreibtisch – ein Produkt der hiesigen Fabrik, wie ich an der Gravur erkannte –, und während ich mir vorstellte, dass Marlenes Hände sie vielleicht zusammengeschraubt hatten, blätterte ich das zweite Aktenbündel meines Informanten auf.

36

Liv

Nach einer Woche, die sich so dahingeschleppt hatte, freute ich mich auf den Sonntag. In meinem Innern herrschte immer noch eine Menge Unordnung, außerdem hatte mein Handgelenk unangenehm zu jucken begonnen. Dr. Bronlundt, unser Hausarzt, meinte, dass das normal wäre und darauf hindeutete, dass der Knochen heilte.

Ich hatte Sten noch immer nichts von meiner Erbschaft erzählt. Auch Nanna hatte ich nicht ins Vertrauen gezogen. Die Einzige, die davon wusste, war Marlene. Ich hoffte, dass sie im Park erscheinen würde.

Nachdem Astrid mir in mein cremefarbenes Ausgehkleid geholfen hatte, das die Schneiderin in der vergangenen Woche an den Ärmeln geändert hatte, begab ich mich nach unten und machte an der Küchentür Halt. Auf dem langen Tisch stand der kleine Weidenkorb schon bereit, um den ich sie am Vorabend gebeten hatte. Ruth befüllte ihn mit in Pergamentpapier gewickelten Päckchen.

»Guten Morgen«, grüßte ich, worauf sich die Köchin erschrocken umwandte.

»Ah, gnädige Frau! Guten Morgen, ich bin gerade dabei, Ihren Korb zu packen.«

Ich trat näher. Auf einem Teller sah ich Pastetchen liegen, auf einem anderen stapelte sich Gebäck.

»Ich habe alles zusammengestellt, was Sie und der gnädige Herr am liebsten mögen.«

Sie dachte also, ich würde ein Picknick mit Sten machen. Ich unterdrückte meinen Impuls, sie zu korrigieren, lächelte und antwortete: »Das ist sehr nett von Ihnen.«

»Ich habe auch frische *Syltkakor* gebacken. Nach dem Rezept meiner Großmutter.«

Der Anblick der Marmeladenkekse, deren Ränder mit großen Zuckerbrocken bestreut waren, ließ mir das Wasser im Mund zusammenlaufen.

»Können Sie mir dieses Rezept vielleicht rasch dazulegen?«, fragte ich, denn ich erinnerte mich, wie Marlene über das große Himbeergestrüpp gesprochen hatte. Vielleicht würde sie die Marmelade, die sie daraus kochen wollte, auch für Kekse verwenden wollen.

»Aber sicher doch, gnädige Frau«, antwortete Ruth. In ihren Augen las ich die Frage, wozu ich das Rezept brauchte, doch es stand ihr nicht zu nachzuhaken. Ich bedankte mich mit einem freundlichen Lächeln und verließ die Küche.

Im Esszimmer war bereits das Dienstmädchen zugange. Beim Geruch des gebratenen Specks und der Eier lief mir das Wasser im Mund zusammen. Ich hatte heute mein Korsett weniger eng schnüren lassen, sodass ich mir den Bauch vollschlagen konnte.

Als Astrid mich sah, knickste sie und zog sich zurück.

Auf dem Tisch stand eine silberne Kaffeekanne, eine Platte mit verschiedenen Marmeladen, Brot, Käse und Wurst, Butter unter einer kristallenen Glocke. Wahrscheinlich hatte ich nie zuvor mein Frühstück so deutlich wahrgenommen wie in diesem Augenblick.

Mein Magen knurrte vernehmlich, und beinahe hätte ich aufgelacht. Kaum zu glauben, dass ich noch vor zwei Wochen ängstlich darauf geachtet hatte, eine möglichst schmale Taille zu behalten. Dass ich gehofft hatte, Sten würde mich bemerken.

Paradoxerweise wollte ich nun möglichst nicht von ihm gesehen werden. Seine Fingerabdrücke auf meinem Arm waren zu kleinen gelben Schatten verblasst, doch noch immer überkam mich die Angst, wenn ich mich an seinen Blick erinnerte.

Ich nahm Platz und sog die frische Morgenluft ein, in die sich der Duft des Blumengestecks in der Mitte des Tisches mischte.

»Wird der gnädige Herr heute nicht frühstücken?«, fragte Astrid noch einmal. Ich hatte sie bereits vorhin gebeten, nur ein Gedeck aufzulegen.

»Ich weiß es nicht«, antwortete ich. »Ich halte es für besser, wenn wir ihn erst einmal nicht stören.«

Das Mädchen knickste und zog sich zurück.

Ich butterte mein Brot und nahm einen Klecks Gelee aus einem der Gläschen.

Sommer breitete sich auf meiner Zunge aus. Im nächsten Augenblick hatte ich die Gärten der Pfarrhäuser vor mir, in denen es im Sommer nach Blumen und reifen Äpfeln roch …

Das Geräusch der Tür vertrieb meine Gedanken. Sten trat ein.

Überrascht blickte ich auf, und sogleich zog sich etwas in meinem Bauch zusammen. Ich hatte angenommen, dass er auch heute meine Gesellschaft meiden und gleich zum Kontor fahren würde.

Er ließ seinen Blick über den Tisch schweifen. Natürlich bemerkte er, dass auf seinem Platz kein Gedeck stand.

»Guten Morgen, Sten«, sagte ich ein wenig unsicher. »Soll ich Astrid ein Gedeck holen lassen? Ich wollte dich nicht behelligen …«

Ich erwartete, dass er mich anfauchen würde, warum ich nicht daran gedacht hatte. Doch er schaute mich nur ausdruckslos an. »Nein, ich … ich wollte ohnehin gleich ins Kontor.«

Ich versuchte, meine Freude zu verbergen. Dabei hätte ich mir noch vor zwei Wochen sehnlichst gewünscht, dass er mitkommen würde.

»Ich habe gesehen, dass Ruth einen Picknickkorb vorbereitet hat«, sagte er. »Willst du ausgehen?«

Gluthitze schwappte durch meine Adern. Dann war er also in der

Küche gewesen. Wahrscheinlich, um sich etwas Proviant für den Tag geben zu lassen.

Was sollte ich sagen?

»Ich möchte heute ein wenig Zeit im Park verbringen«, antwortete ich. »Lesen, die frische Luft genießen … Doktor Bronlundt meinte, dass dies meinem Handgelenk bei der Heilung helfen könnte.«

Sten nahm meine Worte mit einem Nicken hin. »Ich … ich wollte dir sagen, dass es mir leidtut.«

Ich zog die Augenbrauen hoch. Bevor ich fragen konnte, was er meinte, fuhr er schon fort: »Ich hätte dich nicht so hart anpacken dürfen.«

Ich wusste nicht, was ich dazu sagen sollte. Dass es in Ordnung war? Dass ich die blauen Flecken kaum noch spürte?

»Ich hätte dich nicht drängen sollen, Zeit mit mir zu verbringen«, gab ich zurück. »Deine Geschäfte sind wichtiger, das weiß ich jetzt.«

Sten blickte auf seine Schuhspitzen und begann, an seiner Ärmelmanschette zu nesteln, ein Zeichen, dass er nervös war.

»Wie geht es deinem Arm?«, fragte er, als er wieder aufblickte.

Auch das verwunderte mich. War es möglich, dass er wieder zu sich gekommen war? Wenn ich daran dachte, wie er mich angebrummt hatte, als ich ihm vom Tod meines Vaters berichtete …

»Es wird besser«, antwortete ich. »Der Arzt im Krankenhaus meinte, dass er mir den Gips drei Wochen nach Anlegen wieder abnehmen will. Ich werde also in der kommenden Woche ins Hospital fahren …«

Wieder nickte Sten. Und wieder folgte Stille meinen Worten.

Mein Herz krampfte sich zusammen. Was war los? Warum konnte er nicht einfach auf mich zukommen, mich in den Arm nehmen, mir sagen, dass er mich noch immer liebte? Aber vielleicht verlangte ich zu viel. Immerhin hatte er sich entschuldigt …

»Nun«, sagte er, und ein Ruck ging durch seinen Körper. »Dann wünsche ich dir einen angenehmen Tag.«

Ich unterdrückte ein Seufzen. Mein kleiner Hoffnungsschimmer erlosch so rasch, wie er aufgeflammt war.

»Ich dir ebenso«, sagte ich. Viele andere Worte lagen mir auf der Zunge. Die Frage, wieso er so abweisend war. Was ich tun konnte, damit es wieder besser wurde. Ob ihm etwas fehlte. Doch bevor ich es aussprechen konnte, schloss sich die Esszimmertür hinter ihm.

37

Marlene

Mit auf dem Bauch verschränkten Händen lag ich auf dem Bett und starrte an die Zimmerdecke. Entfernt schlug die Kirchenglocke neun Uhr. Ich wollte mich mit Liv um zehn treffen, ein wenig Zeit hatte ich also noch. Angekleidet war ich immerhin schon.

Diesmal hatte es nicht daran gelegen, dass Herr Andersson nebenan auf seiner Schreibmaschine geklappert hatte, dass meine Nacht so kurz war.

Vielmehr ging mir unser Abend im Wirtshaus auch eine Woche später noch immer nicht aus dem Sinn. Die freundlichen Worte, die er für mich und Bjarne gehabt hatte … Es hatte gutgetan, mit jemandem zu reden, der in mir nicht die Schuldige sah. Und ich fragte mich, wann wir uns wieder treffen konnten. Er wohnte nebenan, dennoch hatte ich ihn in der vergangenen Woche nicht zu Gesicht bekommen. Zu lange war ich in der Fabrik gewesen. Die zusätzliche Nachtschicht hatte mir in den Knochen gesteckt.

Der Gedanke, bei ihm zu klopfen, war mir mehrfach gekommen, doch als ich vor seiner Tür stand, hatte mich der Mut verlassen. Vielleicht würde ich es heute Abend noch einmal versuchen.

Schließlich erhob ich mich, rückte meine Frisur zurecht, dann strich ich über mein Kleid. Es war eines von wenigen hübschen, die ich aus der Zeit mit Bjarne zurückbehalten hatte, hellblau mit kleinen Blümchen. Eigentlich viel zu fein für einen Spaziergang durch die Stadt, doch es war Sonntag, und ich war mit Liv unterwegs. Ich wollte nicht, dass meine Gegenwart peinlich für sie wurde.

Als ich mein Zimmer verließ, fiel mein Blick auf seine Tür. Ich machte einen Schritt nach vorn und legte die Hand auf das Holz.

Ich wusste nicht, was mit mir los war. Warum geisterte er so viel durch meine Gedanken? Bislang hatte ich immer geglaubt, dass mich nach Bjarne kein Mann mehr interessieren könnte. Aber auf einmal war ich mir nicht mehr so sicher.

Normalerweise spürte ich es, wenn ein Mensch in einem Raum war. Aber dazu war es hier zu still. Also zog ich die Hand zurück und strebte der Treppe zu.

Diesmal nahm ich mein Fahrrad nicht mit. Von der Pension aus war es ein ganzes Stück zum Hoglands-Park, also beeilte ich mich, bevor sich die Gehwege mit Leuten füllten.

Ich war gerade an der Fredrikskyrkan vorbei, als ich neben mir eine Stimme hörte.

»Na, hast du es geschafft, dir einen anderen zu angeln?«

Zu spät erkannte ich die drei Frauen, die offenbar auf dem Weg zum Gottesdienst waren.

Ich tat so, als hätte ich nichts gehört, während ich Mara im Stillen verfluchte. Natürlich hatte sie den anderen erzählt, dass sie mich gesehen hatte.

»He, Walsted, ich rede mit dir! Oder trägst du jetzt schon die Nase zu hoch, um sich mit uns zu unterhalten?« Wenig später stellte sich mir Anett Öberg in den Weg. Hinter ihr standen Nella Holm und Astrid Karlsson. Gemeinsam wirkten sie wie eine Mauer.

Meine Muskeln spannten sich. Ich hatte schon lange keine direkte Auseinandersetzung mehr mit diesen Frauen gehabt. Aber ich hatte nicht vor, mich von ihnen angreifen zu lassen.

»Geh mir aus dem Weg, Anett«, sagte ich ruhig. »Ich möchte keinen Streit, das wisst ihr doch.«

»Wer will denn mit dir streiten?«, gab Anett scheinheilig zurück, doch in ihren Augen sah ich die Angriffslust. »Ich will nur wissen, ob es stimmt, was Mara uns erzählt hat.«

Mara. Wusste ich es doch!

»Ich wüsste nicht, was dich das anginge.« Ich hätte Nein sagen können, doch ich kannte sie gut genug, um zu wissen, dass sie nicht lockerlassen würden.

»Nun, wenn es wieder ein Kapitän ist, der unsere neuen Männer umbringen will, wäre es doch gut, Bescheid zu wissen.«

In meiner Brust zog sich etwas zusammen, und ein bitterer Geschmack trat in meinen Mund. »Drei Jahre«, sagte ich müde. »Es ist jetzt drei Jahre her. Warum lasst ihr mich nicht in Ruhe?«

»Weil es dein Mann war, der uns unsere Männer gekostet hat!« Sie spuckte mir diese Worte förmlich ins Gesicht.

»Und was ändert es, wenn ihr mir das wieder und wieder vorhaltet?«, gab ich zurück und zwang mich, meine ruhige Fassade zu bewahren. Während der vergangenen drei Jahre hatte ich gelernt, dass es besser war, so ruhig wie möglich zu bleiben. Und weder Furcht noch Trauer zu zeigen.

Anetts Augen verengten sich. »Du wirst nie wieder einen frohen Tag haben, hörst du?« Ihr Finger bohrte sich in meine Brust. »Wir werden dafür sorgen. Deinen Mann kriegen wir nicht mehr dran, aber dich!«

Ich hätte ihr am liebsten gesagt, dass sie sich wohl doch ein wenig zu mächtig vorkam. Sie waren ebenso wie ich einfache Frauen, deren einzige Waffe Gerüchte waren.

»Marlene!«, rief es da hinter mir.

Anetts Augen weiteten sich.

Ich wandte mich um, in der Annahme, dass weitere Seemannsfrauen aufgetaucht waren. Dann sah ich sie.

38

Liv

Ich hatte keine Ahnung, was die Situation vor mir zu bedeuten hatte. Die Frauen wirkten auf den ersten Blick, als unterhielten sie sich mit Marlene. Doch als sie sich zu mir umdrehte, bemerkte ich, dass etwas nicht stimmte. Ich winkte also, um die anderen wissen zu lassen, dass ich zu ihr gehörte.

»Ich bin gleich bei dir, Liv!«, rief Marlene und wandte sich wieder den anderen zu. Was sie sagte, hörte ich nicht, doch wenig später kam sie zu mir.

Die anderen Frauen starrten ihr beinahe ungläubig hinterher. Dann zog eine die anderen mit sich in Richtung Kirche.

»Du weißt gar nicht, wie froh ich bin, dich zu sehen«, sagte Marlene erleichtert. Ihr Gesicht war gerötet, und in ihren Augen glomm eine Mischung aus Furcht und Wut.

»Was wollten diese Frauen von dir?«, fragte Liv. »Es sah aus, als wollten sie dich angreifen.«

»Das hast du sogar von Weitem gesehen?«

»Ich habe meinen Sinn dafür wohl behalten«, sagte Liv. »Immerhin habe ich früher in Pfarrhäusern gearbeitet.«

»Ein Pfarrer greift doch wohl niemanden an!«

»Aber manchmal tun das Menschen, die nicht verstehen, warum das Leben eines Kindes oder Ehepartners enden musste. Ich habe nicht nur einmal verzweifelte Väter gesehen, die auf den Geistlichen losgingen.«

Marlene blickte sich noch einmal zu den anderen um, die im nächsten Augenblick um die Ecke eines Hauses bogen. »Sie werden ordentlich was zu reden haben, jetzt, da sie dich mit mir gesehen haben.«

»Wegen deines Mannes?«

Marlene nickte. »Anett … ist wütend. Sie hat ihren Mann auch bei dem *Solveig*-Unglück verloren.«

»Das tut mir sehr leid«, sagte ich.

Sie schüttelte den Kopf. »Das muss es nicht. Niemand kann etwas daran ändern.« Sie zwang sich sichtlich zu einem Lächeln. »Aber wir wollten es uns heute doch gut gehen lassen, oder nicht?«

Wir ließen die Kirche hinter uns und bogen in eine Seitengasse ein. Die Passanten dort schienen uns kaum wahrzunehmen, worüber ich ebenso wie Marlene sehr froh war.

»Meine Köchin dachte, ich würde mit meinem Mann ausgehen«, erklärte ich, während ich auf den Korb deutete. »Deshalb hat sie auch ein paar seiner Lieblingsgerichte eingepackt.«

»Oh, ich bin nicht wählerisch«, winkte Marlene lachend ab. Mit wachsendem Abstand zur Kirche wich die Anspannung sichtlich von ihr. »Solange es nicht Gammelrochen ist.«

Ich zog die Augenbrauen hoch. »Das klingt eklig, was ist das?«

»Mein Mann hat mir mal welchen von einer Fahrt nach Island mitgebracht«, antwortete sie. »Wir waren gerade ein Jahr zusammen. Es war das Jahr, bevor er mit den Petroleumtransporten anfing.«

Ich bemerkte, dass ein verträumter Ausdruck auf ihr Gesicht trat. Dieser galt wohl aber eher ihrem Gatten als dem merkwürdigen Gericht.

»Er meinte, es sei eine Spezialität«, fuhr sie fort und rümpfte die Nase. »Die Dose bog sich schon an beiden Seiten. Ich habe ihm gesagt, dass er sich unterstehen solle, sie im Haus zu öffnen. Glücklicherweise hat er auf mich gehört, denn der Geruch war unaussprechlich. Er war dann auch so nett, das Zeug draußen zu kochen und allein zu essen. Ich hätte keinen einzigen Bissen herunterbekommen.«

»Dein Mann muss hart im Nehmen gewesen sein.«

»Manchmal war er das wirklich, ja«, erwiderte sie, und ihr Gesicht strahlte unter dem breiten Lächeln, das diese Erinnerung begleitete. »Seeleute probieren alles Mögliche und vertragen einiges – allerdings hat Bjarne danach nie wieder so eine Dose mitgebracht. Er wollte nicht zugeben, dass der Geschmack auch für ihn zu viel war, aber ich bin sicher, dass es ihn einiges gekostet hat, das zu essen.« Sie schüttelte den Kopf. »Du hättest mal unseren Nachbarn erleben sollen! Der hat seinen ganzen Schuppen durchsucht, weil er fürchtete, dass irgendein Tier dort gestorben sei.«

Wieder lachte sie auf, so, wie ich es zuvor noch nie bei ihr gesehen hatte.

Dann ertönte plötzlich ein Schrei, der uns zusammenfahren ließ.

Marlene reckte den Kopf und schaute sich um. Es schien, als würde sie die Stimme kennen.

Ehe ich sie halten konnte, rannte sie los.

39

Marlene

»Marlene, so warte doch!«, rief Liv hinter mir her, doch ich wollte nicht anhalten. Mechanisch trugen mich meine Füße voran.

Ich kannte die Stimme! Und ich wusste plötzlich auch, dass es um Leben und Tod ging.

Wie von der Tarantel gestochen, rannte ich die Straße hinunter, bog dann links in die nächstgelegene Gasse. Das Pflaster war rutschig, und ich verfluchte mich dafür, meine feinen Stiefeletten angezogen zu haben. Mein Herzschlag dröhnte mir in den Ohren.

Was würde ich vorfinden?

Sigruns Haus war nicht mehr weit entfernt. Warum zum Teufel schrie sie so herzzerreißend?

Die Antwort, die in mir aufstieg, brachte mich dazu, noch ein wenig schneller zu rennen.

Eine kleine Menschenmenge hatte sich gesammelt, sodass ich genau wusste, wo Sigrun war, aber nicht gleich erkennen konnte, was vor sich ging. Die Leute gafften und tuschelten, doch niemand krümmte einen Finger, um ihr zu Hilfe zu kommen. Das machte mich so wütend, dass ich mich rücksichtlos zwischen ihnen hindurchdrängte. Beschimpfungen tönten an mein Ohr, doch wenig später sah ich, dass es gut gewesen war, mich zu beeilen.

Torben hatte Sigrun am Arm gepackt, und im nächsten Augenblick versetzte er ihr einen so gewaltigen Schlag, dass Blut aus ihrer Nase spritzte. Sie heulte schmerzerfüllt auf und versuchte, sich von ihm loszureißen – vergeblich. Sogleich zerrte er sie wieder zu sich und prügelte weiter auf sie ein.

Angst schoss in mir hoch. Wollte er sie umbringen?

In der Fabrik sahen wir immer nur die Spuren, die seine Hände auf ihrem Gesicht hinterließen. Nie zuvor war eine von uns Zeugin der Prügel geworden! Was wahrscheinlich daran lag, dass er Sigrun sonst hinter verschlossenen Türen schlug. Was hatte ihn dazu bewogen, in der Öffentlichkeit auszuholen?

»Sigrun!«, schrie ich. Sie sollte wissen, dass ihr jemand zu Hilfe kam.

Torben blickte verwirrt auf. Offenbar war er es nicht gewöhnt, unterbrochen zu werden.

Erst jetzt erkannte ich, dass sie nicht nur Nasenbluten hatte. Eine ihrer Augenbrauen war aufgeplatzt, die linke Seite ihres Gesichts geschwollen. Beim Versuch, die Hand auf die Wunde zu pressen, verschmierte sie das Blut über ihr ganzes Gesicht. Auch ihre Kleider waren befleckt.

Nachdem er mich mit zornglühenden Augen angesehen hatte, holte Torben mit der Faust aus und schlug zu. Sigrun flog zur Seite und prallte gegen eine Wand. Von dieser rutschte sie langsam herunter. Offenbar hatte sie das Bewusstsein verloren.

Doch Torben war noch immer nicht fertig. Wütend stürzte er sich auf sie.

»Nein!«, schrie ich. Ohne lange zu überlegen, rannte ich los, versuchte ihn wegzudrängen. »Lass sie in Ruhe!«

Ich hatte keine Ahnung, woher ich die Kraft nahm, aber es gelang mir, ihn ein Stück weit zurückzustoßen.

Torben torkelte nach hinten. Die Alkoholfahne, die von ihm ausging, trieb mir die Tränen in die Augen. Er brauchte einen Moment, um sich wieder zu fangen. Dann jedoch schienen aus seinen glasig dreinblickenden Augen Funken zu sprühen.

»Was mischst du dich ein, du dreckige Schlampe?«, fauchte er und holte nach mir aus.

Ich wich zurück. Ich würde es nicht mit ihm aufnehmen können, das wusste ich. Und in meiner Panik fragte ich mich, warum niemand etwas unternahm. War es denn nicht offensichtlich, dass wir Hilfe brauchten?

»Ich werde dich in Stücke reißen!«, brüllte Torben, torkelte und warf sich erneut auf mich.

Mit einem kleinen Aufschrei sprang ich zur Seite und stellte ihm ein Bein. Schwer krachte er zu Boden, dann heulte er wütend auf.

Das war es, dachte ich nur, als ich ihn liegen sah. Wenn er jetzt wieder auf die Beine kommt, wird er mich töten. Ich sollte rennen, weglaufen, so viel Raum zwischen uns bringen wie möglich. Doch ich konnte nicht, ich war plötzlich wie erstarrt.

Helft uns doch, flehte ich still, während ich zu den Gaffern blickte. Warum lasst ihr das zu?

Torben rappelte sich unter wüsten Beschimpfungen hoch.

»Ich bring dich um!«, schrie er. Seine Stimme überschlug sich, als er den Satz wiederholte. Dann stürzte er auf mich zu.

40

Liv

Ich war es nicht mehr gewohnt zu rennen. Der Atem ging mir rasch aus, und der Korb behinderte mich zusätzlich. Am liebsten hätte ich ihn fortgeworfen, doch dann hätte ich Sten erklären müssen, warum ich das getan hatte.

Ich versuchte, Marlene zu folgen, allerdings verlor ich sie schon bald aus den Augen.

»Mist«, fluchte ich wenig damenhaft. Vielleicht wäre es besser gewesen, ihr nicht nachzusetzen. Aber wer konnte schon wissen, was sie im Gewirr der Gassen erwartete?

Als ich noch in den Pfarrhäusern lebte, wurde ich einmal Zeugin eines Brandes im Dorf. Eine Frau hatte versucht, ihr Kind aus dem oberen Stockwerk des Hauses zu retten. Sie warf das Kleine gerade noch aus dem Fenster, bevor der Dachstuhl auf sie herabkrachte. Ihren Aufschrei hatte ich nie vergessen. Was wir vorhin gehört hatten, ähnelte dem sehr. Ein Schrei voller Todesangst und Verzweiflung.

Ich brauchte nicht lange nach dem Schauplatz des Geschehens suchen. Eine Menschenmenge scharte sich in einer Gasse zusammen, die sich an einen kleinen Platz anschloss. Ich hörte einen Mann wütend brüllen, dazu entsetztes Raunen und Wispern von den Umstehenden.

Die Schaulustigen versperrten mir zunächst die Sicht auf das Geschehen. Die meisten blickten nur nach vorn und bemerkten mich gar nicht. Doch jene, die mich wahrnahmen, wichen zur Seite und machten mir Platz.

Das Erste, was ich zu Gesicht bekam, war eine blutüberströmte Frau, die an der gegenüberliegenden Hauswand lehnte und wie tot wirkte.

Dann erblickte ich Marlene. Sie hielt sich ein wenig gebeugt, ihr Gesicht war feuerrot. Hatte dieser Grobian auch sie geschlagen?

Da stürzte er erneut vor, doch bevor er sie erreichen konnte, ertönte ein schriller Pfiff. Im nächsten Augenblick stürmten zwei Uniformierte herbei, begleitet von zwei weiteren Männern. Diese warfen sich auf den Rasenden, bevor er Marlene anpacken konnte.

»Lass gut sein«, rief einer von ihnen. »Reg dich ab!«

Doch das schien ihn nur noch wütender zu machen. Der Mann war derart in Rage, dass er sogar zwei der Männer abschüttelte. Zu viert mussten sie ihn schließlich zu Boden ringen.

»Ich bring dich um!«, brüllte er, als er einsehen musste, dass seine Kraft nicht reichte, um sich zu befreien. Es war nicht zu erkennen, wen er meinte: Marlene oder die Frau, die er zuvor angegriffen hatte?

Auf jeden Fall entlud sich ein Schwall von Beschimpfungen und Obszönitäten, während er davongezerrt wurde.

Marlene presste die Lippen zusammen, und ich beobachtete, wie sie die Fäuste ballte. Gleichzeitig rann ein Zittern durch ihren Körper. Mit starrem Blick schaute sie ihm nach, bis er verschwand.

Dann kam wieder Leben in sie. Sie lief zu der blutüberströmten Frau an der Wand, die sich jetzt schwach regte.

»Sigrun? Sigrun!« Sie fasste sie unter den Armen und zog sie von der Wand weg, legte sie flach auf den Rücken. »Holt einen Arzt!«, rief sie. »Schnell!«

Die Leute starrten sie an, schließlich setzte sich irgendwer aus der Menge in Bewegung. Ich schüttelte die kurze Starre, die mich erfasst hatte, ab und hockte mich neben sie.

»Hier«, sagte ich und reichte ihr ein sauberes Taschentuch.

Marlene nickte mir dankend zu und presste den Stoff auf die Platzwunde. Innerhalb weniger Augenblicke war er mit Blut durchtränkt.

»Sigrun«, sagte sie sanft. »Kannst du mich hören?«

Die Augen der Frau fixierten zunächst unstet Marlenes Gesicht, dann nickte sie kaum merklich. Eine ihrer Pupillen war größer als die andere.

»Wir werden dir helfen«, sagte Marlene. »Wir bringen dich ins Hospital.«

In der Ferne zeterte noch immer der Schläger, doch die Polizisten und die anderen Männer hatten ihn fest im Griff.

Mich schauderte bei seinen Drohungen. Besorgt blickte ich auf Marlene, die immer noch sanft auf die Verletzte einredete und ihr übers Haar strich.

Es dauerte nicht lange, bis ein hemdsärmeliger Mann mit blondem Bart auftauchte. Er wirkte, als wäre er gerade von einer Mahlzeit weggeholt worden. In der Hand trug er eine lederne Tasche.

»Ich bin Doktor Halland«, stellte er sich vor. »Was ist passiert?«

»Sie ist von ihrem Ehemann verprügelt worden«, entgegnete Marlene, und ich bemerkte nun, dass sie zitterte. »Er hat sie geschlagen und gegen die Wand geschleudert.«

Der Arzt beugte sich über sie, untersuchte sie kurz und sagte dann: »Sie muss ins Krankenhaus. Ich kann hier draußen kaum etwas tun.«

»Haben Sie denn einen Wagen, mit dem Sie sie fahren könnten?«, fragte ich.

»Nein, aber ganz in der Nähe gibt es einen Droschkenstand.« Er erhob sich und ging zu einem der Burschen, die noch immer in der Nähe herumlungerten. Er sagte etwas zu ihm, dann verschwand er. Im nächsten Augenblick war Halland wieder bei uns. »Der junge Mann wird eine Droschke holen. Ich lege der Dame derweil einen Verband für die Platzwunde an. Doch das Krankenhaus muss schauen, ob sie innere Verletzungen erlitten hat.«

»Was ist mit ihrem Auge?«, fragte ich. »Es ist doch nicht normal, dass eine Pupille größer ist als die andere, nicht wahr?«

»Gehirnerschütterung«, antwortete er mit besorgtem Ausdruck auf dem Gesicht. »Auch darum wird man sich im Hospital kümmern.«

41

Marlene

Die Kutsche brachte uns ins Lunds-Lazarett, und an dem fragenden Blick, den Liv mir zuwarf, erkannte ich, dass ich ihr mein Einschreiten erklären musste. Das würde ich auch tun, allerdings nicht jetzt, nicht hier.

Am Krankenhauseingang halfen wir Sigrun aus der Kutsche. Sie war sehr wacklig auf den Beinen, und durch den provisorischen Verband des Arztes sickerte Blut. Einige Blutstropfen waren auch auf meinem schönen Sonntagskleid gelandet, doch das war jetzt Nebensache.

Während ich Sigrun stützte, bezahlte Liv den Kutscher, dann kam sie zu uns und half mit, Sigrun die Treppe hinaufzubugsieren.

Diesmal saß an der Pforte eine andere Schwester als letztes Mal. Sie war noch recht jung und sprang sofort auf, als sie uns sah.

»Was ist geschehen?«, fragte sie, und ich erläuterte es ihr kurz. Daraufhin verschwand sie, nur um wenig später mit zwei Pflegern zurückzukehren, die eine Trage bei sich hatten. Gleich darauf brachten sie Sigrun fort.

»Geben Sie uns Bescheid, was mit ihr ist?«, rief ich ihnen hinterher.

»Sind Sie mit der Verletzten verwandt?«, fragte die Schwester von der Pforte.

»Ich bin ihre … Cousine«, schwindelte ich.

»Und Ihr Name?«

»Marlene Walsted.«

»Gut, dann warten Sie bitte dort drüben.« Die Schwester deutete auf die hölzernen Wartebänke, die ich allzu gut kannte. »Ich werde dem diensthabenden Arzt Bescheid geben.«

Damit verschwand sie hinter der Tür, die vor zwei Wochen auch Liv durchschritten hatte. Ihr schien das ebenfalls in den Sinn zu kommen, denn sie fuhr mit der gesunden Hand über ihren Gips.

Wir ließen uns auf den Bänken nieder und schauten für eine Weile schweigend ins Leere. Diesmal war ich zu erschöpft, um Angst vor meinen Erinnerungen zu haben.

Nach und nach realisierte ich, was vorhin geschehen war. Ich konnte nicht glauben, dass ich mich gegen Torben geworfen hatte! Ich wog nur die Hälfte von ihm, wenn überhaupt. Vermutlich hatte der Zorn mir Kraft gegeben. Zorn auf Torben, Zorn auf die Gaffer, die dagestanden und beobachtet hatten, was mit Sigrun geschah, ohne einen Finger krumm zu machen.

Ich war den beiden Männern unheimlich dankbar, dass sie die Polizisten geholt hatten. Wenn niemand Torben aufgehalten hätte, hätte man mich wahrscheinlich gemeinsam mit Sigrun ins Hospital einliefern müssen.

»Sie ist nicht wirklich deine Cousine, nicht wahr?«, fragte Liv plötzlich.

Ich schüttelte den Kopf. »Meine Kollegin aus der Lampenfabrik.«

»Und der Kerl war ihr Ehemann?«

»Ja, leider.« Ich seufzte und wischte mir übers Gesicht. Erst jetzt merkte ich, dass meine Arme schmerzten. »Zu allem Unglück arbeitet er auch in der Fabrik.« Ich seufzte schwer. »Das wird was geben, wenn er dort wieder auftaucht und mich sieht!«

»Meinst du, er wird dir etwas antun?«

Ich zuckte mit den Schultern. »Torben war betrunken. Vielleicht erinnert er sich morgen nicht mehr.«

Wir schwiegen eine Weile, dann kam mir etwas in den Sinn. »Weißt du«, wandte ich mich an Liv. »Ich glaube, ich habe jetzt noch eine andere Antwort auf deine Frage.«

»Welche Frage?«, erwiderte sie. Auch sie sah sehr mitgenommen aus. Dunkle Ränder zogen sich um ihre Augen, und ihre Miene war angespannt, als hätte sie wieder Schmerzen in ihrem Handgelenk. Doch das war es nicht allein. Wahrscheinlich hatte sie noch nie zuvor gesehen, wie ein Mann seine Frau auf offener Straße verprügelte.

»Die Frage danach, was ich mir wünschen würde«, sagte ich. »Wenn mir jeder Wunsch erfüllt würde.«

»Ach so«, sagte sie und lächelte müde.

»Da ich meinen Mann nicht wiederbekommen kann, würde ich mir wünschen, dass es irgendwo einen Platz gäbe, an dem wir Frauen sicher wären. Sicher vor den Beschimpfungen anderer, vor der Gewalt von Männern, die sich nicht im Griff haben. Ein Ort, an dem wir unser Leben selbst gestalten können.«

Liv schaute mich mit großen Augen an. Doch bevor sie etwas dazu sagen konnte, erschien eine Schwester mit starken Armen und rosigem Gesicht hinter uns. Ihre Haube sah aus, als hätte sie sie mit einer Messerkante gefaltet.

»Frau Walsted?«

Ich sprang auf und sah, dass auch Liv sich erhob.

»Der Doktor hat erlaubt, dass Sie Frau Bergsma sehen können«, sagte sie streng. »Allerdings nur kurz.«

Wir wollten gemeinsam loslaufen, doch die Schwester hielt Liv zurück.

»Erst einmal nur die Angehörige. Tut mir leid.«

Ich blickte zu Liv, die sich wieder auf die Bank sinken ließ.

Ich nickte ihr zu und folgte der Schwester dann in den Krankensaal, wo die Betten lediglich durch Wandschirme voneinander abgetrennt waren. Der alkoholische Geruch der Desinfektionsmittel bekam hier eine blecherne Note, wahrscheinlich wegen der blutdurchtränkten Verbände. Und noch etwas anderes schwebte in der Luft, was ich nicht benennen konnte.

Sigrun wirkte klein und zerbrechlich in ihrem Krankenbett. Der Verband am Kopf war gewechselt worden, doch er verdeckte nicht die Schwellung in ihrem Gesicht. Das linke Auge konnte sie nicht mehr öffnen. Blaue Flecke überzogen ihre Wange. Auch die Nase hatte ziemlich viel abbekommen.

»Hallo, Cousine«, sagte sie mit heiserer Stimme und versuchte zu lächeln.

Ich blickte mich nach der Schwester um, doch diese war jetzt hinter einem der Wandschirme verschwunden.

»Ich wollte unbedingt wissen, was der Arzt sagt«, erklärte ich. »Ich hoffe, du nimmst es mir nicht übel.«

»Was denn? Dass du mich gerettet hast?« Sie streckte schwach die Hand nach mir aus. Ich ergriff sie und setzte mich auf die Bettkante.

»Bis jetzt hat der Arzt noch nicht viel gesagt«, fuhr sie dann fort. »Er meint, ich habe eine Gehirnerschütterung. Sie haben mich vor einen Schirm gesetzt, hinter mir eine große Röhre. Ich habe noch nie zuvor ein Röntgengerät gesehen.«

Sie atmete tief durch, und ich bemerkte, wie sehr sie das Reden anstrengte. Irgendwas mussten sie ihr gegeben haben, ein Schmerzmittel vielleicht.

»Musst du hierbleiben?«, fragte ich.

»Sieht ganz so aus«, sagte Sigrun, und ich spürte, wie mich Erleichterung durchflutete. So war sie wenigstens nicht zu Hause, wenn Torben aus dem Gewahrsam zurückkehrte. »Ich frage mich nur, was aus Torben wird.«

Ihre Worte machten mich sprachlos. Wie konnte sie an diesen Mistkerl denken, wo er sie ins Krankenhaus gebracht hatte? Soweit ich wusste, war das zuvor noch nie der Fall gewesen!

Mir war klar, dass es sinnlos war, ihr das zu sagen, also fragte ich: »Wie ist es denn dazu gekommen?«

Sigrun senkte den Blick und errötete. »Ich weiß nicht, er … Wir wollten gerade zur Kirche, da kam ihm etwas in den Sinn. Er hatte am Morgen schon getrunken, und plötzlich behauptete er, dass ich ihn beleidigt hätte, obwohl ich kein Wort gesagt hatte. So, als hätte er etwas gehört, was es nicht gab. Ich wollte ihn beschwichtigen, aber …«

Torben hörte Dinge, wenn er betrunken war? Eine Angstwelle überlief mich. Der Kerl gehörte zu einem Arzt!

»Was meinst du, wird die Polizei mit ihm machen?«, fragte Sigrun nun.

»Sie werden ihn vermutlich in eine Ausnüchterungszelle stecken«, antwortete ich. »Er schien mir sehr betrunken zu sein.«

»Es … es wird ihm leidtun, wenn er wieder zu sich gekommen ist«, sagte sie und krallte ihre Hände in die Bettdecke. »Ich bin sicher, dass er sich entschuldigen wird.«

Ich unterdrückte ein Seufzen. Das sagte sie immer. Doch wie lange würde es halten, bis es wieder geschah?

So viele Worte drängten sich in meiner Brust, aber ich wusste, dass ich nicht das Recht hatte, sie auszusprechen. Um von ihm wegzukommen, müsste Sigrun ihren Mann verlassen und in eine andere Stadt gehen. Aber den Mut dazu brachte sie vermutlich nicht auf.

»Vielleicht ist es ganz gut, dass ihr ein paar Tage Abstand voneinander habt und er sieht, was er an dir hat«, sagte ich aufmunternd und strich ihr eine Strähne aus dem Gesicht. Ich glaubte nicht an meine Worte, aber Sigrun schien damit zufrieden zu sein.

»Sie muss jetzt ruhen«, sagte die Schwester nun hinter mir.

Ich nickte und griff noch einmal nach Sigruns Hand, die ebenfalls bandagiert war. »Ich schaue bald wieder nach dir. Ruh dich gut aus, ja?«

Sigrun nickte, dann sagte sie leise: »Danke, dass du dich … um mich gekümmert hast.«

»Jederzeit«, gab ich zurück und verließ den Krankensaal, das Herz voll Sorge um Sigrun und Furcht vor dem nächsten Tag.

42

Oskar

Ich hatte an diesem Tag gute Fortschritte mit dem Kopieren der Unterlagen gemacht. Schon morgen konnte ich die Abschriften an meinen Mittelsmann senden und die Originale wieder zu meinem Informanten zurückbringen. Ich hoffte sehr darauf, dass sich in der Königsberg-Sache, wie ich sie nannte, etwas getan hatte, damit wir endlich einen Schritt vorankamen.

Vergeblich hatte ich allerdings versucht, Marlene zu begegnen. Als ich mich bei Frau Malmström nach ihr erkundigte, erklärte sie mir, dass sie kurz nach neun das Haus verlassen habe – ohne Frühstück, wie sie ein wenig enttäuscht hinzufügte.

Natürlich fragte sie mich dann weiter aus, ob ich sie schon getroffen und mit ihr gesprochen hätte. Ich versuchte, mich bedeckt zu halten, aber an dem Strahlen ihrer Augen hatte ich gesehen, dass ihre Neugier geweckt war.

Leider war Marlene auch nicht beim Abendessen, und an den folgenden Tagen hatte ich ebenfalls kein Glück.

Ich nahm mir fest vor, mich zu bemühen, ihr in der kommenden Woche über den Weg zu laufen. Vielleicht sollte ich sogar zur Lampenfabrik gehen und sie abholen? Das würde möglicherweise für Geschwätz sorgen, aber war sie nicht eine freie Frau? Die Trauerzeit war schon lange vorbei …

Ich wollte gerade mit dem Abtippen fortfahren, als ich Schritte die Treppe hinaufkommen hörte. Sie waren leicht und zart und klangen auch ein wenig müde. Das war sicher nicht meine Zimmerwirtin!

Ich sprang auf und eilte zur Tür. Als ich sie aufriss und der Lichtschein aus meinem Zimmer auf Marlene fiel, erschrak ich. Blut und Schmutz verunzierten ihr Kleid. Ihre Haare waren durcheinander, und ein erschöpfter Ausdruck lag auf ihrem Gesicht.

»Frau Walsted! Was ist passiert?«

Sie seufzte und bedachte mich mit einem schiefen Lächeln. »Prügelei.«

Sofort schoss Sorge in mir hoch. Zu präsent war mir ihre Geschichte, sodass ich zunächst vermutete, sie könnte wegen ihres Mannes angegriffen worden sein.

»Ein Arbeitskollege hat seine Frau geschlagen«, erklärte sie dann. »Ich habe versucht, ihr zu helfen.«

Ich starrte sie erschrocken an. »Sie haben sich doch nicht etwa mit ihm angelegt?«

»Wie man es nimmt«, sagte sie. »Ich habe ihm ein Bein gestellt. Als er sich auf mich stürzen wollte, hat die Polizei ihn abgehalten.«

Das beunruhigte mich noch viel mehr. Ich wusste nicht, wer der Kerl war, aber ich konnte mir vorstellen, was er mit ihr angestellt hätte.

»Wir haben die Verletzte dann ins Krankenhaus gebracht«, fuhr sie fort.

»Das tut mir sehr leid«, sagte ich und spürte, wie Zorn in mir aufstieg. Ich kannte Männer wie diesen zur Genüge. Selbstherrlich, jähzornig und mit dem Glauben behaftet, dass Frauen ihr Besitz seien. »Wollen Sie vielleicht einen Moment reinkommen?«, fragte ich, denn sie wirkte so niedergeschlagen. Am liebsten hätte ich sie in meine Arme gezogen, aber das wäre nicht angebracht gewesen. Stattdessen sagte ich: »Ich habe noch etwas vom Abendessen da …«

Einen Moment lang zögerte sie, dann schlich sich ein kleines Lächeln auf ihr Gesicht, und ich wusste nicht, ob sie mehr zu sich selbst oder zu mir sagte: »Warum nicht?«

Ich bugsierte sie zum Schreibtisch, direkt vor die große Schreibmaschine. Dabei bemerkte ich, dass ihre Augen über die blank geriebenen Tasten wanderten.

»Wenn Sie möchten, erkläre ich Ihnen, wie sie funktioniert«, bot ich an, während ich die Tür schloss.

»Das wäre sehr nett«, sagte sie. »Auch wenn diese Maschine mir den Schlaf geraubt hat, wirkt sie sehr interessant. In der Buchhaltung haben wir solche auch.«

Während sie mit dem Finger kurz über das schwarz lackierte Gehäuse strich, ging ich zu der kleinen Anrichte neben der Tür, holte eine Flasche Brandy hervor und goss etwas von der goldbraunen Flüssigkeit in zwei Gläser ein.

»Habe ich zum Einstand von meinem Verleger bekommen«, erklärte ich, als ich ihr das Glas reichte. »Wahrscheinlich ist er der Ansicht, dass Schaffenskrisen mit englischem Brandy gut in den Griff zu bekommen sind.«

»Und, sind sie das?«, fragte sie, während sie vorsichtig an dem Glas nippte. Der Brandy schien seinem Namen alle Ehre zu machen, denn sie verzog das Gesicht.

Normalerweise trank auch ich keinen so starken Alkohol. Doch ich spürte, dass er meine Sinne nach dem ersten Schrecken ein wenig beruhigte.

»Es war sehr mutig von Ihnen, sich einzumischen«, sagte ich. »Das hätte sich sicher nicht jeder getraut.«

Sie schnaubte spöttisch, dann sagte sie: »Ich fürchte, da haben Sie vollkommen recht. Es hat niemand was getan. Alle haben zugeschaut, wie er sie blutig geschlagen hat.« Sie nahm noch einen Schluck Brandy, dann stellte sie das Glas ab.

»Konnten Sie mit der Frau noch einmal sprechen?«, fragte ich. »Sie fragen, warum es so gekommen ist?« Dass sie ins Krankenhaus musste, hörte sich alles andere als gut an.

»Ja, kurz. Sie meinte, er sei betrunken gewesen und hätte gehört, dass sie ihn beleidigt hätte. Aber das stimmte nicht, sie hat kein Wort gesagt.«

»Himmel!«, entfuhr es mir. Ein rasender Mann war schon schlimm genug, aber jemand, der Dinge hörte, die es nicht gab … Wieder stieg Sorge in mir auf.

»Der Arzt sagte, sie habe eine Gehirnerschütterung. Außerdem hat sie eine Platzwunde und eine blutige Nase. Von dort stammt das Blut auf meinem Kleid.«

Mit leichtem Bedauern strich sie über den schon etwas ausgeblichenen, aber hübsch bestickten Stoff. »Waren Sie schon mal in solch einer Situation?«, fragte sie.

»Zum Glück nicht. Jedenfalls musste ich nicht bei einer Prügelei dazwischengehen. Aber auf die Nase bekommen habe ich selbst schon, ja.«

»Sie hätten nicht weggesehen, nicht wahr?«

Ich schüttelte den Kopf. »Das könnte ich nicht. Und ich wünsche mir beinahe, auch in der Stadt unterwegs gewesen zu sein.«

Marlene sah mich eine ganze Weile an. Es war, als versuchte sie durch meine Augen in meine Seele zu blicken. Was würde sie dort finden? Was wollte ich sie sehen lassen?

»Hat er Ihnen etwas angetan?«, fragte ich stattdessen und senkte den Blick.

Sie schüttelte den Kopf. »Noch nicht, aber …«

»Was?«, fragte ich alarmiert.

»Er ist mein Arbeitskollege aus der Fabrik. Sicher wird er versuchen, es mir heimzuzahlen. Auf die eine oder andere Weise.«

»Kann er das denn?«

Marlene zuckte mit den Schultern. »Ich weiß nicht. Wenn sie ihn wieder rauslassen …«

»Dann hoffe ich mal, dass sie ihn eine ganze Weile in einer Zelle behalten, bis er sich wieder beruhigt hat«, sagte ich und griff nach ihrer Hand. Es war eine impulsive, vielleicht übergriffige Geste, die mir erst bewusst wurde, als ich wieder in ihr Gesicht schaute. Doch sie zog die Hand nicht weg.

»Wenn Sie Hilfe benötigen, scheuen Sie sich bitte nicht, mir Bescheid zu geben«, sagte ich. »Ganz egal, worum es geht.«

Sie blickte mich prüfend an. »Meinen Sie das im Ernst?«

Ich nickte. »Ich mag zwar nur ein Journalist sein, aber ich kann dennoch meine Fäuste gebrauchen, wenn es nötig ist.«

»Sie brauchen sich meinetwegen nicht in Schwierigkeiten zu bringen«, sagte sie und blickte auf ihre Hand in meiner. Noch immer machte sie keine Anstalten, sie wegzuziehen.

»Aber trotzdem danke«, fügte sie hinzu und lächelte mich dann zaghaft an. »Sagten Sie nicht etwas von Abendessen?«

43

Liv

An diesem Abend saß ich lange am Schreibtisch und betrachtete meinen Gipsarm. Mittlerweile sah er schon ziemlich schmutzig aus, und ich war froh, dass ich ihn in der kommenden Woche endlich entfernen lassen konnte.

Wie viel hatte sich in den zwei Wochen seit meinem Sturz vom Wagen geändert! Marlene war in mein Leben getreten, mein Vater gestorben, und nun war ich Zeugin einer Schlägerei geworden. Hatte dem Opfer, wenn auch indirekt, beigestanden. Das war mehr Aufregung, als ich sie in den vergangenen Jahren erlebt hatte.

Der Gewaltausbruch dieses Mannes gegen seine Frau hatte eine verstörende Wirkung auf mich.

Es war, als wäre ich aus langem Schlaf erwacht. Zuvor hatte ich mir kaum Gedanken darüber gemacht, wie es anderen Frauen erging. Ich hatte mich nur selbst dafür bemitleidet, keine Kinder bekommen zu können. Meinem Mann nicht genug zu sein. Mich nutzlos zu fühlen.

Und nun sah ich eine andere Seite weiblichen Lebens. Eine Seite, vor der ich bisher die Augen verschlossen hatte.

Mein Vater, mein Mann und jetzt der Fremde.

Jeder von ihnen hatte seine eigene Form von Gewalt angewendet. Gegen mich. Gegen andere Frauen.

Mein Vater hatte mich gezwungen, Sten zu heiraten, nachdem er meine Mutter ausgenutzt hatte, ohne zu ihr zu stehen.

Sten hatte mich in einem Ausbruch von Zorn gepackt.

Und dieser Torben Bergsma hatte mir nun gezeigt, wie es aussehen konnte, wenn ein Mann gegenüber seiner Frau so sehr die Beherrschung verlor, dass er vielleicht sogar imstande war, sie zu töten.

Ein Zittern durchlief meinen Körper, als ich das Bild der blutenden Sigrun wieder vor mir hatte. Das könnte leicht auch ich selbst sein.

Warum nur taten manche Männer Frauen so etwas Schreckliches an? Als wären sie ein Besitz, den sie nach Belieben zerstören konnten …

Marlenes Worte kamen mir wieder in den Sinn: *Ich würde mir wünschen, dass es irgendwo einen Platz gäbe, an dem wir Frauen sicher wären … Ein Ort, an dem wir unser Leben selbst gestalten können.*

Ein Klopfen riss mich aus meinen Gedanken.

»Ja bitte«, antwortete ich, obwohl ich im Moment eigentlich niemanden sehen wollte.

Astrid streckte den Kopf herein. »Benötigen Sie meine Hilfe, gnädige Frau?«

Mir lag das Nein schon auf der Zunge, doch dann wurde mir klar, dass ich meine normale Schlafenszeit schon längst überschritten hatte. Und dass Astrid sicher nach Hause wollte. »Ja, komm nur rein.«

Während sie die Tür hinter sich schloss, erhob ich mich. Durch den Gipsarm fiel es mir schwer, mein Kleid selbst aufzuknöpfen. Ich kam mir vor wie ein kleines Kind. Hilflos. Das gefiel mir überhaupt nicht.

Astrid half mir aus dem Kleid heraus, und plötzlich bemerkte ich, dass sie stutzte. Ich schaute in ihre Richtung und sah die kleinen roten Tröpfchen auf meinem Rock. Etwas von Sigruns Blut war auch auf mein Kleid geraten.

Hitze schoss durch meinen Körper. Ich schuldete Astrid keine Erklärung, dennoch stieg ein schlechtes Gewissen in mir auf. Ich hatte Sten nichts von den Ereignissen des Tages erzählt, obwohl ich ihn doch eigentlich sofort ins Vertrauen hätte ziehen müssen.

»Soll ich das Kleid in die Wäsche geben?«, fragte Astrid, als unsere Blicke sich trafen.

Ich blickte sie ein wenig ertappt an, dann nickte ich. »Ja, natürlich. Danke.«

Als sie fort war, begab ich mich wieder an den Schreibtisch und zog die Schublade auf. Versteckt unter dem Schreibpapier lagen der Schlüssel und die Papiere, die ich dem Notar aushändigen sollte, falls ich das Erbe ablehnte.

Rosenhag … Das Haus war ein Ort voller schlechter Erinnerungen für mich. Mein Vater mochte meine Mutter nicht vergewaltigt haben, aber dennoch hatte er uns etwas angetan: Er hatte einen Keil zwischen meine Mutter und mich getrieben, was niemals hatte rückgängig gemacht werden können.

Mein Onkel würde sich bestimmt freuen, wenn ich es ausschlug. Herr Hangren sagte mir, dass es in diesem Fall an die Familie zurückgehen würde.

Vielleicht sollte ich mich wirklich nicht damit belasten.

44

Marlene

Obwohl der gestrige Tag einer der schlimmsten der vergangenen Zeit war, hatte sich der Abend noch sehr angenehm gestaltet.

Andersson und ich hatten uns eine Weile über dieses und jenes unterhalten, während wir die Reste seines Abendessens vertilgten. Es schmeckte sehr gut, ich sollte vielleicht öfter abends in Siris Küche erscheinen. Dann hatte er mir die Schreibmaschine gezeigt.

»Drücken Sie mal auf die Taste mit dem A«, sagte er. Ich hatte ihn unsicher angeschaut und war seiner Aufforderung nachgekommen. Der Widerstand der Taste war überraschend groß, doch dann sah ich, wie ein kleines Metallstück aus dem Gehäuse schoss und wenig später der Buchstabe auf dem Papier erschien.

Er erklärte mir, wie der Mechanismus funktionierte: »Mit jedem Tastendruck bewegt sich auch das Farbband ein wenig weiter, damit die Schrift immer gut zu lesen ist«, sagte er, und als er seine Hand ausstreckte, um die Bandrolle zu berühren, spürte ich seinen Körper an meiner Schulter, warm und stark.

Er hatte zuvor schon meine Hand berührt, in einer freundschaftlichen Geste. Aber diese Berührung war anders. Sacht wie ein Windhauch, doch er entfachte die Gewalt eines Sturms in mir.

Unsere Blicke trafen sich kurz, und ich sah ihm an, dass es auch bei ihm etwas ausgelöst hatte.

Dann zog er sich mit einem kleinen Lächeln zurück.

Für den Rest seiner Ausführung hielten wir etwas mehr Abstand, aber mir kam es vor, als ob seine Wärme immer noch in mir nachwirkte. Und Wünsche in mir weckte, die ich seit meiner letzten Nacht mit Bjarne nicht mehr gespürt hatte.

Wie es ihm ging, wusste ich nicht, doch als ich mich schließlich bei ihm für die Unterstützung und die Ausführungen zu seinem »Klapperkasten« bedankte, bedachte er mich mit einem Blick, der mir tief in die Seele zu schauen schien. Ich wünschte mir, dass er mich küssen würde, doch die Vernunft gewann die Oberhand, und so zog ich mich in die kühle Dunkelheit meines Zimmers zurück.

Während ich in den Schlaf dämmerte, vergaß ich, was Torben mir angedroht hatte. Ich dachte nur an die Art, wie Andersson mich berührt hatte.

Doch kaum schlug ich am Morgen die Augen auf, kehrte alles wieder zu mir zurück. Am liebsten wäre ich nicht zur Arbeit gegangen, aber wer sollte meine Miete zahlen, wenn man mich wegen Abwesenheit rauswarf? Also packte ich meine Tasche und machte mich pünktlich um halb sieben auf den Weg zur Fabrik.

Die Luft war frisch, und die Vögel zwitscherten durch die Gassen. Alles wirkte, als wäre gestern nichts geschehen. Doch mein Körper und mein Verstand wussten es besser.

Die Angst vor Torben ließ meinen Magen brennen. Wenn er mich vor dem Werkstor erwischte, was dann? Ich konnte ihm vielleicht mein Knie zwischen die Beine rammen, aber das würde das Problem nicht lösen.

An der Lampenfabrik angekommen, ließ ich meinen Blick unauffällig über die Arbeiter schweifen. Ich konnte ihn nicht sehen, aber das musste nichts heißen. Also grüßte ich den Pförtner rasch und versuchte, mich innerhalb der Menge zu halten.

Bei den Spinden sah ich die anderen Frauen. Sie standen zusammen und unterhielten sich.

»He Marlene, weißt du, wo Sigrun ist?«, rief Agneta mir zu.

»Sie kommt heute nicht«, sagte ich. Mehr wollte ich eigentlich nicht erzählen, doch ich spürte, dass sie eine Erklärung haben wollten. »Sie liegt im Krankenhaus.«

»Was ist passiert?«, fragte eine andere.

Ich atmete tief durch. Wie viel konnte ich preisgeben?

An den erwartungsvollen Blicken sah ich, dass sie auf eine haarkleine Schilderung hofften.

»Das kann ich nicht sagen«, entgegnete ich. »Ich weiß nur, dass sie eingeliefert wurde.«

Agnetas Augen wurden schmal. Sie musterte mich von Kopf bis Fuß, als spürte sie, dass ich log. Möglicherweise kannte sie die Geschichte bereits. Aber ich würde nicht diejenige sein, die sie mit weiteren Details ausschmückte.

Die Werkssirene rettete mich.

»Wir müssen los«, sagte ich und ließ die Frauen stehen.

Beim Eintreten in die Werkhalle warf ich einen kurzen Blick über die Bänke. Wenn Torben nicht gerade unterwegs war, arbeitete er mit uns in der Halle.

Sein Platz war jedoch leer. Wahrscheinlich saß er noch immer auf der Polizeiwache.

Erleichterung machte sich in mir breit. Für heute würde ich wohl davonkommen. Aber was würde an den folgenden Tagen sein?

45

Liv

Es lag schon viele Jahre zurück, dass ich das letzte Mal nach Kristianstad fuhr. Damals war ich gerade sechzehn geworden und hatte die Haushälterin des Kirchenpatrons bei einem Einkauf begleitet.

Wie erstaunt ich doch beim Anblick der Stadt gewesen war! Kristianstad war bei Weitem nicht so groß wie Stockholm, aber mir, die ihre gesamte Jugend in Dörfern verbracht hatte, war es wie ein Labyrinth aus Straßen erschienen, in denen man verloren gehen konnte, wenn man nicht aufpasste.

Und jetzt? Nachdem ich so viele Jahre in Karlskrona mit seinen Inseln und der wachsenden Industrie verbracht hatte, erschien mir Kristianstad geradezu provinziell und betulich.

Der Zug kam kurz nach elf Uhr am Vormittag an, und herrlicher Sonnenschein begrüßte uns. Die Menschenmenge, die sich in die Bahnhofshalle ergoss, zerstreute sich rasch. Die Luft in Kristianstad war anders als in Karlskrona. Sie roch weniger nach Meer, dafür nach Stein und Sand und etwas anderem, das ich schwer greifen konnte.

Ich nahm eine Droschke und ließ mich zur Kanzlei von Herrn Hangren fahren.

Der Kutscher war ein älterer Mann mit ausladendem Schnurrbart, der wie ein Rohrspatz schimpfte, sobald ihm ein Automobil hupend in die Quere kam. »Verdammte Benzinkutschen! Sie werden noch unser aller Ruin sein!«

Während ich einem dieser Fahrzeuge hinterherschaute, fragte ich mich, wann Sten so weit sein würde, sich so ein Gefährt anzuschaffen. Schließlich ließ er sein Petroleum ja auch nicht mehr von Segel- sondern Dampfschiffen holen. Irgendwie reizte es mich, in einem dieser Wagen zu sitzen. Die Geschwindigkeit zu spüren. Ihn vielleicht selbst zu lenken. Ein Motor konnte nicht vor einem Hasen scheuen und durchgehen. Der versagte höchstens den Dienst und blieb liegen.

»Ich fürchte, der Fortschritt wird nicht aufzuhalten sein«, entgegnete ich. »Er kommt, ob wir es wollen oder nicht.«

Das brachte ihn zum Verstummen.

Vor der Kanzlei gab ich ihm ein gutes Trinkgeld, das ihn vielleicht über meine Bemerkung hinwegtröstete. Dann betrat ich das Gebäude.

Eine adrette junge Frau empfing mich und wies mich darauf hin, dass ich eigentlich einen Termin hätte ausmachen sollen. Als ich ihr mitteilte, dass es eine dringende Angelegenheit sei und ich mich als die Tochter des Gutsherrn von Nättraby vorstellte, verschwand sie sogleich, um ihrem Dienstherrn Bescheid zu geben.

Hangren kehrte mit ihr zurück. »Frau Boregard!«, sagte er und streckte mir mit einem herzlichen Lächeln die Hand entgegen. »Sind Sie gekommen, um mir Ihre Entscheidung mitzuteilen?«

Wenig später saßen wir in seinem Büro. Der Geruch nach Zigarrenrauch hing in der Luft. Mit den breiten Regalen voller Bücher und Folianten erinnerte es mich an die Bibliothek des Gutshauses. Ich hatte sie nur an dem Tag betreten, als mein Vater von mir verlangte, Sten für mich zu gewinnen, doch sie war mir in Erinnerung geblieben.

»Haben Sie mit Ihrem Mann gesprochen?«, fragte Hangren, während er von den Papieren aufblickte. »Ich hatte gehofft, dass er Sie bei dem Termin begleiten würde.«

»Mein Mann hat sehr viele Pflichten in seiner Firma«, gab ich zurück. Meine Hände waren auf einmal eiskalt. Was, wenn Hangren Stens Zustimmung einforderte? Ich hatte es nicht über mich gebracht, ihm von dem Haus zu erzählen. Erst recht nicht, nachdem ich meinen Entschluss gefasst hatte. Nun saß ich hier, hatte nie zuvor allein etwas abgeschlossen und wollte so eine wichtige Entscheidung treffen. Mein Herz klopfte mir bis zum Hals, als ich hinzufügte: »Diese Angelegenheit überlässt er mir.«

Die Worte fühlten sich ein wenig bitter in meinem Mund an. In Wirklichkeit überließ mir Sten kaum etwas, das er für wichtig hielt. Was hätte er wohl dazu gesagt, dass ich den Notar aufsuchen wollte? Wegen eines Erbes, um das ich nie gebeten hatte? Es war besser, wenn er es gar nicht erst erfuhr.

»Nun gut, dann gehen wir doch mal die Papiere durch.« Er reichte mir einen Stapel Dokumente. »Möchten Sie, dass ich es verlese?«

»Lassen Sie mich erst einmal selbst drüberschauen.«

Der Notar nickte und lehnte sich wieder zurück. »Ich muss Sie darauf hinweisen, dass eine Entscheidung wie diese von ihrem Gatten mitgetragen werden muss.«

Ich blickte ihn an. Das Letzte, was ich brauchte, war Stens Einmischung in dieser Sache. Er könnte Einspruch erheben. Er könnte versuchen, mich umzustimmen.

Aber mein Entschluss stand fest.

»Ich kann Ihnen versichern, dass mein Mann und ich in dieser Angelegenheit voll und ganz einer Meinung sind.« Ich streckte meine Hand aus. »Geben Sie mir bitte den Stift.«

46

Marlene

Als die Werkssirene das Ende des Arbeitstages verkündete, fühlte sich meine Haut an, als wäre ich durch Brennnesseln gelaufen. Ich räumte meinen Platz so rasch wie möglich und versuchte, vor den anderen bei den Spinden zu sein, um meine Tasche zu holen.

Torben war nicht in der Fabrik erschienen. Ich hatte durch das Fenster gesehen, dass Herr Skantze sich mit dem Werkmeister unterhielt. Ging es um Torbens Inhaftierung? Wie lange mochte die Polizei ihn bei sich behalten?

Ich hörte, dass die anderen Frauen über Sigruns Fernbleiben tuschelten. Da ich mich auch sonst nur selten an ihren Gesprächen beteiligte, fiel es nicht weiter auf, dass ich mich nicht dazu äußerte. Außerdem hatte ich ja deutlich genug gemacht, dass ich nichts weiter dazu sagen wollte.

Mit der Arbeitstasche über der Schulter schritt ich rasch über den Werkhof. Dabei warf ich hier und da einen Blick auf meine Kollegen. Wussten sie mittlerweile, was geschehen war? Würde einer von ihnen mir zu Hilfe kommen, wenn Torben mich angriff?

Die meisten Männer gingen ohne eine Reaktion vorbei, doch ab und zu spürte ich, wie jemand mich von der Seite her ansah.

Ich überschlug, wie lange ich bis nach Hause brauchen würde.

Mich zu verkriechen, mochte vielleicht feige sein, doch dort war ich immerhin sicher.

Mit einem kurzen Gruß für den Pförtner huschte ich durch das Werktor, passierte das Kontor und wollte gerade in die nächste Gasse einbiegen, als eine Hand sich schwer auf meinen Arm legte.

Erschrocken wirbelte ich herum. Dann sah ich Ingrid.

Keuchend stieß ich den Atem aus und legte meine Hand auf die Brust. »Hast du mich erschreckt!«

»Entschuldige bitte«, sagte Ingrid und lächelte. »Du bist gestern nicht bei mir gewesen, da wollte ich schauen, was los ist.«

»Das ist sehr freundlich von dir.«

Hin und wieder ließ sich Ingrid auch in der Nähe der Lampenfabrik blicken, doch bisher hatte sie mich noch nie abgeholt. Ich blickte sie fragend an. »Du bist aber nicht nur deswegen hier, stimmt's?«

Ingrid presste die Lippen zusammen. »Ich habe da etwas gehört«, brachte sie zögerlich hervor. »Es macht mittlerweile in der ganzen Stadt die Runde.«

Oh nein!, schoss es mir durch den Sinn. Ich hakte mich bei ihr unter und sagte: »Lass uns woandershin gehen, ja?«

Wir liefen in Richtung Marktplatz, wobei ich immer wieder wachsam über meine Schulter schaute.

»Dann haben es die Klatschweiber also schon verbreitet?«, fragte ich, als wir ein paar Straßen weiter waren.

Ingrid nickte. »Sie sagten, dieser Mann sei außer sich gewesen. Es war nicht gut, dass du dich eingemischt hast.«

»Was hätte ich denn tun sollen?«, fragte ich. »Zuschauen, wie er sie totschlägt?«

Ingrid senkte beschämt den Blick. »Männer wie dieser … Man tut ihren Opfern keinen Gefallen, indem man sich einmischt. Es heißt, dass er gedroht habe, dich umzubringen.«

»Er war sturzbesoffen«, entgegnete ich tapfer. »Möglicherweise erinnert er sich nicht mal mehr daran, wie er in die Ausnüchterungszelle gekommen ist.«

»Spätestens, wenn er zu Hause ist, wird es ihm wieder einfallen.«

»Sigrun ist im Krankenhaus.«

Ingrid nickte. »Auch das erzählt man sich.«

Und das war ebenfalls nicht gut. Torben brauchte nur die Leute zu fragen, wo seine Frau war. Es war ihm zuzutrauen, dass er im Hospital erschien und forderte, dass sie nach Hause kommen sollte.

»Vielleicht solltest du für eine Weile zu mir ziehen«, schlug Ingrid vor. »In meiner Gegend vermutet er dich sicher nicht.«

»Torben weiß doch gar nicht, wo ich wohne!«, sagte ich.

»Aber er arbeitet ebenfalls in der Lampenfabrik.«

Wieder sah ich Ingrid erstaunt an. »Ich wusste gar nicht, dass du neuerdings als Spionin tätig bist.«

»Wenn ich deinen Namen irgendwo fallen höre, spitze ich die Ohren. Das bin ich dir schuldig.«

»Du bist mir gar nichts schuldig, das weißt du doch«, erwiderte ich, aber gleichzeitig durchströmte mich eine warme Welle. Es war schön, zu wissen, dass man eine Freundin, eine Verbündete hatte. Jemanden, der auf einen achtete.

»Aber ich kann, wenn es in meiner Macht steht, dir etwas zurückgeben.« Sie hakte sich bei mir ein. »Komm mit zu mir nach Hause. Ich habe noch etwas Kohl da und könnte uns eine Suppe kochen.«

»Aber …«, begann ich, denn ich wusste, dass sie selbst kaum genug hatte.

»Keine Widerrede!«, sagte sie. »Außerdem kann es nicht schaden, wenn du in den nächsten Stunden von der Straße herunter bist.«

Bei Ingrid unterhielten wir uns über dieses und jenes – und über Liv. Meine Freundin lauschte mit aufgerissenen Augen, als ich ihr von unserem Ausflug nach Nättraby erzählte. Das Haus, das Liv vererbt wurde, erwähnte ich allerdings nicht. Dafür erzählte ich ihr von den Himbeeren und wie gut sie sich in einer Marmelade machen würden.

»Wenn du magst, begleite ich dich und helfe dir beim Pflücken«, bot Ingrid an. »Es wäre schön, mal wieder aus Karlskrona rauszukommen.«

»Vielleicht solltest du mich beim Wandern begleiten.«

»Ach, meine Liebe, du weißt ja, wie es mit meinen Knochen aussieht«, sagte sie seufzend. »Außerdem ist es eher Fernweh, das mich plagt.«

Zwei Stunden später verließ ich Ingrids Wohnung wieder.

Wir hatten uns den Bauch mit Kohlsuppe vollgeschlagen, danach hatte ich mich so wohlig schwer und müde gefühlt, dass ich am liebsten auf ihrem Sofa eingeschlafen wäre. Aber ich wollte ihre Gastfreundschaft nicht überstrapazieren.

Sie bot mir noch an, mich nach Hause zu begleiten, doch ich war sicher, dass Torben, wenn er denn wieder aus der Ausnüchterungszelle heraus war, bereits tief und fest schlief. Auch auf ihn wartete morgen ein neuer Arbeitstag.

Jetzt, da ich in die Abenddämmerung hinaustrat, kehrte der Gedanke an das Rosenhag zurück. Was würde ich mit solch einem Grundstück tun? Vielleicht eine Bauernwirtschaft aufbauen? Ich könnte mich selbst versorgen, wäre in der Natur und fernab von den Seemannswitwen. Auf jeden Fall würde ich Ingrid anbieten, bei mir zu wohnen.

Was brauchte man denn schon außer Wärme, Kleidung und Nahrung? Bücher? Die konnten wir uns vielleicht günstig beschaffen. Musik? Auf dem Bauernhof würde ich singen können, wie es mir beliebte. Ingrid würden schiefe Noten nicht stören.

Am Krämerladen angekommen, zog ich meinen Schlüsselbund hervor. Ich schaute nach oben und sah, dass bei Herrn Andersson noch Licht brannte. Vielleicht sollte ich wieder bei ihm klopfen …

Ich stieß die Pforte auf und wollte der Haustür zustreben, als ein Geräusch mich dazu brachte innezuhalten. Es war ein leises Knirschen, wie Schuhe auf einem feuchten Stein. Während ich mich umwandte, schoss mir die Frage durch den Kopf, ob mir doch jemand gefolgt war.

Dann traf mich auch schon der Fausthieb.

47

Oskar

Den ganzen Tag über ging mir die Prügelei nicht aus dem Sinn. Als ich erwachte und mein Zimmer verließ, war ich fest entschlossen, Marlene zur Arbeit zu begleiten. Doch als ich bei ihr klopfte, war alles still. Frau Malmström sagte mir, sie habe gesehen, wie sie gegen halb sieben durch die kleine Pforte auf die Straße trat.

Auf der Arbeit, zwischen all ihren Kolleginnen und Kollegen, würde sie sicher sein, sagte ich mir und begab mich in die Zeitungsredaktion. Doch das ungute Gefühl blieb.

Ich fragte mich, ob das Ereignis es bis in unser Haus geschafft hatte, doch als ich meine Kollegen darauf ansprach, wusste niemand etwas davon. Herr Lundström meinte, dass es vielleicht eine gute Idee wäre, bei der Polizei nachzufragen und einen Bericht darüber zu schreiben.

Ich war nicht sicher, ob das Marlene recht gewesen wäre. Aber der Verleger bestand darauf, und so machte ich mich auf den Weg.

Die Prügelei war eigentlich nur eine Lappalie. Etwas, das in einer Stadt jeden Tag geschah. Doch dass sie Marlene betraf, passte mir überhaupt nicht. Ich wusste nicht, ob der Kerl ihr wirklich gefährlich werden konnte. Ich wollte nicht, dass ihr etwas zustieß. Dazu war sie zu wichtig für mich.

Das Polizeirevier befand sich in einem kleinen Haus mit rot gestrichenen Wänden. An einer der Seiten war das Fenster vergittert, offenbar lag dahinter eine Zelle.

Von meinen Kollegen wusste ich, dass in Karlskrona selten etwas Schwerwiegendes vorfiel. Doch es gab hin und wieder Diebstähle und Delikte wegen Trunkenheit. Die Polizeitruppe bestand aus insgesamt acht Beamten, die sich im Schichtdienst abwechselten.

Der Vorsteher der Wache war ein Mann Ende vierzig mit militärisch kurzem Haarschnitt und einem Ziegenbart. Ich erblickte ihn beim Eintreten, doch es war ein junger Uniformierter, der mir als Erstes entgegentrat.

»Ich bin Reporter von der *Blekinge Läns Tidning*«, stellte ich mich vor. »Ich habe gehört, dass es gestern zu einem Vorfall in der Stadt gekommen ist.«

Der junge Mann schaute mich mit hochgezogenen Brauen an, dann rief er nach seinem Vorgesetzten.

Auch diesem stellte ich mich vor und fragte nach dem gestrigen Geschehnis.

Kommissar Dahlberg musste eine Weile überlegen, dann platzte er heraus: »Ach, Sie meinen den Trunkenbold, der seine Frau verprügelt hat!« Er lachte auf. »Ja, das hat ganz schönen Wirbel verursacht! Aber es war nur eine kleine Sache. Er ist ansonsten unbescholten, und, na ja, so ist es zwischen Eheleuten nun mal.«

So sollte es zwischen Eheleuten nicht sein! Niemals! Auch als es mit Lisbeth schlechter wurde, hätte ich sie nie mit Fäusten angegangen.

»Laut einer Zeugin soll er seine Ehefrau krankenhausreif geschlagen haben«, sagte ich und zwang mich zur Ruhe.

»Wer ist denn diese Zeugin?«

Würde es Marlene recht sein, wenn ich sie nannte?

»Eine Arbeiterin aus der Lampenfabrik«, antwortete ich ausweichend.

Der Kommissar lachte auf und winkte ab. »Wer weiß, vielleicht hat sie ein Auge auf den Mann geworfen. Frauen reden viel, wenn der Tag lang ist.«

Für diesen Unsinn hätte ich ihm am liebsten einen Hieb verpasst.

»Ich versichere Ihnen, daran ist nichts, was die Zeitung interessieren würde«, fuhr der Kerl fort. »Wir wollen den Leuten doch kein Material für Klatsch und Tratsch liefern.«

Ich fragte mich, ob er auch so reden würde, wenn es jemand anderen getroffen hätte. Die Ehegattin eines Stadtrates vielleicht. Es kam durchaus vor, dass auch gut situierte Herren ihre Frau schlugen.

»Nun, dennoch besteht mein Verleger darauf, dass ich darüber berichte. Können Sie mir denn etwas zum Verbleib des Mannes sagen? Er ist sicher noch in der Zelle, nicht wahr?«

»Nein«, antwortete Dahlberg, und ich wusste nicht, ob er mein Ansinnen ablehnte oder etwas anderes meinte. »Wir haben ihn gestern wegen Trunkenheit inhaftiert. Heute Morgen war er wieder nüchtern, also haben wir ihn nach Erledigung des Papierkrams wieder entlassen.«

Entlassen. Das bedeutete nicht nur, dass er erneut auf seine Frau losgehen konnte. Es bedeutete auch, dass er durch die Stadt spazieren und nach Marlene suchen konnte. Ich sah ein, dass ich nicht viel ausrichten konnte, bedankte mich bei dem Kommissar und beschloss den Artikel auf der Basis dessen zu verfassen, was Marlene mir erzählt hatte.

Doch ich saß den ganzen Tag vor meiner Schreibmaschine, unfähig, auch nur ein vernünftiges Wort zu Papier zu bringen.

Am Abend dann begab ich mich zur Lampenfabrik, in der Hoffnung, dass ich sie wenigstens nach Hause begleiten konnte. Eigentlich wollte ich dem Ort während meiner Ermittlungen zunächst fernbleiben, doch ich sagte mir, dass man mich dort nicht kannte und vielleicht für einen Freund Marlenes hielt. So stellte ich mich dann auch dem Pförtner vor, einem gutmütigen älteren Mann, der sich selbst anschickte, in den Feierabend zu gehen.

»Marlene ist schon vor gut einer Stunde weg«, brummte er, während er seine Jacke überzog.

»Vor einer Stunde?« Ein Schreck zog mir durch die Glieder. Dann müsste sie doch längst zu Hause sein!

»Soweit ich es mitbekommen habe, wurde sie von einer Frau abgeholt. Trifft sich vielleicht mit einer Freundin. So genau kümmere ich mich nicht um das Privatleben unserer Mitarbeiter.«

Ich verabschiedete mich von dem Pförtner und kehrte zur Pension zurück. Ich nahm mir die Freiheit, an Marlenes Tür zu klopfen, aber sie war nicht dort. Meine Sorge kehrte zurück, und ich begann durch die Stadt zu laufen. Doch ich fand sie weder am Hafen noch in einem der Wirtshäuser.

Vielleicht blieb sie bei ihrer Freundin. Ich dachte wieder daran, dass sie mir auf der Kutschfahrt erzählt hatte, sie sei mit einer Bekannten zur Beerdigung von deren Vater gefahren.

Möglicherweise machte ich mir umsonst Sorgen …

Bei der Rückkehr in mein Zimmer fiel mein Blick auf das Heft, das ich von meinem Informanten bekommen hatte. Vielleicht sollte ich mich mit Arbeit ablenken.

Doch zuvor wollte ich noch einmal bei Marlene klopfen.

Im nächsten Augenblick hörte ich einen dumpfen Aufprall.

48

Marlene

Sterne blitzten vor meinen Augen auf, als ich zurücktaumelte und hart gegen die kleine Pforte stieß. Diese sprang unter der Last meines Körpers auf, und ich stürzte rücklings zu Boden.

Der Aufprall presste mir die Luft aus der Lunge. Verschwommen nahm ich einen Schemen über mir wahr. Der Fausthieb hatte meine Lippe und meine Wange getroffen und wahrscheinlich auch das Auge.

»Hast du gedacht, du kommst so einfach davon?«, knurrte eine Stimme. Torben.

Während mir klar wurde, dass meine größte Angst eingetroffen war, schnappte ich panisch nach Luft. Es war mir unmöglich, mich aufzurichten, und ich war auch zu benommen, um mich gegen das, was folgen würde, zu wehren. Auf meinem Gesicht spürte ich etwas klebrig Warmes und schmeckte Blut. Hatte er mir die Nase gebrochen?

»Misch dich nie wieder in meine Ehe ein, hast du verstanden?« Torben kam drohend auf mich zu. Ich wappnete mich gegen den Tritt, den er mir zweifelsohne versetzen würde. Doch ein Geräusch über uns ließ ihn erstarren. Er blickte nach oben, dann fuhr er herum und rannte los.

»Marlene!«, rief eine Männerstimme.

Im nächsten Augenblick war er bei mir und schob vorsichtig seine Hände unter meine Schultern. »Was ist passiert?«

Ich konnte nicht antworten. Meine Lippe schwoll an, das Blut lief mir weiter aus der Nase, mein Wangenknochen pochte, und ich war nicht sicher, ob ich nicht auch noch einen Zahn verloren hatte.

»Torben«, brachte ich schließlich hervor. »Der Kerl, der seine Frau verprügelt hat.«

Andersson blickte in die Richtung, in der der Schatten verschwunden war. Ich dachte zunächst, er würde ihm folgen wollen, doch dann fasste er mich unter den Armen und versuchte vorsichtig, mich aufzusetzen.

»Langsam«, bat ich ihn, denn in meinem Kopf hallte der Schlag immer noch nach, und auch mein Nacken schmerzte ein wenig. Ich griff nach meiner Nase, sah die Blutspuren auf meiner Haut.

Andersson reichte mir sein Taschentuch. »Soll ich einen Arzt holen?«, fragte er besorgt.

»Nein.« Ich kniff die Augen zusammen, um die Sterne zu vertreiben, die immer noch hier und da aufblitzten. »Es war nur ein Schlag. Es geht gleich wieder.«

»Meinen Sie, Sie können aufstehen? Ich würde Sie ungern hier unten liegen lassen.«

»Ich versuch's«, sagte ich und stellte meine Beine an. Tatsächlich schaffte ich es, mich hochzustemmen. Doch mein Kopf fühlte sich an, als würde er mir jeden Augenblick von den Schultern fallen, und ich schwankte.

Andersson hielt mich anscheinend ohne die geringste Mühe. »Wenn Sie erlauben, würde ich Sie gern tragen.«

»Ja«, murmelte ich, denn ich spürte, wie der Boden unter mir sich zu drehen begann.

Andersson hob mich auf seine Arme und trug mich durch die Haustür. Während ich mich an seine Brust schmiegte, hoffte ich inständig, dass der Tumult Ove und Siri Malmström nicht geweckt hatte. Doch keiner von ihnen ließ sich blicken, als wir die Treppe erklommen.

Als wir Anderssons Zimmer erreichten, hatte ich das Gefühl, dass mein Auge beinahe zugeschwollen war. Mein Nachbar legte mich vorsichtig auf sein Bett, dann ging er zu seiner Waschgarnitur. Gleich darauf kehrte er mit der Schüssel und einem Lappen zurück und begann, behutsam mein Gesicht abzutupfen.

Der Blutfluss aus meiner Nase versiegte allmählich. Auch der Schreck wich langsam von mir, sorgte allerdings dafür, dass die Stelle, an der mich die Faust getroffen hatte, mehr und mehr zu pochen begann.

Weder mein Vater noch Bjarne hatten mich je geschlagen. Wie viel Wucht in Torbens Faust gesessen hatte! Das war es also, was Sigrun beinahe wöchentlich erleiden musste.

Andersson legte den Lappen beiseite, dann untersuchte er vorsichtig mein Gesicht. »Ich bin leider kein Arzt«, sagte er. »Aber wie es aussieht, hat er Ihnen immerhin nicht die Nase gebrochen.«

»Ich habe ihn zu spät gehört«, sagte ich, beinahe entschuldigend. »Ich war in Gedanken …«

»Ich wusste nicht, dass Sie unterwegs waren«, sagte Andersson, während er den blutigen Lappen über der Schüssel auswrang. »Ich hätte sonst aufgepasst.«

»Sie hätten nichts tun können«, sagte ich. »Eine Freundin hat mich von der Fabrik abgeholt. Ich hätte nicht gedacht, dass sie ihn schon rausgelassen hatten. Und wenn, dass er um diese Uhrzeit schon im Bett liegen würde.«

Wieder durchzog mich eine Welle der Angst. Wenn er uns nun seit der Fabrik gefolgt war und nur auf eine günstige Gelegenheit gewartete hatte?

»Er scheint seine Versprechen ernst zu nehmen«, sagte Andersson ärgerlich. »Sie sollten ihn anzeigen.«

»Er würde behaupten, ich hätte mir nur eingebildet, dass er es war. Schließlich gibt es keine Zeugen. Oder konnten Sie ihn erkennen?«

Andersson schüttelte den Kopf. »Ich habe ein Krachen gehört und bin sofort ans Fenster gelaufen. Da habe ich Sie liegen sehen. Der Kerl verschwand da bereits im Schatten.«

»Damit haben Sie mich wohl gerettet«, sagte ich und hatte wieder Torbens hasserfülltes Schnarren im Ohr. »Wer weiß, was er sonst noch mit mir angestellt hätte.«

Andersson schnaufte und sprang auf. »Kennen Sie seine Adresse?«

»Ja, natürlich. Aber …« Ich mochte eins draufbekommen haben, doch ich erkannte die Absicht hinter seiner Frage sofort und griff nach seinem Arm. »Sie müssen sich wegen mir keinen Ärger machen.«

»Ich könnte ihn erneut festnehmen lassen«, gab er zurück, und seine Muskeln wirkten immer noch angespannt.

»Die Polizei würde das nur tun, wenn Sie sagen, dass Sie ihn gesehen haben«, erwiderte ich. »Sie sollten keinen Meineid schwören.«

Andersson rang noch einen Moment mit sich, dann ließ er sich wieder auf den Stuhl sinken. Eine ganze Weile starrte er in die Schüssel mit dem blutigen Wasser.

Ich spürte jetzt, wie eine bleierne Schwere in meine Glieder kroch und meine Lider schwer wurden.

»Herr Andersson?«, begann ich, worauf er mich wieder ansah. Es erschreckte und rührte mich zugleich, wie viel Anteilnahme ich in seinen Augen sah.

»Sagen Sie doch bitte Oskar zu mir. Wenn Sie mögen.« Seine sanfte Stimme machte es mir unmöglich abzulehnen.

»Einverstanden, Oskar.« Ich versuchte zu lächeln, doch ich war sicher, dass ich eher eine Grimasse schnitt. »Dann nennen Sie mich bitte Marlene.«

Er neigte den Kopf ein wenig. »Sehr gern. Marlene.«

49

Liv

In meinem Traum war ich wieder elf Jahre alt, und es war das erste Mal, dass man uns dorthin eingeladen hatte. Meine Mutter trug eine schwere Tasche bei sich, die alles enthielt, was wir für unseren Aufenthalt benötigten.

Ab dem Bahnhof gingen wir zu Fuß, allerdings nicht durch den Ort, sondern durch den Wald. Ich fragte mich, ob sie den falschen Weg eingeschlagen hatte. Sie konnte unmöglich wissen, wo das Haus war! Doch sie schritt mit traumwandlerischer Sicherheit voran.

Wir durchquerten Gestrüpp und passierten riesige Bäume. Endlich stand es vor uns, dicht verwachsen und zwischen den Rosenbüschen kaum zu erkennen. Lediglich das Dach konnte ich ausmachen.

»Wie sollen wir durch diese Rosen hindurchkommen?«, fragte ich.

Meine Mutter blickte mich an. »Ich weiß einen Weg«, sagte sie und ließ meine Hand los. Ehe ich sie abhalten konnte, ging sie direkt auf die blühenden Rosen zu.

Ich rief ihr nach, dass die Dornen sie stechen würden, doch sie hörte nicht. Ein Vogelruf brachte mich dazu, zu den Baumkronen über mir aufzuschauen. Als ich den Blick wieder auf das Haus richtete, war meine Mutter verschwunden.

Erschrocken lief ich ihr nach. Ich rief nach ihr, suchte nach einer

Lücke in den Rosenranken. Mein Herz raste vor Angst. Was sollte ich tun, wenn ich sie nicht wiederfand?

Schließlich entdeckte ich einen Durchgang und konnte zum Haus vordringen. Die Tür stand offen, doch meine Mutter war nicht zu sehen. Ich rief sie erneut, aber ich erhielt keine Antwort. Und auch die Tasche war fort.

Ich rannte zur Tür zurück, entschlossen, sie zu suchen, da stellte sich mir ein Schatten in den Weg. Der Schatten des Gutsherrn.

»Sie ist fort«, sagte er. »Du wirst sie nie wiederfinden.«

Ich schreckte hoch und brauchte eine Weile, um zu realisieren, dass ich nicht mehr elf war und dass dies hier nicht der Ort war, an dem die Beziehung zu meiner Mutter tiefe Risse bekam.

Ich schlug die Bettdecke zurück und ließ die kühle Morgenluft über mich gleiten.

Wie wünschte ich mir, ich hätte Marlene gestern sprechen können! Doch bei meiner Ankunft aus Kristianstad war es schon spät gewesen, und ich musste mich beeilen, damit ich beim Abendessen präsentabel aussah.

Sten stellte keine Fragen, sondern nahm seine Mahlzeit weitgehend schweigend ein. Das schlechte Gewissen packte mich. Sollte ich es ihm doch sagen? Immerhin war er mein Ehemann … Aber bevor ich die Worte hervorbringen konnte, erhob er sich, verkündete, dass er noch arbeiten müsse, und wünschte mir eine gute Nacht.

In meinem Zimmer saß ich noch lange vor meinem Schreibtisch und betrachtete die Papiere, die mir der Notar ausgehändigt hatte. Trotz meiner Versicherung, dass mein Mann es mir überlassen würde, die Sache zu regeln, brauchte er eine Unterschrift von ihm. Ich hatte dem Notar versprochen, sie nachzusenden. Nur wie sollte ich sie Sten abnehmen?

Die einzige Möglichkeit wäre, sie zu fälschen …

Schließlich war ich zu müde, um mir weiterhin Gedanken darüber zu machen. Aber meinem Nachdenken hatte ich wohl diesen Traum zu verdanken.

Es klopfte. War das mein Mann? Für einen Moment glaubte ich es, doch auf meinen Ruf hin erschien Astrid.

»Da ist ein Junge vor der Tür, gnädige Frau. Er sagt, er hat eine Nachricht für Sie.«

Eine Nachricht? Seit dem Telegramm aus Nättraby fürchtete ich mich ein wenig vor Nachrichten am frühen Morgen.

»Hat er dir einen Umschlag gegeben?«, fragte ich, während ich in meinen Morgenmantel schlüpfte. Ich verhedderte mich mit dem Gipsarm, und Astrid sprang mir bei, um mir richtig in das Kleidungsstück hineinzuhelfen.

»Nein, er sagt, er soll es Ihnen direkt ausrichten.«

»Ist mein Mann schon unten?« Falls es um das Wildhüterhaus ging, wäre es alles andere als gut, wenn Sten etwas davon mitbekam oder gar die Nachricht las.

»Er ist heute schon um sechs Uhr aus dem Haus gegangen«, antwortete sie.

Das verwunderte mich, gleichzeitig war ich froh. Ich schlüpfte in meine Pantoffeln und verließ das Zimmer.

Der Junge wartete vor der Tür und hielt seine Mütze respektvoll in der Hand. Als er mich sah, straffte er sich. »Sind Sie Frau Boregard?« Der Bursche war vielleicht acht oder neun Jahre alt und schaute mich aus wasserblauen Augen an.

»Die bin ich.«

»Es geht um Ihre Freundin«, sagte der Junge. »Ich soll Ihnen sagen, dass sie angegriffen wurde. Der Mann, der mich geschickt hat, meinte, sie bräuchte einen Arzt.«

Ich sog erschrocken die Luft ein. Angst durchzog mich in glühenden Wellen.

Ich fragte den Jungen, wo sie war, und gab ihm ein Geldstück. Dann kehrte ich ins Haus zurück. Die Köchin musste nach Astrid verlangt haben, denn sie war nicht mehr im Foyer.

»Astrid!«, rief ich. »Ich brauche deine Hilfe. Beeil dich bitte, ich muss in die Stadt!«

50

Marlene

Ein Klappern weckte mich. Ich öffnete die Augen und stellte verwundert fest, dass ich noch im Bett lag. Dabei war ich der felsenfesten Meinung, dass ich doch vorhin aufgestanden war und mich für die Arbeit fertig gemacht hatte. Hatte ich vielleicht alles nur geträumt?

Ich stützte mich auf dem Bett ab und sah mich um. Wo war ich? Das hier war nicht mein Zimmer! Ich ließ den Blick schweifen und entdeckte wenig später die Schreibmaschine. Sie stand auf dem Schreibtisch am Fenster, beleuchtet von einem hellen Sonnenstrahl.

Während mir klar wurde, dass dies das Zimmer von Oskar war, kehrten einige Erinnerungsfetzen zu mir zurück. Ich war gestern Abend bei ihm gewesen, weil Torben mir aufgelauert und mich geschlagen hatte. Ich tastete nach meinem Gesicht. Schmerzen fühlte ich im Moment kaum, doch ich spürte die Schwellung.

Ich wusste genau, dass ich irgendwann in der Nacht in mein Zimmer zurückgekehrt war. Und dann? Was war geschehen?

Als ich an mir herabschaute, sah ich, dass ich tatsächlich das blutbefleckte Arbeitskleid von gestern gegen meine schwarze Bluse und einen dunklen Rock ausgetauscht hatte. Es war also doch kein Traum gewesen, dass ich aus meinem Bett gestiegen und mich für den Tag fertig gemacht hatte! Nur wie kam ich hierher? Und warum war die vordere Knopfleiste meiner Bluse offen, das Korsett ein wenig gelöst?

Hatte Oskar etwa …

Im nächsten Augenblick vernahm ich Schritte vor der Tür, denen wenig später eine gedämpfte Stimme folgte: »Ist sie hier drin?«

Als Antwort wurde die Tür geöffnet. Herein trat nicht nur Oskar, ihm folgten auch Liv und ein Mann, den ich nicht kannte.

Letzterer stellte eine lederne Tasche auf den Stuhl neben mir ab. »Ich bin Doktor Bronlundt, der Hausarzt von Frau Boregard. Man sagte mir, dass Sie gestern gestürzt seien.«

Ich hätte bei diesen Worten beinahe aufgelacht.

»Sie ist geschlagen worden«, hörte ich Livs Stimme hinter ihm.

Der Arzt setzte sich neben mich auf die Bettkante und begann vorsichtig meinen Kopf abzutasten. Er drückte auf meine Stirn, dann gegen meinen Kiefer. Schließlich befühlte er die Schwellung.

»Haben Sie den Angreifer erkannt?«, fragte er, während er nun wechselseitig meine Augen abdeckte.

Was sollte ich sagen? Ich wusste, dass es Torben war. Wenn ich ihn jetzt als Schuldigen angab, würde er möglicherweise in Haft genommen, aber schnell wieder freigelassen. Und was sollte ihn dann davon abhalten, mich umzubringen?

»Nein«, antwortete ich und spürte, wie sich Oskars Blick auf mich richtete. Hielt er mich für feige?

Der Arzt tastete noch eine Weile an meinem Kopf und auch an meinem Nacken herum, dann nahm er mein Handgelenk und maß den Puls.

Schließlich erhob er sich. »Sie haben Glück, junge Frau, ich habe keinen Bruch an Ihrer Nase feststellen können, und auch keine Gehirnerschütterung. Die Benommenheit, die Sie fühlen, rührt vom Aufprall her. Die Schwellung in Ihrem Gesicht können Sie kühlen, aber Sie werden die Zeit machen lassen müssen. Glücklicherweise haben weder Ihre Zähne noch Ihr Augapfel etwas abbekommen, und das ist schon viel wert.«

Der Arzt holte etwas aus seiner Tasche. Zwei Papiertütchen, wie ich im nächsten Augenblick erkannte. »Hier, nehmen Sie eines davon jetzt, das andere morgen. In zwei Tagen sollte es Ihnen wieder gut genug gehen, dass Sie das Bett verlassen können.«

»Was?«, platzte es aus mir hervor. »Zwei Tage?« Ein heißer Schreck durchfuhr mich. Schlimm genug, dass ich heute nicht zur Arbeit erscheinen konnte! Aber über Tage zu fehlen, bedeutete, dass ich meine Anstellung verlor.

»Das halte ich für sinnvoll, wenn Sie nicht wieder zusammenbrechen wollen.«

»Aber ich muss in die Fabrik!«, protestierte ich und schaute zu Liv. »Die Skantzes werden mich kündigen!«

»Ich werde mit Nanna reden«, sagte sie. »Das hier ist eine Ausnahmesituation. Meine Freundin wird ihren Mann davon überzeugen, dich nicht zu kündigen.«

»Na, dann können Sie meiner Weisung ja Folge leisten.« Der Arzt packte seine Instrumente wieder in die Tasche. »Sollte es Ihnen wider Erwarten schlechter gehen, geben Sie mir bitte Bescheid. Gute Besserung.«

Ich wollte Oskar bitten, meine Tasche zu holen, in der meine Geldbörse steckten, doch er begleitete den Arzt schon nach draußen.

Im nächsten Augenblick setzte sich Liv zu mir. Ihre Augen glänzten feucht.

»Es tut mir so leid.« Sie wischte sich Tränen aus den Augenwinkeln. »Ich hätte versuchen sollen …«

Ich schüttelte den Kopf und bereute es sofort. »Du hättest gar nichts tun können«, sagte ich mit verkniffener Miene. »Er hätte keine Ruhe gegeben, bis er mich erwischt hätte.«

Ich spürte ihre kühlen Fingerspitzen an meiner Stirn, als sie mir das Haar beiseitestrich.

»Ich verstehe nur nicht, dass er mich gerade hier abfangen konnte«, fuhr ich fort. Jetzt war auch ich nahe am Weinen. »Vor meinem Zuhause. Er wusste eigentlich nicht, wo ich wohne.«

»Möglicherweise hat er dich zufällig mal in diesem Haus verschwinden sehen«, sagte Liv. Eine Sorgenfalte erschien zwischen ihren Augenbrauen. »Möglich wäre auch … Sie haben in der Fabrik doch deine Adresse, nicht wahr?«

»Ja, natürlich.« Plötzlich wurde mir übel. Dass er in den Akten geschnüffelt haben könnte, war mir noch nicht in den Sinn gekommen. War der Werkstattmeister so ein guter Freund von Torben, dass er ihm meine Adresse gegeben hatte?

Ich schloss die Augen und kämpfte gegen meinen revoltierenden Magen an. Wenn das stimmte …

»Ich habe übrigens den Notar in Kristianstad aufgesucht«, berichtete Liv, wohl um mich abzulenken.

»Und?«, fragte ich schwach. »Hast du ihm gesagt, dass der Gutsherr dieses furchtbare Haus behalten kann?«

»Damals, als mir angesichts des Bettes speiübel geworden war, hatte ich für einen Moment erwogen, genau das zu tun«, antwortete sie. »Doch dann … dann habe ich gesehen, was dieser Kerl mit deiner Kollegin angestellt hat. Und ich habe deine Worte gehört.«

Für einen Moment hatte ich Mühe, mich zu erinnern.

»Der Ort, an dem die Frauen sicher sind«, half Liv mir auf die Sprünge und lächelte mich vielsagend an. »Also habe ich beschlossen, das Haus zu behalten.«

51

Oskar

Ich hätte nie geglaubt, dass ich jemals einen Boten zum Haus von Sten Boregard schicken würde. Kein Journalist meldete sich ohne Einladung bei einem der einflussreichsten Männer der Stadt. Doch das war die Bitte gewesen, die Marlene, als ich sie heute Morgen im Flur gefunden hatte, noch äußern konnte, bevor sie ganz das Bewusstsein verlor. Ich war froh, dass der kleine Bursche, den ich vor dem Haus angesprochen hatte, Wort gehalten hatte und nicht mit den Münzen, die ich ihm zugesteckt hatte, verschwunden war.

Nachdem ich den Arzt verabschiedet hatte, blieb ich noch einen Moment auf dem Hof und versuchte die Geschehnisse der vergangenen Stunden zu ordnen. Die Sonne schien mir aufs Gesicht, und ringsherum zwitscherten die Vögel. Wie friedlich der Morgen wirkte, und doch …

Als Marlene mich am Abend verließ, war sie zwar immer noch ein wenig wacklig auf den Beinen gewesen, aber sie bestand darauf, in ihr eigenes Zimmer zu gehen. Allerdings konnte ich ihr das Versprechen abringen, sich am Morgen, bevor sie zur Arbeit aufbrach, noch einmal bei mir zu melden.

Ich hörte das Klopfen und eilte zur Tür, doch als ich meine Hand auf die Klinke gelegt hatte, ertönte ein dumpfer Aufprall. Ich riss die Tür auf und sah Marlene im Flur liegen.

Erschrocken rief ich ihren Namen, versuchte, sie wach zu bekommen. Kurz gelang es mir, und ich hörte sie murmeln: »Sagen Sie Liv Bescheid. Liv Boregard.«

Der Name zog mir durch Mark und Bein. Boregard! Alles hätte ich erwartet, aber nicht diesen Namen aus Marlenes Mund!

Ich trug sie zum Bett und legte sie vorsichtig darauf. Ich fühlte nach ihrem Puls und fand ihn schwach klopfend an ihrem Handgelenk.

Ich wusste nicht, was ich tun sollte. Nach Frau Malmström rufen? Marlene brauchte einen Arzt! Wer konnte schon wissen, welchen Schaden der Fausthieb in ihrem Kopf hinterlassen hatte! Ich stürmte aus dem Zimmer, und im nächsten Augenblick sah ich ein paar Jungen am Haus vorbeigehen, offenbar auf dem Weg zur Schule. Ich rannte hinaus und sprach sie an.

Ich fragte, ob sie wüssten, wo der Reeder Boregard wohnte. Demjenigen, der nickte, drückte ich ein Geldstück in die Hand und bat ihn, Liv Boregard Bescheid zu geben und ihr zu sagen, dass Marlene einen Arzt brauchte. Mir war nicht klar, welche Verbindung die beiden Frauen hatten, aber wenn sie die Erste war, an die Marlene dachte …

Als der Junge fort war, kehrte ich zu Marlene zurück. Sie atmete regelmäßig, war aber immer noch nicht ansprechbar. Sorge machte sich in mir breit – und Zorn. Dieser verdammte Mistkerl! Ich wünschte mir, ihn in die Finger zu bekommen und es ihm heimzuzahlen zu können.

Dann kam ich wieder zur Vernunft. Ein Streit mit diesem Kerl konnte es mir unmöglich machen, meinen Auftrag durchzuführen. Aber ich wünschte es mir so sehr, etwas für Marlene tun zu können …

Gerade, als ich ihr vorsichtig ein paar Haarsträhnen aus dem Gesicht gestrichen hatte, hörte ich Stimmen von unten.

Ich beschloss, ihnen entgegenzugehen.

Ich wusste nicht, was ich von der Reedersfrau erwartet hatte. Das Bild ihres Mannes war allseits bekannt. Ich hatte es in einigen Ausgaben unserer Zeitung gefunden. Sie war allerdings nie mit abgebildet worden.

Liv Boregard war nicht nur jünger, als ich es erwartet hatte, sie war auch eine sehr schöne Frau. Dunkle Haare, graue Augen, ein elfenbeinfarbener Teint … Kein Wunder, dass Boregard sie geheiratet hatte.

Sie schaute mich ein wenig überrascht an. Offenbar hatte Marlene ihr ebenso wenig von mir erzählt wie mir von ihr.

Wir reichten uns die Hände, dann führte ich sie und den gedrungenen älteren Herrn, der sie begleitete, zu Marlene.

Und jetzt stand ich hier und versuchte das Geschehen der vergangenen Stunden zu begreifen. Warum hatte Marlene gerade um Nachricht an Liv Boregard gebeten? Wo ihr Mann doch mit einem von Boregards Schiffen untergegangen war …

Schritte ertönten. Als ich mich umwandte, sah ich die Reedersfrau durch die Tür treten. Ihre Wangen waren gerötet, und in ihren Augen erkannte ich tiefe Sorge.

»Danke, dass Sie mir Bescheid gegeben haben«, sagte sie. »Es ist furchtbar, dass Marlenes Befürchtung eingetreten ist. Als dieser Mann seine Frau so zurichtete … Er war wie von Sinnen.«

»Sie haben es gesehen?«, fragte ich.

»Ich wollte mit Marlene eigentlich nur ein wenig spazieren gehen. Dann passierte das …« Sie senkte den Kopf. »Marlene hat es Ihnen sicher erzählt.«

Ich nickte, und um ein Haar hätte ich ihr berichtet, dass ich sogar auf der Polizeiwache war, um mir diesen Mann anzuschauen. Liv Boregard wäre eine gute Zeugin, bei dem Ruf ihres Gemahls. Doch ich hielt mich zurück, es stand mir nicht zu, mich in Marlenes Angelegenheiten einzumischen. Allerdings fragte ich mich, wie Marlene und sie Bekanntschaft geschlossen hatten …

»Es war sehr nett von Ihnen herzukommen«, sagte ich stattdessen. »Ich dachte, Sie würden nur den Arzt schicken.«

Sie setzte ein kleines Lächeln auf. »Das war das Mindeste, was ich für meine Freundin tun konnte.«

52

Marlene

Das Schmerzpulver des Arztes hüllte mich in einen Dämmer, aus dem ich mich nicht hervormühen konnte. Meine Lider waren wie Blei, und in meinen Ohren klang jeder Ton wie durch Watte. Selbst mein eigener Herzschlag. Meine Glieder waren schwer, und jede Bewegung fühlte sich an, als würde ich sie unter Wasser ausführen.

Ich bemerkte zwar, dass Oskar von Zeit zu Zeit hereinkam, doch ich konnte nicht mit ihm sprechen, weil mich das Medikament immer wieder in die Tiefe riss. Wirre Träume geisterten durch meinen Kopf, die meisten so flüchtig, dass ich sie nicht greifen konnte. Doch hin und wieder geschah es, dass ich Bilder aus der Vergangenheit sah. Dass ich mich selbst sah, wie ich am Kai stand und auf Bjarne wartete, wie ich hörte, dass die *Solveig* nicht zurückkehren würde.

Am Morgen darauf wurde ich von Vogelgesang geweckt. Ich schlug die Augen auf, kniff sie aber schnell wieder zusammen, als mich das Tageslicht traf, denn es war, als würde jemand mit der Nadel hineinstechen. Erst nach einer Weile konnte ich sie gefahrlos öffnen.

»Guten Morgen!«, vernahm ich Oskars Stimme. Ich hob den Kopf und spürte sogleich ein dumpfes Pochen in meinen Schläfen.

Wenig später trat mein Nachbar neben mich. In seiner Hand hielt er ein Tablett, von dem mir der Duft frischen Brotes entgegenströmte.

»Das Schmerzpulver scheint es in sich zu haben«, sagte er, während er es neben mir auf einen Schemel stellte. »Sie waren den ganzen restlichen Tag wie ausgeknipst.«

»Da haben Sie recht«, sagte ich. »Ich wollte Sie eigentlich bitten, mich in mein Zimmer zu bringen … Tut mir leid, dass ich Ihr Bett belege.«

»Das muss es nicht«, erwiderte er. »Der Sessel dort drüben hat für die Nacht auch gereicht. So hatte ich Sie wenigstens im Blick.«

Dass er auf mich aufgepasst hatte, erfüllte mich mit unerwarteter Wärme und Freude, und ich spürte, dass ich rot wurde.

»Ich glaube, ich werde das zweite Tütchen nicht nehmen«, verkündete ich. »Es war ein sehr seltsames Gefühl. So, als würde ich im Nebel wandern. Nur dass es nirgendwo einen Anhaltspunkt gab, wie ich rauskommen konnte.«

Oskar nahm das leere Tütchen und roch hinein. »Möglicherweise war da Opium drin. Ziemlich starkes Zeug. Der Arzt hat übrigens keinen einzigen Öre für die Behandlung genommen.«

»Wahrscheinlich hat Liv ihn bezahlt.«

Oskar schob den Schemel mit dem Tablett näher an mich heran. »Das hier ist ein kleiner Gruß von Frau Malmström. Als sie hörte, dass es Ihnen nicht gut geht, sagte sie, dass ich das hier mitnehmen soll.«

»Das ist sehr freundlich von ihr«, erwiderte ich und blickte ihn prüfend an. »Haben Sie ihr erzählt …«

Er schüttelte den Kopf. »Ich überlasse es besser Ihnen, davon zu berichten.« Oskar wirkte, als wollte er noch etwas fragen, doch dann schlüpfte er in sein Jackett. »Ich muss jetzt leider ins Büro. Ruhen Sie sich gut aus, Marlene.«

»Vielleicht sollte ich nachher in mein eigenes Zimmer gehen«, sagte ich. »Ich möchte Ihnen nicht länger Ihr Bett streitig machen.«

»Bleiben Sie ruhig hier«, sagte er besorgt und hockte sich neben mich. »Es könnte sein, dass Ihnen wieder schwindelig wird.« Nach einer Pause fügte er hinzu: »Es macht mir wirklich nichts aus, ein paar Nächte im Sessel zu schlafen. Hauptsache, Ihnen geht es gut.«

»Danke für alles«, sagte ich, und für einen Moment erwachte wieder der irrsinnige Wunsch in mir, ihn zu küssen.

Doch er erhob sich, wünschte mir einen guten Tag und verschwand.

Am Vormittag schaute Siri nach mir, und ich kam nicht umhin, ihr von der Sache zu erzählen. Sie war erbost und versprach mir, diesen Mann nicht zu bedienen, wenn er ihren Laden aufsuchte. Torben war dort noch nie gewesen, dennoch dankte ich ihr dafür.

Liv erschien dann am Nachmittag. Sie berichtete, sie habe Sigrun im Hospital besucht. Allerdings konnte sie nicht viel mit ihr sprechen, weil die Gehirnerschütterung sie sehr mitnahm und sie ihre Tage unter Schmerzmitteln verbrachte – genauso wie ich.

»Ob ihr Mann inzwischen bei ihr war?« Eine Gänsehaut überzog meine Arme, wenn ich an Torben dachte und Sigruns Aussage, er würde Stimmen hören.

»Das kann ich leider nicht sagen. Ich habe es nicht gewagt, sie nach ihm zu fragen.«

Sorge stieg in mir auf. Wieder dachte ich an Ingrids Worte. Wahrscheinlich hatte es ihm jemand mitgeteilt.

Liv, die meine Gedanken zu spüren schien, legte mir die Hand auf den Arm. »Die Schwester meinte, dass sie mindestens eine Woche im Hospital bleiben muss. Danach sehen wir weiter.«

»Wir?«, fragte ich verwundert.

»Du glaubst doch wohl nicht, dass ich dich oder sie im Stich lasse!«

Ich nickte und drückte ihr dankbar die Hand, dann kam mir etwas anderes in den Sinn. »Hast du schon mit Frau Skantze wegen meiner Arbeit gesprochen?«

»Das werde ich nachher tun.«

Ein Schreck durchzog mich. »Aber sie werden …«

»Keine Sorge«, beruhigte mich Liv. »Es wird reichen, wenn sie es heute erfährt.«

53

Liv

Entschlossen marschierte ich in Richtung Lampenfabrik. Marlene durfte auf keinen Fall entlassen werden, weil dieser Mann sie geschlagen hatte. Obwohl der Vorfall jetzt schon einen Tag zurücklag und es Marlene wieder besser ging, spürte ich immer noch Wut in mir.

Eine Anzeige wäre genau das Richtige für diesen Torben Bergsma! Allerdings konnte ich Marlene verstehen, wenn sie nicht zur Polizei wollte. Sie würde wieder in die Lampenfabrik gehen müssen und dort auf ihn treffen. Aber vielleicht konnte Nanna etwas tun …

Eine Viertelstunde später erreichte ich den Werkhof. Hinter dem hübsch verzierten Fenster der Buchhaltung sah ich Nanna am Schreibtisch sitzen. Als sie meine Schritte hörte, blickte sie auf und schaute mich überrascht an. Ich trat durch die offene Hintertür und klopfte wenig später bei ihr an.

Die junge Frau, die mit Nanna in dem Raum saß, öffnete.

»Frau Boregard!«, rief sie aus.

»Wäre es möglich, Frau Skantze zu sprechen?«

»Was gibt es denn?«, fragte Nanna hinter ihr. Die Buchhalterin trat zur Seite.

»Nanna, entschuldige bitte, dass ich hier so reinschneie«, sagte ich. »Ich muss mit dir reden.«

Nanna schaute die junge Frau an und gab ihr ein Zeichen, dass sie uns allein lassen sollte.

»Was ist denn passiert?«, fragte sie besorgt.

Ich wartete, bis sie die Tür hinter sich geschlossen hatte, dann begann ich zu berichten. Ich erzählte ihr von dem Zwischenfall am Sonntag, der eine ihrer Arbeiterinnen ins Krankenhaus befördert hatte. Und ich erzählte ihr auch von Marlene, die vom selben Mann geschlagen worden war.

Nannas zarte Augenbrauen zogen sich zusammen.

»Wir haben uns schon gewundert, wo sie geblieben ist. Bergsma meinte, er habe seine Frau ins Krankenhaus bringen müssen.«

Mir blieb kurz die Luft weg. »Der hat Nerven!«, platzte es aus mir heraus. »Er ist mit seinen Fausthieben doch erst schuld daran! Und der Angriff auf Frau Walsted … Ihr solltet ihn auf die Straße setzen!« Mein Herz raste, und ich ballte wütend die Fäuste.

Nanna saß stocksteif da und musterte mich. Sie war keine Frau der großen Gefühle, einen Ausbruch wie meinen hätte sie wahrscheinlich nie gezeigt.

»In welcher Verbindung stehst du eigentlich zu Frau Walsted?«, fragte sie. »Wenn ich mich recht entsinne, war ihr Mann einer eurer Kapitäne.«

Statt einer Antwort darauf hob ich den Arm mit dem Gips und sagte: »Sie war diejenige, die mich neben eurer Gießerei aufgelesen und ins Hospital gefahren hat. Ich bin ihr etwas schuldig.«

»Sie hat dich doch nicht etwa hergeschickt?«

»Nein, ich komme aus eigenem Entschluss«, sagte ich. »Ich möchte nicht, dass ihr sie wegen ihres Fehlens entlasst.«

»Aber du willst, dass wir das mit Torben Bergsma tun?« Nannas Stimme wurde schneidend.

»Ich …«, begann ich, doch Nanna kam mir zuvor.

»Was in einer fremden Ehe passiert, geht uns nichts an, Liv! Wenn seine Frau ihn nicht anzeigt, wird da nichts geschehen. Und was Frau Walsted betrifft: Sie ist nicht zur Arbeit erschienen. Wenn sie verletzt ist, kann sie es natürlich nicht. Aber es ist ihre Sache, mit wem sie sich streitet, nicht unsere.«

»Ihre Sache?«, fragte ich wie vor den Kopf geschlagen.

»Ja!«, gab Nanna zurück. »Wir können einen guten Angestellten nicht entlassen, nur weil er sich in seinem Privatleben Ärger einfängt. Das würde auch dein Mann nicht tun!«

»Aber er hat euch Schaden zugefügt! Die beiden Frauen können nicht arbeiten! Und wenn er sie wieder angreift …«

»Das soll dann ein Gericht klären. Wir haben damit nichts zu tun, Liv.« Sie schaute mich kühl an. »Ich muss mich wieder um meine Arbeit kümmern. Wenn du noch etwas anderes auf dem Herzen hast …«

Das hatte ich in der Tat.

»Woher wusste Bergsma eigentlich, wo er sie finden konnte?« Diese Frage hatte mich seit dem Aufenthalt bei Marlene nicht verlassen.

»Wie bitte?«, fragte Nanna, und ich spürte, dass es mit ihrer Geduld allmählich vorüber war. Aber darauf wollte ich keine Rücksicht nehmen.

»Woher wusste Torben Bergsma, wo er Frau Walsted finden konnte?«, wiederholte ich.

»Nun, sie kennen sich doch«, gab sie zurück, blickte mich aber ertappt an.

»Sie sagte, dass er es nicht wissen konnte«, fuhr ich fort. »Auch wenn sie seiner Frau beigestanden hat, hatten die beiden wohl keinen so engen Kontakt zueinander. Kann er die Akten anderer Arbeiter einsehen?«

Nanna zog die Augenbrauen zusammen. »Jetzt gehst du aber wirklich zu weit, Liv!«, fuhr sie mich empört an. »Was in der Firma geschieht, ist unsere Sache, nicht deine!«

Wir starrten uns einen Moment lang an, dann wurde mir klar, dass ich hier nichts ausrichten konnte. Möglicherweise machte ich es für Marlene nur noch schlimmer.

»Danke für deine Zeit«, sagte ich also förmlich, dann strebte ich der Tür zu. Ich hatte den Knauf gerade berührt, da hörte ich Nannas Stimme hinter mir.

»Liv? Lass mich dir einen guten Rat geben.«

Ich wollte eigentlich keinen Ratschlag von ihr, dennoch wandte ich mich um.

»Halte dich von diesen Leuten fern. Sie sind kein Umgang für dich. Ihre Welt ist härter als unsere, und wir können nichts tun, um sie besser zu machen.«

Ich presste die Lippen zusammen und kämpfte gegen die Tränen an, die vor lauter Enttäuschung in mir aufstiegen. »Du vergisst, dass wir selbst mal zu ihnen gehört haben.«

54

Marlene

Am Donnerstag ging es mir gut genug, dass ich mich aus dem Bett erheben konnte. Die zwei Ruhetage, die mir der Arzt angeraten hatte, waren herum, nun wurde es Zeit, dass ich mich wieder in der Fabrik sehen ließ, Torben hin oder her.

»Sind Sie sicher?«, fragte Oskar, während er beobachtete, wie ich mich hochmühte.

»Ich werde keine Arbeitsstelle mehr haben, wenn ich länger warte«, gab ich zurück. Liv mochte vielleicht mit Frau Skantze geredet haben, doch das bedeutete nicht, dass ich den Bogen überspannen durfte. »Außerdem geht es mir so weit wieder gut.«

Er schaute mich besorgt an, ließ mich aber gewähren.

Ich kehrte in mein Zimmer zurück, schlüpfte in meine letzte saubere Bluse und meinen schwarzen Rock.

Auch wenn ich keine andere Wahl hatte, wenn ich weiterhin in der Fabrik bleiben wollte, graute es mir davor, Torben zu begegnen. Auf dem Werkhof würde er mich sicher nicht noch einmal angreifen. Doch wer wusste schon, was ihm durch den Kopf ging und wo er einem auflauern konnte …

Als ich vor den Spiegel trat, erschrak ich über die Flecken in meinem Gesicht. Sie waren nicht mehr bläulich rot, sondern fast dunkelbraun. Die Schwellung war immer noch deutlich zu erkennen, aber mittlerweile sah ich durch mein Auge schon wieder ganz gut.

Die anderen würden mich sicher fragen, was los war. Was sollte ich sagen? Dass ich eine Treppe heruntergefallen war? Torben würde sich biegen vor Lachen, wenn ihm das zu Ohren kam.

Doch die Wahrheit würde mir vielleicht noch mehr Scherereien einbringen, denn im Gegensatz zum Vorfall mit Sigrun gab es bei mir keine Zeugen.

Als ich fertig war, nahm ich meine Tasche und verließ mein Zimmer. Ich verabschiedete mich von Oskar, der erst gegen neun in seiner Redaktion sein musste, und machte mich auf den Weg.

Noch immer fühlte ich mich ein wenig wacklig auf den Beinen, aber jetzt, wo ich mich ausgeruht hatte, spürte ich, dass ich die Arbeit wieder meistern konnte. Auch die Schmerzen in meinem Gesicht hatten etwas nachgelassen.

Der Morgen war mild und sonnig, und glücklicherweise waren noch nicht allzu viele Leute unterwegs. Ein Schwarm Tauben flatterte gurrend über mich hinweg. Ich schaute ihnen nach, dann richtete ich den Blick wieder auf die Straße.

Ich hielt es für unwahrscheinlich, dass Torben hier wieder auftauchte. Auch er würde zur Arbeit müssen. Andererseits hatte ich ihn am Montagabend im Bett vermutet …

Nach einer Weile tauchten weitere Passanten auf, und ich entspannte mich ein wenig. Mehr und mehr Fabrikarbeiter mischten sich unter sie. Glücklicherweise nahmen sie keine Notiz von mir. Dennoch wurden meine Hände eiskalt und feucht. Wenn ich nun Torben begegnete … Wie sollte ich reagieren? Vielleicht wäre ausweichen das Beste.

Ich duckte mich, so gut es ging, in den Schatten anderer Männer und lief mit ihnen zur Lampenfabrik.

Der Pförtner sah mich allerdings sofort. »Marlene!«, rief er und winkte mir zu. Wahrscheinlich würde er fragen, warum ich so aussah. Doch einfach ignorieren konnte ich ihn auch nicht.

»Guten Morgen, Brekke«, grüßte ich ihn, als wäre nichts geschehen, und senkte den Kopf. Ich wusste, dass das nichts half, denn er hatte gute Augen. Ich wappnete mich gegen seine Frage und beschloss, den Anfang zu machen. »Wundere dich nicht über mein Aussehen, ich hatte ein kleines Missgeschick.«

»Das ist sehr bedauerlich.«

Der förmliche Klang seiner Stimme brachte mich dazu aufzusehen. Seine Augen wanderten über mein Gesicht, und ein trauriger Ausdruck erschien in ihnen, als er sagte: »Tut mir leid, Mädchen. Ich fürchte, ich kann dich nicht durchs Tor lassen.«

55

Liv

Für den heutigen Tag hatte ich mir vorgenommen, zunächst Marlene zu besuchen und dann bei Sigrun Bergsma im Krankenhaus reinzuschauen.

Ich war gerade dabei, in die Ausgehjacke zu schlüpfen, als mich ein Läuten hochschrecken ließ. Wer konnte das um diese Zeit sein? Ich zog die Jacke über meine Schultern und lief zur Treppe.

Astrid war bereits an der Tür.

»Ist Frau Boregard zu Hause?«, fragte eine Stimme. Ein heißer Schreck durchzog mich, als mir klar wurde, dass Marlene dort draußen stand. »Ich würde sie gern sprechen.«

»Wen darf ich melden?«, fragte Astrid.

»Sagen Sie ihr einfach, dass Marlene da ist.«

Ich stürmte die Treppe hinunter. Was war passiert? Eigentlich sollte Marlene doch noch im Bett bleiben!

Astrid schaute mich verwundert an, als ich ihr auf der Treppe entgegenkam. »Gnädige Frau, da ist …«

»Ich habe es gehört«, sagte ich. »Geh ruhig wieder an die Arbeit, ich kümmere mich um die Angelegenheit.«

Astrid machte kehrt. Ich wartete, bis sie im Untergeschoss verschwunden war, dann trat ich an die Tür.

Ich erschrak, als ich sie sah.

Marlene klammerte ihre Hände in den Gurt ihrer Tasche. Im Tageslicht sahen ihre Verletzungen noch schlimmer aus. Doch am meisten erschrak ich über ihre geröteten Augen.

»Es tut mir leid, dass ich hier aufkreuze.« Sie spähte beinahe ängstlich hinter mich. »Aber ich weiß nicht, was ich sonst machen soll …«

»Komm doch rein«, sagte ich und las im nächsten Augenblick ihren Gedanken. »Sten ist nicht da.«

Ich führte sie rasch in unser kleines Empfangszimmer, in dem Astrid erst einmal nicht auftauchen würde.

»Was ist passiert?« Ich drückte die Tür hinter uns ins Schloss.

»Ich darf nicht mehr auf den Werkhof«, schluchzte Marlene. »Der Pförtner hat mir gesagt, dass Herr Skantze ihn angewiesen hat, mich nicht mehr in die Fabrik zu lassen.«

»Hat er dir eine Erklärung dafür gegeben?«

»Er sagte nur, dass ich nicht mehr zu kommen brauche. Wie es aussieht, bin ich wohl gekündigt worden!«

Dieses Vorgehen erschien mir sehr merkwürdig. Auch Sten entließ hin und wieder Leute, doch er pflegte diese Angestellten dann vorzuladen und es ihnen selbst mitzuteilen.

Marlene schaute mich an. »Hattest du wirklich mit Frau Skantze gesprochen?«

»Ja«, sagte ich.

Meine Wangen begannen zu glühen. Ich wollte schon erklären, wie das Gespräch verlaufen war, da sagte Marlene: »Nun, wie es aussieht, haben sie es sich anders überlegt.« Sie wischte sich die Tränen vom Gesicht, dann fragte sie: »Was soll ich jetzt machen? Ich … ich brauche die Arbeit. Ich hätte nicht zu Hause bleiben sollen.«

Ich trat zu ihr und legte meine Hände auf ihre Arme. »Du hättest den Arbeitstag nicht durchgestanden, ohne zusammenzubrechen, das weißt du selbst! Du hast nichts falsch gemacht.«

Marlene schaute mich an. Selten hatte ich solch eine Verzweiflung bei einem Menschen gesehen.

»Ich werde noch einmal mit Nanna reden«, sagte ich. »Das alles muss ein Missverständnis sein.«

»Ein komisches Missverständnis«, erwiderte sie. »Ich habe doch niemandem was getan!«

Ich blickte ihr fest in die Augen. »Ich werde herausfinden, was dahintersteckt.«

Nachdem ich Marlene nach Hause geschickt hatte, lief ich zur Lampenfabrik. Meine Gedanken rasten, und Scham wütete in mir. Ich hätte gegenüber Nanna nicht so auftrumpfen dürfen. Überhaupt, was war mir eingefallen, über diesen Bergsma zu sprechen? Wenn ich sie nun direkt gebeten hätte, Marlene nicht zu kündigen …

Vor der Tür der Buchhaltung hielt ich einen Moment inne und sammelte mich, bevor ich klopfte. Diesmal war die junge Angestellte nicht zugegen.

»Liv, wie schön, dass du da bist!«, rief Nanna bei meinem Anblick freudig, als hätte es unsere Unterhaltung vor zwei Tagen nicht gegeben. »Ich habe gerade an dich gedacht!«

Diese Worte verwirrten mich und brachten mich aus dem Konzept. »Warum denn?«, fragte ich, während ich die Tür hinter mir zuzog.

»Ich habe gestern Abend wunderbare Nachrichten bekommen.« Sie erhob sich und griff nach meinen Händen. »Ich bin wieder schwanger!«

Dieser Satz traf mich wie ein Ziegelstein.

Nanna bemerkte sofort, dass etwas nicht stimmte.

»Freust du dich denn gar nicht für mich?«, fragte sie, während sie mich wieder losließ.

»Doch, natürlich freue ich mich für dich, sehr sogar!«, gab ich rasch zurück. Tatsächlich war es eine schöne Nachricht, besonders nachdem sie vor ein paar Jahren ihre älteste Tochter verloren hatte. Unter anderen Umständen hätte ich mich ehrlich für sie gefreut, doch nun konnte ich nur an Marlene denken.

Einen Moment lang stand ich schweigend vor ihr, unschlüssig, wie ich beginnen sollte.

»Was ist denn?«, fragte Nanna besorgt.

Ich nestelte an meinem Gipsverband, der sich an den Rändern schon aufzulösen begann.

»Mir ist zu Ohren gekommen, dass ihr Marlene Walsted entlassen habt.« Ich blickte sie ernst an.

»Oh, musst du schon wieder mit dieser Frau anfangen?« Seufzend ließ Nanna sich auf ihren Stuhl sinken. »Mein Mann trifft die Entscheidungen, nicht ich.«

Mein gesamter Körper spannte sich an. Was sie sagte, stimmte nicht. Hugo und sie waren eine Einheit. Anders als bei Sten und mir wussten sie alles voneinander, auch in geschäftlichen Belangen. Entscheidungen trafen sie gemeinsam. »Aber er bespricht so etwas doch mit dir als seiner Buchhalterin«, fuhr ich beherrscht fort. »Hat er dir keinen Grund genannt?«

Verlegenheit trat jetzt auf Nannas Gesicht. »Sie ist nicht gut für den Frieden in der Firma.«

Diese Begründung raubte mir für einen Moment den Atem. »Sie ist nicht …« Ich stockte und rang hilflos mit den Händen. »Ihr könnt sie doch nicht dafür bestrafen, dass Torben Bergsma seine Frau verprügelt und ihr selbst aus Rache für ihr Einschreiten einen Fausthieb versetzt hat!«

»Herr Bergsma ist eine wichtige Kraft in unserem Haus«, gab Nanna zurück. »Hugo hat ihn erst vor Kurzem zu einer Schulung über Elektrizität geschickt.«

»Na und?«, entfuhr es mir. »Ist die Arbeit von Frau Walsted nichts wert?«

»Sie schraubt Lampen zusammen. Diese Arbeit können schon junge Mädchen erledigen. Einen fähigen Elektriker dagegen findet man selten.«

So nüchtern, wie sie das sagte, verstummte ich fassungslos. Ich hatte immer gedacht, dass Nanna und ihr Mann gute Leute seien.

Überall pries man ihre Fairness. Als die Gießerei drohte pleitezugehen, hatte Hugo sie mitsamt seiner Angestellten, ohne mit der Wimper zu zucken, übernommen. Niemand war entlassen worden.

Und jetzt warfen sie eine Frau raus, die von einem anderen Arbeiter geschlagen worden war? Erteilten ihr sogar Hausverbot!

Mir wurde plötzlich klar, wie sehr ich mich in Nanna und auch Hugo getäuscht hatte.

Steif erhob ich mich. Ich fühlte mich machtlos und hatte das Gefühl, Marlene im Stich gelassen zu haben.

»Es ist ungerecht«, sagte ich. »Das weißt du, und das weiß auch dein Mann. Ihr gebt eine Frau dem Elend preis, die ihren Mann verloren und keine andere Möglichkeit hat, Geld zu verdienen.«

Nannas Augen verengten sich. »Nun, soweit ich weiß, ist Kapitän Walsted mit einem eurer Schiffe untergegangen«, sagte sie in leisem, schneidenden Ton. »Wenn du dich so für sie einsetzen willst, kannst du ja Sten fragen, ob er sie in der Reederei braucht, nicht wahr?«

56

Oskar

Das Rasiermesser kratzte über meine Bartstoppeln, und ich musste höllisch aufpassen, damit ich mich nicht schnitt. So unkonzentriert wie an diesem Morgen hatte ich mich schon lange nicht mehr gefühlt.

Obwohl Marlene beteuert hatte, dass es ihr gut ginge, gefiel mir der Gedanke, dass sie wieder in der Fabrik war, überhaupt nicht. Ihre Blutergüsse sahen noch immer zum Fürchten aus, und die Gefahr, Bergsma zu begegnen, war groß.

Ich hatte sie nicht davon abhalten können, in die Lampenfabrik zu gehen. Doch die Sorge fraß an mir.

Als ich die Rasur beendet hatte, schlüpfte ich in meine Kleider und Schuhe. Dann zog ich die Schreibtischschublade auf und nahm das Heft, das ich darin hatte verschwinden lassen, während der Arzt sich um Marlene kümmerte.

Die Frage, was Liv Boregard mit Marlene zu tun hatte, ließ mich nicht los. Die Frau eines Reeders befreundete sich normalerweise nicht mit der Witwe eines Kapitäns, dem die Schuld für den Untergang eines der Schiffe ihres Mannes gegeben wurde!

Die letzten beiden Tage hatte ich Marlene nicht danach fragen wollen. Sie war zu angeschlagen und brauchte Ruhe. Vielleicht konnte ich heute das Gespräch darauf lenken, wenn sie von der Arbeit zurück war.

Schließlich zog ich das Jackett über und nahm meine Tasche. Was ich gestern nicht hatte abschreiben können, würde ich heute nachholen. Es widerstrebte mir, meine Recherchematerialien in die Redaktion mitzunehmen, doch mittlerweile kannte ich die Gewohnheiten meiner Kollegen gut genug und wusste, wann sie zu beschäftigt waren, um auf mich zu achten.

Ich wandte mich der Tür zu und wollte sie gerade aufziehen, als sie plötzlich von selbst aufsprang.

Erschrocken wich ich zurück.

»Marlene, was ist …« Ich starrte sie an. Ihr Gesicht wirkte verweint. Hatte Bergsma sie wieder angegriffen? Neue Blessuren konnte ich allerdings nicht entdecken.

Sie schaute mich mit traurigen Augen an, dann sagte sie: »Man hat mir den Zutritt zur Fabrik verwehrt.«

»Sie sollten einen Anwalt nehmen«, legte ich ihr ans Herz, nachdem sie mir die Geschichte erzählt hatte. »Er könnte Ihnen helfen, Sie wieder einstellen zu lassen.«

Marlene blickte mich traurig an. »Ich habe nicht das Geld für einen Anwalt. Außerdem vergessen Sie, dass ich nur eine Arbeiterin bin. Den Skantzes gehört die Fabrik, und sie haben jedes Recht zu bestimmen, wer für sie arbeitet und wer nicht.«

Ich presste die Lippen zusammen. Das stimmte natürlich. Und so etwas wie eine Gewerkschaft, wie sie sich hier und da in großen Firmen in Stockholm gebildet hatte, schien es hier nicht zu geben.

»Ich war vorhin bei Liv«, sagte Marlene. »Sie wollte zu Nanna Skantze gehen und sich erkundigen, was der Grund war. Der wurde mir nicht genannt.«

Skantze. Ich wusste natürlich um die Bekanntschaft zwischen den beiden Familien. Die Lampenfabrik war auf Petroleum angewiesen. Und Boregard darauf, dass es ihm jemand abkaufte.

»Dann hat man Ihnen nicht mal ein Kündigungsschreiben gegeben?« Das fand ich unerhört!

Sie nestelte an ihrem Kleid, und plötzlich kamen ihr wieder die Tränen. »Ich hätte mich nicht einmischen sollen!«

Ich war einen Moment unschlüssig, doch dann dauerte sie mich so sehr, dass ich sie einfach in meine Arme zog. Als sie sich an mich schmiegte, durchzog mich Wärme und – ja, auch Begehren. Sie war trotz ihrer Blessuren bildhübsch, und ihr Körper fühlte sich so sanft an …

Nein!, sagte ich mir. So solltest du nicht denken! Du bist kein Mann, der solch eine Situation ausnutzt!

»Was Sie getan haben«, sagte ich, »war nur menschlich. Jeder andere hätte Ihnen beistehen sollen.«

Aber ich wusste selbst, dass sie sich von diesen Worten kein Brot kaufen konnte.

»Woher kennen Sie sie eigentlich?«, fragte ich, als sie sich wieder ein wenig beruhigt hatte. »Ich meine, Frau Boregard.«

Marlene wollte gerade zu einer Antwort ansetzen, als es klopfte.

Auf meinen Ruf hin trat zu meiner Überraschung Liv Boregard ein. Als hätte man den sprichwörtlichen Teufel an die Wand gemalt.

Sie grüßte mich und ging dann gleich zu Marlene.

»Und, hast du etwas in Erfahrung bringen können?«, fragte diese sie.

Frau Boregard senkte den Kopf. »Nanna meinte, du würdest Unruhe in die Firma bringen.«

»Wahrscheinlich hat sich Torben über mich beschwert«, sagte Marlene.

»Ich verstehe Nanna nicht«, sagte Frau Boregard. »In der Gießerei hat er doch auch alle behalten …«

»Das war etwas anderes«, sagte Marlene. »Diese Männer haben keine Scherereien gemacht.«

»Aber du doch auch nicht!«, gab Frau Boregard zurück und seufzte schwer.

Marlene, die für einen Moment vergessen zu haben schien, dass ich ebenfalls anwesend war, blickte sich nach mir um und sagte: »Tut mir leid, ich möchte Sie nicht weiter aufhalten. Wir können nach nebenan gehen …«

»Schon gut, mein Verleger versteht es, wenn ich später komme«, schwindelte ich.

Wenn Lundström mein Fehlen bemerkte, würde er Fragen stellen. Aber ich konnte dann immer noch behaupten, dass ich mich mit einem Informanten getroffen hatte.

Das, was ich hier beobachten konnte, war einfach zu interessant. Zwei Frauen aus Welten, die nicht unterschiedlicher sein konnten. Und tatsächlich versuchte die Reiche, die Ärmere zu unterstützen! Das klang beinahe utopisch!

»Ich wünschte, ich könnte mehr für dich tun«, sagte Frau Boregard, nachdem sie mir ebenfalls einen Blick zugeworfen hatte.

Marlene schwieg eine ganze Weile. Hinter ihrer Stirn arbeitete es. Hatte ich zunächst noch den Eindruck gehabt, dass sie nicht so recht wusste, was sie tun sollte, schien sich plötzlich eine Idee in ihrem Verstand zu formen.

»Bist du immer noch der Ansicht, dass das Haus deines Vaters für Frauen in Not hergerichtet werden soll?«, fragte sie dann.

Haus ihres Vaters? Das wurde ja immer besser! Ich war auf einmal sehr froh, dass ich geblieben war. Meine Neugierde war geweckt.

»Natürlich«, antwortete die Reedersgattin. »Jetzt mehr denn je!«

»Dann möchte ich damit beginnen!«

Frau Boregard schien vor ihrer Entschlossenheit ein wenig zurückzuschrecken. »Marlene …«, begann sie, aber die Angesprochene schüttelte den Kopf.

»Ich habe schon die ganze Zeit darüber nachgedacht. Und ja, ich weiß, dass ich damit nichts verdiene! Aber auf diese Weise würde ich ein Dach über dem Kopf haben.« Sie machte eine Pause und fügte dann hinzu: »Es ist längst überfällig, dass ich die Stadt verlasse. Wo mich hier doch sowieso niemand haben mag.«

»Das stimmt doch nicht«, gab Frau Boregard mit einem traurigen Ausdruck in den Augen zurück.

»Du hast es gesehen!«, sagte Marlene und wischte sich trotzig über die Augen. »Die Seemannsfrauen hassen mich. Torben hat es geschafft, mich aus der Lampenfabrik werfen zu lassen. Ich werde hier nie zur Ruhe kommen! Aber in deinem Haus könnte ich vielleicht neu anfangen!«

Frau Boregard schaute sie eine Weile an. »In Ordnung«, sagte sie dann.

Was für ein Handel ging da zwischen den beiden vor sich? Haus der Frauen? Nur schwerlich konnte ich mich zurückhalten, Fragen zu stellen.

Ich vernahm, wie die beiden darüber sprachen, wie Marlene aus der Stadt kommen sollte. Anscheinend lag das Haus von Frau Boregards Vater in Nättraby. Ein Zug fuhr dorthin, doch in Marlenes Zustand konnte ihr kein schweres Gepäck zugemutet werden. Ich witterte eine einmalige Gelegenheit.

»Ich könnte sie doch nach Nättraby bringen!«, platzte ich heraus.

»Und womit?«, fragte Liv Boregard.

»Mit einer Kutsche. Sicher gibt es hier die Möglichkeit, ein Fuhrwerk zu mieten, nicht wahr?«

Marlene schaute mich aus großen Augen an. »Aber Sie müssen doch arbeiten!«

»Ich werde meinem Verleger sagen, dass es ein Notfall ist. Das versteht er sicher.«

»Ich möchte Ihnen nicht so viele Schwierigkeiten bereiten«, fuhr sie fort.

»Das tun Sie keineswegs«, erwiderte ich. »Also, nehmen Sie mein Angebot an?«

57

Marlene

Als Liv mit den Schlüsseln zurückkehrte, war Oskar noch unterwegs. Ich hatte inzwischen meine Siebensachen zusammengepackt: einen Koffer und meinen Rucksack. In diesem steckten meine Kleider, auch jene, die dringend gewaschen werden mussten. Außerdem durften meine kleine Lampe und die Petroleumflasche zum Nachfüllen nicht fehlen. Soweit ich mich erinnerte, gab es außer dem Sonnenlicht keine Lichtquelle in dem Haus.

»Mehr willst du nicht mitnehmen?«, wunderte sich Liv, als sie mein Gepäck sah.

»Mehr habe ich nicht«, sagte ich. »Die Möbel gehören alle Siri und Ove.«

»Hast du mit der Hauswirtin gesprochen?«, fragte Liv.

»Bis jetzt noch nicht«, antwortete ich. »Die nächste Miete ist erst in einem Monat fällig. Falls ich noch etwas in Karlskrona erledigen muss, kann ich hier unterkommen.«

Mir fiel kaum etwas ein, weswegen ich nach Karlskrona zurückkehren sollte. Das Meer konnte ich auch von Nättraby aus betrachten und mich dort nach Bjarne sehnen.

Dann fiel mir doch eine Sache ein, die hier noch auf mich wartete. »Wenn du Sigrun im Krankenhaus besuchst … kannst du ihr meine Grüße ausrichten?« Ich hätte sie schon längst besuchen sollen, doch so, wie die Dinge gerade lagen, war es wohl besser, wenn ich mich von ihr fernhielt.

Liv versprach mir, die Grüße auszurichten.

Wenig später hörten wir Hufgetrappel. Beinahe zeitgleich huschten wir auf den Flur zu dem kleinen Fenster und sahen, dass Oskar den Wagen vor dem Laden zum Stehen brachte.

»Er scheint ein netter Mann zu sein«, bemerkte Liv. »So ganz anders als die meisten Männer hier.«

»Das kommt wahrscheinlich davon, dass er in Stockholm geboren wurde.« Ich ertappte mich dabei, dass ich lächelte. »Ich glaube, ich mag ihn. Auch wenn er mich mit seiner Schreibmaschine zunächst furchtbar aufgeregt hat.«

Livs Blick forderte eine Erklärung, doch da erschien er schon auf der Treppe. »Kann es losgehen?«

Ich reichte ihm meinen Koffer und den Rucksack. Die Umhängetasche, mit der ich immer zur Arbeit gegangen war, nahm ich selbst.

»Danke, dass du mir diese Möglichkeit gibst«, sagte ich zu Liv und umarmte sie.

»Danke, dass du es mit dem Haus aufnehmen magst«, erwiderte sie. »Ich werde so bald wie möglich zu dir kommen und dir ein paar Dinge bringen.«

Auf dem Hof holte Oskar mein Fahrrad aus dem Schuppen und legte es auf die Ladefläche des Wagens. Er sah weniger wie eine Kutsche sondern eher wie ein Fuhrwerk zum Transport von Kartoffeln aus, aber das war in Ordnung für mich. Dass er sich überhaupt bereit erklärt hatte, mich zu fahren, wärmte mein Herz.

Liv verabschiedete sich von uns, und wir stiegen auf.

Das Ruckeln des Gefährts ließ meine Kopfschmerzen zurückkehren. Ich meinte jede Bodenwelle, jedes Schlagloch zu spüren.

Angesichts der Häuser, an denen wir vorbeifuhren, überkam mich ein wenig Angst. Es war mir bislang undenkbar erschienen, dass ich Karlskrona jemals verlassen würde. Ich verstand noch immer nicht, woher der Impuls gekommen war, Liv darum zu bitten, mich das Rosenhag in ein Frauenhaus verwandeln zu lassen. War es die richtige Entscheidung?

Nachdem wir den Bahnhof und die rauchenden Schornsteine der Fabriken hinter uns gelassen hatten, klärte sich die Luft, und ich hatte das Gefühl, endlich durchatmen zu können. Die Geräusche der Stadt wichen denen der Natur. Vögel sangen, und Bienen summten durch die Luft, die erfüllt war von einem süßen Blumenduft.

Während ich mich auf dem Kutschbock festhielt, schaute ich auf die Landschaft. Die Natur schien regelrecht zu explodieren. Überall blühten Büsche und Obstbäume, das Gras war sattgrün und dicht.

»Eine Freundin wie Frau Boregard hätten sicher viele Menschen gern«, sagte Oskar plötzlich.

Seit wir die Stadtgrenze von Karlskrona hinter uns gelassen hatten, hatten wir geschwiegen, weil Oskar sich darauf konzentrieren musste, das Pferd im Zaum zu halten. Der Braune war ein wenig unwillig, und ich spürte, dass der Reporter nicht viel Erfahrung mit Fuhrwerken hatte. Doch mein Angebot, die Zügel zu übernehmen, hatte er abgelehnt und auf meinen Zustand verwiesen.

»Ja, ich bin sehr froh, sie kennengelernt zu haben«, antwortete ich.

»Wie kommt die Frau eines Kapitäns an die Frau eines Reeders? Hatte Ihr Mann ein enges Verhältnis zu Sten Boregard?«

Ich schnaubte spöttisch, denn eine Freundschaft zwischen Bjarne und Boregard war geradezu unmöglich gewesen. Bjarne hatte die *Solveig* gesteuert, mehr nicht. Doch das wusste Oskar nicht, und damit er keinen falschen Eindruck erhielt, erklärte ich es ihm. Dabei kam mir jedes Wort wie eine Geschichte vor, die jemand anderes erlebt hatte.

Oskar schwieg einen Moment, während der Wagen weiterzuckelte. »Es war wirklich großmütig von ihr, sich bei den Skantzes für Sie einzusetzen«, sagte er dann. »Das ist in diesen Kreisen nicht selbstverständlich.«

»Liv ist nicht wie die anderen Ehefrauen der Stadträte«, gab ich zurück. »Sie war einmal eine von uns. Ich meine, sie war eine einfache

Bürgerliche.« Mehr wollte ich ihm nicht erzählen: Ich hatte es Liv geschworen, die Geschichte ihrer Eltern für mich zu behalten.

Das schien er zu spüren, denn er fragte: »Wie lange waren Sie in der Lampenfabrik?«

»Sechs Jahre«, sagte ich.

Er rechnete kurz, zog dann die Stirn kraus. »Ich dachte immer, ein Kapitän bekommt ein gutes Gehalt.«

»Ich habe mir diese Anstellung gesucht, weil ich es nicht so gut allein zu Hause ausgehalten habe. Bjarne hat, solange er lebte, gut für mich gesorgt, ich hätte als Kapitänsfrau nicht arbeiten gehen müssen. Doch ich wollte es.«

Ich dachte daran zurück, wie ich Bjarne davon erzählt hatte, dass ich in der Lampenfabrik arbeiten wollte. Er hatte es zunächst nicht verstanden.

»Warum möchtest du dir deine schönen Hände ruinieren?«, fragte er, während er zärtlich meine Fingerspitzen küsste.

Ich hatte ihm den wahren Grund nicht sagen wollen. Dass mich die Wände unseres Hauses erdrückten. Die Angst, dass er nicht zurückkehren würde … Und dass die Kinder fehlten, um die ich mich kümmern konnte.

Ein leichter Schwindel überkam mich.

»Geht es Ihnen gut?«, fragte Oskar, als er es bemerkte. »Wir können kurz anhalten.«

»Es geht schon«, gab ich zurück und drängte meine Gedanken beiseite. Es brachte nichts zurückzuschauen. Eine Vase konnte man auch nicht mehr reparieren, wenn eine der Scherben fehlte.

»Hier«, sagte er, zog eine Wasserflasche aus der Tasche, die neben ihm im Fußraum des Kutschbocks lag, und reichte sie mir. »Trinken Sie etwas.«

Ich dankte ihm und nahm einen großen Schluck. Das Wasser rann wohltuend meine Kehle hinab, und schließlich meldete sich lautstark mein Magen. Mir wurde klar, dass ich seit gestern Abend nichts mehr gegessen hatte.

»Das klingt ja wie ein wütender Bär!«, sagte Oskar. »Ich glaube, wir müssen doch mal halten.«

Er brachte die Kutsche am Wegrand zum Stehen und beugte sich erneut über seine Tasche. Wenig später reichte er mir ein dickes, mit Käse belegtes Brot.

»Bitte, nehmen Sie. Das war eigentlich mein Mittagessen.«

»Aber … was ist mit Ihnen?« Angesichts des Käses, dessen herzhafter Geruch mir sofort in die Nase stieg, lief mir das Wasser im Mund zusammen.

»Ich habe noch eines.« Er holte ein weiteres Brot hervor, das ebenfalls in Pergamentpapier verpackt war, und wickelte es aus.

»Danke«, sagte ich, öffnete das Päckchen und nahm einen großen Bissen. Noch nie zuvor hatte ich solch gutes Brot und solch guten Käse gegessen!

»Was hat eigentlich Ihr Chef gesagt?«, fragte ich kauend. »Ich hoffe, er war nicht ärgerlich.«

»Ich habe ihm erzählt, dass ich zur Recherche nach Nättraby muss.«

»Wird er nicht merken, dass Sie meinetwegen fahren?«

»Nun, ich könnte über Sie schreiben. Schlagzeile: *Ungerechtigkeit in der Lampenfabrik!*«

»Lassen Sie das bloß bleiben!«, sagte ich erschrocken.

Doch er lachte nur. »Keine Sorge, mir fällt schon etwas ein. Weder dem Pferd noch dem Wagen wird man ansehen, wo ich gewesen bin. Und ich habe zahlreiche Ideen, die einen guten Artikel ergeben.«

58

Liv

Sigrun Bergsma saß an ein Kopfkissen gelehnt und schaute in Richtung der Fenster, durch die das Sonnenlicht auf den Parkettboden fiel. Ihr Kopfverband war gewechselt worden, ihre Blutergüsse begannen zu verblassen. Doch ihre Augen wirkten noch so traurig wie damals, als ich sie zum ersten Mal besuchte. Vermisste sie ihren Mann, oder ging ihr auf, in welcher Situation sie war?

Als sie mich erblickte, hellte sich ihre Miene ein wenig auf.

»Frau Boregard!«, begrüßte sie mich mit einem kleinen Lächeln.

»Nennen Sie mich ruhig Liv«, erwiderte ich, während ich mir einen Stuhl heranzog. »Wie geht es Ihnen heute?«

»So gut, dass ich mich frage, was ich hier überhaupt noch soll.«

So etwas hatte ich befürchtet. »Was sagt denn der Arzt dazu?«

»Der will noch weitere Untersuchungen machen und meinte, dass ich vor nächster Woche nicht herauskommen würde. Aber was soll so lange aus meinem Mann werden?«

Während ich mich fragte, warum sie überhaupt an dieses Scheusal dachte, fügte sie hinzu: »Torben wird furchtbar wütend sein.«

Ich musste all meine Beherrschung aufbringen, um ihr nicht meine Meinung zu ihrem Mann zu sagen.

»Hat er Sie besucht?«, fragte ich stattdessen.

Sie schüttelte den Kopf. »Er muss doch arbeiten. Jetzt, da ich hier bin, muss er meine Arbeit noch mit übernehmen.«

Das stimmte ganz sicher nicht, wenn Hugo ihn in Elektrotechnik ausbilden ließ. Aber ich wollte sie nicht durch meinen Widerspruch aufbringen.

»Wie geht es eigentlich Marlene?«, fragte sie. »Sie wollte mich doch auch besuchen.«

»Ihr geht es momentan nicht gut«, antwortete ich ausweichend. Ich konnte dieser Frau in ihrem jetzigen Zustand noch nicht erzählen, dass ihr Mann dafür verantwortlich war, dass Marlenes Leben ruiniert worden war. »Aber ich soll Sie von ihr grüßen. Sie wird nach Ihnen schauen, sobald sie kann.«

»Wenn ich dann noch hier bin.« Sigrun senkte ihren Blick auf die Bettdecke, in die sich ihre Finger plötzlich krallten.

»Frau Bergsma«, begann ich vorsichtig.

»Sigrun«, gab sie zurück. »Sagen Sie Sigrun zu mir.«

»In Ordnung, Sigrun«, sagte ich lächelnd. »Lassen Sie es ruhig angehen. Sie können sich nicht um Ihren Mann kümmern, wenn in Ihrem Kopf etwas so kaputt geht, dass Sie umfallen. Die Ärzte wissen es besser.« Ich hob meinen Gipsarm. »Mich stört dieser Verband auch sehr, aber es würde mir nicht einfallen, ihn einfach abzunehmen.«

Unterschiedliche Regungen tauchten auf ihrem Gesicht auf. Sie schien abzuwägen, was schlimmer war: der Zorn ihres Mannes oder die Unzufriedenheit der Ärzte.

»Was würden Sie eigentlich davon halten, mal eine kleine … Reise zu machen?«, wagte ich einen Vorstoß.

Ihre Augen wurden groß. »Wohin?«, fragte sie.

»An einen anderen Ort. Einen See vielleicht.«

»Torben würde das sicher nicht gutheißen.«

»Ich dachte eher an eine Reise ohne Ihren Mann«, fuhr ich vorsichtig fort. »Zur Erholung.«

Jetzt wurde aus ihrem Blick ein unverständiges Starren. Sie schüttelte den Kopf. »Nein, das geht nicht!« Wieder senkte sich ihr Blick, und ich sah, dass ihre Hände zitterten. »Torben würde es nicht erlauben.«

»Warum ist Ihr Mann denn so wütend geworden?«, fragte ich sanft.

»Er war nicht immer so«, antwortete sie. »Als wir noch jung waren, war er sehr aufmerksam. Wir sind zu Picknicks gefahren, haben Spaziergänge gemacht. Aber in den letzten Jahren …« Ich spürte, dass sie nach Worten suchte. »Es ist der Schnaps. Wenn er ihn trinkt, hört er Stimmen in seinem Kopf.«

Du lieber Himmel! Damit wäre er ein Fall für einen Nervenarzt! Ein Schauer überlief mich. Nanna und Hugo ahnten sicher nichts davon.

»Sie sind sicher glücklich«, sagte sie mit einem kleinen Lächeln. »Ihr Mann ist immerhin Reeder.«

»Auch wir haben unsere Streitigkeiten«, erwiderte ich.

»Aber er schlägt Sie nicht, nehme ich an«, sagte Sigrun.

»Nein, das tut er nicht«, gab ich zurück, und in meiner Brust zog sich etwas zusammen. Plötzlich wurde mir klar, dass wir uns zumindest in einigen Punkten sehr ähnlich waren. Auch Sten war früher aufmerksamer und hatte viel mit mir unternommen. Er hatte mich nicht geschlagen, aber grob zugegriffen, als er wütend war. Und er hatte sich entschuldigt. Würde es bei diesem einen Mal bleiben, oder musste ich fürchten, dass er irgendwann so wurde wie Sigruns Mann?

»Nun«, sagte sie und schwieg dann einen Moment gedankenvoll, bevor sie mit einem zuversichtlichen Lächeln fortfuhr: »Wenn ich mich anstrenge, wird Torben das vielleicht auch bei mir nicht mehr tun.«

Als ich das Krankenhaus wieder verließ, war es bereits nach vier Uhr. Das Gespräch mit Sigrun hatte mich erschüttert. Diese Treue ihrem Mann gegenüber war mir unverständlich. Nach allem, was ich von

Marlene wusste, war es kein Einzelfall, dass sie geschlagen wurde. Es war diesmal nur extrem gewesen. Aber was, wenn es von nun an immer so war? Wie lange würde diese zarte Frau das aushalten?

Gleichzeitig fragte ich mich, was ich tun würde, wäre ich an ihrer Stelle. Würde ich den Mut finden, Sten zu verlassen?

Ich erwischte eine Droschke in der Nähe des Krankenhauses und erreichte unsere Villa gut zwanzig Minuten später.

Glücklicherweise war unsere Köchin auf alle Eventualitäten vorbereitet. Ich stürmte durch die Tür und geradewegs in die Küche, wo Ruth dabei war, Kartoffeln zu schälen. Ich entschuldigte mich bei ihr und trug ihr auf, für das heutige Abendessen Lammkoteletts, Stens Lieblingsessen, zuzubereiten, für den Fall, dass sein Tag nicht gut gelaufen war. In diesem Fall neigte er manchmal dazu abzufragen, was ich so gemacht hatte. Ich konnte ihm unmöglich von dem Krankenhausbesuch erzählen.

Da ich nicht damit rechnete, dass Sten meine Zeit beanspruchen würde, eilte ich nach oben. Ich musste Pläne für das Rosenhag schmieden.

Als ich meine Zimmertür erreichte, hörte ich, wie die Tür unten ging. Alarmiert blickte ich auf die Uhr. Zehn Minuten vor halb fünf.

Eigentlich kehrte Sten nicht vor sechs Uhr zurück, manchmal wurde es noch später. Selbst wenn ein überraschender Besuch anstand, schickte er lediglich einen Botenjungen. Nur wenn er sich nicht wohl fühlte, machte er eher Feierabend. Und das geschah selten.

Ich hatte meine Jacke gerade in den Kleiderschrank gehängt, da stürmte Sten durch die Tür. Krank sah er nicht aus, so viel stand fest. Seine Augen funkelten, und sein Kopf war hochrot.

»Ich habe gehört, dass du bei den Skantzes warst!«, platzte er heraus.

Ein brennender Schauer durchzog mich. »Ja, das war ich.« Mein Herzschlag beschleunigte sich, und mein Körper begann bis in die Fingerspitzen zu pochen.

»Wegen dieser Walsted!«

Also wusste er von dem Streit. »Sie hatte mich um Hilfe gebeten«, sagte ich, bemüht, beiläufig zu klingen. »Ich war ihr etwas schuldig.«

Sten baute sich drohend vor mir auf. »Du warst ihr also schuldig, Nanna vorzuhalten, wie sie ihren Betrieb zu führen hat!« Seine Stimme klang drohend, und ich zog instinktiv den Kopf ein.

»Ich habe sie gefragt, warum sie sie rausgeworfen hat.«

»Das geht dich überhaupt nichts an!« Ein paar Speicheltropfen trafen meine Wange, und ich konnte mich nur mühsam bezwingen, sie nicht sofort abzuwischen.

»Ich wollte ihr helfen«, sagte ich. »Sie hat einer Frau beigestanden, die von ihrem Ehemann verprügelt wurde. Sie hat die Frau gerettet.«

»Hat sie dir das erzählt?«

»Ich habe es selbst gesehen!«, rutschte es mir heraus, doch ich bereute es sofort.

»Du hast was?« Stens Mund klappte entgeistert auf.

»Letzten Sonntag«, fuhr ich fort. Verzweifelt suchte ich nach Worten, die nicht verrieten, dass ich mit Marlene unterwegs gewesen war. »Auf dem Rückweg aus dem Park.«

Sten starrte mich an, als hätte ich den Verstand verloren.

»Du hast dich bei einer Prügelei eingemischt? Weißt du nicht, welchen Eindruck das bei den Leuten macht?«

»Ich habe mich nicht eingemischt!«, entgegnete ich und trat noch einen Schritt zurück, denn Sten wirkte, als würde er mich gleich ohrfeigen. »Ich habe es nur beobachtet, nichts weiter.« Meine Wangen glühten. Ich hatte viel mehr getan, aber das wusste er glücklicherweise nicht.

Sten schien einen Moment lang mit sich zu ringen, dann riss er den Zeigefinger in die Höhe und hielt ihn mir wie ein Messer vors Gesicht. »Ich sage es dir zum letzten Mal: Du wirst dich von dieser Frau fernhalten! Sie schadet unserer Reputation. Oder willst du mit ihr auf der Straße sitzen?«

Ich war zu perplex, um den Kopf zu schütteln.

Sten reichten diese Worte noch nicht. »Wenn ich dich noch einmal erwische, wie du dich mit ihr abgibst«, blaffte er, »sperre ich dich eigenhändig im Haus ein!«

59

Marlene

Wir erreichten das Wildhüterhaus, als die Mittagssonne hoch über dem Grundstück stand.

Ich dachte wieder daran, wie Liv aus dem Raum geflohen war. Es war sehr großmütig von ihr, das Haus zu behalten und Frauen ein Zuhause geben zu wollen. Frauen wie mir. Wie Sigrun. Wie Ingrid.

Allerdings hätte ich vorige Woche, als Liv und ich das erste Mal hier standen, nicht damit gerechnet, dass wir so bald damit anfangen würden.

Oskar brachte die Kutsche vor der Gartenpforte zum Stehen und half mir herunter. Dann hob er mein Fahrrad von der Ladefläche. Ich schob es in den kleinen Schuppen nebenan. Hier, mitten im Wald, würde man es mir sicher nicht stehlen.

Als ich den Schuppen verließ, betrachtete ich das Haus.

Für mich hatte es nichts Erschreckendes. Im Gegenteil, es wirkte einladend und freundlich mit dem wilden Garten, in dem sich Bienen und Schmetterlinge tummelten. Eine Amsel saß in den Bäumen und sang ihr Abendlied. Wie verzaubert hielt ich inne und lauschte.

»Ein schönes Haus haben die Boregards da«, sagte Oskar, als er neben mich trat.

Ich biss mir auf die Lippe. Das Haus gehörte nicht den Boregards. Es gehörte Liv. Doch ich nickte nur und öffnete die Gartenpforte.

»Scheint so, als wären Sie schon mal hier gewesen«, sagte er, während er mir zur Haustür folgte.

»Das war ich tatsächlich«, erklärte ich. »An dem Tag, als wir uns im Bahnhof begegnet sind, bin ich mit Frau Boregard von der Trauerfeier ihres Vaters gekommen. Ich hatte mich angeboten, sie zu begleiten.«

Wir öffneten Fensterladen um Fensterladen und ließen Licht und Luft ins Haus.

»Ich fürchte, hier gibt es keine elektrische Beleuchtung«, sagte er, während er neben den Türrahmen tastete. »Wenn es Nacht wird …«

»Für den Fall habe ich vorgesorgt.« Ich öffnete meinen Rucksack und holte die Petroleumleuchte hervor, die sonst immer auf meinem Nachttisch gestanden hatte. Ich hatte das Petroleum vor dem Einpacken abgelassen, dann das Glasrohr abgenommen und behutsam in Stoff gehüllt, damit es nicht zerbrach.

Vorsichtig setzte ich sie wieder zusammen und strich mit dem Finger über die Gravur. Das Jahr unserer Hochzeit. Die Anfangsbuchstaben unserer Namen, B und M.

»Sie stammt aus Ihrer Firma?«, fragte Oskar, während er mich beobachtete.

»Ich habe solche Lampen Tag für Tag zusammengebaut«, sagte ich und verspürte einen leichten Anflug von Sehnsucht nach meinem alten Leben. »Vielleicht nicht mehr genau dieses Modell, aber der Grundaufbau ist immer der gleiche.«

Ich überprüfte den Sitz des Glasrohrs, dann fügte ich hinzu: »Diese Lampe habe ich kurz nach unserer Hochzeit gekauft. Sie ist das Einzige, das ich aus dem alten Haus behalten habe.«

Ich spürte Oskars Blick. Dachte er daran, wo ich hätte sein können, wenn ich Bjarne nicht verloren hätte?

Als wir bei Nüssen, getrocknetem Obst und einem geteilten dritten Käsebrot zusammensaßen, fragte er: »Habe ich das vorhin richtig mitbekommen? Sie wollen ein Haus für Frauen einrichten?«

»Ja, das haben wir vor«, sagte ich. »Ein Haus für Frauen, die nirgendwo sicher sind.« Ich stieß ein raues Lachen aus. »Frauen wie mich zum Beispiel.«

Ich bemerkte, wie sich ein ernster Ausdruck in Oskars Blick schlich. »Sie wollen hier Landwirtschaft betreiben?«

»Unter anderem. Außerdem kenne ich mich ein wenig im Wald aus. Mein Vater hat es mir beigebracht.«

»Ihr Vater?«, fragte er.

»Er ist Wildhüter bei der Königlichen Forstbehörde«, erklärte ich. »Notfalls kann ich sogar Kaninchen fangen.«

»Das wäre Wilderei.« Ein schelmischer Ausdruck erschien in seinen Augenwinkeln.

»Ich sagte nur, dass ich es kann.« Ich betrachtete ihn einen Moment lang, dann fügte ich lächelnd hinzu: »Allerdings würde ich es nicht übers Herz bringen, eines von diesen Tieren zu töten. Lieber stehle ich den Eichhörnchen die Haselnüsse.«

Am späten Nachmittag, nachdem er mir geholfen hatte, mich ein wenig einzurichten, war es für Oskar Zeit, wieder aufzubrechen.

Für einen Moment war ich versucht, ihn zu bitten hierzubleiben, doch ich wusste, dass er am nächsten Morgen wieder in der Redaktion sein musste. Er hatte schon viel zu viel Ärger mit mir gehabt, viel zu viel Zeit für mich aufgewandt.

»Es ist doch seltsam, wie das Schicksal manchmal spielt«, sagte er, als ich ihn zur Gartenpforte begleitete. »Ihr Mann verunglückt mit einem von Boregards Schiffen. Sie selbst werden zu einer Ausgestoßenen in der Stadt. Und nun ist Liv Boregard Ihre Freundin.«

»Und was ist dabei?«, fragte ich. »Sollte ich mit ihr dasselbe machen wie alle anderen mit mir? Sie ist nicht für den Untergang der *Solveig* verantwortlich.«

Ein Schatten zog über Oskars Gesicht. »Ist eigentlich jemals aufgeklärt worden, was mit dem Schiff geschehen ist? Ich meine, was die Ursache des Untergangs war?«

Ich fühlte mich auf einmal unwohl. »Es hieß, dass eine Aufklärung des Unglücks unmöglich sei. Meinem Mann wurde die Schuld zugeschrieben, und damit war die Sache erledigt.«

»Und was ist mit Ihnen? Glauben Sie, dass Ihr Mann die Schuld trug?«

Ich presste die Lippen zusammen. »Bjarne war ein guter Mann. Er hätte nicht zugelassen, dass seinen Leuten etwas passiert.« Ich blickte ihn an. Ein ungutes Gefühl überkam mich plötzlich. »Warum interessiert Sie das eigentlich?«, fragte ich beunruhigt.

»Es ist die interessanteste Geschichte, die ich bislang hier gehört habe. Sie würde einen spannenden Artikel ergeben.«

Ich schüttelte den Kopf. Das Letzte, was ich brauchte, war, dass diese Geschichte wieder aufgewühlt wurde. »Bitte stochern Sie nicht in Dingen herum, die uns allen großen Ärger bereiten könnten.«

»Aber warum?«, fragte Oskar und griff sanft nach meiner Hand. »Wenn man nachweisen könnte, dass es doch nicht die Schuld Ihres Mannes war, könnte seine Reputation wiederhergestellt werden. Und Ihre eigene.«

Ich zog meine Hand mit einem heftigen Ruck zurück. Die Gefühle, die er in mir weckte, passten einfach nicht zu dem Gespräch, das wir gerade führten.

»Ich fürchte, das wird nicht möglich sein«, sagte ich. »Es gibt keine Beweise. Und es ist nicht im Interesse von Sten Boregard, dass jemand der Sache nachgeht.«

»Aber vielleicht in Ihrem?«

Er sah mich prüfend an. Ich rang mit mir. Natürlich würde ich mir wünschen, dass Bjarne entlastet wurde. Aber wenn nicht einmal der Reeder Bjarnes Unschuld beweisen wollte …

»Ich wüsste nicht, wie Ihnen das gelingen sollte«, gab ich zurück. »Außerdem ist Sten Boregard ein guter Freund von Hugo Skantze. Beide sitzen im Stadtrat und haben viele einflussreiche Freunde. Wenn er glaubt, dass Sie ihm in die Quere kommen …«

»Marlene«, sagte er sanft. »Ich bin kein Mann, der Schwierigkeiten fürchtet. Leuten wie Boregard und Skantze bin ich schon sehr häufig begegnet. Aber meinen Sie nicht, dass die Wahrheit es verdient, ans Licht zu kommen? Dass Ihr Mann es verdient, von seiner vermeintlichen Schuld befreit zu werden? Ich könnte es zumindest versuchen …«

Die Erwähnung von Bjarne traf mich mitten ins Herz. Jetzt kam es mir erst recht falsch vor, was ich für Oskar zu fühlen begann.

»Ich kann Sie nicht davon abhalten, zu tun, was Sie wollen«, sagte ich und sah ihn eindringlich an. »Ich kann Ihnen nur ans Herz legen, vorsichtig zu sein. Wenn ich gerade eine Erfahrung gemacht habe, dann die, dass reiche Männer in der Lage sind, einem mehr zu schaden, als man es sich als einfacher Mensch vorstellen kann.«

60

Oskar

»Tut mir leid, dass es so spät geworden ist«, sagte ich zu dem Mann und reichte ihm zwei Kronen. Das war mehr, als wir vereinbart hatten, aber ich hatte eigentlich auch nicht vorgehabt, ihm das Gefährt zu dieser späten Stunde zurückzubringen. Doch an der Pension parken wollte ich es auch nicht.

Der Vermieter nickte, schob das Geld in die Tasche und verschwand hinter der Tür.

Ich machte mich auf den Rückweg zur Pension. Marlenes Warnung hing mir immer noch im Ohr. Natürlich war ich mir dessen bewusst, dass ich mich mit Recherchen zu dieser Sache in die Nesseln setzen konnte. Doch der Drang, ihr und ihrem verstorbenen Mann Gerechtigkeit zu verschaffen, war stärker.

Meine Arbeit wurde selten persönlich. Ich versuchte stets, Abstand zu wahren. Aber hier spürte ich, dass ich das langsam nicht mehr konnte. Marlene hatte etwas, das mich anzog. In mir den Wunsch weckte, sie zu beschützen. Und das konnte ich nur auf meine Weise.

An der Pension angekommen, schlüpfte ich durch die Pforte und betrat das Haus. Auf dem Flur schaute ich zu Marlenes Zimmertür. Alles wäre so viel einfacher gewesen, wenn es diesen Vorfall mit Torben Bergsma nicht gegeben hätte. Um mit ihr sprechen zu können, würde ich jetzt fahren müssen.

Ich zog die Zimmertür hinter mir zu und schälte mich aus meiner Weste. Ich war hundemüde und freute mich darauf, eine Mütze voll Schlaf zu nehmen. Ich wollte mich gerade meinen Schuhen zuwenden, als hinter mir ein kleiner Stein gegen die Scheibe flog.

Ich wirbelte herum. Da, noch einer!

Ich trat ans Fenster, konnte in der Dunkelheit jedoch nichts erkennen. Wer mochte mich so spät noch aufsuchen? Der Mann, der mir Informationen lieferte, wusste, wo er mich finden konnte. Vielleicht hatte er etwas Neues für mich?

Ich zog das Fenster auf und versuchte auszumachen, wer da war. Mehr als einen Schatten sah ich zunächst nicht.

»Was gibt es?«, fragte ich in die finstere Nacht.

»Können wir kurz reden?«

Zu meiner großen Überraschung war die Stimme weiblich. Und sie kam mir überaus bekannt vor.

»Ich komme runter«, sagte ich und zog mich vom Fenster zurück. Auf dem Weg hinaus griff ich nach meiner Weste. Gleichzeitig fragte ich mich, was sie hier wollte.

Wenig später trat ich durch die Haustür. »Entschuldigen Sie meinen Aufzug«, sagte ich, während ich die Knöpfe schloss. Dabei sah ich, dass mir ein Hemdzipfel aus der Hose gerutscht war.

»Ich muss mich entschuldigen«, gab Liv Boregard zurück und trat in den schwachen Lichtschein, der aus meinem Fenster auf den Hof fiel. »Dafür, dass ich Sie zu solch später Stunde wecke.«

Es war wohl ein spontaner Entschluss ihrerseits, denn sie trug ein einfaches Kleid und ein Wolltuch darüber. Niemand, der sie nicht kannte, hätte sie in diesem Augenblick für die Reedersgattin gehalten.

»Ich bin gerade heimgekommen«, sagte ich, während ich meine Kleidung in Ordnung brachte.

»Ich … ich wollte nur fragen, ob alles geklappt hat«, sagte sie.

Ich schaute sie an. Das hätte sie mich auch morgen fragen können.

»Marlene geht es gut«, antwortete ich. »Allerdings fürchte ich, dass es nicht reichen wird, ihr eine Idee in den Kopf zu setzen, die sich nur eine wohlhabende Frau leisten kann!«

Im nächsten Augenblick bereute ich meine Worte, denn sie blickte mich an, als hätte ich sie geohrfeigt.

»Es war nicht meine Idee«, entgegnete sie abwehrend. »Nicht allein. Ich hätte dieses verfluchte Haus aufgegeben, wenn Marlene nicht gewesen wäre.«

Das überraschte mich, und ich versuchte, milder zu klingen. »Ein nobles Vorhaben, dieses Haus der Frauen, das muss ich zugeben. Doch dazu braucht sie mehr als ein Dach über dem Kopf.«

»Dessen bin ich mir bewusst.« Sie senkte den Kopf. Ich konnte ihre Scham beinahe körperlich spüren. »Ich habe es versucht. Wirklich versucht. Ich wollte, dass Nanna sie in der Firma behält. Damit hätten wir Zeit gehabt, alles in Ruhe anzugehen. Nachzudenken. Aber den Skantzes war der Mann wichtiger.«

»Bergsma«, sagte ich, worauf sie nickte.

Eine Weile schwiegen wir. Unschlüssig trat sie von einem Bein aufs andere. Ich fragte mich, was sie sonst noch wollte. Irgendwie hatte ich den Eindruck, dass da etwas war, was sie nicht anzusprechen wagte.

»Marlene wird Lebensmittel brauchen«, begann ich, und plötzlich, ohne wirklich zu wissen, warum, spürte ich Ärger in mir aufsteigen. War es wegen Skantzes Entscheidung? »Sie braucht die nötigsten Dinge wie Seife, Bettzeug oder Waschmittel.«

»Glauben Sie, das weiß ich nicht?«, erwiderte sie kühl, und ihr Blick verriet mir, dass sie sich von einem wie mir nicht sagen lassen würde, was sie tun sollte. »Ich werde sie nach allen Kräften unterstützen.«

»Und was sagt Ihr Mann dazu?« Das interessierte mich wirklich.

Ertappt hielt sie inne und starrte mich an. »Was mein Mann sagt, geht Sie nichts an«, schnappte sie und machte auf dem Absatz kehrt.

Mit gemischten Gefühlen schaute ich ihr nach, als sie mit langen Schritten durch die Pforte verschwand.

61

Marlene

Sonnenlicht weckte mich und gab mir für einen Moment das Gefühl, wieder in meinem alten Haus zu sein. Ich tastete zur Seite, wo ich Bjarne vermutete, doch dann stellte ich fest, dass neben mir nicht einmal ein Bett war, sondern nur die Lehne des Sofas im Wohnzimmer, auf das ich mich nach Oskars Abschied gelegt hatte.

Mit dem Gedanken an meinen Mann kehrte die Frage zurück, die ich mir, von Oskars Bemerkungen angeregt, vor dem Schlafengehen gestellt hatte: Was wäre, wenn Bjarne gar nicht für den Untergang der *Solveig* verantwortlich war und Boregard ihn fälschlicherweise beschuldigt hatte?

Es würde ein Skandal sein, ein Skandal, der Bjarne entlastete und mir vielleicht Frieden gab. Aber konnte ein Reporter so etwas überhaupt ermitteln? Und was, wenn er während seiner Recherche zu dem Schluss kam, dass Bjarne doch den Untergang zu verantworten hatte?

Wenn ich daran dachte, dass Oskar einen Artikel schreiben wollte, wurde mir flau im Magen. Was wollte er eigentlich schreiben? Über meine Sicht? Ich konnte mir schon vorstellen, was die Leute dazu sagten … Und wie würde Liv darauf reagieren, wenn sie es erfuhr? Vielleicht sollte ich ihm verbieten, das wiederzugeben, was ich ihm erzählt hatte.

Natürlich konnte er selbst Nachforschungen anstellen, aber ich war sicher, dass es ihm schwerfallen würde, etwas herauszufinden. Es war nichts von der *Solveig* übrig geblieben. So sehr ich mir auch wünschte, dass Bjarne nicht der Schuldige war: Kein Artikel in der Zeitung würde seine Unschuld beweisen können, wenn nicht einmal die Reederei das vermochte. Alles, was passieren konnte, war, dass Boregard noch wütender auf mich wurde und sich das möglicherweise auch auf Liv auswirkte.

Um diese Gedanken zu vertreiben, erhob ich mich und begab mich in das kleine Badezimmer. Wasser gab es hier nicht, aber immerhin einen Spiegel, in dem ich mich betrachten konnte.

Vorsichtig betastete ich den mittlerweile verblassenden Bluterguss in meinem Gesicht, dann richtete ich mein Haar. Waschen würde ich mich erst können, wenn ich Wasser organisiert hatte.

Ich entledigte mich des Korsetts, das ich vor dem Schlafengehen lediglich gelöst habe, damit es mir nicht die Luft abdrückte. Hier würde ich keinen guten Eindruck machen müssen. Den Rosen und den Bienen war es egal, wie ich aussah.

Nachdem ich meine restlichen Kleider einigermaßen in Ordnung gebracht hatte, schlüpfte ich in die Stiefel und verließ das Haus.

Morgentau glitzerte auf den Blättern der Rosen. Ich beugte mich über sie und schnupperte daran. Der Geruch erinnerte mich an Vanille und das Zitronenöl, dessen Duft manchmal aus der Bäckerei wehte. Ein Beutel mit diesen Rosenblättern würde sich gut zwischen meinen Kleidern machen. Und wer wusste, wozu man sie noch gebrauchen konnte? Kandiert würden sie vielleicht einen Kuchen schmücken oder Haferbrei würzen können …

Ich schlängelte mich durch die unordentlichen Beete, bis ich zu dem kleinen Brunnen gelangte, den ich bereits beim ersten Besuch hier gesehen hatte. Mit aller Kraft, die ich aufbringen konnte, riss ich das Gestrüpp von dem Brunnen herunter und befreite die Kurbel, mit der sich der Eimer nach oben ziehen ließ, von den Winden, die sich darumgeschlungen hatten. Den Eimer selbst fand ich unter dem Gestrüpp.

Glücklicherweise war er intakt. Ich befestigte ihn an dem schon leicht morsch wirkenden Seil, dann ließ ich ihn hinunter. Wenig später ertönte ein Platschen, und als ich ihn hinaufzog, spürte ich deutlich das Gewicht des Wassers. Mein Gesicht begann erneut zu pochen, während ich versuchte, den Eimer aus dem Brunnen zu ziehen. Bereits jetzt sah ich, dass das Wasser sehr klar war. Abgekocht würde ich es gut verwenden können.

Den Eimer hochzuziehen und ins Haus zu tragen, kostete mich viel Kraft, doch ich hatte nun Wasser, mit dem ich mich und meine Kleider waschen und etwas kochen konnte.

Nachdem ich das letzte Butterbrot verspeist hatte, machte ich mich im Garten auf die Suche nach etwas Essbarem für die kommenden Tage. Die Generationen von Wildhütern, die hier gelebt hatten, hatten sicher Gemüse und anderes Brauchbares angebaut. Ich hatte etwas Geld dabei, doch dieses wollte ich noch nicht ausgeben.

Die frische Luft tat mir gut und weckte meine Lebensgeister. Bereits jetzt war zu spüren, wie warm es im Laufe des Tages werden würde.

Ich umrundete das Haus und ging zu dem ehemaligen Gemüsebeet. Es war von Gestrüpp überwachsen, doch nachdem ich es eine Weile betrachtet hatte, bemerkte ich ausgewachsene Möhrenpflanzen zwischen dem Unkraut. Die meisten von ihnen waren vertrocknet, aber in den Blütendolden hingen noch ein paar Samen. Ich sammelte sie in einem der Beutel, die ich für solche Gelegenheiten immer im Rucksack hatte.

Wenig später entdeckte ich auch noch andere Pflanzen, die früher einmal den Speiseplan des Wildhüters bereichert hatten. Kohl und Kohlrabi waren ausgewachsen und hatten Blüten bekommen. Rosenkohlstämme hatten ihre Erntereife ebenfalls überschritten und ihre Saat auf dem Boden verstreut.

Dort zeigte sich zaghaftes Grün, ein gutes Zeichen, denn diese Setzlinge konnte man auspflanzen.

Die Kartoffelpflanzen, die unter dem Gestrüpp vergangener Jahre neu wuchsen, waren ebenfalls noch klein. In der Hoffnung, noch ein paar Knollen zu finden, grub ich meine Hände in den Boden, doch was ich zu fassen bekam, konnte ich nicht gebrauchen, also ließ ich es dort und erhob mich.

Als Nächstes begab ich mich auf die Freifläche, auf der früher einmal Schafe oder Ziegen geweidet haben mussten. Das Gras war verfilzt und zur Seite gefallen, aber dann entdeckte ich die gezackten Blätter darunter. Giersch.

Ich zupfte ein Blatt ab und betrachtete es genau. Giersch konnte man, wenn man unkundig war, mit Schierling verwechseln, doch an den Blattstielen erkannte ich, dass die Blätter in meiner Hand essbar waren.

Giersch war eigentlich eine Plage für jeden Garten, doch die Blätter konnte man für einen Salat nutzen. Also pflückte ich die zartesten davon und sammelte sie in meinem Rucksack.

Dazu gesellten sich schon bald frische Triebe vom Gundermann, die überall zwischen dem Gras hervorlugten. Diese Pflanze mit den lilafarbenen Blüten konnte man ebenfalls roh essen – oder man tat sie zum Würzen in eine Suppe. Was es auf dem Gelände zudem im Überfluss gab, war Löwenzahn. Auch diesen sammelte ich für einen Salat. Gekocht schmeckte er auch zu Kartoffeln sehr gut.

Als ich mit dem Sammeln fertig war, stand die Sonne schon hoch am Himmel. Ich wischte mir den Schweiß von der Stirn und zuckte zusammen, als ich versehentlich meine Wange berührte. Ein leichter Schwindel erfasste mich, und ich musste mich auf den Boden setzen. Offenbar ging es meinem Kopf doch noch nicht so gut, wie ich gedacht hatte.

Ich blieb eine Weile sitzen, zog etwas Löwenzahn aus meinem Rucksack und kaute darauf herum. Der Geschmack führte mich sofort zurück zu meinen Wanderungen durch den Wald, zu den Wanderungen mit meinem Vater. Warum nur hatte er eine derartige Abneigung gegen Bjarne gehegt?

Manchmal hatte ich meinen Mann mit in den Wald genommen und ihm einige Pflanzen gezeigt, die man essen konnte. Wir hatten wilde Himbeeren und Walderdbeeren gegessen, manchmal auch Brombeeren gesammelt, wenn er zu dieser Zeit zu Hause war. Meinem Vater hätte die sanfte Art, wie Bjarne die empfindlichen Beeren in den Händen geborgen hatte, gefallen.

Das Wiehern eines Pferdes ließ mich aufhorchen. Ich erhob mich, wischte die Finger am Rock ab und ging nach vorn.

Vor der Gartenpforte stand ein Pferdewagen. Nicht der, mit dem ich mit Oskar hergekommen war. Hatte der Verwalter des Gutes gestern das Licht im Haus gesehen?

Ich lief zur Pforte und sah im nächsten Augenblick die Gestalt, die etwas von der Ladefläche des Wagens zog.

»Hej«, grüßte ich überrascht.

62

Liv

Noch immer fühlte es sich seltsam an, durch die Tür des Rosenhags zu treten. Doch Marlenes Anwesenheit hielt meine Erinnerungen im Zaum. Ja, es schien sogar, als ob allein ihre Anwesenheit die Schatten verdrängte.

Bei meiner Ankunft in Nättraby hatte ich mich als Erstes an den Besitzer des kleinen Krämerladens gewandt. Ich war froh gewesen, dass der alte Larsson, der den Laden früher betrieben hatte, nicht mehr da war. Er hatte meine Mutter gekannt, und ihm wäre es auch zuzutrauen gewesen, dass er mich wiedererkannte.

Der junge Mann mit dem blonden Schnauzbart und den rosigen Wangen war mit den alten Geschichten nicht vertraut, und so war auch ich für ihn eine Fremde. Eine wohlhabende Fremde, die in einer Menge einkaufte, die für ihn sichtlich ungewohnt war. Freundlich und zuvorkommend, wie er war, hatte er mir nicht nur seinen Wagen geliehen, sondern auch gleich die gekauften Waren aufgeladen.

Vielleicht konnte ich mehr Geld ausgeben als eine normale Bauersfrau, aber dennoch musste ich mit meinen Mitteln sparsam sein, denn Sten zählte das Haushaltsgeld genau ab. Hier kamen mir die kleinen Reserven zugute, die ich über die Zeit abgezweigt hatte: ein paar Öre hier, eine Krone da, wenn Astrid auf dem Markt einen guten Preis bekommen hatte. Es war eine alte Gewohnheit aus Pfarrhaustagen. Dort hatten wir das Rückgeld von Einkäufen für Bedürftige verwendet.

Auch ich hatte Bettlern Almosen gegeben, dennoch hatte sich in meiner kleinen Schatulle, die in den Tiefen meines Kleiderschrankes versteckt war, eine Summe angesammelt, die das Rosenhag für ein paar Wochen und Monate über die Runden bringen konnte.

Gemeinsam luden wir alles ab, was ich auf dem Wagen hatte, wobei ich darauf achtete, dass Marlene nicht zu schwer trug. Der Bluterguss auf ihrem Gesicht war immer noch zu sehen!

Nach und nach füllten sich die Schränke mit Mehl, Tee und Kaffee, Milchpulver, Linsen, Bohnen, Haferflocken und Zucker. Es war mir auch gelungen, ein paar Gewürze und Öl zu bekommen. Die Kartoffeln brachten wir in den Keller, damit sie nicht allzu schnell keimten.

Als wir fertig waren, setzten wir uns in die Küche, bei Brot und einem Salat, den Marlene aus Kräutern aus dem Garten gezaubert hatte.

»Bist du sicher, dass das nicht giftig ist?«, fragte ich skeptisch, während ich die Gabel voller grüner Blätter betrachtete, die ich zuvor noch nie wahrgenommen hatte.

Sie lachte. »Natürlich! Das esse ich immer, wenn ich im Wald bin. Und ich nehme mir auch reichlich davon mit. Mit etwas Essig und Kräutern schmeckt es noch besser, aber …«

»Essig!«, rief ich aus und tippte mir an die Stirn. »Den hätte ich auch noch kaufen sollen.«

»Das ist doch nicht schlimm!«, winkte Marlene ab. »Du hast mir mehr mitgebracht, als ich zu träumen gewagt hätte.«

Ich probierte den Salat. Es überraschte mich, dass die Blätter ein wenig nach Möhren schmeckten. Auch hätte ich nicht erwartet, dass Butterblumen so köstlich waren.

»Ich habe im Garten einige Gemüse und Kartoffeln entdeckt«, berichtete Marlene kauend. »Junge Sprösslinge, aber auch Saatgut. In den folgenden Tagen werde ich mich daranmachen, etwas Fläche zu bestellen.«

»Lass es langsam angehen«, sagte ich. »Es ist noch nicht lange her, dass du eine Faust ins Gesicht bekommen hast.«

»Ich fühle mich schon wieder recht gut«, antwortete sie. »Die frische Luft beflügelt mich.«

Aus irgendeinem Grund hatte ich nun wieder meine nächtliche Begegnung mit dem Reporter vor Augen. »Sag mal, wie gut kennst du diesen Oskar Andersson eigentlich?«, fragte ich.

»Mittlerweile kenne ich ihn besser, als noch vor ein paar Wochen«, antwortete sie. »Er scheint ein ganz netter Mensch zu sein. Ich fühle mich wohl in seiner Nähe.« Sie blickte mich prüfend an. »Weshalb fragst du?«

Ich berichtete ihr von meinem Besuch bei ihm. »Ich hatte das Gefühl, dass er … irgendwas gegen mich hat.«

Traurigkeit schlich in ihren Blick. »Er weiß von dem Schiffsunglück.«

»Und?«, fragte ich.

Marlene seufzte. »Er scheint nicht zu verstehen, wie wir befreundet sein können, wo doch Bjarne für deinen Mann gefahren ist und …«

Ich schaute sie eindringlich an. »Mir würde es nie in den Sinn kommen, dich für das, was dein Mann vielleicht getan hat, verantwortlich zu machen. Warum sollten wir beide denn nicht Freundinnen sein?«

Marlene lächelte nun, und ich spürte, dass meine Worte sie berührten. »Weil es sehr oft nicht so ist. Deshalb denke ich, dass uns das Schicksal zusammengeführt hat.«

Das sah ich ebenso, dennoch war mir wegen Herrn Andersson nicht wohl. »Sei bitte vorsichtig mit diesem Mann«, fügte ich hinzu. »Er ist Journalist. Wer weiß, was er im Schilde führt. Wenn er über unser Vorhaben schreibt und meinen Namen irgendwo erwähnt …«

»Das wird er nicht.« Sie schwieg einen Moment und fragte dann: »Möchtest du über Nacht bleiben?«

Ich schüttelte den Kopf. »Ich sehe lieber, dass ich den Nachmittagszug erwische. Bevor Sten noch merkt, dass ich ein Hobby habe.«

Zwei Stunden später ließ ich den Bahnhof von Karlskrona hinter mir. Bis Sten aus dem Kontor zurückkehrte, hatte ich noch eine halbe Stunde, wie mir die Zeiger der Bahnhofsuhr verkündeten. Mir blieb nichts anderes übrig, als die Droschke zu nehmen.

Das Glück schien auf meiner Seite zu sein, denn tatsächlich war eines dieser Gefährte frei. Der Kutscher lenkte seine Pferde straff und zügig und setzte mich schließlich ein Stück vor der Villa ab.

Ich schlüpfte durch die Haustür, mit der Absicht, sofort in meinem Zimmer das Kleid zu wechseln.

Da ertönte seine Stimme.

»Wo warst du?« Mit langen Schritten kam er auf mich zu. Ich fühlte mich für einen Moment wie eingefroren. »Astrid konnte es mir nicht sagen, also wo?«

»Ich … ich war in Nättraby«, gab ich zurück und schaute an mir hinab. Mein Rocksaum hatte von der Kutschfahrt und dem Weg durch den Garten einiges abbekommen.

»Und was hattest du dort zu schaffen?«, fragte Sten weiter. Sein Ton besorgte mich. Es war, als hätte er stundenlang in der Stadt nach mir gesucht.

Über seine Schulter hinweg sah ich, wie Astrid hinter ihm auftauchte. Unsere Blicke trafen sich kurz, dann zog sie sich wieder zurück. Hatte sie ihm gesagt, dass ich seit dem Vormittag verschwunden war?

»Ich wollte nach dem Grab meines Vaters sehen«, sagte ich.

»So?«, fragte er. »Seit wann standen sich denn du und dein Vater so nahe?«

»Er ist tot«, erwiderte ich. »Es gibt nichts mehr, über das wir streiten können, nicht wahr?«

Ich spürte, dass ich weiter ausholen musste. Ihm mehr Argumente für meine Reise dorthin zu geben, die ich zu Claudius' Lebzeiten nicht unternommen hatte. Der Abend im Gasthaus fiel mir wieder ein. Bente.

»Außerdem habe ich eine Jugendfreundin getroffen. Ich hatte ihr versprochen, sie zu besuchen, nachdem wir uns im Gasthof zufällig begegnet waren.«

»Davon hast du mir nichts erzählt.« Er blickte mich misstrauisch an.

»Wir … wir haben nach der Beerdigung nicht viel miteinander gesprochen.« Ich blickte ihm in die Augen. Was ich dort sah, erschreckte mich.

»Du wirst mir Bescheid sagen, wenn du irgendwohin fährst!«, brummte er. »Und du wirst mir auch sagen, mit wem du dich triffst. Verstanden?«

Ich nickte beklommen.

63

Marlene

Nachdem ich den Garten erkundet hatte, machte ich mich daran, das Haus etwas wohnlicher zu gestalten. Zunächst befreite ich die Schränke von Staub und allem, was sich mit der Zeit hier abgelagert oder eingenistet hatte. In den Schubladen fand ich zahlreiche verhungerte Motten und Fliegen. Dann wischte ich sie gründlich aus. Dieselbe Behandlung ließ ich auch dem Tisch, den Stühlen und dem großen Herd zukommen.

Auf dem Dachboden, der mit Spinnweben nur so überzogen war, fand ich weitere Teller und Tassen. Sie passten nicht zusammen, weshalb sie wohl nach oben geschafft worden waren. Aber sie waren heil, und als ich den Staub davon herunter hatte, bemerkte ich ein hübsches Rosenmuster.

Die Vorräte, die Liv ins Haus gebracht hatte, halfen sehr und ermöglichten es mir, zumindest zwei größere Mahlzeiten am Tag zuzubereiten. Den Haferbrei, den ich morgens aß, würzte ich mit Zucker und ein wenig Zimt, am Abend kochte ich mir Kartoffeln, tunkte sie in Salz und Öl und aß frischen Löwenzahnsalat dazu.

Nach einer Weile sah es hier gar nicht mal so schlecht aus. Man ahnte, welche Schönheit dieses Haus früher einmal gewesen war.

Ich hoffte, dasselbe für den Garten tun zu können. In dem kleinen Nebengelass gab es außer einer Hacke, deren Blatt ich erst wieder am

Stiel befestigen musste, und einem schartigen Spaten kaum etwas, das ich zu Hilfe nehmen konnte. Doch Letzterer würde sich dafür eignen, das Unkraut aus dem Boden herauszubekommen.

Mit den Händen riss ich die vertrockneten Kohl- und Möhrenstängel heraus und sammelte die herabfallenden Samen. Die alten Wurzeln der Pflanzen packte ich auf einen kleinen Haufen. Möglicherweise konnte man sie als Dünger verwenden.

Nach einem halben Tag hatte ich mithilfe des Spatens schon ein gutes Stück Wiese beräumt. Während das Tageslicht floh und die Sonne hinter den Baumkronen versank, trank ich durstig aus meiner Wasserflasche und betrachtete mein Werk. Viel war es noch nicht, aber ein Anfang. Wenn erst mal mehr Frauen hier lebten, würde es auch mehr Hände geben, die den Boden bereiten und sich um alle anderen Arbeiten kümmern konnten.

Während ich mich fragte, was wir alles anbauen könnten, fiel mir meine Mutter wieder ein. Ich konnte mich nicht entsinnen, dass sie viel Gemüse auf dem Markt gekauft hätte. Unser heimischer Garten war übergequollen von allen möglichen Pflanzen: Kohl, Rüben, Möhren, Gurken, Zwiebeln, Kürbisse und Pastinaken.

Sie war immer stolz gewesen auf ihre kleine »Sämereienbibliothek«, wie sie es genannt hatte. Dabei handelte es sich um Papiertütchen, die sie fein säuberlich verschlossen in einem Holzkasten aufbewahrte. Wenn die Zeit heran war, ging sie damit in den Garten und streute einen Teil davon aus. Nach der Erntezeit füllte sie die Sämereien wieder auf.

Manchmal brachte auch Vater Saatgut mit oder kleine Setzlinge, die bei der Räumung eines Waldstücks weggeworfen worden wären. Ihm hatten wir die zahlreichen Haselsträucher zu verdanken, die mehr Nüsse trugen, als wir selbst verbrauchen konnten.

Ich seufzte leise vor mich hin. Mit einem Teil der Saat, die meine Mutter aufbewahrte und Jahr für Jahr gewann, würde ich einen guten Grundstock für den Garten schaffen können. Aber seit dem letzten Streit nach Bjarnes Tod war ich nicht mehr dort gewesen.

Ich hatte wieder die Vorhaltungen meines Vaters vor mir. »Ich habe es dir ja gesagt! Ein Seemann ist kein ordentlicher Versorger, besonders dann nicht, wenn er sein Schiff auf Grund setzt. Jetzt wirst du keinen guten Mann mehr finden – als Witwe!«

Mutter hatte hinter ihm gestanden und den Blick gesenkt. In dem Augenblick schien Vater vergessen zu haben, dass auch sie aus einer Seefahrerfamilie stammte. Dennoch sagte sie nichts. Kam mir nicht zu Hilfe. Keiner von ihnen äußerte Bedauern darüber, dass ich meine große Liebe verloren hatte. Was würden sie sagen, wenn ich einfach bei ihnen erschien und um Unterstützung bat? Immerhin waren drei Jahre vergangen. Sehnsucht nach ihnen breitete sich in meiner Brust aus. Wenn ich Bjarne nicht geheiratet hätte …

Doch dann hatte ich wieder vor mir, wie Bjarne bei einer Regatta, die wir wenige Wochen nach dem Midsommarfest 1899 besuchten, aufgetaucht war. Wie er mich angesehen hatte. In seinem Blick hatte eine ganze Welt gelegen, das Versprechen von Glück.

Und glücklich waren wir auch – bis zu seinem Tod.

Warum nur hatten wir so für unsere Seligkeit bezahlen müssen?

Und warum verstanden meine Eltern nicht, dass es mich so schmerzte, ihren Rückhalt nicht zu haben? Oder wussten sie es vielleicht gar nicht?

Ich kehrte ins Haus zurück und bereitete mir eine kleine Mahlzeit zu. Als es dunkel wurde, zündete ich die Lampe an und stellte sie auf den Küchentisch. Dann ging ich zum Koffer, der auch mein Schreibzeug enthielt.

Der Gedanke an meine Mutter hatte mich einen Entschluss fassen lassen. Vielleicht würde ich ihn bereuen, aber ich musste es versuchen.

64

Liv

Unter normalen Umständen hätte ich an einem Samstagmorgen bei Nanna reingeschaut, mit ihr Tee getrunken und mir die Geschichten über ihre Familie angehört. Ich hätte mir von ihrer Schwangerschaft erzählen lassen und ihren Träumen für das Kind gelauscht.

Doch heute stieg ich in die nächste Droschke und ließ mich zum Lunds-Lazarett fahren. Der Gips musste von meinem Arm herunter, und ich wollte die Gelegenheit nutzen, noch einmal bei Sigrun Bergsma reinzuschauen, die ich jetzt schon einige Tage nicht mehr besucht hatte.

Letzteres hatte ich Sten beim Frühstück nicht mitgeteilt, aber mit meiner Fahrt ins Hospital war er einverstanden.

Mehr denn je wollte ich vorsichtig sein. Wenn er mich wirklich, wie angedroht, im Haus einsperrte, konnte ich Marlene keine Hilfe mehr zukommen lassen. Zumindest in dem Punkt hatte Andersson recht gehabt: Allein würde sie es dort kaum schaffen, erst recht nicht, wenn irgendwann noch andere Frauen dort einziehen sollten.

Die Stadt war um diese Uhrzeit recht voll, die meisten Passantinnen strebten dem Fischmarkt am Hafen zu. Während ich die Frauen im Vorbeigehen betrachtete, dachte ich wieder an Marlene und das, was sie mir erzählt hatte.

Wäre mein Pferd nicht durchgegangen, hätte ich sie wahrscheinlich nie kennengelernt. Es stimmte, was Andersson sagte: Unsere Freundschaft mochte Außenstehenden seltsam erscheinen. Doch so war es nun mal, und ich war froh, dass Marlene meine Freundin war.

Im Hospital herrschte ebenfalls reger Betrieb. Unter den Patienten fiel ich auf wie ein Pfau in einem Hühnerstall. Einige Frauen betrachteten mich neugierig, und mir war es beinahe unangenehm, dass die Schwester mich vor ihnen aufrief.

Der junge Assistenzarzt, der damit betraut wurde, meinen Gips zu entfernen, wirkte ein wenig unsicher. Ich kniff die Augen zu, als die Säge meine Haut zu berühren drohte. Eine Schwester begleitete mich im Anschluss zum Röntgen, und diesmal nahm ich die beeindruckende Röhre viel deutlicher wahr als beim letzten Mal.

Als ich fertig war, kehrte ich in den Wartebereich vor dem Sprechzimmer zurück. Dort zogen sich die Minuten, und ich fragte mich, ob ich nach Sigrun schauen sollte. Doch die Schwester erschien und rief mich wieder herein.

»Die Aufnahme sieht gut aus, Ihr Handgelenk ist wie gewünscht verheilt.« Die Stimme von Dr. Sömmarland hallte warm und kräftig durch den Behandlungsraum, während er sich zurück zu seinem Schreibtisch begab.

Jetzt, da der Gips von meiner Hand herunter war, fühlte sie sich wieder viel leichter an. Doch sie zu bewegen, war eine andere Sache. Alle Sehnen in der Hand schienen zu kurz zu sein.

»Wird die Steifheit wieder verschwinden?«, fragte ich besorgt.

»Wenn Sie die Hand ordnungsgemäß bewegen, ja«, sagte der Arzt. Er verschrieb mir für alle Fälle noch etwas Schmerzpulver, dann wurde ich entlassen.

Ich marschierte an einigen Schwesternschülerinnen vorbei, die gerade Speisewagen durch die Gänge schoben. An der Tür des Krankensaals blieb ich stehen. Die Wachhabende saß über einen Stapel Klemmbretter gebeugt und trug etwas in die dort angehefteten Papiere ein. Sie war in ihre Tätigkeit so vertieft, dass sie mich nicht zu bemerken schien.

Ich ließ meinen Blick durch den Saal schweifen, doch wegen der Paravents zwischen den Betten konnte ich Frau Bergsma nicht ausmachen.

»Was kann ich für Sie tun?« Die Stimme der Schwester schreckte mich aus meiner Betrachtung.

»Guten Tag, ich wollte fragen, ob ich Frau Bergsma sprechen könnte.«

Offenbar war ihr meine Stimme zu laut, denn sie tippte ihren Finger auf die Lippen und erhob sich.

»Ich weiß, es ist noch keine Besuchszeit, aber vielleicht können Sie eine Ausnahme machen«, fügte ich hinzu.

Das Gesicht der Schwester verfinsterte sich. »Das geht nicht«, gab sie kurz angebunden zurück.

»Wir würden die anderen Patienten nicht stören«, sagte ich. »Ich könnte sie ein wenig durch den Park schieben.«

»Das geht nicht«, wiederholte die Schwester mit Nachdruck. »Frau Bergsma ist nicht mehr hier.«

65

Marlene

Am frühen Samstagnachmittag radelte ich nach Nättraby und gab den Brief an meine Mutter bei der Post auf. Eigentlich war es kein richtiges Postamt, sondern eher eine der Dienstleistungen, die der Gastwirt zusätzlich anbot. Er versicherte mir eine rasche Zustellung und knöpfte mir dafür zwei Öre ab.

Ich verbot mir jeden Gedanken daran, wie es sein würde, wenn meine Mutter das Schreiben in den Händen hielt. Möglicherweise würde sie es gleich ins Feuer werfen. Die Zeit hatte mich gelehrt, nicht allzu hoffnungsvoll zu sein.

Ich verließ den Gasthof und erstand in der örtlichen Bäckerei ein Stück Kuchen. Das war ein Luxus, den ich mir in Karlskrona nicht ein einziges Mal gegönnt hatte. Mit dem Fahrrad an der Seite setzte ich mich an den Fluss und lauschte dem Rauschen des Wassers. Ein Frieden, wie ich ihn schon lange nicht mehr gespürt hatte, überkam mich.

Auch wenn ich Bjarne immer noch in meinem Herzen trug, gab es hier nichts, was mich an ihn erinnerte. Hier spürte ich nur die Sonne und das süße Aroma des Kuchens auf meiner Zunge und konnte darüber nachdenken, wie es mit dem Rosenhag weitergehen sollte.

Auf dem Rückweg kam mir in den Sinn, ein paar Ziegen anzuschaffen, allerdings musste ich dazu den kleinen Stall ebenfalls herrichten. Und ich musste einen Bauern auftreiben, der mir eines der Tiere verkaufte. Auf dem Weg durch den Ort hatte ich einige Bauernhöfe gesehen. Ich nahm mir vor, in der kommenden Woche dort anzuklopfen.

Zurück am Rosenhag stach mir etwas Weißes am Zaun ins Auge. Zunächst hielt ich es für eine der Rosen und wunderte mich, wie schnell sie aufgeblüht war. Dann erkannte ich, dass es sich um einen Umschlag handelte, den der Bote zwischen die Zaunstreben gesteckt hatte.

Alarmiert lief ich zum Tor, pflückte das Kuvert aus dem Gestrüpp und begann zu lesen.

S. AUS KLINIK VERSCHWUNDEN. KOMM HER, WENN DU KANNST. L.

Ein heißer Schreck durchfuhr mich. Wenn Sigrun nicht mehr im Krankenhaus war, war sie sicher zu Torben zurückgekehrt. Wie mochte er darauf reagiert haben? Eigentlich hatte ich sie vor ihrer Entlassung fragen wollen, ob sie zu mir ins Rosenhag ziehen wollte.

Livs Nachricht klang dringlich, und glücklicherweise hatte ich meinen Rucksack bei mir, also betrat ich das Haus erst gar nicht, sondern machte gleich kehrt und schwang mich wieder aufs Fahrrad.

Kurze Zeit später verließ der Zug Nättraby. Während sich mein vom schnellen Fahren aufgepeitschter Puls beruhigte, überlegte ich, wie ich an Sigrun herankommen konnte.

Die Wohnung schien tabu. Wenn Torben mich in der Nähe sah, würde er mir nur wieder drohen – oder Schlimmeres. Und um diese Zeit würde sie sicher nicht mehr einkaufen gehen. Dann fiel mir ein, dass Sigrun irgendwann mal erwähnt hatte, er würde am Samstag schon nachmittags im Wirtshaus sitzen.

In Karlskrona angekommen, beeilte ich mich, mein Fahrrad aus dem Gepäckwaggon zu bekommen, und steuerte dann in Richtung des Krämerladens der Malmströms.

Während meines Aufenthaltes in Nättraby war Torbens Angriff auf mich in den Hintergrund getreten. Doch auf der Zugfahrt erinnerte ich mich wieder daran, und ein klammes Gefühl machte sich in mir breit. Sollte ich besser Oskar bitten, mich zu begleiten?

Als ich durch die Hoftür schlüpfte, sah ich, dass sein Fenster leicht geöffnet war. Ich betrat das Haus, erklomm die Treppe und klopfte an seiner Tür. »Oskar?«, fragte ich leise. »Sind Sie da?«

Keine Antwort.

Ich stieß einen leisen Fluch aus, dann lief ich nach unten.

»Marlene, bist du auch mal wieder hier?«, fragte Ove gutmütig, während er Schachteln in ein Regal stapelte.

»Ja, ich … bin gerade angekommen.« Ich bemerkte Oves Blick auf meinem Gesicht. Siri hatte ihm sicher erzählt, was geschehen war. Doch bevor er Fragen stellte konnte, erkundigte ich mich: »Hast du Herrn Andersson heute schon gesehen?«

»Ja, natürlich.«

»Hat er dir gesagt, ob er nach Stockholm fahren wird?«

»Nein. Ich glaube, er ist in die Stadt gegangen.«

Ich blickte auf die Uhr hinter dem Verkaufstresen. Die Zeiger rückten auf sechs zu. Wie lange würde Torben im Wirtshaus bleiben?

»Soll ich ihm etwas ausrichten, wenn ich ihn sehe?«, riss mich Ove aus den Gedanken.

»Nein, ich … schaue nachher bei ihm vorbei.« Ich bedankte mich und verließ den Laden wieder.

Als ich mit meinem Fahrrad um die Ecke bog, sah ich eine Frau in einem beigefarbenen Kleid die Straße entlangrennen.

»Liv?«, rief ich entgeistert. »Was machst du denn hier?« Mein Herz begann zu rasen. Hatte sie etwas in Erfahrung gebracht?

»Du bist hier!«, sagte sie erleichtert, beugte sich vor und stützte sich auf den Knien ab. »Ich habe so gehofft, dass das Telegramm dich erreicht.«

»Das hat es.«

Liv stieß ein kurzes Lachen aus, dann richtete sie sich wieder auf. Erst jetzt bemerkte ich, dass sie den Gips nicht mehr trug. »Ich wollte sie besuchen, weil ich ohnehin im Krankenhaus war. Da sagte mir die Schwester, dass sie von einem Tag zum anderen verschwunden sei. Sie hat ihre Sachen genommen und war weg, bevor ein Arzt sie entlassen konnte.«

Das war schlecht, sehr schlecht.

»Ist sie denn wenigstens bei der Arbeit aufgetaucht?«, fragte ich besorgt. Mein Magen krampfte sich zusammen. Wenn Torben sie wieder zusammengeschlagen hatte …

Livs Miene verfinsterte sich. »Nach meinem letzten Gespräch mit Nanna wollte ich da nicht fragen.« Sie nestelte an ihrem Ärmel. »Sten hat erfahren, dass ich deinetwegen bei ihr war, und mir eine Szene gemacht …«

Ihre Worte erschreckten mich, und ich begann, fieberhaft zu überlegen. Offenbar hatte ich nur eine Möglichkeit. »Ich werde zu ihr fahren.«

»Zu Nanna?«, fragte sie verwundert.

»Zu Sigrun.«

Liv wurde blass. »Aber ihr Mann!«

»Ich muss wissen, was mit ihr geschehen ist«, sagte ich. »Ich glaube, sie ist jetzt allein. Aber ich muss mich beeilen.« Ich stieg auf das Rad. »Sag bitte Herrn Andersson Bescheid, sollte ich in zwei Stunden nicht zurück sein.«

Mit dem Gefühl, mich einer Schlangengrube zu nähern, bog ich vom Hoglands-Park in die Straße ein, in der Sigrun wohnte. Es war blanker Wahnsinn, und ich hoffte, dass Oskar nach mir suchen würde, wenn ich nicht nach Hause kam.

Ein paar Häuser vor meinem Ziel stieg ich ab. Mein Bauch kniff heftiger denn je, während ich zu den Fenstern schaute. War Torben schon wieder da? Würde Sigrun überhaupt in der Lage sein, mit mir zu reden?

Außer einem Hund, der am Rinnstein schnüffelte, und einer Katze, die sich müde auf einem Fenstersims streckte, rührte sich nichts.

Ich hatte wieder vor mir, wie Torben ausgeholt hatte, wie Sigrun gegen die Mauer des gegenüberliegenden Hauses geprallt war …

Das Weinen eines Kindes holte mich in die Wirklichkeit zurück. Ich hörte die Stimme seiner Mutter. Die Glocke schlug sechs Uhr. Vielleicht war ich wirklich schon zu spät.

Ich atmete tief durch, gab mir einen Ruck und ging dann voran. Meine Hände schlossen sich schweißfeucht um die Lenkergriffe. Bislang hatte es immer Pausen zwischen Torbens Gewaltausbrüchen gegeben. Vielleicht hatte er sie in Ruhe gelassen.

Da sah ich, wie die Fenster ihrer Wohnung aufgestoßen wurden. Kurz erblickte ich Sigruns Hand, wenig später öffnete sich der zweite Flügel. Erleichtert ging ich weiter.

Neben dem Fenster machte ich Halt und lauschte. Ich vernahm das Klappern von Tellern und gedämpfte Schritte. Stimmen waren nicht zu hören.

»Sigrun«, rief ich und drückte mich gegen die Wand für den Fall, dass Torben herausschaute. Es war peinlich, den Nachbarn gegenüber solch ein Bild abzugeben, aber so würde ich mich schnell auf mein Fahrrad schwingen können, wenn er mich bemerkte.

»Sigrun«, wiederholte ich, jetzt etwas lauter.

Da erschien ihr Kopf im Fenster. Die Spuren von Torbens Fäusten waren bei ihr ebenso verblichen wie bei mir. Offenbar hatte er sie noch nicht wieder angegriffen.

Als sie mich erkannte, hellte sich ihre Miene auf. »Marlene!«, rief sie. »Wie schön, dich zu sehen!«

»Kannst du einen Moment nach draußen kommen?«, fragte ich leise. Sie nickte und verschwand. Wenig später öffnete sich die Tür.

»Ist Torben da?«, fragte ich, während ich hinter sie in den Raum spähte.

»Nein, er muss noch im Gasthaus sein«, flüsterte sie mit einem Lächeln, ganz als wäre nichts geschehen. Ein eisiger Schauer überlief mich.

»Hättest du etwas dagegen, mit mir auf den Hinterhof zu gehen?« Hier draußen waren wir gut zu sehen, und Torben konnte jeden Augenblick um die Ecke biegen.

Sigrun nickte und schlüpfte mit mir durch die kleine Pforte neben dem Haus.

»Warum bist du aus dem Krankenhaus raus?«, fragte ich, nachdem ich einen Blick über die Schulter geworfen hatte. Torben würde mich hier nicht so schnell entdecken können.

»Weil es mir wieder gut ging«, sagte sie. »Und Torben braucht mich. Ich kann ihn doch nicht allein lassen!«

Ich bemühte mich, meine Gedanken zu Torben nicht sichtbar werden zu lassen, als ich antwortete: »Aber vielleicht wäre es nach allem besser, wenn du eine kleine Reise machen würdest.«

»Jetzt fängst du auch damit an!«, sagte Sigrun frustriert.

»Wie meinst du das?«, fragte ich.

»Na, diese Frau, die mich besuchen gekommen ist. Sie fragte mich auch, ob ich nicht eine Reise machen wollte. An einen See. Ohne Torben! Stell dir das mal vor. Als ob ich ohne ihn fahren könnte!«

Nein, das konnte sie nicht, und das wusste ich besser als Liv.

»Was hat Torben eigentlich gesagt, als du wieder da warst?«, fragte ich, denn ich spürte, dass es sinnlos war, sie zu drängen.

»Nichts«, sagte sie.

»Hat er dich im Krankenhaus besucht?«

»Was sollte er da?« Sie senkte den Blick. »Ich bin zur Tür herein und habe die Hausarbeit gemacht. Als Torben nach Hause kam, stand das Essen auf dem Tisch, und alles war gut.«

»Wirst du denn wieder in die Firma gehen?«, fragte ich. Wahrscheinlich war Sigrun nicht gekündigt worden.

»Ich war heute da«, sagte sie, und jetzt schlich sich ein trauriger

Ausdruck in ihren Blick. »Sie meinten, du würdest da nicht mehr arbeiten.«

»Das stimmt.« In meiner Kehle spürte ich den Druck all der Worte, die ich ihr gern gesagt hätte. Aber wir hatten nicht viel Zeit.

»Sigrun«, sagte ich und ergriff ihre Hände. »Hör mir bitte zu. Wenn du es willst, gibt es vielleicht eine Möglichkeit, von Torben wegzukommen.«

»Warum sollte ich das wollen?« Abrupt zog Sigrun ihre Hände weg. Sie blickte durch den Durchgang, als fürchte sie, dass er plötzlich dort erscheinen könnte. Genau genommen fürchtete ich das auch.

»Torben hat versprochen, dass er sich bessern wird«, fuhr sie fort. »Er sagte, dass es ihm leidtut.«

»Hat er das nicht immer getan, nachdem er dich geschlagen hat?«

»Ja, aber diesmal ist es anders.« Ein unsicheres Lächeln trat auf ihr Gesicht.

Ich wusste nicht, was ich sagen sollte. Sie musste doch inzwischen erkannt haben, dass er sich nicht änderte! Dass er wieder zuschlagen würde! Es war nur eine Frage der Zeit.

»Ich muss wieder rein«, sagte sie plötzlich. Als ich mich umsah, erblickte ich die Gestalt, die auf das Haus zutorkelte. Torben! Ein heißer Schreck durchzog meinen Körper. Sämtliche Muskeln in meinem Körper spannten sich an.

»Ich werde noch ein paar Tage hier in Karlskrona bleiben«, sagte ich schnell. »Du findest mich im Laden der Malmströms, wenn du Hilfe brauchst.«

Sie schaute mich kurz an, dann huschte sie durch die Tür. Ich drückte mich in den Schatten und betete im Stillen, dass er nicht in den Hinterhof kam.

66

Liv

Am liebsten hätte ich Marlene zu den Bergsmas begleitet, aber es war zu gefährlich. Ich schämte mich meiner Feigheit, doch ich hatte keine andere Wahl.

Sten gegenüber hatte ich vorgegeben, einen Brief an eine alte Freundin einwerfen zu wollen. Tatsächlich hatte ich dieses Schreiben auch in der Tasche, für den Fall, dass er es sehen wollte. Unterwegs zerriss ich es und warf es weg. Dann kehrte ich so schnell wie möglich in die Ronnebygatan zurück.

Was für ein Tag! Mein Arm hatte sich noch nicht so recht daran gewöhnt, keinen Gips mehr zu tragen, und schmerzte wieder stärker. Innerlich hatte ich das Gefühl, eine ganze Woche erlebt zu haben.

Erst der Schreck über Sigrun Bergsmas Verschwinden, dann das Telegramm nach Nättraby, gefolgt von der Frage, ob Marlene auftauchen würde. Wäre ich ihr nicht begegnet, hätte ich das Abendessen mit der Frage verbracht, wann sie wohl kommen würde. Jetzt allerdings marterte mich die Frage, ob sie den Abend heil überstand.

Ich schlüpfte durch die Haustür und überlegte, ob ich mich noch einmal frisch machen sollte vor dem Abendessen. Doch ich entschied mich dagegen.

»Das hat aber gedauert!«, begrüßte mich Sten im Esszimmer. »Bist du zum Postamt gelaufen?«

Dieses hatte um diese Zeit schon geschlossen, also antwortete ich: »Ich habe meine Schneiderin getroffen und mit ihr über meine Sommergarderobe gesprochen.«

Ich freute mich über meinen spontanen Einfall. Sten interessierte sich nicht für meine Garderobe, solange ich einen schönen Anblick bot. Zu meiner Schneiderin hatte er keinen Kontakt.

Etwas wacklig begab ich mich zu meinem Platz. Ich war es nicht mehr gewohnt zu rennen. Hinzu gesellte sich meine Sorge um Marlene. Doch ich durfte mir nichts anmerken lassen.

Astrid erschien und trug das Essen auf. Es gab an diesem Samstag Koteletts, dazu Kartoffeln und Gemüse. Ich mochte dieses Gericht normalerweise, doch nun zog sich mir der Magen zu. Ich ließ mir von Astrid vorlegen, zögerte dann aber.

»Warum isst du nicht?«, fragte Sten nach einer Weile, ohne von seinem Teller auszusehen.

»Die Eile steckt mir noch ein wenig in den Knochen.«

Ich betrachtete ihn und hörte wieder die Stimme meines Vaters. Wenn ich mich damals entschieden hätte, seine Drohung in den Wind zu schlagen, bräuchte ich jetzt nicht zu erklären, warum ich nicht aß und wohin ich ging … Ich griff nach der Gabel und schob mir etwas Gemüse in den Mund. Das buttrige Aroma regte nun doch ein wenig meinen Appetit an und besänftigte das Rumoren in meinem Bauch. Marlene war stark und gewitzt. Sie würde vorsichtig genug sein …

»Ich habe für morgen Mittag die Skantzes eingeladen«, platzte Sten plötzlich heraus.

Vor Schreck fiel mir die Gabel aus der Hand. Scheppernd landete sie auf meinem Teller, etwas Soße spritzte mir auf den Rock. Ich hob sie wieder auf, und so vorsichtig, als könnte sie explodieren, legte ich sie neben den Teller.

»Das ist … eine Überraschung«, sagte ich und versuchte die Contenance zu wahren, während ich begann, mit der Serviette den Soßenfleck aufzutupfen. Die Letzten, die ich nach den Ereignissen der vergangenen Tage sehen wollte, waren Nanna und Hugo.

»Ich hatte es dir eigentlich schon gestern mitteilen wollen, bin dann aber davon abgekommen«, sagte Sten wie beiläufig und wandte sich wieder seiner Mahlzeit zu.

Mein Körper versteifte sich. Ich war sicher, dass er es mir aus voller Absicht nicht mitgeteilt hatte.

»Ich dachte, dass es dir gefallen würde, wieder mehr mit unseresgleichen zu tun zu haben«, fuhr er fort.

Seine Worte waren wie ein Messer in meiner Seite. Wut zog sich in mir zusammen, doch ich wusste, dass ich mir nichts anmerken lassen durfte.

»Nun, dann hoffe ich, dass wir genügend im Haus haben«, sagte ich. »Haben sie dir mitgeteilt, ob sie die Kinder mitbringen?«

»Selbstverständlich werden sie das tun!«, gab er zurück. »Du kennst doch Nanna, sie geht nirgendwo ohne ihre Kinder hin!«

Die Art, wie er es betonte, ließ mich innerlich schaudern. Natürlich nahm Nanna die Kinder nicht überallhin mit. Täglich saß sie in der Buchhaltung, während das Kindermädchen für die Kleinen sorgte.

Plötzlich fürchtete ich, dass das Abendessen wieder aus mir herauswollte. Doch ich blieb sitzen, lächelte gezwungen und fragte mich, wie ich den morgigen Tag überstehen sollte.

67

Oskar

Nach dieser unruhigen Woche sehnte ich mich nach einem guten Essen und einem Spaziergang.

Nachdem ich Marlene nach Nättraby gefahren hatte, betraute mich der Verleger mit zwei Außenaufträgen, die mich davon abhielten, mich weiter um meine eigentlichen Ermittlungen zu kümmern. Und auch zu Marlene hatte ich nicht fahren können. Dabei hätte ich zu gern mit ihr gesprochen, ihr vielleicht auch ein paar nützliche Dinge vorbeigebracht.

Ein Telegramm aus Stockholm hatte mir zunächst Hoffnung gemacht, dass sich bei meinem Auftrag endlich etwas bewegte. Doch zu meiner Ernüchterung las ich darin, dass sich die russischen Behörden immer noch dagegen sperrten, das brisante Strandgut den Schweden zu überlassen.

Dann war zu allem Überfluss mein Informant zum vereinbarten Zeitpunkt nicht erschienen. Wir hatten uns eigentlich für Freitagabend verabredet, damit ich ihm das Heft zurückgeben konnte. Es enthielt einige wertvolle Informationen, und mir war es gelungen, alles abzuschreiben.

Doch obwohl ich eine Stunde länger gewartet hatte, als wir ausgemacht hatten, war er nicht am Hafen aufgetaucht. Ich wusste, dass das viele Gründe haben konnte. Er konnte krank geworden sein. Es konnte sich etwas in seiner Familie ereignet haben. Es war zu früh, um Vermutungen anzustellen.

Dennoch hatte ich ein seltsames Gefühl. Es wäre nicht das erste Mal, dass jemand, der mir Hilfe zugesagt hatte, kalte Füße bekommen hätte. Schlimmer waren nur die Sinneswandel, die diese Leute manchmal überfallen konnten. Es geschah zuweilen, dass jemand meinem Ziel beichtete, dass Ermittlungen gegen es angestellt wurden. Solche Aufträge endeten dann meist in einer Katastrophe und damit, dass ich abgezogen wurde.

Ich schob den beunruhigenden Gedanken beiseite. Morgen war Sonntag, da tat sich nicht viel, aber vielleicht gelang es mir am Montag herauszufinden, was mit dem Mann passiert war.

Ich strebte auf die kleine Pforte neben dem Laden zu, in der Hoffnung, dass Frau Malmström eine schöne Mahlzeit für mich bereithielt. Sie fragte immer wieder nach Marlene, aber mehr, als dass diese bei einer Bekannten war, wollte ich ihr nicht preisgeben.

Als ich das Tor aufstieß, traute ich meinen Augen nicht. »Was machen Sie denn hier?«, entfuhr es mir.

Marlene, die gerade ihr Fahrrad zum Schuppen schob, wirbelte herum und schaute mich erschrocken an. Als sie mich erkannte, atmete sie erleichtert auf. »Sie sind es!«, sagte sie. »Ich dachte schon …«

Ich schloss die Pforte hinter mir. »Ist etwas passiert?«, fragte ich. Ein kleiner Teil von mir bildete sich ein, dass sie mich vermisst hatte.

Dann sagte sie: »Sigrun Bergsma. Die Frau, der ich geholfen habe …«

»Ist ihr etwas zugestoßen?«

»Sie hat das Krankenhaus vorzeitig verlassen.«

Ich wartete, bis sie ihr Fahrrad verstaut hatte, dann fragte ich: »Konnten Sie sie ausfindig machen?«

»Sie war zu Hause. Wo auch sonst.« Marlene seufzte auf.

»Nach dem, was Sie mir erzählt haben und was ich selbst gesehen habe, hätte ich eher vermutet, sie wäre geflohen.«

»Wohin hätte sie gehen sollen? Sie glaubt, ihr Mann braucht sie. Sie wird nie von ihm lassen, denn so seltsam es sich für uns auch anhören mag, sie liebt ihn.«

Ich spürte deutlich die Enttäuschung hinter diesen Worten. Hatte sie ihr angeboten, mit ins Boregard-Haus zu kommen?

»Ich bin immerhin froh«, fuhr sie fort, »dass er sie nicht gleich wieder geschlagen hat, als sie bei ihm auftauchte. Es klang, als wäre es ihm sogar egal gewesen. Kann man sich das vorstellen?«

Das konnte ich ehrlich gesagt nicht. Lisbeth und ich hatten auch unsere Differenzen gehabt, aber es wäre mir nicht möglich gewesen, die Hand gegen sie zu erheben.

Eine Pause entstand zwischen uns, in der ich ihr Gesicht betrachtete – und in ihren Augen versank. Diesen so traurig dreinblickenden Augen.

Ich hätte ihr so gern eine Lösung angeboten. Hätte ihr so gern gesagt, dass sicher alles gut werden würde. Aber ich hatte genug Zeit in den ärmlichen Gegenden großer Städte verbracht, um zu wissen, dass man aus Wölfen keine Schafe machen konnte. Männer, die bereit waren, eine Frau zu schlagen, ließen das nie bleiben – es sei denn, ihnen wurde von Verwandten oder der Polizei der Riegel vorgeschoben.

»Wie wäre es, wenn wir beide uns einen Ort suchten und ein wenig redeten?«, bot ich ihr an. »Wir könnten dabei etwas essen.«

Marlene hob abwehrend die Hand. »Mir wäre es lieber, den Gasthäusern vorerst fernzubleiben.«

»Und wie klingt der Hafen für Sie?«, fragte ich. »Der Borgmästarekajen?«

Sie betrachtete mich einen Moment lang, dann fragte sie: »Woher wollen Sie zu dieser Uhrzeit etwas zu essen nehmen?«

Ich lächelte sie an und deutete auf das Haus. »Frau Malmström wird mir sicher etwas mitgeben.«

68

Marlene

Eine frische Brise wehte uns vom Borgmästarekajen entgegen. Die Straße, die nach einem unserer Bürgermeister benannt worden war und an die zahlreiche Schiffsanlegeplätze grenzten, führte in weitem Bogen um die Bucht. Vor der Kulisse bunt gestrichener Häuser schaukelten Schiffe auf dem Wasser.

»Wissen Sie, was mir schon oft in den Sinn gekommen ist, seit ich hier in Karlskrona wohne?«, fragte Oskar, während er mit einer dick bepackten Tasche neben mir ging. Ich hatte angeboten, ihm etwas abzunehmen, doch er hatte abgelehnt.

»Was denn?«, fragte ich zurück.

»Dass man die Stadt beinahe als so etwas wie das schwedische Venedig bezeichnen könnte.«

Ich prustete los. Von Bjarne wusste ich, dass Venedig in Italien lag. Er selbst war nie dort gewesen, aber er hatte mir ein Bild in einem Buch gezeigt.

»Lachen Sie bitte nicht!«, sagte Oskar. »Die Städte weisen wirklich große Ähnlichkeiten auf. In Venedig gibt es viel Wasser, Kanäle, kleine Inseln und einen Hafen – das ist in Karlskrona nicht anders.«

»Aber glauben Sie nicht, dass es dort im Süden viel wärmer ist als hier?«

»Das kommt auf die Jahreszeit an«, gab er schulterzuckend zurück. »Auch in Venedig kann es schneien. Ebenso, wie es hier im Sommer sehr warm werden kann.«

Ich betrachtete ihn kurz, dann sprach ich die Frage aus, die mir durch den Kopf ging. »Waren Sie schon einmal dort?«

»Ja«, antwortete er. »Als Student.«

»Ich dachte immer, dass man, um Reporter zu werden, einfach nur neugierig sein muss.«

Er lachte auf. »Das stimmt, aber ein Studium schadet nicht.«

»Was haben Sie studiert?«, fragte ich. »Sie sehen mir weder wie ein Arzt noch ein Architekt oder Anwalt aus.«

»Ich habe ein wenig Juristik und Geschichte studiert und hätte beinahe auch mit Theologie angefangen.«

»Als Pfarrer könnte ich Sie mir nicht vorstellen!«, platzte es aus mir heraus. »Was hat Sie abgehalten?«

»Meine Reise durch Europa. Ich war mit einigen jungen Männern unterwegs. In früheren Zeiten hätte man das wohl Kavaliersreise genannt.« Er lachte auf. »Nur, dass wir keine Kavaliere waren.« Er machte eine Pause, schaute aufs Meer hinaus, dann fuhr er fort: »Als ich zurück in Stockholm war, habe ich mein Geschichtsstudium beendet, das trockene Recht beiseitegelassen und begonnen, bei einer Zeitung zu arbeiten. Ich wollte unbedingt Reiseschriftsteller werden.«

Das klang wunderbar. Reisen und von allem, was man sieht, berichten … »Wie kommt es denn, dass Sie nach Karlskrona gezogen sind?«, fragte ich.

Er zögerte einen Moment. »Ich lerne gern Neues kennen«, sagte er, doch es klang halbherzig. »Außerdem ist es manchmal nicht gut, an dem Ort zu verharren, an dem man geliebt hat – und es dann nicht mehr tut.«

Seine Worte trafen mein Herz. Wenn das stimmte, war es dann gut, dass ich Karlskrona verlassen hatte?

Wir ließen uns auf einer kleinen Bank nieder, während aus der Stadt hinter uns das Abendläuten ertönte. Oskar entnahm seiner Tasche einige große und noch warme Pellkartoffeln, die Siri in ein dickes Tuch gewickelt hatte, damit sie nicht zu schnell erkalteten, dazu ein halbes Brot, ein Glas Quark, eine große Konservendose Fisch und ein Fläschchen Öl.

Mir lief das Wasser im Mund zusammen. »Ich habe schon lange keinen Fisch mehr gegessen.«

»Haben Sie im Garten denn brauchbare Pflanzen gefunden?«

»Sogar einige«, sagte ich. »Aber irgendwann kann man Giersch nicht mehr sehen.« Ich machte eine Pause und dachte wieder daran, dass Liv mich zur Vorsicht bei Oskar gemahnt hatte. Nur warum fühlte ich mich so sicher bei ihm?

»Frau Boregard hat mir ein paar Vorräte gebracht, mit denen ich eine Weile hinkomme«, fügte ich hinzu, denn ich wollte, dass er Liv mochte.

Seine Augenbrauen hoben sich überrascht. »Also hat sie ihr Vorhaben tatsächlich in die Tat umgesetzt.«

»Es ist nicht ganz einfach für sie«, gab ich zurück und dachte wieder an das, was sie mir gesagt hatte. »Wenn ihr Mann erführe, dass ich in dem Haus bin …« Ich stockte.

»Ich staune über diese Frau«, sagte Oskar. »Die meisten Damen aus der höheren Schicht würden sich nicht mit einer Arbeiterin befreunden. Schon gar nicht mit einer, die in solch unguten Umständen mit ihrem Mann zu tun hatte.«

»Liv ist anders«, erwiderte ich. »Auch sie kommt aus einfachen Verhältnissen. Viele Frauen vergessen das vielleicht, wenn sie eine gute Partie machen, aber nicht sie.«

Er verteilte die Kartoffeln, das Brot und den Fisch, dann begannen wir zu essen.

»Was Sie vorhin zu dem Ort gesagt haben«, begann ich, nachdem mein erster Hunger gestillt war. »Ich meine, dass man nicht bleiben sollte, wo man mal geliebt hat …«

»Das war nur so dahergesagt«, wiegelte er ab, doch ich schüttelte den Kopf.

»Nein, Sie haben recht. Man zieht ja auch nicht auf dem Friedhof ein, auf dem man einen geliebten Menschen begraben hat. Man geht weiter. Lebt weiter. Manchmal wird man auch vom Leben selbst überholt.« Ich senkte den Kopf.

»Das Problem ist allerdings, dass Sie keinen Ort haben, an dem Sie um Ihren Mann trauern können.«

Er hatte sich also gemerkt, was ich damals im Gasthaus gesagt hatte.

»Manchmal werden hier Grabsteine für ertrunkene Seeleute aufgestellt«, entgegnete ich. »Ich kann sie Ihnen zeigen, wenn Sie wollen.«

»Sehr gern«, sagte er. »Mich interessiert alles, was es hier in Karlskrona zu sehen gibt.« Ich spürte seinen Blick an meiner Schläfe. »Warum haben Sie keinen Stein aufstellen lassen?«

Ich hatte mir nie viele Gedanken darum gemacht, doch nun stockte ich, als mir der wahre Grund einfiel. »Möglicherweise, weil ein Grabstein bedeutet hätte, dass ich mich damit abgefunden habe.«

»Das haben Sie also noch nicht?«, fragte er sanft.

»Ich weiß, dass das dumm ist, aber …« Ich stockte und betrachtete ihn. Er hatte so viel für mich getan, und nun erzählte ich ihm Dinge, die ich noch nie jemandem gegenüber erwähnt hatte. Nicht mal gegenüber Ingrid. »Die alten Leute sagen, wenn man sich neu verliebt, bleibt der Tote, wenn man ihn im Zustand des Verliebtseins verliert, dennoch mit am Tisch.« Ich konnte mir vorstellen, dass Oskar das alles andere als angenehm finden würde.

Er zuckte mit der Schulter. »Das würde mir nichts ausmachen.«

Sein Lächeln brannte sich mir ins Herz. Und auf einmal war er mir so nahe, dass ich ihn hätte küssen können. Und er mich. Während ich in seinem Blick versank, wurde mir klar, dass ich jetzt nicht an Bjarne denken wollte.

Ich beugte mich vor, und meine Lippen berührten vorsichtig die seinen. Ich hatte so lange nicht mehr geküsst und fühlte mich ein wenig unsicher. Doch das legte sich nur Sekunden später.

Warm und weich war sein Mund, ich schmeckte Butter darauf, aber auch etwas anderes. Ein wohliger Schauer lief durch meinen Körper. Als ich mich zurückzog, sah ich ihn lächeln.

»Also das hätte ich am wenigsten erwartet, Marlene Walsted!«, sagte er.

»Ich auch nicht«, gab ich zurück und kicherte.

Er nahm mein Gesicht vorsichtig in seine Hände, betrachtete mich, dann beugte er sich vor. Er küsste meine Nase, meine Lider und dann meinen Mund.

Ein Feuer erwachte in meinem Schoß, und ich wusste, wäre ich jetzt in der Pension, hätte ich ihn mit in mein Zimmer genommen.

Doch hier waren wir unter den Augen aller. Selbst Küsse in der Öffentlichkeit waren problematisch. Wahrscheinlich würde mich Mara, wenn sie mich so sah, beim nächsten Zusammentreffen als Hure bezeichnen.

Doch die Trauerzeit war längst vorbei, und auch wenn ich Bjarne noch immer liebte, spürte ich, dass ich langsam aus dem Kokon der Trauer herausbrach, wie eine Motte oder ein Schmetterling. Und das verdankte ich Oskar.

Er griff nach meiner Hand und verschränkte seine Finger mit meinen.

»Was hat das zu bedeuten?«, fragte ich.

»Das werden wir sehen«, antwortete er.

69

Oskar

Wenn ich alles geplant hatte, dann aber niemals das! Gleichzeitig konnte und wollte ich nichts dagegen tun. Mich nicht dagegen wehren.

Ich küsste sie und spürte auf einmal wildes Begehren wie schon lange nicht mehr. Ich wollte sie, und mir wurde nun klar, dass ich sie die ganze Zeit schon wollte. Seit dem Augenblick, als sie nur im Nachthemd vor meiner Tür stand und mich wegen meiner Schreibmaschine anfauchte.

Aber ihre Frage war berechtigt. Was hatte das zu bedeuten?

Wir blieben noch eine ganze Weile am Ufer, betrachteten die Möwen, die über den blauen Himmel hinwegschwebten. Selbst die kühle Luft konnte mein Verlangen nicht abkühlen. Ich wusste nicht, wie es ihr ging, doch ich würde sie zu gern in mein Bett mitnehmen. Allerdings war ich kein Mann, der etwas erzwang oder eine Frau dazu drängte.

Als die Dunkelheit langsam heraufdämmerte, machten wir uns auf den Heimweg. Eine ganze Weile schwiegen wir, und ich fragte mich, was durch ihre Gedanken ging.

»Hast du etwas dagegen, wenn ich dir in der kommenden Woche ein wenig Proviant bringe?«, fragte ich schließlich.

»Du kannst gern zu mir kommen. Aber du solltest nicht so viel Geld ausgeben.«

»Ich möchte eure Sache unterstützen.«

»Das tust du doch schon!«, sagte sie und sah mich auf eine Weise an, die mich wünschen ließ, ihr alles sagen zu können, was ich in meinem Herzen trug.

»Ich möchte aber mehr tun. Vielleicht könnte ich über euch in der Zeitung berichten?«

»Bitte tu das nicht!«, gab sie zurück, und ein ängstlicher Ausdruck stieg in ihren Blick. »Es wäre nicht gut, wenn die Leute auf uns aufmerksam würden.«

Ich überlegte einen Moment lang, dann stellte ich die Frage, die mir schon seit der Ankunft an diesem Haus durch den Sinn ging. »Wie kommt es eigentlich, dass Boregard das billigt?«

Marlene schaute ertappt drein. »Er weiß es nicht.« Sie presste die Lippen zusammen und senkte den Kopf.

Ich brauchte eine Weile, um diese Worte aufzunehmen. Liv Boregard, die offensichtlich keinen Grund hatte, ihrem Mann etwas zu verheimlichen, tat so etwas?

»Das ist ein gefährliches Spiel«, sagte ich. »Dir ist hoffentlich klar, dass er den Besitz seiner Ehefrau mit verwaltet …«

Sie schien es nicht zu wissen, wie ihr überraschter Gesichtsausdruck verriet. »Er weiß nicht einmal, dass es dieses Haus gibt«, brachte sie hervor.

Ich hielt den Atem an. Wenn Boregard nichts von diesem Haus wusste … Nein, diese Woche lief wirklich nicht gut.

»Wie kann das sein?«, fragte ich, während mein Verstand fieberhaft zu ergründen versuchte, welche Folgen das haben konnte.

Sie ergriff meinen Arm. »Versprich mir, dass du niemandem etwas davon erzählst, ja?«

»Ich verspreche es.«

Marlene atmete tief durch, dann sagte sie: »Liv hat das Haus von ihrem Vater geerbt, dem Gutsherrn von Nättraby.«

»Und sie konnte das Erbe annehmen, ohne dass Boregard etwas davon erfahren hat?«

Das war eine Größe, die ich nicht bedacht hatte. Das Hochgefühl unseres Kusses wich nun einer angstvollen Beklommenheit. Alles, was Marlene sich erhoffte, stand auf wackligen Füßen. Und dazu noch auf Füßen, die eigentlich Boregard gehörten!

»Sie hat die Schlüssel bekommen«, erwiderte sie und verfiel einen Moment lang in Schweigen. »Hätte sie das nicht tun dürfen?«, fragte sie dann.

Sollte ich ihr die Wahrheit sagen?

Inzwischen hatten wir die Pension beinahe erreicht. Ich wusste, dass ich hier meine Stimme nicht heben durfte.

Ich trat zu ihr und legte meine Hände auf ihre Arme. »Wenn eine Frau verheiratet ist, gehört alles, was sie besitzt, ihrem Mann. Wenn herauskommt, dass Liv dieses Haus übernommen hat …«

»Wir werden Stillschweigen bewahren«, sagte sie. »So lange es uns möglich ist.«

»Das wird nicht genügen.«

Ich seufzte tief. Da hatte ich gedacht, dass dieses Haus ein sicherer Ort für sie war, und jetzt …

»Du musst mit ihr reden«, sagte ich, denn ich würde dazu nicht in der Lage sein. »Du musst sie bitten, einen Plan zu fassen, eine Alternative zu schaffen. Schlimmstenfalls muss sie mit ihrem Mann sprechen.«

»Aber … das kann sie nicht!«

Ich spürte, dass sie zitterte. Ob von meinen Worten oder vom kühlen Abendwind, konnte ich nicht sagen.

»Lass uns oben weiterreden«, sagte ich, nachdem ich einen Blick zu den Fenstern der Nachbarschaft geworfen hatte.

Wir schlüpften durch das kleine Tor und tauchten in die Dunkelheit des Hofes ein.

»Marlene?«, wisperte da eine schwache Stimme.

Die Frau war vor der Tür kaum auszumachen, ein weißer Punkt in der Finsternis.

Dann sah ich das Blut auf ihrem Gesicht.

70

Marlene

»Schnell, bring sie nach oben!«, rief ich Oskar zu, während ich zum Tor sah, durch das der Schein der Straßenlampen fiel.

Meine Nackenhaare sträubten sich, und eine Gänsehaut überlief meinen gesamten Körper. Es war möglich, dass Torben jeden Augenblick hier auftauchte. Rasch huschte ich zum Tor und schloss es, dann folgte ich den beiden durch die Haustür und verriegelte auch diese.

Oskar war bereits auf der Treppe. Benommen lehnte Sigrun an seiner Schulter.

»In mein Zimmer«, wies ich ihn im Flüsterton an und folgte ihm.

Wenig später legte er Sigrun auf mein Bett. Ich konnte nicht glauben, dass ich noch Stunden zuvor mit ihr geredet hatte. Der Blutfluss kam vorwiegend aus ihrer Nase, auf ihrem Kleid hatte sich ein großer Fleck gebildet. An ihrem Kinn blühte zudem ein großer Bluterguss auf.

»Hast du einen Lappen?«, fragte ich Oskar, der sofort in sein Zimmer lief. Mit einem kleinen Handtuch kehrte er zurück. Ich tauchte es in die Waschschüssel und wartete, bis es sich vollgesogen hatte. Dann tupfte ich Sigrun vorsichtig übers Gesicht.

Sie zuckte zusammen. »Tut mir leid«, sagte ich und fuhr vorsichtiger fort.

»Könntest du nachschauen, ob Siri noch ein wenig Eis im Keller hat?«, fragte ich Oskar, ohne den Blick von Sigrun zu lassen. Ihre Nase schwoll mehr und mehr an.

Im Winter ließen sich die Larssons immer einen dicken Eisblock aus einem der umliegenden Seen bringen. Es war wichtig, dass es Süßwasser war, denn Salzwasser konnte nicht verwendet werden. In einem Keller, der extra dafür vorgesehen war, lagerten sie das Eis. Jetzt, da der Juni heran war, wusste ich allerdings nicht, ob noch etwas davon übrig geblieben war.

»Natürlich«, antwortete Oskar hinter mir und verschwand.

»Ich wollte, ich hätte auf dich gehört«, wimmerte Sigrun leise.

»Schsch«, machte ich. »Es ist alles gut.«

Tränen schossen in Sigruns Augen. »Ich war so dumm!«

»Nein, das warst du nicht.« Ich streichelte ihr übers Haar. »Du wolltest deinen Mann nicht im Stich lassen.«

Jetzt begann sie zu weinen.

»Wir werden dich schon wieder hinbekommen«, fuhr ich leise fort.

Hinter mir ertönten Schritte. Oskar erschien mit einer kleinen Schale. Das Eis darin war bereits stark angetaut, aber es würde seinen Zweck erfüllen.

»Hast du Siri gesagt, wofür du es brauchst?«, fragte ich.

»Nein«, sagte er und schloss die Tür. »Ich wollte nicht, dass sie hier auftaucht.«

Ich platzierte eines der Eisstücke neben Sigruns Nase. Die Schwellung gefiel mir ganz und gar nicht.

»Sie muss wieder ins Krankenhaus«, sagte Oskar hinter mir.

Ich schüttelte den Kopf. »Möglicherweise bekommt sie wegen ihrer Flucht Ärger.« Was ich in ihrer Gegenwart nicht aussprechen wollte, war, dass sie eigentlich aus der Stadt fortmusste, bevor Torben sie womöglich totschlug.

»Halte das Eis an deine Nase, ja?«, sagte ich zu Sigrun und gab es ihr in die zitternde, blutverschmierte Hand. »So.«

Sie kam meiner Aufforderung nach.

Ich holte ein frisches Laken aus der Wäschetruhe und begann es in Streifen zu reißen. Siri würde es mir in Rechnung stellen, aber daran wollte ich jetzt nicht denken.

»Dann soll wenigstens ein Arzt nach ihr sehen«, hörte ich Oskars Stimme hinter mir. »Vielleicht der, der dich verarztet hat.«

»Das wäre eine gute Idee«, sagte ich, während ich mit den neuen Tüchern Eiswasser und Blut von ihrem Gesicht wischte. Dabei rann mir ein Schauer über den Rücken. Vor einigen Tagen war ich an ihrer Stelle gewesen …

Oskar verließ das Zimmer. Während seine Schritte durch den Flur hallten, wimmerte Sigrun leise unter meinen Berührungen.

»Weiß Torben, wohin du gegangen bist?«, fragte ich.

»Nein«, antwortete sie. »Ich … ich weiß nicht. Aber er war nach ein paar Straßen nicht mehr hinter mir.«

Er hatte sie also verfolgt! Auf einmal wünschte ich mir, dass Oskar hiergeblieben wäre. Was, wenn er hier auftauchte und einen Weg ins Haus fand?

»Hast du ihm erzählt, dass du mit mir gesprochen hast?«, sprach ich meinen nächsten Gedanken laut aus.

»Nein, er … er hat nichts mitbekommen, glaube ich.«

Ich dachte wieder daran, wie ich mich vom Hinterhof davongestohlen hatte.

»Ich hätte ins Wasser gehen sollen!«, brach es plötzlich aus Sigrun heraus, und sie begann heftig zu schluchzen. »Dann wäre es vorbei gewesen.«

»Auf gar keinen Fall!«, gab ich erschrocken zurück. »Du wirfst dein Leben nicht weg für diesen Mann!«

»Aber ich … ich werde nicht von ihm wegkommen! Er wird es nicht zulassen!«

Ich wrang den Lappen aus, entfernte ein neues blassrosa Rinnsal, dann strich ich ihr übers Haar, das von Schweiß klebte. »Hör mir zu: Ich werde dir helfen. Du musst es nur zulassen, ja?«

Wenige Minuten später erschien der Arzt. Er erkannte mich sofort wieder und nickte mir grüßend zu.

»Solche Vorfälle scheinen hier zuzunehmen«, murmelte Dr. Bronlundt, während er sich aus seinem Jackett schälte und die Hemdsärmel aufkrempelte. »Wollen Sie mir sagen, dass Sie auch hier nicht wissen, wer das getan hat?«

»Ihr Ehemann!«, platzte Oskar heraus.

Als ich Sigrun ansah, öffnete sich ihr Mund zu einem stummen Klagen. Verflucht, Oskar!, hätte ich beinahe ausgerufen. Aber er sagte natürlich die Wahrheit.

»Und Sie wollen nichts unternehmen?«, fragte der Arzt, dann wandte er sich Sigrun zu. Er betastete ihr Gesicht, worauf sie wieder aufwimmerte.

Ich blickte mich nach Oskar um. Seine Augen funkelten so wütend, wie ich es selten bei einem Mann gesehen hatte. Er hielt die Hände zu Fäusten geballt. Aber Zorn war nicht das, was wir jetzt brauchten.

»Was sollen wir denn tun?«, fragte ich. »Die Polizei wird es wieder auf seine Trunkenheit schieben und ihn gehen lassen.«

Der Arzt presste die Lippen zusammen und blickte auf seine Patientin. Eine bessere Lösung hatte auch er nicht parat, also setzte er die Untersuchung fort.

»Die Nase ist nicht gebrochen«, stellte er nach einigen Handgriffen fest. »Allerdings kann ich eine Gehirnerschütterung nicht ausschließen.«

»Sie war bis vor einigen Tagen deswegen im Krankenhaus«, erklärte ich.

»Umso schlimmer. Vielleicht sollte ich sie erneut einweisen.«

Das würde nur dazu führen, dass sie irgendwann ein schlechtes Gewissen bekommt und nach Hause zurückkehrt, dachte ich. Laut sagte ich: »Er könnte sie dort aufsuchen. Und dann geschieht es wieder.« Ich sah den Arzt eindringlich an. Er schien es nicht gewohnt zu sein, dass man ihm widersprach.

»Ist ihr Leben durch die Gehirnerschütterung akut bedroht?«, schaltete sich Oskar ein.

»Nein, aber sie sollte sich ausruhen.«

»Ich glaube, dafür können wir sorgen«, sagte ich.

Als der Arzt fort war, setzte ich mich neben Sigrun.

»Du meintest doch, dass ich eine Reise machen könnte«, begann sie mit leiser Stimme. Das Schmerzpulver, das der Arzt uns dagelassen hatte, begann Wirkung zu zeigen, und ich sah, dass ihre Augen schwer wurden.

»Willst du das denn?«, fragte ich und spürte erst jetzt, dass ich leicht zitterte. Wann würde ich je keine Angst mehr haben?

»Wird er mich dort finden können?«, fragte Sigrun, und ich wusste, dass ich tapfer sein musste.

Ich schüttelte den Kopf und dachte an mein Gespräch mit Oskar zurück. Das Leben im Rosenhag mochte auf wackligen Beinen stehen, aber es war der einzige Ort, an dem Torben sie nicht aufspüren würde. »Nein. Das verspreche ich dir.«

»Ich liebe Torben eigentlich«, sagte sie und nestelte an ihrem Ärmelsaum. »Aber ich erkenne ihn nicht wieder.«

Es war seltsam, dass das Medikament, das ihre Sinne eigentlich benebeln sollte, ihr eine Klarheit verschaffte, wie sie sie gestern noch nicht besessen hatte.

»Ich habe ihm einmal gesagt, dass er zu den Guttemplern gehen soll. Die würden ihm helfen. Aber er wollte nicht hören.«

Es würde mehr als die Gebete der Guttempler brauchen, um aus Torben wieder den sanften Mann zu machen, den Sigrun von früher kannte.

Oskar, der Dr. Bronlundt hinausbegleitet hatte, erschien wieder. Ich spürte seine Wärme hinter mir und verfluchte Torben im Stillen. Wir hätten diese Nacht wirklich anders nutzen können.

»Werden wir gleich losfahren?«, fragte Sigrun.

»Nein«, gab ich zurück. »Jetzt ist es dunkel.«

»Aber wenn er kommt …« Ihre Augen weiteten sich ängstlich.

Ich blickte zu Oskar. Wir würden natürlich Wache halten, aber was, wenn wirklich eintrat, was sie befürchtete?

»Wir sollten im Morgengrauen fahren«, sagte er. »Alles andere wäre unklug.«

»Wir werden auf dich aufpassen«, versprach ich ihr.

Das Schmerzpulver ergriff nun vollends von ihr Besitz, denn ihre Augen fielen zu.

»Er wird dich nicht wieder in seine Finger bekommen.«

Als sie eingeschlafen war, sagte ich »Danke!« zu Oskar. Ich griff nach seiner Hand und presste sie an meine Wange. »Es wird alles gut.«

Er strich vorsichtig über mein Haar und nickte. »Wir müssen nur die Nacht durchstehen.«

71

Liv

Unruhig ging ich vor dem Fenster auf und ab. Dabei krallte ich meine eiskalten Finger in meinen Rock. Seit dem Morgen beschäftigte mich die Frage, ob es Marlene gelungen war, mit Sigrun zu sprechen. Ob sie heil aus dieser Sache herausgekommen war.

Ich hatte keine Möglichkeit gehabt, sie aufzusuchen, die Vorbereitungen für unseren sonntäglichen Besuch hatten zu viel Zeit in Anspruch genommen. Außerdem hatte ich das Gefühl, dass Sten mich noch stärker als zuvor im Auge behielt.

Mittlerweile war es kurz vor zwölf. Ein berauschender Duft nach Braten in Rosmarinsoße erfüllte das Haus, doch ich konnte ihn nicht wirklich genießen. In ein paar Minuten würden Nanna und Hugo hier ankommen. Und mit ihnen ihre drei Kinder.

Ich dachte wieder an die Konfrontation mit Nanna. Würde sie diese Einladung als Friedensangebot auffassen? Wahrscheinlich wünschte Sten sich, dass ich mich bei ihr entschuldigte.

Als es klingelte, zuckte ich zusammen, und sofort erwachte ein Wühlen in meinem Bauch. Es war so weit. Am liebsten hätte ich mich auf dem Dachboden verkrochen, doch ich war kein kleines Mädchen mehr. Also straffte ich mich und verließ mein Zimmer.

Sten wartete bereits am Fuß der Treppe. Jetzt musste ich wieder die perfekte Ehefrau spielen.

Nanna trug ein blau-weißes Kleid, das von einem Gürtel zusammengehalten wurde. Es war dasselbe Kleid, in dem ich sie auch schon während der letzten Schwangerschaft gesehen hatte. Eigentlich war es noch nicht nötig, denn noch immer war sie rank und schlank und das Kind in ihrem Bauch nicht einmal zu erahnen. Doch sie gefiel sich in der Rolle der werdenden Mutter und strahlte entsprechend.

Hugo dagegen sah aus, als wollte er jeden Augenblick in die Firma. Er trug einen unauffälligen braunen Anzug, sein Bart war frisch geschnitten und am Schnurrbart onduliert. Hinter ihm strömte die Kinderschar herein. Die Mädchen in weißen Kleidchen mit rosa Schleifen, der Sohn in einem Matrosenanzug.

Ich fühlte mich elend, als ich neben Sten trat.

»Herzlich willkommen«, sagte er und schüttelte Hugos Hand. Ich umarmte Nanna und hauchte einen flüchtigen Kuss auf ihre Wange. Ein schwacher Veilchenduft ging von ihr aus.

Während ihre Kinder vorausliefen, folgten wir ihnen in den Garten, wo Astrid im kleinen Pavillon den Tisch gedeckt hatte. Ich war froh, dass wir uns in den Garten setzen konnten. So würde ich mich wenigstens an den Blumen erfreuen können, wenn die Unterhaltung unangenehm wurde.

»Oh, du bist deinen Gips losgeworden?«, fragte Nanna neben mir. Die beiden Männer gingen vor und steckten die Köpfe zusammen wie Knaben, die etwas ausheckten.

Ich spürte deutlich Nannas Kühle. Es wäre an mir gewesen, mich für meinen Ausbruch in ihrem Büro zu entschuldigen, aber ich brachte die Worte nicht heraus.

»Ja, gestern«, sagte ich und erinnerte mich wieder daran, wie ich zu ihr gelaufen war, nachdem Sten mich gepackt hatte. Ihr Rat, an meiner Ehe zu arbeiten, wirkte jetzt geradezu höhnisch auf mich.

»Und wie geht es dir damit?«, fragte sie weiter. Sie war keine besonders emotionale Person, und ich hatte sie bislang auch noch nicht als intrigant erlebt. Sie war pragmatisch, beinahe trocken. Dass sie jetzt so tat, als wäre nichts geschehen, passte zu ihr.

Ich spürte, wie sich meine Anspannung ein wenig löste. Vielleicht wurde es doch nicht so schlimm.

»Nun, der Arzt meinte, ich sollte üben. Aber bald werde ich meinen Arm wieder richtig bewegen können.«

»Das ist erfreulich.«

Wir nahmen am Tisch Platz, nachdem Nanna ihre Kinder angewiesen hatte, nicht wie wild durch die Blumenrabatten zu toben. Die Kleinen hielten sich etwa fünf Minuten daran, dann begannen sie erneut, durch die Blumenbeete zu trampeln.

Ich wandte den Blick ab und verdrängte den Gedanken, dass dies unsere Kinder hätten sein können.

Astrid erschien mit frisch gestärkter Schürze und dem Aperitif, einem Aquavit, zu dem es Salzgebäck und kleine Rollmopshäppchen gab. So etwas tischten wir sonst nur zu Weihnachten auf.

Wir stießen an und machten uns über die Häppchen her. Der Alkohol brannte auf der Zunge, aber vielleicht würde er mich die folgenden Stunden leichter ertragen lassen.

Ich beobachtete, wie Sten sich abwechselnd mit Hugo und Nanna unterhielt, und bekam bald den Eindruck, unsichtbar geworden zu sein. Wie hatte ich jemals glauben können, dass ich dazugehörte?

»Hast du denn noch mal etwas von Marlene Walsted gehört?«, riss mich Nannas Stimme aus meinen Gedanken. Nun waren alle Augen auf mich gerichtet. Stille folgte ihren Worten.

Das war der Moment, vor dem ich mich gefürchtet hatte. Natürlich hatte Sten sie eingeladen, damit ich mich entschuldigte!

»Nein«, sagte ich und nahm einen Schluck Kaffee. Ich hatte keine Ahnung, wie überzeugend ich lügen konnte. Doch nach allem, was geschehen war, würde ich es nicht offen zugeben.

»Es geht das Gerücht, dass sie die Stadt verlassen hat«, fuhr sie fort.

Ich fragte mich sogleich, woher sie das hatte. Und dann kam mir in den Sinn, dass Torben vielleicht nachgefragt haben könnte.

»Nun, das ist wohl das Beste für alle, nicht wahr?«, erwiderte ich, während ich ihrem Blick standhielt. Würde sie mir meine gespielte Gleichgültigkeit abnehmen?

»Und ob es das ist!«, platzte Hugo da heraus. »Störenfriede können wir in der Firma nicht gebrauchen. Dass sie sich mit einem unserer Männer angelegt hat. Unerhört!«

Unerhört war es, dass sie Marlene rausgeworfen hatten, ohne noch einmal mit ihr zu reden. Dass ihnen nicht daran gelegen war, die Wahrheit herauszufinden. Und noch unerhörter war, dass dieser Kerl Marlene einen Fausthieb verpasst hatte.

Schlagartig kehrte die Sorge um sie zurück. Doch diese hielt sich nicht lange, denn ich spürte, dass jetzt von mir eine Äußerung zu meinem Ausbruch in der Lampenfabrik erwartet wurde.

Kurz schaute ich rüber zu den Kindern, die weiterhin durch den Garten tobten, dann sagte ich: »Es tut mir sehr leid, dass ich die Fassung verloren habe. Ich hätte mich nicht einmischen dürfen.«

Hugo nickte, auch auf Nannas Gesicht trat ein wohlwollendes Lächeln. Nur Sten betrachtete mich weiterhin skeptisch. Reichte ihm die Entschuldigung nicht?

Ich wandte mich an Nanna: »Entschuldige bitte, dass ich dir deinen großen Tag verdorben habe.«

Hugo zog die Augenbrauen hoch. »Großen Tag?«

»Ich hatte ihr erzählt, dass ich wieder schwanger bin«, erklärte sie.

»Ah, ja, natürlich! Was für eine Freude!« Hugo klatschte in die Hände. »Wir sind gespannt, ob es ein Junge oder ein Mädchen wird.«

Ich blickte zu Nanna, deren Miene jetzt wieder zu strahlen begann. War ich vom Haken?

»Es ist zu schade, dass ihr keine Kinder habt«, sagte sie und tätschelte meine Hand. »Meine Kinder hätten passende Spielkameraden gehabt. Und wer weiß, vielleicht hätte sich auch ein anderes Band ergeben.«

Auf ihre Worte spürte ich Stens Blick und wandte mich ihm zu. Seine Augen hatten einen intensiven Ausdruck angenommen, er wirkte beinahe wütend. Aber nicht auf Nanna und ihre Äußerung darüber, was alles möglich gewesen wäre. Er war wütend auf mich, dass ich ihm die Chance verwehrte, unser Kind mit einem der Skantze-Kinder zu verheiraten und unsere Beziehung zu ihnen noch stärker zu festigen.

Auf einmal hatte ich das Gefühl, keine Luft mehr zu bekommen.

»Entschuldigt mich bitte für einen Moment«, sagte ich und lief zurück ins Haus. Ich brauchte einen Augenblick der Ruhe, einen Moment des Alleinseins, um mich wieder zu ordnen und zu fassen.

Die Kühle des Hauses umfing mich wohltuend, und ich spürte, wie sich mein Puls wieder beruhigte. Ich lehnte mich gegen eine Wand und schloss die brennenden Augen. Dabei gelang es mir sogar, die Stimmen und das Toben der Kinder draußen auszublenden. Vielleicht konnte ich zehn Minuten Ruhe haben, bevor Sten nach mir schauen kam.

»Ist alles in Ordnung, gnädige Frau?«, fragte Astrid da. Ich öffnete die Augen und bemerkte, dass sie einen Umschlag in der Hand hielt.

»Was ist das?«, wollte ich wissen, ohne auf ihre Frage einzugehen.

»Das wurde eben für Sie abgegeben.« Sie reichte es mir, und ich wartete, bis sie sich wieder entfernt hatte. Dann riss ich den Umschlag auf.

Die Handschrift auf der Karte war mir unbekannt, aber die Worte verstand ich.

S. ist auf dem Weg nach Nättraby.

72

Marlene

»Weißt du eigentlich, wie lange ich schon nicht mehr Zug gefahren bin?« Ingrid stieß mich mit dem Ellenbogen an und riss mich damit aus der Betrachtung einer Frau, die einen Hühnerkäfig vor sich stehen hatte. Die Tiere gackerten hin und wieder laut und pickten nacheinander.

In der dritten Klasse durfte man nicht wählerisch sein, was die Gesellschaft anging. Umso glücklicher war ich, dass meine Freundin neben mir saß.

»Wie lange denn?«, fragte ich zurück.

»Das letzte Mal war, als ich von der Beerdigung meines Vaters heimgekommen bin. Damals hat Ulf noch gelebt.«

Ihr Mann war mittlerweile gut zehn Jahre tot, da konnte ich es mir denken.

Es hatte mich ein wenig Überredung gekostet, besonders weil Ingrid nicht wusste, ob sie Liv vertrauen konnte. Doch schließlich war sie bereit gewesen, mich zu begleiten. Vorübergehend, natürlich. So ganz war sie von unserer Idee, ein Haus für Frauen zu eröffnen, noch nicht überzeugt. Aber wie sie sagte, war sie froh, mal andere Luft zu schnuppern.

Oskar war bereits vor Stunden losgefahren, mittlerweile musste er mit Sigrun am Rosenhag angekommen sein.

Nachdem wir die ganze Nacht über Wache gehalten hatten, war Oskar im Morgengrauen verschwunden, um ein Fuhrwerk zu organisieren. Wir betteten sie auf alles, was wir an Decken finden konnten, denn ich wusste aus eigenem Erleben, wie ruckelig die Strecke war. Zum Abschied hatte ich Oskar den Hausschlüssel gegeben und ihn umarmt.

»Gib auf dich acht«, sagte er leise in mein Haar. »Ich möchte nicht, dass er dich erwischt.«

»Das wird er nicht«, hatte ich versprochen und war dann wieder ins Haus gehuscht.

Meine Glieder hatten sich schwer wie Blei angefühlt, und nur mühevoll hatte ich der Versuchung widerstanden, mich einfach in mein Bett zu legen. Ich wollte nicht abwarten, bis Torben an meine Tür klopfte und die Herausgabe seiner Frau verlangte.

Stattdessen war ich zu Ingrid gelaufen. Und nun saßen wir hier.

Für die Reise hatte meine Freundin ihre besten Kleider angezogen, ihre restlichen Sachen hatte sie in eine Tasche gestopft.

»Vielleicht gefällt es dir dort ja so gut, dass du bleiben möchtest«, sagte ich.

»Wie steht es denn mit dir?«, fragte sie. »Würdest du für immer dort bleiben wollen?«

Ich überlegte. Es war wunderbar, von Vogelgesang geweckt zu werden. Sich den Tag einteilen zu können, wie man wollte. Im Garten zu arbeiten. Frei zu sein.

Der einzige Grund, in Karlskrona zu bleiben, wäre Oskar.

Und natürlich das Zimmer bei Siri und Ove. Auch wenn ich Liv vertraute, hatten mich Oskars Worte davor zurückschrecken lassen, mein Zimmer aufzugeben. Irgendwann würde ich nicht drum herum kommen, wenn meine Ersparnisse aufgebraucht waren. Aber jetzt mussten wir erst einmal sehen, dass Sigrun ein neues Zuhause bereitet wurde.

»Ich weiß es noch nicht«, antwortete ich ehrlich. »Ich schätze, das muss sich mit der Zeit zeigen.«

Als der Zug in den Bahnhof von Nättraby einfuhr, hatte die Sonne ihren mittäglichen Zenit bereits überschritten. Nur wenige Passagiere verließen mit uns den Waggon.

Froh darüber, endlich wieder frische Luft zu atmen, bat ich Ingrid, an der Treppe zu warten, und ging zum Gepäckwagen, wo die Bahnbediensteten gerade dabei waren, die Post zu entladen. Ich bat um mein Fahrrad und bekam es wenig später von einem der Männer gereicht.

»Aber passen Sie bloß auf, dass Ihr hübsches Gesicht beim Fahren nicht stehen bleibt«, scherzte er, worauf die anderen in Gelächter ausbrachen. Ich blickte ihn verständnislos an, verzichtete aber darauf, mir diese Bemerkung erklären zu lassen.

Als ich mit Ingrid zum Ausgang schritt, erkannte ich den Pferdewagen vor dem Bahnhof. Oskar saß auf dem Kutschbock und notierte etwas in ein Heft.

»Entschuldigen Sie bitte, könnten Sie uns vielleicht fahren?«, fragte ich, worauf sein Kopf in die Höhe schnellte. Er schien so versunken gewesen zu sein, dass er sogar den Bleistift fallen ließ. Ich fing ihn auf und reichte ihn an Oskar zurück.

»Natürlich fahre ich euch«, entgegnete er mit einem breiten Lächeln.

Zu dieser Zeit waren die Straßen von Nättraby beinahe leer. Am Sonntag waren nicht einmal die Bauern auf den Feldern. Schwere, süße Luft lag auf dem Landstrich, und in den Büschen zwitscherten die Vögel.

»Wie geht es Sigrun?«, fragte ich Oskar, der neben mir ruhig die Zügel hielt.

»Sie schlief, als ich weggefahren bin. Ihre Nase sieht schlimm aus. Aber sie wirkte ein wenig gefasster.«

»Dieses verdammte Schwein«, schimpfte Ingrid neben mir los. Natürlich hatte ich ihr den Vorfall in allen Einzelheiten erzählt und dabei nicht ausgelassen, dass auch ich von ihm eins draufbekommen hatte. »Dass er nicht bestraft werden kann …«

»Oh, das könnte er«, widersprach Oskar. »Nur müsste Frau Bergsma ihn anzeigen. Gewalt gegen die Ehefrau kann ein Scheidungsgrund sein.«

»Nur dass sie dann ohne Absicherung dasteht«, sagte ich.

»Ich denke, sie arbeitet in der Fabrik«, warf Ingrid ein, die auf der Ladefläche neben den Taschen Platz genommen hatte.

»Wie lange wohl noch, wenn sie ihn verlässt?« Ich seufzte schwer. Wenn er dafür sorgen konnte, dass ich gehen musste, dann wäre das auch bei seiner Frau kein Problem. Aber wahrscheinlich würde Sigrun sich ohnehin dort nicht mehr sehen lassen wollen, wenn sie sich wirklich zu diesem Schritt durchrang.

Wir erreichten das Wildhüterhaus gut eine halbe Stunde später. Die Sonne brachte auch hier die Fassade sowie die erblühten Rosen zum Leuchten.

Oskar half Ingrid vom Wagen herunter, während ich mein Fahrrad von der Ladefläche hob.

»Kannst du dir vorstellen, dass mir einer der Kofferkulis gesagt hat, ich solle mich auf dem Fahrrad vorsehen, dass mein Gesicht nicht stehen bleibt? Was soll das bedeuten?«, fragte ich Oskar, während dieser einen Futterbeutel um den Hals des Pferdes hängte. Begierig schob der Braune seinen Kopf hinein und begann geräuschvoll zu kauen.

Oskar lachte auf. »Ach, die alte Geschichte!«

Ich zog die Augenbrauen hoch. »Welche Geschichte?«

»Hast du noch nie vom Fahrradgesicht gehört?«

Ich schüttelte den Kopf.

»Bis vor einigen Jahren vertraten einige Ärzte die Ansicht, dass Frauen, wenn sie Fahrrad fahren, unschöne Verzerrungen im Gesicht bekommen könnten.«

Ich lachte auf. »Ach so ist das! Dann muss ich mich ja nicht wundern, wenn ich keinen neuen Mann finde!«

»Ich finde dich nach wie vor sehr attraktiv«, gab er zurück, und mir wurde plötzlich heiß. Doch dann erinnerte ich mich daran, dass wir nicht allein waren. Ingrid war zwar ins Haus gegangen, doch möglicherweise spähte sie durchs Fenster.

»Willst du gleich zurückfahren, oder bleibst du noch für einen Kaffee?«, fragte ich.

Oskars Lächeln jagte mir einen wohligen Schauer durch den Körper. »Wenn ich bleiben darf in einem Haus der Frauen?«

Wenig später saßen wir in der Küche zusammen. Sigrun war mittlerweile wieder wach, sodass wir uns zu ihr gesellen konnten. Oskar hatte recht, sie sah wirklich schlimm aus. Doch allein schon die Gewissheit, dass sie hier außerhalb von Torbens Reichweite war, beruhigte mich ein wenig.

Wir aßen von dem Brot, das wir noch hatten, außerdem ein paar Äpfel, die Oskar von Siri erhalten hatte. Schließlich musste er sich wieder auf den Weg machen.

»Seid bitte vorsichtig, ja?«, sagte er am Tor. »Wenn Boregard dahinterkommt, dass ihr hier seid, weiß ich nicht, wie er reagieren wird.«

»Wie sollte er reagieren?«, fragte ich. »Er weiß nichts von diesem Haus.«

»Dennoch.« Er strich zärtlich über meine Wange, während mich sein Blick gefangen hielt. Ich versicherte ihm, dass wir auf der Hut sein würden.

»Wann sehe ich dich wieder?«, fragte ich, als ich ihn in meinen Armen hielt.

»Bald.« Er küsste mich, stieg auf den Wagen, und mir blieb nichts übrig, als ihn fahren zu lassen, obwohl sich mein Körper und meine Seele etwas ganz anderes wünschten.

73

Oskar

Zurück in Karlskrona lieferte ich den Wagen wieder ab und schlenderte dann noch eine Weile durch die abendliche Stadt. Die beiden Fahrten steckten mir gehörig in den Knochen und nötigten mir großen Respekt für alle Wagenlenker ab. Ich wusste schon, warum ich mich hinter einem Schreibtisch wohler fühlte!

Die Entwicklungen der vergangenen Stunden hatten mich vergessen lassen, dass mein Informant mich versetzt hatte. Marlene, Frau Bergsma, die Fahrt nach Nättraby … Doch als ich das Kontor der Boregard-Rederei passierte, kam mir wieder in den Sinn, was am Freitag schiefgelaufen war.

Ich blickte zu dem eleganten Gebäude auf, dessen Fenster wie dunkle Augen auf die Straße blickten. Dann schaute ich zum Hafen hinüber, dessen hohe Kräne gerade noch so in der Dunkelheit auszumachen waren.

Ein Schauer rann mir über den Rücken. Das Gefühl, dass ich mich tiefer in die Sache verstrickte, als ich eigentlich vorgehabt hatte, überfiel mich.

Hier in Karlskrona hing alles irgendwie zusammen, das hatte ich mittlerweile gelernt. Wie sich diese Verbindungen allerdings auswirken würden, konnte ich noch nicht abschätzen.

Wenn doch nur die Russen das Beweisstück freigeben würden,

damit wir wussten, was als Nächstes kam … Es konnte Tage dauern, vielleicht aber auch Monate. Und mit jedem Tag, der verging, jedem Tag, an dem ich versuchte, etwas über die Sache herauszufinden, wurde es heikler.

Vielleicht trog der Schein aber auch …

Ich riss mich los vom Anblick des Hafens und der Schiffe, deren Beleuchtung die Kais erhellte, und setzte meinen Weg fort.

Der Gedanke, im Gasthaus einzukehren, kam mir. Mein Magen war leer, und ich wollte um diese Stunde Frau Malmström nicht mehr darum bitten, mir etwas zuzubereiten.

Ich bog also in die nächste Straße ein und sah das Gasthaus schon vor mir, als ich plötzlich ein Zischen hinter mir vernahm.

Augenblicklich sträubten sich mir die Nackenhaare. Ich wirbelte herum, stellte mich auf einen Kampf ein, dann sah ich den Umriss eines Mannes.

Er blieb stehen, musterte mich, dann sagte er: »Herr Andersson. Wir müssen reden.«

Unter dem Klopfen meines Herzens vernahm ich die Stimme kaum. Erst einen Moment später realisierte ich, dass ich sie kannte.

»Wir sollten uns einen Ort suchen, an dem wir ungestört sind«, fuhr der Schatten fort. Seine Stimme hatte einen ernsten, fast angstvollen Unterton. Ich nickte und schloss mich ihm an.

Wir begaben uns in den Hoglands-Park, der um diese Zeit menschenleer war. Gaslaternen warfen ihren verwaschenen Schein auf die Wege und bestätigten mir, dass ich mich in meinem Begleiter nicht geirrt hatte. Es war mein Informant.

»Warum sind Sie am Freitagabend nicht gekommen?«, fragte ich ihn.

»Es war nicht möglich. Mein Chef spürt, dass etwas nicht stimmt. Er ist am Freitag noch spät im Büro erschienen und hat nach den Unterlagen gefragt. Ich konnte nicht weg.«

»Nach welchen Unterlagen hat er gefragt?« Ich hielt kurz die Luft an. Doch wohl nicht nach dem Heft, das ich noch immer bei mir trug!

»Den Folianten«, sagte er. »Ich habe Blut und Wasser geschwitzt bei dem Gedanken, dass ich ihm das gute Stück in der letzten Woche nicht hätte geben können.« Er zog ein Taschentuch hervor und tupfte sich damit über die Stirn. Ich sah, wie sein Ehering an seinem Finger aufblitzte.

»Aber jetzt konnten Sie es«, gab ich zurück. »Es bringt nichts, Angst vor Dingen zu haben, die nicht eingetreten sind.«

»Er hat alles ganz genau durchgeschaut«, fuhr mein Gesprächspartner fort. »So als wollte er prüfen, ob die Unterlagen am angestammten Platz sind.«

»Ich habe nichts verändert.«

»Wirklich nicht?«, fragte der Mann.

»Das versichere ich Ihnen!« Ich zog das Heft aus meiner Tasche. »Das gilt auch hierfür.«

»Danke.« Der Mann stieß einen Seufzer der Erleichterung aus und schob das Heft unter seine Jacke. »Dennoch weiß ich nicht, ob ich Ihnen mehr liefern kann. Es ist möglich, dass er noch anderes sehen will.«

Ich presste die Lippen zusammen. Was ich bisher bekommen hatte, war gutes Material gewesen. Doch es reichte nicht. Ich brauchte mehr, brauchte konkretere Anhaltspunkte.

»Ist denn sonst irgendwas ungewöhnlich? Ich meine, im Vergleich zu vorher.«

»Etwas scheint im Umschwung zu sein«, antwortete er. »Ich kann nicht mal sagen, ob in der Firma oder seiner Familie. Er wirkt in letzter Zeit abgelenkt. Und die Frage nach den Folianten …«

»Ich kann verstehen, dass Sie unruhig sind«, sagte ich. »Aber Ihre Arbeit ist sehr wichtig. Wie soll ich an die Unterlagen gelangen, wenn Sie mir nicht helfen?«

Ich spürte, wie er mit sich rang. »Wenn es herauskommt, dass ich Ihnen geholfen habe … Ich werde mich hier in Karlskrona nirgendwo mehr blicken lassen können. Er hat Freunde in den höchsten Kreisen. Sie werden mich und meine Frau aus der Stadt jagen!«

Ich legte beruhigend die Hand an seinen Arm. »Wir werden Ihnen bei allen Schwierigkeiten beistehen. Er mag hier Freunde haben, aber auch auf meiner Seite sind Männer mit Einfluss. Er hat nicht so viel Macht, wie Sie glauben!«

»Sie leben hier nicht, Herr Andersson«, gab er zurück. »Sie wissen nicht, wie es ist. Der gesamte Stadtrat …«

»In diesem wird er keinen Sitz mehr haben, wenn die Sache herauskommt«, sagte ich. »Er wird der Ausgestoßene sein, nicht Sie!«

74

Liv

Den ganzen Morgen über wartete ich ungeduldig darauf, dass Sten das Haus verließ. Normalerweise war er an einem Montag immer sehr früh im Kontor. Stattdessen hörte ich ihn auf dem Gang rumoren. Es wirkte beinahe, als wollte er mich noch antreffen, bevor er zur Arbeit ging.

Ich warf einen Blick auf meine Uhr. Länger konnte ich wirklich nicht mehr im Bett bleiben. Also erhob ich mich, verrichtete meine Morgentoilette und schlüpfte in meine Unterkleider.

Keinen Gips mehr zu tragen gab mir ein völlig neues Gefühl von Freiheit. Mittlerweile gehorchte mir das Handgelenk wieder einigermaßen. Ich verzichtete heute auf das Korsett und damit auch auf Astrids Hilfe und schlüpfte in eines meiner Sommerkleider.

Dann ging ich nach unten. Ich spürte seine Anwesenheit schon an der Tür des Esszimmers.

Sten saß an seinem Platz und schaufelte Rührei in sich hinein.

»Du kommst spät«, begrüßte er mich kauend.

»Ich habe verschlafen«, schwindelte ich und setzte mich. Astrid war sofort bei mir und schenkte mir Kaffee ein.

»Oh«, sagte er zu meiner Bemerkung. »Nun … Es war doch gestern ein guter Tag, nicht wahr?«

Als gut hätte ich ihn nicht bezeichnet. Trotz meiner Entschuldigung war die Atmosphäre zwischen uns seltsam gewesen. Erst recht, als Sten sich mit Hugo zum Rauchen zurückgezogen hatte.

Nanna redete die ganze Zeit über ihre Schwangerschaft und ihren bevorstehenden Aufenthalt auf Aspö. Dorthin fuhren sie jedes Jahr über den Sommer, und kürzlich hatten sie dort ein neues Haus direkt am Meer erworben.

Während ich vorgab zuzuhören, wurde ich von der Frage geplagt, wie es in Nättraby aussah und ob Marlene und Sigrun dort heil angekommen waren. Ich brannte darauf zu erfahren, was geschehen war.

Es wunderte mich allerdings, dass Sten jetzt so gute Laune hatte.

»Ja«, sagte ich und butterte mir ein Brötchen. Die Johannisbeermarmelade war eine meiner liebsten, denn sie erinnerte mich an eine Haushälterin in einem der Pfarrhäuser. Es war eine fröhliche Frau gewesen, die stets runde rote Wangen hatte.

»Wir sollten es wirklich noch einmal versuchen«, sagte Sten plötzlich.

»Du meinst, Nanna und Hugo einladen?«, fragte ich ein wenig verwundert.

»Ein Kind zu zeugen«, antwortete er und nahm einen Schluck Kaffee. Ich sah ihn an und spürte, wie sich der Bissen durch meine Kehle mühte. Schnell trank ich Kaffee nach. Wie kam er denn jetzt darauf?

»Gestern beim Gespräch mit Nanna und Hugo ist mir in den Sinn gekommen, dass wir uns vielleicht weiterhin bemühen sollten«, fuhr er fort, als würde er über das Wetter plaudern. »Immerhin sind seit Nannas letzter Schwangerschaft beinahe sieben Jahre vergangen. So viele, wie wir verheiratet sind.«

»Meinst du wirklich?«, fragte ich verwirrt. Auf einmal war mein Mund staubtrocken. Zwischen Nannas Sohn und ihrem neuen Kind lagen tatsächlich beinahe sieben Jahre. Allerdings hatte sie zuvor vier andere Kinder geboren, von denen eins gestorben war. Ich hatte keine Ahnung, woran diese Pause lag, aber sicher nicht daran, dass Nanna schlagartig unfruchtbar geworden war.

»Ja«, sagte er. »Ich meine, wir brauchen ja einen Erben für meine Firma. Einen Sohn, der all das übernehmen kann.«

Ich schluckte. Es war Monate her, dass Sten und ich das Bett geteilt hatten. Auch zuvor waren wir nur noch sporadisch zusammengekommen.

»Du wirst mir Bescheid sagen, wenn du dein monatliches Übel hast. Ansonsten werden wir es so oft versuchen, bis du endlich schwanger bist.«

So, wie er es sagte, klang es eher nach einer Drohung als dem Versuch, mir das lang ersehnte Kinderglück zu verschaffen. Plötzlich wurde mir schlecht.

Doch Sten schien keine Erwiderung zu erwarten. »Wenn du ein Kind hast, wirst du keine Zeit mehr haben, dich um Dinge zu kümmern, die dich nichts angehen«, sagte er. »Du wirst dann endlich eine sinnvolle Aufgabe haben.«

Meine Miene fror ein. Ich hatte mich getäuscht. Er war ganz und gar nicht guter Laune. Meine Entschuldigung hatte nichts bewirkt. Er glaubte offenbar, mich wieder auf meinen Platz verweisen zu müssen.

Er trank aus und erhob sich. Die Verwirrung auf meinem Gesicht brachte ihn dazu, ein zufriedenes Lächeln aufzusetzen. »Vielleicht gehst du noch einmal zu unserem Arzt. Er kann dich untersuchen und sagen, ob wir gleich heute beginnen können.« Er legte seine Serviette ab und verließ grußlos das Esszimmer.

Ich starrte auf die Tür, durch die er verschwunden war. Hatte sich die Szene eben wirklich abgespielt? Sten wollte jetzt ein Kind – nachdem wir sieben Jahre lang keinen Erfolg gehabt hatten und er mittlerweile den Eindruck machte, als läge ihm nichts mehr an mir?

Ich ließ mein Buttermesser sinken und starrte auf mein angebissenes Brötchen. Wie lange hatte ich mich nach einem Kind gesehnt? Wie lange war ich verzweifelt gewesen, dass ich keines hatte bekommen können? Und jetzt … Allein der Gedanke, jeden Abend mit ihm schlafen zu müssen, erregte Widerwillen in mir. Fast wünschte ich mir, er hätte verkündet, dass wir ab sofort jeden Sonntag Besuch bekommen würden …

»Wünschen Sie noch etwas, gnädige Frau?«, fragte Astrid, die durch die Tür lugte.

Ich hätte bei der Frage beinahe aufgelacht. Sie hatte keine Ahnung, was ich mir wünschte. Doch ich schüttelte den Kopf und erhob mich. Wieder einmal war mir der Appetit gründlich vergangen.

75

Marlene

Nach einer Nacht mit vergeblicher Suche nach zusätzlichem Bettzeug verließ ich um kurz nach acht das Wildhüterhaus. Obwohl Midsommar nicht mehr weit war, wurde es in dem Haus des Nachts empfindlich kühl. Ich hatte die einzige Decke, die wir hier hatten, Sigrun gegeben, Ingrid und ich hatten versucht, uns mit unseren Kleidern zu wärmen. Aber das war natürlich kein Zustand.

Ich hoffte, den Gastwirt in Nättraby anzutreffen, bevor der Betrieb in seinem Haus losging. Vielleicht konnte er uns Decken verkaufen. Oder uns zumindest einen Rat geben, wo ich Bettzeug und andere Haushaltswaren erstehen konnte.

Liv hatte mir ein wenig Geld dagelassen, mit dem ich es bezahlen konnte. Da wir sparsam sein mussten, wollte ich versuchen, ein paar Dinge so günstig wie möglich zu bekommen.

Der Morgentau glitzerte auf den Grashalmen, und der Wald tönte nur so vor Vogelstimmen. Der Weg unter meinem Fahrrad war ziemlich holperig, selbst wenn ich den Spurrinnen folgte, die die Pferdewagen hinterlassen hatten.

Obwohl die frische Luft meinen Kopf freipustete, steckte mir die Nacht immer noch in den Knochen. Das lag nicht nur an der Kälte und den durchgelegenen Matratzen. Ingrid schnarchte, dass sich die Balken bogen. Außerdem war ich es nicht mehr gewohnt, mit einer anderen Person in einem Bett zu liegen, und so hatte es gedauert, bis ich zur Ruhe kommen konnte.

Zwischendurch war ich aufgestanden und hatte nach Sigrun gesehen. Der Schlaf und möglicherweise auch das Bewusstsein, dass Torben sie hier nicht erreichen konnte, ließen sie etwas erholter und auch jünger aussehen.

Wenn ich gedacht hatte, früh auf den Beinen zu sein, wurde ich am Morgen überrascht. Der Platz im Bett neben mir war bereits leer, als ich mich erhob. Ingrid stand in der Küche und machte Feuer.

»Wir müssen das Mädchen ein wenig aufpäppeln«, sagte sie, und ich wusste, dass sie Sigrun meinte. »Dafür, dass ihr Mann und sie Arbeit hatten, sieht sie sehr mager aus.«

Ich mochte es nicht, über jemanden zu reden, der im Nebenzimmer lag und vielleicht zuhörte, also antwortete ich: »Wenn es jemandem gelingen wird, dann dir!«

»Du siehst aus, als wolltest du irgendwohin«, hatte sie gesagt. »Kannst du eine Kanne Milch auftreiben?«

»Vielleicht sollte ich besser noch eine Kuh auftreiben«, erwiderte ich lachend, während ich mir ein Stück Brot in die Tasche steckte.

»Könntest du die melken?«, fragt Ingrid spöttisch.

Ich zuckte mit den Schultern. »Du etwa?«

»Ich bin zwar auf dem Land aufgewachsen, aber gemolken haben mein Vater und mein Bruder. Ich musste meiner Mutter im Haus helfen. Aber vielleicht fällt mir wieder ein, wie sie es gemacht haben.«

»Frag doch mal Sigrun. Wenn sie es auch nicht kann, werden wir es eben lernen müssen.«

An eine Kuh dachte ich in diesem Augenblick jedoch weniger. Zwei, drei Ziegen würden auch schon genügen. Und vielleicht ein paar ordentliche Betten.

In Nättraby angekommen, staunte ich über die morgendliche Geschäftigkeit. Viele Menschen waren unterwegs: Bauern, die aufs Feld wollten, und Arbeiter, die dem Bahnhof zustrebten.

Vor dem Gasthof stand ein Fuhrwerk, das gerade entladen wurde.

»Frau Walsted!«, rief da eine Stimme.

Als ich mich umwandte, konnte ich dem Gesicht der Frau, die mich gerufen hatte, zunächst keinen Namen zuordnen. Doch dann fiel mir wieder ein, dass es sich um Livs Bekannte handelte, die uns im Gasthof angesprochen hatte. Dass sie sich an mich erinnerte …

Mit langen Schritten kam sie auf mich zu. Heute trug sie ein blaues Kleid mit weißem Kragen, das etwas abgewetzt wirkte. Offenbar war auch sie auf dem Weg zu ihren täglichen Besorgungen.

Für einen Moment war ich versucht, mich wieder auf meinen Drahtesel zu schwingen und einfach davonzufahren. Doch dann wurde mir klar, dass ich vielleicht irgendwann ein Teil dieses Ortes werden wollte. Wenn Bente den Leuten erzählte, wie unhöflich ich war, würden sich die Türen bereits schließen, bevor ich vor ihnen erschien.

»Guten Morgen, Frau Nielsen«, grüßte ich sie und setzte ein unverbindliches Lächeln auf.

»Ist Liv auch hier?«, fragte sie sogleich, während ihr Blick an meinem Fahrrad hängen blieb.

»Nein, ich …« Was sollte ich sagen? Ich erinnerte mich, wie unangenehm es Liv gewesen war, auf Bente zu treffen. Und dass sie diejenige war, die sie zum ersten Mal mit ihrem leiblichen Vater konfrontiert hatte. »Ich bin allein.«

»Nun, ähm … das ist schade. Ich dachte, Liv wäre ebenfalls hier.« Ich spürte, dass ihr etwas auf der Seele lag. Wenn das nicht der Fall wäre, hätte sie mich sicher nicht angesprochen.

»Ich kann ihr gern etwas ausrichten«, bot ich an.

»Nun ja.« Sie stieß ein nervöses Kichern aus. »Ich hatte sie vor einigen Tagen hier gesehen und verpasst … Es heißt, dass sie hier … ich meine auf dem Gut …«

Ihr Herumdrucksen machte mich nervös.

»Nur heraus mit der Sprache«, sagte ich, denn ich wusste genau, worauf sie hinauswollte.

Bentes Gesicht glühte. »Es heißt, dass sie auf dem Gut ein Haus bekommen haben soll. Geerbt, von ihrem Vater …«

Ein eisiger Schauer rann mir über den Rücken. Ich hätte nicht damit gerechnet, dass sich dies so schnell herumsprach. Wie konnte jemand davon erfahren haben? Oskars Warnung geriet mir wieder in den Sinn. Wenn Boregard nun etwas erfuhr …

»Wer hat das denn erzählt?«, fragte ich zurück, während ich versuchte, mir meine Erschütterung nicht anmerken zu lassen.

Bente begann unruhig an ihrem Ärmel zu zupfen. »Der neue Gutsherr. Ich arbeite seit Kurzem im Gutshaus und habe ein Gespräch mit angehört.«

Die Worte versetzten mir einen weiteren Schrecken. Liv war Gesprächsthema im Gutshaus! Davon musste sie erfahren.

»Ein Gespräch zwischen dem Gutsherrn und seiner Frau?«, fragte ich weiter. Von mir würde Bente nichts erfahren, aber ich wollte schon gern wissen, wer was über Liv redete. Das konnte bedeutend für das Haus der Frauen sein.

»Ja, die beiden unterhielten sich darüber, dass es schade sei, dass sie das Haus geerbt hätte, wo sie es doch ihrem verdienten Verwalter überlassen wollten, der bald in den Ruhestand geht.«

Die Worte ließen mich erstarren. Es war eine an sich harmlose Bemerkung, doch darin steckte eine große Gefahr für uns.

»Also hat sie das Wildhüterhaus wirklich bekommen?«, hakte Bente nach.

»Ich fürchte, das müssen Sie sie selbst fragen«, erwiderte ich. »Ich bin hier nur zu Besuch.« Das war die beste Schwindelei, die mir im Moment einfiel. »Ich kann Liv aber von Ihnen grüßen, wenn Sie mögen.«

»Ja, tun Sie das«, entgegnete Bente sichtlich enttäuscht.

Wahrscheinlich hatte sie sich mehr von mir erhofft, doch ich wünschte ihr nur einen guten Tag, schwang mich aufs Rad und drehte noch eine große Extrarunde, bis Bente in Richtung Gutshaus verschwunden war.

»Sie wollen was?«, fragte mich der Wirt entgeistert.

Axel Löwenstein hatte schon etwas ungehalten gewirkt, als ich ihn von einem der Zimmermädchen hatte rufen lassen. Jetzt blickte er mich an, als hätte ich den Verstand verloren.

»Bettdecken«, wiederholte ich. »Ich wollte Sie fragen, ob Sie welche übrig haben. Oder wo ich welche erstehen kann.«

Der Blick des Wirts wurde misstrauisch. »Wofür wollen Sie die denn?«

»Für mein neues Zuhause«, sagte ich, was ja gewissermaßen stimmte. Doch so recht abzunehmen schien er mir das nicht.

»Warum schicken Sie dann nicht Ihren Mann los?«

»Weil er gestorben ist«, gab ich zurück. »Er ist auf See geblieben.«

Die Augen des Gastwirts verengten sich, während er mich musterte. »Und jetzt wollen Sie mir mit einem Fremdenzimmer Konkurrenz machen?«

Seine Frage ließ mich zunächst sprachlos werden. Daher also das Misstrauen.

»Nein, nein, auf keinen Fall!« Ich hob beschwichtigend die Hände. »Ich möchte nur Besucher in meinem Haus unterbringen. Freundinnen. Bekannte.«

Ich wusste, dass meine hektischen Worte nicht gerade dazu beitrugen, dass der Wirt mir vertraute. »Bitte«, sagte ich. »Ich lüge Sie nicht an!«

»Für welches Haus wollen Sie die Bettdecken denn?«, fragte er, noch immer nicht ganz besänftigt.

»Es ist das alte Wildhüterhaus im Wald. Das zum Gut gehört.« Ich biss mir auf die Zunge. Möglicherweise erfuhr Bente bei ihrem nächsten Besuch im Gasthaus davon und zählte dann eins und eins zusammen.

»Seit wann stellt der Gutsherr Frauen als Wildhüter ein?«, fragte der Wirt.

Wahrscheinlich würde er versuchen, in Erfahrung zu bringen,

wer das Haus gekauft hatte. Es wurde immer verfahrener, und ich bereute schon, nach Nättraby gekommen zu sein.

Doch würde es nicht sowieso irgendwann ans Licht kommen? Also blieb ich, so gut es ging, bei der Wahrheit.

»Ich bin keine Wildhüterin. Ich will nur Frauen eine Unterkunft geben, die in Not geraten sind.«

Jetzt klappte Löwenstein die Kinnlade herunter. »Sie sehen nicht so aus, als könnten Sie keinen Mann finden!«, sagte er.

»Oh, was glauben Sie!«, gab ich zurück. »Werden Sie mir helfen? Ich verspreche Ihnen, wenn alles so wird, wie wir es uns vorstellen, können wir uns vielleicht gegenseitig Gutes tun.«

Hinter uns ging die Tür, und als ich mich kurz umschaute, sah ich einen Mann mit einem großen Koffer eintreten. Was suchten die Leute nur in Nättraby?

»Ich … ich habe noch ein paar alte Bettdecken im Speicher«, sagte er schließlich. »Wenn Sie meinen, dass die helfen. Sie sind nicht mehr die besten und müssten repariert werden.«

»Ich würde sie gern sehen!«, sagte ich rasch. »Der Zustand ist mir beinahe egal. Wir werden sie schon wieder hinbekommen.«

76

Liv

Im Wartezimmer von Dr. Bronlundt starrte ich aus dem Fenster, doch den aufblühenden Sommer bemerkte ich kaum. Wieder und wieder lief vor meinen geistigen Augen das Gespräch mit Sten ab. Vor einigen Monaten noch hätte ich mich vielleicht darüber gefreut. Doch mittlerweile war so viel geschehen. Menschen und Umstände waren in mein Leben getreten, die mir gezeigt hatten, dass es vielleicht gut war, wenn ich keine Kinder hatte, um die ich mich kümmern musste. Dass ich auch auf andere Weise Erfüllung finden konnte.

Was sollte ich jetzt tun? Panik überfiel mich. Mein Herz begann zu rasen, und ich spürte auf einmal, dass ich viel zu schnell atmete. Ich klammerte mich an der Stuhllehne fest und schloss die Augen. Schweiß lief mir den Rücken hinunter. Vielleicht sollte ich doch lieber gehen …

Ein Geräusch versuchte, sich in meine Wahrnehmung zu schieben. Es klang wie durch Watte.

Erst als mich jemand an der Schulter berührte, riss ich die Augen wieder auf. Vor mir stand die Sprechstundenhilfe in ihrem blauen Kleid und der adretten weißen Schürze.

»Geht es Ihnen gut?«, fragte sie besorgt. Das Geräusch, das ich verzerrt gehört hatte, musste ihre Stimme gewesen sein.

»Ja«, sagte ich, zog ein Taschentuch hervor und tupfte mir über die Stirn. »Es ist nur die Wärme.«

Der Blick der Schwester blieb weiterhin skeptisch. »Doktor Bronlundt hat jetzt für Sie Zeit.«

Ich erhob mich und spürte, wie wacklig ich auf den Beinen war. Die helfende Hand der Schwester lehnte ich trotzdem ab.

Das Sprechzimmer von Dr. Helge Bronlundt hatte sich in all der Zeit, in der ich zu ihm ging, nicht wesentlich geändert. Hier und da verschoben sich die Reihen der Bücher in seinen Regalen ein wenig, manchmal wanderte auch das Skelett, das mir als Kind eine Heidenangst eingejagt hätte, von einer Raumecke in die andere. Doch im Großen und Ganzen blieb die Praxis ebenso unverändert wie der Mann selbst.

»Ah, Sie haben sich den Gips bereits abnehmen lassen«, sagte er.

»Ja, ich war am Samstag dort.« Noch immer klebte mir der Schweiß das Kleid am Rücken fest, doch die Panik zog sich langsam zurück. »Der Chirurg war sehr zufrieden.«

»Das freut mich!« Er beugte sich auf seinem Schreibtisch vor und schaute mich mit ernster Miene an. »Was führt Sie zu mir?«

Mein Mund war trocken, und im ersten Moment versagte meine Stimme. Ich räusperte mich und antwortete: »Mein Mann ist der Ansicht, dass ich mich von Ihnen untersuchen lassen soll, weil … er meint, wir sollten es noch einmal mit dem Zeugen eines Kindes versuchen.«

Der Arzt faltete die Hände auf dem Tisch und sah mich lange an. Es war etwas Seltsames an Dr. Bronlundt. Er wirkte immer, als könnte er mit seinen rehbraunen Augen nicht nur auf meinen Körper, sondern auch in meinen Verstand blicken.

»Ist das auch Ihr Wunsch?«, fragte er nach einer Weile.

Ich hob überrascht die Augenbrauen. »Warum sollte es das nicht sein?«

Darauf gab er mir keine Antwort, doch er sagte: »Sie sind jetzt wie lange verheiratet? Sechs Jahre?«

»Sieben.«

»Wann war das letzte Mal, dass Sie mit Ihrem Mann intim wurden?«

Seine Worte trieben mir die Röte ins Gesicht. »Wir sahen in den letzten Monaten nicht viel Sinn darin«, sagte ich und senkte den Blick. »Schließlich sind unsere anderen Versuche alle fruchtlos geblieben.«

Der Arzt nickte und machte sich eine Notiz. »Nun, ich kann Sie natürlich untersuchen, aber ich bin nur Ihr Hausarzt«, sagte er. »Vielleicht sollten Sie sich einem Kollegen vorstellen, der auf Frauenleiden spezialisiert ist.«

Ich hatte keine Lust, zu einem unbekannten Arzt zu gehen. Bronlundt schien mir das anzusehen, denn er sagte: »In Stockholm gibt es eine Ärztin, die viel Erfahrung mit ungewollter Kinderlosigkeit hat. Wenn Sie sie aufsuchen möchten, gebe ich Ihnen gern die Adresse.«

Ich fragte mich, warum er mir diesen Vorschlag nicht schon vor einigen Jahren gemacht hatte. Damals hieß es nur, dass es natürlich sei, wenn sich Schwangerschaften nicht sofort einstellten.

»Was ist das für eine … Kollegin?« Es faszinierte mich, dass mittlerweile auch eine Frau Ärztin werden konnte.

»Oh, sie ist sehr talentiert! Sie kümmert sich um alle möglichen Frauenleiden. Auch um Kinderlosigkeit aufgrund …« Er stockte, und ich erkannte, dass es ihm peinlich war weiterzusprechen. »Nun ja, sagen wir es so, manchmal gibt es auch infektiöse Ursachen.«

Ich brauchte eine Weile, um zu erkennen, was er nicht aussprechen wollte. Vermutete er, dass Sten sich seine Befriedigung anderswo holte? Oder ich?

»Ich glaube, das können wir ausschließen«, entgegnete ich rasch. »Jedenfalls von meiner Seite aus.«

»Und der Ihres Mannes?«

Ich presste die Lippen zusammen. Wenn ich ehrlich war, hatte ich mich bislang nie gefragt, ob Sten mich betrog oder das Freudenhaus besuchte. Aber er war noch jung, und es war unwahrscheinlich, dass er keine Lust mehr verspürte. Wenn er diese nun bei einer anderen Frau stillte? Was wusste ich schon, wohin er ging, wenn er vermeintlich im Kontor war?

Dr. Bronlundt sah mich einen Moment lang skeptisch an. Eine Welle des Zweifels jagte über mich hinweg. Vielleicht war ich wirklich nicht die Schuldige? Vielleicht konnte die Ärztin mir Aufschluss darüber geben, an wem es lag, dass wir keine Kinder hatten?

»Geben Sie mir bitte die Adresse«, sagte ich entschlossen.

77

Marlene

Der Bauer war ein grobschlächtiger Mann, der mich um mehr als einen Kopf überragte. Die Breite seines Körpers füllte den gesamten Türrahmen aus. In der Dunkelheit hätte ich ihm nicht begegnen wollen mit seinem zerzausten Räuberbart, den tief liegenden, schwarzen Augen und Händen, die aussahen, als könnten sie einem Hund ohne Anstrengung das Genick brechen.

»Herr Löwenstein hat mich hierhergeschickt«, erklärte ich ein wenig eingeschüchtert.

Der Wirt hatte mich gewarnt. »Wenn er keine gute Laune hat, flüchten Sie besser. Wer Holgersson auf dem falschen Fuß erwischt …« Er machte eine vielsagende Handbewegung.

Ich dachte zunächst, dass er mich abschrecken wollte. Doch jetzt hoffte ich sehr, dass ich den Bauern auf dem richtigen Fuß erwischte.

»Was wollen Sie?«, fragte er unwirsch.

»Er sagte, dass man Ihnen Ziegen abkaufen könnte.«

»Und wofür wollen Sie die, Fräulein?« Er beugte sich ein wenig vor.

»Ich möchte sie melken«, sagte ich. »Wir brauchen Milch. Und die Garantie, dass sie auch weiterhin Milch geben werden.«

Er blickte mich an, als verstünde er mich nicht.

»Sie müssen doch gedeckt werden, nicht wahr?«

Der Bauer lachte spöttisch auf. »Ziegen sind keine Kühe!«, platzte er heraus. »Wenn sie einmal schwanger waren, können sie noch ziemlich lange Milch geben.«

Das überraschte mich nun. Aber es war mir nur recht. »Nun gut«, sagte ich. »Dann nehme ich zwei oder drei.«

Der Bauer betrachtete mich eine Weile und verschränkte die Arme vor der Brust. »Als ob ich so viele zu verkaufen hätte! Sie können eine trächtige Ziege kriegen, nicht mehr.«

»Gibt die denn schon Milch?«

Der Bauer brummte etwas, und ich fürchtete schon, dass ich ihn jetzt wirklich auf dem falschen Fuß erwischt hatte.

»Haben Sie überhaupt Geld?«, fragte er dann. »Eine trächtige Ziege ist teurer, denn Sie bekommen das Junge gleich dazu.«

Etwas Besseres würde uns wohl nicht geschehen können! Doch gleichzeitig spürte ich etwas anderes an ihm. Der Wirt mochte ihn als grobschlächtig beschrieben haben, dumm war er allerdings nicht. »Ja, ich habe Geld«, entgegnete ich. »Aber erst einmal möchte ich die Ziegen sehen.«

Der Bauer führte mich auf eine Wiese, die an seinen Hof angrenzte. Die Ziegen lagen in kleinen Gruppen auf dem Gras. Einige von ihnen waren sichtlich hochschwanger. So etwas würde auch sehr gut für das Rosenhag sein!

Als die Herde uns bemerkte, erhoben sich zwei oder drei Tiere und stolzierten mit wachsamem Blick auf uns zu.

Angesichts der Hörner hielt ich Abstand. Der Bauer schien sie allerdings nicht zu fürchten.

»Kommen Sie«, sagte er und winkte mir zu. »Sie beißen nicht!«

Das glaubte ich ihm, aber ich hatte auch keine Lust, die Hörner an meinem Hinterteil zu spüren.

»Sie sind wirklich aus der Stadt!«, rief der Bauer und lachte. »Das müssen Sie sich abgewöhnen, wenn Sie hier leben wollen.«

Ich wählte ein weißes Tier mit einem schwarzen Fleck auf dem Rücken. Es hatte einen kugelrunden Bauch und Hörner, die an den Spitzen etwas abgeschliffen waren.

Unwillig, wie die Ziege war, blieb uns nichts anderes übrig, als ihr die Füße zusammenzubinden und sie vorsichtig auf den Wagen zu legen. Sie meckerte den ganzen Weg über und gab erst auf, als wir uns dem Rosenhag näherten. Wenigstens trat darüber meine Beunruhigung wegen dem, was Bente Nielsen erzählt hatte, ein wenig in den Hintergrund.

Die Mittagshitze brachte mich zum Schwitzen, und meine Kehle brannte vor Durst.

»Da bist du ja endlich!«, hörte ich Ingrid rufen. »Ich habe mir schon Sorgen gemacht.«

Die Ziege gab ein Blöken von sich.

»Und wer ist deine neue Bekannte?«

»Einen Namen werden wir für sie noch finden müssen«, sagte ich, beugte mich über sie und kraulte ihr den Kopf. »Hilfst du mir, sie abzuladen?«

Wir lösten die Fesseln, doch anstatt aufzuspringen, rührte sich das Tier nicht vom Fleck. »Was ist mit ihr?«, fragte ich verwundert.

»Sieh dir mal das Euter an!«, sagte Ingrid. »Ich glaube, sie muss gemolken werden.«

Vorsichtig hoben wir die Ziege vom Wagen und trugen sie in den Stall. Wenige Augenblicke später erschien auch Sigrun.

»Die ist ja putzig!«, bemerkte sie und trat zu uns, um ihr den Kopf zu streicheln. Die Ziege erhob sich und stieß ein Meckern aus.

»Putzig und voller Milch!«, rief Ingrid und verschwand im Haus, um ein Behältnis zu holen.

»Wie geht es dir heute?«, fragte ich Sigrun.

»Meine Nase schmerzt. Aber sonst ist alles in Ordnung.«

»Du wirst sehen, in ein paar Tagen wird es besser. Und dann schauen wir mal, was wir mit dir machen.«

Sie nickte, und ich strich ihr über die Schulter. Ich hatte keine Geschwister, hätte mir aber durchaus eine Schwester wie Sigrun gewünscht.

Ingrid kehrte aus dem Haus zurück, bewaffnet mit einem Schemel und einem Kochtopf. Sie ließ sich neben der Ziege nieder und strich ihr vorsichtig über das Euter.

»Pass nur auf, dass sie dich nicht tritt!«, rief Sigrun. »Oder umstößt.«

»Keine Sorge, ich habe alles im Griff.«

Ich betrachtete die beiden. Schon gestern hatte ich das Gefühl, dass sie sich gut verstanden. Ingrids mütterliche Art schien Sigrun von Torben abzulenken und aufzumuntern. Wir waren schon ein lustiges Gespann!

»Ha!«, rief Ingrid plötzlich, als ein Strahl weißer Milch über ihre Finger spritzte. Offenbar hatte sie es jetzt herausgefunden. Sie griff nach dem Kochtopf und begann die Ziege zu melken. Das Tier meckerte anfänglich empört, doch dann wirkte es erleichtert.

»Wir sollten uns Gedanken darüber machen, dass die Ziege über kurz oder lang niederkommen wird«, sagte ich. »Ich für meinen Teil habe keine Ahnung, was man bei einer Geburt machen soll.«

»Ich habe meiner Mutter geholfen, meinen Bruder auf die Welt zu bringen«, meldete sich Sigrun zu Wort. »Ich war damals dreizehn, aber ich glaube, ich könnte mich wieder daran erinnern.«

»Bei Ziegen ist es etwas anders, denke ich«, sagte Ingrid. »Die machen das meiste allein.«

»Dennoch sollten wir ein Auge darauf haben. Das Tier war für unsere Verhältnisse recht teuer.«

»Ich werde nach ihr schauen«, erklärte Sigrun. »Ich bin sicher, dass sie alles gut überstehen wird.«

»Dann müssten wir nur noch wissen, wann es so weit ist«, sagte ich.

»Meine Mutter war sehr unruhig, bevor es losging. Vielleicht ist es bei Ziegen ja genauso …« Sigrun trat vor und näherte sich dem Tier.

Während Ingrid ihren Topf beinahe voll hatte, kraulte sie es zwischen den Hörnern.

»Sie scheint dich immerhin zu mögen«, sagte ich und lächelte Sigrun mutmachend zu. »Nicht die schlechteste Voraussetzung für eine Hebamme.«

Nachdem Ingrid mit der Milch in der Küche verschwunden war, ging ich mit Sigrun in den Garten. Ich setzte sie auf eine Decke und machte mich daran, weitere Beete umzugraben.

»Der Mann, der mich hergefahren hat«, begann sie, als ich das erste Beet ausgehoben hatte. »Bist du mit ihm zusammen?«

Ich erinnerte mich gut an Sigruns Fragen, ob ich mir nicht einen neuen Mann suchen wolle. Damals hatte ich abgewehrt. Doch jetzt …

»Ich weiß es noch nicht«, antwortete ich ehrlich.

Sigrun sah mich unverständig an. »Wenn du einen Mann siehst, der dir gefällt, musst du doch versuchen, ihn dir zu schnappen!«

Ich dachte zurück an Bjarne. Hatte ich ihn geschnappt? Oder er mich?

Ich hatte wieder den Nachmittag vor Augen, an dem wir zur Herbstregatta nach Karlskrona gefahren waren.

Sie hatte einige Wochen nach meinem ersten Zusammentreffen mit Bjarne stattgefunden. Die Aussicht, ihn wiederzusehen, hatte mich in helle Aufregung versetzt. Gleichzeitig wusste ich, dass ich mir nichts anmerken lassen durfte, um nicht den Argwohn meiner Eltern zu wecken. Sie hatten schon meinen Tanz mit dem Kapitän nicht wirklich gutgeheißen. Wenn sie gewusst hätten, wie es in meinem Herzen aussah, hätten sie auf den Besuch der Veranstaltung verzichtet.

Ich hatte also getan, als hätte ich keine Hoffnungen für diesen Tag, als wäre mein Aufzug nur dazu da, um die Aufmerksamkeit eines anderen Mannes zu wecken.

Doch ich hatte recht gehabt, dass mein zartrosa Kleid Bjarne gefallen würde. Allerdings war ich damals zu jung gewesen, um daran zu denken, ihn mir zu *schnappen*. »Weißt du«, begann ich, während ich ein neues Loch aushob. »Als ich meinem späteren Mann zum ersten Mal gegenüberstand, war es wie Magie. Ein Zauber, der uns beide umhüllt und eingesponnen hat. Es ging nicht so sehr darum, was man selbst wollte, sondern um das, was der andere wollte. Schon vom ersten Moment an wollten wir das Glück füreinander sein.«

Sigrun lauschte meinen Worten wie einem Märchen. Mir wurde klar, dass es auch für mich ganz anders hätte kommen können. Aber ich hatte Glück gehabt. In jeder Hinsicht.

Das, was ich Sigrun nicht erzählte, hatte ich auch vor meiner Mutter verheimlicht. Dass Bjarne und ich uns damals bei der Regatta heimlich davongestohlen hatten. Dass wir uns in sein Zimmer zurückgezogen hatten, das er damals in Karlskrona bewohnt hatte.

Mir war klar, dass meine Mutter mich suchen würde, wenn ihr meine Abwesenheit auffiel. Möglicherweise würde sie sogar die Polizei rufen. Doch mein Wunsch, diesem Mann zu gehören, war größer. Ohne viele Worte ließ ich mich auf das Bett sinken und spreizte die Beine.

Halb verrückt vor Begehren glitt Bjarne auf mich und drang in mich ein. Der Schmerz hielt nur kurz an und wurde von unbekannten Empfindungen abgelöst. Ich hatte damals keine Worte dafür, doch seine Bewegungen, seine Liebkosungen, sein Duft, alles brannte sich in meine Erinnerung ein.

Trotz seines Verlangens war Bjarne rücksichtsvoll, und als wir erschöpft beieinanderlagen, wussten wir, dass keiner von uns beiden ohne den anderen leben konnte.

Dass ich danach mit einem furchtbar schlechten Gewissen zu meinen Eltern zurückkehrte, stand auf einem anderen Blatt. Ebenso meine Angst, dass diese Stunde in Bjarnes Zimmer vielleicht ein Kind in mir hinterlassen haben könnte. Als Mädchen, das in der Natur aufgewachsen war, wusste ich genau, was passieren konnte.

Doch es geschah nichts dergleichen – außer, dass Bjarne um meine Hand anhielt. Ohne daran zu denken, dass mein Vater sein Einverständnis geben müsste, sagte ich Ja.

Und bezahlte dafür.

78

Liv

»Und, was hat der Arzt gesagt?« Sten schob sich eine Gabel Kartoffelbrei in den Mund. Ich hätte die Frage früher erwartet. Vorhin, als er nach Hause gekommen war, zum Beispiel.

»Er sagte, dass ich nach Stockholm fahren sollte«, antwortete ich, nachdem ich meinen Bissen heruntergeschluckt hatte. »Zu einer Spezialistin.«

Sten hielt einen Moment lang mit dem Kauen inne und starrte mich verständnislos an. »Nach Stockholm?«

»Es gibt dort eine Ärztin, die Expertin für Frauenleiden ist.«

»Also bist du krank?«

»Doktor Bronlundt konnte nichts feststellen. Aber er meinte, dass seine Kollegin mir helfen könnte. Uns. Sie kennt sich mit Kinderlosigkeit aus.«

Sten ließ meine Worte einen Moment lang sacken. »Eine Kollegin also.« Er klang nicht überzeugt. »Seit wann dürfen Frauen Ärztinnen sein? Ich habe hier noch keine gesehen.«

Dass es etwas in Karlskrona nicht gab, hieß noch lange nicht, dass es woanders auch nicht existierte. »Sie ist eine der wenigen Spezialistinnen des Landes«, antwortete ich. »Wenn uns jemand helfen kann, dann sie.«

Ich betrachtete meinen Mann und spürte, wie sich in mir etwas verschoben hatte. Es war, als hätte man eine Vase nicht richtig zusammengeklebt.

Es gab keinen Beweis dafür, dass er mich betrog. Dass er die Ehe gebrochen und sich dabei vielleicht eine Krankheit zugezogen hatte. Ich hatte keine Ahnung, wie Dr. Bronlundt darauf gekommen war. Doch nun wurde ich diesen Gedanken nicht mehr los. Es war nicht Eifersucht, die ich spürte. Ich wollte einfach nur Gewissheit, ob ich wirklich nicht imstande war, ein Kind zu bekommen.

Sten brummte etwas Unverständliches. »Also gut, dann fahr zu ihr«, sagte er. »Falls es jetzt nicht klappt.«

Jetzt?

Er nahm die Serviette zur Hand und wischte sich den Mund ab. »Brauchst du noch lange?«

Ich blickte auf meinen Teller. Von meiner Portion hatte ich die Hälfte gegessen. Doch Appetit hatte ich keinen mehr. »Nein, ich … ich denke, ich bin fertig.«

Sten wirkte erfreut. »Dann geh schon mal hoch, ich bin in ein paar Minuten bei dir.«

Ich starrte ihn sprachlos an. Meinte er das ernst?

Meine Kehle schnürte sich zusammen.

Als wir noch sehr jung verheiratet waren, hatten wir es kaum abwarten können, nackt unter der Decke zu verschwinden. Ich wusste nicht, wie die Maßstäbe körperlicher Liebe waren, doch manchmal, besonders in der ersten Zeit, hatte es mir gefallen. Später wurde es zu Pflichtübungen, dem Versuch, ein Kind zu zeugen. Doch auch damals hatten wir noch in einem Bett geschlafen. Jetzt klang es, als gäbe es eine Aufgabe zu erledigen.

Steif erhob ich mich. Mein Mund war trocken. Wie stellte er sich das vor?

»Na geh schon«, sagte er und deutete zur Tür. »Mach dich bereit.«

Ich wusste, dass ich mich nicht weigern konnte. Es war die Pflicht einer Ehefrau, dem Mann zur Verfügung zu stehen, wenn dieser sich Kinder wünschte. Aber am liebsten wäre ich fortgelaufen, nach Nättraby, wo ich wenigstens die Illusion von Freiheit haben konnte.

In meinem Zimmer erfasste mich beinahe dieselbe Panik wie im Sprechzimmer des Doktors. Wie sollte ich mich bereit machen? Mich ausziehen? Es war noch früh am Abend, und ich hatte keine Lust, mich schlafen zu legen.

Zitternd schloss ich die Tür hinter mir, lehnte mich einen Moment lang dagegen. Am liebsten hätte ich den Schlüssel im Schloss herumgedreht. Wie sollte ich Sten vormachen, dass ich ihn begehrte? So, wie ich ihm damals auf dem Ball auf Geheiß meines Vaters schöne Augen gemacht hatte? Diese junge Frau gab es nicht mehr …

Wenig später hörte ich ihn die Treppe heraufkommen. Das Herz schlug mir bis zum Hals. Sollte ich mich ausziehen? In Nachtkleidung schlüpfen? Das alles wirkte so falsch …

Er klopfte an meine Tür. Bevor ich antworten konnte, trat er bereits ein. Ich wich zurück. Was sollte ich tun? Wenn wir früher intim geworden waren, hatte es sich spontan ergeben. Nicht auf Zuruf oder Aufforderung.

Sten schien selbst unschlüssig zu sein. Kam er vielleicht wieder zur Vernunft? Das Zeugen eines Kindes war doch keine Aufgabe wie das Decken eines Tisches oder das Beziehen eines Kopfkissens …

Schließlich setzte er sich in Bewegung und ging auf mich zu. Während seine Arme mich umfingen, versuchte ich mir zu sagen, dass ich es schon schaffen würde. Hatte ich mich nicht vor Wochen noch danach gesehnt?

Ich wollte ihn küssen, doch er schob mich zurück und drängte mich gegen das Bett. Rücklings sank ich nach hinten.

Er stürzte sich nicht auf mich, doch was er tat, war schlimmer. Er schob meinen Rock hoch, griff nach meinen Beinen, zwang sie auseinander. Da meine Unterhosen üblicherweise im Schritt offen waren, verbargen sie nichts.

»Sten«, rief ich ängstlich. »Meinst du nicht, wir sollten uns ausziehen?«

Doch er hörte mir nicht zu, während er mit hochrotem Kopf an seiner Hose nestelte.

Ich schnappte nach Luft, als ich sah, dass sein Glied bereits vollkommen aufgerichtet war. Im nächsten Augenblick drängte er gegen mich und schließlich in mich ein.

Der Schmerz nahm mir den Atem. Ich krallte meine Hände an seine Arme, wollte ihn irgendwie von mir herunterbekommen, doch er ergriff nur meine Hände, drückte sie herunter und machte weiter. Er stieß mich mit lautem Keuchen, etwa eine Minute lang, dann verströmte er sich mit einem lauten Stöhnen in mir und sank auf mir zusammen.

Ich schnappte entsetzt nach Luft. Dergleichen hatte ich noch nie bei ihm erlebt. Unsere Liebesnächte mochten kein Stoff für die Dichter gewesen sein, doch es waren immerhin welche. Wir hatten aufeinander Rücksicht genommen, versucht, den jeweils anderen zur höchsten Lust zu führen.

Das hier war jedoch keine Liebe und keine Lust. Er hatte mich hergenommen wie einen Gegenstand. Innerhalb nur weniger Augenblicke.

Tränen schossen mir in die Augen, doch ich drängte sie wütend zurück. Ich wollte ihm keine Genugtuung geben.

Schließlich erhob er sich von mir, frei durchatmen konnte ich aber immer noch nicht. Es war, als würden seine Hände meine Kehle umschließen.

»Bleib eine Weile liegen«, sagte er beinahe spöttisch, während er seine Hose wieder zuknöpfte. »Ich habe gehört, dass die Chancen dann besser stehen, schwanger zu werden.«

79

Oskar

»Du wirkst anders, mein Junge«, sagte meine Mutter, als wir vor unserem Abendessen saßen. Sie beäugte mich eindringlich. »Ist etwas nicht in Ordnung?«

Meine Auftraggeber hatten mich nach Stockholm beordert, um Rapport zu geben. Diesmal würden es nicht nur meine üblichen Kontaktleute sein, sondern auch jemand von der Staatsanwaltschaft.

Jedem könnte ich etwas vormachen, aber nicht meiner Mutter.

»Die Arbeit«, entgegnete ich. »Es ist im Augenblick nicht so einfach.«

»Behandelt dich dein Verleger schlecht?«

»Nein, aber … momentan gestalten sich die Umstände ein wenig schwierig.«

Ich musste sie irgendwie ablenken. Auch wenn sie meinem Auftrag nicht gefährlich werden konnte, würde es sie vielleicht erschrecken, was ich gerade tat.

»Was würdest du von einem Haus halten, in dem Frauen, die ihren Mann verloren haben, ein eigenständiges Leben führen könnten?«, fragte ich also.

Damit hatte sie nicht gerechnet, wie ich an dem Zucken ihrer Augenbrauen erkannte.

»Du meinst so etwas wie die Wohlfahrt der Kirche?« Sie trank einen Schluck Wasser, dann fügte sie hinzu: »Ich komme sehr gut allein zurecht und brauche keine Schwester, die mich pflegt!«

»Nein, nein!«, sagte ich schnell und hob beschwichtigend die Hände. »Es geht mir nicht darum, dass du betreut werden sollst! Vielmehr habe ich jemanden getroffen, die Frauen, die keine Familie mehr haben, in einem Haus unterbringen will, wo sie allein leben und sich versorgen können.«

Meine Mutter schien nicht recht zu verstehen.

»Ich erkläre es dir«, sagte ich und legte die Gabel beiseite. Innerlich bereute ich es jetzt schon, damit angefangen zu haben. Vielleicht hätte ich lieber übers Wetter reden sollen …

»Ich habe zwei Frauen kennengelernt, die ein Haus eröffnen wollen für Frauen in Not.«

»Diakonissinnen?«

»Nein, ganz normale Frauen. Meinst du, so etwas könnte funktionieren? Frauen, die allein leben und sich versorgen?«

Meine Mutter schwieg eine Weile dazu, und ich konnte sehen, wie es hinter ihrer Stirn arbeitete.

»Die beiden sind also Suffragetten«, sagte sie dann.

»Nein, so kann man sie auch nicht nennen. Es sind … einfache Frauen. Junge Frauen, die etwas anderes mit ihrem Leben anfangen wollen.«

»Und ist eine dabei, die dir gefällt?«

Ich blies die Backen auf. Wie kam sie nur darauf? Allerdings musste ich ertappt dreingeschaut haben, denn sie sagte: »Ist sie hübsch?«

»Was hat das denn damit zu tun?«

»Ich glaube, sie ist hübsch«, fuhr Liana wissend fort, und es schien ihr großes Vergnügen zu bereiten, mich zu quälen. »Blond, schlank, blaue Augen? Du hattest immer schon einen Hang dafür.«

»Mutter, bitte!«, gab ich zurück und kam mir vor wie ein in die Enge getriebenes Tier.

Plötzlich erhob sie sich und verschwand in der Küche. Ich hörte sie rumoren und fragte mich, was das zu bedeuten hatte.

Wenig später kehrte sie mit einem Gegenstand in der Hand zurück, den ich nicht sofort identifizieren konnte.

»Wenn du mich fragst, warum sollte solch ein Haus denn nicht funktionieren?«, sagte sie, während sie ein Glas mit grauer Masse vor mir abstellte. Ich erinnerte mich, dass es einen großen Bottich davon in ihrem Küchenschrank gab. »Wir Frauen sind die, die das Haus versorgen, den Garten. Ihr Männer geht arbeiten und schafft das Geld heran, aber wir sind es, die Pflanzen und Tiere aufziehen. Die kochen und Brot backen.«

Sie tippte mich mit dem Finger an. »Hier, gib das den beiden und richte ihnen meine Grüße aus.«

»Was ist das?«, fragte ich. Weder meinen Vater noch mich hatte sie je in ihre Küchengeheimnisse eingeweiht.

»Sauerteig«, sagte sie. »Wenn sie ihn gut pflegen, haben sie ein Leben lang etwas davon. Ich habe diesen hier von meiner Mutter bekommen.«

Sie machte eine Pause, dann setzte sie hinzu: »Vergiss nicht, sie mir bald vorzustellen!«

Froh, meiner Mutter entkommen zu sein, verließ ich am nächsten Morgen die Wohnung. Noch den ganzen Abend redete sie von nichts anderem als dem Frauenhaus. Ich musste zugeben, dass ich diese Seite von ihr noch nicht gekannt hatte.

Ich hatte die Art, wie sie das Wort »Suffragetten« aussprach, für Ablehnung gehalten, aber nach und nach sah ich ein, dass sie diese Frauen insgeheim bewunderte. Sie erzählte mir, dass sie erst neulich vor dem Rosenbad, dem Regierungssitz, der dem Riksdag gegenüberlag, eine Suffragetten-Demonstration beobachtet hatte. Frauen unterschiedlichen Alters seien fein gekleidet aufmarschiert, mit Schildern in den Händen, auf denen sie das Wahlrecht verlangten.

Über Demonstrationen wie diese hatte ich schon berichtet, aber ich hätte nicht erwartet, dass sich meine Mutter dafür interessierte.

Das rote Backsteingebäude, in dem meine Auftraggeber warteten, wirkte unter den düsteren Regenwolken beinahe drohend. Erste Tropfen fielen mir bereits ins Gesicht. Ich beeilte mich also, durch die schwere Tür zu kommen, bevor der Schauer losging.

Ein paar Männer begegneten mir, jedoch keine bekannten Gesichter. Ich grüßte sie trotzdem und erklomm die Treppe in den ersten Stock.

Ich wurde bereits erwartet.

»Kommen Sie herein, Andersson!«, sagte Arno Lyborg jovial, während sich im Hintergrund ein weiterer Herr erhob. Ich kannte ihn von vorherigen Aufträgen.

Thure Neström, ein breit gebauter Mittvierziger mit dem Teint eines Südländers. Sein Haar war kurz geschnitten, sein riesiger Schnurrbart elegant gezwirbelt. Er wurde allgemein »der Unbarmherzige« genannt, meist von solchen, die eine große Portion Dreck am Stecken hatten. Stand er ihnen als Staatsanwalt gegenüber, machte er seinem Namen alle Ehre.

»Warum wurde die Staatsanwaltschaft eingeschaltet?«, fragte ich, während ich ihm die Hand reichte.

»Ein Betrug in dieser Größenordnung interessiert uns schon«, sagte Neström beinahe ein wenig amüsiert. »Besonders bei so einem prominenten Namen.«

»Wir würden gern noch einmal den Stand Ihrer Ermittlungen vernehmen«, schaltete sich Lyborg ein. »Davon hängt ab, ob wir den Fall der Staatsanwaltschaft übergeben.«

Ich nickte, dann fragte ich: »Hat sich denn hinsichtlich unseres Beweismittels etwas getan?«

Die Männer sahen einander an. Schließlich sagte Lyborg: »Wir stehen kurz vor einem Durchbruch in den diplomatischen Verhandlungen. Allerdings müssen wir davon ausgehen, dass einige Informationen nach außen gelangt sein könnten.«

Diese Worte ließen mir die Nackenhaare zu Berge stehen. Es war schlecht, sehr schlecht.

»Wie das?«, fragte ich erschrocken. Ich hatte wirklich alles getan, damit nichts nach draußen drang. Und mein Informant …

Ich dachte wieder daran, wie ängstlich er gewirkt hatte. Aber ich war sicher, dass er mir gegenüber loyal war, denn auch er hatte einen guten Grund, sich Ermittlungen zu wünschen.

»Unsere Zielperson hat exzellente Kontakte zu den Deutschen und den Russen. Diese könnten etwas weitergegeben haben. Es muss uns also daran gelegen sein, die Sache so rasch wie möglich in Gang zu bringen.«

»Rasch« war ein Wort, das ich in diesem Zusammenhang verabscheute.

»Haben Sie die Zeugin kontaktiert?«, fragte Lyborg.

»Ja, aber es sind in der vergangenen Woche einige Dinge passiert, mit denen ich nicht gerechnet habe.« Wieder stand mir vor Augen, wie die blutende Frau im Hauseingang gesessen hatte. Die Fahrt nach Nättraby. Marlene. Ich hätte wirklich viel anderes zu tun gehabt, wie mir jetzt klar wurde. »Außerdem hat mir mein Informant eine beunruhigende Mitteilung gemacht.«

»Welche?«, wollte Lyborg wissen.

»Der Inhaber wollte eine bestimmte Akte einsehen. Jene Akte, die ich Ihnen vor Kurzem übergeben habe.«

»Dann müssen wir sofort handeln!« Neström sprang von seinem Stuhl auf. »Womöglich vernichtet er das Material. Die reine Abschrift wird nicht reichen.«

»Ich habe unseren Mann gebeten, in diesem Fall einzuschreiten und nur vorzugeben, die Akte zu vernichten.«

»Wird er sich daran halten?«

»Er hat guten Grund dazu.« Ich machte eine Pause, dann zog ich das kopierte Heft hervor und schlug es an einer bestimmten Stelle auf. »Ich habe Ihnen die entsprechende Verbindung zu ihm hier markiert.«

Mein Vorgesetzter betrachtete es einen Moment lang, und ein zuversichtlicher Ausdruck erschien auf seinem Gesicht.

»Nun, ich könnte Ihnen die Erlaubnis zu einer Durchsuchung geben«, warf Neström ein. »Damit wäre zwar die Katze aus dem Sack, aber die Akten wären sicher.«

Ich schüttelte den Kopf. Ich ahnte, welche Konsequenzen das alles haben könnte. Und welches Durcheinander es verursachen konnte. »Mit Verlaub, ich halte es für besser, wenn wir der Zeugin das Dokument erst einmal zeigen. Wenn sie uns die Echtheit bestätigt, können wir sofort handeln.«

Der Staatsanwalt schaute zu meinem Vorgesetzten, der sich wiederum mir zuwandte: »Dann sorgen Sie dafür, dass die Zeugin sofort herkommt, sobald uns das Beweisstück erreicht hat.«

80

Liv

Die Bäume und Felder flogen an mir vorbei, doch ich nahm sie kaum wahr. Der Zug nach Nättraby war um diese frühe Uhrzeit nicht besonders voll, doch ich hätte mir gewünscht, eine andere Möglichkeit zu haben. Ein Fahrrad wie Marlene vielleicht oder einen Wagen. Etwas, das mir mehr Freiheit gab. Vielleicht auch die Freiheit, vor Sten wegzulaufen.

Obwohl ich mir den Schlaf wünschte, hatte ich nachts wach gelegen und an die Decke gestarrt. Mein Körper brannte noch immer von Stens Bewegungen auf und in mir, und unter meiner Haut schwelte der Zorn. Wo waren nur diese beiden Menschen geblieben, die sich am Altar das Jawort gegeben hatten?

Am Bahnhof angekommen, schulterte ich meine Tasche und schlug den Weg zum Wildhüterhaus ein. Ich hatte, so gut es ging, ein paar Lebensmittel aus der Küche abgezweigt: Bohnen, Linsen, Mehl, Haferflocken, sogar etwas Kakao und ein Glas Honig. Der Gedanke, dass ich den anderen damit eine Freude machen konnte, zauberte ein kleines Lächeln auf mein Gesicht.

Die Morgenluft vertrieb ein wenig die Wolke, die in meinem Kopf zu sitzen schien. Schon bald kam der Ort in Sicht, und mit ihm die Kirche und das Gutshaus. Obwohl es noch früh am Tag war, sah ich im Garten die ersten Bediensteten herumwuseln. Auch wenn mein

Onkel oder mein Cousin jetzt dort residierte, glaubte ich noch immer, den Geist meines Vaters zu spüren.

Ein Schauer überlief mich, und ich wandte mich ab. Ich hatte noch eine lange Strecke vor mir und keine Zeit, mich mit den Schatten vergangener Zeiten abzugeben.

Als ich in den altbekannten Weg einbog, war ich froh, dass ich praktisches Schuhwerk gewählt hatte. Das Reisekleid jedoch wurde mir bald schon zu warm. Als das Rosenhag vor mir auftauchte, war ich vollkommen durchgeschwitzt. Aber ich fühlte ein seltsames Glück. Ich hatte einen Weg ganz allein beschritten!

Von Weitem vernahm ich die Stimmen von Marlene und Ingrid. Ich verstand noch nicht, was sie sagten, hörte sie dann aber lachen. Was für ein schöner Klang. Frauen, die lachten. Die unbeschwert waren. Oder zumindest das Gefühl hatten, es zu sein.

Ich stieß die Gartenpforte auf, roch kurz an einer der Rosen, die vollends erblüht waren, dann machte ich mich bemerkbar.

»Hej!«, rief Marlene und kam auf mich zu. Sie trug ihr Haar offen und über ihrem merkwürdigen Hosenrock nur ein Unterhemd. Auf einer Wäscheleine im hinteren Teil des Hauses baumelten Kleidungsstücke: Kleider, Röcke, Hemden, Blusen und sogar eine dunkle Blusentaille.

»Ihr macht also Waschtag?«, fragte ich und nahm meine Tasche von der Schulter.

»Ja, es war nötig. Man soll uns ja nicht für Landstreicherinnen halten.«

Marlene umarmte mich, und auch die anderen beiden Frauen kamen hinzu. Sigrun Bergsma, die sich schüchtern im Hintergrund hielt und eines von Marlenes Kleidern trug, war mir bekannt.

Die Frau mittleren Alters mit grauen Strähnen in ihrem lockigen Haar nicht. Auch sie trug nur ein Unterhemd und einen Rock, über Letzterem eine Schürze, die sie an der Seite hochgesteckt hatte.

»Freut mich, Sie endlich mal kennenzulernen«, sagte sie. »Sie sind sicher Frau Boregard.«

»Ja, die bin ich«, gab ich etwas überrascht zurück.

»Ingrid Lasebrö. Marlene hat mich überredet, mit ihr zu kommen.«

Ihre Hand fühlte sich warm und fest an. »Freut mich ebenfalls«, sagte ich, dann begrüßte ich auch Sigrun. Ihre Nase war geschwollen, und die blauen Flecke auf ihrem Gesicht sahen furchterregend aus. Dennoch lächelte sie.

»Es freut mich, dass Sie sich entschlossen haben, zu Marlene zu ziehen«, sagte ich. »Ich hoffe, es gefällt Ihnen hier.«

»Ja, es ist sehr schön«, antwortete sie und blickte dann ein wenig unsicher zu Marlene. Diese nickte ihr mutmachend zu.

Ich betrachtete diese Frauen und beneidete sie um die Freiheit, die sie ausstrahlten. Keine Korsetts, keine formellen Kleider, einfach nur Frauen mit wasserfleckigen Röcken, strahlenden Augen und offenen Haaren.

»Leg doch erst mal deine Tasche ab, dann zeige ich dir unsere allerneueste Mitbewohnerin.« Marlene führte mich in die Küche, wo die Kartoffeln für das Mittagessen schon bereitstanden. Außerdem hing der Duft von frischem Brot in der Luft.

Beim Frühstück hatte ich kaum etwas herunterbekommen, doch jetzt verspürte ich tatsächlich Hunger.

»Ich werde Kaffee kochen«, bot sich Ingrid an. »Wir haben uns eine kleine Pause verdient, nicht wahr?«

»Das wäre sehr freundlich«, sagte ich und schloss mich dann Marlene an.

Diese ging zum Stall und öffnete die Tür. Ein beißender, jedoch bekannter Geruch strömte mir entgegen. Wenig später hörte ich es meckern.

»Wo hast du die denn her?«, fragte ich, während ich zu der Ziege ging, die gemächlich auf einem Gemisch aus Gras und Löwenzahn herumkaute.

»Ein Bauer hat sie mir verkauft«, sagte Marlene, während sie sanft das Fell des Tiers streichelte. »Ich wollte eigentlich mehrere haben, aber er wollte mir nur diese geben.«

»Immerhin wird sie nicht die einzige Ziege bleiben.« Ich deutete auf den Bauch. »Sie ist schwanger. Wie sonst sollte sie Milch geben?«

Marlene schaute mich überrascht an.

»Du vergisst, dass ich früher in Pfarrhäusern gelebt habe«, sagte ich lächelnd. »Die Pastoren hatten alles Mögliche an Vieh.« Ich betrachtete das Tier, und eine alte Erinnerung zog an meinem geistigen Auge vorbei. »Ich könnte sie sogar melken, wenn es drauf ankommt.«

»Damit bist du uns hier sehr willkommen!«

Ich streckte die Hand nach der Ziege aus und kraulte sie zwischen den Hörnern.

Die Worte lagen mir schwer auf der Brust. Sollte ich Marlene überhaupt davon erzählen? Und wie anfangen? Ich blickte mich um und sah, dass Sigrun gerade ins Haus ging. Später würde ich wahrscheinlich keine Gelegenheit mehr dazu haben.

»Sten will ein Kind«, begann ich, während ich die Ziege kraulte.

»Aber ich denke, ihr …« Marlene hielt inne. »Wie kommt er denn jetzt darauf?«

»Die Skantzes waren vorgestern bei uns. Ich musste vor ihnen zu Kreuze kriechen, weil ich Nanna deinetwegen angeschnauzt habe.«

Zwischen Marlenes Augenbrauen erschien eine Falte. »Es tut mir sehr leid. Das wäre nicht nötig gewesen.«

»Doch«, gab ich zurück und sah sie an. »In dem Augenblick ging es nicht anders.« Ich machte eine Pause, dann fuhr ich fort: »Gestern eröffnete mir Sten, dass wir es mit dem Kind weiter versuchen sollten. Er schickte mich zu unserem Hausarzt, und am Abend …« Scham überkam mich. Meine Wangen begannen zu glühen.

»Er hat …«, riet Marlene richtig. »Gegen deinen Willen?«

»Ich weiß nicht mal, ob es gegen meinen Willen war. So viele Monate hatte ich mich danach gesehnt, dass wir wieder mehr sind als nur zwei Menschen, die sich bei den Mahlzeiten treffen. Aber …« Ich stockte. »Es war ein rein mechanischer Akt. Er hat seine Pflicht getan, egal, ob ich dazu bereit war oder nicht. Als er fertig war, ging er wieder.«

Meine Kehle schnürte sich zusammen. Solch ein Geständnis zu machen, an diesem Ort …

Marlene schaute mich erschüttert an. »Das klingt für mich, als hätte er dir Gewalt angetan.«

»Kann man das in der Ehe so nennen, wo uns der Pastor am Altar ans Herz legt, immer folgsam zu sein und zu tun, was der Mann verlangt?« Die ganze Nacht hatte ich darüber nachgedacht und einen dicken Knoten in meinem Bauch gespürt.

Marlene stemmte die Hände in die Seiten und blickte zum Scheunendach auf. Ich spürte, dass sie wütend war.

»Er sagte auch, dass er es von jetzt an jeden Tag machen will.«

»Du musst ihm sagen, dass das nicht geht!«, entgegnete Marlene. »Nicht so!« Sie schüttelte den Kopf.

»Was bleibt mir übrig …« Die Worte des Arztes kamen mir wieder in den Sinn. »Doktor Bronlundt hat mir die Adresse einer Ärztin in Stockholm gegeben. Sie soll herausfinden, ob es an mir liegt oder an Sten, dass wir keine Kinder haben können.«

»Und, willst du sie aufsuchen?«

»Ich weiß nicht«, sagte ich. »Was bringt es schon, wenn ich die Ursache kenne … Sten wird es trotzdem immer von Neuem versuchen. Wahrscheinlich ist das seine Art, mich wieder in den Griff zu bekommen.«

»Und wenn sich nun herausstellt, dass du wirklich nicht …« Marlene hielt inne und überlegte. »Ist es nicht so, dass Männer sich scheiden lassen können, wenn ihre Frauen nicht in der Lage sind, für Nachwuchs zu sorgen?«

»Ich weiß nicht, ob er das tun würde«, sagte ich. »Aber ich bin nicht sicher …« Ich stockte, und auf einmal kam mir ein Gedanke. Was, wenn nicht ich das Problem war …?

Marlene schien meinen Gedanken zu erraten. »Wenn sie aber nun feststellt, dass du schwanger werden kannst …«

»Dann wird Sten mich erst recht jede Nacht aufsuchen. Ob es nun etwas bringt oder nicht.«

»Aber du hättest Gewissheit!«, gab sie zurück. »Ich weiß selbst, wie es ist, wenn man ein Kind haben will, es aber nicht klappt.« Ein Schatten zog über ihr Gesicht. »Aber die Gewissheit zu haben …«

Ich blickte sie an. »Du konntest auch keine Kinder bekommen, nicht wahr?«

Marlene rang einen Moment mit sich, dann sah sie mir direkt in die Augen. »Ich war schwanger. Ein einziges Mal.«

81

Marlene

Ich hatte mir vorgenommen, Liv etwas ganz anderes zu erzählen. Zum Beispiel, dass der Gutsherr von ihrem Erbe wusste. Mittlerweile war mir klar geworden, dass der Notar ihm davon berichtet haben musste. Spätestens bei der Testamentseröffnung für die Familie.

Stattdessen nahm mich die Geschichte, die sie mir erzählte, derart mit, dass die Worte einfach so aus meinem Mund purzelten. »Ich war schwanger. Ein einziges Mal.«

Liv schaute mich erschrocken an. »Du warst … Ich dachte …«

Ich betrachtete die Ziege, die sich umwandte, um zum Futtertrog zu gehen. Gestern hatte ich gesehen, wie sich das Kitz in ihrem Bauch bewegt hatte. Lange würde es nicht mehr dauern, bis es zur Welt kam, das meinte jedenfalls Ingrid.

»Ich habe es nie jemandem erzählt«, sagte ich. Wie ein Stein lag die Erinnerung auf meiner Brust. Noch einige Wochen zuvor hatte sie mich dazu getrieben, die Flucht aus dem Hospital anzutreten und Liv beinahe im Stich zu lassen …

»Es muss bei seinem letzten Landaufenthalt passiert sein. Ich habe mir so sehr ein Kind gewünscht. Aber nie war er lange genug an Land, immer nur ein paar Wochen, und das hat anscheinend nicht gereicht.«

Ich stockte, als ich ihn wieder vor mir sah. Das Gesicht vor Lust verzerrt, meine Hände auf seiner Brust. Mein Schoß begann zu pochen, aber ich drängte diese Erinnerung beiseite.

»Zwei Wochen, nachdem Bjarnes Schiff zum letzten Mal den Hafen verlassen hatte, blieb meine monatliche Blutung aus. Außerdem wurde mir auf einmal furchtbar übel. Ich war voller Hoffnung und Unglauben. Nach all der Zeit… Sollte es wirklich sein?«

Ich machte eine Pause, als ein kleiner Schmerz in meiner Brust erwachte. Doch ich musste weitersprechen.

»Ich ging nicht gleich zu einem Arzt, sondern zu meiner Nachbarin«, fuhr ich also fort. »Diese half Frauen bei ihren Geburten. Sie meinte, dass sich mein Wunsch durchaus erfüllen könnte. Sicherheitshalber schickte sie mich zu einem Arzt. Dieser bestätigte unseren Verdacht, und ich war außer mir vor Glück.« Ich seufzte tief. Seltsamerweise stellte sich keine Panik in mir ein. Ich spürte einen Nachhall der Freude darüber, dass unsere letzten Momente der Leidenschaft dazu geführt hatten, unseren Traum wahr zu machen.

»Ich konnte es gar nicht abwarten, das Telegramm von Bjarne aus Riga zu bekommen«, fuhr ich fort. »Während das Schiff Ladung aufnahm, hatte ich die Chance, ihn zu erreichen. Es war zwar nicht sicher, aber wenn er konnte, hatte Bjarne mir immer geschrieben.«

Ich nahm einen Strohhalm auf und drehte ihn in den Fingern. Livs Blick klebte regelrecht an mir. Ich fragte mich, welche Wirkung meine Worte auf sie haben würden.

»Ich überlegte mir, welchen Raum wir unserem Kind in unserem kleinen Haus zuteilen sollten. Wenn ich spazieren ging und Frauen mit Kinderwagen sah, legte ich meine Hand auf meinen immer noch flachen Bauch, wissend, dass dieser in ein paar Monaten so rund wie ein Globus sein würde.« Ich lachte kurz auf. »Bjarne hätte dieser Gedanke gefallen. Nachts dachte ich sehnsuchtsvoll an ihn und fragte mich, ob er vielleicht auch das Glück fühlen konnte, das wie Feuer durch meine Adern floss.«

Das Ende der Geschichte nahte, und ich spürte, wie jetzt doch Beklommenheit über mich kam. »Die Tage vergingen, aber das Telegramm blieb aus. Ich lief immer wieder zum Telegrafenamt, fragte nach, ob vielleicht etwas für mich eingetroffen sein könnte. Doch ich erhielt nur Kopfschütteln als Antwort. Und dann …«

»… hast du die Nachricht von dem Unglück erhalten«, vervollständige Liv meinen Satz.

»Ja.« Wieder spielten sich die Szenen vor mir ab. Wie in einem Theaterstück, dessen Ende vorbestimmt war. »Darüber trat meine Freude zunächst komplett in den Hintergrund. Ich wollte es nicht wahrhaben, hoffte besonders in den ersten Tagen auf einen Irrtum.«

Ehe es mir wirklich bewusst wurde, stiegen mir Tränen in die Augen. Ich wischte sie mir unwirsch aus dem Gesicht. Meine Stimme zitterte dennoch, als ich fortfuhr: »Einen Monat nach der Nachricht wachte ich eines Morgens auf. Ich glaubte zunächst, dass der Schmerz, den ich in meinem Bauch spürte, von meiner Trauer kam. Doch dann sah ich das Blut auf meinem Nachthemd und dem Bettlaken.«

Ich verstummte. Eine Weile starrte ich auf den Strohhalm, dann spürte ich Livs Hand auf meiner Schulter. Sie erhob sich, stellte sich hinter mich, ergriff auch meine andere Schulter. Für einen Moment wirkte sie wie ein Schutzschild.

Aber ich wusste, dass ich weitersprechen musste.

»An dem Tag, als ich dich ins Krankenhaus fuhr, wäre ich beinahe verschwunden«, gab ich zu. »Nicht, weil ich dich nicht leiden konnte, sondern weil mir alles zu viel war …« Ich sah ein, dass es nichts brachte, mich gegen die Tränen zu wehren. Also ließ ich ihnen freien Lauf. »Ich hatte wieder vor mir, wie ich durch diese Pforte trat. Blutend, voller Schmerz und Angst …«

»Nicht«, sagte Liv sanft. »Du musst es nicht erzählen, wenn es dich quält.«

»Das ist es ja«, sagte ich. »Es quält mich, weil ich es niemandem erzählt habe!« Ich wandte mich um und sah sie an. »Der Arzt tat, was er konnte. Er war kein freundlicher Mann, aber ich hatte das Gefühl, dass er es versuchte. Doch es hat nicht geholfen. Als ich aus dem Schlaf, in den man mich versetzt hatte, erwachte, war das Kind fort.«

82

Liv

Ich wusste nicht, was ich sagen sollte, und Marlene schien es genauso zu gehen. Für eine ganze Weile hockten wir einfach nur da.

Die Ziege meckerte, als wollte sie wissen, was in uns vorging. Was Marlene betraf, konnte ich es mir denken. Eines der schlimmsten Ereignisse für eine Frau war der Verlust eines Kindes. Ich hatte es bei Nanna gesehen, als sie ihre Älteste zu Grabe tragen musste. Und ich sah es bei Marlene.

Schließlich zog ich sie in meine Arme und hielt sie. Sie klammerte sich an mir fest und schluchzte, wie ich es selten bei einem Menschen erlebt hatte.

Ich konnte in diesem Augenblick nur daran denken, dass das furchtbare Schiffsunglück nicht nur das Leben von zwanzig Männern gefordert hatte, sondern auch das eines Kindes.

Sten war sich dessen nicht bewusst, wenn er auf Marlene wütend war.

»Wir sollen wieder zu den anderen gehen«, sagte sie schließlich und löste sich von mir. »Sie werden sich noch fragen, wo wir bleiben.« Sie zog ein Tuch aus ihrer Tasche und putzte sich die Nase.

»Bist du denn wieder so weit?«

»Ja, ich denke schon.« Sie blickte mich aus verweinten Augen an. »Danke, dass ich es dir erzählen durfte.«

»Danke, dass du es mir anvertraut hast«, gab ich zurück. »Ich kann mir vorstellen, wie schwer es dir gefallen ist.«

Sie nickte mir zu, dann warf sie noch einen Blick auf die Ziege. Diese schaute uns jetzt mit großen bernsteinfarbenen Augen an.

»Wir werden es schaffen«, sagte sie. »Dieses Haus … wir werden es zu einem Ort für Frauen machen.«

»Ist es das denn nicht schon?«, fragte ich und lächelte sie an.

Wir kehrten ins Haus zurück, und obwohl die anderen Marlene sicher ansahen, dass sie geweint hatte, fragten sie nicht nach. Wahrscheinlich würden sie das tun, wenn ich weg war.

»Kommen Sie, Frau Boregard, setzten Sie sich«, begrüßte uns Ingrid. Der Duft des Kaffees schien in jede meiner Poren einzudringen. Marlenes Geschichte hallte noch immer in mir nach, doch die warme Atmosphäre der Küche vertrieb meine Beklommenheit.

»Sagen Sie ruhig Liv zu mir«, erwiderte ich.

Sie nickte und stellte eine Tasse vor mir ab. Innerhalb weniger Augenblicke stand ein Teller vor mir, darauf einige Stücke frisches Brot mit Butter und einem Quark, der mit Kräutern vom Hof gewürzt war.

»Ich habe gestern im Ort Butter und Quark gekauft«, sagte Marlene. »Der Krämerladen hat recht moderate Preise. Da verlangt sogar mein Pensionswirt mehr.«

Wir saßen schweigend und genussvoll, und als wir fertig waren, sagte Marlene: »In zwei Wochen ist Midsommar, und wir wollen ein wenig feiern.«

»Im Dorf ist Tanz«, fügte Ingrid hinzu. »Hast du nicht Lust, mit uns zu gehen?«

Die Worte der Frau weckten Erinnerungen an frühere Midsommar-Feiern in mir. Seit ich mit Sten verheiratet war, veranstalteten wir immer ein Gartenfest, doch bisher hatte er mir keine Anweisung dazu gegeben. Würden wir es in diesem Jahr auslassen? Wohl kaum, denn Sten war sehr darauf bedacht, in der Stadt einen guten Eindruck zu machen.

»Ich fürchte, ich werde selbst ein Fest ausrichten müssen«, sagte ich. »Ich würde euch gern einladen, aber …«

»Dein Mann wäre sicher nicht erfreut«, ergänzte Marlene, nachdem sie einen Schluck Kaffee getrunken hatte.

»Da hast du wohl recht. Es tut mir leid …«

Marlene schüttelte den Kopf. »Es ist schon in Ordnung. Wir feiern auf unsere Weise. So haben wir etwas zu erzählen, wenn wir uns wiedersehen.«

»Braucht ihr denn für die nächste Zeit etwas Bestimmtes?« Ich war mir darüber im Klaren, dass das Haus erweitert werden musste, wenn wir mehr Frauen hier aufnehmen wollten. »Ich kann nicht versprechen, wie schnell ich es organisieren kann, aber ich werde mich bemühen.«

»Nach dem Dach müsste geschaut werden«, sagte Ingrid. »Ich war vor ein paar Tagen oben und habe gesehen, dass einige Schindeln locker sind.«

»Wir müssten auch sehen, dass wir Feuerholz bekommen«, sagte Marlene. »Noch heizen wir mit Bruchholz, aber das wird schon bald nicht mehr reichen.«

Ich setzte es auf meine innere Liste.

»Es wäre auch schön, wenn wir günstig alte Kleider oder Stoffe erwerben könnten«, sagte Ingrid und warf einen kurzen Blick zu Sigrun. »Wir können nicht davon ausgehen, dass Frauen, die zu uns kommen, Zeit hatten, ihre Taschen zu packen.«

Ich verstand. Wie es aussah, war Sigrun Bergsma nur mit dem eingetroffen, was sie auf dem Leib trug.

»Nanna hat Anteile an einer Kleiderfabrik in der Stadt«, sagte ich. »Sie haben hin und wieder Stoffe übrig, die wir vielleicht gebrauchen können.«

»Aber wird sie sie dir geben?«, fragte Marlene skeptisch.

»Wenn ich freundlich darum bitte …« Ich lächelte schief. Seit dem Sonntag, an dem Nanna und Hugo uns besucht hatten, war offiziell wieder alles in Ordnung zwischen uns. Vielleicht konnte ich mit dieser Bitte herausfinden, ob das auch wirklich der Fall war.

»Und wir brauchen Gläser«, meldete sich Sigrun zu Wort.

»Gläser?«

»Für Marmelade«, erklärte Marlene. »Du erinnerst dich an die Himbeeren, von denen ich dir erzählt habe?«

»Natürlich«, sagte ich. »Sind sie denn schon reif?«

»Ich habe vor, in den nächsten Tagen nach ihnen zu schauen.«

»Einen großen Einkochtopf habe ich immerhin gefunden«, sagte Ingrid. »Im Schuppen stand er. Der Herd ist gerade groß genug, um ihn darauf zu stellen.«

»Wenn wir zu viel Marmelade haben, können wir sie vielleicht verkaufen. Ich habe dem Wirt davon erzählt und auch erwähnt, dass wir sie ihm etwas günstiger anbieten können.«

Ihre Worte brachten mich zum Lächeln.

»Was ist?«, fragte Marlene verwundert.

»Das Gespräch erinnert mich an die Runden, die die Dorffrauen früher im Pfarrhaus abgehalten haben.« Ich seufzte. »Es waren schöne Zeiten damals.«

Ich bemerkte, dass Ingrid mich erstaunt anschaute. Ich bin eine von euch, hätte ich gern gesagt. Auch wenn ich einen reichen Mann geheiratet habe, ist ein kleiner Teil von mir noch immer das junge Mädchen, das in Pfarrhäusern gearbeitet hat.

Nachdem ich den Inhalt meiner Tasche ausgeleert und Marlene mir noch die Fortschritte im Garten gezeigt hatte, musste ich mich auf den Heimweg machen. Ich ging mit schwerem Herzen, denn der Gedanke, einfach hierzubleiben, war zu verlockend. Aber das konnte ich nicht, wollte ich Sten nicht darauf bringen, dass es für mich mittlerweile eine Aufgabe gab.

»Lass dich bald wieder hier blicken, ja?« Marlene begleitete mich noch zum Tor und umarmte mich fest. »Und scheu dich nicht, zu mir zu kommen, wenn du etwas auf dem Herzen hast.«

»Dasselbe gilt für dich«, gab ich zurück. »Sten ist unter der Woche tagsüber meist im Kontor.«

»Und eure Bediensteten?«

»Astrid hat dich gesehen, aber sie weiß nicht, dass Sten wütend auf dich ist. Und Martin kennt dich nicht.«

»Wir sollten dennoch vorsichtig sein und uns vielleicht nur schreiben«, schlug sie vor.

»Mein Mann könnte die Briefe sehen.«

»Ich könnte einen Decknamen benutzen.« Sie überlegte kurz. »Wie wäre es mit Bente Nielsen?«

»Diese schreckliche Person?«

»Du kannst gegenüber Sten mit Fug und Recht behaupten, dass es deine Freundin aus Kindertagen ist«, gab sie mit einem verschmitzten Lächeln zurück. Dann schien es plötzlich, als würde ihr etwas einfallen. Auf einmal wirkte ihre Miene beunruhigt.

»Was ist?«, fragte ich verwundert.

»Bente. Ich habe sie getroffen und mit ihr gesprochen. Eigentlich wollte ich es dir schon viel früher sagen.«

Ich ergriff ihre Hand. »Was ist los?«

»Wie gut kennen sich dein Mann und dein Onkel?«, fragte sie zurück.

Ich zog die Augenbrauen hoch. Was für eine merkwürdige Frage.

»Gar nicht«, sagte ich. »Er hat ja nicht einmal mit mir gesprochen.«

Marlene stieß einen erleichterten Seufzer aus. »Gut. Dann brauche ich mir keine Gedanken zu machen.«

»Gedanken? Worum?«

Sie blickte mir geradewegs in die Augen. »Dein Onkel weiß, dass du das Rosenhag geerbt hast.«

83

Marlene

Während ich am Freitagvormittag auf den Knien hockte und die Finger in den Boden grub, wanderten meine Gedanken zu Liv zurück.

In der Nacht nach ihrem Besuch hatte ich lange darüber nachgedacht, wie es mit ihr wohl weitergehen würde.

Ihr die Geschichte meines eigenen verlorenen Kindes zu erzählen war mir nicht leichtgefallen. Ich hatte wieder den ganzen Schmerz gespürt, die ganze Verzweiflung, die mich an diesem unseligen Tag erfasst hatte. Dennoch fühlte ich mich jetzt befreit. Die Tränen hatten die Trauer aus mir herausgewaschen wie ein Regenguss, der im Sommer den Staub von den Dächern spülte. Dennoch würde ich wahrscheinlich niemals über den Kummer hinwegkommen, den Gedanken, dass das Kind vielleicht noch leben würde, wenn Bjarne zu mir zurückgekehrt wäre.

Aber möglicherweise gab meine Geschichte Liv etwas Hoffnung. Sie hatte mir nicht verraten, ob sie das Kind, das ihr Mann von ihr verlangte, auch wollte, doch ich nahm an, dass es so war, selbst wenn ihr Mann alles andere als feinfühlig vorging. Schade nur, dass wir Liv wahrscheinlich nicht so schnell wiedersehen würden …

Sigrun trat an den Rand des Beetes. »Ich würde dir gern helfen«, sagte sie und hockte sich neben mich.

»Bist du sicher?«, fragte ich und betrachtete ihre Nase. Ihr Zustand hatte sich gebessert, dennoch ließen wir sie keine allzu schweren Aufgaben übernehmen.

»Ich fühle mich gut, ehrlich«, sagte sie. »Wir hatten nie einen Garten, aber manchmal habe ich Kräuter gezogen …«

Eine leise Sehnsucht lag in ihrer Stimme. Ich blickte sie alarmiert an. »Vermisst du dein Zuhause?«

Sie nickte. »Ja. Sogar sehr. Aber Torben …«

Das Schnauben eines Pferdes ertönte. Als ich aufblickte, sah ich, dass jemand aus dem Sattel stieg. War das der Gutsverwalter? Eigentlich gab es keinen Grund, dass er herkam. Aber vielleicht hatte er uns bemerkt und sich gefragt, was wir hier zu suchen hatten.

»Bin gleich wieder da«, sagte ich zu ihr und lief zur Gartenpforte. Dabei wischte ich mir die schmutzigen Hände am Rock ab und überlegte, was ich sagen sollte. Eigentlich ging es den Gutsherrn nichts an, was wir hier taten. Doch es würde besser sein, wenn wir Frieden mit unserem Nachbarn hielten.

Ich sah einen dunklen Haarschopf, und wenig später tauchte der ganze Mann vor mir auf. Meine Anspannung fiel augenblicklich ab.

»Hej«, sagte er, und ein breites Lächeln trat auf mein Gesicht.

»Was führt dich denn hierher?«

Oskar grinste mich an. »Ich bin gerade aus Stockholm zurückgekehrt.«

»Zu Pferde?«, neckte ich ihn, während ich die Hand nach dem Rotfuchs ausstreckte, von dem er gestiegen war. »Ich wusste gar nicht, dass du reiten kannst.«

Oskar lächelte. »Manchmal werde ich auch in unwegiges Gelände geschickt. Einmal war ich sogar in Norwegen.«

Ich kniff die Augen zusammen. »Ich versuche, mir gerade vorzustellen, wie du dich auf deinem Ross durch Fjorde kämpfst.«

Oskar schnitt eine Grimasse, lachte und deutete dann auf seine Tasche. »Ich habe hier etwas für euch.«

»Dann komm mit, Gäste sind uns immer willkommen.«

Ich rief Sigrun hinzu, und gemeinsam betraten wir die Küche, wo Ingrid gerade dabei war, das Mittagessen zuzubereiten.

Zu meiner und auch Ingrids großer Freude hatte Oskar einige Tüten Mehl, Kaffee, Gewürze und ein Einweckglas mit einer grauen Masse dabei, die ich zunächst mit hochgezogenen Augenbrauen betrachtete.

»Mit besten Grüßen von meiner Mutter«, sagte er, während er es beinahe ehrfürchtig auf den Tisch stellte. »Sie sagte, dass ihr das Zeug hier pflegen sollt.«

»Sauerteig!« Ingrid klatschte in die Hände. »Das wird mir nicht schwerfallen.« Sie begutachtete den Inhalt. »Früher habe ich selbst so einen Teig gepflegt. Man kann ihn beinahe ewig halten und verwenden.«

Auch ich hatte früher Brot gebacken, den Sauerteig dafür aber aus der Bäckerei geholt.

»Hast du deiner Mutter gesagt, für wen der Teig bestimmt ist?«, fragte ich.

Er lachte. »Ich habe ihr von einigen Frauen erzählt, die im Wald ein neues Leben beginnen wollen. Sie dachte erst, ich wolle sie in ein Pflegeheim stecken. Später hat sie mir das hier vor die Nase gestellt.«

»Dann grüße deine Mutter von uns und danke ihr«, sagte ich.

»Das werde ich machen.«

Unsere Blicke trafen sich und ließen mich wünschen, dass ich mit ihm allein sein könnte. Ich spürte Ingrids Blick, und zweifellos würde sie mir keine Ruhe lassen, bis sie wusste, wie es um mich und ihn stand. Aber jetzt wollte ich ihn erst einmal für mich haben. Mit ihm reden, seine Nähe spüren, ihn vielleicht küssen …

»Habe ich dir schon die Himbeeren gezeigt?«, fragte ich also.

»Ist die Zeit denn schon heran?«

»Einige sind vielleicht schon genießbar, wenn wir Glück haben.«

Als wir uns vom Haus entfernt hatten, griff Oskar fast schüchtern nach meiner Hand. Doch dann spürte ich seine Finger warm und kraftvoll.

Er hatte noch kurz davon berichtet, dass er aus Stockholm gekommen war. Er hatte eine große Tasche bei sich, die wirkte, als wäre er längere Zeit dort geblieben.

»Wie läuft es bei der Arbeit?«, fragte ich. »Hat dein Verleger dich nach Stockholm geschickt?«

»Nein, es ist etwas anderes.« Er zögerte einen Moment lang, und ich fragte mich, was es war.

Er blickte mich an, und ich spürte plötzlich dasselbe Kribbeln, das ich schon bei unserem Spaziergang in Karlskrona gefühlt hatte. Ich wusste, dass er mehr als nur ein Freund war. Auch wenn ich geglaubt hatte, dass es nach Bjarne keinen anderen Mann geben würde, spürte ich jetzt ein ähnliches Begehren wie damals nach ihm. Ein Begehren, das mich verstummen ließ, während ich ihn betrachtete und mich fragte, wie sich seine Lippen an anderen Stellen meines Körpers anfühlen würden …

Nach einer Weile erreichten wir das Himbeerfeld. Die Früchte waren gewachsen, und tatsächlich zeigte sich an einigen bereits ein sattes Rot.

Oskar wirkte beeindruckt. »Das dürfte euch für eine Weile genügen. Liegt diese Stelle auf Gutsland?«

»Möglicherweise«, sagte ich und überlegte, ob ich ihm erzählen sollte, was der Gutsherr wusste. Doch ich wollte diesen Moment nicht zerstören.

Ohne weitere Worte zu verlieren, schlang ich meine Arme um seinen Hals und küsste ihn.

Nicht so wie bei unserem ersten Kuss. Nicht sanft und vorsichtig. In diesem Kuss lag all das Begehren, das ich damals auch gefühlt hatte. So als würde es in meinem Innern einen Kompass geben, der mir zeigte, welcher Mann für mich der Richtige war. Welchen Mann ich brauchte, um glücklich zu sein.

Oskar erwiderte meinen Kuss, und als ich fühlte, dass seine Hand an meinem Rücken hinabwanderte, tat ich dasselbe. Ich spürte das Feuer zwischen meinen Schenkeln, die Sehnsucht nach ihm, und zog kurzerhand meinen Rock hoch.

Es war lange her, dass ich ein unschuldiges Mädchen war, und so brauchte er gar nicht rücksichtsvoll zu sein. Doch er war es, als er in mich eindrang und mich dann kraftvoll stieß.

Keuchend und stöhnend klammerten wir uns aneinander, gegen den Baum gelehnt, ohne einen Gedanken daran, dass ein unbedarfter Wanderer oder Jäger uns hätte sehen können. Ich legte meinen Arm um seine Schultern, atmete den Duft, der seinem Haar entströmte, und spürte, wie die letzten Dämme in mir brachen. Gemeinsam sanken wir auf den Boden, ich rittlings auf ihm. Es war wie damals bei Bjarne, ich konnte nicht genug von ihm kriegen.

84

Oskar

Sie saß auf mir, nackt und mit aufgelöstem Haar, das in sanften Wellen über ihre Schultern fiel und die dunklen Höfe ihrer Brustwarzen berührte. Ihre Augen waren halb geschlossen, ihre Brüste bewegten sich im Takt ihrer Hüften auf und ab. Sie wirkte so versunken in ihre Lust, und ich konnte sie nur staunend betrachten.

Sie war so schön, beinahe elfengleich. In ihren Kleidern wirkte sie immer etwas reserviert, doch nun bekam ich sie so zu sehen, wie sie wirklich war. Wie ihr Mann sie gesehen hatte. Ich konnte gar nicht ausdrücken, wie sehr ich diesen Burschen um die Jahre beneidete, die er mit ihr gehabt hatte.

Nachdem wir unsere erste Lust rasch und heftig gestillt hatten, ließen wir es langsamer angehen. Nach einer Pause glitt ich wieder in sie und überließ ihr gleichzeitig die Führung. Sie knöpfte mir das Hemd auf, streichelte mit warmen Händen über meine Brust. Dann entledigte sie sich des oberen Teils ihres Kleides.

Ich barg ihre Brüste in meinen Händen und küsste sie, wanderte hinauf zu ihrem Hals. Sie seufzte sehnsuchtsvoll auf und vergrub ihre Hände in meinem Haar.

Ich musste zugeben, es war das erste Mal, dass ich mit einer Frau unter freiem Himmel schlief. Meine vorherigen Beziehungen hatten es vorgezogen, dazu im Haus zu bleiben. Im Bett oder auf dem Sofa.

Akte der Leidenschaft waren es nie gewesen, eher die kalkulierte Befriedigung eines Bedürfnisses.

Hier war es anders. Sie war so lebendig, voller Feuer. Ihre Haut schmiegte sich weich an meine Hände, und auch wenn ich sie fest und kraftvoll spürte, fürchtete ich, ihr wehtun zu können.

Sie verstand es, mich zu zügeln, meine Lust hinauszuzögern. Ich folgte ihrem Rhythmus, denn ich wollte, dass auch sie ganz auf ihre Kosten kam.

Als ich mich nicht länger halten konnte und mich in ihr verströmte, ließ sie sich ebenfalls seufzend auf mich sinken. Ihr Körper zuckte leicht, während ihre Hände sich an mich krallten, beinahe so, als sollte ich sie vor dem Ertrinken bewahren.

Erschöpft blieb sie schließlich auf mir liegen. Meine Haut an ihrer brannte, und für einen Moment fehlte mir der Atem für Worte. Aber was hätte ich auch sagen sollen? Was, ohne den Moment zu zerstören?

Sie schmiegte sich an meine Schulter. Das Moos unter uns war weich und warm. Sonnenstrahlen blitzten durch die Bäume. Vögel sangen.

»Der Wald war ja schon immer mein Lieblingsort«, sagte sie leise, während sich unser beider Herzschlag wieder zu beruhigen begann. »Aber ich wusste nicht, dass er sich auch dafür eignet.«

Ich zupfte ihr lächelnd ein Blatt aus dem Haar. »Man lernt anscheinend nie aus.«

Ich zog sie an mich und küsste sie lange und leidenschaftlich. Dabei wünschte ich mir, für immer in diesem Moment bleiben zu können, für immer und ewig. Kein Karlskrona mehr, keine Aufgabe, die vor mir lag. Ich könnte einfach bei ihr bleiben, mit in diesem Haus leben.

»Ich hätte nie gedacht, dass ich mich jemals wieder verlieben könnte«, sagte sie leise.

»Das ging mir ähnlich«, gab ich zu. Nach Lisbeth hatte ich mich in die Arbeit gestürzt, nur meine Aufgabe gekannt. Und jetzt hielt ich eine Frau in meinem Arm, die möglicherweise mein Schicksal werden konnte. Wenn wir die kommenden Wochen und Monate hinter uns gebracht hatten.

»Und wie soll es nun weitergehen?«, fragte sie, während ich meine Finger an ihrer Taille entlanggleiten ließ. Ich wollte jeden Zentimeter von ihr in mich aufnehmen. »Wenn du hier bist und ich in Karlskrona.«

Ich überlegte eine Weile. Das Rosenhag war ein Ort für Frauen. Ich wusste nicht, wie Misshandelte oder Geschändete auf meine Anwesenheit reagieren würden. Außerdem war es ohnehin nur ein Hirngespinst, dass ich meine Arbeit einfach verlassen konnte.

»Ich werde versuchen, so oft wie möglich herzukommen«, versprach ich. »Außerdem hast du ja noch dein Zimmer in Karlskrona.«

Es war gut, dass sie es nicht aufgegeben hatte.

»Ohne Anstellung werde ich es nicht mehr lange halten können«, gab Marlene zurück und verfiel in Nachdenklichkeit.

Natürlich hatte sie recht, ohne Arbeit würden ihre Geldreserven schwinden.

»Und wenn ich irgendwann ganz herziehen muss?«, fragte sie schließlich.

Ich hatte darauf zunächst keine Antwort. Oder besser gesagt, ich hatte keine Antwort, die uns nicht sofort die Stimmung verderben würde. Noch immer war die Zukunft des Rosenhags ungewiss, so ehrenhaft die Absichten von Liv Boregard auch waren. Es war möglicherweise nur noch eine Frage von Tagen oder Wochen, ehe alles ins Wanken geriet. Und möglicherweise zerbrach.

»Vielleicht könntest du in Nättraby eine eigene Zeitung gründen«, sagte sie plötzlich. »Ich kann dir zeigen, wo du ein gutes Zimmer findest. Ein Zimmer, in dem wir das hier wiederholen können, so oft wir wollen.«

Ich lachte auf, dann schaute ich in ihre Augen, die mir plötzlich so tief wie das Meer erschienen. »Möglicherweise tue ich das. Wenn ich in Karlskrona fertig bin.«

Diese Worte schienen sie zu verwundern. »Wirklich? Und wann wird das so weit sein?«

»Vielleicht bald.« War der Moment gekommen, die Beichte abzulegen? Ihr zu berichten, was gespielt wurde?

»Dein Verleger wird ungehalten sein, einen guten Reporter zu verlieren«, sagte sie und gab mir einen Kuss.

Wie sollte ich es nur tun? Wie sollte ich es ihr sagen?

Doch ich war feige, und so antwortete ich: »Ja, wahrscheinlich. Aber vielleicht macht er mich ja zum Korrespondenten in Nättraby. Die *Blekinge Läns Tidning* berichtet ja nicht nur aus Karlskrona.«

Sie streckte die Hand nach meiner Wange aus und streichelte sie sanft: »Dann werden wir einfach versuchen, uns so oft wie möglich zu sehen, ja?«

85

Liv

Der Zettel schien in meiner Handtasche zu brennen. Wieder und wieder holte ich ihn hervor und betrachtete den fein geschwungenen Schriftzug. Die Ärztin hatte mir gesagt, was er bedeutete, und auch, wie ich es Sten erklären sollte. Es war eigentlich ganz simpel.

Für die nächsten Wochen riet sie uns, keinen Beischlaf zu vollziehen, weil die Entzündung, die ich vermeintlich hätte, erst abklingen müsste. Anderenfalls drohte Unfruchtbarkeit. Erst, wenn die Ärztin die Erlaubnis gab, konnten wir es wieder tun.

Nie hätte ich gedacht, dass ich mal auf ein derartiges Mittel zurückgreifen würde, um mir meinen Ehemann vom Leib zu halten …

Das Gespräch mit Dr. Alma Sundquist, deren Praxis in einer der ärmeren Gegenden von Stockholm lag, hatte mich mehr aufgewühlt, als ich geglaubt hätte. Die Ärztin war unter anderem darauf spezialisiert, sich um Frauen zu kümmern, deren Broterwerb zu Schwangerschaften und Geschlechtskrankheiten führte. Ich war schockiert gewesen, dass Dr. Bronlundt mich zu ihr geschickt hatte. Doch das hatte sich gegeben, als ich erst einmal vor ihr saß.

Sie untersuchte mich einfühlsam und erklärte mir dabei genau, was sie sah. Dabei versuchte sie stets, mir die Angst vor dem Stuhl und den Instrumenten zu nehmen.

Ich hatte noch nie eine Frau erlebt, die so deutliche Worte gefunden hatte. Für Sten. Für die Spuren, die sein schnelles Vordringen in mir hinterlassen hatten. Und seinen Wunsch, der mittlerweile nicht mehr so sehr der meine war.

Ich wusste nicht, was über mich gekommen war, aber ich hatte ihr alles erzählt: von den Jahren der Kälte unserer Ehe, von den letzten Ereignissen und meinem Widerwillen, meinem Mann das Erbe meines Vaters zu offenbaren.

Im Gegenzug überraschte sie mich mit etwas, das ich nie für möglich gehalten hätte. Ich hatte einige Minuten gebraucht, um diese Offenbarung zu verdauen.

Die Ärztin hatte mich eine ganze Weile betrachtet, mit dunkelblauen Augen und einem Gesicht, das von brünettem Haar umkränzte wurde. Sie ließ mir Zeit, die Information, die sie mir gegeben hatte, zu verdauen, dann fragte sie: »Würden Sie eine Scheidung in Erwägung ziehen wollen?«

Ich hatte sie schockiert angesehen. Hatte ich so unzufrieden geklungen? Und wie konnte ich mich von Sten scheiden lassen? Ich war immer der Meinung gewesen, meinen Mann zu lieben – auch wenn die Hochzeit der Wunsch meines Vaters war.

Ich hatte ihr keine Antwort gegeben, aber ihre Worte hallten wie Donner in mir nach. Und auch wenn mein Kopf der Meinung war, dass ich meine Ehe nicht verlieren wollte, mischte sich mein Herz mit kleiner, aber deutlicher Stimme ein und fragte: *Was, wenn es für dich ein Leben im Rosenhag gibt?*

»Frau Boregard«, vernahm ich auf einmal eine Stimme neben mir.

Jetzt wurde ich wieder meiner Umgebung gewahr, der Bahnhof von Karlskrona. Ich war so sehr in meine Gedanken und die Betrachtung des Zettels versunken gewesen, dass ich nicht bemerkt hatte, wie sich mir jemand näherte.

Ich schaute zur Seite und sah Herrn Andersson. »Wir haben uns lange nicht gesehen«, bemerkte er.

»Ich dachte nicht, dass Sie mich vermissen würden.« Mein Blick fiel auf die Tasche, die er unter dem Arm trug. »Sind Sie auf dem Weg zu einem Auftrag?«, fragte ich, und irgendwie überkam mich das Gefühl, dass er etwas von mir wollte.

»Ich bin gerade davon zurückgekehrt.« Er betrachtete mich eine Weile, dann sagte er: »Frau Boregard, ich möchte Ihnen nicht zu nahe treten. Doch weiß Ihr Mann, dass Sie drei Frauen Unterkunft in Ihrem Haus gewähren?«

»Wie meinen Sie das?«, fragte ich erschrocken. Wieder hatte ich im Ohr, was Marlene mir erzählt hatte. Dass mein Onkel und seine Frau sich über mich als Erbin des Wildhüterhauses unterhalten hatten, und zwar so, dass sogar Bente Nielsen es mitbekommen hatte. Diese Mitteilung hatte mich beunruhigt, doch dann sagte ich mir, dass mein Mann nur dann davon erfuhr, wenn er mit meinem Onkel sprach. Und das war sehr unwahrscheinlich.

»Soweit ich weiß, gibt es zwischen Eheleuten eine Gütergemeinschaft«, fuhr Andersson fort, »es sei denn, etwas anderes wurde zwischen ihnen beschlossen. Und es ist auch ein Fakt, dass Frauen ohne Zustimmung ihres Mannes keine Geschäfte tätigen dürfen.«

Für einen Moment war ich wie vor den Kopf gestoßen. Wie kam er dazu? Hatte Marlene ihm von der Sache mit Bente erzählt?

Er wartete eine Entgegnung meinerseits nicht ab. »Sie sollten ihm besser die Karten auf den Tisch legen. Oder eine andere Absicherung schaffen. Wenn Sie den Frauen wirklich helfen wollen.«

»Das will ich«, gab ich zurück. »Aber …«

»Ich weiß, was Ihr Mann von Marlene hält. Aber gerade das könnte gefährlich werden. Für Sie. Für das gesamte Vorhaben.«

»Gefährlich?« Ich blickte mich um. Einige Leute schauten uns an, und ich fragte mich, ob sie mich erkannten.

»Gesetzt den Fall, Ihr Mann erfährt von dem Erbe …«

»Das hat Sie nicht zu kümmern.« Ich wollte an ihm vorbei, doch er versperrte mir den Weg.

»Wenn er ahnte, was Sie mit diesem Haus vorhaben, was würde er tun?« Er legte den Kopf schräg und schaute mich an.

Ich wusste ebenso gut wie er, was geschehen würde. Aber ich wollte es ihm gegenüber nicht zugeben. Er war Journalist. Wer konnte schon wissen, was er daraus machte?

»Ich muss gehen«, sagte ich abweisend.

»Überlegen Sie sich, was Sie Ihrem Mann sagen können«, sagte Andersson eindringlich. »Damit keine Katastrophe über das Haus hereinbricht.« Er tippte sich gegen seinen Hut und zog von dannen.

Zitternd und verwirrt verließ ich den Bahnhof. Anderssons Worte hallten mir wie Donner in den Ohren. Das Schlimme daran war, dass er recht hatte. Der Notar hatte meine Zustimmung zu dem Erbe meines Vaters nur angenommen, weil ich ihm versicherte, Sten sei einverstanden. Seine Unterschrift hatte ich bis heute nicht nachgereicht. Und dann war da noch die Tatsache, dass Bente Nielsen das Gerede im Gutshaus gehört hatte und nicht zögern würde, es unter die Leute zu bringen …

»Liv!«, hörte ich eine Stimme rufen und erstarrte.

Sten! Was machte er hier? Ein heißer Schreck durchzuckte mich. Hatte er mich vielleicht mit Andersson reden sehen?

Beklommen setzte ich mich in Bewegung.

»Ich dachte mir, du würdest dich freuen, wenn ich dich abhole«, erklärte er, während er versuchte, mir die Tasche aus der Hand zu nehmen.

Ich wich ihm aus, antwortete aber: »Ja, in der Tat.«

Ich betrachtete ihn. Es war nicht vorgesehen gewesen, dass er mich abholte. Zu viel war zwischen uns vorgefallen. »Ist etwas nicht in Ordnung?«, fragte ich, während ich ihm nach draußen folgte.

Seiner Miene konnte ich ansehen, dass genau das der Fall war. Seine Züge wirkten angespannt, seine Kiefermuskeln mahlten. »Das sollten wir zu Hause besprechen«, sagte er und half mir auf den Surrey.

Während der Kutschfahrt schwieg Sten. Er war kein Mann, der Worte nicht für sich behalten konnte. Ich verstand, dass der Kutscher nichts davon mitbekommen sollte, aber ich platzte beinahe vor Angst.

»Komm mit«, sagte Sten nur knapp, als wir ausgestiegen waren, und bedeutete mir, ihm ins Arbeitszimmer zu folgen.

»Was gibt es denn?«, fragte ich, nachdem er die Tür hinter sich ins Schloss gezogen hatte. Wenn wir in seinem Arbeitszimmer darüber sprachen, musste es wirklich ernst sein.

»Nun, eigentlich wollte ich dich nicht damit belasten, denn die Firma ist ja meine Sache«, begann er. »Aber nun fürchte ich, ich werde dich einbeziehen müssen. Immerhin bist du meine Frau, und als solche könnte es großen Schaden anrichten, wenn du mit den falschen Leuten sprichst.«

Unwillkürlich spannte sich mein Körper an. Wollte er jetzt schon wieder mit Marlene anfangen?

»Wie es aussieht, ist unsere Versicherung misstrauisch geworden«, fuhr er fort. Seine Stimme klang auf einmal fahrig. »Nicht offiziell natürlich. Aber mir wurde zugetragen, dass seit einiger Zeit Ermittlungen gegen uns angestellt werden.«

»Weshalb?«, fragte ich überrascht.

»Es geht um die *Solveig*. Schon seit einiger Zeit sollen sie einen Ermittler beschäftigt haben, der den Fall aufrollen soll.«

Ich musste schlucken. Was hatte Sten getan, dass die Versicherung misstrauisch geworden war? War er in krumme Geschäfte verwickelt? »Das ist … furchtbar«, presste ich hervor und dachte an Marlene. Wie würde sie diese Nachricht aufnehmen?

»In der Tat«, gab Sten zurück. »Deshalb sprich mit niemandem, den du nicht gut kennst. Und wenn dich jemand anredet, verlange erst einmal seinen Namen zu erfahren.«

»Aber … was sollte ich demjenigen schon mitteilen können?«, fragte ich. »Wie du schon gesagt hast, ich habe mit deinem Geschäft nichts zu tun.«

Ich fragte mich, warum Sten plötzlich so erregt war. Die Sache mit der *Solveig* war eine alte Geschichte. Woher wusste er überhaupt von dieser Ermittlung?

»Es ist dennoch besser.«

»Weißt du denn, wer dieser Ermittler ist?«, fragte ich.

Sten schüttelte den Kopf. »Die Nachricht habe ich eben erst bekommen. Aber ich habe jemanden angeheuert, der das herausfinden wird.«

Die Frage nach dem Wie blieb mir im Hals stecken. Wie auch alles andere, was ich ihm erzählen wollte. Eigentlich hätte er erfahren sollen, was die Ärztin gesagt hatte, doch ich wusste nicht, ob jetzt ein guter Zeitpunkt dafür war. Eine Nachricht wie diese musste er wahrscheinlich erst mal verdauen. Und dafür in besserer Stimmung sein.

Sten stemmte die Hände in die Seiten und stieß ein frustriertes Seufzen aus. »Es gibt da noch etwas«, sagte er dann und hob den Kopf. Sein Blick ließ mich erstarren. »Ich habe heute mit Hugo gesprochen. Wie es aussieht, ist eine seiner Arbeiterinnen verschwunden.«

86

Marlene

Ich hob den Kopf und atmete tief die süße Morgenluft ein.

Da ich bei meinem Spaziergang mit Oskar schon einige reife Himbeeren unter dem Blattwerk gesehen hatte, beschloss ich, sie zu pflücken, bevor mir die Tiere oder ein Wanderer zuvorkamen. Es war eine gute Gelegenheit, die erste Marmelade einzukochen.

Als ich an der Stelle vorbeikam, an der wir unserer Leidenschaft freien Lauf gelassen hatten, trat ein breites Lächeln auf mein Gesicht.

Der Abdruck unserer Körper im Moos war verschwunden, aber ich meinte immer noch seine Hände auf meinen Hüften zu spüren. Es war anders als mit Bjarne gewesen, aber dennoch so vertraut, als würde ich Oskar schon seit Jahren kennen.

Wie ungern hatte ich ihn wieder dem Zug übergeben!

Immerhin hatte ich ihm das Versprechen abringen können, mit mir in anderthalb Wochen zum Midsommarfest zu gehen. Ob er tanzen konnte, wusste ich freilich nicht, doch wenn nicht, würde ich es ihm beibringen.

Mit einem halb vollen Eimer Himbeeren machte ich mich schließlich auf den Rückweg.

Vielleicht lag es an dem Glücksgefühl, das der Gedanke in mir verursachte, vielleicht auch am Sonnenlicht, doch ich ertappte mich dabei, dass ich zum ersten Mal seit Langem begann, Pläne zu schmieden.

Bisher hatte ich nur vor mich hin gelebt, gearbeitet, mich ausgeruht, am Sonntag eine Wanderung gemacht. Ich ließ einen Tag nach dem anderen an mir vorbeiziehen, nur darauf bedacht, mich am Leben zu erhalten. Mein einziger Blick war der nach hinten gewesen. Zu Bjarne. Zu der Zeit, als ich noch Glück und Hoffnung hatte.

Jetzt schien sich die Welt auf eine andere Seite gedreht zu haben. Ich spürte wieder ein unternehmungslustiges Kribbeln in mir. Ich spürte Tatendrang – und Hoffnung.

Vor der Gartenpforte machte ich Halt und stieg vom Fahrrad. Weder von Sigrun noch von Ingrid war etwas zu sehen, dafür wehte mir ein köstlicher Geruch aus dem Haus entgegen. Offenbar hatte Ingrid den Sauerteig von Oskars Mutter gleich dazu verwendet, Brot zu backen.

Als ich eintrat, umhüllte mich der Duft wie ein warmer Mantel. Ich sah, dass Sigrun begonnen hatte, Kartoffeln zu schälen.

»Na, hast du was erbeutet?«, fragte Ingrid.

»Das habe ich.« Ich stellte den Eimer auf den Tisch. »Es sind noch nicht viele, aber für zwei oder drei Gläser dürfte es reichen.«

Ich nahm eine der Schürzen, die Ingrid mitgebracht hatte, vom Haken. Dann ging ich mit dem Eimer nach draußen, schöpfte etwas Wasser und begann die Früchte zu waschen.

»Du warst neulich ziemlich lange mit dem Herrn Reporter unterwegs«, bemerkte Ingrid, als ich wieder hereinkam. »Dann hast wenigstens du schon einen Tanzpartner für das Midsommarfest.«

»Ich weiß nicht, ob er überhaupt tanzen kann. Aber ich werde ihn auf alle Fälle fragen!« Ich lächelte Sigrun zu. »Ich bin sicher, dass auch ihr beide jemanden finden werdet, wenn wir uns erst mal im Dorf sehen lassen.«

»Ach was, ich brauche niemanden!«, winkte Ingrid ab. Sigrun jedoch schwieg. Ich wusste, dass ihre Gedanken zu Torben wanderten.

»Mit jemandem zu tanzen, heißt noch lange nicht, dass man ihn heiraten muss«, sagte ich. »Es ist nur ein freudiger Augenblick, nichts weiter.«

»Nun, so wie er dich anschaut, hofft er sicher auf viele freudige Augenblicke.« Ingrid stieß ein Lachen aus.

»Untersteh dich!«, gab ich mit gespielter Empörung zurück und war froh darüber, dass ich mit Oskar in den Wald gegangen war. »Ich habe übrigens nach den Himbeeren geschaut«, sagte ich. »Wir können auf eine Menge Früchte hoffen.«

»Warten wir's ab!« Ingrid öffnete die Ofenklappe und zog das Brot hervor. Es war wirklich ein Segen, dass der vorherige Hausherr einen so modernen Ofen eingebaut hatte, mit dem man auch richtig backen konnte. »Wenn die Tiere riechen, dass da was reif ist, werden sie sich auch dafür interessieren.«

»Dann müssen wir eben schneller sein.«

Eine Weile arbeiteten wir ruhig nebeneinander, da rief Ingrid plötzlich: »Ich glaube, wir bekommen Besuch.« Sie deutete zum Fenster. »Der Herr Reporter scheint es nicht lange ohne dich auszuhalten.«

Ich sah gerade noch den Pferdekopf, doch es schien unmöglich, dass Oskar schon wieder nach Nättraby gekommen war.

Ich erhob mich und verließ das Haus. Im nächsten Augenblick stürmte mir ein junger Telegrafenbote entgegen.

»Das hier ist soeben für Sie eingetroffen«, sagte er und drückte mir einen Umschlag in die Hand.

Ich gab dem Burschen fünf Öre, die ich noch in der Rocktasche hatte, und riss den Umschlag auf.

Unruhe überkam mich. War etwas geschehen? Bei Liv oder gar bei Oskar? Hatte es mit dem zu tun, was ich von Bente Nielsen gehört hatte?

Die Worte auf dem Telegramm versetzten mir einen furchtbaren Schreck.

87

Marlene

Ich presste das Blatt gegen meine Brust und überlegte fieberhaft. Ich konnte nicht für immer hier draußen stehen bleiben. Ebenso wenig konnte ich so tun, als ging der Inhalt die anderen nichts an. Doch das, was ich hier las, durfte ich nicht in Sigruns Anwesenheit erwähnen. Jedenfalls nicht aus heiterem Himmel. Es würde ihr einen Schock versetzen.

Als ich ins Haus zurückkehrte, zitterten meine Knie, und mein Herz raste, aber ich durfte mir nichts anmerken lassen.

»Ingrid«, begann ich fast beiläufig. »Kann ich dir etwas zeigen? Draußen?«

»Wer war das eben?«, fragte sie und blickte auf meine Hand, die den Umschlag fest umklammert hielt.

»Der Telegrafenbote.« Ich blickte zu Sigrun, wich ihrem Blick aus. »Wir müssen reden, du und ich.«

»Ist es was Schlimmes?«, fragte Sigrun besorgt.

»Nein, es ist nur wichtig, dass ich Ingrid davon erzähle. Mach dir keine Sorgen, ja?«

Sie nickte und fuhr mit dem Kartoffelschälen fort.

Hitzewellen jagten durch meinen Körper, während ich Ingrid vom Haus wegzog. Ich wusste, dass Sigrun gute Ohren hatte, außerdem würde sie alarmiert sein.

»Was ist denn los?«, fragte Ingrid beunruhigt, während sie zum Haus schaute.

Die dichten Rosenbüsche ließen nicht erahnen, ob jemand dahinter stand, also senkte ich vorsichtshalber die Stimme. »Liv hat mir geschrieben, dass die Polizei nach Sigrun sucht.«

Ingrid schlug erschrocken die Hand vor den Mund. »Du lieber Himmel! Weiß man, wo sie nachsehen?«

»Das steht hier nicht«, sagte ich. »Aber wir sollen dafür sorgen, dass sie sich verstecken kann, sollten die Beamten hier auftauchen.«

Ingrid entließ ein langes Seufzen aus ihrer Kehle. »Das wird sie in Angst und Schrecken versetzen, wenn sie es mitbekommt.«

»Schlimmer noch, sie werden sie wieder zu ihrem Mann bringen, wenn sie sie hier finden. Und er könnte vielleicht behaupten, dass wir sie entführt haben.«

»Das stimmt doch überhaupt nicht! Sie ist eine erwachsene Frau. Wenn sie den Männern erzählt, wie er mir ihr umgesprungen ist ...«

»Falls sie das tut und nicht aus Angst vor Torben schweigt.« Ich schob das Schreiben in die Tasche. »Wir hätten daran denken müssen. Torben gibt seine Frau nicht einfach auf. Wahrscheinlich hat er im Krankenhaus nachgesehen, und als er sie nicht gefunden hat ...«

»Wie hat Liv eigentlich davon erfahren?«, fragte Ingrid.

»Die Skantzes sind Freunde von ihr und ihrem Mann. Möglicherweise haben sie ihnen sogar den Rat gegeben, die Polizei einzuschalten.«

Ich presste die Lippen zusammen. In meinem Bestreben, Sigrun zu retten, hatte ich vergessen, dass die Sache noch eine andere Seite hatte. Dass Torben natürlich versuchen würde, sie zurückzubekommen.

»Was sollen wir jetzt tun?«, fragte Ingrid. »Ich würde es nicht gut finden, Sigrun gar nichts zu erzählen. Sie muss erfahren, was vor sich geht.«

»Da hast du recht.« Ich betrachtete das Blatt. »Aber wer weiß, wie sie darauf reagiert.«

»Das werden wir sehen müssen«, erwiderte Ingrid. »Wir können ihr nur das Gefühl geben, dass sie dennoch sicher bei uns ist.«

Wir kehrten zu Sigrun zurück, und als ich sie sah, hätte ich die Worte am liebsten bei mir behalten. Ich schaute zu Ingrid und spürte, dass auch sie keine Ahnung hatte, wie wir am besten anfangen sollten.

»Sigrun«, sagte ich, und plötzlich klebte mir die Zunge am Gaumen. »Es ist so …« Verdammt, wo waren meine Worte? Wie konnte ich ihr die Sache bloß schonend beibringen?

»Es ist so«, sprang Ingrid mir bei, »dass in der Lampenfabrik aufgefallen ist, dass du fehlst.«

Ja, das war vielleicht das Beste, wenn wir so begannen.

»Und?« Ihre Augen weiteten sich erschrocken.

»Es ist auch so, dass Torben … nach dir sucht.«

Ein Beben ging durch Sigruns Körper. Eigentlich war das etwas, über das sie sich im Klaren sein sollte. Niemand verschwand, ohne dass dies bemerkt wurde.

»Kann er herkommen?«, fragte sie panisch.

»Nein, er weiß nicht, wo du bist.« Ich schaute zu Ingrid, in der Hoffnung, dass sie mir einen Rat geben könnte.

»Aber es kann sein, dass die Polizei ebenfalls nach dir sucht«, sagte sie.

Sie schnappte nach Luft und schlug die Hände vor den Mund. »Sie werden mich bestrafen, wenn sie mich finden!«

»Nein, keine Sorge«, begann ich, doch Sigrun begann zu zittern.

»Warum sollten sie das tun?«, fragte Ingrid und legte mütterlich den Arm um sie. »Du bist vor diesem Schläger geflohen! Du hast jedes Recht, dir einen anderen Ort zu suchen.«

Sigrun schien nicht zu hören. »Ich … ich habe meinen Mann im Stich gelassen«, murmelte sie.

»Nein, das hast du nicht«, sagte ich und ergriff ihre Hand. »Du konntest nicht anders. Wer weiß, was er mit dir angestellt hätte, wenn du nicht zu mir gekommen wärst.«

Doch das schien sie nicht im Geringsten zu beruhigen.

»Hat Frau Skantze gesagt, ob sie mich entlassen hat?«, fragte sie plötzlich.

»Nein, darüber stand nichts in dem Telegramm«, antwortete ich. »Nur, dass wir die Augen offen halten sollen wegen der Polizei.«

»Er vermisst mich sicher«, sagte sie und begann unruhig im Raum auf und ab zu gehen. »Wenn ich ihm egal wäre, würde er mich ja nicht suchen lassen, nicht wahr?«

Sorge, Sehnsucht und Furcht rangen sichtlich in ihr miteinander.

Ich blickte zu Ingrid. Auch auf ihrem Gesicht erschien nun tiefe Besorgnis. Torbens Beweggründe mochten vielfältig sein, aber sicher wollte er sie nicht zurückhaben, weil sie ihm so sehr am Herzen lag.

»Du hast nichts zu befürchten, solange du bei uns bist«, sagte ich nun. »Selbst wenn die Polizei herkommen sollte, werden wir verschweigen, dass du hier bist.« Ich machte eine Pause und fügte hinzu: »Niemand außer uns weiß von diesem Haus. Und sie können nicht einfach hereinplatzen und alles durchsuchen.«

Zögerlich nickte sie. Doch ich spürte, dass ich ihr die Angst nicht nehmen konnte. Sie saß mir ja selbst tief in den Knochen. Nicht nur wegen dem, was passierte, wenn Torben wieder Hand an Sigrun legte. Es war möglich, dass Hugo Skantze durch die Polizei von diesem Haus erfuhr. Und das war gleichbedeutend damit, dass auch Sten Boregard davon wissen würde.

88

Oskar

Eine seltsame Stimmung erfasste mich, als ich mich auf meinem Platz hinter dem Schreibtisch in der Redaktion niederließ. Etwas hatte sich heute Morgen verschoben, und das beunruhigte mich ziemlich.

Es war eigentlich eine bedeutungslose Kleinigkeit. Als ich an meine Waschschüssel getreten war und nach draußen geschaut hatte, war mir im gegenüberliegenden Hauseingang ein Mann aufgefallen. Normalerweise achtete ich nicht darauf, was sich jenseits des Innenhofes der Pension abspielte, doch diesmal war es, als hätte mich jemand darauf gestoßen.

Er konnte ein gewöhnlicher Passant sein, jemand, der auf eine bestimmte Person wartete. Doch etwas stimmte mit ihm nicht.

Normalerweise hätte ich ihn einfach vergessen. Stattdessen überkam mich ein seltsames Gefühl. Ich war mir natürlich darüber im Klaren, dass man Maßnahmen gegen die Ermittlungen ergreifen würde. Doch das setzte voraus, dass man Bescheid wusste.

Ich hatte mich hinter die Vorhänge zurückgezogen, mich angekleidet und dann wie immer das Haus verlassen. Nur beiläufig warf ich einen Blick auf den Fremden.

Er trug einen braunen Anzug, an dessen Weste eine Uhrenkette zu sehen war. Die Schuhe waren staubig, sein Hut hatte schon viele

Jahre Sonnenschein abbekommen. Er wirkte wie ein gewöhnlicher Arbeiter. Aber als solcher sollte er längst auf dem Weg zu seiner Fabrik sein. Er schien mich nicht zu beachten, doch ich hatte das starke Gefühl, dass sein Blick mir folgte …

Ein Klopfen riss mich aus meinen Gedanken. Nils, einer der Setzer der dem Verlag anhängigen Druckerei, steckte den Kopf durch die Tür.

»Hej, was gibt es?«, fragte ich und setzte eine geschäftsmäßige Miene auf, während ich so tat, als würde ich arbeiten.

»Da ist eine Frau, die zu dir möchte«, sagte er und deutete mit dem Daumen hinter sich. »Sie sagt, sie heißt Marlene Walsted.«

Ein heißer Schreck durchzog mich. Was suchte sie hier? War etwas geschehen?

»Ich komme«, gab ich zurück und erhob mich.

Wenig später stand sie vor mir, mit erhitzten Wangen und angespannter Miene.

»Marlene, was ist los?«, fragte ich, und nachdem ich mich vergewissert hatte, dass Nils verschwunden war, zog ich sie beiseite.

»Ich muss mit dir sprechen«, antwortete sie. »Bitte. Ich weiß, du hast zu tun …«

»Für dich habe ich immer Zeit.« Ich blickte mich zu meinen Kollegen um. Wahrscheinlich würden sie lange Ohren machen, wenn sie sahen, dass ich mit einer Frau redete. »Wollen wir rausgehen?« Mir fiel plötzlich wieder der seltsame Kerl vor der Pension ein, und ich fügte hinzu: »In den Innenhof?«

Ich führte Marlene durch das Verlagshaus. Ihre Augen weiteten sich staunend, als wir die Büroräume passierten. Und sie wurden noch größer, als wir die Druckerei durchquerten, in der ziemlicher Lärm herrschte.

»Ich war noch nie an solch einem Ort«, sagte sie. »Und wenn ich ehrlich bin, habe ich mir auch noch nie Gedanken darüber gemacht, wie eine Zeitung entsteht.«

»Wenn wir etwas mehr Zeit haben, kann ich dir gern mal das

Haus zeigen«, sagte ich, als ich die Tür zum Hinterhof geschlossen hatte.

»Das wäre sehr schön«, gab sie zurück. »Aber ich fürchte, erst einmal müssen wir uns um etwas anderes kümmern.« Sie machte eine kurze Pause, dann sagte sie: »Liv hat mir telegrafiert, dass die Polizei nach Sigrun sucht.«

»Woher hat sie das?«, fragte ich.

»Wahrscheinlich von den Skantzes. Die Boregards sind mit ihnen befreundet. Ihr Mann könnte ihr die Nachricht mitgebracht haben.«

»Natürlich.« Ich atmete tief durch und ärgerte mich ein wenig über mich selbst. Ich hätte es ahnen können, dass Torben Bergsma die Sache nicht einfach so hinnahm.

»Kannst du herausfinden«, fragte sie, »ob die Polizei Nättraby im Blick hat?«

»Wenn sie sie in Karlskrona nicht finden, ist es wahrscheinlich, dass sie sich in den umliegenden Orten umsehen.«

Marlene griff sich mit einer fahrigen Geste an die Stirn. »Könnten sie uns vorwerfen, sie entführt zu haben?«

»Nein. Sigrun ist aus freien Stücken mitgegangen.«

»Aber wenn die Polizei sie findet, werden sie Torben Bescheid geben!«

Das war in der Tat das größte Problem, besonders bei einem Mann wie Bergsma. Unruhe überkam mich. Hatte der Kerl vor der Tür vielleicht auf Marlene gewartet? War er einer von Bergsmas Freunden?

»Niemand wird sie gegen ihren Willen mitnehmen können«, versicherte ich ihr. »Hör zu, fahre am besten gleich wieder zurück nach Nättraby.«

Ihre Augen weiteten sich »Wieso?«

»Ich habe heute Morgen einen Mann vor dem Haus herumlungern sehen«, antwortete ich. »Möglicherweise ist er ein Freund von Bergsma.«

Marlene schnappte erschrocken nach Luft. »Bist du sicher? Wie sah er aus?«

»Mittelgroß, braune Haare, Arbeiterkleidung.« Als mir klar wurde, dass diese Beschreibung auf viele Männer passte, versuchte ich mir das Bild des Mannes deutlicher ins Gedächtnis zurückzurufen. »Er hatte einen Backenbart, eine breite Nase und schmale Lippen.«

Marlene dachte nach. Nach einer Weile schüttelte sie den Kopf. »Mir fällt niemand ein, der so aussieht, aber das muss nichts heißen. Torben hat Freunde in den Gasthäusern.« Sie seufzte schwer.

»Dann solltest du erst recht zusehen, dass du schnell aus der Stadt fortkommst. Möglicherweise ist nicht die Polizei euer wahres Problem, sondern Torben, der jemanden auf dich angesetzt hat. Vielleicht ahnt er, dass seine Frau nach seinem letzten Angriff zu dir gelaufen ist.«

Je länger ich sprach, desto klarer wurde mir, dass der Kerl tatsächlich auf Marlene gewartet haben konnte. Das hätte mich beruhigen können, aber auf einmal fühlte ich große Angst um sie.

»Ich werde versuchen, mich umzuhören«, sagte ich. »Vielleicht schnappe ich etwas auf. Verhaltet euch ruhig, und sobald ich kann, komme ich zu euch und berichte.«

Der Wunsch, sie in meine Arme zu ziehen und zu küssen, ihr zu sagen, dass alles wieder gut werde, überkam mich. Doch ich musste damit rechnen, dass die Augen meiner Kollegen auf mir lagen. Also begnügte ich mich damit, ihr eine Haarsträhne aus dem Gesicht zu schieben und dabei sanft ihre Wange zu streicheln.

Wenig später brachte ich sie zur Eingangstür. »Gib auf dich acht, ja?«, sagte ich. »Und wenn du doch zur Pension musst, sag es mir, dann begleite ich dich. Ich will nicht, dass dir jemand etwas antut.«

»Keine Sorge, ich komme schon zurecht.« Marlene berührte kurz meine Hand und schlüpfte hinaus.

»War das nicht die Frau dieses Kapitäns? Wie hieß er noch, Walsted?«

Die Stimme aus dem Schatten ließ mich zusammenzucken. Ich war so sehr mit Marlene und der Polizei beschäftigt gewesen, dass ich meinen Verleger gar nicht bemerkt hatte.

»Ja, das war sie«, sagte ich und zwang mich zur Ruhe.

»Und was wollte sie?«

Was sollte ich ihm antworten? »Ich habe vor einiger Zeit über ihren Mann mit ihr gesprochen«, antwortete ich. »Sie hatte noch etwas vergessen.«

»Die arme Frau«, sagte Lundström. Das Mitgefühl in seiner Stimme überraschte mich. Er war kein sehr emotionaler Mann. »Ihren Mann zu verlieren muss ein harter Schlag gewesen sein. Sie ist doch noch so jung …«

Das war sie. Jung und schön und mit einem Herzen voller Liebe. Wer wusste das mittlerweile besser als ich?

»Haben Sie etwas für mich, Herr Lundström?«, fragte ich. Der Chef der Zeitung sprach niemanden ohne Grund an.

»Sie werden heute Abend an der Stadtratssitzung teilnehmen«, antwortete er. »Ich habe gehört, es wird um die Elektrifizierung und den Bau der Straßenbahn gehen.«

Ich zog die Augenbrauen hoch. »Ist das nicht Hendriks Aufgabe?« Normalerweise hatte jeder Reporter seinen eigenen Bereich. Hendrik Mortensen berichtete von den monatlich stattfindenden Sitzungen des *Tingsrätt*.

»Ja, aber diesmal überraschen wir die Herren Stadträte mal.« Lundström sah mich ernst an. »Es wird hilfreich sein, wenn Sie wissen, wie die Seilschaften in der Stadt funktionieren.«

Ich verstand. Bislang hatte ich mich nur auf meine Zielperson konzentriert und versucht, so viel wie möglich über das Geschehene herauszufinden. Doch es war ebenso wichtig, zu wissen, wer ihn unterstützte und mit ihm zusammenarbeitete.

Ich nickte Lundström zu. »Vielen Dank für diese Möglichkeit. Ich hoffe, dass Hendrik nicht böse auf mich ist.«

»Ach was! Der freut sich, wenn er mal nicht von seiner Frau wegmuss!« Der Chef klopfte mir wohlwollend auf die Schulter. »Ich setze große Hoffnungen darauf, dass Ihr Bericht wie eine Bombe einschlagen wird. Vielleicht schaffen wir es sogar, verknöcherte Bande zu lösen und die Stadt komplett umzukrempeln.«

89

Marlene

Müde stieg ich aus dem Abendzug und machte mich auf den Weg, mein Fahrrad abzuholen. Der Gedanke, dass jetzt noch die Fahrt durch den Wald vor mir lag, erfreute mich gar nicht. Ich sehnte mich nach einem großen Schluck Wasser, etwas von Ingrids Brot, einem Becher Ziegenmilch und vor allem nach meinem Bett, auch wenn die Decken aus dem Gasthaus trotz Auslüften noch immer ein wenig muffig rochen.

Ich wäre gern noch in Karlskrona geblieben, um zu versuchen, mit Liv zu sprechen und vielleicht über Nacht in Oskars Armen zu liegen. Doch seine Warnung vor dem Fremden war deutlich gewesen. Es war Torben zuzutrauen, dass er jemanden losschickte, um mir nachzuspionieren. Er mochte ein Säufer sein und brutal, aber dumm war er nicht.

Der unebene Weg durch den Wald machte mich wieder etwas wacher, und ich erlaubte mir für einen Moment, auf nichts weiter zu achten als auf die Vögel über mir und das Rascheln im Gebüsch. Ein Reh kreuzte meinen Weg, was mir ein Lächeln auf das Gesicht zauberte.

Während die Amseln ihr Abendlied trällerten, näherte ich mich schließlich dem Rosenhag. Noch kurz lauschte ich in den Wald hinein, in dem ein Kuckuck gerade mit seinem Ruf anhob. Dann schob ich mein Fahrrad durch die Gartenpforte.

Ein paar Hummeln summten in den Rosen, eine verfehlte nur knapp meinen Kopf. »Vorsicht!«, rief ich ihr nach, obwohl ich wusste, dass sie mich nicht verstand.

Als ich das Haus betrat, sah ich Sigrun und Ingrid am Küchentisch. Sigrun hielt die Arme ausgestreckt, Wollfäden waren darum gespannt. Ingrid räufelte das Knäuel auf. Was für ein gemütliches Bild – wenn uns nicht diese Suche nach Sigrun im Nacken sitzen würde.

»Da bist du ja wieder!«, begrüßte mich Ingrid. »Hast du etwas herausgefunden?«

»Also, der Polizei bin ich immerhin nicht begegnet«, sagte ich und lächelte Sigrun aufmunternd zu. »Noch können wir wohl beruhigt sein. Aber vielleicht ist es gut, wenn ich morgen mal in den Ort gehe und mich ein wenig umhöre.«

Ich machte eine Pause und wählte meine Worte mit Bedacht, als ich fortfuhr: »Oskar meint, dass die Polizisten niemanden gegen seinen Willen mitnehmen können.« Ich schaute zu Sigrun. »Du hast kein Verbrechen begangen. Und dass du einen Ehemann hast, heißt nicht, dass er dich zu etwas zwingen darf.«

»Aber sie könnten ihm sagen, wo ich zu finden bin«, gab sie ängstlich zurück und ließ beinahe die Fäden fallen. »Wenn er hier auftaucht …«

»Wir sollten uns einen großen Hund zulegen«, warf Ingrid ein. »Hat dieser furchtbare Ziegenzüchter nicht einen abzugeben?«

»Ich fürchte nein.« Ich setzte mich an den Tisch. »Und selbst, wenn wir einen hätten, könnten wir ihn unmöglich auf Menschen hetzen.«

»Hast du eine Ahnung, was manche Leute schon mit mir gemacht haben!«, gab Ingrid grimmig zurück.

»Nun, wenn die Polizei wirklich herkommt, wird sie Fragen stellen.« Ich griff nach Sigruns Hand. »Vielleicht solltest du ihnen dann sagen, was Torben dir angetan hat. Es ist nicht rechtens, dass er dich schlägt. Du könntest ihn dafür anzeigen.«

»Aber … das würde nichts bringen.« Sigrun schaute mich ängstlich an.

»Einen Versuch wäre es wert«, sagte ich. »Wir werden jedenfalls alles tun, damit du nicht zu ihm zurückmusst, das verspreche ich dir.«

An diesem Tag gingen wir früher als sonst zu Bett. Die Sonne schien noch, doch wir sperrten sie mit den Fensterläden aus.

Nach dem Abendessen war meine Müdigkeit zurückgekehrt, gleichzeitig wühlte noch immer die Unruhe in mir. Ich starrte an die Schlafzimmerdecke, und da Sigrun bereits in der Stube auf ihrem Sofa lag, sagte ich: »Die Polizei wird nicht unser einziges Problem sein.«

»Wie meinst du das?« Ingrid wandte sich mir zu.

»Oskar sagte, ein Mann habe vor der Pension gestanden. Er vermutet, dass Torben jemanden gebeten haben könnte, mich zu beobachten.«

»Dieser Mistkerl«, brummte sie. »Hat der Typ dich gesehen?«

»Nein. Aber ich wüsste zu gern, wer er ist.«

»Besser wäre, wenn du ihm gar nicht erst unter die Augen kommst. Wer weiß, was er tut.«

Ich seufzte schwer. »Ja, das habe ich auch schon gedacht.« Ich überlegte einen Moment lang, dann kam mir eine Idee. »Wenn wirklich alle Stricke reißen, könnten wir Sigrun unter falschem Namen im Gasthof unterbringen.«

»Meinst du wirklich, dass das geht?«

»Der Gastwirt scheint ein netter Mann zu sein. Er hat Angst davor, dass ihm jemand Konkurrenz macht, aber das haben wir ja nicht vor. Ich glaube, er würde nicht viele Fragen stellen.«

»Du vergisst, dass es Geld kostet. Geld, das wir nicht haben.«

»Ich habe noch ein paar Ersparnisse«, sagte ich. »Und sicher würde Liv auch helfen. Letztlich ist es ja zu unser aller Wohl, wenn Sigrun in Sicherheit ist.« Ich zupfte an der Bettdecke und fügte hinzu: »Vielleicht sollten wir ihr das morgen vorschlagen. Wenn sie ablehnt, können wir uns immer noch etwas anderes einfallen lassen.«

»Ja, zum Beispiel könnten wir allesamt eine Reise machen. In den Norden. Nach Lappland vielleicht.«

»Warum denn gerade dorthin? Es soll kalt in Lappland sein.«

»Weil es weit entfernt ist von Karlskrona und diesem Kerl.«

Ich war nicht sicher, ob es überhaupt einen Ort gab, an dem sie sicher vor ihm wäre, solange er auf freiem Fuß und sie nicht von ihm geschieden war. Aber wir konnten nur einen Schritt nach dem anderen gehen.

90

Oskar

Das Rathaus von Karlskrona befand sich am Stortorget, Karlskronas zentralem Platz, der von verschiedenen Verwaltungsgebäuden und zwei der wichtigsten Kirchen der Stadt umgeben wurde: der Dreifaltigkeitskirche mit ihrer großen Kuppel und der Friedrichskirche mit ihren beiden hohen Glockentürmen.

Das Rathaus selbst war ein klassizistischer Bau mit orangefarbenem Anstrich, der die Pilaster und andere Verzierungen an der Fassade hervorhob. Der allgegenwärtige Fabrikrauch hatte seine Spuren hinterlassen, aber das tat der Schönheit des Gebäudes keinen Abbruch.

Ich war ein wenig zu früh hier, deshalb setzte ich mich auf die Freitreppe, die zu dem imposanten, von Säulen flankierten Eingang führte. Die Abendsonne fiel auf das Pflaster und das von Blumenrabatten umgebene Denkmal König Karls XI.

Es wäre ein wunderbarer Ort gewesen, um mit Marlene den Sonnenschein und die Wärme zu genießen. Wenn da nicht all die Dinge wären, die uns gerade die Zeit für solche Momente raubten …

Es war mir leider nicht gelungen herauszufinden, wie die Ermittlungen im Fall von Sigrun Bergsma verliefen. Der junge Beamte im Polizeirevier wollte dazu keine Angaben machen. Aber da es sich um keine prominente Person handelte, würde man sicher nicht zu viel Eile an den Tag legen.

Ich hoffte nur, dass Marlene unbehelligt in Nättraby angekommen war. Ich traute es diesem Kerl zu, ihr nachzugehen, wenn er sie zu Gesicht bekam …

Schließlich läuteten die Kirchenglocken halb sechs. Die ersten Stadtratsmitglieder trafen ein. Ich sah den Bürgermeister, dessen Gesicht mir durch Bilder in der Zeitung geläufig war, begleitet von seinem Sekretär und anderen, die ich nicht kannte.

Soweit ich wusste, gehörten Sten Boregard und Hugo Skantze ebenfalls diesem Gremium an. Lundström hatte recht: Zu sehen, wer mit wem koalierte, würde interessant sein. Besonders, weil meine Zielperson auch unter diesen Männern war. Vielleicht gab es sogar jemanden, der bereit war, mir ein paar Dinge über ihn zu verraten.

Als die Männer an mir vorbei waren, erhob ich mich und folgte ihnen in das Gebäude. Auch von innen war das Rathaus eine Augenweide. Die Stuckarbeiten an den hohen Decken, die Gemälde und der kunstvolle Kronleuchter machten deutlich, dass die Seefahrt diese Stadt bedeutsam und die Industrie sie reich werden ließ.

Im riesigen Tagungssaal suchte ich mir einen Platz im hinteren Teil des Raumes. Von hier aus hatte ich einen guten Blick auf das Geschehen. Ich hatte gerade meinen Notizblock hervorgeholt, als ich einige Nachzügler hereinkommen sah.

Ich hatte keine Ahnung, wie die Rangfolge der Abgeordneten aussah. Man neigte naturgemäß zur Gruppenbildung, und jede Gruppe hatte einen Anführer. Das war hier nicht anders. Sie standen in Grüppchen zusammen und schienen miteinander zu beraten. Bei den fünf Männern, die mir ins Auge fielen, war seltsamerweise der körperlich kleinste derjenige, der offenbar das Sagen hatte.

Diesen erkannte ich sofort wieder: Hugo Skantze, den Besitzer der Lampenfabrik. Er trug einen dunklen Anzug über dem blütenweißen Hemd, eine grüne Krawatte und makellos geputzte Schuhe. Vier seiner Begleiter waren mir bislang unbekannt, bei dem fünften handelte es sich um Sten Boregard. Sein Gesicht war gerötet, seine

Augen funkelten. Irgendwas schien ihn aufzubringen. Ich hätte gern gewusst, was.

Skantze musste bemerkt haben, dass ich sie beobachtete, denn er löste sich nun aus der Gruppe und hielt direkt auf mich zu.

»Ah, ein neues Gesicht«, sagte er. »Sie sind doch von der Presse, nicht wahr? Ist Herr Mortensen diesmal unabkömmlich?«

»Mein Verleger war der Meinung, dass es an der Zeit für mich sei, die Lenker der Geschicke von Karlskrona kennenzulernen.« Ich erhob mich und reichte ihm die Hand. »Oskar Andersson.«

»Hugo Skantze«, gab er zurück und musterte mich. Er war mehr als einen Kopf kleiner als ich, aber ich wusste, dass gerade solche Männer sehr gefährlich werden konnten. Sie waren diejenigen, die keine andere Wahl hatten, als sich Geltung zu verschaffen. Das taten sie manchmal mit allen Mitteln.

Sein Händedruck verriet jedenfalls Energie und Selbstbewusstsein. Er hätte mir sympathisch sein können, hätte er Marlene nicht vor die Tür gesetzt.

»Wie lange arbeiten Sie schon hier in Karlskrona?«, fragte er, während ich versuchte, meine Gefühle hinter einer professionellen Maske zu verstecken.

»Seit ein paar Wochen«, antwortete ich. »Vorher war ich in Stockholm bei der *Dagens Nyheter.*«

Skantze schob beeindruckt die Unterlippe vor. »Da hat Lundström aber großes Glück, Sie bekommen zu haben. Vielen Reportern in der Gegend scheint das journalistische Geschick zu fehlen, inhaltlich wie auch schreiberisch.« Er legte den Kopf schräg, maß mich noch einen Moment lang, dann sagte er: »Kommen Sie, ich möchte Ihnen meine Freunde vorstellen.«

Er führte mich zu den Männern und stellte sie mir der Reihe nach vor. Nicolas Swahn war der Geschäftsführer der Kleiderfabrik und Skantzes Schwager, Sten Boregard der Besitzer der Reederei, Gerd Löw stand dem Elektrizitätswerk vor, das seit 1905 hier ansässig war, Mikke Brandström war für den Bau der Straßenbahn verantwortlich, und Lasse Öberg hatte früher einmal die Gießerei gehört, bevor Skantze sie aufgekauft und damit gerettet hatte.

Eine sehr illustre Gesellschaft, das musste ich zugeben. Interessant war, dass diese Männer alle irgendwie mit Energie zu tun hatten. Swahn vielleicht ausgenommen, es sei denn, er produzierte Lampendochte für Skantze. Auszuschließen war das nicht.

Das Sextett beäugte mich neugierig, und ich konnte deutlich sehen, dass sie abzuwägen versuchten, inwiefern ich ihnen nützlich sein konnte.

Sten Boregard jedoch wirkte noch immer so, als hätte er sich den Magen verdorben. Gefiel es ihm nicht, dass die zunehmende Elektrifizierung der Stadt, um die es heute ja gehen sollte, sein Geschäft mit dem Petroleum bedrohte?

»Sie wollen also frischen Wind in unsere Zeitung bringen?«, begrüßte er mich ein wenig mürrisch.

»Ich möchte vor allem in der Stadt Fuß fassen«, sagte ich und spürte ein Kribbeln im Magen. Es war, als würde man einem großen Hund gegenüberstehen, von dem man nicht wusste, ob er nur bellte oder auch beißen würde. »Karlskrona ist eine schöne Stadt, viel ruhiger als Stockholm.«

»Und hier gibt es noch so was wie Moral!«, tönte Swahn, und die anderen Männer lachten. Boregard jedoch wirkte noch immer, als hätte er einen Stein geschluckt. Hatten die anderen ihm etwas mitgeteilt, was ihm nicht gefiel? Ich wunderte mich darüber, dass er seine Gefühle nicht verbarg.

»Ich habe vor, genau diese Aspekte in meinen Artikeln deutlich zu machen«, erklärte ich, dann wandte ich mich an Skantze: »Und keine Sorge, in der kommenden Woche ist Herr Mortensen wieder für Sie da.«

»Nun, ich bin mir noch nicht sicher, ob ich ihn bevorzuge«, erwiderte der Fabrikbesitzer. »Verraten Sie es ihm bitte nicht, aber ich vermute, mit einem Reporter der *Dagens Nyheter* kann er nicht mithalten.«

»Oh, das ist zu viel der Ehre«, erwiderte ich. »Sie sollten vielleicht erst einmal etwas von mir lesen.«

Skantze maß mich noch einmal, dann sagte er: »Kommen Sie doch in der kommenden Woche in mein Büro. Bei der heutigen Sitzung wird es unter anderem auch um die Elektrifizierung der Stadt gehen. Ich kann Ihnen dazu mehr erzählen, auch darüber, wie sich das auf unser Unternehmen auswirkt, wenn Sie möchten.«

»Dieses Angebot nehme ich dankend an«, sagte ich mit einer kleinen Verbeugung. Im gleichen Augenblick ertönte die Glocke, die den Stadtratsmitgliedern das Signal gab, an ihre Plätze zu gehen.

Am Ende der Sitzung verließ ich das Rathaus auf schnellstem Wege, denn ich wollte gleich heute Abend noch den Artikel aufsetzen. Mittlerweile war es dunkel geworden, und soweit ich es mitbekommen hatte, würden die Stadträte jetzt noch im Wirtshaus einkehren.

Skantzes Angebot, über seine Modernisierungspläne zu berichten, war wie gerufen gekommen. Damit hatte er mich praktisch in der Stadt aufgenommen, mich willkommen geheißen und validiert. Er schien ein kluger Mensch zu sein. Er wusste, dass es für ein Unternehmen von großem Vorteil sein konnte, sich mit der Presse gut zu stellen. Und ich wusste, dass es von Vorteil war, wenn man einen der einflussreichsten Männer der Stadt auf seiner Seite hatte. Vielleicht würde er mir auch auf andere Weise helfen können …

Während ich mich der Pension näherte, fragte ich mich, ob der Unbekannte immer noch vor der Wohnung herumlungerte. Vielleicht hatte er eingesehen, dass Marlene nicht kommen würde. Das hieß aber nicht, dass er nicht morgen wieder an derselben Stelle auftauchte …

Plötzlich schoss eine Hand aus der Dunkelheit. Instinktiv wirbelte ich herum, blockte den Angriff und stieß den Unbekannten gegen die Wand. Ich packte ihn am Revers seiner Jacke und zerrte ihn ins Licht der Straßenlampen.

»Ich bin's!«, rief der Mann erschrocken aus. Im nächsten Augenblick erkannte ich das Gesicht.

»Sind Sie von Sinnen?«, fragte ich und ließ ihn los. »Mich einfach anzufassen.«

»Es tut mir leid«, sagte er und zog sich seine Kleider zurecht. »Ich wusste nicht, was ich tun sollte.«

»Sie hätten mir eine Nachricht zukommen lassen können.« Ich atmete gegen meinen rasenden Herzschlag an. Normalerweise war ich nicht schreckhaft, doch die Ereignisse des Tages zerrten an meinen Nerven.

»Ich war in Ihrer Redaktion«, sagte er und blickte sich gehetzt um. »Man sagte mir, dass Sie hier sind. Es ist wichtig.«

Ich zog ihn zurück in den Schatten. »Was gibt es?«

»Wie es aussieht, hat mein Chef tatsächlich einen Verdacht. Er hat ein Schreiben bekommen, und danach war er für eine Weile außer sich.«

Ich rief mir das Gespräch mit dem Staatsanwalt wieder ins Gedächtnis. Die Verbindungen, die das Ziel hatten …

»Wissen Sie, worum es ging?«

»Nein, aber ich fürchte, dass irgendwas an Licht gekommen sein könnte.«

Das war unschön, aber etwas in dieser Art hatten wir ja schon befürchtet.

»Mein Chef hat einen Detektiv angeheuert. Arvid Hamme ist sein Name. Er soll herausfinden, mit wem Marlene Walsted sich trifft, mit wem sie redet.« Er blickte mich an. »Sie kennen die Frau sicher.«

Ich kannte sie nicht nur, ich liebte sie. Und was er da sagte, erschreckte mich noch mehr als die Nachricht, dass dem Kerl irgendwas zugetragen worden sein könnte. Ich unterdrückte einen Fluch.

»Ich … ich kann das Risiko nicht länger eingehen«, sagte mein Informant daraufhin. »Wenn dieser Detektiv uns zusammen sieht …«

»Das heißt noch gar nichts«, gab ich zurück. »Ich bin Reporter, nicht wahr? Ein Reporter redet mit Menschen, das ist nichts Besonderes.«

Dennoch verursachte es mir Bauchschmerzen. Wenn der Kerl von Torben Bergsma geschickt worden wäre, hätte man ihn leicht hinters Licht führen können. Ein Detektiv erforderte andere Maßnahmen.

»Hören Sie, wir müssen uns nicht ständig treffen«, sagte ich. »Und Sie brauchen auch vorerst keine Dokumente mehr zu entwenden. Aber Sie sollten weiterhin ein Auge darauf haben, ob Ihr Chef etwas vernichten will. In dem Fall sollten Sie mich benachrichtigen. Und möglichst dafür sorgen, dass die Unterlagen in Sicherheit kommen.«

»Aber wo soll ich sie verstecken?« Ein panischer Ausdruck trat auf sein Gesicht.

Ich überlegte. Sie zu meiner Wohnung bei den Malmströms bringen zu lassen war zu gefährlich. Und welchen Eindruck würde es machen, wenn er mit einem Aktenbündel den Laden betrat?

Mir kam eine Idee. »Schicken Sie die Unterlagen an die folgende Adresse«, sagte ich, zog Bleistift und Notizblock aus der Tasche. »Verwenden Sie meinen Namen. Der Empfänger wird sie aufbewahren.«

91

Marlene

Im Traum sah ich bunte Bänder und hörte den Klang einer Fiedel. Zu Midsommar waren Bjarne und ich wie so viele andere Stadtbewohner hinaus in die Natur gegangen und hatten dort ein Picknick veranstaltet. Im Schatten einer weit ausladenden Buche saßen wir, fütterten einander mit Gebäck und Früchten und genossen die Nähe des jeweils anderen. Es gab immer jemanden, der eine Geige dabeihatte und darauf ein paar fröhliche Lieder anstimmte. Manchmal tanzten wir. Auch zu den einfachen Melodien konnte Bjarne sehr gut tanzen.

Doch als ich nun zu dem Mann aufblickte, an dessen Brust ich mich schmiegte, war es nicht Bjarnes Gesicht, das ich sah. Ich blickte in das Gesicht von Oskar. Sonnenflecke fielen darauf, beleuchteten hier und da seine Augen.

Ich fühlte ein so durchdringendes Glück, dass ich zu weinen begann. War es möglich, dass endlich alles gut wurde?

Plötzlich zerrte etwas an meinem Bein. War es ein Hund? Ich blickte an mir hinab, sah aber nichts. Als ich mich zu Oskar umwandte, sah ich Sten Boregard neben mir.

Mit einem lauten Keuchen schreckte ich hoch. Ich brauchte einen Moment, um mir klarzumachen, dass ich nicht auf der Wiese, sondern in meinem Bett lag.

»Marlene!«, hörte ich da eine Stimme. Sie klang dringlich, was ich nicht verstehen konnte. Was war los?

Wieder zerrte etwas an mir, diesmal an meiner Schulter. »Marlene, wach auf!«

In dem Morgenlicht, das mir ins Gesicht strahlte, konnte ich zunächst nur einen Umriss erkennen. Doch dann verschattete Ingrids Körper meinen Blick.

»Was ist denn?«, murrte ich unwillig.

»Sigrun ist verschwunden!«

Mein Körper reagierte, bevor mein Verstand die Worte richtig erfassen konnte. »Bist du sicher?«, fragte ich, während die Angst in mir hochschoss und den Rest Müdigkeit vertrieb.

»Ich finde sie nirgends!« Ingrids Stimme klang verzweifelt.

Ich warf meinen alten Morgenmantel über, den ich aus Karlskrona mitgebracht hatte, und rannte nach draußen.

»Sigrun!« Laut hallte meine Stimme durch den Wald, echote durch die Bäume und scheuchte Vögel auf.

Auch Ingrid rief nach ihr. Eine Antwort erhielten wir nicht.

»Wo könnte sie sein?«, fragte Ingrid ängstlich, während sie herumwirbelte. »Sie wird doch wohl nicht in den Brunnen …«

Wir liefen los. In den vergangenen Tagen hatte Sigrun ab und zu das Wasser geholt. Wir hatten gemeint, dass es zu anstrengend für sie sei, doch sie hatte darauf bestanden.

»Sigrun!«, rief ich in den Brunnenschacht hinein. »Sigrun, ist etwas passiert?«

Ich lauschte. Wenn sie nicht tot war, würde sie sich bemerkbar machen können.

»Wir sollten eine Lampe in den Schacht hinablassen. Dann sehen wir vielleicht, ob sie da unten ist.«

Ingrids Worte ließen meine Angst noch höher schießen. Wenn wirklich so etwas geschehen war …

Ich lief ins Haus zurück und kehrte mit einer alten Lampe und einem Seil zurück. Die Lampe hatten wir in einem der Schränke gefunden. Sie war nicht so gut gefertigt wie meine Petroleumlaterne, aber sie brannte hell. Ich entzündete sie, befestigte das Seil an ihrem Henkel und ließ sie dann in die Dunkelheit hinunter. Viel Licht spendete sie nicht, und ich musste mich sehr anstrengen, etwas zu erkennen.

Doch nach einer Weile war ich sicher.

»Da ist sie nicht«, sagte ich, während ich die Lampe wieder einholte. Ein Verdacht kam mir. »Gehen wir in den Wald!«

Ich brachte die Lampe ins Haus zurück, warf mir schnell ein Kleid über, dann kehrte ich ins Freie zurück.

Wenn sich bewahrheitete, was ich dachte, hatte sie bereits einen großen Vorsprung. Möglicherweise lohnte es sich nicht einmal loszugehen, denn wir hatten keinen Anhaltspunkt, welche Richtung sie eingeschlagen hatte. Dennoch riefen wir eine ganze Weile nach ihr, während wir den Wald absuchten. Tiere sprangen aus dem Unterholz, Vogelschwingen flatterten über uns. Doch keine Sigrun.

Ein Zittern rann durch meinen Körper. Was sollten wir nun tun? Wo sollten wir suchen in diesem riesigen Wald?

»Hast du in die Stube geschaut?«, fragte ich, einer Eingebung folgend.

»Natürlich«, antwortete Ingrid. »Wie hätte ich denn sonst wissen sollen, dass sie nicht da ist?«

»Hast du gesehen, ob sie irgendwas mitgenommen hat?«

Ingrids Blick gab mir die Antwort.

»Lass uns zurückgehen und nachschauen«, sagte ich und wandte mich um.

»Sie muss es mit der Angst zu tun bekommen haben«, sagte Ingrid, während ihr Blick weiterhin wachsam durch die Gegend streifte.

Aber warum?, fragte ich mich. Ich hatte ihr doch zugesichert, dass wir sie beschützen würden. Warum hatte sie mir nicht geglaubt? Meine Haut begann unangenehm zu kribbeln, als mir etwas anderes einfiel.

Wenn Sigrun wirklich zu Torben zurückkehrte, würde er Rechenschaft verlangen. Würde sie die Kraft haben zu schweigen? Wusste sie eigentlich, was geschehen würde, wenn sie ihm von uns erzählte? Ich wünschte, wir hätten sie darauf eingeschworen …

Zurück im Haus, stürmten wir in die Wohnstube. Beim Anblick des Sofas, das Sigrun als Schlafstätte gedient hatte, stockte ich. Die Bettdecke war fein säuberlich zusammengelegt. Ich hob sie an und entdeckte darunter den Rock und die Bluse, die ich ihr ausgeliehen hatte. Ihr eigenes Kleid war fort.

Schlagartig wurde mir klar, was das bedeutete.

»Sie will nach Hause«, sagte ich wie betäubt, als Ingrid hinter mir auftauchte.

»Das kann sie doch nicht machen!«, erwiderte Ingrid. »Nach allem, was ihr bei diesem Kerl passiert ist!«

Ich konnte darauf nicht antworten. Ernüchterung drückte mir die Kehle zu. Was hätte ich getan, wenn Bjarne mich geschlagen hätte? Wäre ich bei ihm geblieben? Oder zu meinen Eltern zurückgekehrt? Ich dachte wieder an den Faustschlag, den Torben mir versetzt hatte. Ich hatte Wut und Angst empfunden – aber bei mir wurden diese Empfindungen nicht von Liebe übertüncht.

Sollte Sigrun wirklich zu ihm zurückkehren?

»Vielleicht nimmt sie den Zug.« Ehe ich sie zurückhalten konnte, wirbelte Ingrid herum, und ich hörte, wie sie in die Küche lief. Wenig später kehrte sie zurück. »Vom Haushaltsgeld fehlt nichts.«

Ich versuchte mich zu erinnern. Wir hatten fast all unsere Kleider gewaschen. Auch Sigrun hatte das Kleid, in dem sie zu mir gekommen war, in den Waschzuber getan. Ob sie zuvor etwas aus ihrer Rocktasche entfernt hatte, wusste ich nicht. Es konnte sein, dass sie ein paar Münzen bei sich getragen und diese vor der Wäsche herausgenommen hatte.

Mein Blick streifte das Fensterbrett. Ein kleiner Zettel lag dort. Man hätte ihn leicht übersehen können.

Ich ging zum Fenster, nahm das Papierstück in die Hand und las:

Bitte seid mir nicht böse, aber ich muss nach Hause zurückkehren. Ich will nicht, dass ihr meinetwegen Schwierigkeiten bekommt. Ich danke euch für alles, was ihr getan habt.
Sigrun

Ich reichte den Zettel an Ingrid weiter. Diese ließ sich schwer auf das Sofa sinken und seufzte. »Dieses dumme Mädchen!«

»Sigrun ist nicht dumm«, gab ich zurück und setzte mich neben sie. »Sie weiß, was ihr geschehen könnte. Aber ich glaube, sie hofft noch immer, dass er sich wieder ändern wird.«

Ich dachte daran, wie ich mit ihr auf dem Hinterhof gesprochen hatte. Ihre Weigerung, von Torben abzulassen.

»Möglicherweise tut er ihr nichts«, sagte ich. »Jedenfalls nicht in der ersten Zeit.« Ich nahm Ingrid den Zettel aus der Hand und betrachtete ihn erneut. Die Handschrift wirkte fahrig. Vielleicht konnte sie es nicht besser, aber vielleicht hatte sie auch Angst.

»Und was machen wir jetzt?«, fragte Ingrid.

»Nichts«, sagte ich wie betäubt. Enttäuschung breitete sich in mir aus. »Wir hätten sie nicht zwingen können hierzubleiben.«

»Aber vielleicht könnten wir sie überreden.« Ingrid überlegte kurz. »Und wenn wir zum Bahnhof gehen? Versuchen, sie umzustimmen, wenn wir sie finden?«

»Ich glaube, das wird nichts bringen. Der Morgenzug ist längst weg. Außerdem können wir gegen ihren Willen nichts tun. Sie ist eine erwachsene Frau. Wenn sie gehen will, müssen wir sie gehen lassen.«

»Aber das kann doch nicht sein! Wenn sie nun …«

Ein markerschütternder Schrei unterbrach Ingrid. Er klang so durchdringend, dass wir beinahe gleichzeitig aufsprangen.

»Auch das noch!«, rief Ingrid aus und rannte los.

92

Liv

Es war schon ein Weilchen her, dass ich mich bei den Skantzes zur Fika angemeldet hatte. Für gewöhnlich kamen einige illustre Damen aus der Stadt hier zusammen, um zu plaudern, zu tratschen und nebenbei noch die neueste Mode zu zeigen.

Bis vor Kurzem hatte ich wie selbstverständlich zu ihnen gehört, ihre Art zu reden angenommen, ihre Ideen zu meinen gemacht. Jetzt fühlte ich mich, als stünde mir die Reise in ein unbekanntes Land bevor.

Ich dachte wieder an die Unbeschwertheit, die Marlene und ihre Freundinnen ausgestrahlt hatten. Was Nannas Freundinnen und Bekannte dazu sagen würden, dass Frauen in Unterwäsche herumliefen, konnte ich mir denken.

Ich ließ mir von Astrid eines meiner hübschesten Nachmittagskleider rauslegen, kleidete mich an und machte mich auf den Weg. Es ging mir bei diesem Besuch nicht darum, wieder unter *meinesgleichen* zu sein, wie Sten es ausdrücken würde. Ich wollte in Erfahrung bringen, was es mit der Suche nach Sigrun Bergsma auf sich hatte.

Der Himmel war ein wenig bedeckt, aber es war dennoch warm genug, um mich zum Schwitzen zu bringen. Ich dachte wieder an meinen Marsch zum Rosenhag. Dagegen war dieser kurze Weg überhaupt nichts.

An der Ronnebygatan Nr. 5 angekommen, läutete ich und trat dann einen Schritt zurück. Wilma, das Dienstmädchen, öffnete nur einen Augenblick später. Hinter ihr hörte ich die lauten Stimmen der Kinder. Wenig später rannten die Mädchen schreiend und juchzend an mir vorbei, während ihr Bruder sie mit gezücktem Holzschwert verfolgte.

Nanna erwartete mich in ihrem Salon. Es war ein hübscher Raum mit Wandmalereien, die kleine Waldszenen zeigten. Im Zentrum stand eine mit grünem Samt bespannte Sitzgruppe. Das Gemälde eines heroisch gegen die Wellen ankämpfenden Segelschiffs rief mir Marlenes Schicksal in Erinnerung. Doch ich drängte sie rasch zurück.

»Liv, wie schön, dich zu sehen!«, begrüßte mich Nanna. Sie trug ein hoch gegürtetes cremefarbenes Nachmittagskleid. Ich fand, sie übertrieb es ein wenig mit ihrer Schwangerschaft. »Es ist ja eine Ewigkeit her, dass du zuletzt hier gewesen bist.«

Ja, wie eine Ewigkeit erschien es mir auch. Beim letzten Mal hatten wir uns über neue Vorhänge unterhalten, und eine von Nannas Freundinnen hatte angefangen, über das Frauenwahlrecht zu sprechen. Ich war verwundert gewesen, dass Nanna sich dafür tatsächlich interessiert hatte.

»Kommen die anderen auch?«, fragte ich, nachdem wir uns umarmt hatten.

»Mathilde und Frieda kommen. Jette und Marie ebenfalls. Louise hat leider abgesagt.«

Für eine Frau, die ihrem Mann in seiner Fabrik zur Hand ging, hatte Nanna sehr viele Freundinnen. Ich kannte sie alle, hatte aber nie das Gefühl gehabt, dass sie mit mir ein engeres Band eingehen wollten.

»Bedauerlicherweise«, fuhr sie fort, »wo wir doch schon bald nach Aspö fahren.«

»Du könntest Louise in dein Sommerhaus einladen«, schlug ich vor.

»Ich weiß nicht«, sagte Nanna. »Sie ist sehr schreckhaft, und wie du weißt, sind unsere Kinder recht lebhaft.«

Wie auf Kommando begann draußen eines der Kinder wütend zu schreien. Das Kindermädchen eilte an der Tür vorbei. Nanna blieb seelenruhig sitzen. Das wunderte mich ein wenig, da ihr ihre Kinder doch über alles gingen.

»Wie fühlst du dich mit der Schwangerschaft?«, fragte ich. Es war der beste Weg, Türen bei ihr zu öffnen. Früher hätte ich keine Hintergedanken bei solch einer Frage gehabt, aber ich wollte unbedingt herausfinden, wie weit die Polizei in Sachen Sigrun war. Und das konnte ich nur, indem ich Nanna umgarnte.

»Die Übelkeit ist furchtbar«, antwortete sie. »Nach vier Schwangerschaften denkt man, es müsse besser werden, aber diesmal habe ich das Gefühl, dass es noch schlimmer ist. Mein Arzt meint, es könnte daran liegen, dass es ein Junge wird.«

»Hugo würde sich sicher über einen weiteren Sohn freuen.«

»Ja«, sagte sie. »Mir wäre allerdings ein Mädchen lieber. Du weißt schon, wegen der Erbfolge. Nicht immer halten Brüder gut zusammen, besonders wenn es um die Firma geht. Manchmal kommt es zu Streitereien. Ich würde es schon lieber sehen, wenn Lars-Olof keine Konkurrenz hätte.«

Woher wollte sie wissen, ob der kleine Wildfang eines Tages ein guter Firmenlenker werden würde? War es nicht wahrscheinlicher, dass sie sich insgeheim einen Ersatz für ihre verstorbene älteste Tochter wünschte? Aber das hätte sie nie zugegeben, und ich hütete mich, diese Vermutung laut anzustellen.

Nach und nach trafen die anderen Damen ein. Nanna begrüßte sie alle persönlich, und ich nahm mir einen Moment, um mich zu wappnen. Mein Fehlen in der letzten Zeit musste aufgefallen sein. Und wer wusste schon, was Nanna ihnen erzählt hatte?

Frieda Sundalöw war die Erste, die auf mich zukam. »Liv, dich hat man ja schon ewig nicht mehr gesehen! Ich hoffe, es geht dir gut.«

»Ja, jetzt wieder«, sagte ich und erzählte die Geschichte von meinem gebrochenen Arm – ohne allerdings Marlene zu erwähnen, denn ich spürte Nannas wachsamen Blick. Ich wollte meine Chancen, etwas zu den polizeilichen Ermittlungen zu erfahren, nicht schmälern. Falls Nanna überhaupt darüber redete. Wenn nicht, hatte ich immerhin guten Willen gezeigt.

Der Salon füllte sich, und schließlich wurde der Kaffee aufgetragen. Das Gebäck von Nannas Köchin war köstlich, und mir wurde plötzlich klar, dass ich die Sache mit dem Frauenhaus vielleicht ein wenig anders angehen sollte. Wenn ich die Unterstützung einiger Damen aus diesem Kreis gewinnen könnte, würde selbst Sten nichts mehr dagegen sagen können.

Mein Blick fiel auf Frieda, die, wenn der Nachmittag vorangeschritten war, wahrscheinlich wieder mit dem Wahlrecht anfangen würde. Sie wäre bestimmt bereit, notleidende Frauen zu unterstützen …

Ich hatte mir gerade einen kleinen Plan zurechtgelegt, wie ich sie nach der Fika ansprechen konnte, als plötzlich die Tür des Salons aufflog.

Ein Raunen ging durch die Damen. Ich erschrak, als ich Sten sah. Hinter ihm stand Hugo. Während dieser eher blass war, glühte Sten regelrecht. Wütend bohrte sich sein Blick in mein Gesicht. Ich spürte, wie sehr er sich zusammennehmen musste. Was war passiert?

»Meine Damen, tut mir leid, dass wir Ihre Runde stören, doch Sten und ich haben etwas mit unseren Frauen zu besprechen.« Hugo blickte zu Nanna, dann zu mir. »Wenn ihr die Güte hättet, uns in mein Arbeitszimmer zu begleiten?«

93

Marlene

Nachdem ich in der Nacht kaum zur Ruhe gekommen war, gelang es mir wenigstens in den Morgenstunden, ein wenig zu schlafen. In diesen Momenten war ich frei von Sorgen. Frei von der Angst um Sigrun. Ich konnte ihre Entscheidung immer noch nicht verstehen und fürchtete, dass sie teuer dafür bezahlen musste.

Vogelgesang holte mich sanft aus dem Schlaf. Überrascht stellte ich fest, dass es bereits nach acht Uhr war. Warum hatte ich nicht mitbekommen, dass Ingrid aufgestanden war?

Ich rappelte mich auf und bemerkte, dass ich in meinen Kleidern geschlafen hatte. Rasch entledigte ich mich des Rockes, auf dem das Blut und das Fruchtwasser der Ziege eingetrocknet waren. Glücklicherweise war der Stoff dunkel genug, dass man die Flecken nicht sehen würde, falls sie nicht ganz rausgingen.

Gewaschen und in einem neuen Kleid trat ich in die Küche. Ein wenig hoffte ich, Sigrun dort zu sehen. Bis mir klar wurde, dass sie nicht mehr hier war. Wie hatte sie nur zu Torben zurückkehren können? Wie ich es auch drehte, ich verstand es einfach nicht.

Auf dem Tisch stand das Frühstück: Haferflocken und Apfelschnitze. Die Milch fehlte, wahrscheinlich war Ingrid gerade im Stall.

Ich trat vor die Tür, streckte mein Gesicht in die Morgensonne und schloss die Augen. Ich genoss die Wärme und versuchte nicht an Sigrun zu denken, doch das gelang mir nicht.

Tatsächlich fand ich Ingrid im Stall, wo sie am Ziegengatter lehnte und die Tiere betrachtete. Die beiden Kleinen standen jetzt schon etwas fester auf den Beinen, und ihre Mutter leckte ihnen immer wieder übers Fell. Sie waren sehr niedlich anzusehen mit ihren großen Augen und den zierlichen Schnäuzchen. Die Ziege wirkte mitgenommen, ihr Bauch hing noch deutlich herunter. Einen Namen hatten wir ihr bislang noch nicht gegeben; die Aufregung um Sigrun hatte uns keine Zeit dazu gelassen.

»Guten Morgen«, grüßte ich und nahm meine Haare im Nacken zu einem Zopf zusammen.

»Guten Morgen, Marlene«, sagte Ingrid mit einem gütigen Lächeln. »Siehst du diese kleinen Goldstücke hier? Sie werden der Grundstein unserer eigenen Herde werden.«

Eine eigene Herde. Eine Herde Ziegen, die uns Milch lieferte und manchmal auch Fleisch. Freiheit.

»Sie sind allerliebst.« Ich schielte auf den Topf, der neben ihr stand. »Du hast sie doch nicht etwa gemolken?«

»Doch, ein wenig«, gab Ingrid zu. »Die Milch ist jetzt besonders fett. Aber in den kommenden Tagen werde ich sie in Ruhe lassen, damit sie sich ganz auf die Kleinen konzentrieren kann.«

»Hast du schon nachgesehen, welches Geschlecht sie haben?«

Ingrid schüttelte den Kopf. »Nein, das wage ich noch nicht. Ich will nicht, dass die Mutter sie verstößt.«

Ingrid nahm den Topf vom Boden auf. »Wir sollten etwas essen und dann beratschlagen, womit wir den Tag verbringen.«

Wir kehrten ins Haus zurück, wo sich Ingrid daranmachte, das Frühstück zuzubereiten. Die Milch würden wir so trinken, an die Haferflocken kam Wasser.

»Ich glaube, ich sollte nach Karlskrona fahren«, sagte ich, während das Wasser zu kochen begann. Ingrid schüttete die Haferflocken hinein und rührte um. »Schauen, ob Sigrun gut angekommen ist.«

Ich könnte Liv auch ein Telegramm schicken, aber sie hatte bestimmt nicht die Möglichkeit, nach ihr zu sehen.

»Nachdem sie uns im Stich gelassen hat?«, grummelte Ingrid.

Ich seufzte. Natürlich fühlte auch ich Enttäuschung, aber böse sein konnte ich Sigrun nicht. »Ich kenne sie schon lange, weißt du? Praktisch seit dem Tag, an dem ich in die Lampenfabrik gekommen bin.«

»War ihr Mann damals auch schon so?«

»Ich kann es nicht sagen. Sie war in der ersten Zeit die Einzige, die etwas mehr mit mir sprach. Für alle anderen war ich wie eine Fremde. Sie verstanden nicht, warum die Frau eines Kapitäns in der Lampenfabrik arbeiten wollte. Wahrscheinlich glaubten sie, dass ich eher zu den Höhergestellten gehörte.« Ich machte eine Pause und dachte an die Zeit zurück. An die Freude, die mir die Arbeit bereitet hatte. »Als Bjarne dann nicht wiedergekommen ist, versuchte sie mich zu trösten. Sie erkundigte sich, wie es mir ging, wurde meine Begleiterin während der Fika in der Fabrik. Nach und nach lernten wir uns näher kennen.«

»Und was war mit diesem Kerl?«

»Torben hatte in der ersten Zeit nichts dagegen. Er erwartete nur, dass sie pünktlich am Werkstor erschien, damit sie gemeinsam nach Hause gehen konnten. Dann jedoch ...« Meine Erinnerung brauchte eine Weile, mir die Bilder zu zeigen, auf die es ankam. »Dann erschienen ihre blauen Flecke. Es muss kurz nach dem Unglück gewesen sein. Ich sah sie an ihrem Arm, als wir uns die Arbeitskittel überzogen. Als ich sie fragte, behauptete sie, dass sie ungeschickt gewesen sei. So ging es dann immer weiter, und die Blutergüsse wurden mehr.«

»So ein Mistkerl!«, raunte Ingrid und nahm den Topf vom Herd. Während sie das *Gröt*, wie wir den Haferbrei nannten, verteilte, dachte ich an all die Male, als Sigrun behauptete, ungeschickt gewesen zu sein. Und mir fiel auch auf, dass sie mit der Zeit immer zurückhaltender und ängstlicher geworden war.

»Sigrun war früher einmal ganz anders. Still zwar, aber nicht so …« Mir fiel das Wort dafür nicht ein.

»Duckmäuserisch?«, half mir Ingrid aus.

»Unterwürfig würde ich es nennen.«

»Ist das nicht dasselbe?« Ingrid tat ein paar von den Himbeeren auf den Brei, die vom Einkochen der Marmelade übrig geblieben waren. »Sie hätte sich schon viel eher von ihm lösen sollen. Fortgehen.«

»Nur wohin?«, fragte ich und kostete einen Löffel vom Gröt. Es war nichts Besonderes, aber der Geschmack der Himbeeren explodierte in meinem Mund. »Außerdem hat er sich immer wieder entschuldigt.«

»Entschuldigt, aber nicht gebessert«, sagte Ingrid und schaufelte den Brei in sich hinein.

Damit hatte sie recht. Was nützten Entschuldigungen, wenn es immer wieder geschah? Und sich die Abstände zwischen den Gewaltausbrüchen verringerten …

Ein Geräusch ließ mich von meiner Mahlzeit aufblicken. Es klang wie das Scharren von Schuhen auf Steinen.

Ich ließ meinen Löffel neben die Schüssel fallen.

»Sigrun!«, rief ich aus und stürmte los. Mein Herz begann, freudig zu pochen. Sie war zurück! Ich riss die Haustür auf und schaute um die Ecke. Zwei Polizisten kamen den Weg entlang.

Hinter ihnen ging Sten Boregard.

94

Liv

Dunkle Wolken hingen über der Stadt, als wüsste der Himmel, wie es in mir aussah.

Ich saß vor meinem Fenster, schaute hinaus und fühlte mich innerlich so taub wie selten zuvor. Der gestrige Nachmittag hatte in einer Katastrophe geendet. Wieder und wieder spielte sich die Szene vor meinem geistigen Auge ab …

Zusammen mit Nanna hatte ich den Salon verlassen, unter den fragenden Blicken der anderen Damen. Normalerweise holte Hugo seine Frau nicht aus der Runde weg – immerhin war sie die Gastgeberin. Es musste schon etwas Gravierendes vorgefallen sein. Was mich allerdings am meisten beunruhigte, war die Anwesenheit von Sten.

Die beiden Männer gingen voran, ohne einen Hinweis darauf zu geben, was geschehen war. Die Gedanken waren zu einem Sturm in meinem Kopf geworden. Was sollten wir zu bereden haben? Ich hatte mich nun wirklich nicht in Skantzes Angelegenheiten eingemischt! Und warum war Sten so aufgebracht, dass er sich nicht einmal ein Jackett übergezogen hatte? Wo er doch sonst so sehr auf seine Erscheinung achtete?

Wenig später versammelten wir uns in Hugos Arbeitszimmer. Hugo stand hinter seinem Schreibtisch, Nanna zu meiner Rechten, und hinter mir versperrte Sten den Weg aus der Tür.

»Was ist passiert?«, fragte ich. »Warum wollt ihr mit uns sprechen?«

»Mit dir«, präzisierte Hugo. Eigentlich war er ein ruhiger, beinahe phlegmatischer Mann. Jetzt erlebte ich ihn zum ersten Mal richtig wütend. »Wir wollen mit dir reden.«

Ich spürte, dass Nanna mich ansah.

»Ist es wahr, dass du Sigrun Bergsma bei dir versteckt hast?«, fragte Hugo.

Die Worte trafen mich wie ein Fausthieb. Ich brauchte eine Weile, um sie zu verdauen. Woher wusste er das? War die Polizei im Rosenhag aufgetaucht? Ich hatte Marlene doch das Telegramm geschickt …

»Und wage nicht, das zu leugnen!«, peitschte Hugos Stimme durch den Raum. »Sie ist heute Vormittag in die Fabrik gekommen und hat uns alles gestanden!«

Ein Gefühl, in die Tiefe zu fallen, ergriff meinen Körper. In meinem Kopf drehte es sich, meine Ohren rauschten, und mein Herz hämmerte wie noch in keinem Moment zuvor in meinem Leben.

Eine Ohnmacht wäre jetzt vielleicht das Beste gewesen. Doch ich blieb stehen und verfluchte meinen starken Körper. Und Sigrun Bergsma. Warum war sie in die Fabrik gelaufen? Und warum hatte Marlene mich nicht davon unterrichtet, dass sie fortgegangen war?

»Sie …« Ich musste mich räuspern, denn mein Hals fühlte sich furchtbar trocken an. »Sie ist vor ihrem Mann geflohen«, brachte ich schließlich hervor.

»Geflohen?«, fragte Hugo. »Warum denn gerade nach Nättraby? In dein vermeintliches Haus?«

Ich schloss die Augen. Auf einmal hatte ich wieder Oskar Anderssons warnende Stimme im Ohr.

Für einen Moment konnte ich nichts sagen. Die Blicke stachen auf mich ein wie Nadeln.

Hugo klopfte einen Moment lang unruhig mit den Fingern auf die Tischplatte, dann sagte er: »Es ist deine Sache, Dinge vor deinem

Mann zu verheimlichen. Aber wir waren uns doch darüber einig, dass du dich nicht mehr in die Angelegenheiten unserer Firma einmischst.«

Plötzlich kam ich mir vor wie eine Angeklagte vor Gericht. Mit dem Unterschied, dass in diesem Raum kein Anwalt war, niemand, der für mich sprechen und mich verteidigen konnte.

Und was sollte er auch schon sagen?

Dann passierte etwas Seltsames mit mir. Der Boden mochte sich unter meinen Füßen aufgetan haben, aber ich stand noch. Und plötzlich regte sich Widerstand in mir.

»Die Frau hat sich hilfesuchend an uns gewandt«, sagte ich, nachdem ich Nanna einen kurzen Blick zugeworfen hatte. »Sie war verletzt, hat geblutet. Das kann euch unser Hausarzt bestätigen. Wir wussten keinen anderen Ausweg, als sie aus Karlskrona fortzuschaffen.«

»Wir?«, fragte Hugo. »Du meinst also diese Walsted und du?«

Auch das hatte Sigrun erzählt. Ich konnte es nicht fassen.

»Ja«, gab ich zu und hob das Kinn. Ärger würde ich sowieso bekommen, warum sollte ich also den Kopf einziehen? »Marlene Walsted und ich wollen ein Haus, das ich von meinem Vater geerbt habe, als Fluchtort für Frauen einrichten, die aus schwierigen Verhältnissen stammen.« Ich blickte zu Sten. Dieser mahlte mit den Kieferknochen. Angst überkam mich. Hier würde er sich beherrschen können, aber zu Hause?

»Mein Mann hat mir geraten, mir eine wohltätige Tätigkeit zu suchen«, fuhr ich fort. »Nach allem, was ich in den vergangenen Wochen erlebt habe, denke ich, dass dies notwendig ist.«

Schweigen folgte meinen Worten. Ich war sicher, dass ich in diesem Augenblick die Freundschaft zu den Skantzes verlor. Vielleicht verlor ich auch alles andere.

»Du kannst von Glück reden, dass Torben Bergsma dich nicht wegen Entführung belangt«, sagte Hugo schließlich. »Da seine Frau unbeschadet heimgekehrt ist, konnten wir ihn dazu bewegen, von rechtlichen Schritten abzusehen.«

Rechtliche Schritte?

Ich stieß ein Schnauben aus. »Du hast mir nicht zugehört, nicht wahr, Hugo?«, fragte ich so provokativ, wie ich es von mir gar nicht kannte. »Dieser Mann schlägt seine Frau! Sie ist zu uns gekommen. Freiwillig! Und egal, wie du darüber denkst, welche Rechte Männer gegenüber ihren Ehefrauen haben: Sie kann ihre eigenen Entscheidungen treffen. Hätte ich sie nach Haus schicken sollen?«

Mein Blick richtete sich auf Nanna. Sie war doch auch eine Frau! Und Frieda Sundalöw, die Suffragette, ihre Freundin …

Doch auf Nannas Gesicht regte sich nicht das Geringste.

»Du hättest die Polizei benachrichtigen müssen, wenn du der Ansicht gewesen wärst, dass ein Verbrechen vorliegt!«, sagte Hugo und erhob sich nun. »Seid froh, dass ich für dich eingetreten bin.«

Erwartete er, dass ich ihm dafür dankte? Vielleicht hätte es Torben Bergsma darauf ankommen lassen sollen … Ich blickte ihn nur an und sagte nichts.

Das war anscheinend nicht die Reaktion, die er erwartet hatte. Hugo presste die Zähne zusammen. »Ich glaube, damit ist alles gesagt. Bring deine Frau nach Hause, Sten.«

Sten ergriff jetzt meinen Arm und zog mich mit sich wie ein Wärter. Es wunderte mich, dass er die ganze Zeit über nichts gesagt hatte.

Auf der Treppe hallten meine eigenen Worte wie Glockenschläge in mir wider. War es klug gewesen? Oder hatte ich Marlene damit ins Verderben gestoßen?

»Du bist so undankbar!«, zischte Sten, als wir auf die Straße traten. Ich war froh, dass die Fenster von Nannas Salon zum Garten hinausgingen. So sahen die anderen wenigstens nicht, wie ich abgeführt wurde.

An unserer Haustür ließ er meinen Arm los, und wegen der Nachbarschaft erhob er seine Stimme nicht sonderlich. Doch ich spürte deutlich seinen brodelnden Zorn. »Wahrscheinlich hast du uns die Freundschaft mit den Skantzes gekostet!«

War es denn wirklich Freundschaft, die uns verbunden hatte? War es nicht eher so, dass Hugo und Sten miteinander befreundet waren, weil sie geschäftlich aufeinander angewiesen waren?

Ich hatte mit einem ordentlichen Donnerwetter bei unserer Rückkehr gerechnet, doch Sten schloss mich einfach in mein Zimmer ein.

Ich hämmerte wütend gegen die Tür und spielte für einen Moment mit dem Gedanken, aus dem Fenster zu klettern. Doch wohin sollte ich gehen? Zum Rosenhag?

Dann kam mir Marlene in den Sinn. Ebenso, wie ich nicht gewusst hatte, dass Sigrun fortgegangen war, wusste sie nicht, was hier geschah!

Ich begann panisch herumzulaufen, ohne eine Lösung zu finden.

Nach einer Weile kam Sten durch die Tür. Er stellte sich so hin, dass ich unmöglich an ihm vorbeikonnte.

»Du hast das Haus in Nättraby also von deinem Vater?«, begann er.

Ich nickte. Er hatte es doch gehört!

»Meinst du nicht, dass du das deinem Mann gegenüber hättest erwähnen sollen?«

Wie hätte ich das tun sollen? Ich blickte ihn an. Wahrscheinlich erwartete er, dass ich mich tränenreich entschuldigte. Doch ich fühlte seltsamerweise keine Reue in mir.

»Ich dachte, es interessiert dich nicht«, gab ich kühl zurück. »Wie dich auch die Beerdigung meines Vaters nicht interessiert hat.«

Sten schnaufte, dann schoss er vor und packte mich an meiner Bluse. Ein leises Reißgeräusch ertönte, dann schrie er mich an. »Es ist deine Pflicht, deinem Mann zu sagen, wenn du eine Erbschaft machst!«

Sein Speichel flog mir ins Gesicht. Er starrte mich an, suchte nach einer Reaktion, doch ich fühlte in diesem Augenblick nur Angst davor, dass er mich genauso verprügeln könnte, wie Torben es bei Sigrun getan hatte.

»Ich werde mich um dieses Haus kümmern«, sagte er. »Und um dieses Weibsbild. Ich werde dafür sorgen, dass sie dir nie wieder nahekommt.«

»Aber Sten, ich … Sie kann nichts dafür.«

»Sie hat dich angestiftet, nicht wahr?«, fuhr er mich an. »Aber dieser schädliche Einfluss endet jetzt!«

Damit hatte er sich umgewandt und war verschwunden. Die Tür hatte er erneut verschlossen.

Meine Standhaftigkeit schmolz augenblicklich dahin. Was für einen Fehler hatte ich bloß gemacht! Wenn ich mich nicht weiter mit ihr abgegeben hätte, wäre Marlene gar nicht Zeugin der Schlägerei geworden … Sie wäre wie immer in den Wald gefahren, und ich …

Doch hätte ich wirklich so fortfahren wollen? Vielleicht würde ich jetzt nicht mehr aus diesem Zimmer herauskommen. Vielleicht würde ich ein Kind für Sten zur Welt bringen müssen – egal, wie ich es anstellte.

Aber für einen Moment hatte ich mich … frei gefühlt. Nützlich. War es dann angebracht zu bereuen, was ich getan hatte?

Die ganze Nacht hatte ich darüber nachgedacht. Eine Antwort hatte ich allerdings bis jetzt nicht gefunden. Ich saß lediglich da mit dem Wissen, dass Sten heute Morgen nach Nättraby gefahren war, um das Haus meines Vaters zu räumen.

95

Marlene

Es war, als wäre ein tollwütiger Wolf in unsere Küche gesprungen. Erschrocken wich ich zurück. Ingrid wusste ebenso wie ich, wer dieser Mann war, den die beiden Polizisten begleiteten. Im nächsten Augenblick drängten sie durch die Tür und nahmen uns die Möglichkeit, uns aus dem Staub zu machen.

»Herr Boregard«, begann ich. Meine Stimme zitterte. Würde es gut sein, so zu tun, als wüsste ich von nichts?

Die Augen des Mannes waren beinahe schwarz, und der Blick, mit dem er mich bedachte, verriet, dass er mir am liebsten den Hals umgedreht hätte.

»Ist das die Frau?«, fragte einer der Uniformierten hinter ihm.

»Ja, das ist sie«, sagte er. »Meine Herren, Sie können Ihres Amtes walten.«

Welches Amtes?

Dann wurde es mir klar.

Im selben Moment, in dem mir der Gedanke durch den Sinn schoss, sagte einer der Polizisten: »Marlene Walsted, Sie befinden sich unrechtmäßig auf dem Besitz von Herrn Boregard. Sie und Ihre Bekannte werden aufgefordert, das Haus unverzüglich zu verlassen. Anderenfalls sind wir ermächtigt, Sie wegen Landfriedensbruchs festzunehmen.«

Während die Worte auf mich einprasselten, spürte ich, wie eine seltsame Taubheit meinen Körper ergriff. Es war beinahe wie damals, als Boregard die Nachricht vom Untergang der *Solveig* vorgelesen hatte. Nur dass ich jetzt die Stimme des Polizisten hörte.

»Wir … wir sind auf Einladung von Frau Boregard hier«, sagte ich. Wenn Boregard von dem Haus erfahren hatte, hatte er sicher auch mit Liv gesprochen …

»Meine Frau hat keine Weisungsbefugnis«, hörte ich Boregard zu den Polizisten sagen, die ihn auf meine Worte hin verwundert angesehen hatten. »Ich habe das Sagen, was ihren Besitz angeht. Und ich sage, dass diese Frauen unrechtmäßig hier sind.«

Ich blickte zu Ingrid. Diese erhob sich nun langsam.

»Sie werden Ihre Habseligkeiten zusammenpacken«, sagte der Polizist bestimmt. »Und nur diese. Alles, was von dem Geld von Frau Boregard angeschafft wurde, bleibt hier.«

Es wäre ein Leichtes, einiges von dem, das sie gekauft hatte, als unseres zu deklarieren, aber wozu?

»Komm, Ingrid«, sagte ich leise und berührte ihren Arm. »Tun wir, was die Männer sagen.«

»Aber was wird aus der Ziege?«, fragte sie und blickte zu den Männern, die sie irritiert anschauten. »Sie hat gerade geworfen!«

Ich schüttelte den Kopf und zog sie sanft mit mir. Einer der Polizisten schloss sich uns an.

Mein Puls donnerte mir in den Ohren. Alles, was wir befürchtet hatten, uns aber nicht eingestehen wollten, war eingetroffen. Und jetzt?

Mit mechanischen Handbewegungen begann ich, meine Kleider und sonstigen Habseligkeiten in meinen Rucksack zu stecken. Als ich nach meiner Lampe griff, wollte der Uniformierte wissen, woher sie stammte.

»Ich habe sie aus Karlskrona mitgebracht«, sagte ich und zeigte ihm, was Bjarne dort eingeritzt hatte, nachdem ich sie angeschafft hatte.

Mit dem *B+M 1900* konnte er nicht viel anfangen, aber ich erklärte ihm, dass es sich um die ersten Buchstaben meines Vornamens und dem meines Mannes handelte.

»Bjarne und ich haben im Jahr 1900 geheiratet«, fügte ich hinzu und sah einen Anflug von Verständnis in den Augen des Polizisten. Stammte er aus Karlskrona? Kannte er die Geschichte der *Solveig* und wusste nun, wen er vor sich hatte? »Er war Seemann und …«

Da schoss Boregard plötzlich vor. Ich dachte, er würde mich schlagen wollen, doch mit einem mächtigen Schwung stieß er die Lampe vom Tisch. Sie flog in die Ecke, und der Glaskolben, den ich so sorgsam gehütet hatte, zerbrach in tausend Teile.

»Sieh zu, dass du 'rauskommst, verdammte Schlampe!«, brüllte er mich an. »Schafft eure Ärsche hier raus!«

Die Worte trafen mich, aber sie berührten mich nicht. Sie waren wie Hagel, eiskalt und hart, aber ich spürte auf einmal nichts mehr. So als wäre ich meinem Körper entwichen. Meinem Körper, der dastand wie eine Wachsfigur, ohne Kraft, ohne Willen, sich zu verteidigen.

Aus dem Augenwinkel nahm ich wahr, wie Ingrid sich zwischen Boregard und mich stellte, die Arme ausgebreitet wie eine Glucke, die ihre Küken schützen wollte. Alles, was ich wirklich sah, war das zerbrochene Glas.

Die Lampe, die Bjarne und mir geleuchtet hatte in so vielen Nächten. Die ich stolz von der Lampenfabrik gekauft hatte. Ich meinte, Bjarnes Hände zu sehen, wie er den Schriftzug eingeritzt hatte.

In meinen Ohren flatterte etwas. Es klang wie Flügel. War hier ein Schmetterling?

Jemand berührte mich am Arm. Rief mich. Ich blinzelte, doch Tränen wollten nicht kommen. Meine Lampe war zerbrochen. Boregard hatte mir nicht nur meinen Mann genommen, sondern auch ein weiteres Stück von dem wenigen, das ich von ihm behalten hatte.

Den Rucksack auf dem Rücken, den Koffer auf den Gepäckträger geschnallt und die Hände auf den Fahrradlenker gestützt, beobachtete ich wenig später, wie die Polizisten das Haus versiegelten. Erst jetzt kam ich wieder richtig zu mir.

Ich wusste nicht mehr, wie es mir gelungen war, wenigstens das Fahrrad zu behalten. Oder das Haus zu verlassen. Irgendwie musste ich auch die Lampe eingesammelt haben. Zumindest das, was davon übrig geblieben war. Ich betrachtete meine Hände. Ich hatte mich geschnitten. Auch das hatte ich kaum bemerkt.

»Mach dir nichts daraus.« Ingrids Hand berührte mich an der Schulter. Die beiden Taschen, die all ihre Habe beinhalteten, standen neben ihr. »Wir werden schon zurechtkommen.«

»Ich kann nicht glauben, dass Sigrun …«, begann ich. Mein Mund fühlte sich furchtbar trocken an.

»Woher hätte er es sonst wissen sollen.« Ingrid seufzte. »Wenigstens werden wir nicht auf der Straße sitzen, nicht wahr?«

Mir schoss durch den Kopf, dass ich ohne Arbeit meine Wohnung bei den Malmströms nicht halten konnte. Doch in diesem Augenblick zählte das nicht. Ich wollte nur noch weg von diesem Ort. Weg von der kleinen Hoffnung, die zerschellt war wie das Glas meiner Lampe.

»Komm, Ingrid«, sagte ich wie betäubt. »Es wird eine Weile dauern, bis wir in der Stadt sind.«

96

Oskar

»Es freut mich, dass Sie meiner Einladung so rasch gefolgt sind«, begrüßte mich Hugo Skantze an der Eingangstür des Kontors. Er trug einen dunklen Anzug mit blauer Krawatte, an seinen Fingern hatte er Tintenflecke. Offenbar erledigte er einen Teil der Korrespondenz noch von Hand.

Ich hatte mich am frühen Nachmittag beim Pförtner gemeldet, aber nicht damit gerechnet, dass mich der Chef persönlich in Empfang nehmen würde. Normalerweise wurden Sekretäre vorgeschickt, die einen in verrauchte Büros geleiteten. Hugo Skantze schien es jedoch nichts auszumachen, seine Gäste selbst durchs Haus zu führen.

»Ich danke Ihnen für die Einladung«, sagte ich. »Ich bin schon einige Male an Ihrer Firma vorbeigekommen, und jedes Mal war ich beeindruckt von dem, was Sie hier erschaffen haben.«

Wir schüttelten uns die Hände, dann bat er mich ins Foyer. In hohen Glasvitrinen wurden sämtliche Lampenmodelle gezeigt, die in dieser Firma gefertigt worden waren. Beginnend bei den alten Lampen, die sein Vater Herman auf den Weg gebracht hatte, bis hin zu elektrischen Lampen, die neuerdings hier hergestellt wurden. Messing und Zinn, versehen mit zartem Glas, Malereien oder kunstvoll gefertigten Stoffschirmen.

Eines der Lampenmodelle war das, das auch Marlene besaß. Während dieses deutliche Spuren von Gebrauch zeigte, war das Modell in der Vitrine noch blitzblank, sodass man sich darin spiegeln konnte. Die Hände der Frau, die sie zusammengeschraubt hatte, waren offenbar die letzten gewesen, die sie ohne Handschuhe berührt hatten.

Skantze begann nun mit einem Vortrag über die Entwicklung der Firma, vom kleinen Stammhaus bis hin zu dem neuen Kontor und der Gießerei.

Innerhalb weniger Jahrzehnte hatte sein Vater Herman gemeinsam mit seinem Kompagnon C. A. Swahn die Lampenfabrik aus dem Boden gestampft und in ein lukratives Unternehmen verwandelt.

Ich machte mir fleißig Notizen, und auf einmal wurde mir klar, warum es Marlene so getroffen hatte, hier nicht mehr arbeiten zu dürfen. Zum einen wegen des Geldes, aber ich hatte das Gefühl, dass sie auf ihre Arbeit stolz gewesen war. Ein Stolz, den Skantze ihr mit ihrem Rauswurf genommen hatte. Doch diese Empfindungen drängte ich zurück, denn ich wollte nicht, dass Skantze sie mir ansah.

Nachdem er mir einige wunderschöne Lampenschirme gezeigt hatte, führte er mich ins Büro. Dieses war im Gegensatz zum Foyer sehr sachlich eingerichtet: ein mächtiger Schreibtisch in der Mitte, dahinter ein großer, schwerer Stuhl, der wirkte, als stammte er aus früheren Zeiten. Unter dem Tisch lag ein rot gemusterter Perserteppich, die Wände verschwanden hinter dunklen Regalen, deren obere Fächer nur über eine Leiter zu erreichen waren.

»Ich hätte Sie gern meiner Frau vorgestellt«, sagte er, während er die Tür hinter mir schloss. »Aber sie ist heute leider unpässlich.« Er machte eine Pause, in der ein Lächeln über sein bärtiges Gesicht zog. »Wir erwarten wieder ein Kind.«

»Gratuliere«, gab ich zurück. »Dann freue ich mich darauf, sie ein anderes Mal kennenzulernen.«

Wir begannen nun mit den üblichen Fragen eines Reporters, der das Portrait eines Menschen erstellte. Er berichtete mir, dass sein Vater eigentlich Seemann war und er insgeheim auch davon geträumt hatte, die Welt zu bereisen. Doch schon früh war er darauf vorbereitet worden, die Firma zu übernehmen. Er verlegte die Fabrik an einen besseren Standort, gewann mit seinen Lampenmodellen einige Preise und begann schließlich, nicht nur Petroleumlampen zu produzieren.

»Wie, meinen Sie, wird sich Ihr Verhältnis zu Ihren Petroleumlieferanten ändern, sobald die Elektrifizierung weitere Fortschritte macht?«, fragte ich, denn ich hatte bei der Sitzung beobachtet, wie Boregard und Skantze sich ständig ausgetauscht hatten. Ich hatte das Gefühl bekommen, dass einer nichts ohne den anderen tat oder beschloss.

»Nun, darüber mache ich mir auch Gedanken. Natürlich werden wir, wenn die Elektrifizierung voranschreitet, weniger Öllampen herstellen und damit auch weniger Petroleum benötigen. Aber ich gehe davon aus, dass diese Art der Beleuchtung nie aus der Mode kommen wird. In ländlichen Gebieten wird es noch eine ganze Weile dauern, bis sich die Elektrizität durchgesetzt hat. Wenn eine Stadt wie Karlskrona schon ihre Bedenken hat …«

Davon hatte ich bei der Sitzung gehört. Einige Stadtvertreter sahen die Erneuerung skeptisch.

»Fortschritt lässt sich nicht aufhalten«, erwiderte ich. »Wenn dem so wäre, würden wir immer noch auf Steintafeln schreiben.«

»Sie sagen es!«, sagte Skantze begeistert. »Aber ich werde mir natürlich alle Möglichkeiten offen halten. Und so werden wir auch nicht von heute auf morgen nur noch elektrische Lampen verkaufen. Aber sie werden ein wachsender Anteil unseres Geschäfts werden, und sollte das Petroleum aus der Mode kommen, sind wir gerüstet.«

»Herrn Boregard dürfte diese Entwicklung allerdings missfallen.«

»Nun, Petroleum wird ja nicht nur für Lampen benötigt. Man macht Schmierstoffe daraus und Reinigungsmittel. Ja, sogar Medikamente!« Der Fabrikant lachte auf. »Ich glaube nicht, das Boregard am Hungertuch nagen wird, nur weil ich ein paar elektronische Lampen mehr verkaufe. Er hat auch noch andere Schiffe mit anderer Fracht.«

Was wohl der Reeder dazu sagen würde? Möglicherweise konnte mir diese Aussage irgendwann einmal nützlich sein.

»Möchten Sie sich vielleicht unsere Werkshalle anschauen?«, fragte er schließlich. »Es ist bald Zeit für die Fika. Die halten wir hier in der Firma immer gemeinsam ab.«

Skantze führte mich an der Buchhaltung vorbei, hinter deren Türen eine Schreibmaschine klapperte. Weiter ging es über den Werkhof, dann in die Halle. Er stellte mich Achim Jorum, dem Werkstattmeister, vor, dann gingen wir hinauf zu dessen Büro. Von dem Raum aus hatte man durch eine breite Fensterfront einen guten Blick auf die gesamte Halle.

Zum ersten Mal bekam ich nun die Welt zu sehen, die für so viele Jahre Marlenes Leben bestimmt hatte. Die langen Werkbänke, die Kisten mit den Bauteilen. Frauen und Männer, die mit gebeugtem Rücken dasaßen, die Hände unermüdlich in Bewegung. Ich roch das Schmieröl und das Metall, sah die Menschen, mit denen sie gearbeitet hatte …

Und auf einmal wurde mir klar, dass unter den Männern dort unten auch Torben Bergsma sein musste. Der Mann, der seine Frau misshandelte. Der Marlene geschlagen und ihr so viel Ärger bereitet hatte. Ich spürte, wie ein Zittern durch meine Faust rann.

Beinahe lag mir die Frage auf der Zunge, welcher von ihnen das war.

Dann durchfuhr es mich wie ein Blitzschlag.

Ungläubig kniff ich die Augen zusammen. Narrte mich mein Verstand, oder war das wirklich Sigrun Bergsma an einer der Werkbänke? Rasch wandte ich mich ab, ehe sie noch aufblickte und mich erkannte. Hitzewellen schossen über meinen gesamten Körper.

»Interessant, nicht wahr?«, sagte Skantze hinter mir. Dann wurde sein Blick prüfend. »Geht es Ihnen nicht gut?«

»Doch, doch, natürlich«, sagte ich und versuchte eine unbeteiligte Miene aufzusetzen. Dennoch konnte ich nicht verhindern, dass mir Schweißtropfen auf die Stirn traten. Warum war sie hier? Was war im Rosenhag geschehen? Hatte die Polizei sie dort tatsächlich aufgegriffen? »Ich fürchte nur, ich habe heute etwas voreilig auf das Mittagessen verzichtet.«

Ich spürte deutlich, dass Jorum mich für einen verweichlichten Großstädter hielt. Aber das war immer noch besser, als wenn Sigrun Bergsma mich möglicherweise verriet.

»Wenn es Ihnen recht ist, würde ich gern den Rundgang fortsetzen«, sagte ich und zog meine Uhr hervor. »Um vier Uhr muss ich wieder in der Redaktion sein.«

Ich wusste, dass meine Reaktion Skantze verwundern würde. Er tauschte einen Blick mit dem Werkstattmeister, dann bedeutete er mir, ihm zu folgen.

Draußen gelang es mir, mich wieder ein wenig zu fassen. Skantze führte mich durch das Materiallager und eine weitere Halle, in der die elektronischen Leuchten gefertigt wurden.

Ich machte mir Notizen, und es half mir, mich auf die Fakten zu konzentrieren. So konnte ich das Zittern in meinen Händen in den Griff bekommen.

Als die Sirene die Kaffeepause verkündete, verabschiedete ich mich von Hugo Skantze mit dem Versprechen, dass der Artikel schon recht bald erscheinen würde. »Wir sollten in der nächsten Zeit mal gemeinsam essen«, sagte Skantze zum Abschied. »Meine Frau würde sich bestimmt freuen.« Wenn er sich immer noch über meine seltsame Reaktion in Jorums Büro wunderte, zeigte er es nicht.

Als ich die Fabrik hinter mir gelassen hatte, ärgerte ich mich über mein Verhalten. Ich hatte schon viel schlimmeren Überraschungen gegenübergestanden und dabei einen kühlen Kopf bewahrt. Doch hier …

Was zum Teufel tat diese Frau in der Werkhalle?

Ich musste Marlene aufsuchen! Der Nachmittagszug war bereits weg, aber den Abendzug würde ich erwischen.

Auf schnellstem Wege eilte ich nach Hause. Mein Verleger wusste, dass ich heute mit Skantze sprechen wollte. Möglicherweise würde es nicht auffallen, wenn ich nicht mehr in der Redaktion auftauchte.

Ich stürmte durch die Pforte, eilte die Treppe hinauf, zog meinen Zimmerschlüssel aus der Tasche und schob ihn ins Schloss.

Im nächsten Augenblick ereilte mich ein neuer Schreck.

Marlene saß auf meinem Bett und blickte mich aus verweinten Augen an. In ihren Händen hielt sie den Metallkörper ihrer Lampe. Blut klebte an ihren Fingern.

»Wie es aussieht, passen die Schlüssel zu beiden Zimmern«, sagte sie. »Tut mir leid, dass ich bei dir eingebrochen bin.« Ihre Stimme und ihr Blick wirkten so verloren und traurig, dass es mir das Herz zusammenzog.

»Was ist geschehen?«, fragte ich.

Da sprang sie auf und fiel mir weinend in die Arme.

97

Marlene

Ich brauchte eine Weile, bis ich mich wieder beruhigt hatte. Meine Trauer und mein Zorn wichen nun Scham, denn es war wirklich ungehörig von mir gewesen, einfach in Oskars Zimmer zu gehen. Doch ich hatte mir nicht anders zu helfen gewusst. Dieser Ort hatte mich angezogen, hier wusste ich, dass er mich finden würde, wenn er zurückkehrte.

»Es tut mir leid«, sagte ich erneut und wischte mir die Tränen aus den Augen.

Oskar ergriff meine Hände und betrachtete sie. »Du hast dich verletzt«, stellte er fest, ging zu der Waschschüssel und stellte einen Stuhl davor. »Komm, setz dich. Und dann erzähl mir, was geschehen ist.«

Ich folgte seiner Aufforderung und ließ mich auf den Stuhl nieder. Oskar goss etwas Wasser ein und begann meine Hände vorsichtig abzuwaschen. Seine Berührungen waren so sanft, so fürsorglich, dass ich gleich wieder in Tränen auszubrechen drohte.

Doch dann begann ich zu erzählen. Von Sigruns plötzlichem Verschwinden. Dem Auftauchen Boregards und der Polizisten – und unserem Rauswurf. Und auch von meiner Lampe.

Oskar hörte sich alles schweigend an, aber sein Gesicht verfinsterte sich mit jedem meiner Worte. »Er hat deine Lampe zerstört?«, fragte er mit kaum verhohlenem Zorn.

Ich nickte. »Ich hätte Bjarne ihm gegenüber nicht erwähnen sollen. Es war, als hätte ich damit den Deckel über einem Kastenteufel gelöst.«

»Konntest du denn dein Fahrrad mitnehmen?«, fragte er. »Und deine anderen Sachen?«

»Ja«, antwortete ich. »Auch wenn ich mich nicht erinnern kann, wie ich es geschafft habe.«

Oskar nickte, dann sagte er: »Ich wünschte, Frau Boregard hätte ihrem Mann von dem Haus erzählt. Es ist nicht gut, so etwas zu verheimlichen. Besonders dann nicht, wenn der Ehemann darüber verfügen kann.«

»Auch wenn er früher von dem Haus gewusst hätte, hätte er uns rausgeworfen«, sagte ich. »Wahrscheinlich hätten wir gar nicht erst dort einziehen dürfen.«

Oskar nahm ein Handtuch und trocknete mir behutsam die Hände ab. Trotzdem öffnete der Schnitt sich dabei wieder, sodass er mir einen kleinen Verband anlegen musste.

»Ich komme übrigens gerade von Hugo Skantze«, begann Oskar, nachdem er das Verbandszeug wieder in seine Schublade gelegt hatte. »Er hatte mich eingeladen.«

Der Name ließ meinen Nacken unangenehm prickeln. Skantze, der große Freund von Sten Boregard … »Was wollte er von dir?«, fragte ich.

»Mir etwas über sein Haus und seine Elektrifizierungspläne erzählen«, antwortete er. »Ich hatte ihn am Abend zuvor im Rathaus getroffen.«

»Dann hättest du ihm von mir ausrichten können, dass er zur Hölle fahren soll!«, platzte es aus mir heraus.

Oskar schnalzte mit der Zunge. »Du weißt gar nicht, wie gern ich das getan hätte. Aber in meinem Beruf muss man vorsichtig sein. Und manchmal auch Kröten schlucken, obwohl man am liebsten draufhauen möchte.« Er macht eine Pause, dann fügte er hinzu: »Ich habe sie gesehen.«

»Wen?«, fragte ich.

»Sigrun Bergsma.«

»Sie war in der Fabrik?« Mir war, als hätte mich jemand geohrfeigt. Aber ich war auch erleichtert, denn wir hatten uns Sorgen gemacht, was Torben mit ihr anstellen konnte.

»Ich dachte zunächst, ich träume«, gab Oskar zurück. »Sie saß an ihrer Werkbank, als wäre nichts geschehen.«

Diese Worte machten mich wütend. Sie war also nicht nur zu ihrem Mann zurückgekehrt, sondern auch an ihren Platz in der Fabrik. Sie hatte ihre Stelle behalten dürfen. War das der Preis dafür, dass sie uns verraten hatte?

Ich wusste, dass man keine voreiligen Schlüsse ziehen sollte, doch in diesem Augenblick fiel es mir schwer, Sigrun nicht für das Unheil verantwortlich zu machen, das uns an diesem Morgen heimgesucht hatte.

Dann fiel mir noch etwas ein. »Hat sie dich gesehen?«, fragte ich und sprang auf.

Oskar zog mich sanft wieder zurück. »Nein. Aber Skantze wunderte sich, warum ich so schnell aus der Fabrik rauswollte.«

Sorge überkam mich. Wenn sie nun doch …

»Keine Angst, er hat es mir nicht krummgenommen«, sagte er und küsste meine Schläfe.

Für eine ganze Weile konnte ich nichts sagen. Ich wollte plötzlich mit Ingrid sprechen. Ich wollte, dass sie wusste, dass es sich nicht lohnte, sich wegen Sigrun zu sorgen. Sie hatte uns hintergangen, war in die Fabrik zurückgekehrt und zu Torben. Wir brauchten uns wirklich keine Gedanken um sie zu machen.

»Marlene, ich muss dir etwas sagen«, begann Oskar unvermittelt. Vorsichtig strich er mir eine Haarsträhne hinter die Ohren und betrachtete mich eine Weile. Seine Miene wirkte finster und ließ meinen Magen zusammenkrampfen. Nicht noch eine schlimme Nachricht, bitte!, flehte ich innerlich.

»Etwas, von dem du vielleicht nicht begeistert sein wirst«, fuhr er fort. »Ich hoffe jedoch, dass du mir verzeihen kannst, dass ich so lange geschwiegen habe. Ich konnte nicht anders. Genauso wenig, wie ich jetzt nicht anders kann, als mich dir zu offenbaren.«

Die Worte blieben mir im Hals stecken, als ich ihn ansah und ihn sagen hörte: »Ich bin nicht der Mann, für den du mich hältst.«

98

Liv

Wütend knüllte ich das Papier zusammen und schleuderte es in den Papierkorb. Mittlerweile hatte ich den Überblick darüber verloren, wie oft ich zum Schreiben angesetzt hatte. Wie oft ich festgestellt hatte, dass meine Worte nicht passend waren für das, was ich sagen wollte.

Aber irgendwie musste es mir doch gelingen, Marlene um Verzeihung zu bitten. Verzeihung für alles, was Sten ihr und ihrer Freundin womöglich angetan hatte …

Den ganzen Vormittag über war ich unruhig durch mein Gefängnis gewandert. Es war unwahrscheinlich, dass Sten nach dem Besuch in Nättraby gleich nach Hause kam. Wenn er die Sache erledigt hatte, würde er in sein Kontor gehen und mit der Arbeit fortfahren. Wahrscheinlich genoss er es, dass mich das Unwissen verrückt machte.

Zwischendurch hatte ich überlegt, ob es eine Möglichkeit gäbe, Astrid zu bestechen, mich rauszulassen. Sten war nicht hier, also wie sollte er es erfahren? Doch wahrscheinlich hatte er ihr gedroht, sie zu entlassen, wenn sie seinen Anweisungen zuwiderhandelte. Also blieb mir nichts anderes übrig, als mich irgendwie zu beschäftigen.

Allerdings merkte ich schnell, dass es die reinste Hölle war, nicht zu wissen, was vor sich ging. Meine Gedanken drehten sich im Kreis. Möglicherweise würde es Sten genügen, Marlene und Ingrid vor die

Tür zu setzen. Möglicherweise würde er sie verhaften lassen. Ich verfluchte meinen Mann. Und ich bereute, dass ich Marlene gesagt hatte, ich könne ihn nicht verlassen.

So vergingen die Stunden, die ich teilweise schlafend, teilweise am Schreibtisch verbrachte, ohne wirklich produktiv zu sein.

Als Sten gegen fünf von der Arbeit zurückkehrte, vernahm ich deutlich seine Schritte vor meiner Tür. Ich hoffte, er würde bei mir reinschauen, würde mein Gefängnis öffnen, doch er hielt nicht mal inne. Seine Schritte verschwanden hinter seiner Zimmertür, und die Stille kehrte zurück.

Ich atmete tief durch und blickte zum Fenster. Was, wenn ich die Scheiben einschlug? Einfach floh? Würde er mir dann auch die Polizei hinterherschicken?

Vielleicht hätte ich schon längst fliehen sollen. Aber woher hätte ich denn wissen sollen, dass es so kommen würde? Erst in den vergangenen Tagen war mir wirklich klar geworden, dass ich meinen Ehemann im Grunde gar nicht kannte. Seine wahre Seite hatte er geschickt vor mir verborgen, solange ich die stille Ehefrau war, die tat, was er von ihr erwartete. Die vor Langeweile verkümmerte.

Trotz allem war immer noch Liebe zu ihm in mir gewesen. Unglauben. Die Hoffnung, dass sich alles wieder ändern würde. Aber wie sollte das möglich sein? Besonders nach allem, was jetzt vorgefallen war?

Ein Klopfen an der Tür ließ mich herumwirbeln.

»Ja, bitte?«, sagte ich und hörte, wie der Schlüssel ins Schloss gesteckt wurde. War es Sten? Mein Herz begann zu pochen, während ich wie erstarrt auf den Türspalt blickte, der langsam breiter wurde.

Es war Astrid. Ich hatte keine Ahnung, welchen Eindruck ich auf sie machte. Ungläubig betrachtete ich sie, während mir das Blut in den Ohren rauschte.

»Entschuldigen Sie bitte, gnädige Frau«, sagte sie und machte einen kleinen Knicks. Es war absurd, dass meine Gefängniswärterin mir diese Geste des Respekts entgegenbrachte.

»Der gnädige Herr erwartet Sie im Esszimmer«, sagte sie.

Überrascht zog ich die Augenbrauen hoch. Ich sollte hinunterkommen?

»Wünschen Sie, dass ich Ihnen beim Umziehen helfe?«, fragte Astrid.

Ich war einen Moment lang zu verwundert, um eine Antwort zu geben.

»Ja. Natürlich«, murmelte ich dann, worauf Astrid meinen Kleiderschrank öffnete. Sicher wollte sie gleich wissen, welches Kleid ich tragen wollte.

»Das grüne mit der Blattstickerei«, sagte ich, als mein Blick auf den Türspalt fiel. Sie hatte hinter sich nicht abgeschlossen. Bedeutete das, dass mein Arrest aufgehoben war?

Der Gedanke, einfach zur Tür hinauszustürmen, kam mir. Doch wohin sollte ich gehen? Ich wusste ja nicht einmal, wo Marlene und Ingrid abgeblieben waren. Ich konnte nur hoffen, dass sie einen Weg fanden, entweder nach Karlskrona zurückzukehren oder sich anderswo eine Bleibe zu suchen.

Der Moment, in dem ich die Flucht hätte antreten können, verstrich. Astrid erschien neben mir und legte das gewünschte Kleid und mein Korsett aufs Bett.

Ich hatte mir von Astrid ins Kleid und bei der Frisur helfen lassen. Zum ersten Mal seit Langem fühlte ich mich wieder wie die Liv, die ich war, bevor all der Ärger begonnen hatte. Nur wollte ich diese Frau noch länger sein?

Die Frage, ob ich mein Zimmer nun verlassen dürfte, lag mir auf der Zunge, aber ich schluckte sie hinunter. Wenn ich frei sein wollte, musste ich mich mit Sten gut stellen.

Aus der Küche strömte mir ein betörender Geruch entgegen. Ich konnte mich nicht entsinnen, einen Braten in Auftrag gegeben zu haben. Sten musste Ruth angewiesen haben. Vielleicht, um seinen Triumph zu feiern?

Mit dem Gefühl der Beunruhigung betrat ich das Speisezimmer. In meiner Magengrube rumorte es. Vor lauter Angst vor dem, was geschehen würde, hatte ich heute kaum etwas zu mir genommen. Auch wenn die Furcht noch immer in mir war, roch ich den Bratenduft, und mein Körper reagierte entsprechend.

»Guten Abend«, sagte ich und schritt am Tisch vorbei zu meinem Platz.

»Guten Abend, Liv«, antwortete er. Auch wenn ich ihn nicht ansah, spürte ich seinen Blick.

»Ich hoffe, du magst Zicklein«, sagte er, während er sich das Lätzchen in den Kragen steckte.

Ziege? Wie kam er darauf, Ziegenfleisch bei der Köchin zu ordern? Nie zuvor hatten wir …

Im nächsten Augenblick wurde mir klar, woher das Fleisch stammte. Übelkeit überfiel mich, so stark, dass ich schon fürchtete, aus dem Raum laufen zu müssen. Ich dachte daran, wie sehr Marlene sich über die Ziege gefreut hatte … Mit zittrigen Gliedmaßen ließ ich mich auf meinem Stuhl nieder.

Sten bedeutete Astrid, dass sie mir vorlegen sollte. Ich hielt meine Hand über den Teller. Sten würde mich nicht zwingen können, auch nur einen Bissen davon zu nehmen.

»Du solltest etwas essen«, sagte er. »Du wirst Kraft brauchen für die kommenden Tage.«

Kommende Tage? Was hatte er vor?

»Danke, Astrid«, sagte ich und schickte sie mit dem Teller voll Fleisch weg. Stattdessen ließ ich mir Gemüse und Kartoffeln reichen. Die Soße lehnte ich ebenfalls ab.

Als sich das Dienstmädchen zurückgezogen hatte, fragte ich: »Was soll denn in den kommenden Tagen geschehen?«

Sten kaute langsam auf seinem Fleischstück herum, nahm dann einen Schluck vom Wein. Ohne mich anzusehen oder auf meine Frage zu antworten, sagte er: »Ich bin vorhin die Papiere des Hauses durchgegangen. Dieser Notar kann von Glück reden, dass ich ihn nicht verklage. Er hätte dich das Papier nicht ohne meine Zustimmung unterschreiben lassen sollen. Es hätte ihm klar sein müssen, dass etwas nicht stimmt, wenn ich bei dem Termin nicht dabei bin.«

Ich dachte wieder an Hangren, den freundlichen Mann, der mir auf dem Kirchhof begegnet war. Ich wollte nicht, dass er Ärger bekam. Immerhin war ich es doch gewesen, die ihn angeschwindelt hatte!

Ich betrachtete meinen Mann eine Weile, dann fragte ich: »Wenn du von dem Haus gewusst hättest, was hättest du getan?«

»Nun, das werden wir wohl nie erfahren, weil du es vorgezogen hast, es mir zu verschweigen«, entgegnete er kalt. »Also wirst du mit dem leben müssen, was ich jetzt entscheide.«

Mir war klar, dass er mich leiden lassen wollte, und ich überlegte, ob ich mich nicht vielleicht in mein Zimmer zurückziehen sollte. Doch ich spürte, dass Sten darauf aus war, mich wissen zu lassen, was er getan hatte. Und einzig und allein er entschied, in welchem Tempo dies geschah.

»Was ist aus den Frauen geworden?«, fragte ich nun, auch wenn ich kaum Hoffnung hatte, dass er mir meine Frage auf direktem Wege beantworten würde.

Sten stieß ein spöttisches Schnauben aus und schüttelte den Kopf. »Ich habe dich gewarnt. Damals. Ich habe dir gesagt, dass du dich von diesem Weib fernhalten sollst.« Sein Blick traf mein Gesicht. Es lag eine kaum verhohlene Wut darin, die mich eigentlich dazu bringen sollte, den Kopf zu senken. Aber ich schaute ihn direkt an. Einerseits, weil ich nicht anders konnte. Andererseits, weil ich hoffte, dass er den Abscheu in meinen Augen sah.

»Was ist mit ihr?«, fragte ich.

»Nach allem, was geschehen ist«, gab er fassungslos zurück, »denkst du nur an sie?«

»Ich denke an sie und die andere Frau, die unter meinem Dach Schutz gesucht hat«, entgegnete ich.

»Unter *meinem* Dach!«, brüllte er plötzlich los. »Du vergisst, dass es mein Dach ist! Dass dieses Haus mir gehört, so wie du mir gehörst!«

Ich zuckte angesichts seiner Worte zusammen. Wieder hatte ich Oskar Andersson vor mir, seine Warnung … Wenn ich doch nur nicht so hochmütig gewesen wäre …

»Ich habe dieser Walsted gesagt«, fuhr er fort, »dass sie sich dem Haus nicht mehr nähern soll. Falls doch, lasse ich sie ins Zuchthaus stecken.«

»Aber sie hat dir nichts getan!« Ich fuhr vom Tisch auf und ging Richtung Tür. Brennender Hass ergriff mich.

»Sie hat sich in meinem Haus befunden.«

»Auf meine Einladung!« Am liebsten hätte ich eines der Gläser nach ihm geworfen. Zitternd blieb ich stehen. »Und das würde ich jederzeit vor Gericht bezeugen!«

Wir schauten einander an. Sten wirkte tatsächlich ein wenig überrascht. Allerdings wurde mir klar, dass ich auf diese Weise meine Freiheit kaum wiedergewann.

»Nun, wenn das so ist …« Er machte eine Pause, dann fügte er hinzu: »Bis diese Sache erledigt ist, wirst du das Haus nicht verlassen. Sollte dir das nicht behagen, werde ich dich mit Nanna in ihr Sommerhaus auf Aspö schicken. Hugo war sehr ungehalten über deinen Ausbruch, aber er ist gewillt, dir noch eine Chance zu geben.«

Ich bei Nanna auf Aspö! Unter den Augen einer Kerkermeisterin, die nicht zulassen würde, dass ich mich vom Sommerhaus entfernte. Ich krallte die Finger in mein Kleid. Eine unfassbare Wut stieg in mir auf. Plötzlich wollte ich Sten wehtun, wie ich es noch nie getan hatte!

»Weißt du, warum ich keine Kinder bekomme?«, platzte es aus mir heraus. Ich wusste, dass ich hiermit vielleicht mein Schicksal besiegelte, aber das Gesicht, das Sten nun zog, fachte meinen Mut weiter an.

»Was tut das jetzt zur Sache?«, fragte er abweisend.

»Du!«, schleuderte ich ihm entgegen. »Du bist schuld, nicht ich! Die Ärztin hat mich untersucht und meint, dass ich sehr wohl Kinder bekommen kann. Aber wie es aussieht, kannst du keine zeugen!«

»Hast du den Verstand verloren?«, fuhr er mich an. Sein Kopf schwoll hochrot an.

»Nein, und die Ärztin auch nicht.« Ich genoss für einen Moment, ihn aus dem Konzept gebracht zu haben. »Sie fragte mich, ob du vielleicht Syphilis hast. Ich konnte es ihr nicht sagen, denn ich weiß nicht, mit wem du so alles verkehrst. Aber wie dem auch sei, ich kann Kinder bekommen, hörst du?«

»Du bist verrückt!«, schallte seine Stimme mir entgegen. »Verrückt wie diese Ärztin! Ich hätte dich nie zu ihr fahren lassen sollen.«

»Das hätte nichts an der Tatsache geändert«, gab ich spöttisch zurück. »Du kannst keine Kinder zeugen, Sten!«

Sten funkelte mich an, und ich fürchtete schon, dass er aufspringen und mich angreifen würde. Seine Hände krallten sich in die Tischdecke, während sich sein Brustkorb heftig hob und senkte.

Dann schien ihm etwas in den Sinn zu kommen. Ein groteskes Lächeln erschien auf seinem Gesicht, dann sagte er in einem Tonfall, der meine Courage sofort vertrieb: »Vielleicht sollte ich dich in einer Nervenklinik unterbringen lassen. Dort biegen sie dich sicher wieder zurecht.«

99

Marlene

Ich starrte Oskar erschrocken an. »Aber wie solltest du nicht der sein, der du bist?«, fragte ich. Das ergab doch alles keinen Sinn!

Oskar setzte sich neben mich auf die Bettkante.

»Natürlich bin ich Oskar Andersson, und natürlich komme ich aus Stockholm«, antwortete er mit ernster Miene. »In meinem Metier sind Pseudonyme keine Seltenheit, aber hier war es nicht nötig, einen anderen Namen anzunehmen. Allerdings bin ich nicht nur Journalist. Ich bin auch Ermittler.«

»Ermittler«, echote ich. »Und was tut ein … Ermittler?«

»Ich arbeite für die Schwedische Seehaftversicherung. Diese kommt für Schifffahrtsrisiken schwedischer Schiffe und ihrer Fracht auf. Neben seinen anderen Schiffen hatte Boregard auch die *Solveig* dort versichert.«

Die Worte liefen mir wie Eis durch die Adern. Ein Verdacht drängte sich mir auf, so schwerwiegend, dass er meine Schultern herunterdrückte. »Dann hast du mich nur angesprochen, weil es um die *Solveig* ging?« Ich wusste nicht, was ich davon halten sollte.

»Als wir am Hafen zusammengetroffen sind, wusste ich nicht, wer du warst. Ich habe die Unterkunft bei den Malmströms genommen, weil sie frei und günstig war. Und dann hast du vor meiner Tür gestanden.« Er lächelte mich an. »Als ich deinen Namen hörte, konnte ich es kaum glauben. Ich wusste, dass ich dich wiedersehen musste. Und ja, ich gebe zu, dass ich im ersten Moment daran dachte, Informationen von dir zu bekommen. Dich vielleicht um Hilfe zu bitten.« Er beugte sich vor und berührte mich sanft. »Aber dann ist die Sache persönlich geworden.«

»Wie meinst du das?« Das Pochen, das in meiner Schläfe erwachte, trug nicht gerade dazu bei, dass ich seinen Worten folgen konnte. Ich schüttelte den Kopf, aber das machte es schlimmer. »Warum hast du mir nichts gesagt?«

»Weil ich zwar dazu angehalten wurde, dich zu finden und Kontakt zu dir aufzunehmen, dir aber noch nichts über meinen Auftrag zu verraten. Es wäre zu gefährlich gewesen.«

Ich erhob mich und begann im Zimmer auf und ab zu tigern. Ich hatte keine Ahnung, wie oft ich das in den vergangenen Wochen schon getan hatte. »Dann war unser Zusammentreffen am Bahnhof und das Essen im Gasthaus anschließend kein Zufall?«

»Doch«, sagte er. »Und ein sehr günstiger obendrein. Allerdings hätte ich an diesem Tag, wenn du denn in Karlskrona gewesen wärst, ohnehin an deine Tür geklopft und dich zum Essen eingeladen.«

»Wegen der *Solveig*.«

»Ja.« Er faltete die Hände vor sich und schaute für einen Moment auf seine Schuhspitzen, dann blickte er zu mir auf. »Aber nichts und niemand hätte mich darauf vorbereiten können, wie du bist. Während du erzählt hast, wurde mir klar, dass ich nicht nur für die Versicherung arbeite, sondern auch für dich kämpfen wollte. Gegen das Unrecht, das du erfahren hast.« Er erhob sich nun ebenfalls und trat zu mir. »Ich wollte, dass du Wiedergutmachung erfährst. Dass dein Mann von der Schuld befreit wird. Und ich fürchte, dabei habe ich mich in dich verliebt.«

Seine Worte fielen auf mich wie Regen. Regen, der kalt begann, dann aber zunehmend wärmer wurde.

Er legte vorsichtig die Hände um mich, wie jemand, der etwas Kostbares beschützen wollte. »Das ist es, was ich meine. Dass meine

Gefühle für dich echt sind. Dass ich für dich kämpfe. Dass ich alles tun werde, damit du keine Ausgestoßene mehr bist.«

Zum zweiten Mal an diesem Tag kam ich mir wie eine Salzsäule vor. Nur war es diesmal nicht so, dass ich nichts wahrnehmen konnte. Ich spürte Oskars Berührung, doch ich war nicht imstande, darauf zu reagieren. Oskar schien das zu ahnen, denn er zog sich zurück.

»Was geht dir durch den Kopf?«, fragte er nach einer Weile.

Wenn ich ihm das nur sagen könnte ... Die Gedanken wirbelten wie Herbstblätter durch meinen Verstand. Keinen einzigen davon konnte ich greifen.

Oskar arbeitete für eine Versicherung, er ermittelte wegen der *Solveig* und hatte deshalb den Kontakt zu mir aufgenommen. Konnte ich ihm glauben, dass er mich liebte? Oder war das nur Theater gewesen, um an mich heranzukommen?

Ich forschte nach meinen Gefühlen für ihn. Ich spürte wieder seine Küsse, seine Berührungen, seine Bewegungen auf mir. In mir. Ich wusste, dass meine Gefühle für ihn echt waren. Aber was war mit ihm? War ich nur ein Teil seiner Arbeit? Männer waren durchaus in der Lage, mit einer Frau zu schlafen, ohne Gefühle für sie zu hegen.

Oskar hatte viel für mich getan, hatte mir beigestanden, hatte Sigrun geholfen. War das nur Mittel zum Zweck? Ich sah ihm in die Augen, erforschte sein Gesicht. Sein offener Blick schien die Einladung zu sein, in seine Seele zu schauen.

Ich spürte, wie sich Wärme in meinem Körper ausbreitete. Liebte ich ihn? Liebte ich ihn, wie ich Bjarne geliebt hatte?

Wahrscheinlich könnte ich das gar nicht. Und wahrscheinlich wollte er das auch nicht. Ich konnte ihn nur wie Oskar lieben. Das war es sicher, was er sich von mir wünschte. Wenn seine Gefühle für mich echt waren.

»Ich schwöre dir, was ich sage, ist die Wahrheit«, sagte er. »Bitte glaube mir das. Ich liebe dich, Marlene! Und alles, was ich tue, tue ich für dein Wohl.«

Jetzt trat ich zu ihm, so nahe ich konnte. Sein Blick wirkte aufrichtig, und ich wusste, dass ich ihn verletzen würde, wenn ich ihn in Zweifel zog. Also drängte ich das Misstrauen beiseite, nahm sein Gesicht in meine Hände und fragte: »Versprichst du mir, ab sofort keine Geheimnisse mehr vor mir zu haben?«

100

Liv

Die Bettdecke fühlte sich bleischwer auf mir an. Die Sonne stand bereits hoch am Himmel, doch ich hatte keine Kraft, um mich zu erheben.

Der gestrige Abend hatte mich zutiefst erschüttert. Nicht nur, dass Sten Marlene und Ingrid aus dem Haus vertrieben hatte, nun war auch das Schicksal des Rosenhag an sich ungewiss. Und mein eigenes.

Es war ein Fehler gewesen, Sten mit der Diagnose der Frauenärztin zu konfrontieren. Natürlich sah er nicht ein, dass er der Schuldige war! Und nun glaubte er, dass ich verrückt sei. Was sollte ihn davon abhalten, mich in eine Nervenklinik zu stecken?

Nach unserer Konfrontation am Esstisch war er aufgesprungen und in sein Arbeitszimmer gegangen. Mein Triumph hatte sich in Furcht verwandelt.

Im ersten Moment hatte ich mich gefragt, ob ich mich bei ihm entschuldigen sollte. Doch ich hatte nicht die Unwahrheit gesagt. Genau zu diesem Schluss war Dr. Sundquist nach meiner Untersuchung gekommen. Diese Information hatte mir neuen Mut gegeben und mir gezeigt, dass ich keine Versagerin war.

Aber das nützte mir nun gar nichts.

Die vergangene Nacht hatte ich in Angst verbracht und mich gefragt, ob Sten seine Drohung in die Tat umsetzen würde.

Dabei war mir ein ähnlicher Fall in den Sinn gekommen. Wenige Jahre zuvor hatte hier in Karlskrona ein Mann seine Frau in eine Irrenanstalt einweisen lassen, nachdem sie hinter seine Affäre mit einer wesentlich Jüngeren gekommen war. Auf sein Geheiß hatten die Ärzte Hysterie festgestellt und sie nicht mehr herausgelassen. Nach drei Jahren hinter Klinikmauern starb sie, und der Mann konnte seine Geliebte endlich ehelichen.

Ein Schauer kroch über meine Haut und ließ sie brennen. Würde Sten wirklich so weit gehen?

An der Tür klopfte es. Sten hatte darauf verzichtet, mich erneut im Zimmer einzusperren, was angesichts unserer gestrigen Konfrontation fast ein Wunder war. Aber er hatte mir verboten, das Haus zu verlassen. Wahrscheinlich wollte Astrid mich für den Tag fertig machen. Was, wenn ich behauptete, krank zu sein? Liegen bleiben zu wollen? Sie konnte mich nicht zwingen aufzustehen.

Dann kam mir allerdings ein alarmierender Gedanke. Was, wenn Sten dies erst recht zu der Ansicht brachte, mich in ein Sanatorium zu schicken?

Ich dachte wieder an Marlene. Wenn sie wüsste, was mir drohte … Nein, Schadenfreude würde sie nicht empfinden. Eher Mitleid. Und sie würde mich auffordern, endlich zu kämpfen!

Also schlug ich die Decke zurück, und auch wenn es mir schwerfiel, erhob ich mich.

»Komm rein!«, rief ich, denn ich war sicher, dass es sich um Astrid handelte. Ich sollte mir wirklich eine Garderobe zulegen, die ich allein anziehen konnte. Würde es überhaupt auffallen, wenn ich kein Korsett mehr trug?

»Geht es Ihnen gut, gnädige Frau?«, fragte das Dienstmädchen, während es zu den Fenstern eilte, um die Vorhänge aufzuziehen.

»Ja«, antwortete ich und versuchte, das Blei in meinen Gliedern abzuschütteln. »Ich habe nur verschlafen.« Mein Blick fiel auf die Uhr auf dem Kaminsims. Es war schon zehn nach neun.

»Der gnädige Herr schickt mich. Er würde gern mit Ihnen frühstücken.«

Ich wollte schon nachfragen, warum Sten an einem Dienstag im Haus war, doch ich biss mir auf die Zunge. Früher hätte ich mich darüber gefreut. Jetzt überkam mich eine böse Ahnung.

Ich ließ mir von Astrid ins Korsett und in ein weißes Kleid mit aufgestickten Veilchen helfen, dann schickte ich sie mit der Nachricht, dass ich gleich da sein würde, nach unten. Die Haare schlang ich zu einem lockeren Knoten, den ich auf dem Kopf feststeckte. Mein Spiegelbild zeigte eine Frau, die aussah, als wollte sie in die Sommerfrische fahren. Nur die Ringe unter meinen Augen deuteten an, wie es wirklich in mir aussah.

Ich fürchtete fast schon, die Reste der armen Ziege aufgetischt zu bekommen, doch ein süßer Geruch strömte mir entgegen. Unten begegnete ich Ruth, die mir ein breites Lächeln schenkte. In ihren Händen trug sie ein Tablett mit Zimtschnecken. Sofort lief mir das Wasser im Mund zusammen.

»Guten Morgen, gnädige Frau«, sagte sie. »Ich habe Zimtschnecken für Sie gebacken. Die lieben Sie doch, nicht wahr?«

Ja, ich liebte sie von Herzen! Aber warum sah sie sich genötigt, mir eine Freude zu machen? Ahnte sie, was hinter der Tür des Speisezimmers auf mich wartete?

»Danke, Ruth, das ist sehr freundlich von Ihnen.«

Die Köchin nickte. »Sagen Sie ruhig, wenn Sie etwas brauchen, gnädige Frau«, fügte sie hinzu. »Soweit es mir möglich ist, werde ich es besorgen.«

Sie schaute mich kurz seltsam an, dann wandte sie sich der Tür des Speisezimmers zu. Ich öffnete ihr, obwohl dies eigentlich nicht meine Aufgabe war, und ließ sie vorgehen.

Sten sprach die Köchin freundlich an, doch seine Miene veränderte sich, als er mich sah. Ich begrüßte ihn und versuchte, mir mein Unwohlsein nicht anmerken zu lassen.

»Hattest du eine gute Nacht?«, fragte er, was an sich ein Wunder war. Nur gefiel mir der Unterton ganz und gar nicht.

»Ja, es ging, danke.« Steif ließ ich mich auf meinen Platz nieder. Ich fühlte mich angespannt wie das Innenleben einer frisch aufgezogenen Uhr.

»Ich habe gestern mit deinem Onkel telefoniert«, begann er zu meiner Überraschung, als Astrid mir Kaffee einschenkte.

Ich wusste gar nicht, dass es im Gutshaus ein Telefon gab. Als Sten im Kontor eines installieren ließ, hatte er sich darüber beschwert, wie sündhaft teuer das gewesen sei.

»Und was hat er gesagt?«, fragte ich.

»Wir haben über das Haus gesprochen und die Möglichkeiten, es vor Eindringlingen zu schützen.«

Eindringlinge. Er wusste nur zu gut, dass Marlene, Ingrid und Sigrun nichts dergleichen waren. Ich biss mir auf die Lippe.

»Außerdem habe ich angeboten, es ihm zu verkaufen«, fuhr Sten fort. »Immerhin ist es ja Teil des Gutes.«

Ich hielt die Luft an. Natürlich würde sich mein »Onkel«, den ich außer bei der Trauerfeier noch nie gesehen hatte, freuen, das Wildhüterhaus zurückzubekommen, nachdem sein Bruder es ihm vorenthalten hatte. Wieder ging mir durch den Sinn, dass Bente Nielsen gehört hatte, sie hätten es gern für einen verdienten Angestellten gehabt.

Sten betrachtete mich einen Moment lang, als erwarte er Widerspruch. Doch ich wusste nur zu gut, was auf dem Spiel stand.

»Bedauerlicherweise hat er sich dagegen entschieden«, fuhr Sten nach einer Weile fort.

Ich horchte auf. Sollte der Bruder meines Vaters doch so etwas wie Anstand besitzen?

»Er meinte, dass er diesen befleckten Ort nicht zurückhaben wolle, und hofft, dass sein Bruder für seine Taten in der Hölle schmort.«

Offenbar war mein Onkel doch nicht so furchtbar, wie ich immer geglaubt hatte.

»Und was willst du nun tun?«, fragte ich.

Er schwieg einen Moment, dann antwortete er: »Das lass ruhig meine Sorge sein. Für dich ist im Moment nur wichtig, wo du die kommenden Wochen verbringen wirst.«

Mein Magen zog sich schmerzhaft zusammen.

Sten ließ mich eine Weile zappeln, dann legte er die Serviette beiseite.

»Ich habe beschlossen, dich mit Nanna nach Aspö zu schicken«, sagte er schließlich. »Sie wird auf dich acht geben.«

Ich versuchte, meine Erleichterung zu verbergen, aber vermutlich erkannte Sten sie trotzdem auf meinem Gesicht. Aspö war immerhin keine Klinik, sondern eine Insel, es gab dort keine Nervenärzte, keine Wärter und keine Medikamente, die mich ruhigstellten. Nanna als Aufpasserin gefiel mir allerdings gar nicht, bei der Wut, die sie sicher auf mich hatte.

Sten lehnte sich zurück, und seine Augen blitzten mich an.

»Bilde dir nicht ein, dass du dort etwas tun kannst, das mir zuwiderläuft«, sagte er schneidend. »Wenn du dir irgendwelche Freiheiten erlaubst, lasse ich dich in eine Nervenklinik einweisen. Und gnade dir Gott, wenn du irgendwem erzählst, was du dich erdreistet hast, mir gestern Abend vorzuwerfen!«

101

Oskar

Mit dem Artikel über Hugo Skantze in der Tasche machte ich mich auf den Weg zur Zeitungsredaktion. Überraschenderweise war es mir gelungen, gestern Abend noch zu arbeiten. Marlene hatte sich früh in ihr Zimmer verabschiedet, und als ich nach ihr schaute, schlief sie bereits tief und fest.

Immerhin hatte der Detektiv nicht vor unserem Haus gelungert, was ich als gutes Zeichen für diesen Tag nahm. Boregard hatte ihm wahrscheinlich gesagt, dass Marlene nicht in Karlskrona war – obwohl er damit rechnen musste, dass sie hierher zurückkehren würde, nachdem sie im Rosenhag keine Bleibe mehr hatte.

Da ich wusste, dass Marlene sich heute auf die Suche nach einer Arbeit begeben wollte, hatte ich ihr mitgeteilt, was mein Informant berichtet hatte, und sie vor dem Detektiv gewarnt. Vielleicht würde sie nicht auf ihn treffen, aber es war mir lieber, dass sie wusste, was gespielt wurde.

In der Redaktion waren mehr Kollegen anwesend, als ich erwartet hätte. Schreibmaschinen klapperten, Boten liefen herum, Karren wurden geschoben. Alles begleitet vom Rattern der Druckmaschinen im hinteren Teil des Gebäudes.

Ich ließ mich auf meinen Stuhl sinken. Die Nacht steckte mir noch in den Knochen. Über alldem, was geschehen war, hatte ich meine

Ermittlungen ein wenig aus dem Auge verloren. Doch jetzt kamen sie mir wieder in den Sinn, und zwar dringlicher als noch Tage zuvor.

Da Boregard jetzt wusste, dass gegen ihn etwas im Gange war, musste ich vorsichtiger sein. Mein Informant musste geschützt werden. Und auch Marlene.

Ich war froh, dass ich ihr alles gestanden hatte. Es war, als wäre eine Last von meinen Schultern gefallen. Gleichzeitig hatte es mir das Herz zerrissen zu sehen, wie erschrocken und verletzt Marlene gewirkt hatte. Zunächst dachte ich, dass sie mir böse wäre wegen meines Schweigens. Doch dann erkannte ich, dass sie wegen Boregard erschüttert war. Und wütend.

»Ah, Andersson!«, tönte mein Chef. »Wie ist es denn mit Skantze gelaufen?«

»Bestens!«, antwortete ich und setzte wieder meine geschäftliche Miene auf. »Er hat mir viel von seiner Firma gezeigt.«

»Natürlich mit der Erwartung, dass Sie ein möglichst positives Portrait über ihn schreiben.«

»Er hat mir nichts gesagt, was ich gegen ihn verwenden könnte«, erwiderte ich. »Er ist für Karlskrona ein großer Gewinn.«

Lundström stieß ein Lachen aus, das wirkte, als sei er anderer Meinung. Dann griff er in seine Tasche. »Das hier lag heute Morgen auf meinem Briefstapel. Keine Ahnung, wie es dort reingeraten konnte.«

Er reichte mir einen Umschlag. Es handelte sich um einen Brief, der per Eilzustellung ausgeliefert wurde. Wahrscheinlich hatten meine Auftraggeber geglaubt, dass man mich hier eher antreffen würde als in meiner Unterkunft.

Lundström sah mich abwartend an. Er hatte zweifellos den Absender gelesen und wollte wissen, worum es sich handelte.

Ich riss den Umschlag auf und entnahm ihm ein kleines Blatt Papier. Die Worte waren mit Maschine geschrieben worden, und jedes einzelne davon traf mich wie eine Gewehrkugel.

Ich brauchte einen Moment, um mich zu fassen.

»Herr Lundström«, begann ich schließlich. »Wäre es möglich, dass jemand anderes meinen Artikel abtippt und einreicht?«

102

Marlene

»Und, wie ist es gelaufen?«, fragte Ingrid, als ich die Tür ihrer Wohnung hinter mir schloss. Der Geruch von Pfefferminztee vertrieb ein wenig den stockigen Geruch, der hier immer noch herrschte. Es war ein Jammer, dass sie das Rosenhag wieder gegen diese Unterkunft eintauschen musste.

Den ganzen Vormittag hatte ich damit verbracht, durch die Stadt zu laufen, auf der Suche nach einer Anstellung. Meine Hoffnungen waren schon klein gewesen, doch die Realität sah noch grauer aus. Anschläge an Firmentüren gab es nicht. Überall, wo ich nachfragte, erhielt ich dieselbe Antwort: Nein.

»Nicht gut«, gab ich zurück und ließ mich auf einen Stuhl fallen. »Und bei dir?«

Sie blickte auf ihre Hände. Bereits in den letzten Tagen war mir aufgefallen, dass sie viel weniger geschwollen waren als noch vor ein paar Wochen.

»Die Wäscherei hat gesagt, dass ich morgen wieder anfangen könnte.« Sie schnaubte und stellte eine Tasse Tee vor mir ab. »Im Haus habe ich die ganze Zeit über keine Schmerzen an den Fingern gehabt. Seltsam, nicht? Dabei habe ich so viel getan. Sogar gewaschen.«

Es freute mich, dass Ingrid wieder arbeiten gehen konnte, auch wenn dadurch die Schmerzen zurückkehrten. »Immerhin wirst du dann deine Unterkunft nicht verlieren«, sagte ich.

»Was ist das schon für eine Unterkunft.« Sie deutete auf die Schimmelflecken, die während ihrer Abwesenheit noch größer geworden waren. »Das Haus war so schön. Wir hätten es nur zu reparieren brauchen. Und die Ziege …« Sie senkte den Kopf. »Wenn ich sie und die Kleinen hätte mitnehmen können …«

»Wie hättest du sie hier durchbringen wollen?«, fragte ich. »Und die Zicklein …« Meine Kehle schnürte sich zusammen. Ich hatte keine Ahnung, was Boregard mit ihnen angestellt hatte.

»Hast du etwas von Sigrun gehört?«, fragte Ingrid nun.

»Bis jetzt noch nicht. Ich habe mich nicht zu ihrem Haus getraut.«

»Vielleicht könntest du in der Fabrik nach ihr fragen.«

»Und Torben in die Arme laufen?« Ich seufzte schwer.

»Sicher gibt es dort auch Zeiten, an denen er dir nicht begegnen kann«, sagte Ingrid. »Frag doch einfach den netten Pförtner.«

Der nette Pförtner hatte mich vor die Tür gesetzt. Aber vielleicht hatte sie recht. Ich pustete den Dampf über den Rand der Teetasse und nahm vorsichtig einen Schluck.

»Ich frage mich«, sagte Ingrid, »wie es deiner reichen Freundin damit geht, dass ihr Mann uns rausgeworfen hat.«

»Das frage ich mich auch. Aber wahrscheinlich erfahre ich eher, was Sigrun bewogen hat, uns zu verraten, als dass ich in der Boregard-Villa vorgelassen werde.«

Plötzlich kam mir etwas in den Sinn. Ich stellte die Tasse ab. »Ich muss los. Hab vielen Dank für den Tee. Wenn ich wieder in den Wald fahre, bringe ich dir ein paar Sachen vorbei.«

Als ich die Lampenfabrik erreichte, war die Mittagspause gerade vorüber, die Arbeiter saßen wieder an ihren Plätzen. Auch Brekke hatte seinen Platz im Pförtnerhäuschen wieder eingenommen.

»Hej, Brekke!« Ich hatte beschlossen, ihm nicht zu grollen, denn auch er brauchte das Geld und musste sich an die Weisungen seines Arbeitgebers halten.

»Marlene!«, sagte er mit einem milden Lächeln. »Dich habe ich ja schon lange nicht mehr gesehen. Nicht mal auf der Straße.«

»In den vergangenen Wochen ist viel passiert«, antwortete ich. »Geht es deiner Frau gut? Und dir?«

»Bestens!«, gab er zurück. »Durch die viele Sonne fühlen sich sogar meine Knochen besser an.«

»Das freut mich.« Ich spürte, wie sich etwas in meiner Brust zusammenzog. Brekke mochte schon älter sein und manchmal etwas schlecht sehen, aber er war nicht dumm. Er wusste, dass ich nicht herkam, um mit ihm zu plaudern.

»Was willst du hier, Marlene?«, fragte er. »Du weißt doch, dass ich dich nicht aufs Gelände lassen darf.«

»Das möchte ich auch nicht«, sagte ich. »Aber vielleicht kannst du mir sagen, ob du Sigrun gesehen hast.«

Ich wusste von Oskar, dass sie hier war. Wenn Brekke jetzt etwas anderes behauptete, war klar, dass es keinen Sinn hatte, hier zu warten.

Der Pförtner presste die Lippen zusammen und wich meinem Blick aus. »Ich weiß nicht, ob es Herrn Skantze recht wäre.«

»Brekke«, sagte ich. »Bitte. Sag mir, ob du sie gesehen hast. Ob sie gut ausgesehen hat.«

Der Pförtner rang sichtlich mit sich.

»Du begegnest ihr doch sicher nicht nur hier. Vielleicht hast du sie ja in der Stadt getroffen. Dürftest du mir das auch nicht sagen?«

Einen Moment lang schwieg der Pförtner. Dann schaute er zur Seite, über meine Schulter, und beugte sich wieder vor.

»Halt dich besser fern von ihr«, flüsterte er. »Torben hat vor seinen Kollegen gedroht, dich totzuschlagen, wenn du ihm noch mal unter die Augen kommst.«

Ich wich erschrocken zurück. Das erzählte er den Männern in der Fabrik? Und niemand widersprach?

»Keine Sorge«, presste ich hervor und versuchte, meine Angst zu überspielen. »Ich will ihm gar nicht über den Weg laufen.«

»Alle wissen, was passiert ist«, sagte Brekke. »Dass du Sigrun bei dir untergebracht hast. Torben hat behauptet, du hättest sie entführt. Aber das kann er nicht beweisen.«

Dann hatten wir gestern wohl noch großes Glück, dass Boregard mich nicht hatte verhaften lassen.

»Du weißt, was Torben ihr antut«, sagte ich. »Ihr alle seht es. Ich bin nicht die Schuldige. Ich habe Sigrun nur vor ihm in Sicherheit gebracht. Weil sie mich um Hilfe gebeten hat.«

Der Pförtner nickte. »Dennoch ist es gefährlich. Wenn Torben sich vergisst, dann geht es schlecht für dich aus. Du solltest dich nicht mehr in ihr Leben einmischen.«

Es war schon seltsam. Sten Boregard hatte mir ans Herz gelegt, mich von seiner Frau fernzuhalten. Torben drohte, mich umzubringen, wenn ich mich Sigrun näherte. Aber was war mit den Frauen selbst? Warum wurden sie nicht gefragt, was sie wollten?

»Danke, dass du es mir erzählt hast«, sagte ich mit einem traurigen Lächeln. »Ich werde es niemandem verraten.«

Auf dem Rückweg fragte ich mich, ob ich Sigrun nicht tatsächlich in Ruhe lassen sollte. Was brachte es, wenn ich mein Leben für sie gefährdete? Ich war kein Mensch, der gern zusah, wenn andere schlecht behandelt wurden. Aber wenn sie sich gar nicht helfen lassen wollten …

Mit dem Vorsatz, Liv zu kontaktieren, strebte ich der Pension zu.

»Frau Walsted«, hörte ich plötzlich jemanden sagen.

Ich zuckte zusammen. Beinahe fürchtete ich, einen Schlag abzubekommen. Doch es war nicht Torben. Er hätte mich auch nicht so respektvoll angesprochen.

Der Mann trat aus dem benachbarten Hauseingang, er war mir unbekannt. Oskars Warnung fiel mir wieder ein. Die Beschreibung, die er mir von dem Detektiv gegeben hatte, passte genau! Er trug auch heute den braunen Anzug und musterte mich aus blassblauen Augen.

»Wer sind Sie?«, fragte ich, während ich mich bereit machte, die Flucht anzutreten. Wenn ich schnell genug war, konnte ich die Pforte zum Hinterhof von innen verschließen, bevor er mich erreichte.

»Jemand, der sich für Ihre Geschichte interessiert.«

Ich presste die Lippen zusammen und spannte meine Muskeln an. Wenn ich schrie, würde Ove mir vielleicht zu Hilfe kommen.

Aber der Mann machte keine Anstalten, mich anzugreifen.

»Sie sind die Frau von Bjarne Walsted, nicht wahr?«

Ich zog es vor, nicht darauf zu antworten. Aber dass ich auf seinen Ruf reagiert hatte, beantwortete ihm sicher schon seine Frage.

»Ich rede nicht mit Menschen, die mir ihren Namen nicht nennen wollen.«

Der Mann kam nun auf mich zu. »Es kann sehr ungesund sein, wenn man Leuten irgendwelche Geschichten erzählt«, sagte er. »Besonders irgendwelchen Fremden.«

»Ich wüsste nicht, was Sie das angeht, mit wem ich rede.«

Ich wirbelte herum und wollte durch die Pforte stürmen, doch der Mann war schneller und packte mich am Arm. Ich versuchte, mich loszumachen, aber er hatte erstaunlich viel Kraft.

»Sie werden das Maul halten, hören Sie?«, zischte er mir zu. »Wenn jemand Sie wegen Ihres Mannes anspricht und Fragen stellt, werden Sie schweigen. Ansonsten kann ich für nichts garantieren.«

»Sie tun mir weh!«, schrie ich und schaute mich panisch zum Laden um. Leider konnte ich Ove im Schaufenster nicht entdecken.

»Oh, das ist noch gar nichts«, sagte er spöttisch. »Ich werde Sie im Auge behalten und herausfinden, ob Sie reden. Wenn ja, werden Sie Ihrem Mann bald Gesellschaft auf dem Meeresgrund leisten können.«

Vor lauter Angst bekam ich kein einziges Wort heraus. Das hier war kein Bekannter von Torben. Diesen Mann musste Boregard selbst geschickt haben. Zorn wallte in mir auf, doch meine Furcht war stärker, und ich verfluchte mich dafür, dass ich zu zittern begann.

»Gibt es ein Problem?«, fragte da eine andere Stimme. »Lassen Sie die Frau los!«

Oskar! Eine Welle der Erleichterung durchzog mich. Er baute sich drohend neben dem Fremden auf.

Der Mann musterte ihn kurz, dann ließ er meinen Arm los. Die Stelle, wo er zugegriffen hatte, pochte. »Oh, wir sind nur alte Bekannte.«

»Danach sieht es mir aber nicht aus.« Oskar und der Fremde starrten einander an. »Gehen Sie und lassen Sie sie in Ruhe.«

Die Augen des Mannes verengten sich. »Kennen Sie sich?«

»Nein!«, platzte es aus mir heraus, worauf der Fremde lächelte. Offenbar war ich nicht überzeugend genug.

»Gehen Sie!«, sagte Oskar noch einmal mit Nachdruck und hob die Fäuste.

Diese Sprache schien der Kerl zu verstehen. Er trat einen Schritt zurück.

»Sie wissen Bescheid, Frau Walsted«, sagte er, während er mich mit einem eisigen Lächeln musterte. »Ich bin kein Mann der leeren Worte.«

Noch einmal blickte er zwischen Oskar und mir hin und her, dann schob er seine Hände in die Hosentaschen, drehte sich um und verschwand.

Zitternd atmete ich durch. Oskar signalisierte mir, dass ich schweigen sollte, dann traten wir beide durchs Tor. Als die Haustür ins Schloss gefallen war, warf ich mich an seine Brust. Mein Herz raste noch immer, und meine Knie waren butterweich.

»Ich bin so froh, dass du da bist!«, keuchte ich. »Dieser Kerl … er drohte mir, dass er mich ertränken will.«

Oskar schlang die Arme um mich und küsste meinen Scheitel. »Schon gut. Er wird dir nichts tun, das verspreche ich dir.«

Er führte mich nach oben in sein Zimmer, das mir mittlerweile vertrauter war als mein eigenes.

»War das dieser Detektiv?«, fragte ich. »Ich bin von der Lampenfabrik gekommen, und da ist er …«

Oskar trat zu mir, schloss mich erneut in die Arme und küsste mich. Dann ließ er mich los und sagte: »Sein Name ist Arvid Hamme. Ich habe allerdings nicht damit gerechnet, dass er dich direkt ansprechen oder bedrohen würde.«

»Und woher wusste er, wo er mich finden kann?«

»Nun, ich konnte mich bei der Stadtratssitzung selbst davon überzeugen, dass Sten Boregard und Hugo Skantze sehr gute Freunde sind. Aber das weißt du vermutlich.«

Das war kein Geheimnis, jeder hier in der Stadt wusste das. »Du meinst, Skantze hat …«

»Woher sollte er es sonst wissen? Nirgendwo gibt es ein Namensschild, und du besitzt auch kein eigenes Haus. Aber du hast deine Adresse bei Skantze angeben müssen, nicht wahr? Für die Lohnbuchhaltung.«

Nun musste ich mich erst einmal setzen. Ich starrte auf den Fußboden, und ein Gedanke hallte laut wie ein Glockenschlag durch meinen Verstand: Vielleicht hätte ich nicht nach Karlskrona zurückkehren sollen …

»Aber er wird dir nichts antun«, bekräftigte Oskar noch einmal. »Boregard wird sich nicht einen Mord anhängen lassen wollen.«

»Und wenn doch …« Mein Mund war trocken, und ein dicker Kloß saß in meiner Kehle.

Oskar nahm seine Tasche von der Schulter und stellte sie auf den Stuhl am Schreibtisch. Dann zog er etwas aus seiner Jackentasche.

»Dieses Schreiben habe ich heute bekommen«, begann er, während er sich vor mich hockte. »Es besagt, dass unser wichtigstes Beweismittel eingetroffen ist.«

»Gegen Boregard?«

Oskar nickte.

»Und was ist es?«

»Das darf ich dir nicht sagen«, gab er zurück. »Du musst es dir ansehen.«

»Ich?« Ich starrte ihn erschrocken an. »Was kann ich denn schon tun?«

Oskar blickte mich an und legte mir die Hände auf die Knie. »Sehr viel kannst du tun! Es geht darum, die Echtheit zu bestätigen.«

Verwirrt blickte ich ihn an. Die Echtheit wovon? Es war, als würde jemand Petroleum in meine Adern füllen und es anzünden.

»Habt ihr etwas von dem Schiff gefunden?«, fragte ich.

Oskar lächelte nur. »Wir müssen nach Stockholm reisen. Mit dem ersten Zug morgen früh.« Er schaute mir in die Augen und strich mir eine Haarsträhne aus der Stirn. »Bist du bereit?«

103

Liv

Stens Worte hatten mich zutiefst entsetzt. Nie hätte ich damit gerechnet, dass er mir auf diese Weise drohen würde! Mit Tränen in den Augen war ich in mein Zimmer geflohen. Dort warf ich mich aufs Bett und ließ meiner Trauer und meinem Zorn freien Lauf.

Danach fühlte ich mich leer und erschöpft. Ich wünschte mir so sehr, dass ich noch einmal mit Marlene sprechen dürfte. Würde Sten mir gestatten, das Haus zu verlassen, wenn der Verkauf des Rosenhag über die Bühne gegangen war? Oder würde ich ewig unter seiner oder Nannas Aufsicht stehen?

Aspö ... Die Insel gehörte zu Karlskrona und war nicht weit vom Festland entfernt. Dennoch konnte man sie nur per Schiff erreichen. Insofern war auch sie ein Gefängnis. Aber immer noch besser als eine Nervenklinik.

Ich war sicher, dass Marlene es schaffen würde, zu mir zu kommen – wenn sie es denn wollte. Aber dazu musste sie erst einmal davon wissen ...

Ich erhob mich und ging zum Kleiderschrank. Ich hoffte, dass mir die Auswahl der Garderobe für mein Reisegepäck eine Eingebung brachte, wie ich sie benachrichtigen konnte.

Da es sich um einen Aufenthalt ohne feste Länge handelte, entschied ich mich für Blusen und Röcke, die ohne Mühen gewaschen werden konnten. Außerdem für einige Kleider, denn möglicherweise würde Nanna an Midsommar einen Empfang geben. Das Fest war nur noch wenige Tage entfernt, und ich wollte, dass die Gäste mich gesund und munter sahen. Vielleicht konnte ich sogar so etwas wie Heiterkeit aufbringen.

Als ich fertig war, blickte ich auf einen stattlichen Haufen Gepäck. Ich läutete nach Astrid, damit sie mir meinen Schrankkoffer brachte.

Das Dienstmädchen starrte mich mit großen Augen an, als es durch die Tür trat. »Aber das hätte ich doch heraussuchen können!«

»Es wird reichen, wenn du mir den Koffer holst«, gab ich zurück. »Ich habe ohnehin nicht viel zu tun.«

Damit entließ ich sie.

Wenig später trug sie das sperrige Stück mithilfe unseres Stallburschen in mein Zimmer. Sie wiederholte die Frage, ob sie nicht für mich packen solle, doch auch auf die Gefahr hin, dass sie mich für verrückt hielt, verneinte ich.

Als sie gegangen war, hängte und stapelte ich meine Kleider sorgfältig hinein. Dabei erinnerte ich mich daran, wie ich damals meine Sachen gepackt hatte, um bei Sten einzuziehen. Ich hatte wesentlich weniger Kleidung gehabt, und der Koffer war bei Weitem nicht so groß gewesen. Ich war voller Freude auf dieses Haus gewesen, voller Hoffnungen …

Ich versank dermaßen in Erinnerungen, dass ich nicht bemerkte, wie die Zeit verging. Die Sonne wanderte übers Haus, und glücklicherweise erschien niemand, um sich nach meinem Befinden zu erkundigen. Einmal brachte Astrid mir ein wenig Gebäck und Tee, das ich aber stehen ließ, auch wenn mein Magen sich hin und wieder meldete.

Mit jedem Kleidungsstück, das ich einpackte, wurde mir klarer, dass von allen drei Möglichkeiten Aspö die beste war. Vielleicht gelang es mir ja sogar, Nanna wieder für mich einzunehmen? Oder zu verschwinden. Wohin, wusste ich nicht, aber mittlerweile war mir klar, dass die Polizei Sigrun nicht gefunden hätte, wenn sie nicht selbst nach Hause gelaufen wäre.

Ich verstaute gerade die letzte Unterwäsche, als Sten ohne anzuklopfen mein Zimmer betrat.

Mich vor dem Schrankkoffer zu sehen, schien ihn zu erstaunen. »Du packst selbst?«

»Ja«, antwortete ich, ohne aufzusehen. Die Kälte in seiner Stimme ließ mich schaudern. »Ich wollte meine Sachen nicht Astrid überlassen.«

Darauf sagte er erst einmal nichts mehr, aber ich spürte seinen Blick.

»Konntest du in Erfahrung bringen, wann Nanna losfahren möchte?«, fragte ich und sah auf. Offenbar kam ich ihm mit meiner Frage zuvor.

»Morgen früh«, antwortete er. Er schien auf meinem Gesicht nach einer Regung zu suchen, doch ich wusste, dass er dort nicht das Gewünschte fand. Das Packen hatte meine Gedanken geklärt und mich dazu gebracht, mich mit der Lage, die ich nicht ändern konnte, abzufinden. »Du bist besser pünktlich, du weißt ja, dass Hugo nicht wartet.«

Ich nickte. Hugo Skantze war notorisch pünktlich. Nicht einmal für Leute, die er mochte, legte er mit seinem Dampfboot später als geplant ab. Es war lange Zeit Stadtgespräch gewesen, dass er einen seiner Freunde selbst dann am Kai stehen ließ, als er ihn bereits die Straße entlanglaufen sah. Er sollte nur eine Minute zu spät gewesen sein …

»Es ist übrigens vorhin ein Brief für dich abgegeben worden«, sagte er dann noch und zog den Umschlag aus der Tasche. »Von einer Bente Nielsen.«

Der Name durchzog mich wie ein Blitzschlag. Nur schwerlich konnte ich an mich halten, danach zu greifen.

»Meine Kinderfreundin«, sagte ich, denn Sten erwartete sicher eine Erklärung. »Ich hatte sie bei der Beerdigung getroffen.«

Sten schien zu überlegen, was er aus dieser Antwort machen sollte. Seit er wusste, dass irgendwer gegen ihn ermittelte, war er generell misstrauischer geworden.

»Bente und ich haben damals im Pfarrhaus viel miteinander gespielt«, setzte ich hinzu. »Sie kannte meine Mutter. Und meinen Vater …«

Meine Hände kribbelten. Ich wollte diesen Brief! Ich wollte ihn so sehr!

Sten betrachtete mich noch einen Moment lang, dann reichte er mir den Umschlag. Dieser war mit einem breiten Streifen Papier verklebt. Selbst wenn Sten es versucht hätte, hätte er den Brief nicht öffnen können, ohne Spuren zu hinterlassen.

»Ich werde Martin Bescheid geben, dass er deinen Koffer zum Boot bringt«, sagte er, sichtlich bemüht, mir klarzumachen, dass er weiterhin das Sagen hatte. Dass es eine noble Geste von ihm war, mir den Brief zu überlassen.

»Werden wir uns zum Abschied sehen?«, fragte ich. Ich wollte ihn nicht wirklich sehen, hoffte eher darauf, allein zu sein.

»Ich habe morgen zu tun, werde dich aber beizeiten wissen lassen, wann du wieder zurückkehren darfst.«

104

Marlene

Das Kleid, für das ich mich entschieden hatte, war trotz der frühen Morgenstunde viel zu warm und kratzte. Doch es stammte noch aus der Zeit vor dem Unglück. Bjarne hatte mich darin gesehen. Auf diese Weise wollte ich ihn bei mir haben bei dieser so wichtigen Reise.

Ich ließ meinen Blick über die anderen Passagiere schweifen, die auf den Morgenzug warteten. Viele von denen, die hier am Bahnsteig standen, sahen wesentlich nobler aus als ich. Neben Oskar, der einen dunkelblauen Anzug trug, kam ich mir vor wie eine graue Maus.

Wie würde ich jetzt aussehen, wenn ich noch immer die Frau eines Kapitäns wäre? Natürlich würde ich hier nicht auf den Zug nach Stockholm warten müssen. Aber sicher wäre ich bei einer Reise anders gekleidet gewesen. Vielleicht hätte ich auch ein malvenfarbenes Kostüm getragen wie die Dame zwei Bänke weiter? Oder sogar einen federgeschmückten Hut? Die wenigen Male, die ich mit Bjarne verreist war, hatte ich mich nicht von einer Bürgersfrau unterschieden.

Was hatte mir Boregard, vorausgesetzt, er war wirklich der Schuldige, alles genommen? Nicht nur meine große Liebe, sondern auch Status, Ansehen und Schönheit in meinem Leben. Vielleicht war es oberflächlich, aber auch ein hübsches Kleid konnte ein wenig Glück bedeuten.

»Woran denkst du?«, fragte Oskar. »Du bist so still.«

Ich erkannte die Sorge in seinem Gesicht und schüttelte den Kopf. Sicher fand er mich albern, wenn ich ihm sagte, dass ich die Frau dort in dem schicken Kostüm beneidete und dass Boregard mir verwehrt hatte, wie sie zu sein.

Aber es gab noch mehr, was mich an diesem Morgen umtrieb.

»Ich frage mich, wie es Liv geht. Was mit ihr geschehen ist. Boregard ist kein besonders freundlicher Mann.« Ich senkte den Kopf. »Und Sigrun …«

»Es ist anzunehmen, dass ihr die Räumung ihr zu verdanken habt«, sagte Oskar.

»Er muss sie gezwungen haben. Nach allem, was wir für sie getan haben …« Schwer senkte sich die Enttäuschung auf meine Brust.

»Frau Boregard hätte sich darüber im Klaren sein sollen, dass nicht sie selbst ihren Besitz verwaltet, sondern ihr Mann«, erwiderte Oskar. »Und dass alles einmal ans Licht kommt – egal, wie gut es versteckt wird.«

»Aber liegt darin nicht das Problem?«, fragte ich. »Dass Männer für uns bestimmen? Dass wir zu ihrem Eigentum werden, sobald sie uns einen Ring an den Finger stecken?«

»Ich würde nie …«, verteidigte sich Oskar, doch ich unterbrach ihn.

»Ich meine nicht dich. Ich meine Männer wie Boregard. Er hat seine Frau ignoriert, solange sie noch folgsam war. Aber es hat gereicht, dass ich in ihrer Gesellschaft auftauchte, und schon fingen die Schwierigkeiten an.« Ich machte eine Pause. »Und dann Torben …« Ein bitterer Geschmack trat in meinen Mund. »Hätte ich vielleicht mehr tun sollen? Für Sigrun?«

Oskar ergriff meine Hand. »Du hast alles getan, was du konntest. Aber gegen den Willen eines Menschen ist schwer anzukommen. Sigrun ist eine erwachsene Frau. Ihr Mann mag ihr Leben bestimmen, aber in dem Augenblick, in dem sie euch verließ, hat sie sich entschieden.«

Es war gut, das auch aus seinem Mund zu hören. Dennoch war mir klar, dass ich Sigrun vielleicht nie aus meinen Gedanken streichen konnte. Dass ich immer hoffen würde, ihr helfen zu können. »Für ihn«, sagte ich. »Sie hat sich für einen Mann entschieden, der sie verprügelt.«

»So bitter es ist, ja«, sagte Oskar. »Man kann Menschen nicht zu ihrem Glück zwingen. Aber man kann dennoch versuchen weiterzumachen. Und für sie da zu sein, falls sie wiederkommen.«

Ich schnaubte traurig. »Nur wohin soll sie kommen? Der Traum vom Rosenhag ist gestorben. Ich werde Glück haben, wenn ich überhaupt noch eine Anstellung finde und in Karlskrona bleiben kann.«

Er streichelte mir sanft über die Wange. »Wir sollten erst einmal die nächsten Tage hinter uns bringen. Und dann sehen wir weiter.«

»Wir?«, fragte ich verwundert.

»Du glaubst doch wohl nicht, dass ich dich im Stich lasse!«

Ich wünschte mir, dass er mich jetzt küssen würde, doch da ertönte die Durchsage, dass der Zug gleich einfahren würde. Wenig später schob sich die schwere Lok über die Gleise. Mein Herz klopfte wie verrückt, und ich griff nach Oskars Hand.

Am Abend würden wir in der Hauptstadt sein. Und dann würde ich vielleicht die Gewissheit bekommen, wer die Schuld am Tod meines Mannes trug.

105

Liv

Viel zu früh fand ich mich am Borgmästarekajen ein, wo Hugos Dampfboot vertäut lag. Das gedrungene, rot-weiß gestrichene Schiff mit dem großen schwarzen Schornstein wirkte wie ein seltsames Meerestier. Der Kessel wurde offenbar schon beheizt, denn eine kleine Rauchfahne stieg aus dem Schornstein auf. Von einem Heizer hatte ich allerdings noch nichts zu sehen bekommen.

Es war das erste Mal, dass ich seit der Unterredung in Hugos Arbeitszimmer wieder an der frischen Luft war. Tief sog ich sie in meine Lunge ein. Sie roch nach Salz, nach Seetang und Maschinenöl. Nicht mal der Rauch störte mich.

Ich richtete meinen Blick auf die Kutsche. Martin, der sich auf dem Kutschbock sichtlich langweilte, hatte die Order erhalten, erst dann loszufahren, wenn ich auf dem Boot war.

Sten hatte mich tatsächlich nicht verabschiedet. Trotz der frühen Stunde war er bereits aus dem Haus gewesen.

Bis Nanna kam, konnte es noch ein Weilchen dauern. Ich ließ mich auf einer Bank nieder und betrachtete die Möwen. Ein wenig neidete ich ihnen ihre Freiheit. Und ich dachte wieder an die alte Geschichte, nach der die Seelen ertrunkener Seeleute als Möwen zurückkehrten. Vielleicht hätte ich Marlene diese Geschichte erzählen sollen. Aber wahrscheinlich kannte sie sie längst.

Da es Martin egal war, was ich tat, solange ich nur auf das Dampfboot stieg, holte ich den Brief hervor, den ich seit gestern Abend wieder und wieder gelesen hatte, auch wenn mich der Inhalt bis ins Mark traf.

Marlene berichtete, wie Sten im Haus aufgetaucht war und sie rausgeworfen hatte, wie er sich geweigert hatte, ihnen die Ziegen zu überlassen. Sie schrieb aber auch, dass sie und Ingrid nach Karlskrona zurückgekehrt waren. Dass die Polizei nichts gegen sie unternommen hatte. Und dass Sigrun wieder bei ihrem Mann war.

Anfangs war ich versucht gewesen, diese Frau mit voller Inbrunst zu hassen. Doch war sie nicht ebenso machtlos gegen ihren Mann wie ich?

Ich zog die Mappe mit dem Schreibpapier aus der Teppichstofftasche zu meinen Füßen. Ich wusste, dass es auf Aspö ein Postamt gab. Nanna würde dafür sorgen, dass ich nicht von der Insel herunterkam, aber konnte sie mir verbieten, dorthin zu gehen?

Zwanzig Minuten später wurde Martin endlich erlöst. Die Kutsche der Skantzes erschien, voll bepackt mit allem, was die Familie in der Sommerfrische brauchte. Oder besser gesagt, was Nanna und die Kinder brauchten. Bis auf die Wochenenden würde Hugo natürlich in der Fabrik sein. Die einzige erwachsene Gesellschaft würden das Kindermädchen und die Dienstboten sein. Und ich.

Rasch schob ich den Brief, den ich verfasst hatte, unter mein Korsett. Ich wollte Nanna oder ihrem Dienstmädchen nicht die Möglichkeit geben, in meinen Taschen etwas zu finden, das Sten noch mehr gegen mich aufbringen würde.

Als sie mich erblickte, kam Nanna auf mich zu. Ich hatte damit gerechnet, dass sie sich mir gegenüber feindselig verhalten würde, doch sie ergriff sofort meine Hände.

»Wie schön, dass du mitkommst«, begann sie süßlich. »Der Aufenthalt bei uns wird deinen Nerven sicher guttun.«

Ich wusste nicht, ob es Absicht war, doch die Bemerkung versetzte mir einen Stich. Sten hatte mir gedroht, dass ich niemandem von seiner Unfruchtbarkeit erzählen sollte. Hatte er es also auf meine »Nerven« geschoben, dass ich mich für Sigrun Bergsma eingesetzt hatte?

»Danke für diese Möglichkeit«, sagte ich, und genau genommen meinte ich es auch so. »Ich freue mich, euer neues Sommerhaus kennenzulernen.«

Nanna nahm meine Worte mit einem Lächeln auf und legte ihre Hand um meinen Arm wie eine Wärterin. Wir betraten das Schiff, auf das Martin gerade zusammen mit dem Heizer meinen Koffer trug.

»Hast du denn auch genug eingepackt?«, fragte Nanna angesichts des riesigen Gepäckstücks.

Ich suchte nach Ironie in ihren Worten, fand sie allerdings nicht. Mein Koffer wirkte, als hätte Sten mich vor die Tür gesetzt.

»Ja, ich habe mich für einen längeren Aufenthalt eingerichtet«, sagte ich, was sie überraschenderweise zu freuen schien.

Die Kinder gingen ihrem Vater voraus und begrüßten mich brav, dann stand ich Hugo gegenüber. Dem Erbe der Skantzes als Seefahrerfamilie verpflichtet, bestand er darauf, das Dampfboot selbst zu steuern. Er trug eine Kapitänsmütze und eine grobe Cabanjacke, die ihn tatsächlich wie einen Seemann wirken ließen. Ich fragte mich, was Marlene dazu sagen würde.

Er begrüßte mich höflich, aber kühl, und ließ sich den Zusammenstoß in seinem Arbeitszimmer nicht anmerken.

Pünktlich um neun Uhr legten wir ab.

Ich versuchte die Gespräche der Kinder auszublenden, während ich aus dem Fenster der kleinen Kabine beobachtete, wie das Festland von Karlskrona immer weiter abrückte.

»Wir haben vor, eine kleine Feierlichkeit zu Midsommar zu geben«, sagte Nanna plötzlich. »Ich hoffe, du hast Lust, daran teilzunehmen.«

»Natürlich«, erwiderte ich. »Ich liebe Midsommar.«

»Sollte sich an deinem Zustand etwas ändern, haben wir auch einen Arzt in der Nähe.« Nanna sah mich prüfend an.

»Ich glaube, das wird nicht vonnöten sein«, sagte ich. Dass sie mich wie eine diagnostizierte Kranke behandelte, begann mich richtig aufzubringen.

»Sten sagte, dass du eine Ärztin aufgesucht hättest«, fuhr Nanna fort.

Ich verkrampfte mich. Welche Version der Wahrheit hatte Sten ihnen aufgetischt? Dass *ich* etwa Syphilis hätte und dem Wahnsinn nahe war? Ich schuldete Nanna keine Auskunft, aber ich spürte, dass es hier um mehr ging.

»Wir wollen es wieder mit einem Kind versuchen«, sagte ich. »Die Ärztin sollte meine Fruchtbarkeit feststellen.«

Ich blickte auf ihren Bauch. Noch immer sah man keine Wölbung. Wann würde es bei ihr so weit sein? Im Oktober? Oder vielleicht erst im November oder Dezember?

»Oh, das wäre ja wunderbar!«, flötete Nanna, und ich spürte, dass sie mehr wissen wollte. Aber was sollte ich ihr sagen? Dass ich mit Sten auf eine Weise geschlafen hatte, die die Bezeichnung Liebesnacht nicht verdiente?

»Ja, das wäre es«, sagte ich lediglich.

Diese Antwort stellte sie nicht wirklich zufrieden, doch plötzlich schrie eines der Mädchen auf, weil sein Bruder es an den Zöpfen gezogen hatte. Ein kleines Handgemenge ergab sich, und Nanna musste einschreiten.

Wieder richtete ich den Blick auf das Wasser.

Es lag keine große Entfernung zwischen den Inseln und Karlskrona, dennoch kam ich mir vor, als führe ich ans andere Ende des Ozeans.

Stens Worte donnerten wieder in meinen Ohren: *Ich werde dir mitteilen lassen, wann du zurückkehren darfst.*

Wann würde das sein?

106

Liv

Eine halbe Stunde nach unserer Abfahrt legte Hugos Dampfboot an. Die Insel war umgeben von Landestegen für Schiffe, die meisten von ihnen waren besetzt. Ich sah Segelboote, aber auch weitere kleine Dampfschiffe und Ruderboote.

»Das Haus wird dir gefallen«, sagte Nanna, und wieder spürte ich ihre Hand auf meinem Arm. Am liebsten hätte ich ihr gesagt, dass sie nicht befürchten müsse, dass ich floh. Dass ich froh war, Sten nicht mehr sehen zu müssen.

Gehorsam erhob ich mich und verließ mit Nanna die Kabine. Das Erste, was ich von der Insel erblickte, waren die zahlreichen Holzhäuser, die sich wie Perlen an der Küste aufreihten. Einige von ihnen waren rot gestrichen, andere gelb, und wiederum andere strahlten in reinem Weiß.

»Das ist unser Haus«, sagte Nanna und deutete auf ein zweistöckiges weißes Gebäude, von dessen oberen Fenstern man einen guten Blick aufs offene Meer hatte. Eine lange Treppe führte zu dem Anwesen, die an den Seiten von Beeten voller Blumen und Steingewächsen gesäumt wurde. Um die prachtvollen Stauden hätte meine Mutter Nanna sicher beneidet.

Ich hatte es mir anders vorgestellt, doch es gefiel mir. Besonders, weil es von einem großen Garten umgeben wurde. Möglicherweise würde ich dort – unter Aufsicht natürlich – sitzen und die Sonne genießen können.

Beim Ausladen meines Koffers halfen der Heizer des Schiffs und der Gärtner des Sommerhauses. Sie hatten ordentlich zu tragen und schnauften, als sie am Haus angekommen waren.

Nanna wies sie an, den Koffer in einen der unteren Räume des Hauses zu bringen. Das überraschte mich, schließlich war es dort doch wahrscheinlicher, dass ich das Weite suchte.

Als könnte sie meine Frage spüren, erklärte sie: »Die Kinder und das Kindermädchen haben ihre Zimmer oben. Wir haben versucht, die Ordnung hier unserem Wohnhaus anzugleichen.«

Nanna und Hugo verzichteten also auf die schöne Aussicht und überließen sie den Kindern, nur weil sie somit die Ordnung ihres Wohnhauses nachahmen konnten? Das passte zu Nanna. Und auch zu Hugo. Es war beinahe schon unheimlich, wie sehr sie einander ähnelten.

Das Zimmer selbst war vorwiegend praktisch eingerichtet. Alle Möbel bestanden aus weißem Holz, die Wände waren in einem zarten Himmelblau gestrichen. Es musste erst vor Kurzem saubergemacht worden sein, denn man roch noch die Stärke, mit der die Spitzengardinen behandelt worden waren.

Die Männer stellten den Koffer neben den Kleiderschrank, nickten Nanna und mir zu, dann verließen sie den Raum.

»Wir halten unsere Gästezimmer ziemlich neutral«, sagte Nanna, während sie mit der Hand über die Kommode neben der Tür fuhr, als wollte sie prüfen, ob dort noch Staub lag. »In deinem Fall ist es sicher hilfreich, nicht so viele Reize auf einmal zu haben.«

Wieder diese Anspielung auf meine Nerven! Wollte Nanna mir etwa einreden, dass ich krank war?

Ich ballte meine Fäuste. »Nanna, bitte«, sagte ich, denn ich wollte nicht so tun, als würde ich ihr zustimmen. »Wie ich mich in der Sache um Sigrun Bergsma verhalten habe, mag vielleicht falsch gewesen sein. Aber ich bin weder verrückt noch hysterisch.«

Nanna machte große Augen. Möglicherweise bestätigten meine Worte ihre Meinung über mich. Im nächsten Augenblick bereute ich sie.

»Wie dem auch sei«, sagte sie mit einem kleinen Lächeln. »Hier wirst du zur Ruhe kommen können. Ich muss dir sicher nicht sagen, dass es nicht gut für deine Ehe und eine zukünftige Schwangerschaft wäre, wenn du weiterhin diesen aufmüpfigen Geist pflegst.«

Was weißt du schon über meine Ehe?, wollte ich entgegnen, doch ich zwang mich zur Ruhe. Mein Aufenthalt hier würde möglicherweise darüber entscheiden, ob ich in eine Anstalt eingewiesen wurde oder nicht.

Außerdem musste ich meinen Brief abschicken, und das ging nur, wenn Nanna mich aus dem Haus ließ.

»Ich wollte Frauen in Not helfen«, antwortete ich so ruhig, wie es mir möglich war. »Das hätte deine Frieda nicht anders getan!«

»Frieda«, sagte Nanna, und ich spürte, dass auch sie sich zügeln musste. »Frieda kämpft für die Frauenrechte. Sie würde sich niemals in die Angelegenheiten anderer Leute einmischten.«

»Aber ist es denn nicht auch das Recht einer Frau, nicht misshandelt zu werden?«

Nanna konnte darauf nichts erwidern. Sie schaute mich weiterhin an, doch ich sah, dass es hinter ihrer Stirn arbeitete. Ich fragte mich, ob ich einen Schritt weiter gehen, ob ich es ihr erklären sollte. Ob ich ihr erzählen sollte, was Sten in den vergangenen Tagen und Wochen getan hatte.

»Leg dich am besten ein wenig hin«, sagte Nanna da plötzlich. Ihre Miene wurde hart. »Gegen zwölf gibt es Mittagessen.«

Damit wandte sie sich um und verschwand aus dem Raum.

107

Marlene

Wir erreichten Stockholm um kurz nach zehn Uhr abends. Schon vor dem Bahnhof herrschte eine ganz andere Atmosphäre als in Karlskrona. Die Stadt pulsierte regelrecht. Und sie roch auch ganz anders. Natürlich schmeckte man auch hier das Meer, aber es lagen noch andere Noten darunter. Benzin von den Automobilen, die an uns vorbeituckerten. Die fettig-warmen Ausdünstungen eines Standes, der Speisen für eilige Reisende anbot.

Ich hatte immer gedacht, dass Karlskrona viele Bewohner hatte. Doch die schiere Masse der Passanten, die uns allein hier entgegenströmte, raubte mir den Atem.

»Warum sind um diese Zeit noch so viele Menschen unterwegs?«, fragte ich später verwundert, als ich durch die Fenster der Droschke spähte, die uns zu einem Hotel bringen sollte.

»Das ist hier ganz normal«, sagte Oskar. »Viele gehen auch unter der Woche ins Theater, die Oper oder in die Varietés, andere suchen die Kneipen auf.«

Das taten die Leute in Karlskrona auch, aber nicht in solchen Mengen.

»Wenn du vorher hier gelebt hast, muss dir unsere Stadt ja klein und langweilig vorkommen«, sagte ich, während ich weiterhin fasziniert die Passanten betrachtete. Einige Frauen trugen leuchtend bunte Abendkleider unter ihren dünnen Mänteln und Umhängen, hier und da blitzten Edelsteine auf. Dies hier war bei Weitem keine einfache oder gar arme Gegend. In Karlskrona sahen nicht einmal die Frauen der Stadträte so aus.

»Nun, Karlskrona ist im Vergleich zu Stockholm … ruhig. Es hat aber dennoch seine Reize. Beispielsweise wird man am Abend nicht angefahren, wenn man auf der Straße stehen bleibt.«

»Da sei dir mal nicht zu sicher.« Ich lächelte ihn an. Noch immer fühlte ich mich gegenüber den anderen Frauen etwas unscheinbar, aber ich hatte etwas bei mir, das sie nicht hatten: Oskar.

»Was wirst du tun, wenn deine Ermittlungen in Karlskrona abgeschlossen sind?«, fragte ich. Auch das war eine Sache, an die ich vorher nicht gedacht hatte. Würde er weiterziehen? Einfach verschwinden?

»Ich weiß noch nicht«, sagte er. »Es kommt ganz darauf an. Ich denke schon, dass der Verleger mit mir zufrieden sein wird, wenn er erst einmal die Sensationsgeschichte über die *Solveig* in seiner Zeitung erzählen kann.«

»Aber du könntest dann genauso ein Ausgestoßener werden wie ich«, sagte ich.

Er lächelte breit. »Damit hätte ich kein Problem, wenn du bei mir bist.«

Das Hotel strahlte uns mit goldenen Lichtern entgegen. Es war ein vierstöckiger Bau mit hohen Fenstern und einer einladenden Glasfront. Ein so nobel wirkendes Gebäude hatte ich noch nie betreten.

Wieder kehrte die Beklommenheit zu mir zurück, als wir durch die goldverzierte Glastür traten. Mir wäre es lieber gewesen, wenn Oskar eine andere Unterkunft gewählt hätte. Ich passte hier genauso wenig hin wie ein Pinguin in die Wüste.

Doch dann staunte ich über den glitzernden kristallenen Lüster, der von der hohen Decke der Eingangshalle herunterhing und alles, was sein Licht berührte, zum Strahlen brachte.

»Bezahlt das deine Versicherung?«, fragte ich, während wir zum Empfangstresen schritten. Auf den samtbezogenen Sofas saßen fein gekleidete Gäste. Einige von ihnen waren in Gespräche vertieft, andere steckten die Nase in die Zeitung. Andere wiederum schienen auf ihre Droschke zu warten.

Auch wenn ich es vermied, ihnen ins Gesicht zu schauen, spürte ich dennoch ihre Blicke. Was sie wohl von mir dachten? Dass ich eine Landstreicherin sei?

Oskar neben mir wirkte selbstsicher und stark, was mich dazu brachte, mich über meine Unsicherheit zu ärgern. Ich hob meinen Kopf also so hoch wie möglich, als wir vor den Mann hinter dem Tresen traten.

»Ich hatte zwei Zimmer gebucht. Auf den Namen Andersson«, sagte Oskar. Der Mann schaute mich einen Moment lang verwundert an, dann wandte er sich um.

Zwei Zimmer. Ich war ein wenig enttäuscht darüber, denn ich hatte gehofft, heute in Oskars Armen zu liegen.

Er schien es zu spüren, denn als wir zur Treppe schritten, erklärte er: »Ich musste zwei Zimmer buchen. Meine Vorgesetzten wissen nicht, wie wir zueinander stehen, und sie dürfen es auch nicht erfahren. Sonst könnte ich als befangen gelten, und das darf ich als Ermittler bei dieser Sache nicht sein.«

Da ich nichts weiter als meinen Rucksack bei mir hatte und auch Oskar nur eine kleine Tasche trug, verzichteten wir auf die Hilfe des livrierten Hotelpagen und schritten die breite Treppe hinauf.

»Die Zimmer liegen nebeneinander«, erklärte Oskar. »Wenn du etwas brauchst, egal was, scheue dich nicht, bei mir zu klopfen.« Ein schelmisches Lächeln erschien auf seinem Gesicht. Ich kam nicht umhin, es zu erwidern.

»Das ist ja wie in Karlskrona«, sagte ich. »Bevor der ganze Ärger anfing.« Diese Zeit schien eine Ewigkeit her zu sein, und doch waren seitdem nur drei Wochen vergangen.

»Dann hast du Glück, dass ich meine Schreibmaschine nicht mitgenommen habe«, gab er lachend zurück.

Das Zimmer war nicht nur groß, es wirkte auch, als gehöre es zu einem Schloss. An der Decke prangten Stuckornamente, die aussahen wie Füllhörner voller Obst.

Das Himmelbett war aus braunem Holz, die dunkelblauen Samtvorhänge waren zur Seite gerafft und gaben den Blick frei auf das Bett, auf dem eine blaue Samtdecke lag. Die Kissen leuchteten blütenweiß und waren mit hübschen Stickereien verziert.

Ich zog mir den Rucksack vom Rücken und ließ ihn neben das Bett sinken.

Nicht nur das Bett war eine Augenweide, auch der Rest der Einrichtung. Ein mit Schnitzereien verzierter Sekretär stand vor dem Fenster, durch dessen Spitzengardinen man die Lichter der nächtlichen Stadt betrachten konnte. Die Sitzgruppe in der Mitte des Raumes war mit blauem Stoff bezogen, in den gelbe Rosen eingewebt waren. Ein großer Spiegel an der gegenüberliegenden Wand warf das Bild der Einrichtung zurück und ließ den Raum noch größer wirken. Ich trat an den ebenfalls mit Schnitzereien verzierten Kleiderschrank und fuhr mit dem Finger über die kunstvoll nachgebildeten Röschen.

So oder so ähnlich musste das Zuhause von Liv aussehen. Was sie jetzt wohl tat? Hatte sie den Brief, den ich ihr geschickt hatte, erhalten?

Schließlich wandte ich mich um und ging zu der Schachtel auf dem Bett. Was mochte sie enthalten? Eine seltsame Ahnung stieg in mir auf. Nur ein einziges Mal hatte ich eine ähnliche Schachtel gesehen – damals, als Bjarne mir mein Hochzeitskleid mitgebracht hatte.

Es hieß, dass es Unglück brächte, wenn der Bräutigam die Braut schon vor dem Gang zum Altar in dem Kleid sehen würde. War dem wirklich so gewesen?

Ich fuhr über den Deckel der Schachtel, dann hob ich ihn ab und schnappte nach Luft, als ich die weiße Spitze sah.

Noch nie zuvor hatte ich solch eine wunderschöne, spitzenverzierte weiße Bluse gesehen. Sie hatte einen hohen Kragen und lange Ärmel. Darunter lagen, feinsäuberlich gefaltet, eine veilchenblaue Jacke und ein schmal geschnittener Rock in derselben Farbe.

Ich griff nach der Bluse. Der Stoff war sehr weich, beinahe wie Seide. Oder war es sogar Seide?

Da schoss mir etwas in den Sinn, und sogleich ließ ich die Bluse wieder in die Schachtel fallen und stürmte aus dem Raum.

Im nächsten Moment klopfte ich an seine Tür. Oskar öffnete sofort.

»Das geht nicht«, sagte ich. »Das kann ich nicht annehmen.«

Oskar zog verwundert die Augenbrauen hoch. »Was?«

»Die Kleider«, gab ich zurück. »Das ist … zu viel. Zu teuer. Ich …«

Er legte mir den Finger auf die Lippen, dann zog er mich in sein Zimmer. Offenbar waren alle Räume ähnlich geschnitten und gestaltet wie meiner, nur war hier die vorherrschende Farbe Dunkelrot.

»Ich dachte, dass du die Sachen morgen gebrauchen könntest«, sagte er, nachdem er die Tür hinter mir geschlossen hatte. »Du wirst meinen Vorgesetzten gegenüberstehen. Und einem Staatsanwalt. Ich möchte, dass diese Männer dich respektieren.«

Ich zog die Augenbrauen hoch. »Und du meinst, dass sie das nur tun, wenn ich etwas anderes trage als das hier?« Ich breitete die Arme aus. »Ich bin nun mal, was ich bin. Die Witwe eines Kapitäns.«

Er seufzte, strich sich über die Stirn. Ich spürte sein Unverständnis und wollte, dass er den wahren Grund für mein Zögern kannte. Ich war nicht zu stolz, dieses Geschenk anzunehmen. Ich freute mich sogar darüber. Diese Kleider hätten mir vorhin vielleicht ein wenig mehr Selbstbewusstsein gegeben. Aber gerade für den morgigen Tag passten sie nicht.

»Versteh mich bitte«, sagte ich und legte die Hand auf seinen Arm. »Es würde mich aussehen lassen, als würde ich keine Not leiden.«

»Aber Marlene, es sind doch nur Äußerlichkeiten!«, gab er zurück. »Ich möchte einfach, dass du morgen schön aussiehst.«

»Und ich möchte, dass diese Männer erkennen, was Boregard mir angetan hat, sollte er die Schuld daran tragen, dass mein Mann tot ist!«

Oskar schaute mich an, als hätte ihn der Blitz getroffen, dann trat er zu mir und nahm mich in seine Arme. »Es tut mir leid«, sagte er sanft in mein Haar. »Ich … ich wollte dir nur etwas Gutes tun. Ich habe nicht daran gedacht, dass …«

»Du hast mir auch etwas Gutes getan. Ich freue mich sehr darüber«, gab ich zurück und spürte, wie mir die Tränen aus den Augen kullerten. Was war nur plötzlich los mit mir? »Und ich danke dir dafür, aber morgen … Ich kann es morgen nicht tragen.«

Plötzlich fühlte ich mich furchtbar schwach. Meine Beine zitterten und vermochten kaum, mich noch zu halten.

Oskar erkannte dies, führte mich zu der Sitzgruppe und platzierte mich darauf. Dann setzte er sich neben mich und streichelte mein Haar.

Der Schmerz, der in meiner Brust erwacht war, war mir gut bekannt. Es war wie damals, nachdem mir klar geworden war, dass Bjarne nie mehr zu mir zurückkehren würde.

Nichts davon war Oskars Schuld, nichts die Schuld der Versicherung. Es war nur mein Gefühl der Leere, der Verlorenheit und des Verlusts, das mich plötzlich so stark überkam wie schon lange nicht mehr. Vielleicht, weil ich darauf hoffte, irgendeinen Teil von Bjarne wiederzubekommen? Ich hatte mir noch keine Gedanken darüber gemacht, was es sein könnte, aber mein Herz schien schneller als mein Kopf zu sein.

Es dauerte eine Weile, bis ich wieder in der Lage war, richtig durchzuatmen und zu sprechen.

Oskar schaute mich bedrückt an. »Ich wollte dich wirklich nicht verärgern«, sagte er und streichelte zärtlich meine Wangen.

»Das weiß ich«, erwiderte ich und wischte mir die letzten Tränen vom brennenden Gesicht. »Aber als ich die Sachen gesehen habe …« Ich blickte ihn an. »Schon lange hat mir niemand mehr etwas derart Schönes geschenkt.«

Er zog die Augenbrauen hoch. Ich spürte, dass er versuchte, mich zu verstehen.

»Aber gleichzeitig wusste ich, dass dies für morgen nicht die richtigen Kleider sein würden«, fuhr ich fort. »Ich möchte, dass deine Vorgesetzten mich kennenlernen. Meine Situation richtig einschätzen können.«

Oskar nickte. Dann sagte er: »Das werden sie. Und ich werde die Sachen zurückgeben lassen.«

»Nein«, sagte ich und ergriff seine Hand. »Bitte, wenn es dir nichts ausmacht … Wie du siehst, besitze ich nicht viel. Ich würde mich freuen, wenn ich sie behalten dürfte. Als Erinnerung daran, dass ein Mann gut zu mir war, als viele andere es nicht waren.«

»Nun, ich hoffe, dass ich noch viel mehr für dich sein kann als eine Erinnerung, Marlene Walsted.« Ein breites Lächeln trat auf sein Gesicht, dann beugte er sich vor und küsste mich.

108

Marlene

Stockholm begrüßte den Morgen mit lautem Glockenläuten. Die Straßen und Gehwege waren deutlich belebter als die in Karlskrona. Neben den Leuten, die zur Arbeit mussten, waren auch Ausflügler in Anzügen und Frauen in weißen Sommerkleidern unterwegs. Die Gelegenheiten, an denen ich ein Automobil zu Gesicht bekommen hatte, konnte ich an einer Hand abzählen, aber hier fuhren diese Fahrzeuge munter zwischen den Pferdekutschen.

»Warum haben es deine Leute plötzlich so eilig?«, fragte ich, als wir uns einem eleganten Gebäude aus rotem Backstein näherten. Von Weitem wirkte es wie eine Schule, doch es war wesentlich größer. Von Oskar wusste ich, dass dies unser Ziel war.

»Boregard ist bekannt, dass gegen ihn ermittelt wird. Die Gefahr, dass er Beweismittel vernichtet, ist groß.«

»Die Beweise hat er sicher schon längst vernichtet, sofern es welche gibt«, erwiderte ich. »Solltest du ihm dann nicht eher die Polizei schicken?«

»Das können wir erst tun, wenn du dir angeschaut hast, was gefunden wurde.« Er fügte hinzu: »Und was die Beweise angeht, so habe ich jemanden, der ein Auge darauf behält.«

Wir erklommen die Treppe. Hinter der Tür wehte uns der Geruch nach Bohnerwachs entgegen. Unsere Schritte hallten laut über die

Steinplatten. Vor lauter Aufregung hatte ich nicht einmal die Tafel mit dem Namen dieses Gebäudes gelesen.

Die Treppe war mit einem wunderschön verzierten Geländer versehen, doch ansonsten war die Einrichtung recht schlicht. Der Flur war mit braunem Holz getäfelt, ein brauner Teppich dämpfte unsere Schritte.

Um uns herum war es ruhig, man konnte meinen, dass wir die einzigen Seelen hier im Haus wären. Doch als wir in der ersten Etage ankamen, vernahm ich leise Stimmen.

»Und du willst mir wirklich keinen Hinweis geben?«, fragte ich. Meine Hände waren mittlerweile kalt wie Eis.

»Ich darf es nicht«, sagte Oskar. »Sie wollen sehen, wie du reagierst. Das ist die einzige Methode, um herauszufinden, ob das, was wir gefunden haben, echt ist.«

Vor einer hohen Tür am Ende des Ganges machten wir Halt. Oskar klopfte, worauf die Anwesenden im Raum sofort verstummten. Schritte ertönten, dann wurde die Tür geöffnet.

Ein Mann mit kurz geschnittenem Haar und einem riesigen Schnauzbart erschien im Türspalt. Er begrüßte Oskar mit Handschlag. Dann fiel sein Blick auf mich.

»Das ist sie?«

»Ja«, antwortete Oskar. »Frau Marlene Walsted.«

Der Mann reichte mir nun ebenfalls die Hand. »Thure Neström«, stellte er sich vor. »Ich bin der untersuchende Staatsanwalt.«

»Herr Neström wurde eingeschaltet, nachdem das Beweismittel aufgetaucht war«, erklärte Oskar.

»So ist es«, bestätigte der Mann, dann machte er eine einladende Handbewegung. »Kommen Sie doch herein.«

Beklommenheit breitete sich in mir aus. Dass man die Staatsanwaltschaft eingeschaltet hatte, bereitete mir Unbehagen. Was, wenn man von mir forderte, gegen Boregard auszusagen? Aber was sollte ich überhaupt aussagen? Bjarne hatte mir nie irgendetwas erzählt, das ihn belastet hätte …

Zwei weitere Herren waren anwesend. Sie trugen ebenfalls Anzüge und wirkten wie Beamte.

Während ich mit meiner zunehmenden Nervosität kämpfte, stellten die beiden sich vor, doch ihre Namen waren wie Blätter im Herbstwind: Plötzlich fielen sie vom Baum und wurden im nächsten Augenblick schon wieder davongeweht. Sie boten mir einen Platz vor einem Schreibtisch an, der groß genug war, dass drei Männer dahinter Platz fanden. Oskar setzte sich ein Stück entfernt auf einen Stuhl neben mir.

»Sie sind Marlene Walsted, Ehefrau von Kapitän Bjarne Walsted«, begann einer der Versicherungsangestellten, während er etwas auf einem Blatt notierte.

»Ja, die bin ich«, antwortete ich.

»Haben Sie Papiere bei sich, die das belegen?«, fragte er weiter.

Ich blickte zu Oskar. Nachdem ich zugestimmt hatte, ihn nach Stockholm zu begleiten, hatte er mir ans Herz gelegt, meine Geburts- und die Heiratsurkunde mitzunehmen. Ich zog beides hervor und reichte sie dem Mann. Dieser studierte sie einen Moment lang, dann gab er sie an seinen Kollegen weiter.

»Geboren am 25. April 1882 in Ronneby«, sagte er. »Verheiratet am 1. August 1900.«

Die Stimme des Mannes holte das Bild meines Hochzeitstages vor mein geistiges Auge zurück. Es war sehr warm gewesen, und nicht eine Wolke hatte das Himmelsblau getrübt. Ich war sehr aufgeregt gewesen, weil ich mich fragte, ob überhaupt jemand kommen würde. Ob meine Eltern kommen würden.

Ich hatte mich vor dem Spiegel in meinem Brautkleid gedreht und mich wie eine Prinzessin gefühlt. Ich sehnte mich nach Bjarne, nach seinen Küssen und seinem Körper. Auch wenn wir bereits miteinander geschlafen hatten, fieberte ich unserer Hochzeitsnacht entgegen. Seit dem Heiratsantrag hatte ich ihn nur selten getroffen, das letzte Mal, als er mir das Hochzeitskleid brachte.

Das nächste Mal würde ich ihn sehen, wenn er am Altar stand.

Mein Vater war gekommen und hatte mich zum Altar geführt, was für ihn eine sehr große Geste darstellte, war er doch noch immer der Meinung, dass Bjarne nicht gut genug für mich sei.

Meine Mutter war der Hochzeit ferngeblieben, und auch Vater war gleich nach der Trauung gegangen. Die Hochzeitsgesellschaft bestand hauptsächlich aus Seeleuten und ihren Frauen. Einige von ihnen hatten mich nach Bjarnes Tod bespuckt …

»Frau Walsted?«, riss mich die Stimme des Staatsanwalts aus meinen Gedanken.

»Ja«, sagte ich schnell und merkte erst jetzt, dass er eine Frage gestellt haben musste.

»Ich wiederhole noch einmal: Hat Herr Andersson Ihnen gegenüber erwähnt, worum sich unser Gespräch heute drehen wird?«

Ich schüttelte den Kopf. »Er meinte, er dürfe es nicht sagen.«

Neström nickte ihm wohlwollend zu. »Und was hat er Ihnen dazu gesagt, warum Sie hier sind?«

»Ich solle mir etwas anschauen.«

Die Herren warfen sich einen Blick zu, dann erhob sich einer und ging zu einem Tisch im hinteren Teil des Raumes. Darauf lag ein Päckchen, das in ein sauberes Tuch eingeschlagen war. Der Mann öffnete es und sagte: »Wenn Sie die Güte hätten, zu mir zu kommen, Frau Walsted?«

Ich erhob mich. Meine Hände, die immer noch eiskalt waren, zitterten ein wenig. Was lag dort? Das Logbuch des Schiffes? Ein Gegenstand, der Bjarne gehört hatte?

Mit weichen Knien näherte ich mich dem Tisch. Ich sah, dass es Papiere waren. Doch sie wirkten von Weitem nicht wie ein Logbuch. Einmal hatte Bjarne es mitgebracht, um es mir zu zeigen. Es war eigentlich nicht erlaubt, aber dadurch wusste ich, dass es in einem Logbuch Tabellenspalten gab, in denen die Ereignisse in Stichpunkten festgehalten wurden, nebst Tag, Uhrzeit und Position des Schiffs.

Hier sah ich nur helle Seiten, auf die etwas mit Bleistift geschrieben war.

»Dieses Dokument«, erklärte der Mann, »ist uns vor etwa zwei Monaten angekündigt worden. Unser Mitarbeiter in Königsberg hat uns benachrichtigt, nachdem das schwedische Konsulat kontaktiert worden war. Man hatte am Strand eine Flasche gefunden, die diese Zettel enthielten. Sie sind der Grund, weshalb wir Herrn Andersson nach Karlskrona geschickt haben.«

Jedes Wort stach mich wie eine Nadel. Vor zwei Monaten. Der Grund, weshalb man Oskar nach Karlskrona geschickt hatte.

»Herr Andersson hatte zwei Aufgaben: Beweismittel aus der Reederei zu beschaffen und Sie ausfindig zu machen.«

Ich blickte mich zu Oskar um. Dieser betrachtete mich ernst.

»Es gab einige Schwierigkeiten mit den russischen Behörden. Vorrangig Streitereien darum, wem das Schreiben gehört und wem ein Lohn dafür gebührt. Unser Mann konnte kurz Einsicht nehmen und wusste sofort, was da gefunden worden war. Bis vor wenigen Tagen waren wir nicht sicher, ob wir es bekommen würden.«

Neström trat neben mich. »Werfen Sie doch bitte einen Blick darauf.«

Ich trat näher an den Tisch heran, wo der Mann die Zettel ausgebreitet hatte. Man sah ihnen an, dass sie feucht geworden waren, aber die Schrift schien nicht beeinträchtigt zu sein.

Mein Mund war auf einmal staubtrocken, und ich begann, am ganzen Leib zu zittern. Es war, als hätten mich die eisigen Hände eines Geistes gestreift.

Ich dachte wieder an die Piratengeschichten, die Bjarne mir erzählt hatte.

Dann sah ich die Worte. Die Handschrift, fein geschwungen und dennoch kraftvoll.

Und im nächsten Augenblick schien sich der Boden unter mir aufzutun.

109

Marlene

Für den Fall meines Ablebens

Ich weiß nicht, wer Sie sind, der diese Worte liest. Doch wenn Sie sie lesen, wird es ein großes Unglück auf meinem Schiff gegeben haben. Ein Unglück, das der Ignoranz und dem Profitstreben Sten Boregards geschuldet sein wird. Und ich, der Kapitän, der die Pflicht hat, bis zum Letzten auf seinem Schiff zu bleiben, werde nicht unter den Überlebenden sein.

Ich presste meine Hand auf den Mund und krümmte mich zusammen. Meine Beine wollten mich nicht mehr tragen. Mit einem Wimmern sank ich auf die Knie. Die Sätze brannten mir vor den Augen.

Bjarne. Es war seine Handschrift. Wie hätte ich sie nicht erkennen sollen!

»Ihre Reaktion ist wohl eindeutig«, stellte der Versicherungsmann im Hintergrund fest.

»Ist das die Handschrift Ihres Mannes?«, fragte der Staatsanwalt dennoch.

Ich faltete die Hände und presste sie gegen den Mund, nickte aber sofort. »Das ist sie!«

Dann brachen die Tränen mit einem klagenden Laut aus mir hervor. Bjarnes Worte! Wie lange hatte ich damals auf eine Nachricht von ihm gewartet! Auch dann noch, als es beinahe unmöglich schien …

Ich hatte es schließlich aufgegeben, hatte ihn verloren gegeben. Und jetzt sah ich diese Worte, die unbestreitbar von seiner Hand geschrieben worden waren.

Die Herren gaben mir einen Moment, und ich schämte mich überhaupt nicht, meiner Trauer und meiner Verwunderung freien Lauf zu lassen.

Oskar trat neben mich, und ich spürte, dass er mit seiner Beherrschung rang. Doch es war Neström, der mir die Hand reichte, um mir aufzuhelfen. »Möchten Sie ein Glas Weinbrand?« Er bugsierte mich in einen Sessel in der Ecke.

Ich schüttelte den Kopf. »Nein, das ist nicht nötig.« Ich versuchte, die Tränen zurückzudrängen, doch sie liefen mir weiterhin aus den Augen. Wenigstens schluchzte ich nicht mehr. Doch meine Brust brannte, als würde mein Herz gerade in Flammen aufgehen.

»Wenn Sie möchten, lese ich Ihnen die gesamte Nachricht gern vor«, hörte ich den Versicherungsmann wie aus weiter Ferne.

»Ja, bitte lesen Sie«, presste ich hervor, und da ich nichts von dem, was Bjarne mir geschrieben hatte, verpassen wollte, zwang ich mich, mich zusammenzureißen. Später würde ich die Gelegenheit haben zu trauern. Oder zu begreifen, was auch immer er geschrieben hatte.

Der Mann räusperte sich, dann begann er zu lesen.

»Für den Fall meines Ablebens

Ich weiß nicht, wer Sie sind, der diese Worte liest. Doch wenn Sie sie lesen, wird es ein großes Unglück auf meinem Schiff gegeben haben. Ein Unglück, das der Ignoranz und dem Profitstreben Sten Boregards geschuldet sein wird. Und ich, der Kapitän, der die Pflicht hat, bis zum Letzten auf seinem Schiff zu bleiben, werde nicht unter den Überlebenden sein.

Es ist jetzt drei Tage her, dass wir die Fracht in Riga aufgenommen haben. Es ist viel mehr Petroleum, als wir eigentlich laden sollten, doch der Reeder bestand per Telegramm darauf, dass wir genau diese Menge nach Karlskrona bringen sollten, und keine Gallone weniger.

Meine Bedenken, dass das Schiff das nicht aushalten, es viel zu tief und zu schwerfällig im Wasser liegen würde, wurden nicht gehört. Ich telegrafierte zweimal, doch es kam immer wieder dieselbe Antwort.

Die Solveig ist ein treues, altes Schiff. Ich fahre auf ihr seit acht Jahren. Und sie hat schon viele weitere Jahre hinter sich. Bei Wartungen jedoch wird sie in letzter Zeit gern übergangen. Ein Gutachter hat sich das Schiff angesehen, ich selbst habe ihn geführt und ihm die Schwachstellen gezeigt. Wochen später wurde mir seitens Sten Boregard versichert, dass alles in Ordnung sei und eine Überholung nicht nötig. Doch ich habe mit diesem Mann, Roland Thews, gesprochen. Seiner Meinung nach sei es besser, sie außer Dienst zu stellen.

Davon wollte Sten Boregard nichts wissen.

Wieder und wieder werden wir hinausgeschickt. Es wird auch beim nächsten Mal nicht anders sein, sollten wir den Hafen diesmal erreichen. Man wird uns eine Woche geben oder vielleicht auch zwei. Dann müssen wir wieder los – ohne dass die Schwachstellen repariert worden wären.

Ich weiß nicht, ob das Boregards Absicht ist, doch unser Untergang würde den angeschlagenen Finanzen des Unternehmens sehr gelegen kommen. Das marode Schiff wäre er los, und mit der Versicherungssumme könnte er einen Teil seiner Schulden begleichen. Er glaubt, dass wir es nicht wüssten, doch ich weiß es. Und wahrscheinlich auch andere, denn eine seltsame Stimmung macht sich schon seit einiger Zeit in der Mannschaft breit. Einige haben Angst. Andere fordern von mir, dass wir umkehren sollten. Wiederum andere scheinen nur auf eine Gelegenheit zu warten, mich bei Boregard anzuschwärzen.

Ich kann nur sagen, dass die Solveig in einem sehr schlechten Zustand ist, und derzeit ist sie noch dazu überladen. Das Öl ist nicht gut gesichert, die Tanks hätten schon längst überholt werden müssen.

Ein Funke würde genügen, um es in Brand zu setzen. Ich habe den Männern das Rauchen verboten, aber ich weiß, dass es einige gibt, die sich dem widersetzen.

Dazu kommt das wechselhafte Wetter. Wenn wir in einen Sturm geraten, fürchte ich um unser aller Leben.

Sollte es zu einem Unglück kommen, dann gibt es vorrangig nur einen Schuldigen: Sten Boregard.«

Der Mann stockte und blickte zu dem Staatsanwalt. »Soll ich das, was jetzt kommt, auch lesen?«

»Natürlich«, antwortete Neström. »Wir alle kennen die Zeilen ja schon, nicht wahr? Frau Walsted hat ein Recht darauf.«

Der Versicherungsmann räusperte sich erneut und wirkte ein wenig peinlich berührt, als er fortfuhr.

»Wenn dieses Unglück eintritt und Sie dieses Schreiben in den Händen halten sollten, dann reden Sie bitte mit meiner Frau. Ihr Name ist Marlene, Marlene Walsted, sie wohnt in Karlskrona.

Teilen Sie ihr bitte mit, dass Sie mir das Liebste war, was ich in meinem ganzen Leben gekannt habe. Nie zuvor hat es eine Frau gegeben, die ich derart liebte und verehrte. Ich weiß, dass sie für mich durch die Hölle gegangen wäre, und ich werde das auch tun, wenn ich es muss. Sagen Sie ihr, dass ich sie immer liebe, egal, an welchem Ort ich nach meinem Tod sein werde.

Bitte verzeih mir, meine Liebste, dass ich dich enttäusche. Dass ich dich allein lasse, wo ich dir doch an unserem Hochzeitstag geschworen habe, ewig bei dir zu bleiben. Vielleicht gibt es einen Himmel, in dem wir uns wiedersehen. Solange wünsche ich mir, dass du lebst. Und wieder eine Liebe erfährst, wie wir beide sie hatten.

Gezeichnet Kapitän Bjarne Walsted, am 17. März 1907«

Die Blicke der Männer lagen auf mir, aber ich bemerkte sie kaum. Ich fühlte angesichts dieser Zeilen keine Scham. Ich sah nur uns beide,

Bjarne und mich, wie wir vor dem Pastor standen und uns genau das gelobten, was er da schrieb. Wir wollten ewig zusammen sein. Und ich hatte es Boregard zu verdanken, dass es dazu nicht gekommen war!

Langsam erhob ich mich aus dem Sessel und kehrte an den Tisch zurück.

»Darf ich die Zeilen noch einmal sehen?«, fragte ich leise. Aus dem Mund des Mannes hatten sie ein wenig fremd, distanziert geklungen, aber wenn ich sie las, würde ich wieder Bjarnes Stimme hören.

Er nickte mir zu und reichte mir die Blätter.

Der Wunsch, sie zu küssen, erwachte in mir. Dieses Papier war von ihm berührt worden! Er hatte die Worte geschrieben! Den letzten Gruß an mich! Möglicherweise hatte er sie mit einem Kuss besiegelt. Und vielleicht hatte er sie noch eine Weile an seinem Herzen getragen.

Am liebsten hätte ich es dem Versicherungsmann aus den Händen gerissen, es an meine Brust gedrückt und mich damit irgendwo verkrochen. Doch ich hielt mich zurück und versuchte meine Tränen nicht auf das Papier tropfen zu lassen, während ich mit dem Finger die Worte nachfuhr.

Sagen Sie ihr, dass ich sie immer liebe, egal, an welchem Ort ich nach meinem Tod sein werde.

»Möchten Sie eine Abschrift?«, fragte der Mann.

Eine Abschrift brauchte ich nicht. Was nützte es mir, wenn eine fremde Handschrift Bjarnes Aussage kopierte? Ich brauchte genau diese Worte, von seiner Hand geschrieben. Vielleicht konnte ich Oskar darum bitten, wenn alles vorbei war?

»Nein, das ist nicht nötig«, sagte ich, während ich den Blick nicht von dem Papier ließ. Ich wollte, dass sich die Buchstaben in meine Augen einbrannten, ich wollte die Worte selbst dann noch sehen, wenn ich heute Abend im Bett lag.

Schließlich reichte ich dem Mann das Schriftstück zurück.

»Sie fragen sich sicher, was jetzt geschehen wird«, vernahm ich die Stimme des Staatsanwalts.

Ich nickte stumm.

»Da nun klar ist, dass dieses Schreiben von Ihrem Ehemann stammt, werden weitere Ermittlungen in Gang gesetzt werden. Letztlich benötigen wir das Gutachten und einen Beweis, dass die *Solveig* tatsächlich bei Wartungen übergangen wurde. Sollte das der Fall sein, werden wir Anklage erheben.«

Ich blickte Neström an. Anklage gegen Sten Boregard. Wie sehr wünschte ich mir das!

Doch was würde dann aus Liv werden?

110

Oskar

»Wie fühlst du dich?«, fragte ich, als wir das Versicherungsgebäude wieder verließen. Der Himmel war immer noch wolkenschwer, und in der schwülen Luft schien sich ein Gewitter zusammenzubrauen.

Marlene hatte sich bei mir untergehakt. Sie war noch immer sehr blass, und ihre Augen blickten traurig. Doch sie strahlte auch eine Gelassenheit aus, die ich noch nie zuvor an ihr gesehen hatte.

»Ich weiß nicht so recht«, sagte sie. Ihre Stimme klang beinahe mädchenhaft. »Da sind so viele Empfindungen in mir …« Sie brach ab.

Das konnte ich nur zu gut verstehen. Auch ich war immer noch beeindruckt von der leidenschaftlichen Liebeserklärung ihres Mannes. Beinahe war ich ein wenig eifersüchtig, was ziemlich dumm von mir war. Dieser Mann war fort. Geblieben waren von ihm nur einige handgeschriebene Worte. Worte, die wie ein Orkan durch Karlskronas Straßen wirbeln würden, wenn sie publik wurden.

Bjarne Walsted würde nie wieder durch die Tür treten und mir Marlene wegnehmen. Dennoch fühlte ich mich von ihm, dem Mann, den ich nicht kannte, auf seltsame Weise herausgefordert. Würde ich sie ebenso innig lieben können wie er? Würde sie mich mit ihm vergleichen, wenn ich dabei war zu versagen? Wenn ich ehrlich war, bereitete es mir große Angst, denn schon einmal hatte ich eine Frau enttäuscht.

»Vielleicht ist das Beste daran, dass ich nun abschließen kann«, sagte Marlene plötzlich.

Ich schaute sie überrascht an. Sie schien meine unausgesprochene Frage zu spüren, denn sie fügte hinzu: »All die Jahre habe ich auf seine Nachricht gewartet. All die Jahre habe ich gehofft. Du musst wissen, dass wir eine Vereinbarung hatten: Uns immer zu schreiben, wenn es möglich ist. Er hätte mir ein Telegramm schicken sollen, wenn er in Riga eintrifft. Ich wusste nicht, dass er überhaupt dort war. Ich dachte lange Zeit, er wäre gar nicht angekommen …«

»Er wird seine Gründe gehabt haben«, sagte ich. »Wie wir gehört haben, ist auf dieser Fahrt bei Weitem nicht alles glattgelaufen.«

Tränen glitzerten nun in ihren Augen, perlten über ihre Wangen. Ich zog ein frisches Taschentuch aus der Hosentasche und reichte es ihr. Sie nahm es und wischte sich damit übers Gesicht, doch die Tränen liefen und liefen.

Ich führte sie in einen kleinen Park in der Nähe, wo wir eine Weile saßen. Marlene sagte nichts, und ich wollte sie auch nicht drängen. Stattdessen richtete ich meine Gedanken auf den Teil des Briefes, der nicht mit ihr zu tun hatte.

Alles, was wir befürchtet hatten, schien sich zu bewahrheiten. Boregard hatte sein Schiff offenbar wissentlich dem Untergang ausgesetzt. Sogar ein Gutachter hatte es gesehen und für seeuntüchtig erklärt! Wenn wir dafür einen Beleg in seinen Unterlagen fanden …

Hugo Skantze hatte behauptet, Sten Boregard habe auch ohne das Petroleum sein Auskommen. Doch wenn dem nicht so war? Wenn er Schulden gehabt hatte und diese nur durch eine Versicherungssumme tilgen konnte, weil er keinen Kredit mehr bekam? Oder nur zu teuren Konditionen?

Marlene legte den Kopf auf meine Schulter. »Können wir ins Hotel zurückgehen?«, fragte sie leise.

»Natürlich«, sagte ich. Ich bot ihr wieder meinen Arm an, und sie hakte sich ein.

»Vielleicht wäre es jetzt an der Zeit, ihm einen Grabstein setzen zu lassen«, sagte sie nach einer Weile. »Wenn ich denn irgendwann genug Geld habe, um das zu tun.«

Grabsteine kosteten auch in kleineren Orten ein Vermögen, das wusste ich.

»Vielleicht gibt es aber auch eine andere Möglichkeit«, sagte ich.

»Wie meinst du das?«

»Indem du einen kleinen Stein mit seinem Namen an einen Ort bringst, der dir lieb ist.«

»Du meinst in den Wald?« Jetzt trat wieder ein Lächeln auf ihr Gesicht.

»Wenn das ein Ort ist, an dem du gern bist.«

Sie schaute mich an, und meine Brust wurde von Wärme durchflutet. Von Liebe. Warum machte ich mir eigentlich Gedanken darüber, ob ich sie genauso sehr lieben konnte, wie es Bjarne Walsted getan hatte? Es zählte doch viel mehr, dass ich sie mit all meinen Kräften liebte.

Im Hotel angekommen, brachte ich sie auf ihr Zimmer.

»Schlaf ein wenig«, sagte ich und küsste sie. »Ich habe noch etwas zu erledigen, bin aber bald wieder bei dir.«

»Wohin willst du denn?«

»Zu meiner Mutter. Ich hatte meinen Informanten gebeten, mir Dokumente zu schicken, falls Boregard versucht, sie vernichten zu lassen. Ich will nachschauen, ob etwas angekommen ist. Und ansonsten meine Mutter vorwarnen.«

»Weiß sie denn, was du für die Versicherung machst?«, fragte Marlene.

»Nein«, sagte ich. »Das würde sie nur aufregen.«

»Dann ist es also ein Zeichen von Liebe, wenn du Frauen etwas verschweigst?« Sie lächelte mich schelmisch an.

»Eher ein Zeichen dafür, dass ich euch schützen möchte. Stell dir mal vor, der Detektiv würde bei meiner Mutter auftauchen!« Ich lachte kurz und fügte dann hinzu: »Obwohl es durchaus seinen Reiz hätte, zu sehen, wie er von ihr eins mit dem Schürhaken übergezogen bekommt.«

III

Marlene

Der Regen, der den ganzen Tag gefallen war, hatte sich verzogen, als der Bahnhof von Karlskrona vor uns auftauchte. Ein paar dunkle Wolken hingen noch an den Rändern, doch das Blau gewann zusehends die Oberhand, und die Sonne brachte die Straßen zum Strahlen.

Ähnlich sah es in meiner Seele aus.

Die Trauer war noch da, aber Bjarnes letzte Nachricht hatte sie ein wenig beiseitegedrängt. Ich wusste nun, dass er mich bis zuletzt geliebt hatte. Und er hatte mich freigegeben. Frei, um wieder zu lieben. Zu leben.

Oskar war die ganze Zeit über sehr freundlich und rücksichtsvoll gewesen. Er bestand nicht auf Nähe, bestand nicht darauf, am Abend bei mir zu sein. Er ließ mir meine Freiheit.

Und diese brauchte ich dringend für meinen Abschied. Auch jetzt noch brannten die Worte vor meinen Augen. Ich musste sie nur schließen, und schon sah ich den Brief vor mir. Oskar hatte es vielleicht nicht verstanden, warum ich auf der Straße in Tränen ausgebrochen war.

Ich weinte nicht wegen des Briefes oder der wunderbaren Liebeserklärung, die ich erhalten hatte.

Wenn Bjarne mir in Riga ein Telegramm geschickt hätte, hätte ich ihm von unserem Kind geschrieben. Hätte er dann wirklich abgelegt? Hätte er sich dann vielleicht doch seinem Reeder widersetzt, weil er gewusst hätte, dass er nach Hause kommen musste?

Ich dachte lange darüber nach, sagte mir dann aber, dass es besser war, dass er es nicht gewusst hatte. Ich hatte kein Kind. Ich hatte Bjarne nicht mehr. Er war nicht mit einer falschen Hoffnung in den Tod gegangen.

»Schau mal«, sagte Oskar neben mir und deutete aus dem Fenster. Eine Rauchwolke verdeckte einen Teil des blauen Himmels.

»Was ist das?«, fragte ich. »Was brennt da?«

»Ich weiß es nicht, du bist die Einheimische«, sagte Oskar.

Ich kniff die Augen zusammen. Es war schwer zu bestimmen. »Es sieht aus, als wäre es am Hafen«, antwortete ich.

»Vielleicht ist ein Boregard-Schiff in Flammen aufgegangen«, sagte Oskar schneidend, dann senkte er den Kopf. »Verzeih …«

Ich fuhr ihm durchs Haar. »Schon gut.«

Im nächsten Augenblick kam mir ein beunruhigender Gedanke. Oskar sprach ihn aus, bevor ich es tun konnte. »Möglicherweise hat er versucht, Beweisstücke zu verbrennen, und das Feuer hat überhandgenommen.«

»Sten Boregard würde niemals sein eigenes Kontor anzünden.«

»Es ist versichert, nicht wahr?«, gab Oskar zurück.

»Warum hat er es überhaupt getan?«, fragte ich. »Ich meine, die *Solveig* auf See zu schicken. Er ist so reich …«

»Dein Mann hat von Schulden gesprochen. Möglicherweise ist er sehr geschickt darin gewesen, diesen Umstand zu verbergen«, antwortete Oskar. »Aber er muss schon gravierend in der Kreide gestanden haben, um Menschenleben aufs Spiel zu setzen.«

Nach allem, was ich von ihm gehört und selbst gesehen hatte, traute ich ihm auch das zu. Ich atmete tief durch. »Dann müssen wir jetzt nur noch einen handfesten Beweis finden.«

Auf dem Bahnhof herrschte reges Treiben. Keiner der Reisenden nahm Notiz von uns. Neben Oskar ging eine Frau in einem eleganten Kostüm. Oskar meinte, dass es den Detektiv in die Irre führen könnte. Menschen ließen sich nur allzu leicht von teuren Kleidern beeindrucken und ablenken.

Dennoch hielt ich Ausschau nach diesem Arvid Hamme, als wir in die Droschke stiegen.

»Hat denn dein Informant etwas an deine Mutter geschickt?«, fragte ich, als wir den Bahnhof hinter uns gelassen hatten.

»Leider nicht«, antwortete er. »Aber immerhin weiß sie jetzt Bescheid.«

»Hast du ihr erzählt, dass du für die Versicherung arbeitest?«

»Nein, natürlich nicht! Aber ich habe sie informiert, dass Post von Fremden eintreffen könnte.«

»Und was meinte sie dazu?«

»Sie wollte natürlich wissen, warum. Ich sagte ihr, dass ich einer wichtigen Geschichte auf der Spur wäre.«

»Du solltest ihr die Wahrheit sagen, dann brauchst du keine Ausreden.«

Zwei Straßen vor der Pension stiegen wir aus. Oskar bezahlte den Kutscher, den Rest des Weges legten wir zu Fuß zurück. Auf diese Weise würden wir schon von Weitem sehen, ob der Detektiv uns auflauerte.

»Sieht ganz so aus, als wäre unser Freund heute nicht hier«, stellte Oskar fest, nachdem wir die Pforte zum Hinterhof passiert hatten. Meine Anspannung löste sich allmählich.

»Du weißt gar nicht, wie froh ich darüber bin«, gab ich zurück.

Im Haus kam uns Siri entgegen. »Herr Andersson, Sie haben gar nicht gesagt, dass Sie Damenbesuch …« Sie stockte, als ich den Kopf hob. »Marlene, dich hätte ich gar nicht wiedererkannt!«

Oskar warf mir einen vielsagenden Blick zu, dann antwortete er: »Frau Malmström, ich würde es nie wagen, unerlaubten Damenbesuch mitzubringen.«

Siri betrachtete uns, und ich spürte ihre Neugierde. Doch sie sagte nichts, sondern zog etwas aus ihrer Schürzentasche. »Hier, das ist vorhin für dich angekommen.« Sie reichte mir einen Brief. »Du hast mir ja noch gar nicht von dieser Bente Nielsen erzählt.«

Ich betrachtete die Handschrift und wunderte mich ein wenig über die Adresse der Absenderin. Aspö?

»Ich habe sie erst vor Kurzem kennengelernt«, sagte ich mit einem kleinen Lächeln. Liv hatte meinen Brief also erhalten. Aber was suchte sie auf Aspö?

Wir wünschten Siri einen schönen Tag, und ich folgte Oskar die Treppe hinauf.

»Bente Nielsen?«, fragte er, als wir zwischen unseren Türen standen.

Ich grinste. »Eher eine Bekannte von Liv als von mir.«

»Und was will sie von dir?«

Ich gab ihm einen Kuss. »Das sage ich dir, wenn ich den Brief gelesen habe.«

Ich verschwand in meinem Zimmer und legte die Tasche aufs Bett. Dabei fiel mein Blick auf meine Lampe, die ohne den Glaskolben kahl und unvollständig wirkte. Wie ich ohne Bjarne, ging es mir durch den Kopf. Jedenfalls bevor ich Oskar kennengelernt hatte.

Ich trug den Brief ans Fenster, öffnete ihn und begann zu lesen:

Liebe Marlene,

verzeih mir bitte, dass ich mich erst jetzt melde. In den vergangenen Tagen ist so viel passiert … Ich war entsetzt, als mir zu Ohren kam, dass Sigrun fortgegangen ist. Ich weiß auch, was geschehen ist. Sten und Hugo konfrontierten mich mit der Tatsache, dass sie von dem Haus Kenntnis hatten. Ich habe keine Ahnung, wie sie das aus deiner Freundin herausgepresst haben.

Als Folge dessen hat Sten mir die Wahl gelassen, ob ich mit Nanna nach Aspö gehen oder eine Gefangene im eigenen Haus sein wollte. Ich war darüber so dermaßen wütend, dass ich ihn mit einer Wahrheit konfrontiert habe, die ihm überhaupt nicht schmeckte. Erinnerst du dich an die Ärztin in

Stockholm, zu der mich unser Hausarzt geschickt hatte? Ich hatte noch gar keine Gelegenheit, es dir zu erzählen, aber offenbar liegt es nicht an mir, dass ich keine Kinder bekommen kann. Sten ist die Ursache!

Das schleuderte ich ihm wütend an den Kopf – worauf er meinte, dass ich verrückt sei und in eine Nervenklinik eingewiesen werden müsste.

Sten ist kein Mann der leeren Worte, das weiß ich nur zu gut. Ich fürchtete tatsächlich, dass er seine Worte in die Tat umsetzen würde, doch ich hatte Glück, dass er mir noch die Wahl gelassen hat. Also entschied ich mich für Aspö und die Gesellschaft der Skantzes.

Nanna ist freundlich, aber sie ist auch meine von Sten auserkorene Wärterin. Sie scheint ebenfalls zu glauben, dass mit mir etwas nicht stimmt. Ich will versuchen, dennoch zu dem kleinen Postamt zu kommen …

Wenn du diese Zeilen liest, ist es mir gelungen.

Bitte schreib mir nicht. Ich möchte nicht, dass Nanna argwöhnisch wird und Sten dann meine Einweisung in die Nervenklinik empfiehlt. Ich fühle, dass mein weiteres Leben davon abhängt, wie ich mich hier verhalte. Wenn ich wieder die brave Ehefrau bin, die Sten kannte, nimmt er mich vielleicht zurück.

Ich ahne, was du jetzt denkst. Ich sollte mich von ihm trennen. Sollte ein neues Leben beginnen. Mit dem Rosenhag wäre dies möglich gewesen, aber ich kann nicht einmal sagen, was Sten jetzt damit tun wird, nachdem selbst die Familie meines Vaters diesen Ort nicht haben will.

Ich bin in Gedanken bei dir und hoffe, dass du es schaffen wirst, wieder Fuß zu fassen. Wenn sich alles normalisiert hat, werde ich versuchen, dich zu besuchen.

Mit besten Wünschen für dich
Liv

Nervenklinik!

Das Wort peitschte durch meinen Verstand, und Zorn ballte sich in meiner Brust zusammen. Das konnte Sten Boregard doch nicht ernst meinen! Liv war alles, aber nicht verrückt! Und die Sache mit dem Kind … Warum sollte nur eine Frau unfruchtbar sein? Auch bei Männern kam dies vor!

Ich stürmte zur Tür, riss sie auf und sah Oskar vor seinem Zimmer stehen, zusammen mit einem jungen Mann.

Dieser wirkte etwas abgehetzt, und im nächsten Augenblick hörte ich ihn sagen: »Im Hafenbecken wurde eine Tote gefunden. Herr Lundström möchte, dass Sie darüber berichten.«

112

Oskar

»Marlene«, rief ich überrascht aus und unterdrückte einen Fluch. Verdammt, sie hatte es gehört! Was würde sie nun denken? Dasselbe, was mir sogleich in den Sinn gekommen war, als ich die Worte hörte? Wahrscheinlich, denn sie starrte den Laufburschen und mich erschrocken an. Dabei wollte ich ihr diese Angst unbedingt ersparen! »Ich mache mich sofort auf den Weg.«

Der Junge nickte und verschwand. Ich wandte mich Marlene zu.

»Eine Tote?«, fragte sie, und ich bemerkte, dass sie blass wurde. »Wenn das nun Sigrun ist!«

»Das muss nicht sein«, gab ich zurück. Doch ich fürchtete dasselbe wie sie. Dass Torben diesmal dafür gesorgt hatte, dass seine Frau nicht mehr weglaufen konnte. »Vielleicht ist es einfach nur eine andere Unglückliche …« Ich verstummte und zog Marlene in meine Arme. »Ich werde nachsehen und dir Bescheid sagen, wenn ich wieder zurück bin, ja? Bleib bitte solange im Haus, wer weiß, ob nicht der Detektiv wieder unterwegs ist.«

Marlene nickte erschüttert. Ich küsste sie, strich ihr übers Haar und verließ die Pension.

Mittlerweile war der Rauchgeruch über die ganze Stadt gezogen. Er biss in meine Nase und reizte meine Augen. Und die Worte des Jungen brannten in meinem Verstand.

Im Hafenbecken wurde eine Tote gefunden ...

Es geschah sehr selten, dass ich durch einen Laufburschen an einen Ort geschickt wurde, der für die Zeitung interessant war. Normalerweise erhielt ich meine Aufträge von einem Redakteur oder dem Verleger direkt, wenn ich mich in der Redaktion meldete. Lundström wusste, dass ich erst am Nachmittag ankommen würde. Doch er hatte sicher seine Gründe, warum er gerade mich dort hinschickte.

Da es dauern würde, in dieser Gegend eine Droschke zu finden, nahm ich meine Beine in die Hand.

Eine tote Frau im Hafen. Dazu noch dieses Feuer. Gerade mal zwei Tage waren wir nicht in Karlskrona gewesen und dann das ... Mein Magen krampfte sich zusammen, wenn ich an die Möglichkeiten dachte. Es konnte natürlich Zufall sein. Es konnte mit dem Brand in Verbindung stehen. Doch genauso gut war es möglich ...

Der Rauchgeruch wurde stärker, je mehr ich mich dem Hafen näherte. Die Kleiderfabrik befand sich ganz in der Nähe des Wassers, brannte sie vielleicht? Von hier aus konnte ich sie noch nicht sehen, dafür aber die Rauchsäule. Die Bemühungen der Feuerwehr schienen nicht zu fruchten.

Als ich ein Stück näher heran war, gab es für mich keinen Zweifel mehr. Die Flammen, die aus dem Dach der Werkshalle schossen, waren gewaltig, kein Wunder, dass die Löschbemühungen nicht vorankamen. Schon lange hatte ich kein derart schlimmes Feuer mehr gesehen. Hatte der Tod der Frau etwas damit zu tun?

Wenig später erblickte ich die Menschenmenge, die sich am Hafen versammelt hatte. Ein wenig erinnerte mich die Szene an das, was Marlene mir erzählt hatte: die Gaffer, die sich um Torben und Sigrun Bergsma geschart hatten.

»Lassen Sie mich durch!«, rief ich. Zunächst taten die Leute so, als würden sie mich nicht hören, doch dann wichen sie zurück.

Im nächsten Augenblick sah ich die Polizisten. Sie umstanden etwas, das sich unter einer weißen Segeltuchplane befand. Wasser war darunter hervorgelaufen und hatte feuchte Flecken hinterlassen. Ein schmaler Körper zeichnete sich ab. Das musste also die Tote sein.

Ich hielt für einen Moment den Atem an.

»Ah, der Herr Reporter«, begrüßte mich Kommissar Dahlberg, der mir auf der Wache den Zutritt zu Bergsma verwehrt hatte. Der diesen Mann rausgelassen hatte, nur damit er Marlene schlug. Und seine eigene Frau.

»Herr Lundström hat mich geschickt, um zu berichten.« Wieder wanderte mein Blick zu der Plane. Es musste einen Grund geben, warum gerade ich hier war.

»Ja, wir haben ihn darum gebeten.«

»Darf ich wissen, warum?« Mein Unwohlsein verstärkte sich, als ich wieder an das dachte, was der Detektiv Marlene angedroht hatte. Dass er sie mit ihrem Mann vereinen wollte.

»Nun, Sie haben doch diesen Artikel über den Lampenfabrikanten geschrieben«, sagte Dahlberg und gab einem seiner Kollegen einen Fingerzeig. Dieser sah etwas grün um die Nase aus, als er die Plane mit spitzen Fingern anfasste und langsam von dem Körper zog.

Der Puls donnerte in meinen Ohren, als zunächst das schäbige Kleid zum Vorschein kam – und dann das Gesicht.

»Herr Skantze wird nicht froh darüber sein«, hörte ich die Stimme des Kommissars hinter mir. »Erst bricht in der Kleiderfabrik ein Brand aus und jetzt das …«

113

Liv

Heute war es frisch und ein ganzes Stück kühler als gestern. Am Mittag hatte es einiges an Regen gegeben, er hatte Staub und Pollen von den Dächern gewaschen. Gelbe Schlieren klebten auf den Pflastersteinen und trockneten langsam unter dem immer wieder zaghaft zum Vorschein kommenden Sonnenlicht.

Glücklicherweise hinderte Nanna mich nicht daran, das Haus zu verlassen, und so hatte ich gleich am Nachmittag nach unserer Ankunft einen Gang zum Postamt unternommen. Es war bereits geschlossen gewesen, aber ich konnte den Brief in einen Briefkasten werfen.

Der Gedanke, Marlene wenigstens noch einmal schreiben zu können, hatte mir wieder Mut gemacht. Egal, wie die Sache ausging, möglicherweise würden wir irgendwann noch einmal von vorn anfangen können.

Jetzt nutzte ich meine Freiheit für einen Nachmittagsspaziergang. Auf meinem Weg lag ein Zeitungskiosk, der in einer kleinen, grün gestrichenen Hütte untergebracht war. Unter dem großen Fenster, hinter dem der Verkäufer saß, waren auf einem langen Brett die Zeitungen ausgelegt. Überraschenderweise waren auch Blätter aus Kristianstad und Stockholm vorhanden.

Ich hatte mich nie groß fürs Zeitunglesen interessiert. Sten hatte die Ausgabe unserer Tageszeitung immer mit ins Kontor genommen. Nun aber betrachtete ich die Auslage. Der Mann nahm keine Notiz von mir, also griff ich nach einem Exemplar der *Blekinge Läns Tidning* und schlug sie auf.

Wie es aussah, war Marlenes Freund sehr produktiv gewesen. Auf der zweiten Seite befand sich ein Artikel über Hugo Skantze und welche Herausforderung die Elektrifizierung für seine Lampenfabrik darstellte. Das würde Nanna sicher interessieren. Wenn ich ihr die Zeitung mitbrachte, war das vielleicht eine Möglichkeit, die Beziehung zwischen uns wieder in ruhigere Fahrwasser zu bringen.

Ich bezahlte die Zeitung und machte mich auf den Rückweg. Die Wolken spiegelten sich in den Regenpfützen, doch es stieg bereits eine gewisse Schwüle auf.

Bei meiner Rückkehr ins Sommerhaus spielten die Kinder im Garten, beaufsichtigt vom Kindermädchen. Ich ging an ihnen vorbei und in das Haus.

»Nanna?«, fragte ich, doch mein Ruf verhallte ohne Antwort. Normalerweise befand sie sich zu dieser Stunde im Salon oder im Garten. Manchmal spielte sie mit ihren Kindern, aber bei diesem Wetter war es möglich, dass sie sich ein wenig hingelegt hatte.

»Nanna?«, fragte ich, als ich weiterging. Noch immer keine Antwort. Das beunruhigte mich ein wenig.

Ich begann eine Tür nach der anderen zu öffnen: den Salon, die Wohnstube, das Rauchzimmer, in das Hugo seine männlichen Gäste nach dem Essen führte, um ihnen seine Zigarrensammlung näherzubringen.

Am Ende des Flurs, dem Schlafzimmer, hatte ich schließlich Glück. Ich klopfte und hörte nur wenig später Nannas Stimme. »Ich habe doch gesagt, dass ihr mich allein lassen sollt!«, fauchte sie.

»Ich bin's, Liv«, sagte ich sanft. »Ich habe hier etwas, das du dir anschauen solltest.«

Schritte ertönten, wenig später erschien sie an der Tür. Ihre Augen waren verquollen, ihr Gesicht gerötet. Hastig wischte sie sich die Tränen von den Wangen.

»Was ist passiert?«, fragte ich, denn die Tränen überraschten mich ein wenig.

»Hugo hat mir telegrafiert, dass die Kleiderfabrik brennt.«

Ich starrte sie unverständig an. Die Kleiderfabrik? Ich wusste, dass die Skantzes Anteile an der Firma besaßen. Genauso wie Nannas Bruder und ihr Cousin, der die Firma leitete.

»Das ist ja … furchtbar.«

»Seit sich dieses Weibsstück in unsere Angelegenheiten eingemischt hat, haben wir nur noch Unglück!«, brach es plötzlich aus ihr heraus, nachdem sie sich auf den Stuhl neben der Tür hatte sinken lassen. Ich trat ein und schloss die Tür.

»Meinst du Marlene Walsted?« Ich schüttelte den Kopf. »Sie ist wohl kaum an dem Brand schuld.«

Etwas zog sich in meiner Brust zusammen. Warum sollte Marlene jetzt als Sündenbock für alles herhalten?

»Kann man das wissen?«, gab sie zurück. »Vielleicht hat sie das Feuer gelegt.«

»Nanna, jetzt gehst du aber zu weit!«, sagte ich entschlossen. »Marlene mag vielleicht für Ärger bei Torben Bergsma gesorgt haben, aber sie ist keine Brandstifterin!«

»Aber sie hat allen Grund, sich an uns zu rächen!«

Ich spürte, dass Nanna sich immer weiter in diese Sache hineinsteigerte. Ich hockte mich vor sie und ergriff ihre Schultern. »Nanna, hör mir zu. Wenn ich eines weiß, dann, dass sie keine Brandstifterin ist. Warum sollte sie das auch tun? Sie hat andere Sorgen.«

Nanna blickte mich aus verweinten Augen an und schniefte. Erkannte sie, dass es Unsinn war, was sie redete? Wenn nicht, könnte es für Marlene sehr gefährlich werden.

»Hier, ich habe etwas für dich, was dich bei allem Unglück vielleicht etwas aufheitern wird«, sagte ich und reichte ihr die Zeitung. Dabei rutschte mir ein Stück des Innenteils heraus. Ich bückte mich, um es aufzuheben, da sah ich etwas, das mich erstarren ließ. Ungläubig starrte ich auf den Mittelteil, eine große, fett gedruckte Annonce.

Dann fühlte ich mich, als würde sich der Boden unter meinen Füßen auftun.

114

Marlene

Ich kannte Angst zur Genüge. Ich wusste, dass sie vorüberging. Dass man sie aushalten musste. Dennoch fühlte ich mich, als würde ein wilder Hund an meinen Eingeweiden zerren, während ich in mein Zimmer zurückkehrte.

Handelte es sich bei der Toten im Hafenbecken tatsächlich um Sigrun?

Natürlich wog der Verrat, den sie begangen hatte, schwer. Aber ich wusste nun, dass ich bereit war, ihr zu verzeihen, wenn sie nur am Leben war.

Nachdem ich aus meinen schönen Kleidern geschlüpft war und das braune Arbeitskleid angezogen hatte, holte ich die restliche Kleidung aus meinem Koffer.

Als Boregard beim Rosenhag aufgetaucht war, hatte ich sie einfach so, wie sie mir in die Hand fiel, in den Koffer gestopft. Zeit, sie zu ordnen, hatte ich wegen der Reise nicht gehabt. Nun war alles furchtbar zerknittert, und ich fragte mich, wie ich den Stoff je wieder glatt bekommen sollte.

Ich überlegte einen Moment lang, dann ging ich nach unten, wo Siri gerade dabei war, das Schaufenster des Ladens neu zu bestücken. Sie lieh mir freundlicherweise ihr Bügeleisen, ein altes Modell, das noch mit Kohlen beheizt wurde. Meine Mutter hatte so eines besessen. Man musste furchtbar aufpassen, dass nichts von der Glut auf den Stoff geriet oder man ein Loch hineinsengte, weil es noch zu heiß war.

Meine Mutter … ob sie meinen Brief erhalten und gelesen hatte?

Es dauerte, bis die Kohlen brannten. Als es so weit war, gelang es mir nach einer Weile sogar, mit etwas Wasser die Blusen wieder einigermaßen hinzubekommen.

Doch das Wühlen in meinem Bauch wollte nicht aufhören.

Zwischendurch warf ich einen Blick auf die Uhr, aber die Zeiger bewegten sich nur langsam voran.

Nach zwei Stunden war ich mit dem Bügeln fertig. Ich besaß nicht viel, aber das wenige sah jetzt wieder ordentlich aus.

Noch immer war Oskar nicht zurück. Vielleicht kam er auch erst gegen Abend wieder. Am liebsten wäre ich rausgelaufen, hätte nachgesehen, ob Sigrun zu Hause war. Sollte Torben mir doch noch eine verpassen!

Aber mehr als Torben fürchtete ich mittlerweile den Detektiv, besonders nach allem, was ich am Wochenende erfahren hatte. Hatte er noch eine andere von uns Witwen bedroht? Und seine Drohung in die Tat umgesetzt? Die Frauen mochten mich vielleicht nicht, aber wenn sie die Gelegenheit bekamen, Sten Boregard für den Tod ihrer Männer verantwortlich zu machen und daraus ein wenig Kapital zu schlagen, würden sie es tun. Mara auf jeden Fall.

Hatte dieser Hamme auch sie aufgesucht? Auch wenn sie mich wie Dreck behandelt hatten, wünschte ich keiner von ihnen den Tod.

Ich versuchte, meine Gedanken auf etwas anderes zu lenken.

Liv kam mir wieder in den Sinn. Ich hatte Oskar eigentlich fragen wollen, ob ein Ehemann seine Frau einfach so in eine Nervenklinik stecken konnte. Eigentlich war dazu doch wohl auch die Empfehlung eines Arztes nötig. Ich konnte mir nicht vorstellen, dass der freundliche Dr. Bronlundt dazu imstande wäre. Ich hatte sein Entsetzen gegenüber dem, was Sigrun und mir angetan worden war, für echt gehalten. Bestimmt würde er Liv nie ohne Grund in solch eine schreckliche Einrichtung schicken!

Ich stieß ein Seufzen aus. Warum war das Leben nur so schwer geworden? Und wie sollte es jetzt weitergehen?

Schritte polterten die Treppe herauf.

Ich zuckte zusammen. Das Wühlen in meiner Magengrube verdichtete sich zu einem Knoten. War das Oskar? Wer sonst sollte hier hochkommen? Siris Schritte kannte ich, und Ove ließ sich hier oben nur selten blicken.

Im nächsten Augenblick klopfte es. Ich erhob mich, und mein Herz begann zu rasen. Mein Verstand fühlte sich auf einmal leer an.

»Ja, bitte«, sagte ich.

Oskar trat ein. Er war blass und sah mitgenommen aus. In den Händen hielt er eine Ausgabe seiner Zeitung.

Doch dafür interessierte ich mich nicht. Als ich die Frage, die mich schon die ganze Zeit über marterte, stellen wollte, versagte meine Stimme.

»Ich komme gerade aus der Redaktion«, sagte er, und ich wusste nicht, wie ich seine Miene deuten sollte. »Die Kleiderfabrik hat gebrannt. Aber die Frau, die aus dem Wasser gezogen wurde, ist nicht Sigrun Bergsma.«

115

Oskar

Eigentlich fehlte es mir selten an den richtigen Worten, doch an diesem Abend saß ich vor meiner Schreibmaschine und wusste nicht, wie ich anfangen sollte.

Kommissar Dahlberg hatte an diesem Tag alle Hände voll zu tun gehabt, wie er mir im Anschluss an den Lokaltermin am Hafen sehr ausschweifend erzählt hatte.

Nachdem er mich damals auf der Polizeiwache so kurz abgefertigt hatte, war er heute sehr darauf bedacht gewesen, dass ich auch das kleinste Detail aufnahm.

Zunächst hatte der Ausbruch des Feuers in der Kleiderfabrik der Swahns für großen Wirbel gesorgt. Ich hatte wieder den etwas blassen Mann vor Augen, den Hugo Skantze mir bei der Ratssitzung vorgestellt hatte und der wohl der Bruder seiner Ehefrau war. Auch diese dürfte der Brand erschüttern. Seltsamerweise ließ sich Hugo Skantze selbst nicht blicken.

Mir wäre es lieber gewesen, er hätte es getan.

Die Frau, die gefunden worden war, hatte in der Kleiderfabrik gearbeitet. Offenbar hatte sie schon seit einiger Zeit Schwierigkeiten gemacht. Die Geschäftsleitung hatte sich gezwungen gesehen, sie zu entlassen.

Es war nicht bekannt, ob sie die Fabrik bedroht hatte. Und bis ich mit dem Geschäftsführer gesprochen hatte, konnte ich auch nichts über den Hergang dieser Kündigung schreiben.

Was mich erschütterte, war die Verzweiflung, die diese Frau empfunden haben musste. Eine Verzweiflung, die groß genug gewesen war, um erst die Fabrik in Brand zu setzen und sich dann das Leben zu nehmen.

Wäre es anders gewesen, wenn es für sie einen Anlaufpunkt gegeben hätte? Ein Haus, wie es Marlene und Liv Boregard im Sinn gehabt hatten?

Ein Klopfen riss mich aus meinen Gedanken. Ich erhob mich, ging zur Tür und öffnete.

Marlene stand dort, mit einem Holztablett in der Hand. Auf diesem stapelte sich Käse, Rollmops, Butter und Brot. »Ich dachte mir, dass du vielleicht etwas essen möchtest.«

Wie immer ging mir bei ihrem Anblick das Herz auf. Angesichts der Toten hatte ich mir gedacht, dass es auch leicht Marlene hätte sein können. Wenn sie nicht die Stärke besessen hätte, die sie Tag für Tag aufbrachte, egal welche Hindernisse ihr in den Weg geworfen wurden.

Ich lächelte sie an. »Danke, das ist sehr lieb von dir.«

»Kommst du voran?«, fragte sie, während sie über meine Schulter spähte. Sie hatte mich in Ruhe gelassen, damit ich arbeiten konnte. Jetzt schämte ich mich beinahe, dass ich in ihrer Abwesenheit keinen brauchbaren Satz zu Papier gebracht hatte.

»Nicht sonderlich«, gab ich zu und nahm ihr das Tablett ab. Ich stellte es neben meine Schreibmaschine, hinter der sich die zerknüllten Blätter häuften.

»Die Sache mit der Frau …«, begann ich, nachdem ich Marlene bedeutet hatte, dass sie sich setzen sollte. »Es beschäftigt mich offenbar mehr, als ich eigentlich zugeben dürfte. Sie hat sich das Leben genommen, weil sie keinen Ausweg mehr sah.«

»Und jetzt soll sie an dem Feuer schuld sein«, fügte Marlene hinzu. »Ist sie das denn tatsächlich?«

»Die Polizei ist sich ziemlich sicher.«

Sie senkte den Kopf. »Ich beginne allmählich zu verstehen, warum man mich nicht mehr auf den Hof der Lampenfabrik lassen wollte.«

»Der Unterschied ist nur, dass du niemals die Fabrik angezündet hättest, nicht wahr?«

»Nein, das hätte ich nicht getan«, sagte sie, dann fiel ihr Blick auf die Zeitung. »Hast du etwas dagegen, wenn ich mal hineinsehe? Ihr veröffentlicht doch auch Stellenanzeigen, nicht wahr?«

»Natürlich.« Ich reichte ihr die Zeitung. »Möchtest du nichts essen?«

»Ich habe unten bei Siri gegessen. Sie hat dich vermisst.«

»Was hast du ihr gesagt?«

»Dass du arbeiten musst.« Marlenes Blick streifte die Schreibmaschine. »Es muss schön sein, über Dinge schreiben zu können, die man sieht und erlebt. Geschichten zu erzählen.«

»Glaub mir, manchmal ist es alles andere als einfach.«

»Aber du kannst überall neu anfangen«, sagte sie, und ich hörte deutlich die Sehnsucht in ihrer Stimme. »In jeder Stadt gibt es eine Zeitung. Wenn es dir bei einer nicht gefällt, gehst du zur nächsten.«

»Das ist es, was mich für die Versicherungsgesellschaft so nützlich macht.« Nach einer Pause fügte ich hinzu: »Ich bin sicher, dass du bald eine neue Anstellung finden wirst.«

Sie betrachtete mich einen Moment lang, dann schlug sie die Zeitung auf. Sie blätterte eine Weile, dann stockte sie.

»Nein!«, presste sie hervor.

»Was ist?«, wollte ich wissen. Marlene wurde schlagartig blass und schüttelte verwirrt den Kopf. »Nein, das kann er doch nicht machen!«

»Wer? Was?« Ich erhob mich und trat hinter sie.

Als ob er geplant hatte, dass Marlene es sogleich beim Aufschlagen der Seite sehen sollte, stand die Anzeige in der Mitte der Seite, so groß, dass sie sündhaft teuer gewesen sein musste:

Gut erhaltenes Wildhüterhaus in der Nähe
von Nättraby zu verkaufen. Schönes Waldgrundstück
mit Garten, ehemaliges Gutsland.
Der Preis ist zu erfragen unter Chiffre B4538.

116

Marlene

Keine Ohrfeige hätte mich schlimmer treffen können als diese Anzeige. Eine tiefe Traurigkeit überkam mich.

Natürlich war ich mir darüber im Klaren, dass Boregard uns den Zutritt zu dem Haus auf ewig verweigern würde. Aber es war immer noch Livs Haus. Auch wenn das Verhältnis zu ihrem Vater kompliziert war, so war es doch ihr Erbe. Es war das, was von ihm geblieben war.

Und wie sie mir anvertraut hatte, war dort nicht alles furchtbar gewesen. Ich hatte die Sehnsucht in ihren Augen gesehen, als sie uns das letzte Mal besuchen kam. Es waren nicht mal zwei Wochen vergangen, und doch erschien es mir wie eine Ewigkeit.

Und jetzt kam dieser endgültige Schlussstrich unter den Traum, ein Haus für Frauen zu erschaffen.

»Kann er das einfach so tun?«, fragte ich wie betäubt, und gleichzeitig fiel mir meine andere Frage von vorhin wieder ein, die ich aus Erleichterung darüber, dass Sigrun nicht die Tote im Hafenbecken war, vergessen hatte. »Ich meine, kann er das über Livs Kopf hinweg einfach so entscheiden? Es war ihr Erbe …«

Oskar seufzte schwer und ließ sich dann wieder auf seinen Platz am Schreibtisch sinken.

»Ich fürchte, ja. Das war es ja auch, worauf ich sie hingewiesen habe. Dass ihr Mann die Verfügungsgewalt hat.«

»Du hast mit ihr gesprochen?«, fragte ich verwundert.

»Am Bahnhof«, sagte er. »Vor etwa zwei Wochen.«

Ich fragte mich, ob es der Tag war, an dem sie mir von dem Kinderwunsch ihres Mannes erzählt hatte. Oder war sie da bei dieser Ärztin gewesen?

»Und was hast du ihr gesagt?«

»Dass sie eine Absicherung für das Haus schaffen soll. Eine Alternative, falls die Sache ruchbar wird.« Er wischte sich übers Gesicht. »Ich hasse es, wenn ich in solchen Dingen recht habe.«

Er überlegte einen Moment lang, dann sagte er: »Nun, vielleicht wird es gut sein, wenn das Haus nicht mehr den Boregards gehört.« Er blickte mich an.

»Liv wird am Boden zerstört sein, wenn sie es erfährt«, entgegnete ich. »Und das, nachdem ihr Mann ihr gedroht hat, sie in eine Nervenklinik zu stecken.« Mein Herz wurde schwer. Sie hatte mich gebeten, ihr nicht zu schreiben. Doch wie gern würde ich ihr ein paar Worte des Trostes zukommen lassen. Mehr noch, wie gern würde ich ihr helfen …

»Warum sollte er sie in die Nervenklinik stecken?«, fragte Oskar erschrocken. »Sie wirkte auf mich immer sehr normal.«

»Weil sie es gewagt hat, sich ihm zu widersetzen«, antwortete ich. »Sie hat sich wegen mir so viel Ärger eingehandelt, dass ich mir beinahe wünschte, ihr nie begegnet zu sein.«

»Darauf nimmt das Schicksal keine Rücksicht«, sagte er. »Aber wenn es wirklich so weit kommt, könnte ich versuchen, mich für sie einzusetzen.«

»Du?«, wunderte ich mich. »Soweit ich weiß, bist du kein Arzt.«

»Du unterschätzt die Macht von Reportern«, erwiderte er. »Wenn ich nun darüber schreibe, wie ungerecht er euch behandelt hat und dass er nun versucht, seine unbequeme Ehefrau loszuwerden …«

»Das würde dir hier nicht gut bekommen. Boregard sitzt im Stadtrat.«

»Auch Stadträte sind nur Menschen. Selbst Boregard kann nicht ungestraft tun, was er will. Das wird er spüren, sobald wir den endgültigen Beweis gegen ihn gefunden haben. Dann wird er ganz andere Sorgen haben.«

»Ich wünschte, ich könnte Liv all das mitteilen«, seufzte ich. »Sie muss furchtbare Angst haben. Wenn der eigene Mann schon so ist …« Ich blickte ihn an. »Siehst du nun, dass es einen Ort wie das Rosenhag geben muss?«

»Rosenhag?«

»Livs Mutter nannte dieses Haus so.« Auf einmal wurde mir das Herz noch schwerer als ohnehin schon. Wieder blickte ich auf die Anzeige. »Der Preis ist sicher sehr hoch«, sagte ich dann. »Das Haus mag nicht an allen Stellen gut in Schuss sein, aber das könnte man leicht beheben. Der Garten ist sehr schön, und wenn man nur ein wenig Arbeit hineinsteckt …«

Ein Geräusch vor der Tür ließ mich innehalten. Lauschte da jemand? Oskar schien es ebenfalls gehört zu haben, denn er erhob sich. Langsam, als vermute er, dass sich jemand ins Haus geschlichen habe, der nicht hierhergehörte.

Dann klopfte es.

Oskar öffnete, und ich hörte Siris Stimme: »Das hier wurde soeben für Sie abgegeben. Von einem jungen Mann.«

Sofort hatte ich wieder den Burschen vor Augen, der die Nachricht von der toten Frau gebracht hatte.

»Danke.« Oskar schloss die Tür rasch und kam zu mir. In der Hand hielt er einen Zettel.

»Was ist?«, fragte ich.

Er zeigte mir das Blatt. Die Zeilen waren schnell hingekritzelt, so als wäre der Absender in Eile gewesen. »Die Nachricht kommt von meinem Informanten. Morgen Abend kann er mich ins Archiv der Reederei einlassen.«

117

Liv

Stundenlang hatte ich am vorigen Abend die Annonce betrachtet, doch natürlich hatten sich dadurch die Worte nicht verändert. Sie verfolgten mich in den Schlaf, ließen mich viel zu früh hochschrecken. Auch jetzt starrten sie mich an, während ich am Schreibtisch meines Gästezimmers saß.

Sten verkaufte das Rosenhag. Das meinte er also damit, dass ich mir keine Gedanken machen sollte! Hass und Zorn schnürten mir die Kehle zu. Am liebsten hätte ich eine Vase gegen die Wand geworfen, doch ich hielt mich im Zaum. Jeder Gewaltausbruch konnte als Hysterie gedeutet werden. Und was das bedeuten konnte, wusste ich. Also zwang ich mich zur Ruhe.

Es wäre mir beinahe lieber gewesen, wenn mein Onkel das Haus übernommen hätte. Nun würde es irgendwer kaufen. Und irgendwas damit anstellen.

All meine guten Absichten waren dahin! Und Marlene … Ich wusste nicht, ob sie Zeitung las, doch wenn, wusste sie es mittlerweile ebenfalls. Ach, wenn ich nur mit ihr sprechen könnte!

Aber jetzt musste ich zum Frühstück erscheinen, also zog ich mich an und versuchte meine Augenringe mit Puder zu bedecken. Als ich mein Zimmer verließ, hörte ich bereits die Stimmen der Kinder im Esszimmer.

Beim Eintreten sah ich jedoch nur das Kindermädchen, das dem kleinen Olof gerade erklärte, dass man seiner Schwester keine Käfer ins Kleid steckte. Von Nanna keine Spur. Auch stand kein Gedeck auf ihrem Platz.

Eines der Dienstmädchen erschien dafür wenig später mit einem Tablett.

»Wo ist Nanna?«, fragte ich verwundert.

»Die gnädige Frau ist noch im Schlafzimmer«, antwortete das Dienstmädchen. »Sie sagte, sie wolle ungestört bleiben.«

Ich nickte, und es wunderte mich sehr, dass Nanna so stark auf das Feuer reagierte.

Sie war niemand, der sich einfach vergrub, wenn etwas passierte. Sie war pragmatisch und versuchte stets, eine Lösung zu finden. Außerdem stand eine weitere Nachricht von Hugo noch aus. Möglicherweise war alles halb so schlimm.

Ich beschloss nachzusehen, verließ das Esszimmer wieder und klopfte an ihre Schlafzimmertür. »Nanna?«

Keine Antwort. Es mochte sein, dass sie noch schlief, doch mittlerweile ging es auf neun Uhr zu. Nanna blieb nicht einmal an Sonntagen so lange im Bett.

»Nanna?«, fragte ich erneut und überlegte, ob ich sie nicht lieber in Ruhe lassen sollte.

Doch dann hörte ich ihre Stimme. »Komm rein.«

Vorsichtig öffnete ich die Tür und trat ein. Das Zimmer war noch dunkel, durch die Vorhänge konnte ich kaum etwas erkennen.

»Guten Morgen«, sagte ich, schritt durch den Raum und zog die schweren Stoffbahnen zurück. Helles Tageslicht flutete das Schlafzimmer und brachte Nanna dazu, sich die Augen zu bedecken.

»Geht es dir gut?«, fragte ich.

Nanna antwortete nicht. Ich trat zu ihr.

»Deine Kinder sind schon auf den Beinen. Sie wundern sich, wo du bleibst.«

Jetzt kam Leben in sie, allerdings nicht so, wie ich es erwartet hätte.

»Die Anteile an der Kleiderfabrik waren ein Hochzeitsgeschenk meines Vaters«, sagte sie und klopfte auf die Bettkante, eine Aufforderung, mich zu setzen. Ich kam ihr nach.

»Er hat einen Teil mir vermacht, einen Teil meinem Bruder und einen Teil meinem Cousin, dem Sohn seines Bruders, der bereits tot war«, fuhr sie fort. »Es sollte unsere Absicherung sein, damit wir nach seinem Tod nicht mit leeren Händen dastehen.«

Ich hatte Johannes Swahn kurz vor seinem Tod kennengelernt, doch einen besonderen Eindruck hatte er nicht bei mir hinterlassen.

»Es tut mir sehr leid, dass das Feuer ausgebrochen ist«, sagte ich. »Aber sicher wird die Fabrik nicht ganz in Schutt und Asche gefallen sein. Karlskrona verfügt über eine gute Feuerwehr.«

»Aber die konnte damals, als wir in unsere Villa einziehen wollten, auch nichts tun«, schluchzte sie.

Ich erinnerte mich an die Geschichte. Eigentlich hätten Hugo und Nanna in die Stadtvilla ihres Vaters ziehen wollen. Diese brannte jedoch kurz zuvor nieder, sodass sie dann das Haus in der Ronnebygatan bezogen.

»Ich musste zusehen, wie mein Elternhaus niedergebrannt ist. Und jetzt die Fabrik …«

Sie stieß einen klagenden Laut aus und drückte sich den Bettzipfel gegen das Gesicht. »Wenn die Fabrik nun auch abbrennt, habe ich nichts mehr von meinem Vater!«

Ich verstand sie nur zu gut. Erinnerungen an geliebte Menschen hefteten sich nach deren Tod oftmals an die Dinge, die sie zurückgelassen hatten.

»So ähnlich geht es mir mit dem Haus, von dem wir gesprochen haben.« Ich machte eine Pause. »Das Haus, von dem Sigrun Bergsma erzählt hatte.«

Nanna zog den Bettzipfel zurück und blickte mich ein wenig alarmiert an. Doch ich fuhr fort: »Ich hätte nicht erwartet, dass mein Vater mir etwas hinterlassen würde. Doch auf der Trauerfeier erschien ein Notar, der mir die Schlüssel zu diesem Haus übergab. Ich war sehr überrascht.«

Ich war Nanna nicht so nahe, dass ich ihr, wie Marlene, die restliche Geschichte erzählen wollte. Doch ich spürte, dass dies die Gelegenheit war, sie vielleicht verstehen zu lassen.

»Du hättest deinen Mann darüber informieren müssen«, sagte sie. »Hugo und ich haben keine Geheimnisse voreinander.«

»Hugo und du, ihr seid ganz anders als Sten und ich. In den letzten Jahren haben wir uns voneinander entfernt. Wahrscheinlich, weil ich keine Kinder bekommen habe.«

Worte wie diese hätten noch vor nicht allzu langer Zeit dazu geführt, dass ich mich ungenügend gefühlt hätte. Das war jetzt nicht mehr der Fall.

»Ich habe nach einem Sinn gesucht, schon so lange. Wollte etwas Nützliches tun. Und auf einmal war die Idee da. Ein Haus, in dem geschlagene, arme, verlassene Frauen für eine Weile eine Zuflucht finden.« Ich sagte nicht, dass es Marlenes Wunsch gewesen war. Allein die Erwähnung ihres Namens würde Nanna sicher dazu bringen, die Schotten wieder dichtzumachen.

»Und was hätte dein Vater dazu gesagt?«, fragte Nanna.

Ich lachte auf. »Der wäre sehr wütend geworden. Aber es kümmert ihn nicht, denn er ist tot. Unser Verhältnis war nie so wie das, das du zu deinem Vater hattest.«

Ich machte eine Pause, wartete auf eine Reaktion von Nanna, doch diese versuchte wohl immer noch, meine Worte zu ordnen.

»Sten wird dieses Haus verkaufen«, ergänzte ich. »Ich weiß ehrlich gesagt nicht, warum er so wütend ist.«

»Es ist wegen dieser Walsted«, gab Nanna zurück.

»Ja, aber warum hasst er sie so?« Wahrscheinlich würde sie wieder nicht zuhören, aber ich erklärte es ihr noch einmal: »Nicht sie hat das Schiff auf Grund gesetzt. Sie hat meinem Mann überhaupt nichts getan. Doch er verfolgt sie, als könnte sie ihm alles nehmen, was er hat.«

Nanna antwortete nicht. Warum hatte ich auch etwas anderes erwartet? Dann sagte ich mir, dass manche Menschen eben nicht aus ihrer Haut konnten. Vielleicht sollte ich das akzeptieren.

Ich klopfte aufmunternd auf ihre Bettdecke. »Komm aus dem Bett, Nanna. Wenn du magst, machen wir einen Spaziergang. Vielleicht trifft dann auch Nachricht von Hugo ein. Es wird alles gut werden.«

118

Marlene

Die Dunkelheit umgab uns wie ein schützender Mantel, als wir zum Hafen liefen. Ein paar Sterne funkelten über uns, und die Straßen waren vollkommen leer. Nur das ferne Bellen eines Hundes tönte an unsere Ohren.

Im nächsten Augenblick spürte ich Oskars warme Hand an meiner. Wie immer, wenn er mich berührte, durchlief es mich wohlig, und ich wünschte mir, mit ihm fortgehen zu können, weit weg von unseren Problemen und Karlskrona.

»Bist du sicher, dass du das tun willst?«, fragte er sanft.

»Ja«, antwortete ich, wobei meine Stimme seltsam in meiner Brust widerhallte.

Es hatte eine Weile gedauert, bis ich Oskar davon überzeugen konnte, mich mitzunehmen. Anfangs war er strikt dagegen gewesen.

»Wenn der Detektiv bemerkt, dass du zum Kontor läufst …«, hatte er gesagt, und ich hatte ihm die Sorge deutlich angesehen. Eine Sorge, die nicht unbegründet war. Doch bei dieser Sache wollte ich ihn nicht allein lassen. Ich wollte ihm helfen, Boregard zu überführen.

»Vier Augen sehen mehr als zwei«, hatte ich gesagt. »Wenn der Detektiv aus unserer Begegnung irgendwelche Schlüsse gezogen und es Boregard mitgeteilt hat, ist es ohnehin egal.«

Oskar hatte gemeint, dass es dennoch gefährlich werden könnte. »Ich bin kein guter Kämpfer mehr«, sagte er. »Wenn dieser Kerl auftaucht …«

»Er vergisst, dass die Frau eines Kapitäns schwimmen kann«, gab ich zurück. »Bitte. Ich muss diese Bücher sehen. Ich muss sehen, was meinen Mann in den Tod geführt hat. Ich tue es für ihn.« Und für Liv. Damit Boregard sie nicht in eine Anstalt steckte.

Oskar hatte schließlich nachgegeben und mir aus seiner Kleiderkiste eine Hose gereicht. »Im Notfall kannst du damit besser rennen.«

Ich schlüpfte hinein, warf meine Jacke über und verbarg die Haare unter einer Schiebermütze. Im ersten Moment hätte man mich für einen zu groß geratenen Zeitungsjungen halten können.

»Steht dir gut, der Aufzug«, hatte Oskar bemerkt, als wir die Treppe hinuntergingen. »Vielleicht sollten Frauen wirklich mehr Hosen tragen.«

»Vielleicht solltest du einen Artikel dazu verfassen«, hatte ich ihn geneckt.

Wir liefen durch den Hoglands-Park und näherten uns wenig später dem Borgmästarekajen. Dort, wo einige seiner Handelsschiffe ablegten, befand sich auch das Kontor von Sten Boregard. Sein Großvater hatte es hierher verlegen lassen, als er sich aus dem Geschäft mit der Marine zurückzog und sich mehr der zivilen Schifffahrt zuwandte. Das jedenfalls hatte mir Bjarne so erzählt.

Das Kontor selbst war wie viele andere Häuser in der Stadt gelb gestrichen. Die drei Stockwerke wurden von einem Spitzgiebel gekrönt, in den eine große Uhr eingelassen war. Bjarne meinte einst, dass die Seeleute, wenn sie in den Hafen ein- oder ausfuhren, ihre Uhren nach der Boregard-Uhr stellen würden – so weit war sie zu sehen.

»Wir müssen sehr vorsichtig sein, dass von unserer Suche nichts zu merken ist«, mahnte Oskar. »Das sind wir meinem Informanten schuldig.«

»Ich habe nicht vor, Unordnung zu machen«, erwiderte ich. »Bekommen wir heute den Beweis, der uns noch fehlt?«

»Vielleicht«, antwortete Oskar. »Wenn nicht, werden wir weitersuchen.«

Als wir dem Kontor bereits sehr nahe waren, hielt Oskar inne. »Geh in den Schatten und bleib da. Ich weiß nicht, wie der Informant auf dich reagiert. Bisher haben wir uns immer allein getroffen.«

Ich begab mich in den Schatten und beobachtete, wie einige Minuten später ein Mann aus Richtung des Kontors zu Oskar trat. In meiner Magengrube kribbelte es, und vor lauter Aufregung wurden meine Hände kalt.

Der Mann war klein, ging aber aufrecht. Er trug einen dunklen Anzug und einen Hut, unter dessen breiter Krempe man das Gesicht auf den ersten Blick nicht erkennen konnte. Doch dann nahm er den Fedora ab, und ich schnappte erschrocken nach Luft. Die schlanke Nase, der Backenbart, das breite Kinn – in den zurückliegenden Jahren hatte er sich nicht verändert.

»Rudolph«, entfuhr es mir, dann schlug ich erschrocken die Hand vor den Mund.

Der Mann wirbelte herum und starrte erschrocken in meine Richtung. Da ich jetzt keine andere Wahl mehr hatte, trat ich aus den Schatten.

»Marlene Walsted«, brachte er erstaunt hervor und blinzelte mich nervös an.

»Ihr kennt euch?«, fragte Oskar verwundert.

Ja, ich kannte Rudolph Ekström. Er war schon Sten Boregards Sekretär, als Bjarne für diesen zur See gefahren war. Als die Nachricht vom Untergang der *Solveig* kam, hatte er hinter seinem Chef gestanden. Wir alle hatten mit unserem eigenen Erschrecken und dem Schmerz zu kämpfen gehabt.

Aber obwohl er weitab von uns stand, war auch Rudolph von den Worten getroffen worden. Sein Sohn Nils war auf der *Solveig* gewesen. Bjarne und er kannten sich gut, zuweilen hatte er uns zur Fika besucht. Ich wusste, dass Rudolph versucht hatte, seinen Sohn von dem Schiff herunterzubekommen, ihn auf ein anderes versetzen zu lassen. Sicher hätte Sten Boregard dem zugestimmt. Doch Nils hatte auf dem Segelschiff fahren wollen. Die Dampfschiffe seien seelenlos, sagte er einmal zu Bjarne. Ich wusste, dass dieser das genauso sah.

Ich machte den Anfang und reichte Ekström die Hand. »Hallo, Rudolph«, sagte ich mit einem freundlichen Lächeln. Wir waren uns nach dem Unglück nur sehr selten begegnet, doch von ihm hatte ich nie ein böses Wort gehört. Selbst dann nicht, als ich ihm sagte, dass es mir sehr leid um Nils täte.

»Schön, dich zu sehen, Marlene.« Er stockte, während er mich musterte. »Du siehst immer noch so aus wie damals.«

»Aber ich bin nicht mehr dieselbe«, erwiderte ich. »Wie wir alle, nicht wahr?«

Rudolph nickte, dann blickte er zu Oskar. »Soll sie mitkommen?«

»Ja«, sagte er. »Sie möchte es so. Und ich bin sicher, dass sie sich wesentlich besser mit Namen und anderen Dingen auskennt als ich.«

»Sei bitte vorsichtig, ja?«, wandte sich Rudolph an mich. »Boregard ist nicht gut auf dich zu sprechen. Wenn er erfährt, dass ich dich eingelassen habe …«

»Warum eigentlich?«, fragte ich. »Was könnte ich ihm denn schon tun?«

»Du bist Bjarnes Witwe.« Und nach einer kurzen Pause fügte er hinzu: »Er fürchtet, dass Bjarne dir etwas erzählt haben könnte.«

Rudolph führte uns durch den Hintereingang ins Kontor. Ich hatte das Haus immer nur durch den Vordereingang betreten und staunte über die engen Gänge, in denen der Geruch frischer Farbe hing.

Die Worte des Sekretärs brannten in mir. *Er fürchtet, dass Bjarne dir etwas erzählt haben könnte.*

Bjarne hatte natürlich erwähnt, dass die *Solveig* alt war, dass sie ihre Macken hatte, dass manche Schäden nicht mehr so richtig behoben werden konnten.

Doch das war nichts, was Boregard gefährlich werden konnte. Und wer würde mir auch schon zuhören?

Das Archiv der Reederei lag im Keller. Damit wir etwas sahen, hatte Rudolph zwei Laternen am Eingang abgestellt. Oskar zog Streichhölzer hervor und entzündete sie, bevor wir dem langen Gang folgten, der zu einer grün gestrichenen Holztür führte.

Aufgereiht in hohen Regalen standen Folianten, Rechnungsbücher, Logbücher und vieles mehr. Alles fein säuberlich nummeriert, sodass man sie schnell wiederfinden konnte.

»Warum haben Sie mich gestern benachrichtigt?«, fragte Oskar, nachdem wir die Archivtür hinter uns geschlossen hatten. »Ich hätte nach unserem letzten Zusammentreffen nicht damit gerechnet …«

»Boregard hat mich beauftragt, die Unterlagen zur *Solveig* herauszusuchen. Sämtliche Unterlagen. Ich fürchte, dass er sie morgen vernichten lassen will.« Ein schiefes Lächeln erschien auf seinem Gesicht. »Ich weiß, Sie haben mir gesagt, dass ich diese Akten zu Ihrer Adresse schicken soll. Aber es ist einfach zu viel. Ich kann keine großen Kisten zur Post tragen.«

Oskar ließ den Blick über die Regale schweifen. »Er weiß hoffentlich, dass die Versicherung dadurch erst recht misstrauisch würde.«

»Natürlich. Aber was wollen Sie denn ohne Beweise tun? Kein Gericht der Welt würde die Verhandlung gegen ihn eröffnen.« Oskar blickte mich an. Würde notfalls auch das reichen, was Bjarne geschrieben hatte? Ich bezweifelte es.

Wir passierten einen Gang, der ebenfalls mit Regalwänden vollgestellt war. Ich konnte mich nur schwerlich zurückhalten, nicht mit dem Finger über die ledergebundenen Rücken der Logbücher zu streichen. So viele Fahrten. So viele Schiffe. So viele Seemänner. Bei einigen waren diese Einträge das Einzige, was von ihnen geblieben war.

Der Raum, den wir betraten, wurde nur spärlich von einer Petroleumlampe beleuchtet, die bewusst klein gestellt war, damit kein Lichtschein nach draußen drang. Rudolph überprüfte die Fensterläden, dann sagte er: »Bis vier Uhr morgens müsst ihr hier raus sein. Boregard ist in den letzten Wochen immer sehr früh bei der Arbeit erschienen.«

»Werden Sie nicht hierbleiben?«

Rudolph schüttelte den Kopf. »Es ist besser, wenn man mich nicht in der Nähe sieht. Der Detektiv durchstreift die Stadt, spricht Leute an. Auch wenn Boregard mich nicht in Verdacht hat, könnte es sein, dass er es ihm erzählt. Dann kann ich meinen Hut nehmen.«

»Vielen Dank, Rudolph«, sagte ich nun. »Für alles, was du tust.«

»Nichts zu danken, Marlene.« Sein Blick wurde traurig, dann sagte er: »Ich möchte nur, dass mein armer Junge aufhört, durch meine Träume zu geistern. Dass er aufhört, mich zu fragen, warum ich nichts getan habe. Das ist alles. Er soll nun die Ruhe finden, die er verdient.«

119

Oskar

Der Raum war kaum größer als eine der Untersuchungszellen der Stockholmer Polizei. Es gab einen Tisch, drei Stühle und die Lampe. Neben dem Tisch standen und lagen haufenweise Dokumente: Folianten, Bücher, lose Zettel, Briefe.

Ekström hatte recht. Das alles hätte er unmöglich an meine Mutter schicken können. Wie wollte Boregard die Unterlagen vernichten? Verbrennen? In Salzsäure auflösen? Im Wasser versenken? Während meiner Tätigkeit für die Versicherung hatte ich schon alles Mögliche gesehen.

»Wo sollen wir da nur anfangen?«, fragte Marlene, während sie eines der Bücher aufhob und es aufschlug.

»Am besten werfen wir einen kurzen Blick hinein«, sagte ich, »und schauen, ob es Aussagen zum Zustand der *Solveig* gibt. Trifft das nicht zu, gehen wir weiter. Wir sollten nach Briefen von Gutachtern und Inspekteuren schauen. Nach Unterlagen, die nachweisen, dass die *Solveig* in einem schlechten Zustand war.« Ich machte eine kurze Pause und überlegte. »Möglicherweise finden wir auch Aussagen darüber, wie viel Ladung das Schiff transportiert hat. Und ob es da irgendwelche Abweichungen zwischen Aufnahme und Löschen derselben gibt.«

Marlene sagte darauf nichts, doch ihr Blick versank zwischen den Seiten des Buchs in ihrer Hand.

»Was ist das?«, fragte ich.

»Ein Logbuch aus dem Jahr 1901«, antwortete sie und strich mit der Hand darüber. »Da waren Bjarne und ich schon verheiratet.« Sie blickte mich an. »Meinst du, dass ich eines davon mitnehmen darf?«

»Das wäre Diebstahl«, gab ich zurück. Genau genommen war alles, was wir hier machten, höchst illegal, doch der Staatsanwalt hatte mir freie Hand gelassen.

»Aber wenn er sie vernichtet …« Ein sehnsüchtiger Ausdruck trat auf ihr Gesicht. Dann jedoch schüttelte sie den Kopf, klappte das Buch zu und legte es zur Seite. »Also, fangen wir an!«

Systematisch begannen wir einen Folianten nach dem anderen zu öffnen. Im schummrigen Licht fiel es teilweise schwer, die verblichenen Einträge zu entziffern.

Die meisten Unterlagen waren schon sehr alt. Sie zeigten, dass das Schiff zuvor zwei anderen Reedereien gehört hatte. Auch *Solveig* war nicht immer ihr Name gewesen.

Als *North Star* hatte sie die Werft in Liverpool verlassen, wurde viele Jahre später von einer deutschen Reederei übernommen und in *Windsbraut* umgetauft. Arnulf Boregard hatte sie im Jahr 1887 den Deutschen abgekauft, als die Segelschiffe bereits aus der Mode kamen. Er erwarb sie für einen Spottpreis und ließ sie fortan unter dem Namen *Solveig* Petroleum aus Riga transportieren. Ganze zwanzig Jahre lang.

»Hat dein Mann je etwas von der Geschichte der *Solveig* erzählt?«, fragte ich.

»Sie soll Kap Hoorn umsegelt haben«, antwortete Marlene. »Und es heißt, dass es auf ihr hin und wieder auch Elmsfeuer gegeben hat.«

Ich hatte noch nie ein Elmsfeuer gesehen, aber ich wusste, was Seeleute darüber redeten. Dass es ein gutes Omen war, wenn auf den Masten und an den Wanten der Schiffe blaue oder violette Lichter erschienen.

Die *Solveig*, die zuvor so viele Jahre unter anderem Namen gefahren war, schien wirklich ein vom Glück begünstigtes Schiff gewesen zu sein. Normalerweise hielten Schiffe wie dieses dreißig, vierzig Jahre, dann musterte man sie aus oder ließ sie nur noch leichte Fahrten unternehmen.

Mit dem neuen Namen und dem neuen Besitzer hatte sie dann zum ersten Mal in ihrem Schiffsleben Pech.

»Mein Mann hat dieses Schiff geliebt«, hörte ich Marlene sagen. »Ich habe ihm in den Ohren gelegen kürzerzutreten. Auf einem anderen Schiff anzuheuern. Aber davon wollte er nichts hören. Wahrscheinlich hätte er sich erst damit einverstanden erklärt, wenn sie außer Dienst gestellt worden wäre.« Sie machte eine Pause und fügte dann hinzu: »Möglicherweise hätte er selbst dann nicht von ihr gelassen.«

»Wie meinst du das?«, fragte ich.

»Bjarne wäre verrückt genug gewesen, sie zu kaufen.«

»Hätte er das denn so einfach tun können?« Ein Schiff, selbst wenn es alt und marode war, kostete ein Vermögen. Auch wenn Marlene früher in besseren Verhältnissen gelebt hatte, reichte das Einkommen eines Kapitäns nicht aus, um so große Sprünge zu machen.

»Du meinst wegen des Geldes?« Marlene schob die Unterlippe vor. »Nun, er war ein angesehener Mann. Die Bank hätte ihm sicher einen Kredit bewilligt.«

»Und was hätte er mit dem Schiff angefangen?«

Sie zuckte mit den Schultern. »Ich weiß es nicht. Er hatte immer viele Ideen, manche von ihnen kamen so plötzlich, dass man sich fragte, wer oder was sie ihm eingab.« Nach einer Pause fügte sie hinzu: »Ich wüsste, was ich mit solch einem Schiff anstellen würde.«

»Erzähl«, forderte ich sie auf.

»Ich würde es zu einem Haus ausbauen. Einem Haus der Frauen.«

»Ein Schiff ist kein Haus.«

»Aber es hat Wände und Räume. Warum nicht auf einem Schiff leben?« Sie lächelte breit. »So könnten uns wütende Ehemänner und andere, die uns Ärger bereiten, nicht so leicht erreichen. Die Seemannsfrauen könnten mich nicht erreichen. Wenn sie auftauchen, segeln wir einfach los.« Sie blickte mich eine Weile an, dann senkte sie den Kopf. »Ich weiß, es ist Unsinn, aber die Vorstellung allein hat ihren Reiz.«

»Es ist kein Unsinn«, gab ich zurück. »Und es ist eine schöne Vorstellung. Aber in der Welt muss sich noch einiges verändern, damit das möglich wird.«

Nach einer Weile holte ich mir einen neuen Folianten. Der letzte war nicht besonders ergiebig gewesen, doch das war kein Wunder. Es wurden auch sehr viele unwichtige Akten aufgehoben. Wie sagte ein Kollege mal? Du musst viele Muscheln öffnen, damit du eine Perle findest.

Als ich die Akten aufschlug, kam mir etwas in den Sinn. »Was Ekström vorhin zu dir gesagt hat … Dass Boregard fürchtet, dein Mann könnte dir etwas erzählt haben …«

»Bjarne hat mir nichts erzählt«, erwiderte Marlene.

»Aber es könnte erklären, warum er so hasserfüllt dir gegenüber ist. Er fürchtet dich.«

Marlene lächelte schief und zuckte mit den Schultern. »Nun, wenn er meint. Aber wenn ich wirklich etwas wüsste, was ihm gefährlich werden könnte, hätte ich es doch längst jemandem mitgeteilt. Oder ihn verklagt.« Sie schüttelte den Kopf. »Du weißt gar nicht, wie sehr ich mir gewünscht habe, etwas gegen ihn in der Hand zu haben. Etwas, das Bjarne von seiner vermeintlichen Schuld reinwäscht.«

»Aber er weiß nicht, dass du nichts gegen ihn in der Hand hast.« Ich überlegte kurz, dann sagte ich: »Möglicherweise ist das der Grund, weshalb dich die anderen Frauen wie eine Aussätzige behandeln.«

Marlene zog die Augenbrauen hoch. »Du meinst, Boregard hat sie gegen mich aufgebracht? Wie sollte er das getan haben?«

»Es reicht, Gerüchte zu streuen. Dich zu diskreditieren. Dafür zu sorgen, dass dir niemand zuhört, dir niemand glaubt. So könnte er sichergehen, dass du ihm nichts anhaben kannst.« Ich machte eine

Pause, denn die Erkenntnis drückte wie ein Stein auf meine Brust. »Und dann freundest du dich mit seiner Ehefrau an. Der Person, die dein Ansehen wieder erhöhen könnte.«

»Dann habe ich es Sten Boregard zu verdanken, dass die Frauen mich wie eine Aussätzige behandeln?« Marlene presste die Lippen zusammen. Enttäuschung trat in ihren Blick. »Wenn das stimmt …«

»Es ist natürlich nur eine Vermutung. Aber es wäre nicht das erste Mal, dass ein mächtiger Mann dergleichen tut. Besonders, wenn er um seine eigene Schuld weiß.«

Marlene ließ diese Worte auf sich wirken. Ich sah ihr an, wie es hinter ihrer Stirn arbeitete.

»Lass uns weitermachen«, sagte sie dann.

Das Schweigen zwischen uns hing bleischwer in der Luft. Das Rascheln des Papiers war das einzige Geräusch, das es unterbrach. Vielleicht hätte ich nichts sagen sollen …

»Warte!«, rief sie plötzlich aus. Ihre Augen weiteten sich, während sie die Textzeilen auf dem ersten Blatt überflog. Dann auf dem zweiten und dritten. Im nächsten Augenblick schob sie mir die Schriftstücke zu. »Ich glaube, wir haben, was wir brauchen!«

120

Marlene

»Mein Juraprofessor sagte einmal: *Manchmal reicht ein einzelner Beweis, um jemanden zu Fall zu bringen*«, murmelte Oskar verblüfft, während er das Papier, das ich ihm reichte, studierte. »Alles, was ich in den vergangenen Wochen abgetippt habe, erscheint mir plötzlich wertlos.«

»Das heißt, du hast mich umsonst mit deinem Klapperkasten aus dem Schlaf gerissen?« Die Aufregung tobte in mir wie ein Orkan. Was ich soeben gelesen hatte, brannte noch immer vor meinen Augen. Es war, als hätte mir eine höhere Macht dieses Schreiben in die Hand gelegt.

»Das hier könnte wie Dynamit wirken.« Oskar sah mich an. Seine Augen leuchteten vor Eifer. »Wo hast du es gefunden?«

Ich zeigte ihm den Folianten. Es war achtlos zwischen irgendwelche Rechnungen geheftet worden. Vergessen zwischen den Seiten. Möglicherweise hätte es an diesem Ort gar nichts zu suchen gehabt.

Boregard hätte es mit Leichtigkeit vernichten können, aber wahrscheinlich hatte er nicht mehr daran gedacht. Vielleicht hatte er es auch verloren geglaubt. Oder Rudolph oder jemand anderes hatte diese Blätter dort versteckt in der Hoffnung, dass sie eines Tages doch gebraucht würden.

»Suchen wir jetzt noch weiter?«, fragte ich. Ein Schauer kroch mir über die Haut. Ich wollte nur noch raus aus diesem Raum, fort von Boregard und den Logbüchern. So gern ich eines davon behalten hätte, ich wollte das alles nur noch hinter mir lassen. Weit weg sein von all den schmerzlichen Erinnerungen.

»Ja, ich denke, das sollten wir tun«, sagte Oskar. »Auch wenn ich bezweifle, dass wir etwas Brisanteres finden als das.«

Er schob die Blätter in eine kleine Mappe, die er aus seiner Tasche zog.

»Ist es nicht Diebstahl, wenn wir sie mitnehmen?«, fragte ich.

Er lächelte verschmitzt. »Nicht, wenn wir es im Auftrag des Staatsanwalts tun.«

Eine Stunde später verließen wir das Kontor wieder. Es war noch immer tiefe Nacht, und die Stadt erschien mir jetzt noch stiller als zuvor.

Die Mappe unter meinem Korsett drückte ein wenig, aber es erschien mir sicherer, dass ich sie bei mir trug. Sollte uns der Detektiv irgendwo begegnen, würde er sie dort nicht so leicht finden.

Wieder hielt Oskar meine Hand, doch diesmal drang seine Wärme nicht so recht zu mir durch. Was wir gefunden hatten, war nicht nur ein wichtiger Beweis. Es empörte mich auch zutiefst, dass Boregard seine Männer so behandelt hatte, dass er meinen Mann, Rudolphs Sohn und viele weitere so leichtfertig dem Tod überlassen hatte. Eine andere Entscheidung hätte dafür gesorgt, dass alle noch am Leben wären …

Während die Wut in Wellen durch mich hindurchschoss, blickte ich Oskar an. Im Gaslampenschein wirkte er müde.

Mein Körper verlangte nach ihm. Ich wollte, dass er mir den Schmerz nahm, dass die Wellen der Lust alle anderen Empfindungen auslöschten.

Wenn das Unglück nicht geschehen wäre, hätte ich ihn allerdings nie kennengelernt.

»Wo wärst du, wenn das alles nicht passiert wäre?«, fragte ich.

Oskar zuckte mit den Schultern. »Ich weiß nicht. Ich glaube, in einer anderen Stadt. Oder in Stockholm. Beim *Dagens Nyheter* hat es mir eigentlich gefallen.«

»Wie oft lässt dir die Versicherungsgesellschaft einen Auftrag zukommen?«

»Das hängt davon ab, wie lange ich für meine Ermittlungen brauche«, erklärte er. »Manchmal geht es rasch, dann können es bis zu vier oder fünf Aufträge pro Jahr werden. Manchmal jedoch dauert es über ein Jahr, einen einzigen abzuschließen.«

»Ich schätze, dieser Auftrag gehört zu den schnell abgeschlossenen.«

»Dank dir.«

Er hielt inne, beugte sich vor und küsste mich. Ein wohliger Schauer durchflutete mich, doch im nächsten Augenblick sah ich über seiner Schulter eine Bewegung. »Oskar!«, rief ich aus.

Er reagierte sofort und schnellte herum.

Zwei Männer waren aus einem der Hauseingänge getreten. Weder hatten wir sie gehört noch ihre Anwesenheit gespürt. Sie kamen grinsend auf uns zu.

»So spät in der Nacht noch unterwegs?«, fragte einer von ihnen.

Wie aus dem Nichts schoss seine Faust hervor und versetzte Oskar einen furchtbaren Schlag.

121

Marlene

Alles ging furchtbar schnell. Ich sah Oskar gegen die Hauswand prallen, während der Kerl noch einmal nachsetzte und ihm einen zweiten Hieb verpasste. Stöhnend drückte Oskar sich die Hand aufs Gesicht. Etwas Dunkles tropfte durch seine Finger. Blut!

Dieser Anblick riss mich aus meiner Starre, und ich schrie auf. Das brachte die beiden Kerle dazu, sich mir zuzuwenden. »Jetzt zu dir, Schätzchen«, sagte der, der Oskar geschlagen hatte, während sich sein Begleiter hinter ihm hielt. Ehe ich ausweichen konnte, packte er mich an den Haaren. Ein glühender Schmerz schoss durch meine Kopfhaut.

Wütend über den plötzlichen Schmerz und die Erinnerung an Torbens Angriff holte ich aus und trat ihm zwischen die Beine. Mit einem unterdrückten Aufschrei sank er auf die Knie und presste »Du Miststück!« durch die Zähne.

Im nächsten Augenblick tauchte Oskar hinter ihnen auf. Sein Gesicht war blutverschmiert, doch seine Augen brannten vor Wut.

Er zerrte den anderen Mann herum und versetzte ihm einen kräftigen Fausthieb. Dieser geriet ins Taumeln und stürzte rücklings zu Boden.

Im nächsten Augenblick ergriff Oskar meine Hand. »Los, weg!«

Wir begannen zu rennen. Sicher würden die Männer die Verfolgung aufnehmen, sobald sie wieder auf die Beine gekommen waren.

Wir stürmten in die nächste Gasse, bogen dann rasch in eine weitere ab, beinahe wie Kaninchen, die auf ihrer Flucht Haken schlugen.

»Was waren das für Kerle?«, stieß ich hervor, während ich mich hastig umschaute.

»Möglicherweise Leute von Boregard. Der Detektiv kann Handlanger angeheuert haben.«

Das fürchtete ich auch.

»Zu Ingrid!«, keuchte ich. »Da vermuten sie uns nicht. Komm mit!«

Ingrids Wohnung war ein Stück weit entfernt. Wir rannten, so schnell wir konnten. Mein Herz raste, in meinen Ohren rauschte es, und noch immer pulsierte die Stelle, an der mich der Angreifer an den Haaren gezogen hatte. Meine Lunge begann zu brennen. Meine Knie waren ohnehin schon weich und schienen mit jedem Schritt, den wir machten, wackliger zu werden.

Wieder und wieder blickte ich mich um, lauschte, doch ich hörte nichts als unsere eigenen Schritte auf dem Pflaster.

In der ärmlichen Gegend, in der Ingrids Wohnung lag, angekommen, stürmten wir so schnell wie möglich zu ihrem Fenster.

»Ingrid!« Ich hob einen kleinen Stein auf und warf ihn gegen die Scheibe. Hoffentlich schlief sie nicht so tief, dass sie uns nicht hören konnte. »Ingrid!«

Die Augenblicke vergingen schleppend. Wieder und wieder blickte ich mich um. Zu sehen war von den Männern nichts, aber waren da nicht Schritte in der Ferne? Oskar schwankte. Möglicherweise hatte ihn der Schlag mehr mitgenommen, als es zunächst den Anschein hatte.

»Bitte, Ingrid, mach auf!«, rief ich beinahe flehentlich. Ich wusste, dass ich meine Stimme nicht zu sehr erheben durfte.

Endlich flammte ein Lichtschein im Fenster auf. Ingrid erschien, öffnete es und starrte uns erschrocken an. Wir brauchten nichts zu erklären. Sie bedeutete uns, zum Eingang zu kommen. Wenig später ließ sie uns ein. Wir folgten ihr zu ihrer Wohnungstür, schlüpften dann in den Raum. Ingrid schloss die Tür leise hinter uns.

»Danke«, sagte ich keuchend und beugte mich vor, um zu Atem zu kommen. Mein gesamter Körper fühlte sich an, als wäre ich in einen Ameisenhaufen gefallen.

»Was ist los?«, wollte Ingrid wissen, während sie von innen den Riegel vorschob.

»Zwei Männer haben uns angegriffen«, berichtete Oskar, während er heftig atmend ein Taschentuch hervorzerrte und es sich aufs Gesicht drückte.

»Was hattet ihr denn zu dieser Zeit in der Stadt zu suchen?«

Ingrid zündete eine der Lampen an. Jetzt sah ich erst, dass Oskars Blut auch auf sein Hemd getropft war.

»Es geht um Bjarne«, sagte ich und warf Oskar einen Blick zu. Eigentlich sollte außer uns niemand von der Sache wissen. Aber Ingrid würde mich ganz sicher nicht verraten.

»Bjarne?«, wunderte sie sich, dann trat sie zu der Waschschüssel und goss etwas Wasser ein. »Hier, nehmen Sie das«, sagte sie und drückte Oskar einen nassen Lappen aufs Gesicht.

»Danke.« Er hob den Kopf und legte sich den kalten Lappen in den Nacken. Mit der anderen drückte er weiterhin das Taschentuch auf sein Gesicht.

Ingrid zog ihn mit sich zu einem Stuhl und sagte ihm, dass er sich setzen sollte. Dann wandte sie sich mir zu. »Ist mit dir alles in Ordnung?«

»Ja, mich haben sie nicht erwischt. Jedenfalls nicht lange.« Ich griff nach der Stelle, wo der Mann an meinem Haar gezerrt hatte. »Ich habe ihm einen Tritt zwischen die Beine gegeben.«

»Das Einzige, was hilft«, sagte Ingrid und nickte mir beinahe anerkennend zu. »Aber was hat das alles mit Bjarne zu tun?«

Sie bugsierte mich zu einem weiteren Stuhl. Erst jetzt bemerkte ich, dass sie in ihrem abgewetzten Morgenmantel steckte.

Ich blickte zu Oskar, der noch immer seinen Nacken kühlte. »Hast du etwas dagegen, wenn ich sie einweihe?«

Er senkte den Kopf ein wenig und sah mich an. In seinen Augen erkannte ich zunächst Skepsis, dann nickte er mir zu, und ich wusste, dass er mir vertraute.

»Hat es etwas mit Boregard zu tun?«, riet Ingrid nun. »Mit dem Rosenhag?«

»Nein, nicht damit«, gab ich zurück und nahm ihre Hand. »Aber es kann sein, dass das Rosenhag bald schon Boregards kleinste Sorge ist.«

122

Oskar

Ich lag ausgestreckt auf dem alten Sofa und starrte an die Decke. Ein langer Riss zog sich durch den Putz, zahlreiche Wasserflecke machten den ursprünglichen Anstrich unkenntlich. Schimmel nistete in den Ecken. Es war erstaunlich, welche Lebensbedingungen Hausbesitzer den Mietern ihrer Wohnungen zumuteten.

Die Fausthiebe hallten noch immer in meinem Kopf nach. Jetzt, da sich Furcht und Anspannung zurückzogen, spürte ich es richtig. Doch mehr als über den Schmerz ärgerte ich mich darüber, nicht einkalkuliert zu haben, dass sie uns auflauern könnten.

Mein Kiefer war lädiert, aber wohl nicht gebrochen, doch die Augenbraue, auf der der erste Schlag gelandet war, pochte. Das Nasenbluten hatte dank des kalten Lappens, den mir Marlenes Freundin in die Hand gedrückt hatte, rasch aufgehört. Aber mein Auge schwoll weiter an.

Ich hatte nicht viel Zeit gehabt, auf meine Gefühle zu achten, doch nun ergriff mich nachträglich die Sorge um Marlene. Es hätte alles noch viel schlimmer ausgehen können. Im Nachhinein erschien es mir wie ein Wunder, dass wir die beiden Kerle abschütteln konnten. Wenn sie wirklich von Boregard gesandt worden waren, hätten sie eigentlich hartnäckiger sein müssen. Hätten versuchen müssen, mir die Tasche zu entreißen oder Schlimmeres …

Kurz dachte ich an Torben Bergsma, aber der würde die Sache sicher allein erledigen und keine Kumpane schicken. Nein, ich war sicher, die beiden Handlanger gehörten zu Arvid Hamme.

Ich wusste nicht, warum sie uns gerade in der Nähe der Pension aufgelauert hatten. Woher sie gewusst hatten, dass wir unterwegs waren. Hatte Hamme, nachdem ich Marlene beigesprungen war, seine Leute die ganze Zeit über Wache stehen lassen?

Das hatte ich nicht bedacht.

Ein eisiger Schauer ging durch meinen Körper, als mir klar wurde, dass sie uns vielleicht auch mit meinem Informanten gesehen haben konnten … Welche Folgen würde das für Ekström haben? Das konnte ich nicht mehr ändern, aber ich konnte dafür sorgen, dass diese Sache jetzt rasch ein Ende nahm.

»Wie geht es dir?«, fragte Marlene, als sie sich neben mich hockte.

»Es wird schon wieder.« Ich streckte die Hand nach ihrer Wange aus und streichelte sie. »Ich bin nur froh, dass du nichts abbekommen hast.«

Sie blickte mich sorgenvoll an.

»Wenn ihr wollt, könnt ihr gern für eine Weile hierbleiben«, sagte Ingrid aus dem Hintergrund. »Ich habe nichts gegen Besuch.«

Ich richtete mich auf. Vielleicht war es doch nicht gut gewesen, sich hinzulegen. Ich fühlte mich auf einmal viel elender als noch vorhin.

»Ich fürchte, das geht nicht«, antwortete ich. »Ich muss ein Telegramm an meine Vorgesetzten schicken. Und die Polizei von dem Übergriff informieren.«

Ich blickte zu Marlene. Am liebsten hätte ich sie hiergelassen. Doch dann wurde mir klar, dass ich sie ab sofort sehr dicht bei mir behalten musste. Wegen ihrer Sicherheit und der Dokumente.

»Es hätte auch anders ausgehen können«, flüsterte ich ihr zu. »Es war gut, dass du die Dokumente bei dir hattest. Wenn sie meine Tasche erwischt hätten …«

»Wenn sie mich ins Wasser geworfen hätten, wäre es ebenso

schlecht gewesen«, gab sie zurück und verschränkte ihre Hand mit meiner. »Aber wir sollten keine Angst vor Dingen haben, die nicht geschehen sind.«

Als es hell wurde, verabschiedeten wir uns von Ingrid Lasebrö und kehrten zur Pension zurück. Ich versuchte, besonders wachsam zu sein, was mir mit einem geschwollenen Auge etwas schwerfiel.

Doch die Kerle tauchten nicht auf. Wahrscheinlich fürchteten sie, dass wir die Polizei einschalten würden. Solche Männer verließen sich auf ihre Fäuste, wussten aber, dass ihr Auftraggeber jeglichen Kontakt zu ihnen leugnen würde, wenn sie erwischt wurden. Bei der Polizei hatten sie keine Hilfe zu erwarten.

Ich stellte sicher, dass auch auf dem Hinterhof niemand war und Marlene das Haus unbehelligt betreten konnte.

»Sie werden uns nicht unterkriegen«, sagte ich, worauf Marlene nickte und entschlossen das Kinn vorschob.

»Nein, das werden sie nicht.« Sie machte eine Pause, dann schlich sich ein grimmiges Lächeln auf ihr Gesicht. »Es hat sich gut angefühlt, diesen Kerl zu treten.«

»Und du hattest damit auch ziemlichen Erfolg«, pflichtete ich ihr bei. Ich war stolz, dass sie sich so zur Wehr gesetzt hatte.

»Ich wünschte, ich hätte das auch bei Torben tun können.«

»Er hatte dich überrascht«, erwiderte ich. »Aber es beruhigt mich zu wissen, dass du auch anders kannst.« Ich drückte ihr einen Kuss auf die Stirn, dann auf ihre Lippen. »Bleib am besten trotzdem in deinem Zimmer und sag Frau Malmström Bescheid, dass sie keine Besucher für dich vorlassen sollen.«

»Wer sollte mich schon besuchen?«, gab sie zurück.

»Dennoch, sei vorsichtig«, sagte ich und zog sie in meine Arme.

»Das gilt noch viel mehr für dich.« Sie streichelte meine Wange, und ihre Berührung erfüllte meine Brust mit tiefer Zuneigung. Jeder Schritt, den ich tat und noch tun würde, jeder Schlag, den ich kassieren musste, war es wert, wenn ihr Ruf dadurch wiederhergestellt wurde.

Kommissar Dahlberg war nicht in der Polizeiwache, aber der junge Kollege, der Nachtdienst hatte, erkannte mich. Er nahm meine Aussage zu Protokoll und notierte sich die Beschreibung der Männer. Ich gab ihm noch den Hinweis, im Umfeld des Detektivs zu suchen. Möglicherweise wurden sie da fündig. Für alle Fälle hinterließ ich ihm die Adresse des Staatsanwalts in Stockholm. Wenn sein Vorgesetzter dort nachfragte, konnte der ihm sagen, was hier gespielt wurde.

Die Sonne war bereits über den Horizont gestiegen, als ich das Telegrafenamt betrat. Für den Fall, dass wichtige Nachrichten von See eintrafen, war es immer besetzt.

Der Mann hinter dem Tresen wirkte müde. »Was kann ich für Sie tun?«, fragte er, während er sich von seinem Stuhl erhob.

Ich blickte ihn an. »Schicken Sie das an die Staatsanwaltschaft Stockholm.«

Der Mann blickte mich erschüttert an, nahm dann aber den Zettel und machte sich an die Arbeit.

Wenig später war ich wieder auf dem Heimweg. Schmerz pulste in meinen Schläfen, als ich die Pension erreichte.

Zu meiner Erleichterung ließen sich weder Hamme noch seine Leute blicken. Hatten sie dem Detektiv berichtet, dass wir uns zur Wehr gesetzt hatten?

Es war eine Sache, jemanden auszuspionieren, doch eine andere, die Zielpersonen zu bedrohen oder tätlich anzugreifen. Ich hatte das nie getan. Hamme und seine Leute hatten eine Grenze überschritten, und das würde Folgen haben.

Aber nun freute ich mich erst einmal auf mein Bett und Marlene. Müde schritt ich die Stufen hinauf. Bevor ich in mein Zimmer ging, wandte ich mich Marlenes Tür zu. Hatte sie sich hingelegt? Oder wartete sie auf mich? Ich zögerte zunächst, denn ich wollte sie nicht wecken. Doch dann klopfte ich.

Ihre Stimme bat mich nur Sekundenbruchteile später herein. Ich öffnete die Tür und sah sie an ihrem Schreibtisch sitzen. Die zerbrochene Lampe stand vor ihr, daneben lag die Zeitung vom vergangenen Tag.

Marlene wandte sich mir zu.

»Hej, da bist du ja wieder«, begrüßte sie mich und erhob sich. »Hast du alles erledigt?«

Ich nickte.

»Und der Detektiv?«

»Keine Spur von ihm zu sehen.«

Sie hob ihre Hand und berührte sanft meine Wange.

»Ich hatte etwas Zeit, um nachzudenken«, sagte sie. »Es gibt etwas, das ich gern tun würde. Hör mir bitte zu und sag mir ehrlich, ob das möglich wäre.«

123

Marlene

Die Spitzenbluse fühlte sich leicht und luftig an meinem Körper an, und in dem langen, schwingenden Rock fühlte ich mich wie eine Prinzessin. Auf die Kostümjacke hatte ich verzichtet, denn der Abend war warm, und so hatte ich viel mehr Bewegungsfreiheit.

Mein gesamter Körper zitterte vor Erwartung, und ich konnte es kaum erwarten aufzubrechen.

Drei Tage waren seit der Nacht im Kontor vergangen. Tage voller Ungewissheiten. Tage, in denen ich bang am Fenster gestanden und auf Oskars Rückkehr gewartet hatte.

Ich hasste es, auf einen Mann zu warten, den ich liebte. Und die Straßen waren momentan nicht weniger gefährlich als die See. Aber er war jedes Mal zu mir zurückgekehrt.

Und heute war es endlich so weit.

Oskar hatte auf meine Idee zunächst skeptisch reagiert. Natürlich war das, was ich tun wollte, möglich. Allerdings fand er, dass Boregard damit zu leicht davonkommen würde. Dass viel mehr drin war.

Aber ich war nicht gierig. Ich wollte den Reeder da treffen, wo es ihm am meisten wehtat: an seinem Stolz.

Mit geübten Handgriffen schlang ich mein Haar zu einem Knoten und steckte diesen an meinem Oberkopf fest. Ich zog ein paar Strähnchen heraus und drapierte sie über meinen Ohren. Bjarne hatte diese Frisur geliebt.

Es klopfte an der Tür. Ich bat Oskar herein – wer sonst sollte es sein? Siri hatte uns versichert, niemanden hoch zu lassen, nicht einmal mehr Botenjungen von der Zeitung.

»Du siehst aus wie ein Gibson Girl«, bemerkte er mit einem breiten Lächeln, als er mich musterte.

»Wie was?«, wunderte ich mich.

»Es gibt in Amerika einen Zeichner namens Charles Dana Gibson, der mit Portraits junger Frauen bekannt geworden ist. Die meisten dieser Frauen tragen die Haare so wie du jetzt.« Er strich mir sanft eine Haarsträhne aus dem Gesicht.

»Davon höre ich zum ersten Mal«, sagte ich.

»Wir haben in Stockholm hin und wieder Bilder von ihm abgedruckt. Bei den meisten handelt es sich um Karikaturen, die Frauen auf der Suche nach einer guten Partie zeigen.«

»Das klingt nicht besonders freundlich.«

»Oh, es sind die Männer, die bei seinen Zeichnungen schlecht wegkommen, nicht die Frauen.« Er lächelte mich an. »Wenn du magst, bringe ich dir mal ein paar dieser Bilder mit.«

Oskar trat hinter mich, schlang die Arme um meine Schultern und legte den Kopf an meinen Hals. Seine Wärme strömte durch meine Haut und brachte mein Innerstes zum Glühen.

Mittlerweile war die Schwellung an seinem Auge zurückgegangen. Seine Haut trug immer noch die Spuren des Angriffs, aber das tat seiner Attraktivität keinen Abbruch.

»Weißt du eigentlich, wie froh ich bin, dass man mich nach Karlskrona geschickt hat?«

»Nicht so froh wie ich«, sagte ich und wandte mich um. Unsere Lippen trafen sich, und wir küssten uns. Dabei erwachte in mir die Lust, die ich immer fühlte, wenn ich ihm so nahe kam. Ich presste mich an ihn, wollte ihn nie mehr loslassen.

Er schien das zu spüren, und befriedigt stellte ich fest, dass sein Körper ebenfalls auf meine Nähe reagierte.

»Wir haben noch ein wenig Zeit«, flüsterte ich ihm zu und ließ meine Hand über seine Brust und seinen Bauch nach unten gleiten.

»Was würde der Staatsanwalt dazu sagen?«, fragte er.

»Der ist doch gar nicht hier.«

Langsam zog ich meinen Rock hoch. Oskar verstand und hob mich auf den kleinen Tisch neben der Tür, während er seine Hose aufknöpfte. Ich schlang mein rechtes Bein um seine Hüfte und spürte ihn wenig später in mir. Seine Lippen waren dicht vor meinen, doch ich versagte es mir zunächst, sie zu küssen. Ich sah seine Augen, golden und von Leidenschaft erfüllt, und als ich ihn küsste, versank ich vollständig in ihm und unserer Lust.

»Bitte verlass mich nicht«, flüsterte ich in sein Ohr, während mein Körper erbebte. »Bitte verlass mich niemals.«

»Das wäre ja so, als würde ich mir das Herz rausreißen«, keuchte er atemlos. »Ich lasse dich nie mehr los, das schwöre ich.«

Eine halbe Stunde später machten wir uns auf den Weg. Die Momente der Lust hatten nicht nur ein wohliges Gefühl in mir hinterlassen, sie gaben mir auch ein Gefühl von Stärke. Von Sicherheit. Ich war nicht mehr allein auf dieser Welt. Und schon bald würde jeder hier in Karlskrona die Wahrheit kennen.

Im Dunkel der Kutsche schmiegte ich mich an Oskar, hielt seine Hände fest umschlungen. Keiner von uns sagte ein Wort. Es gab so vieles, das ich ihn fragen und das ich ihm sagen wollte, aber das konnte warten. Jetzt zählte nur die Aufgabe vor uns.

Wir fuhren in die Ronnebygatan und machten ein ganzes Stück vor der Villa Halt. Dort warteten die anderen bereits.

Es war zunächst nicht klar gewesen, ob er zu Hause sein würde. Immerhin war heute Midsommar, und auch wenn sie nicht im Guten voneinander geschieden waren, bestand die Möglichkeit, dass er seine Frau auf Aspö besuchte. Aber ein Bursche, der auf der

Lauer gelegen hatte, hatte Bescheid gegeben, dass unser Ziel im Haus war.

Unsere Leute hatten sich auf einem der Hinterhöfe in der Nähe versammelt, weit genug von den Skantzes und den Boregards entfernt. Die Nachbarn fragten sich sicher, was das zu bedeuten hatte. Normalerweise hätte Oskar mich in der Pension gelassen, doch er wollte, dass ich meine Chance bekam. Wenn Boregard sich nicht darauf einließ, würde ich einen anderen Weg einschlagen. Einen, der noch kostspieliger für ihn war. Und der vielleicht zum selben Ergebnis führte.

Oskar sprach kurz mit den anderen Männern, dann wandte er sich mir zu. »Bist du bereit?«

Ich nickte.

»Wir beide werden zuerst mit ihm sprechen. Die anderen warten draußen und stellen sicher, dass uns der Vogel nicht durchs Netz schlüpft.«

»Meinst du, dass das nötig ist?«, fragte ich, während ich zu unseren Begleitern blickte. Einige von ihnen trugen Straßenkleidung, andere Uniform. Es waren auch Beamte aus Stockholm hinzugekommen, denn der Staatsanwalt vertraute der hiesigen Polizei nur bedingt.

»Er könnte versuchen, die Flucht zu ergreifen«, gab Oskar zurück. »Und wir wollen uns auch keinen Ärger mit seinem Personal einhandeln.«

»Ich habe nur einen jungen Kutscher gesehen. Und ein Dienstmädchen. Liv sprach noch von einer Köchin …« Ich dachte wieder daran, dass sie auf Aspö war und diesen Moment nicht miterleben würde.

»Dennoch wollen wir sichergehen.«

»Darf ich zuvor mit ihm reden?«

Er lächelte, aber in seinen Augen glomm Entschlossenheit. »Das haben wir doch so abgemacht, nicht wahr?«

Das Dienstmädchen, das uns auf mein Läuten hin öffnete, starrte mich überrascht an. Erinnerte sie sich an mich? War sie verwundert, dass ich jetzt anders aussah?

Ich fühlte mich in meinen neuen Kleidern groß und stark. Kaum zu glauben, dass einige Meter Stoff eine derartige Wirkung haben konnten.

»Ich würde gern mit Herrn Boregard sprechen«, sagte ich. »Ist er hier?«

Das Mädchen schien verwundert, dass ich redete und nicht Oskar hinter mir.

»Ja, er …« Sie brauchte einen Moment, um sich wieder zu fangen. »Wen darf ich melden?«

»Lassen Sie uns einfach durch«, sagte Oskar. »Herr Boregard weiß, wer sie ist.«

Überrumpelt von diesen Worten, wich die junge Frau zurück. Es war sehr unhöflich, dem Personal nicht den Namen zu sagen, aber wahrscheinlich hätte Boregard mich dann sofort abgewiesen. Und bei dem, was ich ihm zu sagen hatte, spielte Höflichkeit wirklich keine Rolle mehr.

Damals, als ich zu Liv gegangen war, um ihr von meinem Rauswurf zu berichten, war ich zu sehr mit mir selbst beschäftigt gewesen, um viel von dieser Villa wahrzunehmen. Jetzt staunte ich über den Reichtum, der Liv tagtäglich umgab. Das Foyer des Hauses war mit kostbaren Teppichen ausgelegt, an den Wänden hingen Gemälde, über unseren Köpfen strahlte ein riesiger Kristallleuchter. Nichts zeigte deutlicher die Macht und den Wohlstand des Reeders.

Das Dienstmädchen hatte sich inzwischen wieder erholt und lief zu einer Tür. Sie öffnete sie, und ich hörte, wie sie beinahe ängstlich sagte: »Da ist jemand für Sie, Herr Boregard.«

Ich blieb in der Mitte des Foyers stehen. Mein Herz raste, und für einen Moment verspürte ich Übelkeit. Der Drang, umzukehren und davonzulaufen, überkam mich.

Nein, ich durfte nicht weichen. Dies hier war etwas, das ich für mich tun musste. Und für Liv.

Boregard erschien einen Augenblick später. In seinem Hemdkragen steckte noch die Serviette. Genoss er seine Mahlzeiten wirklich, nachdem er seine Frau nach Aspö abgeschoben hatte?

Er starrte uns zunächst nur an, dann griff er mit einer unwirschen Handbewegung nach dem Stück Stoff und riss es von sich fort. Sein Gesicht wurde zu einer hasserfüllten Maske.

»Habe ich nicht gesagt, dass Sie diesem Haus fernbleiben sollen?«, fuhr er mich an.

»Das haben Sie«, erwiderte ich, und ich spürte, wie sich mein Körper vor Groll anspannte. »Aber es gibt etwas, das wir besprechen müssen.«

124
Marlene

»Was sollte ich mit einer Landstreicherin zu besprechen haben?«, peitschte mir Boregards Stimme entgegen.

Ich wusste, dass er versuchte, mich mit dieser Beleidigung zu treffen. Doch obwohl mein Zorn so hell wie ein Schmiedefeuer glühte, schaffte ich es, Ruhe zu bewahren. Ich musste nur wieder an das Gespräch mit dem Staatsanwalt denken – und daran, dass Boregard diesen schon bald kennenlernen würde.

»Vielleicht sprechen wir darüber, was mit der *Solveig* geschehen ist«, begann ich, während ich spürte, dass Oskar hinter mich trat. Wir hatten abgemacht, dass ich Sten Boregard konfrontieren durfte.

»Sie haben den Verstand verloren!«, blaffte er und blickte zu Oskar. »Sie wissen nur zu gut, dass das Schiff gesunken ist. Durch die Schuld Ihres Mannes!«

»Es war nicht Bjarnes Schuld!«, gab ich zurück, lauter, als ich es beabsichtigt hatte. Dass ich die Stimme gegen ihn erhob, schien Boregard zu überraschen. Ich sah, wie sich seine Muskeln spannten. Wäre ich allein gewesen, hätte er mich vermutlich gepackt oder geschlagen. Oskars Anwesenheit hielt ihn offenbar zurück.

»Was hat der Reporter hier zu suchen?«, fragte er, wohl um abzulenken. »Welchen Unsinn haben Sie ihm erzählt?«

Ich ließ mich nicht beirren. »Sie waren derjenige, der für den Untergang verantwortlich ist!«

»Das ist absurd!«

Ich zog die Zettel aus der Tasche, die ich bei mir trug. »Nach dem Tod Ihres Vaters haben Sie Gutachten aller Schiffe anfertigen lassen, nicht wahr? Auch von der *Solveig*. Dieses Schreiben belegt, dass der Gutachter empfohlen hatte, das Schiff überholen zu lassen, weil es sonst nicht mehr seetauglich wäre.«

Boregard wollte zu einer Erwiderung anheben, doch sein Mund klappte wieder zu, als ich das Schreiben herumdrehte und der Briefkopf des Gutachters sichtbar wurde.

»Und dieses Schreiben hier«, fuhr ich fort und zog das zweite Blatt hervor, »stammt aus der Werft, die Sie angeblich beauftragt haben, das Schiff zu überholen. Doch in Wirklichkeit wurde die *Solveig* niemals überholt. Sie haben nicht einen Finger krumm gemacht, um sie zu warten und seetüchtig zu halten. Dafür aber haben Sie die Versicherungssumme eingestrichen. Das Blutgeld für Ihre Lüge!«

»Du dreckiges Miststück. Wie kannst du so was behaupten!« Er machte einen Schritt auf mich zu. Sein Gesicht glühte hochrot, seine Augen funkelten zornig. Jetzt hatte ich doch Mühe, nicht zurückzuweichen. Möglicherweise reichte Oskars Anwesenheit nicht aus, wenn Boregard die Beherrschung verlor und mich packte.

Angst schoss in mir hoch, und erst, als ich an die Polizisten vor der Tür dachte, gelang es mir, mich wieder in den Griff zu bekommen.

»Sie behauptet es nicht nur«, schaltete sich Oskar nun ein und baute sich neben mir auf. Er überragte Boregard um einen halben Kopf, und aus irgendeinem Grund überkam mich ein Glücksgefühl, weil dieser Mann an meiner Seite war. »Dies sind Dokumente aus Ihrer Firma.« Er holte nun das große, blau eingebundene Buch hervor. »Und das ist eines der Logbücher, die Ihre Schiffskapitäne führen, nicht wahr?«

Der goldgeprägte Schriftzug auf dem Buchdeckel blitzte kurz im Schein des Lüsters auf, dann erschien Bjarnes Schrift auf dem Papier.

Saubere, gleichmäßige Buchstaben, die sich zu Worten formten. Mein Herz schnürte sich zusammen, und meine Kehle wurde eng. Ich war froh, dass Oskar jetzt das Reden übernahm, denn ich wollte nicht aufschluchzen, während ich sprach.

»Aus diesem Logbuch geht hervor, dass die *Solveig* zu dem auf der Rechnung behaupteten Überholungsdatum gar nicht auf Reede lag, sondern auf See war.«

Stille folgte Oskars Worten. Ich starrte Boregard an und ballte meine Fäuste. Wie gern hätte ich ihm jetzt einen Hieb verpasst!

Doch ich entschied mich für Worte. Worte, in denen sich all meine Trauer und all mein Hass auf Boregard entluden. Es war wie ein Gewitter nach langer Schwüle, der Befreiungsschlag, auf den ich schon so lange gewartet hatte. Mein Körper zitterte, doch meine Stimme klang so fest wie noch nie, während ich die Vorwürfe auf ihn niederprasseln ließ.

»Sie haben die Rechnung für die Überholung fälschen lassen! Sie haben meinen Mann belogen und die *Solveig* auf See geschickt, obwohl sie nicht mehr hätte fahren dürfen. Sie!«

Beim letzten Wort überschlug sich meine Stimme, und ich machte einen wütenden Schritt voran. Jetzt war es Boregard, der zurückwich. Doch ich war noch nicht fertig mit ihm.

»Sie haben in Kauf genommen, dass so viele Menschen gestorben sind! Sie haben meinen Mann auf dem Gewissen! Und dann haben Sie ihn zum Sündenbock gemacht und dafür gesorgt, dass ich zu einer Ausgestoßenen wurde!«

Ich hielt kurz inne, dann fügte ich, jetzt wieder ruhiger, hinzu: »Sie werden dafür bezahlen, Herr Boregard. Sie und alle, die Ihnen geholfen haben, diesen Betrug durchzuziehen.«

Boregard war kreidebleich geworden. Sein Blick wanderte zwischen Oskar und mir hin und her. Er wirkte wie ein in die Enge getriebener Wolf, und ich fragte mich, ob er zubeißen würde.

»Sie hatten kein Recht, diese Dokumente einzusehen!«, schnappte er in Richtung Oskar. »Was haben Sie getan? Sind Sie in mein Kontor eingebrochen? Haben Sie jemanden bestochen, damit Sie eine gute Geschichte für Ihr Lügenblatt erhalten? Ich werde dafür sorgen, dass Sie vor Gericht kommen!«

Diese Aussage ließ mich auflachen. Oskar jedoch wirkte nicht amüsiert, als er ein weiteres Schreiben aus der Tasche zog. »Dies hier ist ein Durchsuchungsbeschluss der Staatsanwaltschaft.« Er hielt Boregard das Blatt vor die Nase, damit er es lesen konnte. »Ich bin nicht nur Reporter, ich bin auch Ermittler der Seehaftpflichtversicherung in Stockholm. Wir haben die Ermittlungen gegen Sie aufgenommen, nachdem wir posthum ein Schreiben von Kapitän Bjarne Walsted erhalten haben. Aber das haben Sie bereits von Ihren Informanten erfahren, nicht wahr? Warum sonst hätten Sie uns einen Detektiv auf den Hals hetzen sollen?«

Er atmete durch und fuhr dann grimmig fort: »Auf Sie wartet nun ein Prozess wegen Versicherungsbetrugs. Außerdem werden die Geschädigten Zivilverfahren gegen Sie anstrengen. Frau Walsted als eine der Geschädigten wird darunter sein.«

Das war mein Stichwort. Ich war nicht nur gekommen, um ihn mit der Wahrheit zu konfrontieren. Ich wollte etwas von ihm. Etwas, das ich laut Oskar durchaus fordern konnte.

»Und es wird nicht nur eine Klage wegen Bjarnes Tod sein«, setzte ich an. »Ich könnte Sie genauso gut wegen Rufschädigung oder wegen Überwachung durch einen Detektiv anklagen lassen. Oder wegen des Übergriffs auf mich in der Stadt.« Beweise dafür, dass er die Schläger beauftragt hatte, besaßen wir noch nicht. Doch dass Boregard nicht widersprach, zeigte, dass er dahintersteckte.

»Es gibt jedoch eine Bedingung, unter der ich bereit wäre, meine Anklage fallen zu lassen«, fuhr ich fort. Ich wusste nicht, ob es klappen würde. Aber es war meine einzige Chance.

»Und warum sollte ich darauf eingehen?«, fragte Boregard spöttisch, doch noch immer war die Farbe nicht in sein Gesicht zurückgekehrt.

»Weil Sie mich auf diese Weise für immer loswerden können.«

125

Liv

Midsommar war heran, aber im Sommerhaus auf Aspö war niemandem so recht nach Feiern zumute.

Hugo war gestern endlich erschienen und hatte seiner Frau über den Brand berichtet. Dass eine Arbeiterin, die hinausgeworfen worden war, das Feuer gelegt hatte. Dass diese sich, nach allem, was man wusste, selbst gerichtet hatte, indem sie ins Hafenbecken sprang.

Das hatte ich bereits in dem Artikel von Oskar Andersson gelesen, doch diesen hatte ich Nanna nicht gezeigt, um sie nicht weiter aufzuregen.

Allein diese Geschichte von ihrem Mann zu hören hatte sie derart erschüttert, dass sie erneut in Tränen ausgebrochen war. Auch Hugo sah alles andere als wohl aus. Der Schaden war sehr hoch, und als Teilhaberin haftete Nanna – und mit ihr auch Hugo. Es würde sie einiges kosten, die Fabrik wieder in Betrieb bringen zu lassen. Natürlich würde die Versicherung einen Teil der Summe übernehmen. Doch viele Webstühle waren mittlerweile sehr veraltet, und die Versicherung zahlte nur den Zeitwert. Neuanschaffungen würden wesentlich teurer werden. Das war Geld, das ihrer Lampenfabrik fehlen würde.

Ich hatte während des Gesprächs in dem Sessel am Fenster gesessen, scheinbar in ein Buch vertieft. Es war, als wäre ich mit Hugos

Eintreffen unsichtbar geworden. Hugo und Nanna vergaßen mich vollständig.

Vielleicht war es schändlich, aber ich spürte eine gewisse Befriedigung. Auch sie sahen nun, wie es war, wenn man etwas verlor.

Hugo war auch heute Abend noch hier. Ich wusste nicht, wie Nanna ihn dazu gebracht hatte, trotz der Absage des Gesellschaftsabends. Vielleicht war er es leid, in der Stadt ständig wegen der Fabrik behelligt zu werden. Von Reportern wie Oskar, die sich für die Hintergründe interessierten.

Was würde dieser Abend bringen?

Ich hatte für den Anlass ein dunkles Kleid ausgewählt. Nicht, weil Nanna es angeordnet hätte, sondern weil ich glaubte, dass es angemessen wäre.

Das Haus trauerte – wenn auch mehr um das zerstörte Gebäude als um die Arbeiterin. Hugo schimpfte bei jeder Gelegenheit auf sie, während Nanna mit verkniffenem Gesicht dabeisaß. Möglicherweise dachte sie jetzt wieder an die Anschuldigung gegen Marlene. Erkannte sie, wie falsch diese war?

Ich erhob mich und verließ mein Zimmer.

Es war ein schöner Sommerabend, das erste Midsommar, das ich nicht zu Hause verbrachte.

Würde Sten eine Feier geben? Mich damit entschuldigen, dass ich mich nicht wohl fühlte?

Er hatte sich die ganze Zeit über nicht gemeldet, also musste alles seinen Gang gehen. Möglicherweise würde er mich noch länger hier auf Aspö lassen. Oder mir einen Anwalt mit den Scheidungspapieren schicken. Wenn ich ehrlich war, würde ich nicht mal traurig darüber sein, solange er mir nur das kleine bisschen Freiheit ließ, das ich noch besaß.

Ich könnte versuchen, wieder in Pfarrhäusern zu arbeiten. Oder etwas anderes zu tun, das den Menschen zugutekam. Und wer sagte denn, dass ich mich nicht weiter für das Wohl anderer Frauen einsetzen konnte?

Da das Wetter schön war und sich die Nachbarn vielleicht wundern könnten, dass es in diesem Haus so still war, hatten Hugo und Nanna beschlossen, das Abendessen draußen auftragen zu lassen.

Wie immer spielten die Kinder im Garten. Hugo und Nanna sahen dem Treiben ruhig zu.

Ich gesellte mich zu ihnen, ohne zu wissen, was ich sagen sollte. Das Feuer in der Kleiderfabrik hatte beide sichtlich mitgenommen.

Schließlich servierte das Dienstmädchen das Essen. Die Kinder setzten sich zu uns, und als spürten sie, dass etwas Schreckliches geschehen war, verhielten sie sich ungewohnt ruhig.

Nanna war sehr blass, was sie auf ihre Schwangerschaft schob. Obwohl ich wusste, dass es ihr leidtat, keine Gäste empfangen zu können, hörte ich von ihr keine Beschwerde. Das verwunderte mich ein wenig, aber ich war froh, denn so musste ich keine Rechenschaft ablegen, dass mein Mann nicht hier war.

Es wurde das traditionelle Midsommar-Mahl serviert: geräucherter Lachs, Rollmops, junge Kartoffeln, Butter und als Nachtisch frische Erdbeeren, die man von einem Bauern in der Nähe bezog.

Die Schale der roten Früchte zerplatzte in meinem Mund und rief in mir die Erinnerung an das Rosenhag wach. Marlene hatte nicht gefragt, ob ich an Midsommar mit ihnen feiern würde. Wir gern hätte ich das getan!

»Hast du etwas von Sten gehört?«, fragte Hugo, als wir gemeinsam der Sonne dabei zusahen, wie sie sich langsam dem Horizont entgegensenkte.

»Nein«, gab ich ehrlich zurück.

»Du solltest ihm schreiben«, mischte sich Nanna ein. »Ihm sagen, dass er dir fehlt.«

Warum?, dachte ich. Wenn ich ihm wirklich fehlen würde, wäre er schon hier erschienen und hätte mich mit nach Hause genommen. Ich wusste, dass ich es nicht über mich brächte, ihm eine rührselige Nachricht zukommen zu lassen.

Doch weil mir klar wurde, dass Nanna und Hugo mich vielleicht liebend gern losgeworden wären, antwortete ich: »Das werde ich tun. Vielleicht schon morgen.«

»Ich bin sicher, wenn erst ein wenig Zeit ins Land gegangen ist, wird eure Ehe wieder so harmonisch wie zuvor«, sagte Nanna.

Ich fragte mich, ob ich das überhaupt wollte. Mit Abstand betrachtet, war unsere Ehe schon lange nicht mehr harmonisch gewesen. All mein Hoffen, dass Sten mich wahrnehmen würde, all die Stunden, in denen ich mir die Schuld gab, keine Kinder bekommen zu können, sprachen nicht dafür, dass ich einen Mann hatte, der mir ein Partner war. Er war lediglich der Mann, dem alles, was ich besaß, gehörte. Inklusive meines Körpers.

»Was werdet ihr mit der Kleiderfabrik machen?«, fragte ich nun, um von Sten abzulenken. »Sie ist doch nicht ganz abgebrannt, nicht wahr?«

Ich spürte, dass ich Hugo damit genau ins Mark traf. Möglicherweise mischte ich mich damit ja schon wieder in ihre Belange ein. Doch eine Frage war ja wohl noch gestattet.

»Der Schaden ist enorm«, sagte er, »aber nichts, was wir nicht überstehen könnten.« Er griff nach der Hand seiner Frau und drückte sie. Sie zwang sich zu einem Lächeln, und in ihren Augen lag kein Zweifel an Hugos Worten.

Das war Harmonie!

»Entschuldigung«, sagte da eine Stimme. »Ich möchte Sie eigentlich nicht stören …«

Ich fuhr herum und traute meinen Augen nicht.

Zwischen den Kamelien, die Nannas ganzer Stolz waren, stand Marlene.

126

Marlene

Mein ganzer Körper pulsierte noch immer von den Ereignissen der vergangenen Stunden. Meine Haut fühlte sich an, als würde sie brennen, während ich Liv ansah, die neben Nanna Skantze und ihrem Mann saß. Ich konnte nicht glauben, dass ich hier stand. Dass ich sie wiedersehen durfte. Mein Herz machte vor Freude einen kleinen Satz, und ein aufgeregtes Kribbeln erwachte in meinem Bauch.

»Was haben Sie hier zu suchen?«, fragte Hugo Skantze und schleuderte seine Serviette von sich. Es war erstaunlich, wie sehr seine Reaktion der von Sten Boregard glich.

»Ich möchte Frau Boregard besuchen«, erwiderte ich.

»Verlassen Sie sofort mein Grundstück!«, schnauzte er, doch ich ging auf Liv zu. Oskar war auf dem Festland zurückgeblieben, denn das, was er tun musste, würde noch eine Weile in Anspruch nehmen. Aber ich wollte Liv sofort davon berichten. Und ihr ihre Freiheit zurückgeben.

»Ich habe eine wichtige Nachricht für dich«, sprach ich sie direkt an. Das brachte Hugo Skantze dazu innezuhalten.

Liv schaute mich zunächst verwundert, dann beunruhigt an. Wie würde sie auf das, was ich ihr brachte, reagieren?

Das hatte ich mich schon gefragt, nachdem wir das Haus von Sten Boregard verlassen hatten.

Ich hatte immer noch seine Stimme im Ohr, die Beschimpfungen, die er mir entgegengeschleudert hatte, nachdem Oskar und ich ihn mit den Dokumenten konfrontiert hatte.

Rudolph Ekström hatte recht gehabt. Sten Boregard fürchtete mich. Sein Versuch, mich einzuschüchtern, bewies das deutlich. Doch er wurde leiser, als Oskar ihm erklärte, was die Unterlagen für ihn bedeuteten. Wie die Ermittlungen gegen ihn aussahen. Und welche Konsequenzen folgen würden.

»Ich kann Sie nicht davor bewahren«, hatte ich so ruhig wie möglich zu ihm gesagt und dann die Zeitung, die ich aus der Wohnung mitgenommen hatte, vor ihm abgelegt. »Aber ich kann Sie davor bewahren, dass ich Ihnen weiterhin im Nacken sitze.« Ich ließ ihm einen Moment, um zu begreifen, dann sagte ich: »Ich mache Ihnen einen Vorschlag, und es liegt ganz bei Ihnen, ihn anzunehmen oder abzulehnen.«

»Marlene, was ist denn?«, drängte sich Livs Stimme in mein Bewusstsein.

»Ich bin hier, um dich abzuholen«, begann ich und warf einen Seitenblick zu den Skantzes. Als ich noch in der Lampenfabrik gearbeitet hatte, war ich ihnen nie so nahe gekommen. Sie waren mir immer etwas überirdisch erschienen. Doch nun wirkten sie zum ersten Mal klein auf mich.

Skantze sprang auf. »Sie haben kein Recht dazu! Diese Frau ist unserer Obhut übergeben worden! Ich werde die Polizei rufen!«

Ein Gefühl, als hätten Brennnesseln meine Haut berührt, überlief mich, als mir klar wurde, dass Liv kein Gast war, sondern Skantzes Gefangene. Eine Frau, deren Mann behauptete, sie sei nervenkrank.

Ich betrachtete Liv, die etwas traurig und blass wirkte, aber bei klarem Verstand war. Ich streckte ihr die Hand entgegen, denn sie starrte mich noch immer ungläubig und wie erstarrt an.

»Haben Sie nicht gehört, was ich gesagt habe!«

»Rufen Sie die Polizei!«, gab ich nun zurück, denn es reichte mir, Vorschriften gemacht zu bekommen. »Sie ist eine freie Frau mit freiem Willen und kann frei entscheiden!«

»Sie ist krank und braucht Erholung!«

Ich stieß ein spöttisches Schnauben aus. »Krank?« Ich schaute zu Liv. »Fühlst du dich krank?«

Wie ich es nicht anders erwartet hatte, schüttelte sie den Kopf. »Ich fühle mich sogar sehr gesund.«

Sie erhob sich, doch Skantze packte ihren Arm.

Ich hatte die Geschichte eigentlich nicht vor ihm und seiner Frau ausbreiten wollen. Aber nun sah ich ein, dass man sie nicht gehen lassen würde, wenn es nicht einen guten Grund gab.

Ich blickte Skantze also fest in die Augen, dann sagte ich: »Sie muss nach Karlskrona zurückkehren, weil ihr Mann soeben wegen Betrugs verhaftet wurde!«

127

Liv

»Wie … wie kommst du überhaupt hierher?«, fragte ich, während wir zum Anlegeplatz hinabstiegen.

Ich hatte nicht viel mitgenommen. Den Schrankkoffer würde mir Hugo per Schiff bringen lassen. Und wenn nicht, wen kümmerte das, was er enthielt? Alles, was ich brauchte und was mir wichtig war, steckte in der Teppichstofftasche, die ich in der Hand hielt.

»Oskar ist es gelungen, einen der privaten Kapitäne zu überreden, mich zu fahren. Alles ging so schnell.«

Ich brannte darauf zu hören, was geschehen war. Trotz allem, was Sten mir angetan hatte, empfand ich keine Schadenfreude. Ich wusste mittlerweile nur zu gut, wie sich der Ruf eines Mannes und seine Taten auch auf seine Ehefrau auswirken konnten.

»Wir sind heute Abend gegen sechs Uhr bei euch gewesen«, begann Marlene. »Oskar, ich und die Polizei.« Sie blickte mich an. »Seit dem Augenblick, in dem dein Mann in der Tür des Rosenhag stand, ist so viel geschehen. Ich hatte mir so sehr gewünscht, dass du davon erfährst …«

Sie erzählte mir von Oskars Offenbarung, ihrer Reise nach Stockholm und der Flaschenpost. Eine Gänsehaut überlief mich, als Marlene mir den Wortlaut der letzten Nachricht ihres Mannes nacherzählte.

Gleichzeitig stieg Sorge in mir auf. Welche Auswirkungen würde es haben, wenn Sten für schuldig erklärt wurde? Ich war sicher, dass diese Nachricht die Stadt wie eine Sturmflut treffen würde.

Sie berichtete, wie sie bei Nacht in Stens Kontor eingelassen wurden, von jemandem, dessen Namen sie mir nicht anvertraute. Aber ich verstand, was es hieß, wenn man jemandem ein Versprechen gab.

»Einer der entscheidenden Beweise«, fuhr Marlene fort, »war der Brief eines Gutachters, der anlässlich der Übernahme der Firma durch deinen Mann alle Schiffe geprüft und auf Seetüchtigkeit untersucht hat. Er empfahl, die *Solveig* entweder grundlegend zu überholen oder außer Dienst zu stellen. Doch dein Mann hat nichts dergleichen getan.«

»Sten hat deinen Mann und alle, die mit ihm fuhren, also wissentlich der Gefahr ausgesetzt, auf See zu Tode zu kommen?«, fragte ich.

Tränen glitzerten nun auf Marlenes Gesicht, als sie nickte. Ich griff nach ihrer Hand und spürte einen Kloß in meinem Hals.

»Es tut mir leid«, sagte ich. »Es tut mir so leid!«

Sie sah mich an und nickte. Dann wischte sie sich über die Wangen und fuhr fort: »Wir konnten in den Unterlagen Rechnungen über angebliche Überholungen an der *Solveig* finden, die er der Versicherung vorgelegt hatte. Doch die Daten darauf widersprachen den Logbüchern. Zu der Zeit, wo sie repariert worden sein sollte, war die *Solveig* auf dem Weg nach Riga. Das war im Jahr 1906. Ein Jahr vor dem Untergang.«

Jedes Wort ließ den Boden unter mir dünner und dünner werden. »Woher wusste dein Mann davon?«

»Er wusste es nicht. Als Kapitän hatte er dem Gutachter zwar das Schiff gezeigt, doch dein Mann hatte Bjarne offenbar mitgeteilt, dass alles in Ordnung sei und er weiterhin auslaufen könne. Aber Bjarne kannte das Schiff gut genug, um zu wissen, was dort nicht stimmte. Seine Zweifel hat er in seiner letzten Nachricht festgehalten.«

Marlenes Augen funkelten nun zornig. Mir war es, als würde ich in die Tiefe fallen. Dabei war ich nicht einmal verantwortlich für die Handlungen meines Mannes.

»Was hätte Sten …« Meine Stimme versagte, und ich brauchte einen Moment, um mich zu fassen. »Was hatte er davon?«

»Nun, wie es aussah, steckte die Reederei, die er erst seit einem Jahr führte, in finanziellen Schwierigkeiten. Sein Vater hatte durch den Kauf moderner Dampfschiffe sehr viele Schulden angehäuft. Beträge, die er durch die Einfuhr von Petroleum nicht decken konnte.«

Ein schrecklicher Verdacht kam mir. War der Tod meines Schwiegervaters vielleicht doch kein Unfall gewesen? Hatte er sich einfach aus der Verantwortung gestohlen, weil er wegen der Schulden keinen Ausweg mehr sah?

»Dein Mann konnte die Reederei nur retten, indem er Kosten einsparte«, fuhr Marlene fort. »Und dafür sorgte, dass die Entschädigung der Versicherung deutlich höher ausfiel, indem er sie über den wahren Wert des Schiffes täuschte …« Sie stockte und blickte mich dann voller Mitleid an. »Vielleicht sollten wir es lieber hierbei belassen. Es ist schon schwer genug.«

»Nein!«, sagte ich. »Ich will alles wissen. Nur dann kann ich einordnen, was geschehen ist. Und wie groß die Schuld ist, die auf meinem Mann liegt.« Ich versuchte, so entschlossen wie möglich zu wirken. »Ich bin stark, ich kann es vertragen.«

Marlene betrachtete mich einen Moment lang, dann nickte sie.

»Die Versicherungssumme kam ihm sehr gelegen, denn so konnte er die Schulden, die sein Vater angehäuft hatte, zu einem großen Teil endlich tilgen. Vielleicht hat er es nicht darauf angelegt, dass die *Solveig* sinken sollte. Aber er hat es in Kauf genommen. Er hat in Kauf genommen, dass Frauen ihre Männer, Mütter und Väter ihre Söhne und Kinder ihre Väter verloren.«

Die Worte echoten durch meinen Verstand, und ich spürte deutlich die Last ihrer Bedeutung. Meine Glieder zitterten, und Scham brannte auf meinem Gesicht.

Ein Blick aus dem Fenster zeigte mir die aufflammenden Lichter Karlskronas. Nicht mehr lange, und die Dunkelheit würde die Stadt einhüllen. Was würde mich in den kommenden Wochen dort erwarten? Würde man mich ächten, wie es bei Marlene der Fall war? Würde ich zum Gespött der Leute werden? Würde mir irgendwann nur übrig bleiben, die Stadt zu verlassen?

»Was … was werden sie mit ihm tun?«, fragte ich. Meine Stimme klang, als hätte ich sie stundenlang nicht benutzt.

Was meinem Mann geschah, würde auch mir geschehen. Egal, ob arme Frau oder reiche, man würde das Verhalten ihres Mannes auch ihr anlasten.

»Das weiß ich nicht«, sagte Marlene. Im letzten Tageslicht war sie kaum noch auszumachen. »Oskar meint, dass die Untersuchung einige Wochen oder Monate in Anspruch nehmen könnte.« Ich spürte ihre Hand auf meiner. »Das bedeutet, dass du fürs Erste diejenige sein wirst, die seine Geschäfte führt. Oder zumindest dafür sorgt, dass sie weitergehen können, bis ein Urteil gefällt wurde.«

»Aber … das kann ich nicht«, gab ich zurück. »Sten hat mich niemals in die Geschäfte eingeweiht.« Ich schüttelte den Kopf. Allein schon der Gedanke verursachte mir Übelkeit. »Das … das ist eine zu große Verantwortung. Ich …«

»Ich weiß, du wirst es schaffen«, sagte sie. »Rudolph Ekström, der Sekretär deines Mannes, wird dir helfen.«

Als das Boot am Borgmästarekajen anlegte, war es bereits dunkel. Der Schein der Lampen und Gaslaternen wies uns den Weg, doch die Schwärze dahinter wirkte bedrohlich auf mich.

Marlenes Worte brannten noch immer in mir, und ich wusste nicht, ob ich vor Wut schreien oder weinen sollte. Wo sollte ich jetzt hingehen? In der Ronnebygatan wartete ein leeres Haus auf mich.

Dort würde mich die volle Wucht der vergangenen Ereignisse treffen. Ich würde den Dienstboten begegnen, ihre fragenden Blicke würden mich verfolgen. Und was konnte ich ihnen sagen? Dass ihr Dienstherr, mein Mann, ein Betrüger war?

»Ich wünschte, es gäbe einen Ort, an dem ich unterkommen könnte«, sagte ich zu Marlene, als wir das Schiff verließen. »Einen anderen Ort als mein Haus.«

»Ich könnte dich mit in die Pension nehmen. Allerdings ist es dort, wie du weißt, einfacher und …«

»Ich meine nicht nur jetzt«, sagte ich. »Mir ist klar, dass ich dir nicht dein Bett streitig machen kann.« Ich seufzte schwer. »Ich würde am liebsten weglaufen.«

»Wenn all deine Angelegenheiten geordnet sind, gibt es diesen Ort vielleicht.« Marlene zog etwas aus ihrer Tasche hervor und reichte es mir.

»Was ist das?«, fragte ich verwundert, als ich das Schreiben aus dem Umschlag nahm.

»Ich habe einen Handel mit deinem Mann abgeschlossen«, sagte sie, während ich die Worte überflog. »Als Ausgleich dafür, dass ich zumindest keine Zivilklage wegen Verleumdung gegen ihn erhebe, habe ich das hier von ihm gefordert.«

Ich schaute sie fassungslos an, nachdem ich das Papier studiert hatte. »Du hast ihm …«

»Ich habe das Rosenhag von ihm erhalten. Als Schenkung. Jetzt muss es nur noch ein Notar beglaubigen.«

128

Oskar

»Das war sehr gute Arbeit!« Der Staatsanwalt lächelte mich begeistert an, eine Regung, die er sonst nur selten zeigte. Zuletzt hatte ich ihn lächeln sehen, nachdem wir einen anderen Betrüger aus dem Verkehr gezogen hatten. Das war schon eine Weile her.

»Ohne Frau Walsteds Mitwirkung wäre das nicht möglich gewesen.« Ich wandte mein Gesicht den Männern zu, die die letzten Aktenbündel aus dem Archiv der Reederei trugen. Zwei Wochen hatten sie gebraucht, um alles umzudrehen und durchzusehen: jeden Brief, jedes Logbuch, jedes Rechnungsbuch.

Das Erscheinen des Staatsanwalts am letzten Tag der Beweismittelsicherung war der Schlussakkord.

Thure Neström nickte. »Da gebe ich Ihnen ganz recht. Wie geht es ihr denn? Wird sie in der Lage sein, ihre Zeugenaussage zu machen?«

Natürlich war Marlene dazu in der Lage. Seit Boregard in Untersuchungshaft gewandert war, war sie regelrecht aufgeblüht. Noch nie zuvor hatte ich sie singen hören, doch an diesem Morgen ertappte ich sie dabei. Sie blickte mich überrascht an, lachte dann los. »Oh weh, jetzt habe ich dich bestimmt erschreckt.«

Den Gedanken daran, wie ich sie danach in die Arme und zurück ins Bett gezogen hatte, musste ich mir allerdings versagen, denn ich wollte den Staatsanwalt nicht verwirren. Außerdem war es besser, wenn er nichts von unserem Verhältnis wusste.

»Das wird sie. Und viele andere Frauen ebenfalls.«

Marlene mochte vielleicht auf eine private Klage gegen Sten Boregard verzichten, doch sie wusste sehr gut, dass sie um eine Aussage gegen ihn nicht herumkam. Vor Gericht musste sie erneut die Echtheit des Briefes von Bjarne Walsted bestätigen.

»Ich habe keine Angst vor Boregard«, hatte sie mit entschlossenem Blick gesagt. Und ich würde dafür sorgen, dass sie diese Angst auch nie wieder zu haben brauchte.

»Fragt sich jetzt nur noch, wie sehr die Lampenfabrik in die Sache verstrickt ist«, fuhr der Staatsanwalt fort.

»Das werden die kommenden Wochen zeigen müssen.«

Nicht nur Boregard drohte es, an den Kragen zu gehen. Auch der Leiter der Werft, in der die *Solveig* angeblich überholt worden war, würde sich verantworten müssen. Außerdem waren da noch die Skantzes.

Wahrscheinlich hatten sie Marlene auch deshalb entlassen, weil sie wegen der *Solveig* Ärger fürchteten. Wenn sich herausstellte, dass Hugo Skantze von dem Gutachten über das Petroleumschiff gewusst hatte, konnte es auch für ihn sehr unangenehm werden. Denn dann musste er sich fragen lassen, ob er auf den Transport bestanden hatte.

Wie hatte mein Verleger doch gleich gesagt, als ich ihm von Boregards Verhaftung berichtete? Männer wie diese mögen wie eine Einheit stehen, aber wenn einer kippt, reißt er die anderen möglicherweise mit wie bei einem Dominospiel …

»Nun, dann können wir die Zelte hier abbrechen, nicht wahr?«, sagte der Staatsanwalt und reichte mir die Hand. »Ich freue mich darauf, Sie in Stockholm wiederzusehen.«

Ich wusste nicht, ob ich diese Worte genauso erwidern sollte. Ein Prozess dieser Größenordnung war immer eine schmutzige Sache. Doch es tat mir gut, zu wissen, dass Sten Boregard Marlene erst einmal nicht mehr gefährlich werden konnte.

»Ihr Artikel ist übrigens sehr gelungen!«, rief er mir noch zu, dann ging er zu seinen Leuten.

Der Artikel war vorgestern in unserer Zeitung erschienen, und es machte nicht den Eindruck, als hätte er ein Erdbeben ausgelöst. Vielmehr lag eine durchdringende Stille über der Stadt, wie Nebel, der alle Geräusche dämpfte.

War es den Menschen gleichgültig? Oder missfiel ihnen, dass sie nun gezwungen waren, den angesehenen Reeder mit anderen Augen zu betrachten? Was war mit den Witwen der Seemänner? Würden sie erkennen, dass nicht Marlene die Schuldige war? Schämten sie sich für das, was sie ihr angetan hatten?

All diese Fragen mussten noch beantwortet werden. Später. Ich konnte jetzt nur eines tun: die Sache verfolgen. Meine Arbeit erledigen. Und beobachten, wie sich die Verhaftung Sten Boregards auf die, wie es mein Verleger nannte, Seilschaften in der Stadt auswirkte.

Mein nunmehr ehemaliger Informant trat zu mir.

»Herr Ekström.« Ich reichte ihm die Hand. Er trug einen dunklen Anzug, in dem er beinahe wie ein Pastor aussah.

Liv Boregard hatte ihn zum vorübergehenden Geschäftsführer der Reederei ernannt, eine Position, die er, wie ich fand, sehr gut ausfüllte. »Ich möchte Ihnen nochmals danken. Und mich entschuldigen für die Bredouille, in die ich Sie gebracht habe.«

Der Mann neigte den Kopf und stieß ein Seufzen aus. »Ich bin froh, dass es zu Ende ist. Fürs Erste. Ich fürchte allerdings, dass weitere Schwierigkeiten auf uns zukommen werden.«

»Nicht von Boregards Seite«, gab ich zurück, doch er wirkte skeptisch.

»Seien Sie sich da nicht zu sicher. Er hat Freunde. Diese werden ihn weiterhin für unschuldig halten. Solange kein Urteil ergangen ist, werden wir auf der Hut sein müssen.« Er machte eine Pause und fügte hinzu: »Ich denke sogar daran, die Stadt zu verlassen, wenn es vorbei ist.«

»Warum?«, fragte ich. »Niemand weiß, dass Sie es waren, der mir geholfen hat.«

»Dennoch. Ich will mit alldem nichts mehr am Hut haben. Ich bleibe noch, bis wieder Ruhe eingekehrt ist.« Er machte eine Pause, dann fügte er hinzu. »Ich bleibe für Boregards Frau. Sie scheint ganz anders zu sein als er. Und sie wird es schwer genug haben in der folgenden Zeit.«

Das würde sie, und obwohl ich sie noch nicht gut kannte, bedauerte ich es. Aber wie ich von Marlene wusste, bedeutete auch in ihrem Fall das Ende den Neuanfang.

»Grüßen Sie Marlene von mir, wenn Sie sie sehen«, gab Ekström mir mit auf den Weg, als ich mich verabschiedete. »Ich bin froh, dass der Ruf ihres Mannes wiederhergestellt wurde. Bjarne war ein guter Mensch – und ein guter Kapitän. Mein Sohn mochte ihn beinahe mehr als mich, fürchte ich.«

»Das zu hören, wird sie sicher freuen!«

Als ich das Kontor verließ, stand die Sonne hoch am Himmel. Ich ließ sie mir einen Moment lang aufs Gesicht scheinen, dann wandte ich mich um und eilte in Richtung Postamt.

Es gab da etwas, das ich abholen musste.

129

Marlene

»Ich hätte nicht geglaubt, dass ich diesen Ort je wiedersehen würde«, sagte Ingrid, als sie ihre Tasche auf den Küchenstuhl sinken ließ. Sie sah sich um, und ein Lächeln huschte über ihr Gesicht.

Während der dreieinhalb Wochen unserer Abwesenheit hatte sich eine feine Staubschicht auf die Möbel gelegt. Ansonsten wirkte das Rosenhag unverändert. Auf den ersten Blick jedenfalls. Wenn man genauer hinsah, bemerkte man die Scherben meiner Lampe am Boden. Rosenblätter und einige tote Insekten hatten sich auf dem Fensterbrett angesammelt. »Ich auch nicht«, erwiderte ich.

Noch immer saß mir die Erinnerung an den Moment im Nacken, als Boregard hier erschienen war. Vorhin, als ich mein Fahrrad in den kleinen Stall geschoben hatte, hatte ich einen Blick auf die Stelle geworfen, wo die Ziege ihre Jungen bekommen hatte. Das Stroh war zerwühlt, von den Tieren keine Spur zu sehen. Wahrscheinlich hatte Boregard sie tatsächlich töten lassen.

Doch jetzt hatten wir die Gelegenheit, alles, was wir uns vorgenommen hatten, in die Tat umzusetzen. Eine bessere Genugtuung gab es für mich nicht. Ich hatte Liv in Aussicht gestellt, das Rosenhag von mir zurückzubekommen, sobald sie eine freie Frau war. Doch sie hatte es abgelehnt.

»Ich habe gesehen, wie du dieses Haus betrachtet hast, als wir das erste Mal hier waren. Ich glaube, du hast dich ein wenig darin verliebt.«

Ich konnte es nicht leugnen, das hatte ich tatsächlich. Ich liebte die Räume, die Rosen, alle Fehler, die das Haus hatte. Es erschien mir wie ein Lebewesen mit all seiner Geschichte.

»Deshalb glaube ich, dass es bei dir in den besseren Händen ist«, fuhr sie fort. »Dieses Haus braucht Liebe. Und es ist sicherer, wenn du es hast. Du hast keine Bande, bist mündig und kannst deine eigenen Entscheidungen treffen.«

Ein Band hatte ich. Aber Oskar war mein Geliebter, nicht mein Mann. Ob er es jemals werden würde, stand in den Sternen. Im Moment war es gut so, wie es war. Ich dachte nicht an Heirat, denn diese wäre für uns beide eine Fessel.

Da Liv die Geschäfte ihres Mannes führte, war es kein Problem gewesen, die Schenkung beglaubigen zu lassen. Zum ersten Mal lernte ich Herrn Hangren kennen, der Liv auf der Beerdigung ihres Vaters angesprochen hatte. Er war ein etwas trockener, aber sehr freundlicher Mann, der sichtlich zufrieden wirkte, als wir unsere Unterschrift unter die Papiere setzten.

Als wir das Notarbüro verließen, fühlte ich mich so leicht, dass mir beinahe etwas schwindelig wurde.

»Wann kommst du zu uns?«, fragte ich Liv, die nicht so freudig erschien, wie ich es erwartet hatte.

Doch wer konnte es ihr verdenken? Ich wusste nur zu gut, was das Gerede der Leute anrichten konnte. Ohne dass sie mir davon berichtet hatte, wusste ich, dass die Frauen der Gesellschaft sie von nun an mit anderen Augen ansehen würden. Das tat mir sehr leid, denn sie konnte nichts für die Taten ihres Mannes.

»Sobald es meine Verpflichtungen zulassen«, hatte sie geantwortet. »Du weißt ja, ab sofort bin ich Reederin.«

»Du bist uns jederzeit willkommen!« Ich sagte bewusst »uns«, denn für mich stand es fest, dass Ingrid mich begleiten würde. Wenn sie es wollte.

Und nun waren wir hier.

»Womit fangen wir denn an?«, fragte sie, während sie zum Küchenschrank ging. Mochte Sten Boregard auch die Ziege und ihre Jungen weggeholt haben, die Vorräte waren immer noch da.

»Ich würde vorschlagen, wir schauen, was noch alles in Ordnung ist, und machen uns dann ans Brotbacken. Morgen werde ich uns eine neue Ziege besorgen. Vielleicht sogar zwei, damit sie nicht so einsam ist.«

Die Aussicht, den mürrischen Bauern aufzusuchen, erfreute mich gar nicht. Aber wir brauchten die Milch. Und vielleicht würde ein Kuchen von Ingrid ihn milde stimmen.

Ich ging durch die Räume, öffnete einen Fensterladen nach dem anderen. Licht strömte hinein, der warme Sommerwind brachte den Duft von Heu und Wiesenblumen herein.

Auch im Wohnzimmer öffnete ich die Fenster und versuchte, mir vorzustellen, wie es sein würde, wenn wir mehr waren. Wenn wir uns hier wirklich ein Leben aufgebaut hatten.

Ein Geräusch erregte meine Aufmerksamkeit. Ein leises Rascheln, dann noch etwas anderes. Zunächst konnte ich nicht ausmachen, was es war, dann erkannte ich es.

»Ingrid!«, rief ich. »Im Garten!«

Gleich darauf stürmte ich durch die Hintertür.

»Was ist im Garten?«, fragte Ingrid und folgte mir.

Wenig später sah auch sie, was ich sah.

Die Geiß hatte es sich unter einem Busch gemütlich gemacht, und um sie herum tollten zwei gesunde Zicklein.

130

Liv

Die Sommerhitze flirrte über den Bahngleisen. Schweiß rann über meine Schläfen, an meinem Hals entlang. Ich zog ein Taschentuch hervor und tupfte ihn ab.

Normalerweise hätte ich mich bei diesen Temperaturen in den kühlen Salon zurückgezogen, doch ich wollte das Wochenende bei Marlene und Ingrid im Rosenhag verbringen. Die beiden mussten bereits in den Morgenstunden in Nättraby eingetroffen sein, um das Haus wieder in Besitz zu nehmen.

So viel war in den vergangenen Tagen geschehen, so viel hatte sich in der kurzen Zeit verändert … Seit er verhaftet und in das Untersuchungsgefängnis in Stockholm gebracht wurde, hatte ich Sten nur ein einziges Mal wiedergesehen. Als könnte ich es nicht glauben, hatte ich mich dorthin auf den Weg gemacht. Und dann stand er plötzlich vor mir.

Seine Haut war blass, Bartstoppeln zierten seine leicht eingefallenen Wangen, obwohl er die Möglichkeit hatte, sich zu rasieren. Seine Kleidung wirkte derangiert und schmutzig. Auf den ersten Blick schien ich einen völlig anderen Mann vor mir zu haben.

Doch in einer Hinsicht war er immer noch der Alte.

Ich hatte gehofft, dass er zerknirscht sein würde. Dass er froh sein würde über meinen Besuch.

»Freut es dich, mich so zu sehen?«, fragte er stattdessen, während kaum verhohlene Wut in seinen Augen glomm.

»Nein«, hatte ich entgegnet. »Ich finde es tragisch, dass du all diese Entscheidungen getroffen hast.«

Er hatte mir vorgeworfen, dass ich mit einer simplen Kutschfahrt seinen Ruf ruinieren würde. Dabei hatte er zuvor schon viel schlimmere Sachen getan.

»Tragisch ist, dass diese Walsted nicht vom Schlag getroffen wurde. Sie allein ist schuld daran, dass ich hier sitze. Schuld daran, dass alles den Bach hinuntergeht.«

Seine Worte legten sich schwer auf meine Brust, denn ich wusste nur zu gut, dass das, was er sagte, nicht stimmte. Möglicherweise war ich umsonst hergekommen. Er würde sich niemals ändern. Niemals zugeben, dass der Betrug, den er begangen hatte, allein seine Schuld war.

»Nicht Marlene ist verantwortlich für das, was geschehen ist«, hatte ich gesagt, als ich mich erhob. Mir hätte noch Besuchszeit zugestanden, aber ich verzichtete darauf. »Sondern du, du ganz allein. Du hättest tun sollen, was der Gutachter gesagt hat.« Ich ließ eine Pause, dann fügte ich hinzu: »Ich habe die dringlichsten Angelegenheiten der Reederei erledigt. Morgen werde ich zu einem Anwalt gehen und die Scheidung beantragen.«

»Du willst was?«, antwortete Sten, und die Wut, die ich so gut an ihm kannte, war wieder aufgeflammt.

»Du hast mich verstanden«, gab ich zurück und wandte mich um.

»Das wirst du bereuen!«, peitschte Stens Stimme hinter mir her. Er war aufgesprungen, und nur die Handschellen, mit denen er an den Tisch zwischen uns gefesselt war, hielten ihn davon ab, mir nachzulaufen. »Du und dieses Weibsstück! Ich habe mächtige Freunde! Ich werde euch alles nehmen und euch dann in eine Irrenanstalt stecken. Beide!«

Ich musste zugeben, dass seine Drohung einen eisigen Schauer über meinen Rücken laufen ließ. Natürlich konnte er versuchen, uns zu schaden. Aber würde es diese Freunde nach der Verurteilung noch geben?

Ich wusste zumindest, dass Nanna und Hugo sich von ihm abgewendet hatten. Es hieß sogar, dass Hugo mit dem Gedanken spielte, das Petroleum von einer Reederei aus Stockholm einführen zu lassen. Das wäre ein harter Schlag für unser Unternehmen – aber mehr für Sten als für mich. Mir tat es nur leid, dass alles so gekommen war. Wenn ich jemals Gefühle für Sten hatte, ja, wenn ich ihn je geliebt hatte, war das jetzt vergangen. Ich verzichtete darauf, etwas auf seine Worte zu kontern.

»Leb wohl, Sten«, hatte ich, ohne mich noch einmal nach ihm umzuwenden, gesagt. Ich gab dem Wärter das Zeichen, dass ich die Besuchszelle verlassen wollte, und als sich die Gittertür öffnete, ging ich mit erhobenem Haupt.

Der Zug fuhr ein, und wenig später erklomm ich den Waggon. Ich war noch nie in der dritten Klasse gefahren und erntete angesichts meiner Kleidung verwunderte Blicke.

Ich hatte mich für einen einfachen Aufzug entschieden, einen sandfarbenen Rock mit weißer Bluse, dazu einen Strohhut auf dem Kopf. So liefen viele Frauen herum, doch natürlich erkannte man schon von Weitem, dass der Stoff feiner war als der, der normalen Arbeiterinnen zur Verfügung stand. Außerdem trug ich die Brosche meiner Mutter am Kragen. Versonnen tastete ich danach, fühlte den blauen Stein unter meinen Fingerspitzen.

Das Schmuckstück würde eines der wenigen Dinge sein, die ich aus der Villa in der Ronnebygatan mitnehmen würde. Einen Anwalt hatte ich mittlerweile auch schon, der die Scheidung in Gang brachte. Sobald die Trennung von Sten vollzogen war, würde das Rosenhag auch mein Zuhause werden.

Ich war mir darüber im Klaren, dass es dort den Luxus, den ich aus der Villa kannte, nicht geben würde. Wir würden versuchen müssen, uns selbst zu versorgen. Das brachte Schwierigkeiten mit sich, denn wir würden nur das Geld haben, das wir verdienten.

Aber ich lächelte bei dem Gedanken, frei zu sein.

In Nättraby angekommen, machte ich mich zu Fuß auf den Weg zum Wildhüterhaus. Vielleicht konnte Marlene mir beibringen, wie man Fahrrad fuhr. Solange ich Stens Frau war, würde ich das Geld haben, mir eines zu kaufen.

Nach einer Weile hörte ich ein Gefährt hinter mir heranrumpeln. Ich wich zur Seite aus, um den Wagen durchzulassen. Es war möglich, dass er in den Gutswald wollte, um Holz zu holen. Ich fragte mich, was mein Onkel und mein Neffe dazu sagen würden, dass das Wildhüterhaus jetzt eine neue Besitzerin hatte.

»Darf ich Sie mitnehmen?«, hörte ich eine Stimme, als der Wagen auf gleicher Höhe mit mir war. Als ich aufblickte, sah ich zu meiner großen Überraschung Oskar Andersson auf dem Kutschbock sitzen.

»Sie?«, fragte ich. Seit Stens Verhaftung hatte ich ihn nur noch einmal im Schlepptau des Staatsanwalts gesehen, der erschienen war, um die Beweismittel zu sichern.

Er lachte auf. »Ich war auf dem Weg zu Marlene. Ich wollte ihr ein paar Dinge bringen. Wenn Sie mögen, nehme ich Sie gern mit.«

Es hatte eine Zeit gegeben, in der ich abgelehnt hätte. Doch jetzt sah ich keinen Sinn darin, mir die Füße wund zu laufen. Ich streckte Andersson meine Hand entgegen und ließ mir von ihm auf den Kutschbock helfen.

»Wie steht es mit Ihrer Arbeit?«, fragte ich. »Ich habe Sie lange nicht mehr in Karlskrona gesehen.«

Einen Tag, nachdem ich ins Kontor gegangen und den Angestellten erklärt hatte, dass Sten für die nächste Zeit nicht erscheinen würde, war Andersson mit den Beamten des Staatsanwalts angerückt. Ich war nicht zugegen gewesen, hatte Rudolph Ekström am Vortag allerdings gesagt, dass er die Männer nach allen Kräften unterstützen sollte.

Rudolph Ekström war mir gegenüber ein wenig befangen gewesen. Durch Marlene wusste ich, welche Rolle er bei der Verhaftung meines Mannes gespielt hatte.

»Haben Sie keine Sorge«, sagte ich zu ihm, als wir im Büro allein waren. »Ich trage Ihnen nichts nach. Sie haben dafür gesorgt, dass die Wahrheit ans Licht kommt. Nichts anderes hätte ich von Ihnen erwartet.«

Er war dennoch etwas peinlich berührt, aber dies legte sich, als ich mir von ihm erklären ließ, was die wichtigsten Aspekte von Stens Arbeit waren. Er war ein sehr kluger und kompetenter Mann. Einen besseren konnte ich mir als Geschäftsführer nicht wünschen.

»Es gab viel zu tun«, antwortete Andersson und vertrieb damit meine Gedanken. »Aber jetzt ist es nicht mehr meine Sache. Ich habe meinen Abschlussbericht geschrieben, und das war's. Bis zum nächsten Auftrag bin ich nur noch Journalist.«

»Werden Sie denn bei der *Blekinge Läns Tidning* bleiben, Herr Andersson?«

»Sagen Sie ruhig Oskar zu mir, wenn Sie möchten«, gab er zurück.

Ich legte den Kopf schräg. »Meinen Sie, dass das angebracht wäre gegenüber dem Mann, der meinen Gatten ins Gefängnis gebracht hat?«

»Noch sitzt er nur in Untersuchungshaft. Ich kann Ihnen allerdings keine großen Hoffnungen machen, dass er bald wieder auf freiem Fuß sein wird.«

Ich betrachtete ihn. Mit seinem schwarzen Haar und den strahlenden Augen wirkte er sehr attraktiv. Und er hatte sich als ausgesprochen treu gegenüber Marlene erwiesen. In jeder Hinsicht.

»Das brauchen Sie nicht«, erwiderte ich. »Sten hat getan, was er für nötig hielt. Ich bedaure sehr, dass so viele darunter leiden mussten. Aber ich bedaure nicht, dass er jetzt den Lohn für diese Taten erhält.«

Ich dachte wieder an seine Drohung und alles, was er mir zugemutet hatte. Selbst wenn unser Verhältnis zuletzt besser gewesen wäre, hätte es mich schockiert. Und ich war nicht sicher, ob ich an seiner Seite geblieben wäre, nachdem klar wurde, dass seine Taten für den Untergang des Schiffes verantwortlich waren.

Als wir am Rosenhag ankamen, war von Marlene und Ingrid nichts zu sehen. Wir machten Halt, und Andersson half mir vom Wagen.

»Hallo?«, rief er. Seine Stimme scheuchte ein paar Meisen aus den Ästen eines Rosenbusches.

Zunächst rührte sich nichts, doch dann öffnete sich die Tür, und Marlene flog uns entgegen. Sie umarmte mich lachend, dann küsste sie Oskar so innig, dass ich fast schon neidisch wurde.

»Habt ihr euch zufällig getroffen?«, fragte sie und zog uns beide mit sich. »Kommt, wir haben Kaffee da. Und wir haben die Ziegen wiedergefunden!«

131

Marlene

Federwolken zogen über den abendlichen Himmel hinweg, kleine violette Schleier auf tiefem Orange. Der scharfe Geruch nach Fichtenharz stieg in meine Nase, und die Sonne, die durch die Baumkronen fiel, wärmte mich. Meine Finger waren mit denen von Oskar verschränkt, während wir Hand in Hand den kleinen Weg zu den Himbeeren entlanggingen.

Endlich hatten wir einen Moment für uns allein. Liv hatte Rezepte mitgebracht, die sie Ingrid zeigen wollte. Es würde beiden guttun, sich ein wenig anzufreunden. Genauso, wie es mir guttat, Oskar wieder bei mir zu haben.

»Es ist so schön, dass du wieder hier bist«, sagte ich und schmiegte mich an seinen Arm. »Es erscheint mir, als wäre seit unserem letzten Treffen eine Ewigkeit vergangen.«

»Das waren doch nur zwei Wochen«, erwiderte er und gab mir einen Kuss. Er hatte viel Zeit in Stockholm verbringen müssen, doch nun war er wieder hier. Natürlich war er jetzt seinem Verleger bei der Zeitung verpflichtet, aber nachdem sein Artikel über Sten Boregard und seinen Betrug solch ein großer Erfolg gewesen war, würde er ihm die Zügel vielleicht etwas lockerer lassen. Die Schilderung über die Vorgänge um die *Solveig* hatte die Stadt dermaßen schockiert, dass sie wie in Starre wirkte.

»Ich habe dir übrigens etwas mitgebracht«, sagte Oskar und zog ein längliches Päckchen aus seiner Umhängetasche.

»Das hast du doch ohnehin schon«, entgegnete ich. Mit den Lebensmitteln auf seinem Wagen würden wir eine ganze Weile auskommen. Es hatte mich überrascht, dass es so viel gewesen war. Sogar neues Bettzeug und Gardinen waren darunter.

»Ja, aber mir war nach einem etwas persönlicheren Geschenk. Einem, das nur für dich ist, nachdem ihr schon alles andere teilt.«

»Das hättest du gar nicht tun brauchen«, sagte ich und sog seinen Duft tief in meine Lunge. »Jetzt habe ich doch wieder alles, was ich brauche.«

»Du meinst das Haus?« Er lächelte mich verschmitzt an.

»Ich meine dich!«, gab ich zurück und küsste ihn.

»Nun, aber mein Geschenk wird dich ebenfalls erfreuen«, sagte er, als unsere Lippen sich wieder voneinander trennten.

Ich wog es in der Hand, versuchte es durch das Papier zu erfühlen.

»Öffne es doch«, sagte er. »Ich glaube kaum, dass du es erraten kannst, wenn du es nur berührst.«

Möglicherweise konnte ich das wirklich nicht. Ich wollte in diesem Augenblick nur ihn, ganz nahe bei mir. Alle materiellen Dinge waren jetzt Nebensache. Doch ich spürte, er bestand darauf, dass ich es mir anschaute.

Ich schlug das Papier auseinander und fand eine hölzerne Schachtel darin, in der man Bleistifte aufbewahren konnte.

»Und was soll ich damit?«, fragte ich.

»Schieb den Deckel zurück«, sagte er. Ich folgte seinem Rat.

Im nächsten Moment starrte ich fassungslos hinein.

»Du hast …« Die Worte versagten mir, und Tränen stiegen mir in die Augen. »Woher … doch nicht etwa …«

Vor mir lag ein perfekt geblasenes Glasrohr für meine Lampe.

»Von Hugo Skantze?« Oskar schüttelte den Kopf. »Nein, er stammt aus einem Lampenladen in Stockholm. Die Maße müssten aber passen.« Er machte eine Pause, dann sagte er: »Hoffe ich zumindest. Ich habe deine Lampe schon so viele Male gesehen, da dachte ich, es wäre die richtige Größe.«

Ich presste die Hand gegen den Mund. Kein Schmuckstück hätte so schön sein können wie diese Glasröhre.

»Danke!« Ich fiel ihm um den Hals und küsste ihn. Freudentränen stiegen in mir auf. »Das bedeutet mir so viel!«

Er schlang seine Arme um mich und hielt mich fest. »Was wird jetzt aus uns beiden?«, fragte er dann in mein Haar.

»Das kommt ganz darauf an, ob du hierbleibst oder nach Stockholm zurückkehrst.« Ich blickte ihn an.

»Für eine Weile werde ich noch hierbleiben.«

»Und dann?« Ich strich über seine Brust.

Er antwortete nicht. Wir beide wussten, dass er eines Tages an einen anderen Ort geschickt werden würde, wenn er weiterhin für die Versicherung arbeitete.

»Nun, du brauchst mir jetzt noch keine Antwort geben«, sagte ich. »Ich bin froh, dass wir einander gefunden haben. Lass uns genießen, was wir haben, nicht wahr?«

Oskar legte die Hand unter mein Kinn und hob es sanft an. Wir blickten uns in die Augen, dann sagte er: »Ich liebe dich, Marlene. Egal, was in den kommenden Monaten geschieht, ich werde dich immer lieben.«

»Ich liebe dich auch«, erwiderte ich. »Und vielleicht gibt es einen Weg, dass wir zusammen sein können. Lass ihn uns gemeinsam suchen, ja?«

Wieder küssten wir uns, und die Lust, ihn zu spüren, erwachte in mir. Doch Oskar stockte plötzlich und löste sich von mir.

»Schau«, sagte er und deutete über meine Schulter. Ich wandte mich um. Eine helle Gestalt lief uns entgegen.

»Marlene!«, rief sie und wedelte mit den Armen.

»Liv?« Ich blickte zu Oskar. »Was macht sie denn hier?«

Ich wusste, dass sie uns nicht gefolgt wäre, wenn es nicht einen guten Grund dafür gäbe.

»Da ist ein Brief gekommen«, erklärte sie atemlos, als sie uns erreicht hatte, und reichte mir einen Umschlag. Der Anblick der Handschrift ließ mich überrascht nach Luft schnappen. War das möglich? War das *wirklich* möglich?

Mein Herz begann aufgeregt zu pochen.

»Und da ist noch etwas, das du dir ansehen solltest«, sagte sie bedeutungsvoll und deutete zum Haus. »Oder besser, jemand.«

Nachwort

Es war mir eine große Freude, mit dem Schauplatz meines Romans wieder nach Schweden zurückzukehren. Die Inspiration dafür kam auch direkt von dort, in Form einer Petroleum-Nachttischlampe, die ich im Jahr 2019 geschenkt bekommen hatte. Bereits damals hatte ich Schweden zum Schauplatz meines Romans gemacht und mich sehr darüber gefreut, dass diese Lampe aus der *Lampfabrik Karlskrona* stammte, aus der Nachbarschaft meines *Löwenhofes*. Seither hat mich dieses kleine Licht begleitet und mir im Garten schon viele Stunden Licht gespendet.

Es ist ein klassisches Modell aus Messing, ein Rundbrenner, wie der Fachausdruck lautet, mit einem eingeprägten Wappen, das in der Mitte einen Anker zeigt. Karlskrona ist eine alte Stadt an der Ostsee, die einst als schwedischer Marinestützpunkt diente. Die kriegerischen Tage sind für die Schweden schon lange vorüber, aber die alten Wehranlagen sowie die Festung kann man dort noch immer bestaunen. Und nach wie vor hat Karlskrona einen Seehafen.

Meine erste Idee war, über die Lampenfabrik zu schreiben. Deren Geschichte ist reichhaltig und wechselhaft, und es ist faszinierend, dass diese Firma, die im Jahr 1884 gegründet wurde, immer noch existiert. Hugo und Nanna Skantze haben wirklich gelebt und erfolgreich die Geschicke dieses Hauses geleitet. Sie hatten viele Kinder, und ihre Nachfahren sorgen noch heute dafür, dass die Tradition ihrer Familie aufrechterhalten wird.

Doch dann entschied ich mich, eine andere Geschichte zu erzählen. Eine, die mit meiner Leidenschaft für die Ostsee zu tun hat, aber auch mit einem Thema, das mir in all meinen Romanen am Herzen liegt: dem Leben von Frauen in vergangenen Zeiten.

Das beginnende 20. Jahrhundert war eine Zeit großer Umwälzungen. Frauen begannen, sich Freiheiten und Rechte zu erkämpfen: das Wahlrecht beispielsweise oder das Recht auf eigenen Besitz.

In Schweden um 1910 war es noch immer gang und gäbe, dass eine Frau, wenn sie mündig und geschäftsfähig sein wollte, im Alter von 25 Jahren einen Antrag beim König stellen musste. Wurde dieser gewährt, war sie ebenso wie ein Mann in der Lage, ihren Besitz zu verwalten und Geschäfte ohne einen männlichen Vormund abzuschließen. Allerdings änderte sich dies mit der Heirat. Dann wurde sie ihrem Ehemann unterstellt, und alles, was sie besaß, gehörte fortan ihm. Heiratsverträge wurden nur sehr selten und meist nicht vonseiten der Frauen geschlossen.

Erst wenn die Frau zur Witwe wurde, erhielt sie ihre Mündigkeit zurück.

Ans Wahlrecht war zu dieser Zeit noch nicht einmal zu denken, doch die Frauen stritten dafür. Im ganzen Land gab es Zirkel von (meist gut situierten) Frauen, die als Suffragetten für ihre Rechte eintraten.

Diese Zeit ist der ideale Nährboden für meine Geschichte von Marlene und Liv, die auf den ersten Blick aus vollkommen unterschiedlichen Verhältnissen stammen.

Dieser Roman soll keine historische Abhandlung sein, obwohl ich versucht habe, geschichtliche Gegebenheiten so getreu wie möglich darzustellen. Die bereits erwähnte Lampenfabrik gehört dazu, ebenso die beginnende Elektrifizierung in Karlskrona, der Bau der Straßenbahn und der Hafen. Und auch meine kleine Nachtlampe spielt mit – als Lampe von Marlene, die so viele Erinnerungen birgt.

Daneben habe ich mir natürlich einige Freiheiten herausgenommen. Die meisten Hauptfiguren sind fiktiv, auch gab es keine

Reederei Boregard. Doch es ist eine Tatsache, dass Petroleumschiffe, manchmal auch alte Segelschiffe, das schwarze Gold nach Schweden brachten, weil die eigene Erdölproduktion nicht ausreichte.

Vorrangig ist *Rosenhag* aber eine Geschichte über die Solidarität von Frauen untereinander, eine Geschichte über tiefgreifende Liebe, über Veränderungen und ja, auch über Gewalt, die in vielen Formen kommen kann.

Ich hoffe, Sie haben beim Lesen genauso viel Freude, wie ich sie beim Schreiben hatte.

Corina Bomann, 2024

DIE SCHWESTERN VOM WALDFRIEDE
CORINA BOMANN
STERNSTUNDE
DIE SCHWESTERN VOM WALDFRIEDE
ROMAN
CORINA BOMANN
LEUCHTFEUER
DIE SCHWESTERN VOM WALDFRIEDE
ROMAN
CORINA BOMANN
STURMTAGE
DIE SCHWESTERN VOM WALDFRIEDE
ROMAN
CORINA BOMANN
WUNDERZEIT
DIE SCHWESTERN VOM WALDFRIEDE
ROMAN
Vom Hoffen, Helfen und Heilen:
Vier mutige Heldinnen. Vier bewegende Schicksale.
Vier Romane voller Gefühle, Sehnsüchte und Liebe.